VERBORGENES TRAJA

AUS ASCHE GEBOREN

K. STAYN

IMPRESSUM

Bibliografische Information der Deutschen Nationalbibliothek: Die Deutsche Nationalbibliothek verzeichnet diese Publikation in der Deutschen Nationalbibliografie; detaillierte bibliografische Daten sind im Internet über dnb.dnb.de abrufbar.

K. Stayn
alias Kathleen Stein
Goethestraße 33, 02763 Zittau
k.stayn@gmx.de
www.k-stayn.de

Buchgestaltung: K. Stayn
Umschlaggestaltung: Mary Cronos
Buchillustrationen: Rino Pelli
Lektorat und Korrektorat: Lisa Reim-Benke
Druck: Booksfactory.de (PRINT GROUP Sp. z o.o.), Szczecin, Polen
Verlag: Kathleen Stein, Goethestraße 33, 02763 Zittau
Vertrieb: Fakriro GbR
Auslieferung: Runge Verlagsauslieferung GmbH

ISBN: 978-3-98760-019-7

Für Inge, meine wunderbare Oma,
die Tinte und Papier
wie Magie erscheinen ließ
und etwas Größeres als nur ein Feuer
entfacht hat.

Prolog

England 1396

Er musste ein Kind finden. Verzweiflung erschwerte ihm das Atmen. Ein Kind zu finden, war für ihn die einzige Möglichkeit, heimzukehren. Nur wenn er eines mitbrachte, würde man ihm die Tore seiner Heimatstadt öffnen. Seine Schultern, über welchen sein schweres Bündel an zwei Riemen hing, senkten sich entmutigt.

Ein Knacken hinter ihm im Wald riss ihn aus seinen Gedanken. Kein Mensch war zu sehen, kein Wanderer, kein Bauer, der sich zu seinem Feld aufmachte, kein Bote auf einem Pferd. Niemand. Am Morgen hatte er eine Stadt verlassen, in welcher er ein Alehaus für die Nacht besucht hatte. Weil jede Übernachtung riskant war, beschloss er, in nächster Zeit nicht so waghalsig zu handeln. Unter Menschen zu sein, war für ihn wie ein Tanz auf Messers Schneide. Balancierte er richtig, wurde er nicht entdeckt. War er leichtsinnig, konnte das für ihn den Tod bedeuten.

Maël wandte sich wieder dem Weg vor ihm zu und bewegte sich mit gesenktem Kopf weiter. Seine Stiefel schlurften über Kieselsteine und Schlamm. Mit dem mannsgroßen Wanderstab in der rechten Hand stampfte er bei jedem zweiten Schritt auf den Boden. Der Stock war seit Jahren sein einziger Wegbegleiter, der ihm stumm Gesellschaft leistete. Maël wünschte sich jemanden an seiner Seite, der sich mit ihm unterhielt, damit das bedrückende Gefühl der Einsamkeit von seinen Schultern wich. Doch sein Kopf redete ihm ein, es sei weiser, allein umherzustreichen. Schließlich konnte er nicht entdeckt werden, wenn niemand bei ihm war.

Als er sich einer Gruppe von Häusern näherte, zog er die Kapuze seines Mantels über. Obwohl er Kopfbedeckungen nicht mochte, wandte er bei jedem Besuch einer Siedlung diese Vorsichtsmaßnahme an. Niemand sollte seine Ohren sehen.

Zwischen den wenigen Häusern des Dorfes rannten Kinder spielend umher. Als sie an Maël vorbeiliefen, suchte er ihre Augen nach Auffälligkeiten ab. Doch er fand nichts. Bei einer alten Frau, die auf einem Stuhl an einer Haustür saß und Strümpfe flickte, fand er auch nicht, was er suchte. Weil die Alte ihn beobachtete, grüßte er sie mit einem Nicken. Sonst würde sie über ihn lästern, weil er unfreundlich war. Jeden Hauch von unguter Aufmerksamkeit wollte er vermeiden.

Ein Bach floss an den Häusern vorbei und trieb ein kleines Wasserrad an. Maël vermutete eine Drechslerstube in dem Haus daneben. Er lief an der letzten Fassade vorbei und wurde wieder vom Wald verschlungen. Enttäuscht seufzte er. Wieder war ihm niemand aufgefallen. Forschend huschten seine grauen Augen zum Himmel, sodass die Kapuze in den Nacken zurückfiel. Trübe Wolken senkten sich ins Tal hinab und erfrischten die Luft. Ein tiefer Atemzug besänftigte seine ruhelosen Sinne. Er war Richtung Westen unterwegs, wo sich das walisische Bergland zum Meer hinabbeugte. Bei dem Gedanken an das salzige Gewässer und die herrliche Luft strahlte eine Sonne in Maëls Kopf. Er liebte die See, ihre Launen und Geheimnisse. Der Weg bis zum nächsten Strand war seiner Schätzung nach zwei Wochen entfernt. Aber er hatte Zeit, denn ein genaues Ziel kannte er nicht. Er war ein Streuner, da waren für ihn ein paar Wochen Marsch belanglos.

Das Klopfen von Hufen schreckte ihn auf. Seine Augen entdeckten zwei herannahende Pferde, welche den Bergweg hinabtrabten. Eilig schnappten Maëls Finger nach seinen hellblonden gewellten Haarsträhnen, um sie über die spitzen Ohren zu legen. Noch bevor die Reiter ihn erreichten, war er gewiss, dass sein Haar die Ohren versteckte. Wenn er die Kapuze eilig übergezogen hätte, wäre seine Tarnung gewiss aufgefallen.

Während der vordere Reiter durch ein schweres Kettenhemd, einen darüberliegenden Waffenrock und einen robusten Brustharnisch gepanzert war, trug der zweite weitaus jüngere Reiter nur ein Wams. Der Jungspund schien der Knappe des voranreitenden Ritters zu sein. Als Maël an dessen Hüfte ein Schwert in einer Lederscheide entdeckte, legte er unauffällig die freie Hand an seine Seite. Er kratzte sich an den Rippen, um sich nicht zu verraten. Zwar war sein Schwert unter dem Mantel zerbrochen und die Klinge kurz wie eine Hand, doch selbst damit konnte er sich wehren, wenn sein Leben bedroht wurde.

Mit einem knappen Nicken grüßte er den Ritter und seinen Knappen, während sie an ihm vorbeiritten. Sein aufmerksamer Blick hing an den Augen der beiden. Doch sie bargen keine geheimnisvolle Farbe.

Er lauschte hinter sich. Das Trampeln verlangsamte sich, als die Reiter ihre Pferde zügelten. Maëls Blick senkte sich, und er drosselte sein Tempo. Seine Konzentration lenkte er in die Ohren, in welchen sein Puls pochte. Angespannt versuchte er, den Atem flachzuhalten. Blieben die beiden stehen? Wollten sie nur etwas fragen? Hatten sie seine Ohren entdeckt? Würden sie gleich angreifen?

»Ein einsamer Landstreicher ist ein seltener Anblick in diesen Zeiten«, hörte er eine kräftige Stimme, welche er weniger dem Knappen, sondern vielmehr dem Ritter zutraute.

Zögerlich blieb Maël stehen. Er schätzte, dass er weit genug von den beiden entfernt war, um seine Ohren nicht weiter verdecken zu müssen. Gespielt leichtfüßig wandte er sich auf den Fersen um. Ein freches Schmunzeln zog seinen Mundwinkel nach oben. »Ist es denn verboten, allein umherzureisen?«

»Gewiss nicht«, sprach der Ritter und hob misstrauisch das bärtige Kinn. »Ihr wirkt mir nervös, junger Mann.«

»Wohl eher naiv, wenn ich Eure Worte recht verstehe. Nervös macht Ihr mit Eurer anmutigen Erscheinung vielmehr die Damenwelt, edler Herr.« Um dem Ritter respektvoll zu schmeicheln, verneigte er sich.

Angetan nickte der Ritter ihm zu. »Sagt, ist der Weg frei von Lagerern?«

»Ich bin gefahrlos seit Monaten auf den Straßen unterwegs, Herr. Es scheint, als würden Räuber meine Nähe meiden.«

»Das ist gut zu hören. Ich hoffe, dass Ihr nicht selbst ein Lagerer seid?«

»Was könnte ich in Einsamkeit mit einem Stock bewaffnet ausrichten?«, fragte Maël zurück. Er verschränkte beleidigt die Arme, sodass seine freie Hand stets in Griffweite seines versteckten Schwertes blieb.

»Wo Ihr wohl Recht habt. Freie Wege und gutes Geleit wünsche ich Euch.«

»Selbiges wünsche ich Euch, guter Herr«, gab Maël zurück und hob die Hand. »Möget Ihr die Straßen mit Eurer Klinge vor Halunken bewahren.«

Der Ritter verneigte sich dankend in seinem Sattel. Er spornte sein Pferd mit einem leichten Hieb der Stiefel an und ritt mit dem Knappen weiter den Handelsweg hinab. Als sie zwischen den Bäumen verschwanden, atmete Maël tief durch und beruhigte seinen heftigen Herzschlag. Obwohl er seit Jahren täglich jenes Spiel der Täuschung mit dem Menschenvolk spielte, war es immer wieder nervenaufreibend, auf einen bewaffneten Ritter zu treffen. Denn anders als ein Bauer war ein Ritter ebenso wie Maël im Schwertkampf bewandert. Im Gegensatz zu ihm trugen sie lange scharfe Klingen und keine zerbrochenen.

Maël wandte sich wieder dem Weg bergauf zu und zog weiter. Er stieß ein Schnaufen in die frische Frühlingsluft aus. Ständig war er hin und her gerissen, ob er sich unter Menschen und dadurch in Gefahr begeben sollte, oder ob es klüger wäre, einsam durch die Ländereien zu streifen und zu verkümmern wie eine Blume, die man im Wüstensand ausgesetzt hatte. Seit nahezu fünf Jahren lief er allein durch die Fremde, und seine aussichtslose Reise hatte ihn weiter von seiner Heimat fortgeführt, als er es jemals beabsichtigt hatte. Seine abgetragenen Stiefel schritten auf englischem Boden, hatten Berge erklommen, kalte Winter durchlaufen und Schiffsreisen erlebt, von welchen er eine für immer vergessen wollte. In seinen Erinnerungen blitzten Bilder auf, wie er gefesselt an einem Schiffsmast kauerte. Wie ihm jemand ins Ohr brüllte, damit er nicht einschlief bei seiner tagelangen Überfahrt. Wie er am Hafen zu Boden geworfen und getreten wurde wie Dreck. Mit einer Hand fuhr er über seinen zugeknöpften dunkelbraunen Wollmantel. Die Vergangenheit hatte ihn gebrandmarkt. Was geschehen war, konnte er niemals vergessen. Seine Brauen verzerrten sich, als dieselbe Verzweiflung an ihm zerrte, die er bei jener Schiffsreise kennengelernt hatte.

Jetzt reiß dich zusammen. Wenn er weiter jammerte, würde es nichts daran ändern, dass er einsam auf einem schmutzigen Weg in Richtung Bergland wanderte, ohne überhaupt zu wissen, was er tat.

Da er befürchtete, bald im Schlamm zu versinken, lief er auf der Wiese neben dem Weg. Ein leises Grollen ließ ihn aufblicken. Der Himmel verdunkelte sich, und schon bald grüßte der erste Regentropfen Maëls Hand. Die Wolken würden bald Fässer auf die Erde regnen lassen, so finster wie sie waren. Aufmerksam beobachtete Maël, wohin die Wolken zogen, und stellte fest, dass er sich eilends einen Unterschlupf suchen sollte. Obwohl das Nieseln zunahm, versteckte er sich nicht unter der Kapuze des abgetragenen Mantels, sondern ließ sein welliges Haar durchweichen. Er empfand den Regen als zu angenehm, als dass er sich vor ihm scheute.

Unter einem Strauch, an welchem ihm dunkelgrüne Nadeln Schutz boten, setzte er sich nieder. Er nahm das schwere Lederbündel von den Schultern, stellte es neben sich ab und kreiste mit den Armen, um seine Muskeln zu entspannen. Manchmal kam ihm sein Gepäck so schwer vor wie zehn Pferde.

Er überlegte, den Regen abzuwarten und später am Tag weiterzuziehen. Als er über den Stand der Sonne mutmaßte, wischte er diesen Gedanken beiseite. Bald würde der Abend dämmern. Somit beschloss Maël, an seinem Rastplatz zu übernachten. Seit Jahren war er auf der Suche nach einem Kind, da kam es nicht darauf an, ob er einen Tag eher oder später eines fand. Wenn er denn überhaupt eines der Gotteskinder aufspürte. Er wusste nicht einmal, ob in England eines lebte.

Damit er und sein Gepäck über Nacht geschützt vor Nässe waren, legte er einige große Äste auf den Strauch. Darüber schüttete er alte Blätter und war zufrieden mit seinem laienhaften Bauwerk. Er stellte sein Bündel hinein und setzte sich so, dass er den grauen Himmel über sich beobachten konnte. Das Laken seines Zeltes beließ er eingerollt und festgeschnürt auf dem Lederbündel. Bei der Nässe würde es nicht nur schmutzig, sondern noch dazu schwer wie ein volles Weinfass werden.

Als der Regen niederprasselte, streckte Maël eine Hand aus und fing einige Wassertropfen ab. Er genoss jedes Wasser, obwohl es ihn zum Nachdenken und Trauern brachte. Denn er hatte etwas im Wasser verloren, das für ihn das Kostbarste auf der Welt bedeutet hatte. Sein Blick trübte sich. Vier Jahre war es her. In ein paar Wochen wurden es fünf. Und noch immer sah er keinen Weg, auch nur den kleinsten Gedanken an das Geschehen zu verdrängen. Jedes Mal, wenn er die Augen schloss, sah er Stricke mit drei Leichen vor sich. Er spürte die krallenden Hände der Wachen, die ihn festgehalten hatten. Schreie der Erinnerungen sirrten durch seinen Kopf. Das Gesicht seiner kleinen Schwester schaute ihn erwartungsvoll an. Früher hatte er ihr Geschichten erzählt oder ihr vorgesungen, wenn sie nicht schlafen konnte. Die Lieder kannte er von seiner Mutter. Ihre Stimme hatte jeden aufgewühlten Geist besänftigt. Von seinem Vater hatte er den alten Stab geerbt. Nie wieder würde er ihre Gesichter sehen oder ihre Stimmen hören. Denn sie alle waren seinetwegen tot.

Um die Vergangenheit nicht mehr zu sehen, hob er die Lider. Maël zog die Knie an und legte das Kinn darauf. Es war so sinnlos, dachte er und schüttelte den Kopf. Seit er damals aus seiner Heimat fortgeschickt worden war, hatte er alles verloren, war jeder Tag für ihn sinnlos.

Seine Hand fuhr an den Gürtel und tastete nach einer schmalen Halterung. Die Finger stießen an einen edlen Schwertgriff, und er zog ihn hervor. Die Klinge, die ursprünglich dem Griff angehört hatte, war so lang wie sein ausgestreckter Arm gewesen. Das Schwert war vor einem Jahr gebrochen, als er vor Menschen geflüchtet war. Seither maß die Klinge nur noch die Länge einer Hand. Die geborstene Schneide trug er deshalb in einer kurzen Halterung an seinem Gürtel. In seinem Gepäck versteckte er eine fein verzierte lederne Schwertscheide, deren Mundblech und Ortband von einem Schmied so edel gearbeitet waren, dass die Scheide königlich wirkte. Wegen seiner Kürze empfand Maël die Klinge jedoch nicht mehr würdig dafür. Wenn sein Gefühl ihm sagte, dass es Zeit war, das Schwert reparieren zu lassen, wollte er sie wieder mit der edlen Schwertscheide zusammenführen. Aber noch war es nicht soweit.

Scharf musterte Maël die Stelle, an welcher der kostbare Stahl gesplittert war. Eine Kerbe glänzte dort, die von keinem Kampf, sondern einem heißen Eisen stammte. Jemand hatte mit Absicht die tiefe Kerbe in sein Schwert geschlagen, damit die Klinge bei einem Kampf splitterte. Maëls Brauen senkten sich finster, und sein Griff um das mit Leder umwickelte Heft verstärkte sich. Er wusste, wer ihm den Tod wünschte. Doch der Plan war glücklicherweise nie aufgegangen.

Er hatte das Schwert trotz des Bruchs behalten, um sich daran zu erinnern, wofür er noch am Leben war. Die Klinge hatte der begabteste Schmied seiner Heimat gefertigt und ihm geschenkt. Wegen des zähnefletschenden Wolfskopfes am Knauf hatte Maël sie Ferana getauft. In seiner Muttersprache bedeutete das *die Wilde*.

So gebrochen wie sein Schwert, fühlte Maël sich seit seiner Verbannung. Er erinnerte sich an die Zurückgebliebenen in seiner Heimat, um nicht dem Drang nachzugeben, die Klinge an seinen Hals zu pressen und alles eigenhändig zu beenden. Obwohl der Gedanke ihn reizte. Keine Schuldgefühle würden ihn mehr plagen, die Grauen von damals würden für immer verschwinden. Keine Albträume von Galgen, Schreien oder zutretenden Stiefeln würden ihn mehr heimsuchen. Aber es gab Leute, denen er etwas bedeutete, obwohl er sie seit Jahren nicht gesehen hatte.

Er nahm das zerbrochene Schwert in die andere Hand, hob die Rechte und betrachtete seine Handfläche. Eine Narbe zog sich darauf unterhalb vom Zeigefinger quer bis zu seinem Handballen. Sie verband ihn mit einer gutherzigen alten Dame auf seltsame Weise, denn sie trug ebenfalls diese Narbe auf der Hand. Dadurch waren sie Seelenverwandte.

Auch an seine Liebste Flavia dachte er, und seine grauen Augen senkten sich. Er vermisste die Wärme, die ihre Nähe in ihm auslöste, den süßen Duft von Ingwerblüten, der von ihrer weichen Haut ausging. Ihr langes braunes Haar, das im Schein der Sonne wie Seide glänzte, und ihre zarten Lippen. Sie und all seine Freunde hatte er in der fernen Heimat ohne ein Wort des Abschieds zurücklassen müssen.

In Gedanken versunken beobachtete er die glänzenden Grashalme, welche durch die herabfallenden Regentropfen wippten. Erneut grübelte er über den Weg für seine Heimkehr. Zwar hatte er schon hunderte

Varianten dafür durchdacht, doch alle Überlegungen waren absurd und Wunschdenken. In der Zeit zu reisen vermochte niemand. Einfach durch die Stadttore spazieren konnte er nicht, wenn er dabei den Kopf behalten wollte. Nur eine Idee ergab Sinn. Nervös kaute er auf der Unterlippe. Die freien Finger schnappten nach einer nassen Haarsträhne vor seinem Gesicht und wickelten sich darin ein. Er musste ein Gotteskind finden und es in seine sichere Heimat bringen. Nur wenn er ein Kind fand, würde man ihn ohne Strafe zurücklassen. Dass man ihm gestattete zu bleiben und über seine Verbannung hinwegsah, bezweifelte er. Aber dann hatte er wenigstens die Gelegenheit, sich von seinen Freunden zu verabschieden und Flavia einen letzten Kuss zu schenken. Das war es ihm wert.

Ein angestrengtes Schnaufen entfuhr seiner Nase. Er musste ein Kind finden. Selbst wenn es unwahrscheinlich war, dass sich ihm eines zeigte, denn diese sonderbaren Kinder waren unheimlich selten. Aber solange er sich dies zur Aufgabe machte, trug sein zielloses Umherstreunen wenigstens einen Hauch von Sinn in sich. Doch seine Aussicht auf Erfolg war so winzig wie ein Stern am Nachthimmel. Denn nur die Augen vermochten ihm zu zeigen, ob ein Gotteskind vor ihm stand. Jene Kinder besaßen die Augenfarbe ihres göttlichen Elter. Einen anderen Anhaltspunkt hatte Maël nicht. Es konnte ein kleines Mädchen oder eine alte Frau sein, ein Waisenknabe in einer Großstadt oder ein Ritter in einer Burg. Er wusste es nicht. Mit Glück lebte überhaupt eines auf der britischen Insel.

Eine Hand legte er an die Stirn, als das letzte bisschen seines Mutes vom Regen weggespült wurde. Sein Kopf hämmerte, weil er unentwegt über eine Lösung nachdachte, weil er sich ständig Gedanken darüber machte, ob er schon ein Kind getroffen und schlichtweg übersehen hatte. Bei den Herren, es war zum Verzweifeln. Dass er gezwungen war, sein Leben auf diese eine Karte zu setzen, machte ihn verrückt. Da war es wahrscheinlicher, dass die Vögel im Winter Eier legten, ehe er solches Glück hatte und ein Kind fand.

Maël lehnte den Kopf zurück und sah hinauf in den Himmel. »Lass ein Wunder geschehen«, murmelte er und wusste nicht einmal, zu wem er sprach. »Bitte lass ein Wunder geschehen.«

Aus der Asche

Die beiden eingehüllten Gestalten durchbrachen mit lautem Patschen das leise Trommeln der Regentropfen. Die Wollmäntel waren durchnässt, und Lorea und ihre Mutter schleppten sich mit schweren Schritten den Trampelpfad entlang. Loreas schwarze Locken waren mit so viel Wasser vollgesogen, dass sie sich glätteten und bis zu ihrer Hüfte hinabreichten.

Ihre Mutter lief mit gesenktem Kopf vor ihr. Sie hatten seit dem mageren Morgenmahl kein Wort gewechselt. Maia schien bereits etwas von dem verstanden zu haben, was Lorea selbst gar nicht begriff. Ihre Gedanken kreisten die ganze Zeit um die tobenden Flammen und den Gestank verbrannten Fleisches der letzten Nacht. Doch sie wollte nicht wahrhaben, was sie im Feuer verloren hatten. Dass sie ihre Geschwister und ihren Vater nie wieder sehen würde. Ein Kloß in ihrem Hals erschwerte ihr das Atmen. Ihr Blick aus den schwarzen Augen war starr. Lorea fühlte sich leer, als hätte jemand eine Kerze ausgeblasen und sie in der Dunkelheit zurückgelassen.

Sie stiefelten durch das tiefdunkle Grün des Waldes. Die Siedlung, in der ihre Tante lebte, war einige Wegstunden entfernt. In die näher gelegene Stadt würde man sie nicht lassen, somit hatten sie am Morgen gleich den längeren Weg gewählt. Bei ihrer Tante fanden sie gewiss vorerst Unterschlupf, hoffte Lorea, um wenigstens sich selbst zu ermutigen.

Das Gepäck auf ihren Schultern schnürte ihr die Luft ab. Schlamm und Regenwasser zogen störrisch an ihren Stiefeln. Jedes Mal, wenn Lorea ihren vollgesogenen Schuh aufsetzte, schmatzte der weiche Boden.

Sie sah scheu und misstrauisch zugleich umher, obwohl ihr die umliegenden Wälder vertraut waren. Möglicherweise hatte jemand das Feuer gelegt, welches ihr Leben zu Asche verbrannt hatte, und verfolgte sie jetzt, um sie und ihre Mutter nicht zu verschonen. Da sie nahe der Landesgrenze lebten, vermutete Lorea Schotten dahinter. Es geschah häufig, dass im Grenzland Städte überfallen wurden. Doch dann stutzte sie. Einzelne abgelegene Häuser waren selten das Ziel, da es dort wenig zu erbeuten gab. Hatte überhaupt jemand ihr Haus angezündet oder hatte etwas ohne fremdes Zutun in der vergangenen Nacht Feuer gefangen?

Als ihre Mutter stolperte und erschrocken schniefte, wurde sie aus ihren Gedanken gerissen. Lorea griff mit einer Hand unter ihre Achsel und half ihr auf. Die Kapuze ihres traurig grünen Mantels hatte Maia weit über das Gesicht gezogen. Lorea beugte sich nach vorn und musterte sie. Ihr Blick war glasig. Die grünen Augen schienen sich nicht zu trauen, zu ihrer Tochter aufzusehen. Nicht nur Regentropfen flossen an ihren Wangen hinab.

»Alles wird gut«, tröstete Lorea ihre Mutter. Ihr eigener Kopf wollte ihr dasselbe einreden, obwohl sie wusste, dass nichts mehr so wie früher sein würde. Denn seit der letzten Nacht waren sie beide die einzigen, die von ihrer Sippe noch lebten.

Sie nahm Maia bei der Hand. »Bei Tante Judeth können wir bestimmt eine Weile bleiben.«

Ihre Mutter senkte den Kopf und behielt ihren leeren Blick. Sanft streichelte Lorea ihren Arm.

»Vielleicht«, murmelte Maia, schien aber keine große Hoffnung zu hegen. Sie lief an Loreas Hand weiter. Nur flüchtig wagte diese, ihre Mutter anzusehen. Die zitternde Unterlippe und verzerrten Brauen flößten ihr Angst ein, und sie wandte sich ab. Noch nie hatte sie ihre Mutter so verzweifelt erlebt. Das zerzauste strohblonde Haar war ihr

Auge gewohnt, doch sie sah plötzlich so alt aus. Ihr Gesicht strahlte nicht mehr wie eine Sonnenblume, sondern wirkte betrübt wie eine Trauerweide. Seit gestern Nacht …

Der Griff um ihre Hand verkrampfte sich, als fürchtete Maia, Lorea würde verschwinden, wenn sie losließe.

Sie erreichten eine kleine Holzbrücke, an der Lorea stehen blieb, um eine Pause einzulegen. Die Stiefel ihrer Mutter ruhten neben den ihren.

»Lass uns kurz verschnaufen.« Lorea war völlig erschöpft. Schweres Gepäck war Lorea nicht gewohnt.

An der gesenkten Körperhaltung ihrer Mutter erkannte sie, dass auch sie entkräftet war. »Wir können uns da drüben hinsetzen.« Lorea wies auf einen umgestürzten Baum in der Nähe. Ein stürmischer Herbst im vergangenen Jahr hatte viele Wurzeln aus dem Boden gerissen.

Hand in Hand überquerten sie die Brücke, unter welcher ein durch Regenwasser gefüllter Bach rauschte. Der Regen trommelte so laut, dass er das Geräusch des Baches übertönte.

An dem umgestürzten Baum, dessen erhobene Wurzeln ihnen für den Moment Schutz vor der Nässe gewährten, setzten sie sich. Erleichtert stellte Lorea ihr Bündel ab. Sie stöberte darin und zog ein Laib Brot hervor, welches an einer Seite schwarz verkohlt war. Maia hatte es vor den Flammen im letzten Moment gerettet. Ihr Ärmel hatte dadurch Feuer gefangen.

Lorea riss zwei Brocken vom Brot ab. Den größeren reichte sie ihrer Mutter. Die Erinnerung an den schwarz verkohlten Ärmel hing in ihrem Kopf und machte ihr Sorgen. Vorsichtig zog Lorea Maias Arm zu sich herüber. »Lass mich mal sehen, ob du wirklich unversehrt bist.« Behutsam streifte sie den Ärmel hoch. Rote Flecken deuteten auf leichte Verbrennungen hin, doch zum Glück hatte das Feuer nicht ihre Haut gefressen. Lorea zog den freien Arm in den Regen. »Das Wasser kühlt, dann brennt es nicht mehr«, ermutigte Lorea sie, als der Arm in ihrem Griff schüchtern zurückgezogen wurde. Ihre Worte bewirkten zu ihrer Erleichterung, dass Maia sich dem Regen hingab. Beide aßen zögerlich ihr Brot und folgten ihren eigenen Gedanken.

Lorea redete sich hoffnungsvoll zu, dass sie bei ihrer Tante eine Bleibe finden und man sie dort eine Weile behalten würde. Schließlich konnten sie nicht mehr zu ihrem Heim zurückkehren, nicht einmal genügend Verpflegung hatten sie, um sich eine Woche allein durchzuschlagen. Sie krallte sich an den Gedanken, um nicht genauso zu verzweifeln wie ihre Mutter.

Als eine kleine Schar Krähen über sie hinwegflog, zog Lorea den Kopf ein. Die schwarzen Federtiere ließen sich auf Ästen über ihren Köpfen nieder. Diese Vögel erregten in Lorea eine Furcht, als seien sie finstere Unglücksbringer. Seit sie am Morgen über der Asche ihres Hauses kreisende Krähen gesehen hatte, fühlte sie sich von ihnen verfolgt. Als die Bäume im seichten Wind bedrohlich knarrten, durchfuhr sie ein Schauer.

Ihr Blick wanderte zu Maia, welche ihren Arm weiter in den Regen streckte und ins Nichts starrte. Als sie zwei Rußflecke auf ihrer Stirn entdeckte, zog Lorea den nassen Ärmel ihres Mantels über den Handballen und wischte die hässliche Farbe weg. Sie streichelte ihrer Mutter über die Schulter. Die nächsten Tage brauchten sie beide viel Kraft.

»Wir sollten wieder aufbrechen«, meinte Maia tonlos, nachdem sie aufgegessen hatte. Ihren Arm versteckte sie schützend unter dem weiten Ärmel. Doch sie blieb niedergeschlagen sitzen. »Der Tag ist nicht mehr lang. Wir sollten die Stadt noch vor Sonnenuntergang erreichen.«

Auf ihre Worte hin erhob sich Lorea mühsam. Mit ausgestreckter Hand half sie ihrer Mutter auf. Die blau angelaufenen Lippen im mütterlichen Gesicht und ihre zitternden Hände ließen sie wissen, dass sie fror. »Wenn wir ein Stück laufen, wird dir wieder wärmer«, ermunterte Lorea sie. Sie fuhr mit der Hand in ihr Bündel und zog zwei lederne Handschuhe hervor. »Hier, zieh sie an. Dann frieren deine Hände nicht.«

Maia schlüpfte mit den Fingern in das Leder. Als Lorea nach ihren Händen griff, fühlten sich diese weicher an. Bald beruhigte sich ihr Zittern.

Das bepackte Bündel warf Lorea auf ihren Rücken. Mit ihrer Mutter an der Hand kehrte sie zurück auf den Weg. Sorge zermürbte sie. Maia war geschwächt. Der Verlust und ihre ungewisse Zukunft nagten an ihnen beiden. Niemand wusste, von was sie jetzt leben sollten. Früher hatte ihr Vater sich stets um Wertsachen zum Eintauschen gekümmert, war im Land unterwegs gewesen und hatte selbstgezeichnete Karten verkauft, um für den Rest der Familie zu sorgen. Etwas in Loreas Geist stemmte den Gedanken von sich, dass sie ihn nie wieder sehen würde. Dass sie auf sich selbst gestellt waren. Doch wie sollten sie das schaffen? Ihre Beete und ihr Heim waren verkohlt, ihr Vieh tot. Sie hatten nichts mehr.

Trotz ihrer frustrierenden Erkenntnis verbarg Lorea ihre Gefühle. Sie wollte den Kummer ihrer Mutter nicht verschlimmern. Der Griff um die eingehüllten Finger verstärkte sich.

Nach stundenlangem Erguss legte sich der Regen endlich und hinterließ ein Nieseln. Die Wolken zogen weiter, und die Sonne schaffte es, den Wald in frischen Farben erstrahlen zu lassen. Dem Stand der Sonne nach brach der späte Nachmittag an.

Als Lorea an jene Stadt dachte, in welcher ihre Tante lebte, erwachte ein flaues Gefühl in ihrem Magen. In Hexham, der Siedlung, in deren Nähe sie bis gestern gewohnt hatten, wurden Lorea und ihre Familie stets mit Abscheu und angeekelten Mienen angestarrt, wenn sie sich hinter die Stadtmauern gewagt hatten. Jeder erinnerte sie dort mit Verhöhnungen und Spucken auf ihre Schuhe daran, dass sie mit Ungeziefer gleichgesetzt wurden. Der Grund dafür lag weit in ihrer Familiengeschichte zurück. Ihre Tante entfloh jenem schmutzigen Ruf und zog zum Fest ihrer Mündigkeit in eine andere Stadt. Dorthin wanderten Lorea und ihre Mutter nun.

Zwei fremde Gestalten kamen ihnen entgegen. Beide Gruppen liefen einen großen Bogen um die anderen, gedrängt an den Rand der Handelsstraße. Die Scheu schien bei den Fremden nicht minder ihrer eigenen zu sein. Nur flüchtig wagte Lorea, ihnen einen Gruß zu schenken. Die Wanderer am gegenüberliegenden Wegrand schwiegen sie an.

Allmählich gewährte die Dunkelheit des dichten Waldes dem inzwischen rötlichen Licht der Sonne Einlass. Sie gelangten an ein Feld. In der Ferne waren die Mauern der Stadt zu sehen. Durham war der Name, wenn Lorea sich recht entsann. Weil die Städtenamen ihrer nördlichen Heimat sich ähnelten, verwechselte sie diese nicht selten. Sie erinnerte sich an eine wertvolle Landkarte, die ihr Vater einst selbst gezeichnet und vor ihr ausgerollt hatte. Sie war auf dünnem Leder gearbeitet worden und hatte zahlreiche Siedlungen, Flüsse und Berge gezeigt. Jener Karte nach lag ihre Heimat weit im Norden des englischen Königreiches.

Lorea überlegte, wie die Bewohner Durhams auf ihr Erscheinen reagieren würden. Aus ihrer Heimat konnte sie mit keinen erfreulichen Erinnerungen prahlen. Ihrer Großmutter war rotes Haar gewachsen und sie kannte sich besonders gut mit Heilkräutern aus, weshalb man sie in Hexham als Hexe schimpfte und ihre Familie außerhalb der Mauern verwies. Seither lebte Loreas Sippe in einer abgelegenen Hütte mitten auf einer Wiese. Die Behauptungen, sie verbreiteten Pech und Krankheit als dunkle Hexer, waren aus den Mündern der Stadtbewohner oft zu hören gewesen. Nur zu Markttagen hatte man ihnen gestattet, die Stadt zu betreten. Fauliges Obst hatte man dort nach ihnen geworfen, ein paarmal hatte Lorea Ohrfeigen von erbosten Weibern oder gehässigen Kindern einstecken müssen. Sie war es gewohnt, Spott auszuhalten. Ob das miese Gerede über ihre Familie bis in die Nachbarschaft vorgedrungen war, wusste sie nicht.

Bauern sahen ihnen nach, während sie einen langen Feldweg entlangliefen. An einem schlammigen Acker grüßte eine unbekannte Frau ihre Mutter, welche der Fremden mit einem aufgezwungenen Lächeln begegnete. Offensichtlich hatte Maia während ihrer alleinigen Besuche bei der Tante ein paar Anwohner kennengelernt.

Als sie sich den Stadttoren näherten, bekam Lorea Angst. Abgetrennte Hände und Füße hingen an schmutzigen Seilen über dem Torgitter. An einem Strick war ein Skelett festgebunden, welches von verwesenden Sehnen zusammengehalten wurde. Das waren die Strafen für Verbrechen. Auf einer Hand saß eine Krähe und wühlte mit dem Schnabel in der großen Wunde am Handgelenk.

Ein Schauer lief über Loreas Rücken. Recht und Ordnung herrschten hinter diesen Mauern, das sah ein jeder, der an das Tor trat.

Ein Mann in schwarzroter Tunika bewachte den mahnenden Zugang zur Stadt. Die Wache hielt eine Lanze in der Hand und stand wie ein Fels steif am Tor. Lorea strich nervös ihre langen schwarzen Locken hinter die Ohren, sodass ein Ohrring mit Feder zum Vorschein kam. Wenn das schlechte Gerede über ihre Familie bis hierher reichte, würde der Mann ihnen gewiss den Weg versperren oder sie gar mit der Waffe bedrohen. Einmal hatte eine Wache in Hexham sie und ihre Mutter mit einer Lanze von einem Markt gejagt und beinahe aufgespießt.

Ein verrottendes Schild wachte am Eingang der Stadt, auf welchem Lorea nur schwer erkennen konnte, dass sie sich recht an den Stadtnamen erinnert hatte. Als sie unter dem Tor durchschlüpften, zog sie den Kopf ein, weil sie sich vor den abgetrennten Händen und Füßen über ihr sowie dem Stadtwächter fürchtete. Ihre Mutter machte ebenfalls einen eingeschüchterten Eindruck. Der Wächter ließ sie jedoch ungehindert passieren.

Eine breite Straße führte zwischen den Wohnhäusern aus rotem Stein entlang und über eine Brücke. Während sie über den Fluss wanderten, staunte Lorea über eine Burg, welche sich im Herzen der Stadt erhob und über alle Häuser hinwegragte. Lange Glasfenster, die sie sogar aus der Entfernung erkannte, spiegelten das gedämpfte Licht der untergehenden Sonne. Zwei Glockentürme einer Kathedrale aus beige- und schwarzfarbenem Sandstein versteckten sich hinter der Burg.

Am anderen Ufer schlängelten sich schmale Gassen zwischen den Häusern entlang. Der stinkende Stadtgeruch kroch aus mancher Seitenstraße in Loreas Nase, und sie verzog das Gesicht zu einer angewiderten Miene. Exkremente und Fauliges bissen ihre Sinne. Lieber schnupperte sie nach der Luft von altem Laub und frischem Gras. Die Natur und ihre Geister waren ihr wohlgesonnen.

Scheu lief sie neben ihrer Mutter her und ließ sich von ihr führen. Nur wenn Städte belebt waren wie zu Markttagen und sie in der Menge untertauchen konnte, mochte sie diese Orte. Doch nur wenige Leute trauten sich heute wegen des schlechten Wetters auf die Straße. Weil sie sich ausgeliefert vorkam und bedroht fühlte, versteifte sich Loreas Gang. Jedes dunkle Fenster, jeder unbekannte Schatten ließ ihren Mut schrumpfen. Doch kein skeptischer Blick kratzte in ihren Augen. Keine Beschimpfungen drangen in ihre Ohren. Verunsichert wagten sie sich über einen leeren Marktplatz. Dass niemand sie beachtete, war für Lorea ungewohnt.

Als sie sich neugierig umsah, entdeckte sie eine Schmiede, durch deren offene Tür sie einen Handwerker mit einem großen Hammer beobachtete. Eine Bäckerei fiel in ihren Blick, wo ein Müller Mehl in schweren Leinensäcken auf einem Karren ablieferte. Ein Böttcher rollte aus seinem Haus neben dem Bäcker ein Fass, welches so groß wie ein Kind und mit Metallreifen stabilisiert war. Sicher brachte er es bald zu einem Brauer oder Winzer. Ein geräumiges Alehaus war zur Begeisterung der Männer am Markt eingerichtet. Durch dessen teils offene Fenster drangen Grölen, Rülpsen und die heitere Musik einer Flöte. Da Lorea selten derartige Klänge gehört hatte, reckte sie den Kopf. Es war angenehm für sie, ihre Umgebung ohne Einschüchterungen in Augenschein zu nehmen. Sonst hatte sie es nur gewagt, den Boden vor ihren Füßen anzusehen oder verschreckt in die Gesichter Vorbeiziehender zu spähen.

Die Stiefelspitzen ihrer Mutter richteten sich auf eine kleinere Seitenstraße. Lorea fiel ein taumelnder Mann auf, welcher sich eine löchrige Decke übergeworfen hatte. Dem engen Griff um seine Schultern nach zu urteilen, fror er. Er lief an ihnen vorbei, als Maia sie plötzlich mit einem Ruck zur Seite und von dem Mann weg zog. Lorea entdeckte Beulen an den Armen des Mannes und in seinem Gesicht. Als er heftig hustete, zog sie den Kopf zurück. »Der Schwarze Tod?«, fragte sie flüsternd. Bedrückt und brummend stimmte Maia ihr zu. Lorea schluckte schwer. Die Pestseuche hatte vor nahezu einem halben Jahrhundert Tausende dahingerafft. Weil Loreas Familie abseits der Stadt gelebt hatte, waren sie von der Pest verschont worden. Lorea hatte nicht erwartet, jemals nach den vielen Jahren einem Erkrankten zu begegnen.

Als sie von einer engen Gasse verschlungen wurden, erschien Lorea plötzlich alles finster. Nur ein kleiner Spalt zwischen den Dächern über ihnen erlaubte es der dämmernden Sonne, eine rote Linie auf den Boden zu malen. Jede Haustür war nur wenige Schritte von der nächsten entfernt.

Ihre Mutter blieb stehen und musterte eine der vielen Türen misstrauisch, als würde ihr etwas daran auffallen. Das Heim schätzte Lorea ebenso schmal ein wie die Hütte, in welcher sie bis gestern gelebt hatten. Jedoch war es dreimal so hoch. Sie entsann sich kaum an das Haus ihrer Tante. Nur eine alte Treppe, die knarzend hoch führte und an deren Stufen Holz abgesplittert war, zeigte sich in ihren Kindheitserinnerungen. Sie fragte sich, ob sie hier leben konnten.

Mit den Fingerknöcheln klopfte Maia laut an. Von oben hörte Lorea Schritte. Jemand eilte knarzende Stufen hinunter. Wenig später wurde die Tür vor ihnen aufgerissen. Ein junger Mann stand auf der Schwelle und blickte überrascht von einer seiner Besucherinnen zur anderen. Anscheinend hatte er keine Gäste erwartet.

»Tante Maia!«, rief er und lachte nervös. »Ich dachte erst, du wärst meine Mutter.«

Der Mann umarmte Maia zur Begrüßung und sah dann zu Lorea hinüber. Es dämmerte ihr, dass der junge Mann ihr Vetter war. Zuletzt hatte sie ihre Tante und ihn zu Kindertagen besucht. Nicht nur seine Größe, sondern auch seine Bartstoppeln waren für Loreas Augen ungewohnt.

»Wer ist denn die junge Frau, die du mitgebracht hast?«

»Marcus«, fragte ihre Mutter, »erinnerst du dich nicht an deine kleine Base Lorea?«

Der Mann gab einen erstaunten Laut von sich, als wäre es ihm erst jetzt wieder eingefallen. Er nahm Loreas Hand und schenkte ihr einen Kuss darauf, während sie ihn gezwungen anlächelte. Sie glaubte, dass er seine Freude nur schauspielerte. Niemand hätte in solch heiklen Zeiten, da Schotten plünderten und Halunken durch die Straßen schlichen, so bedenkenlos die Haustür geöffnet.

»Nur ein wenig«, entgegnete er. »Sehr erfreut. Jetzt bist du ja eine große Base.«

Daraufhin machte Lorea einen Knicks. »Es ist schon lange her, dass wir uns das letzte Mal gesehen haben.«

Marcus schlug beide Hände zusammen. »Ach, wo sind meine Manieren nur geblieben? Kommt rein.« Mit ausgestrecktem Arm geleitete er sie in einen schmalen Gang, neben dem eine Treppe hinaufführte. Vorsichtig sah er sich in der Gasse um, als befürchtete er, jemand belausche ihr Gespräch. Dann schloss er die Haustür. Er nahm ihnen die nassen Mäntel ab.

»Ist Judeth nicht daheim?«, warf Maia ein, die ihren leicht verletzten Arm und den verkohlten Ärmel ihrer Bluse hinter dem Rücken versteckte.

»Leider nicht. Wollt ihr euch aufwärmen?« Mit der freien Hand wies er in eine Stube am Ende des engen Flures. Ein Kaminfeuer warf ein oranges Flimmern an die kahlen Wände des Raumes und knisterte. Das Geräusch verschreckte Lorea. Erst gestern hatte sie das Knacken von Feuer ohrenbetäubend laut gehört. Brennende Balken waren vor ihre Füße gekracht und hatten Funken gesprüht. Unbeholfen wich sie einen Schritt zurück und riss sich aus der Erinnerung.

»Erst einmal müssen wir uns umkleiden«, entgegnete Maia. Ein Lächeln zierte ihre Lippen, doch etwas daran war falsch. Sie schien wie ausgewechselt. Lorea wunderte sich, dass ihre Mutter auf einmal redselig war und es zustande brachte, zu schmunzeln. Sie verweilte dicht neben Maia an der schmalen Treppe und sah ihrem Vetter nach, der mit ihren Mänteln in den Armen in der Stube verschwand.

»Ihr könnt in Mutters Zimmer gehen«, rief er ihnen zu, »die Treppe hinauf. Wenn sie sowieso nicht da ist, könnt ihr eure Sachen auch dort abstellen.«

Beide dankten ihm und stapften, nachdem sie sich die schmutzigen Schuhe ausgezogen hatten, die schmalen Stufen hinauf. Ihre durchnässten Strümpfe patschten laut, als sie auftraten. Mit bedrückendem Gefühl im Magen folgte Lorea ihrer Mutter, die vor ihr die Treppe nach oben stieg und in ein Zimmer trat. Sie stellten ihre nassen Bündel neben ein Bett. Der Anblick der feinen Bemalungen, in denen sie Rosenranken und Eichenblätter erkannte, beeindruckte Lorea. Einen Schrank und einen Stuhl fand sie ebenfalls im Zimmer, neben dem Kopfende des Bettes stand ein kleiner Hocker als Nachttisch. In die Beine des Hockers hatte ein Holzwurm Löcher gefressen. Lorea schätzte, dass die Gegenstände im Zimmer ihrer Tante ebenso viel Wert besaßen wie alles in ihrem alten Heim zusammen, und sie mutmaßte, dass es ihrer Tante in Durham weitaus besser erging als ihnen in Hexham. Zwei rustikale selbstgebaute Betten hatte ihre Familie besessen. Kein einziger Gegenstand, keines ihrer selbstgebauten Regale oder gar ein Schrank war bei ihnen mit Farbe oder gar Verzierungen geschmückt gewesen.

Lorea wühlte in ihrem Gepäck, bis sie Kleidung fand, die nicht vollkommen durchnässt war. Sie zog sich ein blaues Leinenkleid mit weiten Ärmeln über. Ihr Unterkleid behielt sie an, da sie fürchtete, sonst zu frieren. Außerdem war es unsittlich, nichts unter einem Kleid zu tragen. Nachdem sie ihre Kleidung festgeschnürt hatte, half sie ihrer Mutter aus der angebrannten Bluse. Maia schlüpfte in ein feuchtes Hemd. Ein dunkelgrüner Wollrock schützte ihre Beine, und Lorea zog ihr eine Wollweste über. Besorgt musterte sie den verletzten Arm. »Morgen müssen wir nach Spitzwegerich suchen, damit das schneller heilt.«

Ihre Mutter griff nach ihrer tropfnassen, versenkten Bluse und schien jedes Wort, das sie an die vergangene Nacht erinnerte, zu ignorieren.

Die restlichen Sachen hingen sie über den Schrank, den Stuhl und die Bettkanten, damit sie trockneten. Ihre Mutter kämmte durch Loreas Haar. Sicher suchte sie nur wieder eine Ablenkung.

»Ma, wir sollten es Marcus sagen.« Die Finger in ihrem Haar erstarrten. Auf ihrem Gesicht konnte Lorea plötzlich tiefe Trauer ablesen. Maias vorgetäuschte Freude zerbrach in tausend Scherben und hinterließ die Splitter, welche die Grauen der letzten Nacht widerspiegelten.

»Was denn sagen?«, erklang Marcus' Stimme, und Lorea hörte, wie er sich dem Fuße der Treppe näherte. Dann hielt er inne. Keiner von ihnen sprach ein Wort. »Warum bist du mit deiner Tochter hergekommen, Tante?«

Maias Blick wurde leer. »Ein Feuer.« Sie schniefte und schien den Tränen nahe. Lorea traute sich nicht, ihr die Erklärung abzunehmen.

»Wie meinst du das?«, wunderte sich Marcus und erschien auf den ersten Stufen der Treppe, sodass Lorea ihn durch die offene Zimmertür sah. Ihr Inneres zuckte verschreckt zusammen. Abgesehen von ihr und ihrer Mutter ahnte niemand, was geschehen war.

Maia holte tief Luft. »Letzte Nacht brach ein Feuer in unserem Haus aus und nahm meinen Mann und meine zwei Jüngsten. Alles ist weg!« Sie verbarg das Gesicht in den zitternden Händen und sank in sich zusammen.

»Ma«, murmelte Lorea und hockte sich neben sie. Ihre Arme schlang sie um Maias Hals.

Marcus eilte die Treppe hinauf. »Was sagst du da?«

Lorea sah, wie sich seine Augen vor Entsetzen weiteten und sein Blick von ihrer Mutter zu ihr wanderte. »Ist das wahr?«

Sie nickte nur, denn ihre Kehle wurde von einem unsichtbaren Seil zugeschnürt. Die Hitze der vergangenen Nacht brannte an ihren Armen, als das Feuer nach ihr geschnappt hatte. Schreie hallten durch ihren Kopf. Die Panik, die sie aus dem entflammten Haus gejagt hatte, ließ ihr Herz verängstigt klopfen. Ihre Sicht verschwamm. Sie spürte heiße Tränen auf ihren Wangen.

Sie drückte ihre Mutter an sich, denn erst jetzt wurde ihr der Verlust bewusst. Ihre Geschwister, Allan und Liza, und ihr Vater waren für immer weg. Sie hatte sich nicht einmal verabschieden können. Selbst die Tiere im Stall, die kleine Schafherde, ein paar Ziegen und ihre Hühner, hatte das Feuer nicht verschont.

Alles in ihr fühlte sich plötzlich leer an. Als ob ein tiefes dunkles Loch sie von innen auffraß.

Marcus stand mit schockiertem Blick vor der Tür. Offenbar wusste er nicht, was er sagen oder tun sollte. Lorea half ihrer Mutter nach einem schmerzenden Moment des Begreifens, sich auf das Bett zu setzen. »Ruh dich aus.« Sie legte ihr eine Decke über die herabgesunkenen Schultern. »Es war heute ein schwieriger Tag.« Verkrampft versuchte Lorea, sich beisammenzuhalten und ihre Trauer hinunterzuschlucken.

»Ich bringe dir eine Brühe«, sagte Marcus, um sich der unangenehmen Stimmung zu entziehen, und verschwand die Treppe hinunter.

Lorea wickelte ihr Lederarmband von ihrem Handgelenk und legte es auf das Federkissen des Bettes. »So kannst du besser schlafen. Dann sind sie bei dir.« Behutsam streichelte sie über das strohblonde Haar ihrer Mutter und tätschelte ihre Hand, die jegliche Wärme verloren hatte. Maia verbarg das Gesicht in der Decke, um hineinzuschluchzen. Damit sie Trost fand, setzte Lorea sich neben sie und legte den Kopf auf ihre Schulter.

Mit einem Becher, aus dem heißer Dampf aufstieg, kehrte Marcus zurück ins Zimmer. Er stellte ihn mit einem dumpfen Geräusch auf den kleinen Hocker neben dem Bett. Lorea nahm sich den Becher und ermunterte ihre Mutter, wenigstens einen Schluck der warmen Brühe zu trinken. Sie hoffte, dass sie dadurch innerlich gewärmt wurde.

Ihr Vetter verließ den Raum und ließ sie allein. Den Becher stellte Maia schnell wieder beiseite. Lorea stand auf und schob sie sanft an den Schultern auf das Kissen. Sie wünschte, dass es irgendetwas auf der Welt gäbe, das ihre Mutter in einen ruhigen Schlaf wiegen konnte. Die nächsten Nächte würde sie keine angenehmen Träume haben. Allein bei der Vorstellung, was sie selbst im Schlaf erleben könnte, verkrampfte sich Loreas Magen.

Damit ihre Mutter besser einschlief, verweilte Lorea an ihrer Seite. Wispernd sprach sie Wünsche an die Naturgeister aus, denn sie glaubte, dass sie dabei halfen, Maia Ruhe zu bringen. Sie bat den Mond, alle Nachtmahre fortzuscheuchen. Sie wünschte sich, dass die Geister des Waldes ihnen ein Kraut zeigten, damit Maias Verletzungen schnell heilten.

Nachdem die Sonne hinter dem Horizont verschwunden war, bemerkte sie, wie Maia ruhiger atmete. Ein kaum hörbarer Seufzer entfuhr Lorea, denn sie war froh, dass sie so schnell eingeschlafen war. Sie legte die restliche feuchte Kleidung über ihren Arm. Auf Zehenspitzen verließ sie das Zimmer und schlich die Treppe hinunter. Als sie in die von einem Kaminfeuer erleuchtete Stube trat, sah sie Marcus auf einem Stuhl am Feuer sitzen. Hier war es wärmer als in den anderen Zimmern.

Ihr Vetter drehte sich zu ihr um und sah, dass ihre Arme schwer beladen waren. »Warte, ich helfe dir.« Er kam zu ihr herüber und nahm ihr einige Sachen ab. Beide legten die Kleidung über Stühle, die an einem Tisch warteten, und auf den warmen Kaminsims. Lorea setzte sich auf einen Schemel und starrte abwesend auf eine gewebte Decke, die auf dem Tisch lag. Sie sah ähnlich aus wie die, welche Loreas Großmutter einst bestickt und die stets auf ihrem Küchentisch gelegen hatte. Alles war zu Asche verbrannt, jeder geliebte Mensch, jede Erinnerung, jedes Erbstück. Ihr Kopf pochte bei dem Versuch zu begreifen, was ihnen widerfahren war.

Derweil Marcus im Feuer stocherte, lauschte sie dem Knacken des glühenden Holzes und dem Fauchen der Flammen im Kamin. Es dauerte nicht lange, da sah sie die Feuersbrunst in ihrem einstigen Heim züngeln und schlagen, wie sie alles zerfraß, was in ihre Reichweite gelangte. Der Geruch von verbranntem Holz und Haar kratzte in ihrer Nase. Ihr Herz schlug heftig gegen ihre Rippen, wie in jenem Moment, als sie panisch aus dem Fenster gesprungen war. Die Erinnerung schnürte ihr die Kehle zu.

Nachdem Marcus das Kaminfeuer mit einem langen Stock geärgert hatte, zog er den Ärmel seines Hemdes über die Hand und griff nach einer Kanne, die von den kleinen Flammen erhitzt wurde. Er goss dieselbe Kräuterbrühe, die er ihrer Mutter gebracht hatte, in zwei hölzerne Becher auf dem Boden. Mit lautem Geräusch setzte er die Kanne neben dem Kamin ab. Er nahm die beiden Holzbecher, stellte sie auf den Tisch und rückte seinen Stuhl von der Feuerstelle hinüber zu ihr.

Lorea umfing den bereitgestellten Becher mit beiden Händen und neigte den Kopf hinab, damit ihr Vetter die Tränen in ihren Augen nicht sah. Brotkrümel und fein geschnittene Kräuter schwammen in der gelblichen Brühe. Vorsichtig nippte sie daran.

Ihr Vetter musterte sie bekümmert, und sie entschloss sich, die unbehagliche Stille zu durchbrechen. »Wo ist deine Mutter?«

»Sie ist seit gestern verschwunden. Niemand hat sie gesehen. Sie muss früh am Morgen aus dem Haus gegangen sein. Ein paar Mitbewohner haben bereits in der Stadt nach ihr gesucht, aber wir konnten sie nirgends finden.«

Genauso unverstanden, wie ihr Vetter sie vor wenigen Augenblicken angesehen hatte, musterte Lorea nun ihn. Als sich ihre Blicke trafen, schlug sie die Augen nieder und starrte auf die Brotstückchen, die in ihrem Becher ein heißes Bad nahmen. Steckte jemand dahinter? Bei dem Gedanken, man hätte ihr Heim absichtlich angezündet, verging ihr schlagartig der Appetit. Hatten die Brandstifter womöglich auch Judeth etwas angetan? Aber wer könnte ihren Tod wollen? Hatten die Stadtbewohner Mordpläne geschmiedet? Oder gar Hexenjäger angeheuert? War ihr Lehnsherr ihrer Familie überdrüssig geworden? Hatten sie zu wenig Abgaben geleistet? Bei ihrer letzten Vermutung schüttelte sie den Kopf. Fünf Schafe und eine Kiepe Äpfel samt selbstgeflochtenem Korb hatten sie im vergangenen Herbst dem Bischof überlassen, damit man ihnen ihr Heim ließ. Das war ein nahrhafter Grund, sie am Leben und in Frieden zu lassen.

Obwohl ihre Finger sich nicht aufgewärmt hatten, stellte sie den Becher zurück auf den Tisch. Mit jedem Geräusch, das Glut und Flammen erzeugten, fassten sich ihre Gedanken zunehmend. Der Nebel in ihrem Kopf verschwand, doch was er ihr offenbarte, ließ die gleiche Kälte durch sie ziehen, die sie an der Hand ihrer Mutter gespürt hatte. Mit ihren kleinen Geschwistern war sie oft im Wald gewesen, hatte mit ihnen Beeren gepflückt und ihnen gezeigt, welche Kräuter essbar waren und wohltuend wirkten. Am Abend hatte ihr Vater Geschichten oder von seinen Wanderungen erzählt. Die Erinnerungen zerfielen zu Asche. *Sie sind alle weg*, dachte Lorea verzweifelt. Aber das konnte doch nicht sein.

Gedankenverloren starrte sie auf den Boden und fragte sich, was sie nur tun sollten. Je länger sich die Stille zwischen ihr und ihrem Vetter ausdehnte, desto mehr Fragen türmten sich in ihrem Kopf. Wenn sie tatsächlich verfolgt wurden, waren sie gezwungen, zu fliehen. Wenn nur ein böser Knabenstreich hinter dem Brand steckte, mussten sie trotz allem neu Fuß fassen. Etwa hier bei ihrer Tante?

»Ist auch euch etwas bei dem Feuer passiert?«, fragte ihr Vetter vorsichtig. »Habt ihr Verbrennungen?«

Lorea schüttelte abwesend den Kopf. »Ma hat zum Glück nur ganz leichte Verbrennungen am Arm, nichts Ernstes.«

»Hat es euer Vieh geschafft?«

Sie zeigte ihm ein verletztes Gesicht. Es bereitete ihr Schmerzen, daran erinnert zu werden.

Ihr Vetter stieß schwer die Luft aus. »Was habt ihr nun vor?«

»Ich weiß es nicht. Ich kann nur hoffen, dass Mutter sich entscheidet, hier zu bleiben.«

»Wir haben ja jetzt ein Zimmer frei«, sagte Marcus bekümmert.

Ihr Blick wurde vom Kaminfeuer angezogen. »Alles ist weg«, bemerkte sie mit anschwellender Stimme. Ihre Sicht verschwamm. Sie fürchtete, an der Erinnerung zugrunde zu gehen, wenn sie nicht darüber redete. »Wir konnten gar nichts mehr tun. Überall war Feuer.«

Verzweifelte Schreie von ihr und ihrer Mutter sirrten durch ihren Kopf. Tränen rannen über ihre Wangen. Dieses Mal war sie diejenige, die tröstend von jemandem umarmt wurde. Marcus streichelte über ihren Rücken. Ihre Haut war so bleich und kalt wie Schnee. Die Umarmung half ihr, nicht in lautes Schluchzen zu verfallen. Lorea zwang sich, ihr hektisches Schniefen zu beruhigen. Es war nicht sittlich, vor jemandem Tränen oder Schwäche zu zeigen. Schwermütig lehnte sie sich in ihrem Stuhl zurück. Sie trank einen weiteren Schluck der versalzenen Brühe. Mit den langen Ärmeln ihrer Bluse wischte sie die Traurigkeit aus ihrem Gesicht.

Die Haustür öffnete und schloss sich quietschend. Eilig stand Marcus auf und hob erwartungsvoll das stoppelige Kinn. Eine Gestalt trat ins Licht des Kaminfeuers. Es war die Bäuerin vom Feld, die Maia gegrüßt hatte. Auf dem Arm der Frau saß ein kleines Mädchen, das Lorea müde musterte.

Lorea grüßte die beiden kleinlaut. Gewiss war die Frau eine Mitbewohnerin ihres Vetters.

Marcus' Schultern sanken enttäuscht herab, weil er vermutlich seine Mutter erwartet hatte. Er schlurfte zu der Bäuerin und dem Mädchen hinüber.

»Ist Judeth noch immer nicht da?«, fragte die Frau, während sie gemeinsam zur Treppe im Flur gingen. Trübselig verneinte Marcus. Beide unterhielten sich leise, und Lorea wandte sich von ihnen ab. Sie bevorzugte es, mit ihren Gedanken allein zu bleiben. Als sie den Namen ihrer Tante vernahm, fragte sie sich, was ihr wohl zugestoßen war. Sie wäre doch nicht ohne ein Wort fortgegangen. Lorea redete sich ein, dass Judeth nur Kräuter im Wald sammeln wollte und sich dabei am Fuß verletzt habe. Diese Geschichte beruhigte wenigstens eine ihrer Sorgen.

Das Feuer knackste, spuckte einen Funken aus dem Kamin und ließ Lorea aufschrecken. Ein heißer Hauch wehte zu ihr. Bei dem Gedanken an ein warmes Bett entfleuchte ihr ein Gähnen.

Nachdem die beiden im Hausflur ihr Gespräch beendet hatten, trug die Frau ihr Kind die Treppe hinauf.

»Du solltest auch schlafen gehen«, empfahl ihr Vetter, der zurück in die Stube kam. »Es heißt, dass man einen klaren Kopf bekommt, wenn eine Nacht über die Dinge vorübergezogen ist.«

Müde brummend nahm Lorea seinen Ratschlag an. Der letzte Schluck Brühe war bereits ausgekühlt wie die Nacht, die anbrach.

Als sie wieder das Zimmer ihrer Tante betrat, eilte Marcus ihr nach, bepackt mit Decken aus einer benachbarten Kammer. Die kratzigen Stoffe breitete er auf dem Fußboden aus.

»Soll ich eure Stiefel ölen?«, fragte er flüsternd, um Maia nicht zu wecken. Lorea nickte und lächelte ihn dankbar an. Dann schützte ihr Schuhwerk sie besser vor der Nässe des Regens.

Für einen zögerlichen Moment musterte Marcus ihre schlafende Mutter. Er verabschiedete sich mit einem »Gute Nacht« und schritt aus dem Raum. Lorea schloss hinter ihm leise klackend die Tür. Morgen früh würde es in dem kleinen Zimmer stickig werden, deshalb öffnete sie das Fenster am Kopfende des Bettes. Der Duft des aufblühenden Frühlings huschte mit einer kalten Brise ins Zimmer.

Lorea legte sich neben Maias Schlafplatz auf die am Boden zurechtgelegten Decken und schlang eine davon um sich. Gedankenfetzen stießen sie von einer Erinnerung zur anderen. Vom tosenden Feuer zum leicht verletzten Arm und dem schwarz verkohlten Ärmel ihrer Mutter. Von den Schreien nach ihren Geschwistern und ihrem Vater zu dem Bild des brennenden Viehs. Von der rauchenden, vom Regen gelöschten Brandruine ihres Heimes zu ihrem spärlich gefüllten Bündel. Die Angst, dass sie kaum Besitz und Geld hatten und ihre Existenz mehr gefährdet war als je zuvor, nagte an ihr. Ebenso wie die Furcht, dass ihrer Tante etwas Ernsthaftes zugestoßen war.

Ihre Mutter atmete tief und gleichmäßig. So friedlich sah sie aus. Nicht einmal ein Hauch von Verzweiflung war mehr in ihrem Gesicht zu erkennen. Schon seit dem frühen Morgen hatte Lorea die Befürchtung gehabt, dass ihre Mutter letzte Nacht kein Auge zugetan hatte.

Draußen hörte sie die Schritte der wenigen Bewohner, die erst spät nach Hause kamen. Ein Mann lief durch die Straßen und sang ein warnendes Nachtlied, dass ein jeder zu dunkler Stunde daheim sein sollte, da Halunken zu dieser Zeit durch die Gassen streunten. Lorea mutmaßte, dass ein Nachtwächter die melodische Botschaft durch die Stadt sandte. Sie hatte noch nie einen gesehen, doch sie kannte die Wächter aus Erzählungen ihres Vaters. Mit Fantasie stellte sie sich eine kräftige Gestalt vor, setzte ihr einen schwarzen Spitzhut auf, legte einen ebenso farbenen Umhang um beide Schultern und drückte ihr eine Laterne in die Hand, die so lang war wie ihre Elle. Um nachzusehen, ob sie sich den Mann recht vorstellte, stand sie auf und lief zum Fenster hinüber. Sie konnte ohnehin nicht schlafen, da würde ihr ein ablenkender Blick guttun.

Lorea spähte auf eine breite Straße. Die Häuser waren nicht allzu dicht gebaut wie in den Gassen, sodass man nicht beim nächsten Schritt auf dem benachbarten Dach landete. Ein langer Schatten mit einer Laterne in der Hand entfernte sich von ihr, und sie stellte fest, dass sie sich abgesehen vom Körperbau des schlanken Mannes ein stimmiges Bild gemacht hatte. Sie lehnte sich aus dem Fenster und bewunderte die leuchtenden Punkte am wolkenlosen Himmel. Bei ihr zuhause hatte sie die Sterne klarer gesehen als hier in der Stadt, da manche schmale Rauchwolke aus einem Kamin die Himmelsleuchten verschleierte.

Zwei Männer liefen unter ihrem Fenster vorbei.

»Hast du den Rauch heute Morgen gesehen? Meine Frau hat gesagt, das Feuer hätten Hexen in der Nacht angezündet und seien singend drum herum gesprungen.«

»Die spinnt ja.« Der andere lachte ihn aus.

Doch der Mann schien von der Geschichte seiner Frau überzeugt. »Im Ernst! Ich hoffe, die locken keine Hexenjäger an. Hab gehört, die sollen kaltblütig sein und dir ein Ohr abschneiden, wenn du sie nur schief anschaust. Denen will ich nicht begegnen.«

»Glaubst du an so ein Weibsgelaber?«

Die beiden bogen in eine Seitenstraße und verschwanden aus Loreas Hörweite. Sie ließ den Kopf hängen. Der Rauch hatte mit Sicherheit bei der Asche ihres Hauses seinen Ursprung gehabt. Es beeindruckte sie auf beängstigende Weise, dass man ihn so weit entfernt gesichtet hatte.

Eine Frau mit einem Mädchen an der Hand verschwand durch eine Haustür. Die Kleine auf dem Arm von Marcus' Mitbewohnerin kam Lorea in den Sinn. Sie war um einiges jünger als Loreas Schwester Liza.

In diesem Sommer wäre sie eine Handvoll an Jahren alt geworden. Mit ihr und ihrer Mutter hatten sie im Winter aus der Wolle der Schafe Garn gesponnen und dabei Lieder gesungen. Beim Ernten ihrer kleinen Beete im letzten Sommer hatte sie das erste Mal mitgeholfen. Weil eine Ziege damals dem angebauten Kohl Blätter gestohlen hatte, war Liza aufgesprungen und zu dem Tier gelaufen, um ihm eine kräftige Standpauke zu halten. Tiere hatte sie geliebt. Ein paarmal hatte sie heimlich im Stall geschlafen, da sie überzeugt gewesen war, dass das Vieh in ihrer Gesellschaft besser träumte.

Tief in Gedanken bei ihrer Schwester hörte sie, wie jemand neben ihr flüsterte: »Ich mache mir auch Sorgen.«

Erschrocken zuckte sie zusammen und fuhr herum. Ihr Vetter steckte den Kopf aus dem Fenster des Nachbarzimmers und konnte offenbar ebenfalls nicht einschlafen. »Mutters Verschwinden und euer Schicksal scheinen mir ein seltsamer Zufall.«

»Was denkst du, wo Judeth ist?«

»Wahrscheinlich ist sie nur fortgegangen, weil sie mir ein Leben mit Beschimpfungen wegen der Hexengeschichte ersparen wollte.« Marcus lehnte sich weit aus dem Fenster, welches nur eine ausgestreckte Armlänge von Loreas entfernt war. Trotz der herrschenden Dunkelheit erkannte Lorea deutlich seine vor Sorge verzerrten Brauen. »Obwohl hier nie jemand ein böses Wort über uns verloren hat. Ich verstehe es nicht.« Er hob den Kopf. »Vor ein paar Tagen fing sie wieder mit Shias Geschichte an und meinte, sie sei eine höllisch schlechte Mutter. Sie hat immer solche Anwandlungen, wenn Shias Wiegenfest zum Frühlingsbeginn näher rückt.«

Maia hatte oft davon erzählt. Shia, Judeths jüngste Tochter, musste jetzt bald so alt wie Lorea selbst sein, wenn sie noch lebte. In einem Frühling vor vielen Jahren war Shia während einer Hungersnot nicht mehr von einem nahen Hof nach Hause zurückgekehrt. Niemand wusste, ob sie Ernte gestohlen hatte und bestraft worden war oder ob sie jemand wegen des großen Hungers getötet hatte. Seither hatte sie keine Menschenseele mehr gesehen. Und jetzt war Marcus' Mutter ebenfalls verschollen. Womöglich stimmte es, dass sie Hexen waren, denn das Unglück schien ihnen ungewöhnlich oft zu begegnen.

Der Wind blies Loreas schwarzes Haar aus ihrem Gesicht, und sie senkte den Blick auf die Straße unter ihnen. Eine kleine Gruppe tratschender Frauen lief in Richtung des Südtors. Ihr Schnattern brachte das erste Mal am heutigen Tag ein aufrichtiges Schmunzeln auf Loreas Lippen. Sie redeten über einen Viehstall in der Nähe, dass dort eine Frau bei den Schweinen hingefallen sei und sich eines der Tiere auf sie gesetzt habe.

Loreas Augen suchten erneut den Himmel ab. »Kennst du ein paar Sternzeichen?«

»Nur ein paar. Angeblich sollen die Charakterzüge eines Menschen von jenem Sternzeichen abhängig sein, unter welchem er geboren wurde. Wie alt bist du jetzt eigentlich?«

»Siebzehn Winter.« Bevor sie in Gedanken in die Vergangenheit zurückfiel, redete sie lieber über Schöneres. »Kannst du mir ein Himmelszeichen zeigen?«

»Dort ist, glaube ich, der Große Bär.« Er streckte den Arm nach oben und zeichnete ein seltsames Muster in die Luft. »Siehst du die hellen Sterne dort?«

Lorea glaubte zu sehen, was er andeutete. Bei dem merkwürdigen Gebilde verzog sie die Brauen. Sahen Bären so eigenartig aus?

Marcus' Hand klopfte behutsam auf ihre Schulter. »Geh schlafen. Morgen sehen wir weiter.« Mit nach oben gezogenen Mundwinkeln verschwand er im Nachbarzimmer. Ein letztes Mal streckte Lorea die Arme in die nächtliche Luft und folgte Marcus' Rat. Trotz der Decken war es hart unter ihrem Rücken. Bei ihr daheim waren die Unterlagen aus Stoffen und Fellen weicher gewesen. Wieder dachte sie an ihr Zuhause. Bei den Streunern, murmelte Lorea in Gedanken, sie wollte es endlich vergessen. Diese flammende Nacht sollte aus ihrem Kopf verschwinden.

Die Tatzen des Bären

Als Lorea die Lider hob, sah sie sich verwundert um. Zwar lag sie wie gewohnt auf dem Fußboden, doch der Geruch und die Einrichtung des Zimmers waren ihr fremd. Plötzlich fiel ihr ein, wo sie übernachtet hatten. Dass sie nie wieder in ihrer engen Kammer zwischen den Regalen auf dem Holzboden schlafen würde, weil nicht mehr davon übrig war als Asche. Dass sie nie wieder die morgendlichen Rufe ihres Hahnes hören oder von ihrem kleinen Bruder mit polternden Schritten geweckt werden würde. Kummer erdrückte ihre Brust und zog ihre Mundwinkel hinab. Traurig sah sie zu ihrer Mutter, die sich im Bett aufgerichtet hatte und gedankenverloren aus dem Fenster blickte. Ob sie auch an ihr altes Heim dachte?

Als ihre Mutter bemerkte, dass Lorea wach war, lächelte sie warmherzig. »Guten Morgen.«

Lorea entgegnete dieselben Worte. Anscheinend hatte ihre Mutter sich durch den Schlaf etwas erholt.

Maia streckte die Hand aus und gab Lorea das gemusterte Armband lächelnd zurück. »Danke, Liebes.«

»Hat es dir beim Schlafen geholfen?« Lorea war neugierig, ob ihr Aberglaube Wirkung zeigte. Behutsam band sie das schmale Leder wie gewohnt zweimal um ihr Handgelenk. »Ich habe auch Wünsche für dich ausgesprochen.«

»Das ist lieb von dir. Danke den Geistern. Sie haben mich diese Nacht besser schlafen lassen als die letzte.«

Jemand klopfte an der Tür. Maia erhob sich und öffnete. Marcus stand vor ihrem Zimmer und wünschte ihnen einen guten Morgen.

Maia sah sich um. »Ist Judeth wieder da?«

Doch Loreas Vetter antwortete mit einem trüben Kopfschütteln. Sein Kinn neigte sich zum Boden. »Sie ist immer noch verschwunden.«

»Das Brot steht schon auf dem Tisch!«, rief eine junge Mädchenstimme von unten.

Marcus drehte sich zur Treppe um und wollte den Raum verlassen, doch Maia griff nach seinem Arm und bremste ihn.

»Wir gehen heute«, sagte sie entschlossen, aber leise.

Marcus starrte sie verwirrt an. »Schon so bald?«

»Ma«, warf Lorea ein, »ich dachte, wir würden bleiben?«

»Wir können nicht bleiben.«

»Wieso nicht?« Marcus schien beleidigt.

Ihre Mutter neigte den Kopf nach vorn, damit er ihre flüsternden Worte verstand. »Weil ich glaube, dass Judeths Verschwinden und unser Hausbrand keine Zufälle sind.«

Marcus lehnte sich zurück, als befürchtete er, Maia sei krank und er könne sich anstecken. »Wegen dem Unsinn mit dem Rothaar in unserer Familie?«

Maia nickte.

»So ein Unfug«, murrte Marcus halblaut, als wolle er das nicht wahrhaben. »Wer sollte sich nach so vielen Jahren noch darum scheren?«

»Ein Hexenjäger?«, gab Maia ängstlich zurück.

Lorea sank verschreckt in sich zusammen. Sie war nicht die Einzige, welcher der Einfall kam, dass Hexenjäger dahinter stecken konnten. Als sie an das Gespräch der beiden Männer gestern Abend auf der Straße dachte, wurde ihr schwindlig.

»Ach was, das bildest du dir nur ein«, meinte Marcus. Er drehte sich um und lief eilig die Treppe hinunter, als wolle er nichts mehr von Maias Gerede hören.

Lorea schaute ihm traurig nach. Dann wandte sie sich ihrer Mutter zu. »Ma?«

Maia legte ihr eine Hand auf die Schulter und sah sie eindringlich an. »Das bleibt unter uns. Kein Wort zu niemandem über diese Geschichte.«

Lorea senkte den Blick. Ihrer Mutter war es schon immer unangenehm gewesen, über die alte Hexengeschichte zu sprechen. Erfuhren andere davon, würde ihr Name in Marcus' Heimat ebenfalls beschmutzt. Und er würde womöglich angeekelt angestiert und der Stadt verwiesen werden. Das wollte Lorea nicht.

Maia stieg die knarzenden Stufen hinunter. Lorea folgte ihr nur zögerlich. Sie wollte hier bleiben, schließlich gewährte man ihnen ein sicheres Dach über dem Kopf. In der Fremde waren sie sich selbst überlassen, sie hatten kaum Habe, die sie eintauschen konnten. Wie sollten sie ohne all das überleben?

Als sie die Stube betraten, musterte sie die neuen Gesichter. Drei Männer und eine Frau sahen freundlich zu ihnen auf. Drei Kinder, darunter das Mädchen von gestern Abend, setzten sich soeben. Während das Mädchen auf einem kippelnden Hocker Platz nahm, drängten sich die beiden Jungen auf einen engen Stuhl. Die Mutter des Mädchens stand am Kamin und rührte in einem Kessel über dem Feuer. Marcus stellte Lorea den ihr unbekannten Mitbewohnern vor, die Maia schon bei ihren Besuchen kennengelernt hatte. Erst jetzt erfuhr Lorea, dass die Frau am Kamin Catrina hieß und Marcus' Gattin war. Das kleine Mädchen war seine Tochter.

Nur abwesend schnappte Lorea einige Namen auf, denn sie war von dem ernsten Gespräch völlig durcheinander. Waren sie denn in solch großer Gefahr? Loreas Brauen verzogen sich vor Unwohlsein. Nachdem Marcus den letzten, der auf einer Bank in einer Ecke saß, beim Namen genannt hatte, setzte sie sich rasch auf einen Hocker neben ihrer Mutter. Damit niemand bemerkte, dass sie keiner einzigen Silbe gelauscht hatte und ihre Gedanken überall nur nicht in dieser Stube verweilten, warf sie ihnen beiläufig ein »Guten Morgen« zu. Scheu nahm Lorea sich eine Brotscheibe von einem Teller. Einer der Männer goss ihnen Tee ein. Lorea suchte ihre getrockneten Sachen und fand sie zusammengelegt auf einem kleinen Schemel neben der Tür.

»Habt ihr schon gehört? Eine Nachbarin hat erzählt, dass auf einigen Feldern bereits der Spinat reif ist«, berichtete Catrina, die weiter im Kessel rührte. »Was für eine verkehrte Welt.«

Derweil beschmierten sich die Mitbewohner am Tisch ihre Brote mit einer Kräuterbutter. Loreas Zunge bemerkte schnell, dass da jemand wenig schmackhaftes Grün in die Butter gemischt hatte. Aber sie wollte nicht unhöflich sein und sich beschweren. Vielleicht hatte derjenige nichts Besseres in Wald und Flur gefunden.

»Das kann man wohl sagen«, meinte Maia.

Marcus warf ihr einen mitleidigen Blick zu.

»Was führt euch zwei denn hierher?«, fragte ein junger Mann am Tisch.

Maia warf Lorea einen Seitenblick zu und räusperte sich. »Wir … Wir sind nur auf Durchreise. Wir haben vor, bald aufzubrechen.«

»Ma«, warf Lorea ein, denn ihr gefiel die Entscheidung ihrer Mutter ganz und gar nicht.

Maia sah sie nachdenklich an, fuhr aber fort, ohne sich abbringen zu lassen. »Wir reisen gen London nach Süden, vielleicht bis aufs Festland«, scherzte sie mit schiefem Schmunzeln. »Natürlich nur, wenn das Wetter mitspielt.«

»Bist du sicher, Tante?«

»Ja. Die Familie meines Gatten wohnt dort, wir wollen sie besuchen. Willst du nicht mitkommen?«, fragte sie Marcus.

Lorea schaute ihre Mutter ob der Ausrede und der dreisten Frage entgeistert war.

Ihr Vetter sah sich am Tisch um. »Mein Zuhause ist hier. Und eures könnte es auch werden.«

Doch Maia zeigte ein widerspenstiges Kopfschütteln. Sie widmete sich ihrer morgendlichen Mahlzeit.

»Aber Ma, wir können doch hier bleiben.«

»Nein, können wir nicht.«

Aufgebracht stand Lorea auf. »Von was willst du dann leben? Wir haben nicht einmal eine einzige Münze geschweige denn Essen!«

Alle am Tisch sahen sie erschrocken an. Die Kinder auf ihrer anderen Seite schrumpften.

Erbost sah ihre Mutter auf, doch behielt ihre Stimme im Gegensatz zu Lorea gesenkt. »Setz dich sofort hin.«

»Du hast meine Frage nicht beantwortet!«

»Kräuter werden uns ernähren.«

»Sollen wir dann umherziehen und Grünzeug essen wie Vieh? Willst du so leben?«

Nun erhob sich auch Maia und erfasste sie mit einem so düsteren Blick, dass Lorea erschrak. »Wir ziehen weiter. Das ist mein letztes Wort. Jetzt setz dich hin und benimm dich nicht wie ein ungezogenes Gör. Du bist hier zu Gast.«

Lorea schluckte. Sie gab ihre Bemühungen auf, Maia vom Bleiben zu überzeugen, und sank missgelaunt zurück auf den Hocker. Mit störrischen Bissen ließ sie ihren Frust an ihrem Brot aus.

»Wollt ihr Proviant mitnehmen? Im Keller haben wir noch reichlich Vorräte«, bemerkte Catrina.

Maia brummte zustimmend. Marcus' Gesichtsausdruck verriet Lorea, dass er es bevorzugt hätte, sie vorerst hier zu behalten.

Nachdem Lorea ihr Brot verspeist hatte, stand sie auf und folgte der Gattin ihres Vetters, ihre Mutter dicht hinter ihr. Catrina führte sie eine Treppe hinunter, deren Stufen immer schmaler wurden und sie in einen kühlen Keller geleiteten. Sie nahm sich ein kleines Fässchen mit Deckel, welches sie mit Salz füllte, ein kleines Leinensäckchen voll mit Erbsen. Lorea nahm beides entgegen. Anschließend reichte Catrina ihnen zwei Salate, von welchen einige Blätter recht braun waren, ein hartes Laib Brot und ein zweites Säckchen mit Mehl. Mit bepackten Armen stieg Lorea hinauf in das Zimmer ihrer Tante. Als sie alles auf dem Boden abgelegt hatte und das Brot in ihrem Lederbündel verstauen wollte, kam ihre Mutter ihr nach. »Warte, Lorea.«

Verwundert sah sie auf. Maia trug eine leere Leinentasche in den Armen. »Die hat mir Catrina eben gegeben, da können wir unser Essen drin verstauen. Sonst musst du ja alles allein schleppen.«

Somit legten sie den Proviant in die geschenkte Leinentasche. Lorea musterte die fremde Tasche beim Packen. Ihnen sie einfach so zu überlassen, empfand Lorea als übermäßig freundlich und weckte Misstrauen in ihr. Doch sie verschwendete keinen weiteren Gedanken daran.

Alles, was man ihnen anbot und mitgab, sollten sie ohne Widerworte entgegennehmen. Zumal ihre Mutter darauf bestand, dass sie mittellos vor der Gefahr flüchteten, anstatt sich ihr zu stellen. Wenn sie überhaupt in Gefahr schwebten.

Catrina trug ihre getrocknete Kleidung hinauf, welche sie dankend entgegennahmen und in Loreas Bündel verstauten. Ihre Mutter nahm sich ihre gepackte neue Tasche. »Ich warte unten auf dich.«

Lorea murrte missgelaunt. »Müssen wir denn wirklich fort?«

»Es ist zu gefährlich, wenn wir bleiben«, flüsterte Maia entschieden.

»Es ist gefährlicher, ohne viel Hab und Gut und ohne feste Bleibe umherzustreifen.«

Maias scharfer Blick verriet ihr, dass sie besser schwieg. Beschämt musterte Lorea den Boden. Sie war sich unschlüssig, welche Entscheidung waghalsiger war.

Ohne ein weiteres Wort ging ihre Mutter die knarzende Treppe hinunter.

Sie wollte nicht fort. Sie wollte nicht ins Ungewisse laufen, nichtsahnend, was sie erwartete. Frustriert legte sie die getrocknete Kleidung, die sie über Bett und Schrank gehängt hatten, zurecht und packte sie ebenfalls in ihr Bündel. Ihre Mutter hingegen schien zufrieden mit ihrer Entscheidung zu sein. Maia hielt unten in der Stube einen Schwatz mit den anderen. Der Gedanke, dass der Schlaf ihren Geist ein wenig geheilt hatte, munterte sie auf.

Sie schnürte das Bündel zu und richtete ihr langes Leinenkleid. Ein sehnsüchtiger Blick umher versicherte ihr, nichts vergessen zu haben. Wenn sie ehrlich war, fürchtete sie sich vor ihrer bevorstehenden Reise. Nie zuvor hatte sie sich auf lange Wanderschaften begeben.

Das Murmeln mehrerer Stimmen drang durch das Haus bis zu ihr ins Zimmer. Lorea lief die Treppe hinunter, griff nach ihren frisch eingeölten Stiefeln und warf ihrer Mutter einen bedeutungsvollen Blick zu. Wenn sie sich schon mit deren Reiselust abfinden musste, wollte sie wenigstens den unerfreulichen Abschied eilends hinter sich bringen.

Ihr Vetter geleitete Maia zu ihren Schuhen, mit den trockenen und vom Kaminfeuer gewärmten Mänteln in den Armen. Er half den beiden in ihre lange Kleidung. Während ihre Mutter sich um ihre Stiefel kümmerte, holte Lorea ihre Verabschiedung bei den anderen nach. »Lebt wohl«, warf sie knapp in die Stube. Die Mitbewohner musterten sie mitleidig. Sie ahnten wohl, dass sie nicht aufbrechen wollte. Catrina warf einen ratlosen Blick in die Runde und seufzte schwer, weil sie offenbar gehofft hatte, dass Maia sich umentscheiden würde.

Ihr Vetter öffnete die Haustür und führte seine Verwandten nach draußen.

»Kommt ihr wieder zurück?«, fragte das kleine Mädchen, welches gestern müde wie eine Haselmaus vor dem Winterschlaf gewesen war.

»Natürlich«, warf Marcus ein.

»Wir werden sehen«, gab Maia zurück.

Ihr Vetter trat zu ihrer Verwunderung mit vor die Tür. »Ich werde euch noch ein Stück begleiten.«

»Suchst du weiter nach Großmutter?«, wollte das kleine Mädchen wissen.

»Ja.«

»Ich will mitkommen!«

»Nein, Amice, du bleibst hier bei deiner Mutter.«

Lorea warf ihrem Vetter einen unauffälligen Seitenblick zu. Sie hatte das Gefühl, dass Maia ihm durch ihre Vermutung bezüglich der Hexenjäger Angst gemacht hatte.

Sie hoben vor dem kleinen Mädchen die Hände zum Abschied und gingen gemeinsam mit Marcus den Weg zurück zu jenem Marktplatz, welchen sie gestern kurz besucht hatten.

»Ich komme bald wieder, hilf du derweil deiner Mutter im Haus!«, trug er seiner Tochter auf, während sie sich von ihr entfernten.

»Mache ich!«

Sie winkten dem Mädchen an der Haustür, bis sie um eine Ecke verschwanden. Auf dem Marktplatz angekommen richteten sich ihre Stiefelspitzen nicht gen Norden, wo ihre Heimat lag, sondern gen Süden. Die Morgensonne warf ihre Schatten auf den staubigen Marktplatz. Aus manchen Stuben erklang lautes Hämmern und Schleifen.

Betrübt blickte Marcus auf die Straße. »Willst du wirklich gehen, Maia? Es könnten Schotten abseits der Stadt unterwegs sein. Oder Raubritter. Hinter den Stadtmauern ist es doch am sichersten.«

»Nicht, wenn wir verfolgt werden«, zischte Maia zurück. »Du solltest mit uns mitkommen.«

»Du bildest dir das nur ein. Nur weil euer Unglück und das Verschwinden meiner Mutter durch Zufall zusammentreffen, heißt das noch lange nicht, dass man euch jagt.«

»Vielleicht sind wir auch verflucht«, warf Lorea bedrückt ein. Die anderen beiden verstummten. Sie wusste selbst nicht, welche Entscheidung die richtige war. Ob all dies nur Zufälle oder Absichten waren.

Sie liefen zum Stadttor, dessen Flügel geöffnet waren und sie hinaus zu den Feldern geleiteten, wo Bauern ackerten.

»Wir sollten nicht wegen der Entscheidung des anderen streiten«, beschloss Maia.

Marcus nickte. »Dass ihr geht, ist eure Sache, dass ich bleibe, ist meine. Wollt ihr wirklich bis nach London reisen?«

»Wir werden sehen.«

Energisch stieß Lorea die Luft durch die Nase aus, weil sie an ihre Mutter gebunden war. Wenn Maia sich in den Kopf setzte, fortzugehen, konnte Lorea sie unmöglich allein ziehen lassen. Getrennt vom jeweils anderen wären sie beide verloren.

Die von Karren und Kutschen zerfahrene Straße führte sie entlang der Felder in einen Wald. Auf ihrem Weg rupfte Lorea Blätter von Spitzwegerichpflanzen ab und zerrieb sie zwischen den Fingern. Früher hatten sie Kräuter stets mit einem Mörser aus Stein gemahlen. Durch ihre Kenntnisse über Pflanzen und deren Heilwirkungen hatte man den Glauben der Stadtbevölkerung aufrecht erhalten, sie seien Hexen.

Mit dem grünen Kleister schmierte sie die leichten Verbrennungen am Unterarm ihrer Mutter ein. Maia zischte, als die gequetschten Blätter und der Saft daraus ihre Haut berührten. Vorsichtig zog sie die langen Ärmel ihres Kleides und Mantels darüber, um die Medizin nicht abzuwischen, sondern einwirken zu lassen. Schließlich gingen sie weiter.

»Deine Frau ist sehr gütig«, lobte ihre Mutter Marcus. »Sie hat uns Muscheln und ein paar Münzen mit auf den Weg gegeben. Dafür können wir ihr nicht genug danken.«

Lorea sah sie erstaunt an und stutzte. »Sie hat dir einfach so Münzen gegeben?« Da hatte sicher Marcus seine Finger im Spiel gehabt, der sie verkrampft anlächelte. Sie schob den Gedanken beiseite. Es war ihr gleich, wer ihnen Münzen spendete. Jedes bisschen an Wert war für sie bedeutsamer als je zuvor. Wenn sie keine Wertsachen mehr hatten, müssten sie ihre letzte Habe eintauschen, um nicht zu verhungern, weil sie kein Feld, kein Beet und kein Vieh mehr besaßen. Sie waren gezwungen, all ihre Vorräte zu kaufen, wenn sie nicht genügend Pflanzen in der Wildnis fanden. Dass ihr Leben davon abhing, missfiel Lorea.

»Ich werde hier nach meiner Mutter suchen.« Ihr Vetter blieb stehen, und die beiden Frauen wandten sich zu ihm um.

»Dann trennen sich unsere Wege«, stellte Lorea schwermütig fest. Ihr Blick senkte sich. »Ich will nicht gehen.«

Das Räuspern ihrer Mutter ließ sie schrumpfen. »Lorea Blake, du bist fast erwachsen. Benimm dich auch so.«

»Immerhin wäge ich meine Entscheidungen zu unseren Gunsten ab.«

Zornig spannte Maia den Unterkiefer an. »Ich habe sehr wohl abgewogen. Es ist der sicherste Weg.«

»Oder aber der umständlichste.«

»Immerhin sorge ich dafür, dass wir überleben!«

»Aber wir wissen doch gar nicht, ob jemand unseren Kopf will!«

»Ich will nicht riskieren, dass mir mein letztes Kind genommen wird!«

Sprachlos öffnete Lorea den Mund. Ihre Mutter wollte nur davonlaufen, weil sie Lorea schützen wollte? Tränen glänzten in Maias Augen. Sie schien schreckliche Angst zu haben, dass ihr etwas zustieß.

Maia legte beide Hände an Loreas Wangen. »Verstehst du mich?«

Mit herabgesunkenen Mundwinkeln nickte Lorea. Schuldgefühle zwangen sie, dem besorgten Blick ihrer Mutter auszuweichen.

Marcus trat an sie heran, als er versichert schien, dass sich beide beruhigt hatten. Er breitete die Arme aus und schenkte ihnen gleichzeitig eine Umarmung. »Ihr solltet euch vertragen, wenn ihr zusammen unterwegs seid. Passt auf euch auf.«

»Und du auf dich«, entgegnete Lorea.

Maia zog sich von ihm zurück. »Ich hoffe, du findest Judeth wohlauf.«

Als Lorea einen Schritt von ihrem Vetter zurücktrat und ihr Blick zu ihrer Mutter sprang, rann eine Träne über ihre Wange. So viel Kummer und Sorge ging von ihr aus.

Marcus legte bestärkend eine Hand auf ihre Schulter. »Das werde ich. Versprochen. Auf Wiedersehen.«

Es war Lorea bewusst, dass ihr Vetter diese Worte der Verabschiedung wählte, damit sie auf ihrer Reise wieder hierher zurückkehrten.

»Leb wohl«, sagte ihre Mutter.

Weil sie nicht wusste, ob ihr Weg sie noch einmal in ihre Heimat führte oder sie für immer von dort weglockte, hob Lorea zum Abschied nur stumm die Hand. Maia führte sie entlang des Waldweges, während ihr Vetter an Bäumen und Büschen vorbei abseits der Pfade ging. Immer wieder wandte Lorea sich nach ihm um, lauschte dem Geräusch von raschelnden Blättern und knackenden Ästen, als er durch den Wald stapfte. Sie hoffte, dass er sie doch begleitete oder dass ihre Mutter sich im letzten Moment umentschied. Doch dann verklang das Knacken. Lorea verlor ihn aus dem Blick und aus ihrem Gehör. Wieder war sie mit ihrer Mutter allein.

Vom letzten Herbst lagen vermoderte Blätter und Geäst auf dem Weg, als sie tiefer in den Wald eindrangen. Beim Anblick der alten Äste erinnerte Lorea sich, wie sie mit ihrem Bruder immer Feuerholz gesammelt hatte. Manchmal hatten sie dabei einen Wettbewerb veranstaltet, wer den längsten Stock oder den dicksten Ast fand.

Das Geräusch ihrer auftretenden Stiefelsohlen verscheuchte zwei Rehe hinter einem Gebüsch. Erwartungsvoll hob Lorea das Kinn, weil sie ihren Vetter erwartete. Die vierbeinigen Waldbewohner verschwanden, und abgesehen von dem Flüstern des Baches, welcher sich neben dem Weg seinen eigenen grub, hörte sie nichts Auffälliges. Loreas Gesichtszüge verkrampften sich, als frische Blasen an ihren Fersen schmerzten. Langes Laufen war sie nicht gewohnt.

Ihre Mutter schaute abwesend drein. Vermutlich dachte sie über ihre Entscheidung nach, weiterzureisen. Aufgewühlt schnaufte Lorea. Sie flüchteten vor Hexenjägern, doch sie bezweifelte, dass diese tatsächlich existierten. Die vielen Jahre über hatte sie kaum etwas über sie gehört. Ihr Vater, der oft durchs Land gezogen war, hatte nie davon erzählt, einen mit eigenen Augen gesehen zu haben.

»Sind denn Hexenjäger so gefährlich?«, zweifelte Lorea. »Vater hat nie von solchen Leuten erzählt.«

»Nur weil dein Vater sie nie in Geschichten erwähnt hat, heißt das noch lange nicht, dass es sie nicht gibt.« Der Gesichtsausdruck ihrer Mutter veränderte sich von einem abwesenden zu einem ernsten. »Er hat einmal welche gesehen, mit einer schwarzen Gugel über dem Kopf, die sie wie Scharfrichter wirken lässt. Ihre Umhänge sind bestickt mit dem Kreuz der Kirche, das sie wohl auch um ihren Hals als Kette tragen. Ihre Schwerter sollen so scharf wie Wolfszähne gewesen sein. Er hat gehört, wie die Leute munkelten, dass Hexenjäger erst Ruhe gäben, wenn sie alle Hexen erlegt hätten, egal ob mit ihrer Klinge oder mit Feuer.«

Ein schweres Schlucken blieb in Loreas Kehle hängen. Ihr Kiefer spannte sich an, als sie sich vor Augen führte, in welcher Gefahr sie womöglich schwebten.

An dem Bach trank ihre Mutter zügige Schlucke Wasser, welches sie mit beiden Händen schöpfte. Lorea wusch ihr Gesicht und hoffte, dadurch ihre aufgeheizten Gedanken abzukühlen. Auch sie trank eilig und füllte ihren Trinkschlauch. Ihre Augen huschten umher. Keinen Menschen entdeckte sie.

Ihre Mutter spürte ihre Unruhe. »Wir sollten weitergehen.«

Somit setzten sie sich wieder in Bewegung. Lorea erhaschte einen Blick hinter eine Baumgruppe, die ihr die Sicht auf den Weg versperrte, und sah eine Straße, die von Geröll überschüttet war und sich den Berg hinaufwand. »Das soll ein Handelsweg sein?«

»Ja, allerdings scheint der Frühlingsregen den Berg überrascht zu haben. Das Geröll muss sich erst vor kurzem gelöst haben. Würden wir um das Gebirge herumlaufen, würde uns das viel Zeit kosten.« Zuversichtlich lächelte Maia sie an und schien ihr Mut spenden zu wollen. »Lass uns den kleinen Berg bezwingen, das schaffen wir schon.«

Als sie vor dem Hang ankamen, besah Maia sich den Erdrutsch. Hin und wieder erkannte Lorea den hinaufschlängelnden Weg. Erde, umgestürzte Bäume und Steine schoben sich bis zum Fuße des Hügels und unterbrachen den Weg.

»Dein Vater hat mir erzählt, dass hier einmal ein Bergpass hinauf und zur nächsten Stadt hinüberführte«, gestand Maia.

Gemeinsam stiegen sie den steilen Weg hinauf. Über die Geröllfelder lief ihre Mutter voraus. Klammernd hielt sie ihre Leinentasche fest, worin sie ihren Proviant aufbewahrten. Lorea traute sich anfangs nicht, einen Fuß auf die wackligen Steine zu setzen. Von ihrem Vater wusste sie, dass jedes Geröll schnell ins Rutschen geriet. Er selbst hatte sich seiner Erzählung nach einmal den Fuß bei dem waghalsigen Versuch gequetscht, ein Geröllfeld hinaufzuklettern. Nach einem inneren Ruck setzte sie vorsichtig einen Fuß vor den anderen und war erleichtert, ihre Angst überwunden zu haben. Ihr Blick glitt den kleinen Berg hinauf, und sie entdeckte zu ihrer Ernüchterung, dass sie jenes Geröllfeld noch einige Male auf ihrem schlängelnden Weg überqueren mussten.

»Glaubst du wirklich, dass jemand unser Haus angezündet hat?«, fragte Lorea, als sie sich an das angespannte Gespräch mit Marcus entsann.

»Ich habe nur die Kerze in der Küche angelassen. Und dort saß ich ja die ganze Zeit. Das Feuer muss in der Schlafkammer oder im Stall ausgebrochen sein. Vielleicht war ein Wassertropfen im Sonnenlicht der Auslöser und hat das Stroh im Dachstuhl entfacht. Aber zu dieser Jahreszeit geschieht so was nie, es ist noch viel zu kalt dafür. Außerdem war es Nacht, die Sonne kann kaum daran Schuld gewesen sein. Jemand muss es angezündet haben.«

Lorea erbleichte, als ihr klar wurde, dass die Ereignisse unmöglich durch Zufall verwoben waren. »Wieso ist Marcus bloß nicht mitgekommen?«

»Es kann auch sein, dass wir falschliegen. Vielleicht hat sich das Feuer doch von selbst entzündet. Und vielleicht ist Judeth einfach nur weggelaufen und wir gaukeln uns den Jäger nur vor. Wer weiß?« Sie zuckte unbeholfen die Schultern.

Gammelfleisch und Ratten, fluchte Lorea stumm. *Was, wenn tatsächlich jemand auf uns Jagd macht?* Ein Ansturm von Panik ließ ihr Herz laut in ihren Ohren pochen. Manche Stadtbewohner hatten ihnen gedroht, hatten ihr Haus mit Steinen beworfen und einmal sogar eines ihrer Schafe abgestochen. Andererseits waren ebendiese Bewohner auf ihre Kräuter für Tee und gegen Krankheiten angewiesen, selbst wenn sie Loreas Familie unaufhörlich ihre Abneigung zeigten. Der Hass der Bewohner konnte zwar hinter dem Hausbrand stecken, doch all das erklärte nicht das Verschwinden ihrer Tante. Als sie darüber nachdachte, fiel ihr auf, dass sie auf die eine oder andere Weise nicht mehr in ihrer Heimat willkommen waren. Wenn ein Hexenjäger hinter ihnen her war, mussten sie flüchten. Wenn ein Stadtbewohner sie töten wollte und erfahren würde, dass sie beide überlebt hatten, schwebten sie ebenfalls in Gefahr, solange sie im Norden blieben. Sie gestand sich ein, dass die Entscheidung ihrer Mutter die sicherste war.

Ihr Blick schwirrte umher, um nachzusehen, dass kein Hexenjäger sie auf ihrem Weg verfolgte. Als sie keine Gestalt entdeckte, sperrte sie den unheimlichen Gedanken weg. Ein erneutes Geröllfeld forderte ihre Aufmerksamkeit.

Nahe der Bergkuppe war Lorea so entkräftet, dass sie sich auf der Stelle hätte hinlegen und schlafen können. Doch sie wollte ihre Mutter nicht ausbremsen. Sicher lief sie aus Furcht vor möglichen Verfolgern so ungezähmt.

Mit lautem Keuchen zog sie sich an dem letzten Stein hoch. Ihre Mutter streckte eine Hand nach ihr aus und half ihr auf. Oben erwartete sie eine Wiese, auf welche sie ihr Bündel und ihre Tasche warfen. Sie fielen rücklings auf die weichen Halme, um zu verschnaufen. Lorea atmete erleichtert auf. Ihrer himmlischen Unterlage wegen schmunzelte sie genüsslich. Ihre Lider senkten sich, und sie genoss das Flüstern der Grashalme und Blätter, den Duft der Wildnis, der ihr lieber war als der beißende Gestank der Stadt.

Maia setzte sich nach einem erleichterten Durchschnaufen auf und blickte sich um. Die Sonne senkte sich zur Abendstunde. Lange würde es nicht mehr dauern, ehe sie in die Erde eintauchte.

Ihre Mutter stand langsam auf. An ihrer gebeugten Haltung und ihrem schweren Atem erkannte Lorea, dass sie beide gleichermaßen entkräftet waren. Ihre Augen verfingen sich am Horizont. Lorea richtete sich schwermütig neben ihrer Mutter auf. Der Wind wehte das blonde, zerzauste Haar aus Maias Gesicht. Ihr Blick wies gen ihrer alten Heimat. Von dem kleinen Berg aus hatte man sicher die Rauchwolke des Feuers sehen können.

Lorea sah umher und entdeckte Bäume rund um die Wiese. »Lass uns da drüben im Wald das Lager aufschlagen«, schlug sie vor, um ihre Mutter von den grausigen Erinnerungen abzulenken. Sie zog sanft an ihrem Arm. »Dort sind wir besser geschützt und niemand sieht, wenn wir ein Feuer machen.«

Unter kahlen Laubbäumen, die ihre Knospen erst entfalteten, legten sie ihr Gepäck ab und bauten aus robusten Stöcken und einer Decke ein Zelt. Am entzündeten Lagerfeuer wärmten sie sich, während der Schatten der Nacht sich kalt über dem Land ausbreitete. Nach einer stärkenden Mahlzeit rieb Lorea sich müde die Lider, woraufhin ihre Mutter sie ins Zelt bat. Ohne zu widersprechen, gehorchte sie und kroch wie eine Maus in ihr Loch.

»Ich bleibe noch auf«, murmelte Maia. »Vielleicht kommt noch ein Reh vorbei, dem ich nachjagen kann.«

Bei der bildlichen Vorstellung zupfte ein Lächeln an Loreas vollen Lippen. Sie wickelte sich in eine Wolldecke, als wäre der kratzige Stoff weicher Pelz. Der Geruch des frischen Grases stieg in ihre Nase. Ein seichter, kalter Wind fegte unter der Decke ihres aufgestellten Zeltes hindurch. Lorea rollte sich zusammen, um sich warm zu halten. Sie schloss die Augen. Als sie das Knacken des Lagerfeuers hörte, schossen riesige Flammen in der Dunkelheit ihres Kopfes in die Höhe und umhüllten ihr einstiges Heim. Ihre Augenlider schnellten wieder nach oben. Übelkeit wanderte wie eine Schlange ihren Hals hinauf. Es schien ihr ein Wunder, dass sie gestern überhaupt eingeschlafen war.

Draußen vor dem Zelt stand ihre Mutter auf und entfernte sich. Besorgt hob Lorea den Kopf und spähte hinaus. Maia war nirgends zu sehen. Beunruhigt schlüpfte Lorea aus dem Zelt. Am Rande der Bergkuppe, wo Abhang und Weg steil hinunterführten, entdeckte sie die wohlbekannte Silhouette einer Frau. Lorea zog ihren Mantel enger, als sie an die Seite ihrer Mutter trat, weil ein kalter Wind über den Berg wehte. Eine Hand legte sie auf Maias Schulter, damit sie wusste, dass sie nicht allein war. Ihre Augen glitten zum Sternenhimmel hinauf, wo sie glaubte, ihre verstorbene Familie flackern zu sehen. »Bestimmt schauen die anderen uns von dort oben zu.«

Die Schultern ihrer Mutter verkrampften sich. »Wir haben alles verloren. Und wir können nicht zurück.«

Als Maia in lautes Schluchzen und in Tränen ausbrach, drückte Lorea sie fest an sich. Sie beide waren verzweifelt. Sie waren auf sich gestellt. Ihr Vater würde ihnen nie wieder mit seinen weisen Worten helfen, ihre Geschwister sie nie wieder aufheitern. Niemand sonst war bei ihnen. Alles hatten sie aufgeben müssen. Ihr einziger Besitz lag in ihrem Bündel und der Tasche. Kein schützendes Dach würden sie mehr ihr Heim nennen, nirgendwo würden sie einkehren und sich in Sicherheit fühlen. Alles würde sich ändern. Auch in Loreas Augen brannten Tränen der Erkenntnis. Sie hegte Zweifel, dass sie über längere Zeit als Umherziehende überleben konnten, doch ihre Flucht aus dem Norden war unausweichlich. Trotz ihrer Last und Trauer versuchte sie, ihre Mutter wieder aufzurichten. Sie nahm Maia an beiden Schultern und sah ihr ins glänzende Gesicht. »Wir haben noch uns.«

Schwermütig nickte Maia. Sie legte die Hände an Loreas runde Wangen und schenkte ihr einen Kuss auf die Stirn. An ihrem Gesicht spürte Lorea, wie die Hände ihrer Mutter zitterten. Allerdings wusste sie nicht, ob die Trauer oder der anbahnende Nachtfrost daran schuld war. »Du hast deine Handschuhe gar nicht an«, bemerkte Lorea. »Lass uns zurück zum Feuer gehen. Du musst dir deine Hände wärmen. Komm mit, ich hole dir deine Handschuhe.«

Inmitten des Feuers

Ich gehe schlafen.« Sie verließ die düstere Küchenecke ihres Heimes, in der nur eine einsame Kerze im Windzug flackerte.

»Gute Nacht«, wünschte ihre Mutter.

Lorea lächelte sie an. Maia wollte noch Frühlingskräuter zu kleinen Sträußen binden und dann auch ins Bett verschwinden. Ihr Vater und ihre beiden Geschwister schliefen schon längst. Gewiss breitete sich Allan neben Loreas kleiner Schwester wieder wie ein Ochse aus, sie teilten sich das kleinste Bett des Hauses.

Ihre Füße schlichen durch den schmalen Flur. Alte Holzlatten knarzten unter ihren Sohlen. Vorsichtshalber huschte ihr Blick zu einer Falltür, welche in den Keller führte und worunter sie ihre gesammelten Vorräte lagerten. Liza hatte am Abend einen Milchkübel hinuntergebracht und diesmal daran gedacht, die Falltür zu schließen.

Lorea schlich in eine Kammer und zog geräuschlos die Tür hinter sich zu. Sie lauschte der nächtlichen Stille. Von draußen drang außer dem Hauchen des Windes kein einziger Laut herein. Da die Fensterläden verriegelt waren, herrschte Finsternis, doch Lorea sah jedes Regal und jede Kiste deutlich. Ihre Mutter machte sich manchmal darüber lustig und meinte, sie hätte die Scharfsicht einer Eule. Sogar mit geschlossenen Augen fand sie sich im Haus zurecht. Der gewohnte Geruch von getrockneten Sträußen aus Blumen und Kräutern erfüllte den Raum. In der engen Vorratskammer, wo sie Gewürze,

Wanderutensilien ihres Vaters, Wäsche und andere Dinge in den selbstgebauten Regalen und Schränken untergebracht hatten, beugte sie sich hinab zu den ausgebreiteten Decken. Sie musste achtgeben. Der Raum war eng, und zu oft hatte sich Lorea in den vergangenen Tagen an einer neuen Holzkiste gestoßen, worin bisher nur alte Putzlumpen gelegen hatten. Im Sommer wollten sie mit der Kiste ihre getrockneten Kräuter zur Stadt transportieren. Dicht neben der Kiste berührten ihre Finger weichen Stoff, und Lorea legte sich auf die Unterlagen. Ein kuschliges Schaffell mit weitaus längerem Haar, als den Schafen aus ihrer eigenen Zucht wuchs, hatte ihr Vater vor einigen Wochen von seiner letzten Wanderung mitgebracht. Für ein paar der eigens gezeichneten Karten hatte er gutes Geld erhalten und einen Adligen beeindruckt.

Die dickste Wolldecke zog sie über die Schultern, damit sie in der nächtlichen Kälte nicht fror. Die Fensterläden ließ sie geschlossen, der Raum war ohnehin ausgekühlt. Auf dem Rücken liegend schenkte sie der Nacht mit beiden Ohren wieder ihre Aufmerksamkeit. Der Wind flüsterte über das Strohdach. Vor zwei Generationen, als man ihre Familie aus der Stadt gejagt hatte, ließ sie sich bei einer alten Ruine nieder, die von einem Bauernhof übrig geblieben war. Schotten hatten den Hof geplündert und angezündet. Mit eigenen Händen hatte Loreas Großvater die Holzwände errichtet, die sie nun vor dem Wetter schützten. Ihr Lehnsherr, der Bischof von Durham, hatte ihnen gestattet, sich außerhalb seiner Städte niederzulassen und ihnen Schutz zu gewähren, solange sie Abgaben leisteten.

Die Gräser draußen raschelten. Nicht einmal das Schnaufen einer Ziege oder das Gackern ihres Hahnes war zu hören. In ihrer zugigen Scheune schliefen Schafe und Ziegen gemeinsam mit einem Dutzend Hühnern. Einige Tiere hatte ihr Vater mitgebracht, andere waren Züchtungen ihrer Großeltern. Angeblich hatten sie ihr erstes Huhn von einem Bauernhof gestohlen, damit das Federvieh ihnen im Winter regelmäßig Eier legte und sie nicht verhungerten.

Die herrliche Ruhe der abgelegenen Wiese und der bekannte Duft von altem Holz beruhigten ihre Sinne, und sie schloss die Augen. Der Klang des Windes lullte sie in den Schlaf. Ihre Gedanken schweiften ab, als sie sich der Müdigkeit hingab. Ein entferntes Knacken erklang, welches bestimmt ihrem Traum entsprang. Sie horchte ihren trägen Sinnen. Plötzlich vernahm sie Schritte. Eine wohlbekannte Frauenstimme rief entsetzt, doch Lorea nahm den furchteinflößenden Laut kaum wahr.

»Lorea!«, schrie ihre Mutter. Ihre Stimme klang dumpf, und ein lautes Knistern erstickte die Rufe nahezu. »Lorea!«

Sie öffnete die Augen. Das Knacken verwandelte sich zu einem Fauchen. Ein rotes Licht flackerte durch einen schmalen Spalt an den Fensterläden in ihre Kammer. Sie setzte sich auf. Das laute Geräusch drang durch die Wand. Die Quelle musste in dem Zimmer ihrer Eltern und Geschwister liegen.

»Feuer!«, schrie ihre Mutter.

Mit einem Schlag war Lorea hellwach. Sie riss die Augen auf. Panisch sprang sie auf und eilte zu ihrer Zimmertür. Als sie sie aufstieß, überflutete sie eine Welle heißer Luft. Plötzlich waren das Knistern und Fauchen von Feuer ohrenbetäubend laut. Lorea duckte sich rechtzeitig, bevor eine Stichflamme schnell wie ein Pfeil über ihren Kopf schoss. Vor Schreck schrie sie auf. Sie hob einen Arm vor den Mund, weil die heiße Luft in ihrem Gesicht brannte. Der Geruch von verbranntem Holz biss in ihre Nase, Rauch kratzte in ihrem Rachen und zwang ihre Kehle, zu husten. Mit verängstigtem Blick sah sie auf und entdeckte lodernde Flammen, die sich in Windeseile im Haus ausbreiteten. Ihr Herz raste. Als sie daran dachte, dass ihre Familie auch im Haus war, jagte Panik ihre Gedanken. Sie suchte nach ihrer Mutter. Hinter dem aufzüngelnden Feuer sah sie Maias verschwommene Gestalt im Hausflur.

»Joyce!«, rief Maia durch das Feuer nach ihrem Vater. Die Flammen fauchten laut aus dem Zimmer, in dem Loreas Vater und Geschwister schliefen.

»Vater!«, rief sie ebenfalls, in der Hoffnung, jemand würde antworten. Sie rannte zwei Schritte, um zur Schlafkammer zu gelangen, doch die Flammen hielten sie auf. Niemand antwortete ihr. Nur das laute Zischen und Brüllen des Feuers hörte sie. Verzweifelt stöhnte sie auf. Hoffentlich waren ihr Vater und ihre Geschwister der Feuersbrunst entkommen!

Sie starrte zu ihrer Mutter, deren Gestalt durch die Hitze undeutlicher flimmerte. Ein glühender Holzbalken fiel von der Decke und krachte keinen Schritt von ihr entfernt auf den entflammten Boden. Funken sprühten. Lorea schreckte zurück.

»Lorea, wir müssen hier raus!«

Sie wusste nicht, ob sie sich durch das Feuer kämpfen und die anderen aus der lodernden Schlafkammer retten oder ihrer Panik nachgeben und flüchten sollte. Ihre Mutter verschwand aus ihrer Sichtweite. Lorea sah zu der niedergebrannten Tür, die in das benachbarte Schlafzimmer führte. Eine Gestalt zeigte sich im Feuer, klein und schwarz. Sie starrte entsetzt das Gespinst an. Mit einem Brüllen verschlangen die Flammen sie, und Lorea stolperte zurück in ihr Zimmer. Sie schlug die Tür hinter sich zu, als ihr klar wurde, dass sie nirgendwo sonst hin konnte. Noch wagte sich das Feuer nicht in die Abstellkammer, doch dichter Rauch breitete sich in dem kleinen Raum aus und erschwerte ihr das Atmen. Rasend vor Angst blickte sie umher. Was sollte sie tun? Ihre zitternden Hände griffen nach allem, was sie im Zimmer finden konnte. Als sie heftig schniefte, spürte sie, wie die Luft mit jedem Atemzug stickiger wurde. Ihre Augen brannten. Tränen verwischten ihre Sicht.

Sie nahm das Bündel ihres Vaters an sich und stopfte alles in ihrer Reichweite hinein. Sie riss einen Schrank auf, warf Säckchen, Holzschälchen, drei Metalllöffel, Kleidung, Lederhandschuhe und zwei Trinkschläuche in die Gepäcktasche. Zwei Mäntel nahm sie in die Hand. Das meiste erkannte sie der stickigen Luft und ihrer brennenden Augen wegen kaum. Die Luft kratzte in ihrer Lunge, und sie hustete heftig. Die Hitze des Feuers, das sich durch die Tür und durch die Dachbalken fraß, brannte in ihrem Gesicht und an ihren Armen. Weil sie glaubte, dass Feuer würde sie gleich in den Tod reißen, wimmerte sie laut. Funken rieselten auf sie nieder. Sie stieß die Fensterläden auf. Als sie das gefüllte Bündel hinauswarf, durchbrachen die Flammen ihre Zimmertür. Lorea griff nach zwei ihrer Decken und kletterte mit vor Angst schlotternden Beinen auf das Fensterbrett. Mit einem Satz sprang sie hinaus. Ihre Schienbeine stachen, als ihre Füße den Boden erreichten. Wegen der kratzenden Luft und dem Rauch röchelte sie, ihre Lunge schien zu brennen. Hektisch suchte sie auf der weiten dunklen Wiese nach ihren Eltern und ihren kleinen Geschwistern. Doch sie sah niemanden. Verzweifelt schniefte sie und legte die Arme fest um sich. Angst schrie sie an, dass sie die Einzige war, die es aus den Flammen geschafft hatte. Tränen liefen an ihren Wangen hinab.

Flammen schossen aus dem Fenster, aus dem sie vor wenigen Augenblicken gesprungen war. Lorea schrie auf, weil sie glaubte, die Flammen würden nach ihr schnappen und sie verbrennen. Die Tränen auf ihrer Haut trockneten schlagartig durch die Hitze. Ihre Augen starrten einen Moment fassungslos zu ihrem lodernden Zimmer hinauf. Als ein lautes Krachen aus dem Haus über die Wiese hallte, nahm sie sich zusammen. Sie warf das gepackte Bündel auf ihren Rücken. Auf allen vieren kroch sie von dem brennenden Haus weg. Ihre Hände krallten sich in Decken und Mäntel. In sicherer Entfernung setzte sie sich hechelnd ins feuchte Gras. Ihre Gedanken waren leer. Betäubt starrte sie das Feuer an. Die Zimmer, das Strohdach, die kleine Scheune, alles brannte! Das Aufschreien von Schafen dröhnte dumpf in ihrem Gehör. Ein Flammenball schleifte sich auf vier Beinen aus der Scheune hinaus und brach im Gras zusammen. Was ist nur passiert?

Plötzlich fiel Nieselregen auf sie nieder. Neben dem dröhnenden Fauchen des Feuers hörte sie die Stimme ihrer Mutter rufen. Maia tauchte abseits des Hauses auf der Wiese auf. »Lorea?!«

Erleichtert heulte sie auf und sprang auf beide Füße. Decken, Mäntel und das Bündel vergaß sie im feuchten Gras. Ein Lächeln zuckte in Loreas Gesicht, als sie gewiss war, dass ihre Mutter es geschafft hatte. Loreas Arme zitterten. Ihre Beine fühlten sich an, als wären sie geschmolzen, als sie eilige Schritte setzte, um Maia zu erreichen. Sie kam sich vor, als würde sie gleich zusammensacken.

Ihre Mutter rannte zu ihr. Beide drückten sich fest, um sicherzugehen, dass sie sich den anderen nicht einbildeten. Verzweifelt schniefte Lorea in die Schulter ihrer Mutter. Sie lebten! Dann schob Maia sie an beiden Schultern zurück. Sie legte die Hand an Loreas Arm und sah sie verschreckt an. Maias Ärmel war schwarz verkohlt, doch ihre Haut schien unversehrt. Ruß bedeckte ihr Gesicht.

»Bist du verletzt?«

»Nein, mir fehlt nichts. Wo sind die anderen?«, wollte Maia wissen.

Loreas Mund öffnete sich vor Entsetzen. Ihr Herz setzte aus. »Waren sie nicht bei dir?«

Ihre Mutter ließ von ihr ab. Sie rannte einige Schritte ziellos umher. »Joyce?!«, schrie sie in die unheimliche Nacht. Ihr Atem wurde ungestüm, und ihre Augen weiteten sich. Niemand antwortete.

»Allan! Liza?!«, hallten Loreas Rufe über die Wiese. Erneute Bange um die anderen jagte ihre Gedanken. Ihr Herzschlag pochte laut in den Ohren. Ihr Gesicht verzerrte sich schmerzhaft, als eine Vorahnung sie plagte, sie alle könnten tot sein. Sie schüttelte den Kopf. Das durfte nicht sein!

Sie rannte mit ihrer Mutter zur gegenüberliegenden Ecke des brennenden Hauses, in der Hoffnung, jemand der drei würde aus der Dunkelheit auftauchen. Doch vergebens.

»Wenn sie nicht hier sind«, murmelte Lorea benebelt, doch sie wagte es nicht, weiterzusprechen.

Die Augen ihrer Mutter richteten sich auf das Fenster, hinter dem Loreas Vater und Geschwister geschlafen hatten. Etwas in Lorea machte einen Satz, und ihr wurde augenblicklich übel. Die drei waren noch im Haus?

»Joyce!«

Lorea bemerkte, was ihre Mutter vorhatte, und griff im letzten Moment nach ihrem Arm, bevor sie dem Feuer zu nahe kam.

»Ma, nicht!«

»Aber sie sind noch dort drin!«

Sie wollte sagen, dass es zu spät war, aber jedes Wort blieb in ihrer Kehle stecken. Ihre Mutter versuchte, ihren hartnäckigen Griff abzuschütteln, doch Lorea packte nur umso fester zu. Auf einmal hörte sie ein Rascheln, das weit entfernt von der Wiese und dem brennenden Haus erklang.

Lorea riss die Augen auf. Verängstigt schnellte sie hoch und schnappte nach Luft. Ihre Mutter hockte neben ihr und musterte sie erschrocken.

Als Lorea erkannte, dass sie nicht vor ihrem im Flammenmeer untergehenden Haus stand, sanken ihre Schultern herab. Der Gedanke an die Feuersbrunst, ihre Familie und die brennenden Tiere stach immer wieder auf sie ein. Tränen sammelten sich in ihren Augen, und sie verbarg ihre Trauer hinter erhobenen Händen. Eine mütterliche Hand streichelte über ihren Rücken. »Schon gut, mein Kind. Ich bin da.« Maia drückte sie an sich, bis sich ihr Schluchzen beruhigte.

Das letzte Kind

Träge hob sie die Lider. Die Dunkelheit des Zimmers ließ sie glauben, sie sei in tiefer Nacht erwacht. Doch als ihre Augen ein Licht entdeckten, welches unter dem Türspalt hindurchschien, erinnerte sie sich an das fensterlose Zimmer, in welchem sie hausten. Am vergangenen Abend hatten sie sich in einer Gaststube eine Kammer geleistet, um nicht erneut in der Kälte und Feuchte des Waldes schlafen zu müssen.

Lorea setzte sich auf. Den Schatten ihrer schlafenden Mutter entdeckte sie einen Fuß von ihr entfernt in einem schmalen Bett gegenüber. Vorsichtig trat sie mit in Socken gehüllten Füßen auf den Holzboden und schlich zur Tür. Auf ihrem Weg zog sie ihren Mantel an, welcher auf dem Bündel neben ihrem Bett ruhte. Als sie hinaus in den Flur trat, schlang sie den Mantel eng um sich. Sie wollte keinen leicht bekleideten Eindruck machen. Das Licht, welches durch ein Fenster fiel, ärgerte ihre Augen. Sie streckte die Arme, als sie den frischen Morgen begrüßte. In der Stube war es ruhig. Am vergangenen Abend hatte ein Flötenspieler für Unterhaltung gesorgt, doch zu dieser frühen Stunde schien nicht einmal eine Fliege zu Gast zu sein. Lorea warf einen Blick in die Stube. Die Tische, welche sie an den Küchentisch in ihrem alten Heim erinnerten, waren leergeräumt. Auf zweien standen Holzvasen mit drei lila blühenden Frühlingsblumen darin. An den

Wänden hingen getrocknete Getreidesträuße, welche man aufwändig zu einem Halbkreis gelegt hatte.

Auf einer Kommode neben ihrer Zimmertür entdeckte sie eine große Holzschale mit Waschwasser. Sicher stand sie für Gäste bereit. Mit beiden Händen wusch sich Lorea das Gesicht. Ihr Ärmel trocknete ihre Wangen. Gestern Abend hatte die Wirtin ihnen einige Muscheln abgenommen und dafür ein Zimmer gezeigt. Die Frau hatte erwähnt, dass heute in der Stadt Markt wäre. Lorea kam der Einfall, ihren Proviant dort zu füllen.

Die Tür zu ihrem Zimmer öffnete sie weit, damit mehr Licht hineinfiel. Wie erhofft, wurde ihre Mutter dadurch geweckt. Sie rieb sich müde die Augen. »Guten Morgen«, wünschte Lorea belustigt wegen Maias verwirrtem Gesicht und ihrem zerzausten Haar. »Wollen wir auf den Markt gehen? Bestimmt haben die Ersten bereits ihre Stände geöffnet.«

Auch ihre Mutter machte sich an der Wasserschale im Flur frisch und zog sich an. Als Lorea in ihre Stiefel schlüpfte, zog ihre Mutter ihr Bündel zu sich heran. Den kleinen Beutel, in welchem sie Muscheln, Münzen und Holzknöpfe aufbewahrten, legte sie auf Loreas Gepäck und schnürte das Bündel zu. »Der Beutel bleibt bitte dort, wo er jetzt ist.« Plötzlich schien Maia angespannt, als ob sich hinter ihrer Zimmertür jemand versteckte.

Lorea gefiel es nicht, dass sie selbst ihren wertvollen Beutel bei sich tragen sollte. »Warum denn bei mir?«, flüsterte sie. »Was ist, wenn auf der Straße Diebe kommen?«

»Genau aus diesem Grund. Meine Tasche könnten Diebe viel schneller greifen. Und außerdem, wen von uns beiden würde man eher überfallen? Dich junges Mädchen oder mich, die alte Frau?«

Bei dieser Beschreibung ihrer eigenen Gestalt machte ihre Mutter ein ernstes Gesicht. Loreas Blick senkte sich auf ihre Stiefel, denn sie glaubte, ihre Mutter erbost zu haben. Als sie Maia einen abschätzenden Blick zuwarf, sie von ihren Lederstiefeln über ihren grünen Leinenrock, ihre abgetragene Bluse und Wollweste und ihr langes strohblondes Haar bis zu ihrem skeptischen Gesicht betrachtete, fand sie nicht, dass diese mit ihren sechsunddreißig Lenzen wie ein altes Großmütterchen aussah. Lorea bemerkte zu ihrer Erleichterung, wie der Kummer in ihrem Gesicht mit jedem Tag ein wenig abnahm.

Mit der Tasche über der Schulter verließ Maia das Zimmer. Lorea sah sich noch einmal um, damit sie nichts vergaßen, und eilte schließlich hinterher. Die beiden verabschiedeten sich von der Wirtin, welche die Tische putzte, und legten den Kammerschlüssel auf den Tresen. Die schwere Tür der Gaststube wies sie mit einem freundlichen Klingeln nach draußen. Die Luft auf der Straße roch nach Heu. Inzwischen hatten sie die nächstgelegene Stadt im Süden erreicht, welche vor allem für ihren Handel gern besucht wurde. Bereits gestern hatten sie neben einem eindrucksvollen massiven Stadttor aus hoch aufgetürmtem Stein unzählige Wagen bestaunt, die Stoffe, rohes Eisen, Holz, Ziegen und Hühner, Fässer, getrocknetes Getreide, Mehlsäcke und vieles mehr befördert hatten. Aus der Ferne war Lorea sich sicher gewesen, einen Ritter mit edlen Federn an seinem stählernen Helm zur Burg der Stadt reiten gesehen zu haben. In der Mitte der Burg ragte ein breiter runder Turm über alle Dächer der Festung hinaus.

Auf der Straße sahen sie sich um. Seit sie die Stadt betreten hatten, ließen sie Vorsicht walten. Niemand von ihnen wollte in die Arme möglicher Verfolger laufen. Bei ihrem Lager hatten sie die Asche ihres Feuers unter alten, feuchten Blättern versteckt, damit niemand ihre Spur fand. Auf ihrem Weg drehte sich nicht nur Lorea ständig um, sondern auch ihre Mutter. Es schien sicherer, wenn sie beide die Augen offen hielten.

Gestern hatten sie einen Marktplatz erhascht, auf welchem heute sicher mehr Leben herrschte. Wenn sie sich beeilten, würden sie die ersten frischen Brote eines Bäckers am Markt abfangen können.

Dichter Nebel hing über den Häusern. Ihre Mutter schritt voraus und lief einer Frau nach, die einen Korb im Arm trug und offensichtlich den Markt zeitig erreichen wollte.

Lorea griff nach Maias Ärmel und ließ sich durch die Straßen führen. So unheimlich war diese Stadt im Morgengrauen. Die Fassaden der Häuser sahen im Dunst düster und geisterhaft aus. Eine kohlenschwarze Katze, die von rechts über die Straße streunte, flößte ihr Furcht ein. Lorea kreuzte die Finger, um das unglücksbringende Omen abzuwehren.

Sie war solche Siedlungen im Morgennebel nicht gewohnt, nur eine weite Wiese und die umliegenden Wälder. Im frühen Morgenschleier sahen die Gräser für sie schon immer mystisch aus, die kahlen Mauern aber verängstigten sie mehr, als sie zu verzaubern. Der kalte Wind fegte durch die schmalen Gassen, ließ alte Gemäuer aufheulen und scheuchte einen Schauer über Loreas Rücken.

Gemeinsam mit der Unbekannten erreichten sie den Marktplatz. Die Frau wandte sich flüchtig zu ihnen um, musterte sie argwöhnisch und beschleunigte ihren Schritt. Zwischen einigen Marktbesuchern verschwand sie.

Als ein Mann einen Jauchekarren an ihnen vorbei schob, hielt Lorea sich die Nase zu. Wie viel Dreck in manch verborgener Gasse herumlag … Der Gedanke, dass mancherorts die Überreste von Menschen und Tieren gar nicht erst weggeräumt wurden, ließ sie würgen. Glücklicherweise war es eine bürgerliche Pflicht, die Hauptstraßen frei und sauber zu halten.

Einige Leute saßen auf dem Boden oder auf Stühlen vor zurechtgelegten und mit frischem Kohl, lila Karotten und weißem Lauch, Kleidern und Taschen bestückten Decken. Andere hatten sich kleine Tische zurechtgerückt, ein paar sogar Stände aufgebaut. Die Fensterläden einiger Stuben waren weit geöffnet und Güter bereitgestellt, angefangen von getöpferten Gefäßen über geflochtene Körbe, Eisenschmuck bis hin zu gegerbtem Leder und aus ebenjenem Material gefertigten Flaschen. Ein älterer Herr mit langem Bart war auf seinem Stuhl eingeschlafen und saß zusammengesunken und leise schnarchend hinter säuberlich bereitgelegten Tüchern an einem der Stände. Ein kleiner Junge hockte neben ihm und passte auf, dass kein Dieb sich an der Ware vergriff.

Schaulustige liefen zwischen den Ständen umher, während eine Henne lauthals gackernd vor ihren Füßen entlangrannte. Das Tier flüchtete vor den ausgestreckten Armen eines Mannes, der ihm dicht auf den Fersen war und das Federvieh in gebücktem Gang über den Marktplatz scheuchte.

»Was brauchen wir denn?«, fragte Lorea. Sie und Maia waren oft gemeinsam, manchmal allein auf Markttagen in Hexham unterwegs gewesen. Dass sie hier weder angestiert noch bespuckt wurden, war für Lorea noch immer ungewohnt. Der Markt in diesem Ort bot mehr Auswahl als die zuvor von ihnen besuchten. Schmuckhändler, welche sie gelegentlich entdeckte, waren nur selten in Hexham anzutreffen gewesen. Über manche Ware wie geräucherten Fisch, teure grünliche Glaskrüge und Holzschuhe staunte Lorea, weil sie Derartiges noch nie gesehen hatte. Ein Wagner befestigte mit einem Hammer ein neu verkauftes Rad an einem beschädigten Wagen, damit dieser weiter über den Markt fahren konnte.

Ihre Mutter sah sich um. »Ein Brot wäre nicht verkehrt. Der erste Kohl und Karotten müssten inzwischen reif sein, davon können wir auch etwas mitnehmen.«

»Aber wir sollten unser Geld sparen, immerhin soll es uns einige Zeit über Wasser halten.«

»Lorea, ich habe ja nicht gesagt, dass wir uns ein Stück Hirschfleisch kaufen sollen.« Maia schmunzelte sie schief an. Hätten sie einen Sack Getreide und ein Rehbein gekauft, wäre ihr Geldbeutel im Nu so leer wie eine Luftblase gewesen.

Abermals sah Lorea sich um. Niemand fiel ihr auf, kein Besucher trug eine Gugel oder eine lange Waffe bei sich. Dennoch scheuchte sie das Gefühl, dass jemand hinter ihnen her sein könnte. »Wir sollten uns beeilen.«

Der Duft von frisch Gebackenem breitete sich auf dem Markt aus. Lorea folgte ihrer Nase, und die beiden Frauen gelangten zu einem Bäcker, der an einem offenen Fenster Teig ausrollte. Vor dem weiß gepuderten Verkäufer und auf dem Fensterbrett lagen frisch gebackene Brötchen und Brote. Weil ihre Mutter unentschlossen schien, wählte Lorea ein Brotlaib aus. Maia lächelte sie dankbar an. Sie kramte in Loreas Bündel und zog den versteckten Geldbeutel hervor, in welchem sie die Hand sogleich versenkte. Als sie aus dem Säckchen glitt, offenbarte sie die Muscheln. Es bereitete Lorea Kummer, anzusehen, wie die verbliebenen Erinnerungen an ihren Vater weggegeben wurden. Bereits gestern hatte sie mit sich gerungen, als sie Muscheln gegen den Zimmerschlüssel des Gasthauses eingetauscht hatten.

Die Muscheln wurden dem Bäcker gegeben, und ihre Mutter schüttelte zur Abmachung seine freie Hand. Sie nahm sich den ausgewählten Brotlaib und verstaute ihn in ihrer Tasche. Mit zügigen Schritten und prüfenden Mienen liefen sie die Handelsstraße der kleinen Stadt entlang. Versehentlich stieß Lorea gegen einen Mann, der ihnen entgegenkam. Verschreckt zuckte sie zurück. »Verzeihung.«

Der Mann guckte griesgrämig, woraufhin Lorea den Kopf einzog. Dass einige der Stadtbewohner mies gelaunt oder gar ängstlich wirkten, schob Lorea auf die Schotten. Die hatten nur wenige Städte im Norden in Ruhe gelassen, sicher war auch diese hier einmal überfallen worden.

Bei einem Bauern hielten sie, um ihre Muscheln gegen einen Grünkohl und eine Handvoll Karotten zu tauschen. Am liebsten hätte Lorea einen duftenden Schinken bei einem Metzger mitgenommen. Ihr Magen knurrte sie bei dem Wohlgeruch an. Doch sie mussten sparsam sein.

Bei einem Kesselmacher tauschten sie einen überflüssigen Metalllöffel, einen Gürtel und zwei Münzen gegen einen Kupferkessel mit einem Henkel ein. Den Kessel band ihre Mutter mit einem dicken Lederstreifen außen an Loreas Bündel. Ihr Gepäck wurde dadurch merklich schwerer.

Der Nebel war zu den Wolken hinauf geflohen und trübte ihre Augen nicht länger. Ihr aufmerksamer Blick betrachtete die sich tummelnde Menschenmenge, die die Gassen und Stände passierte. Unruhig schwenkte der Kopf ihrer Mutter umher. Sie schien Angst vor den vielen Leuten zu haben.

Dicht neben ihrer Mutter verließ Lorea die Stadt. Ein unheimlicher Gedanke kam ihr. War der Mann, den sie angerempelt hatte, ein Jäger gewesen? Sie wussten nicht, wie genau ihre Verfolger aussahen. Als sie sich erinnerte, dass der Mann keinerlei Kreuzsymbole an sich getragen hatte, verdrängte sie den Gedanken.

Der Handelsweg führte sie in die Berge. Weite Felder und grüne Weiden trennten die beiden Wanderinnen von dem Wald, der sich über das nahe Gebirge wie ein stacheliges dunkles Tuch legte. Die Bauern waren mit dem morgendlichen Ruf des Hahnes aufgestanden und unterwegs zu ihren Feldern, um die frische Saat zu pflegen, zu ernten oder nur freche Rehe wegzuscheuchen. Die scheuen Vierbeiner fraßen genüsslich das Angebaute, andere hatten weniger Glück und wurden von den Pfeilen eines Weidmanns gejagt.

Das Klappern von beschlagenen Hufen ließ sie aufblicken. Zwei Pferde kamen ihnen entgegen, von welchen das Größere eine golden bestickte Decke trug. Auf dem schönen Ross saß ein strammer Mann in stählender Rüstung, in deren Brustharnisch ein goldener Löwe geschlagen war. Ein Schwert hing an der Seite des Ritters, welches so lang war wie Loreas ausgestrecktes Bein. Kein Stahl bedeckte den Kopf des Mannes, und Lorea sah sein junges, anmutiges Gesicht. Wenn er ein Ritter war, schmückte ihn noch nicht allzu lang dieser ehrenvolle Titel. Den Helm trug der Knappe im Arm, welcher ihm auf dem zweiten, kleineren Pferd folgte.

Lorea und ihre Mutter machten den beiden Reitern Platz und senkten ehrfürchtig die Köpfe. Erstaunt blieb Loreas Blick an dem Ritter hängen. Sie hatte noch nie einen aus nächster Nähe gesehen. Gewiss ritten die beiden zur Burg. Vielleicht hielt der Adel dort ein Fest ab, denn schon gestern hatte Lorea einen Edelmann in Richtung der Burgmauern galoppieren sehen.

Als sie sich wieder umwandte, bemerkte sie den gesenkten Kopf ihrer Mutter. Die Erinnerung an den Hausbrand und der Gedanke an ihre ungewisse Zukunft musste an ihr nagen. Lorea kam ein Einfall, um für Aufheiterung zu sorgen. »Es war einmal eine böse Hexe«, begann sie, und ihre Mutter sah auf, »die war eine listige, neidische Elfin.«

Ein Lächeln breitete sich in Maias Gesicht aus, während Lorea eine Geschichte ihres Vaters vortrug. Darin verfluchte eine böse Elfin den Sohn eines Lords, welcher darauf niemals eine Frau von menschlicher Schönheit heiraten sollte. Der Lord bat einen befreundeten Ritter um Rat, welcher sich auf die Suche nach einer Lösung machte. Er traf zwei Zauberer, welche eine Frau aus Blumen und Ranken erschufen. Somit heiratete der verfluchte Sohn des Lords die Blumenmaid, und der Name der Familie lebte fort.

Beide schmunzelten und schienen dasselbe zu denken. Ihr Vater hatte oft solche Geschichten erzählt. Erzählungen über finstere, heimtückische Elfen. Wenn er erzählte, hatten alle Zuhörer ihm gespannt wie Bögen gelauscht.

»Vielleicht war das eben der besagte Ritter?«, dachte Maia laut. Ihre Brauen hoben sich verblüfft, als sei ihr etwas eingefallen. Sie hob das Kinn. »Hat dein Vater dir eigentlich erzählt, was er auf seiner nächsten Reise suchen und mitbringen wollte?«

Nachdenklich schaute Lorea zum Himmel auf. »Nicht dass ich wüsste. Was denn?«

Maia schürzte die Lippen. »Einen tüchtigen Mann für dich.«

Mit geweiteten Augen sah Lorea sie an. Maia lachte auf, weil sie ihre Reaktion wohl vorausgesehen hatte. »Du bist reif, mein Kind. Außerdem haben wir lange genug damit gewartet. In Hexham hätten wir mit Sicherheit keinen Gatten für dich gefunden.«

»Ich glaube nicht, dass mich als Enkeltochter einer Hexe jemand heiraten würde.«

»Das muss doch keiner wissen.«

»Wusste Vater davon?«

»Anfangs nicht. Aber er hat es verkraftet. Weißt du, wie erleichtert er war, als er bemerkte, dass wir ihn nicht mit Flüchen belegen konnten?«

Beide kicherten. Loreas Erinnerungen malten ihr den verdutzten Gesichtsausdruck ihres Vaters vor Augen. Doch dann verschwanden ihre heiteren Gesichtszüge. »Ma?« Lorea sah ihre Mutter ungewiss an. »Wo wollen wir hin?«

Maia seufzte. Anscheinend hatte sie selbst keine Antwort darauf. Ein prüfender Blick zurück versicherte den beiden, dass ihnen niemand nachlief oder lauschte. »Ich weiß nicht, ob deine Großeltern in London noch leben.«

»Vater erzählte, dass Großvater bei seinem letzten Besuch Fieber hatte.«

Maia nickte betrübt. »Wir werden sehen. Niemand kann in die Zukunft blicken. Lassen wir uns überraschen, wo Fluss, Berg und Tal uns hinführen.«

Der Nase nach, hatte ihr Vater oft in seinen Geschichten gesagt. Wie sie ihn vermisste. Seine mitreißende Stimme, die sie in ferne Welten getragen hatte, sein rabenschwarzes Haar, das sie und ihr kleiner Bruder von ihm geerbt hatten, die freundlichen blauen Augen. Allan war der Jüngste von ihnen gewesen und hatte ebenfalls lange Locken auf dem Kopf getragen wie jene, in welche Lorea abwesend den Finger drehte. Sein Haar hatte er bis unterhalb der Schulterblätter getragen. Das Haareschneiden hatte er gehasst, als würde man ihm die Fingernägel dabei ausreißen.

Lorea streifte an dem Federohrring entlang, der mit kleinen Holzperlen geschmückt war. Gemeinsam mit ihrer Schwester hatte sie die Rabenfeder gefunden. Liza hatte die Wangen ihrer Mutter geerbt. Ihr Haar war lang an ihrem Rücken und blond wie Maias gewachsen, als ob jemand Heu fein durchkämmt und auf ihren Kopf gesetzt hätte. Einst hatte Loreas Vater ihnen eine Geschichte erzählt, in der eine blühende Maid ihre Haarpracht von ihrem Turm hinunterwarf. Ein Prinz wartete an dessen Fuße auf Einlass und war der Erzählung nach an dem langen Haar des Mädchens zu ihr hinaufgeklettert. Seither hatte sich Loreas Schwester genauso langes Haar gewünscht. Doch ihren Prinzen würde sie nun niemals treffen. Sie erinnerte sich an die schwarze Gestalt, die sie im Feuer gesehen hatte. Sie war so klein wie eines ihrer Geschwister gewesen.

Loreas Mundwinkel rutschten hinab. Ihr Gedächtnis malte ihr ein schreckliches Bild vor Augen. Es zog an ihrer Kehle. »Ich habe etwas im Feuer gesehen«, brachte sie nur hauchend hervor. Übelkeit kratzte in ihrem Hals.

Sie kniff die Augen zu, um das Gespinst zu vergessen. Doch in der Dunkelheit ihrer Lider kam das brennende Geschöpf auf sie zu. Der abscheuliche Geruch von entzündetem Fleisch und Haar kribbelte in ihrem Rachen. Ihre zitternden Beine machten Halt, und sie streckte unbeholfen einen Arm aus. Ihre Mutter hielt sie fest, als fürchtete sie, Lorea würde stürzen. Sie führte ihre Tochter zur Wiese und ließ sie auf den Boden gleiten. Lorea nahm sich zusammen, um nicht vor ihre Füße zu spucken. Ihre Augen starrten ins Nichts, als sie merkte, was sie zwischen den auflodernden Flammen im Haus erspäht hatte. »Ich habe ein verbranntes Kind gesehen«, stammelte sie benebelt und traute sich nicht, ihrer Mutter ins Gesicht zu blicken. »Aber ich weiß nicht, ob es

Allan oder Liza war.« Ihre Sicht wurde undeutlich, und sie schluchzte leise. Ihre Mutter setzte sich neben sie und nahm Lorea in den Arm.

Der Schock saß tief, tiefer als alles andere, was sie je zu spüren bekommen hatte. Die Welt fühlte sich plötzlich dumpf an, als hätte ihr jemand etwas Hartes gegen den Kopf geschlagen. Ein von den Flammen zerfressenes Kind hatte sie gesehen.

Obwohl ihre Mutter sie fester an sich drückte, spürte Lorea keine Wärme. All ihre Glieder schienen betäubt. Maia streichelte über ihre langen schwarzen Locken. Doch sie sagte kein Wort, um ihre Tochter aufzumuntern.

Nach einem Moment zog Maia sachte an ihrem Arm. »Komm, lass uns weitergehen. Siehst du den Wald? Dort ist Schatten, da machen wir eine Pause.«

Sie folgten wieder dem Weg. Kein Wort wechselten sie, bis sie unter dem Blätterdach verschwanden. Ihre Mutter führte sie zwischen die Bäume, bis sie die angekündigte Pause einlegten und sich an einem Strauch niederließen. Maia zog das frische Brot hervor und reichte Lorea einen Kanten. Nach dem, was ihre Erinnerungen ihr unheimlich klar vorgeführt hatten, wollte sie nie wieder etwas essen. Trotzdem zwang sie sich, das Brot hinunterzuwürgen. Verzweifelt verzog sie das Gesicht. Sie wollte nach Hause, sie hatte keine Lust, ständig ins Unbekannte zu laufen. Lieber würde sie Feldarbeit bei Sturm und Regen daheim über sich ergehen lassen, als einen weiteren Fuß in fremde Wälder zu setzen.

Ihre Mutter rückte näher. »Kann ich mal dein Armband sehen?«, fragte sie, als ihr Blick auf Loreas Handgelenk fiel. Bittend öffnete sie die Hand. Lorea befreite ihr Gelenk von dem Lederstreifen und überreichte ihn Maia. Es war eines der wenigen Dinge, die sie seit Jahren als Erinnerung bei sich trug. Nicht nur sie allein hatte an diesem Schmuckstück gewerkelt.

Maia nahm das Armband sorgfältig in Augenschein. »Dein Vater hat das Stück hier gemacht.« Sie schmunzelte und fuhr mit dem Finger über ein blankes Leder, das glatt gearbeitet war. »Und das hier war Allan.« Sachte strich sie über ein gezacktes Muster, das ins Leder eingeritzt war. Lorea nickte und erinnerte sich, wie sie mit ihrem kleinen Bruder zusammen daran gesessen hatte. Sie beobachtete ihre Mutter dabei, wie ihr Finger weiterwanderte und von den Zacken zu einem grünen Schlangenmuster aus Fäden überging.

»Das habe ich damals gemacht.« Maia fuhr weiter zu der Maserung, die Loreas kleinere Schwester gestickt hatte. »Liza hat sich viel Mühe gegeben.« Das daumenbreite Band war an jener Stelle fein mit Fäden ausgeschmückt worden, sodass das Leder kaum hindurchspähte. Die freundlichen Farben schimmerten im grünen Licht, welches durch die Blätter schien.

»Deins ist auch hübsch, Liebes«, lobte ihre Mutter sie und fuhr über das Ende des Bandes, das nur am Rand bestickt war. Nach einem letzten Blick legte ihre Mutter das Leder zurück in Loreas Hände. Sie band es sich zweimal um und knotete die Enden zu einer Knolle.

»Geht es wieder?«, fragte ihre Mutter.

Verkrampft unterdrückte Lorea ein Schluchzen. »Ich will nach Hause.«

Maia schob Loreas Kopf an ihre Schulter und lehnte sich in ihr Haar. »Ich weiß. Aber wir können nicht zurück.«

Lange Zeit verharrten sie schweigend und trösteten sich gegenseitig in ihrer Umarmung. Wenn sie zusammen waren, konnte ihnen nichts passieren, stärkte Lorea sich. Sie beide schafften es sicher, eine neue Heimat zu finden. Ohne unheimliche Verfolger, ohne Unglück und Pech.

Maias Kopf hob sich. Sie starrte auf den zurückgelassenen Weg vor dem Wald. Ihr Atem senkte sich, und Lorea spürte ihre Besorgnis. Nun schaute sie ebenfalls auf und entdeckte zwei Gestalten, welche sich ihnen mit zügigen Schritten näherten. Die schlichte Tunika und Leinenhose ließ sie erkennen, dass es sich um Pilgernde oder Wandergesellen handelte. Keiner von ihnen trug ein Schwert an der Seite.

»Die zwei laufen ziemlich zügig. Wir warten, bis sie vorbeigegangen sind«, entschied ihre Mutter.

Stumm nickte Lorea. Ihre Haltung spannte sich an, als die Fremden in Hörweite traten. Unbekannten sollten sie wachsam begegnen. Womöglich war jedermann eine Gefahr für sie, selbst wenn kein Hexenjäger in ihm steckte. Jeder konnte ein Halunke, ein Räuber, ein schottischer Späher oder ein Dieb sein.

»Sieh mal, Huren wachsen neuerdings auch im Wald«, ließ einer der Fremden fallen.

Lorea senkte den Kopf und spielte vor, nichts von seinem Gerede zu hören.

»Seid ihr Wanderhuren?«, fragte der andere, und Lorea hörte ein gehässiges Lachen.

Die Fremden traten an sie heran. »Dann hätten wir Arbeit für euch.«

Gereizt sprang Lorea auf und stellte sich vor ihre Mutter. Ihre Augen zogen sich böse dreinblickend zusammen, und sie ballte die Hände zu Fäusten. Sie als Huren zu beleidigen, nur weil sie allein durchs Land streiften, war mehr als frech. »Wenn ihr die Bohnen zwischen euren Beinen behalten wollt, solltet ihr schleunigst weiterziehen«, fauchte sie durch zusammengebissene Zähne.

»Bohne? Schätzchen, wenn ich meine Hose runterlasse, wirst du eine Lanze finden!« Der Mann mit kurzem Bart und einem Topfschnitt trat lauthals lachend vor sie. Mit einer Hand packte er sie grob am Arm.

Ihre geballte Faust musste nicht einmal weit ausholen, weil ihre Wut sie bestärkte. Mit hartem Aufprall schlug sie in das Gesicht des Fremden, der es gewagt hatte, sie anzufassen. Ein dumpfer Schmerz durchfuhr ihre Knöchel. Gezielt zog sie das Bein zurück und trat mit dem Fuß in die Weichteile ihres Gegenübers. Der Mann krümmte sich und griff sich jaulend in den Schritt, blieb aber stehen. Der zweite eilte an die Seite seines Gefährten. Als er einen drohenden Schritt auf sie zu machte, hob Lorea erneut die Faust. »Verpisst euch!«

Der Mann, den sie getreten hatte, wurde von seinem Begleiter verschreckt weitergeführt. Lorea schien sich bei ihm Respekt verschafft zu haben. Sie sah zu ihrer Mutter zurück, welche sich hinter ihr aufrichtete und sie erstaunt musterte. »So viel Mut hätte ich von dir gar nicht erwartet.«

»Ich lasse mich doch nicht als Hure beleidigen«, murrte Lorea. Dass man sie als Hexen bezeichnete, war sie gewohnt, immerhin wussten sie viel über Kräuter. Aber eine solche Beschimpfung hatten nicht einmal die Bewohner von Hexham in den Mund genommen.

Ihre Augen jagten den beiden Fremden nach, bis diese an einer Weggabelung verschwanden. »Er soll zu den Geistern beten, dass ich ihn gerade nicht zum Eunuchen gemacht habe.«

Auch ihre Mutter schaute den ungehobelten Wanderern nach. Plötzlich eilte sie zu ihrem gemeinsamen Bündel und wühlte darin. Sie zog ein Messer mit grob vernähter Scheide heraus, gefolgt von einem kleineren Küchenmesser. Die Waffe in der Lederscheide gab sie Lorea. »Beim nächsten Mal sollten wir gewappnet sein. Steck das an deinen Gürtel. Ich nehme das andere.« Maia schob das Küchenmesser sogleich in das Leder, welches um ihre Taille lag.

»Aber wenn es keine Hülle trägt, verletzt du dich.« Wenn ihre Mutter sich beim Wandern mit dem Messer an Bein oder Hüfte schnitt, war das widersinnig.

Erneut wühlte Maia im Gepäck. Sie zog einen Lederlappen hervor und legte ihn um ihren Gürtel. »Keine Bange, das Messer ist stumpf. Aber trotzdem sollte es für ausreichend Abschreckung sorgen.«

Beide nahmen ihre Sachen, ihre Mutter legte die Tasche über ihre Schulter, während Lorea das Bündel auf ihren Rücken hievte. Vorsichtshalber sahen sie sich auf der Straße um, bevor sie weitergingen. Niemand war zu sehen. Sie folgten an der Weggabelung dem rechten Pfad, welcher sie einen Berg hinaufführte. Die tölpelhaften Fremden hatten glücklicherweise den anderen Weg eingeschlagen. Von einer Birke stahl Lorea auf dem Weg einige Brocken Rinde, während ihre Mutter die jungen Blätter pflückte. Beides legten sie in die Umhängetasche, weil sie später aus der Rinde eine Auflage für Maias Verletzung und aus den Blättern einen Tee zubereiten wollten.

Auf einmal blieb Maia auf dem steilen Weg stehen. Lorea bemerkte ihren forschenden Gesichtsausdruck. Verwundert folgte sie ihrem Blick und hielt erschrocken an. Ihr Kopf schob sich voller Neugier nach vorn und musterte einen gekrümmten nackten Rücken, der sich hinter einem Baum versteckte. Strähnige Haare klebten an den schmalen Schulterblättern der Gestalt. Da saß eine Frau.

»Hallo?«, rief Maia der Fremden zu, die vor Schreck zusammenzuckte. Wie angewurzelt blieb sie sitzen. Vorsichtig ging Loreas Mutter auf die schlotternde Gestalt zu. Ein banges Gefühl kam in Lorea auf, und sie wartete sicherheitshalber in einiger Entfernung ab. Sollte die Frau sie in eine Falle locken? War sie verstoßen worden? Hatte sie die Pest?

Die Frau wirkte dürr und kraftlos. Ihre Wirbelsäule zeichnete sich auf ihrem Rücken ab. Die Haut war bleich.

Maia streckte die Hand aus und berührte die Fremde an der Schulter. Ein lauter Aufschrei hallte plötzlich durch den Wald. Die kleiderlose Gestalt sprang auf. Sie stolperte nach hinten und schrie Maia unverständlich an. Mager war das Gesicht der Unbekannten und von aufgerissenen Augen des Schreckens gezeichnet. Dunkelblaue Linien zogen sich unter ihren schlaffen Lidern entlang, obwohl sie jung schien. Die Frau verschränkte scheu die Arme vor ihrem Leib und starrte Maia ängstlich an.

»Gib mir eine Decke«, bat Maia, doch Lorea musterte sie verwundert.

»Was ist mit ihr passiert?«, fragte sie. Keine Beulen wölbten sich an ihren Gliedmaßen, und Lorea war erleichtert, dass die Vermutung über den Schwarzen Tod ausschied. Die kreischende Frau wirkte auf sie geisteskrank. Eilig stöberte Lorea in ihrem Gepäck und warf ihrer Mutter das nächstbeste dicke Tuch zu, das ihre Finger ergriffen. Maia fing die Decke auf und breitete sie vor sich aus. Bedächtig trat sie näher an die verstörte Frau heran.

»Chan eil!«, kreischte das magere Weib und schlug eine Hand über ihren Kopf, als würde die Welt einstürzen.

Loreas Mutter redete auf sie ein, um sie zu beruhigen. »Still, ich tu dir nichts. Zieh dir die Decke über.« Die Fremde starrte Maia an, als hielte sie keine Wolldecke, sondern ein Messer in den Händen. In höllischer Angst, die Lorea selbst aus ihrer Entfernung im Gesicht der Fremden erkannte, kniff die Frau die Augen zusammen und schien zu denken, das Ende ihrer Tage sei gekommen. Lorea stiefelte zu den beiden und war sich nicht sicher, ob ihre Mutter das Richtige tat. Maia schwang die Wolldecke über die Schultern der jungen Frau. Die Unbekannte ließ ihr Kreischen verklingen wie ein Kind, das in den Schlaf gewiegt wurde. Mütterliche Hände streichelten sie an den Armen.

»Dir muss doch kalt sein«, bemerkte Maia besorgt. Sie half der Fremden, sich auf den Boden zu setzen, und zog die Decke um ihre bleiche Haut. »Komm her.« Ihre Mutter winkte Lorea zu sich, und sie wagte sich näher. Die arme Frau. Überall färbten blaue und grüne Flecken ihre Haut, sogar im Gesicht war eine ihrer Wangen geschwollen.

Ihre Mutter stöberte in ihrem Bündel. Sie zog das frische Brot hervor und riss ein Stück ab. »Hast du Hunger?« Sie hielt der Frau das Brot unter die Nase.

Die Angesprochene sah verblüfft vom Brot zu Loreas Mutter. Als sie verstand, dass es für sie war, streckte sie vorsichtig die Finger aus und schnappte sich das Stück. Anscheinend hatte sie seit Tagen nichts gegessen, denn sie schlang mit großen Bissen ihre Mahlzeit hinunter und hatte sie so schnell geschluckt, dass Lorea erstaunt blinzelte. Mit bettelnder Miene formte die Frau ihre Hände zu einer Schale und bat um mehr. Ihre Mutter reichte ihr einen weiteren Brotkanten, welcher ihr schnell entrissen wurde.

»Die isst uns noch alles weg«, bemerkte Lorea. »Wir hätten vielleicht mehr Proviant mitnehmen sollen.«

»Wir konnten ja nicht wissen, dass wir das arme Ding hier finden.« Behutsam streichelte ihre Mutter über den Rücken der Frau, um sie aufzuwärmen. Ihr verzerrtes Gesicht zeigte Lorea Besorgnis.

Maia grübelte. »Wie heißt du?«

Die Unbekannte stopfte sich das letzte Brotstück in den Mund und sah sie fragend an, während sie die übrigen aufgefangenen Krümel von ihren Handflächen leckte.

Maia stöberte mit einer Hand in ihrem Bündel, während sie an der anderen den Zeigefinger ausstreckte und auf sich zeigte. »Maia.« Ihr Finger wanderte zu ihrer Tochter hinüber. »Lorea.« Schließlich verharrte Maias Finger auf der Fremden, und sie hob die Augenbrauen.

»G-Glenna«, stammelte das Mädchen scheu und zog die Decke enger um ihre Knie.

Lorea warf einen Blick in ihr Bündel, um zu sehen, warum ihre Mutter mit der anderen Hand in ihren Sachen wühlte. Da zog Maia ein dunkelgraues Kleid heraus. Das grob gewobene Stück hielt sie mit ausgestreckten Armen vor sich. Erst nachdem sie sicher schien, schob sie es zu Glenna und deutete ihr, es anzuziehen. Die dürre Frau warf ihr einen ungläubigen Blick zu und nahm die Kleidung zittrig entgegen. Sie neigte den Kopf und fragte etwas, doch niemand verstand, was sie meinte. Es klang wie ein unsicherer Dank. Die Decke warf sie von ihren Schultern und versuchte, ins Kleid zu schlüpfen. Doch bevor sie sich überhaupt den Saum überstülpen konnte, nahm sie die erhobenen Arme wieder herunter und streichelte besorgt ihre Glieder. Irgendetwas stimmte nicht.

Maia erhob sich und deutete ihrer Tochter, ihr zu folgen. »Sie ist zu schwach, sie kann sich nicht anziehen.« Maia zog das Kleid aus Glennas Händen. Es würde dem Anschein nach eine Weile dauern, ehe die Frau zu Kräften kam und wieder allein aufrecht laufen konnte.

Maia krempelte den grauen Stoff zurecht. Sie streckten Glennas schlanke Arme in die Höhe und schoben sie in die langen Ärmel. Nach einigem Zupfen und Schnüren hatten sie die Frau in warme Sachen gehüllt, selbst wenn diese ein bisschen zu groß für sie waren. Die Ärmel fielen weit über ihre Hände. Damit sie nicht auskühlte, warf Lorea ihr die Decke wieder über und strich ihr die strähnigen braunen Haare aus dem Gesicht. Glenna blinzelte sie an.

Ihre Mutter reichte der Frau ihren Trinkschlauch und ließ sie nahezu alles austrinken. »Was ist denn mit dir passiert?« Maia verständigte sich mit dem Findling durch Handbewegungen.

»Meirleach«, sprach Glenna verängstigt und sah sie wieder mit verzweifelter Miene an. Ihr schien aufzufallen, dass weder Lorea noch ihre Mutter einen einzigen Ton verstanden. Nochmals sagte sie das Wort, schmückte es diesmal aber mit einer tiefen Stimme, grimmiger Geste und einem Handwischen am Kiefer aus. *Räuber*, deutete Lorea entsetzt. Bei den Wölfen. Als ob der Tag nicht schon genug Angst verbreitet hätte.

Lorea und Maia sahen sich aufgebracht um. Nicht dass die Bande nochmals aufschlug. »Wir sollten rasch weitergehen«, drängelte ihre Mutter. Sie standen auf, wobei Glenna Hilfe benötigte. Lorea zog den Arm der Frau über ihre Schulter und stützte sie. Zusammen liefen sie zurück zum Pfad.

»Brauchst du Schuhe?«, wollte Lorea von ihr wissen und tippte auf ihre eigenen. Dankbar, aber ablehnend schüttelte die junge Frau den Kopf und konzentrierte sich auf jeden Schritt, den sie mit stützenden Armen unter den Achseln setzte. Lorea drehte sich zu Maia, welche

Glenna am anderen Arm festhielt, und fragte mit einem Schnaufen: »Was machen wir denn jetzt mit ihr?«

»Hierlassen können wir sie nicht. Wir bringen sie in die nächste Stadt und geben sie jemandem in hütende Hände.« Hoffentlich war es bis dorthin nicht allzu weit, dachte Lorea und ärgerte sich einen Augenblick nach ihrer innerlichen Bemerkung über ihre Unfreundlichkeit. Dennoch, ihre Vorräte gingen sonst zu schnell zur Neige. Außerdem wurden sie womöglich verfolgt. Durch die geschwächte Glenna kamen sie langsamer voran.

Als etwas weit hinter ihnen raschelte, fuhr Glenna herum. Lorea glaubte, der Wind spiele mit den Blättern. Doch als sie das entsetzte Gesicht des Findlings sah, schaute sie zurück.

»Meirleach«, hauchte Glenna, und ihr Atem zitterte augenblicklich. Lorea riss die Augen auf. Ein Mann mit ungepflegtem Bart, großen Narben im Gesicht und harter Miene lief durch den Wald. Er erreichte den Weg, den Lorea und die anderen einige Dutzend Fuß voraus begingen. Der Mann stapfte mit großen Schritten zu dem Baum, hinter welchem Glenna gekauert hatte. Ein Schwert hing an seiner Seite.

Lorea hielt den Atem an. Das war ein Räuber! Mit einem Schlag wurde ihr eiskalt. Wenn man sie sah, würden die Männer sie töten!

Glenna neben ihr knickte ein, doch Lorea und ihre Mutter richteten sie eilig wieder auf. Sie hasteten von der Straße. Lorea hockte sich hinter einen breiten Baum, während Maia sich mit dem Findling im Schutze eines Gebüschs neben ihr versteckte. Ihre Mutter presste die verängstigte Glenna an sich. Tränen hingen an den Augen der jungen Frau. Bei den Wölfen, fluchte Lorea. Ihre Hand zitterte vor Angst, als sie sich klarmachte, dass sie dem Räuber die Beute gestohlen hatten. Sie kauerte bewegungslos hinter dem Baum. Ihre Konzentration floss in ihre Ohren.

Äste knackten, als jemand den Weg verließ und die Wildnis des Waldes betrat. Dann verstummten die Schritte. Ein Mann schnaufte. »Scheißdreck. Die ist weg!«

Lorea neigte langsam den Kopf und wagte einen Blick um die Baumrinde herum. Sie spähte auf den Weg, wo sie den Räuber gesehen hatte.

Ein zweiter Mann tauchte aus einem Gebüsch auf. Lorea zog sich wieder zurück. Ihr Herz pochte immer lauter.

»Aber ich hab doch vorhin was gehört«, meinte eine zweite Männerstimme.

Glenna neben ihr zuckte verstört zusammen. Ihre Mutter streichelte dem Findling über Kopf und Schultern, um sie ruhig zu halten.

»Das war wohl bloß ein Fuchs.«

»Toll. Wir hätten sie gleich mitnehmen oder abmurksen sollen wie ihren Alten. Die ist gestern bestimmt gleich abgehauen.«

»Ich geh sie suchen.« Schwere Schritte betraten erneut den Weg. Loreas Hand tastete nach dem Messer an ihrem Gürtel. Noch zückte sie es nicht, weil sie kein auffälliges Geräusch riskieren wollte.

Der andere widersprach. »Nein, wenn die schon gestern losgelaufen ist, ist die eh weg.«

»Und wenn die jemandem was sagt?«

»Mann, bleib ruhig. Uns wird sicher schon was einfallen. Jetzt beweg deinen Hintern hierher, sonst regen die anderen sich noch auf, dass wir die Göre irgendwo versteckt und sie uns nochmal heimlich zum Schwänzeln genommen hätten.«

Jemand fluchte abermals. Die Schritte und das Rascheln wurden leiser. Dann verklangen die Geräusche. Lorea wartete. Erst als sie sich gewiss war, keinen Mucks mehr von den beiden Männern wahrzunehmen, spähte sie nochmals auf den Weg. Niemand war zu sehen. Ein tiefes Durchatmen löste ihre Anspannung. Sie zeigte ihrer Mutter mit einem Nicken, dass die Luft rein war, und half ihr, die gerettete Frau auf die Beine zu ziehen.

Die Jäger

Am Fluss wusch Lorea sich Arme und Gesicht. Das Wasser war kalt wie der Morgen. Die Sonne tauchte das Tal in eine orange Farbe, während sie sich ausstreckte. Glenna reckte den Kopf und genoss das erste Licht des Tages. Inzwischen machte die Frau keinen schwächlichen Eindruck mehr. Ihre Blutergüsse und Schwellungen waren noch deutlich zu sehen, verblichen jedoch allmählich. Die zuvor gesammelte Birkenrinde hatten sie gestern Abend in Wasser aufgeweicht und auf Glennas Verletzungen gelegt.

Den Wald der Räuber hatten sie hinter sich gelassen und bisher niemanden gesichtet, der sie verfolgte. Inzwischen mussten sie mit mehr Gefahren rechnen, als Lorea erwartet hatte. Räuber waren hinter ihnen her, womöglich noch andere Verfolger. Diebe könnten ihr Lager bei Nacht plündern. Giftige Kugelspinnen und Schlangen versteckten sich unter Steinen. Zum Glück lebten in ihrem Heimatland keine Wölfe.

An dem Fluss, mit dessen Wasser Glenna sich ebenfalls wusch, hatte ein kaltes Bad sie am gestrigen Abend von ihren Sorgen abgelenkt. Es hatte Loreas aufgeheizte Gedanken abgekühlt, sodass sie das erste Mal ohne Albträume geschlafen hatte.

Glennas Hand fuhr sanft durch das Wasser. »*Uisge*«, nuschelte sie, und Lorea konnte die Bedeutung des Wortes nur erahnen.

Ein Fisch sprang aus dem Wasser, und Lorea zog erschrocken die Hände zu sich heran. Amüsiert über ihren eigenen Schreck schmunzelte sie die Wellen auf dem Wasser an. Ihre Finger trocknete sie an ihrer frisch angezogenen Hose ab. Es schickte sich als Frau zwar nicht, eine Hose zu tragen, doch sie empfand sie für lange Wanderungen als bequemer. Solange sie nicht in dieser Kleidung vor den König traten, scherte sie sich nicht darum.

Auf einmal kratzte Glenna an ihrem Arm, als hinge unsichtbarer Schmutz daran. Bereits beim Baden war sie der ungesunden Angewohnheit gefolgt, ihre Haut aufzuschürfen. Mit einer Hand hielt Lorea sie auf und wurde sogleich verzweifelt angeschaut. »Du tust dir weh.«

Tränen sammelten sich in Glennas blauen Augen. *»Meirleach.«*

Mitleidig drückte Lorea die Frau.

Ihrer Sprache nach mutmaßte ihre Mutter, dass Glennas Wurzeln in Schottland lagen. In ihrem alten Heim hatten sie ständig bangen müssen, denn Engländer und Schotten führten oftmals Schlachten gegeneinander, weil der eine nach dem Land des anderen gierte. Glenna aber war ebenso wie Lorea und ihre Mutter weder feindselig noch kampflustig. Sie sahen sich nicht als Rivalen, sondern halfen einander.

»Ma!«, rief Lorea dem Lager nahe dem Fluss zu. »Sie kratzt sich schon wieder!«

Zügig erhob ihre Mutter sich und eilte zu Hilfe. Sie und Lorea tauschten die Plätze. Bevor Maia sich um Glenna kümmerte, wandte sie sich zu Lorea. »Kannst du ein bisschen Brot für uns schneiden? Ich kümmere mich um sie.«

Lorea wusste, dass dies nur ein Vorwand war, um die beiden Frauen allein zu lassen. Sicher brauchte Glenna Ruhe. Lorea kehrte ins Lager zurück, wo Maia die Decke und drei lange Äste ihres Zeltes bereits auseinandergenommen hatte. Ihren Aufbruch sollten sie nicht allzu lang hinauszögern. Lorea wurde unwohl, als sie sich vor Augen führte, wie viel Aufmerksamkeit sie versehentlich auf sich zu ziehen schienen.

Um alles vorzubereiten, packte sie erst die Decken zusammen, ehe sie sich ihrer morgendlichen Mahlzeit widmete. Damit Glenna gestärkt war, hatte ihre Mutter gestern eine Mehlsuppe mit frischen Kräutern und den gekauften Karotten zubereitet. Maia sorgte sich sehr um ihren

Findling. Gewiss beruhigte es ihr Gemüt, wenn sie jemandem aus einer schwierigen Lage helfen konnte. Schließlich wussten sie alle, wie sich Verzweiflung und Einsamkeit nach einem Schicksalsschlag anfühlten.

Nachdem Glenna sich beruhigt hatte, kehrte sie mit Maia zu Lorea zurück. Sie stärkten sich mit einer Brotscheibe.

»Wir werden heute bestimmt die Siedlung erreichen, die wir gestern vom Berg aus gesehen haben«, meinte Maia.

»Ich hab gar keine Häuser gesehen.«

»Du hattest auch nur Augen für die nächste Pause.« Maia deutete auf Glenna. Die junge Frau schien ihrer Unterhaltung zwar zu folgen, aber kaum ein Wort aus ihren Mündern zu verstehen. »In der Stadt werden wir für dich nach Arbeit suchen. Vielleicht haben wir Glück und dich nimmt jemand auf.«

»Und wie erklären wir ihr das?«, fragte Lorea mit erhobenen Brauen. Die Schottin, über deren nahe Zukunft sie diskutierten, neigte den Kopf und gab ein fragendes Murren von sich. Maia umschrieb, dass sie und Lorea sie nicht ewig mitnehmen konnten und in der nächsten Stadt dringend eine Bleibe für sie finden mussten.

Doch Glenna schien einiges falsch aufzufassen und zog ein trauriges Gesicht. »Ich hier bleiben?«

»Bei den Wölfen, nicht doch!«, versuchte Lorea sie zu beruhigen, aber auf ihren Ausruf hin drehte Glenna verängstigt den Kopf hin und her. »Wölfe? Wo?«

»Nein.« Maia lachte auf und erklärte nochmals mit Gesten, um ihr Vorhaben zu untermalen. »Wir bringen dich in eine Stadt. Da suchen wir Arbeit für dich.« Mit einem Fingerzeig auf Glenna wurde das Gespräch aus Zeichen und Worten beendet.

Erleichtert lächelte Glenna.

Etwas raschelte im Gebüsch, und Maia wandte sich eilig um. Eine Krähe hatte sich erschrocken und flatterte davon. Eingeschüchtert zog Lorea den Kopf ein. Jedes Mal, wenn sie eines der schwarzen Federtiere sah, erinnerte sie sich an die verbrannte Hausruine. Wie die Krähen über der qualmenden Asche Kreise zogen.

Ihre Mutter wandte sich dem Wald zu, obwohl der Urheber des Geräusches längst verschwunden war.

»Hast du noch immer Angst, dass uns jemand verfolgt?« Lorea wollte sich vergewissern, dass nicht nur sie von dieser Sorge geplagt wurde.

»Ich dachte nur, ich hätte Schritte gehört.« Ein schweres Schlucken erklang neben Lorea, als ihre Mutter sich ihre unangenehme Lage klarzumachen schien. Nur leise Worte flüchteten aus ihrem Mund. »Deshalb sollten wir Glenna möglichst bald in hütende Hände geben. Wir dürfen nicht riskieren, langsam zu sein. Außerdem bringen wir Glenna dadurch nur in Gefahr. Sie hat schon genug durchgemacht. Hast du eine Idee, wo wir Arbeit für sie finden könnten?«, wechselte ihre Mutter eilig das Thema.

Auch sie musterte Glenna abschätzend. Glennas magerer Erscheinung nach konnte ein Unwissender meinen, sie sei eine Bettlerin. Allein die nackten Füße offenbarten das jeder Menschenseele. Sie hatte es immer wieder abgelehnt, Schuhe auszuleihen. Offenbar war ihr bewusst, dass jemand ohne beschuhte Füße mit einem Bettler gleichgesetzt wurde, und wollte ihnen diese Last nicht auferlegen.

Ihr Blick glitt von dem schmale Schatten werfenden Gesicht an den langen Armen hinab zu Glennas Fingern. Wenn Glenna zu Kräften kam, wären diese Hände fähig, an Wurzeln und Knollen zu ziehen. Außerdem hatte die Schottin ihr gestern die unverständlichen Namen einiger Blumen erklärt.

»Felder wären ganz gut, sie scheint Ahnung von Pflanzen zu haben. Für die Küche und zum Tellerwaschen würde sie sich auch eignen. Vielleicht können wir sie zu einem Alehaus bringen. Oder jemand nimmt sie als Hausfrau oder Spinnerin zu sich.«

»In einer Stube könnten wir zuerst fragen. Vielleicht findet sich jemand, der sie bei sich arbeiten lässt und ihr dafür eine Kammer freihält.« Maias Antwort klang trotz ihrer Entschlossenheit von Bedenken bedrückt. Dass jemand Glenna als Fremde aufnahm, würde jede Menge Glück kosten.

Lorea legte eine Hand an ihren Arm. »Dann sollten wir gehen.«

»Ihr geht nirgendwo hin!«, grollte eine dunkle Männerstimme.

In dem Gebüsch hinter Maias Rücken erhob sich ein großer Schatten. Sie war schnell genug, um vor dem Mann zu flüchten, bevor dieser aus dem Gebüsch hervortrat. Maia zerrte Glenna zu sich und griff mit der anderen Hand nach ihrer Umhängetasche. Lorea stand blitzschnell auf und zückte das Messer an ihrem Gürtel. Die scharfe Klinge richtete sie auf das Gebüsch.

Eine Axt schlug in den Busch, sodass ein Ast zu Boden gedroschen wurde. Lorea schreckte zurück. Ihr Atem ging schnell. Wer hatte sie gefunden? Ein Hexenjäger? Ein Dieb? Ein Räuber? Ihr ausgestreckter zitternder Arm zeigte ihrer Mutter und Glenna, dass sie sich zum Schutz hinter Lorea stellen sollten.

Der Mann stapfte durch das gespaltene Gebüsch und richtete sich auf. Narben zogen Furchen in sein Gesicht. Eine Lederrüstung, auf der sie Schrammen von Schwerthieben erkannte, schützte den Räuber. Die ausgefranste Kleidung darunter sah schmutzig aus.

Loreas schwarze Augen weiteten sich, als sie ihn wiedererkannte. Erst gestern hatte sie ihn ebendort gesehen, wo sie Glenna gerettet hatten.

Glenna hinter ihr schrie verschreckt auf, als die Erinnerung an ihre Schänder scheinbar in ihrem Kopf brannte. Maia drückte sie an sich, sodass sie den Räuber nicht ansehen musste oder gar vor Angst zusammenbrach. Glennas Schluchzen wurde von Maias Schulter gedämpft.

Hinter dem Räuber hörte sie weitere, jedoch sanftere Schritte. Eine junge Frau in grauem Umhang, dessen Saum mit schmalen Knochen aus grünen Fäden veredelt war, und einer spitz zugeschnittenen dunkelgrünen Tunika trat aus dem Gebüsch hervor. Ein Mann in derselben Kleidung folgte ihr. Die beiden schienen keine Räuber zu sein, sie wirkten gepflegt und bewegten sich geschmeidig.

Die Frau hob erwartungsvoll den Kopf, sodass ihr strohblonder geflochtener Zopf von ihrer Schulter rutschte, und lächelte düster, als sie Lorea und ihre Mutter erblickte. Ihre Intuition sagte Lorea, dass von den beiden Monturträgern eine größere Gefahr ausging als von dem Räuber. Ihr Atem beschleunigte sich, als sie an den Gürteln der beiden Schwerter entdeckte.

Der Räuber sah sich zu ihnen um. »Seht ihr? Ich sagte euch, dass die Kleine mit jemandem geflüchtet sein muss.«

»Wie schön, dass jetzt jeder endlich seine Beute gefunden hat.« Die Frau lächelte und musterte Lorea und ihre Mutter mit ihren grünen Augen. »Nur dass wir gehofft hatten, dass ihr beide in Flammen aufgegangen wärt. Aber dann fanden wir nur drei von euch unter Schutt und Asche. Ihr müsst uns knapp entwischt sein.«

In Loreas Adern gefror das Blut. Ihre Augen weiteten sich. Ihre Mutter hatte Recht gehabt. Jemand hatte ihr Haus angezündet. Als sie sich klarmachte, dass die Mörder ihrer Geschwister und ihres Vaters vor ihnen standen, zitterten ihre Beine. Sie wusste nicht, ob sie vor Wut auf die Frau losstürmen oder aus Todesangst vor ihr davonlaufen sollte.

Weil Lorea spürte, dass sie sich alle vor der Bedrohung fürchteten, versuchte sie, sich zusammenzunehmen. Sie hob das Messer in ihrem verkrampften Griff. »Lasst uns in Ruhe!«

Die Frau lachte hämisch, auch ihr Begleiter schien ihre Drohung lustig zu finden. Nur der Räuber wusste nicht, wie er auf Loreas Messer reagieren sollte.

»Wie niedlich.« Die Frau kicherte. Sie zog das Kurzschwert aus der Scheide. »Erspart uns den Aufwand, so wie eure Vorgänger. Obwohl ich die Jagd ja spannend finde. Die Erste von euch hat es uns leichtgemacht. Wenn sie deine Schwester war« – die Augen rutschten von Maia zu Lorea – »müsste sie dann nicht deine Tante gewesen sein?«

Ihre Mutter stieß hinter ihr einen entsetzten Laut aus. Lorea hielt den Atem an. Die beiden hatten Judeth getötet?

Ihre Messerspitze wackelte in ihrem Griff. Abwechselnd richtete sie sie auf die Frau und den Räuber, der an sie heranschlich. Er blieb so weit von ihr entfernt, dass ihr ausgestreckter Arm ihn nicht erreichte. Unauffällig huschte ihr Blick zu ihren Füßen, und sie vergewisserte sich, dass ihr Bündel noch neben ihr lag. An ihm war der Kupferkessel mit dicken Lederstreifen befestigt. Wenn der Räuber oder die Jäger auf sie zukamen und sie einen der drei mit dem Messer verfehlte, würde sie mit dem Kessel weitaus mehr Schaden verursachen. Ihr lauter Atem rauschte durch den Wald. Angespannt beobachtete sie den nahen Räuber, bis er einen erneuten Schritt in ihre Richtung wagte. Loreas Hand griff nach einem Riemen ihres Bündels und schwang ihn mit aller Kraft um sich. Mit einem dumpfen Knall prallte der Kessel gegen den Schädel des Räubers. Der Mann kippte zur Seite und blieb benebelt im Gras liegen.

Das amüsierte Lachen der Frau ließ kalte Panik in ihr aufsteigen. Lorea warf sich ihr Bündel auf den Rücken und drehte sich zu den anderen beiden um. »Lauft!«

Sie schob ihre Mutter und Glenna an, damit sie den Moment der Ablenkung nutzten. Ihr Herz raste. Das scharfe Messer hielt sie weiterhin in ihren vor Verkrampfung weiß angelaufenen Fingern. Ihre Stiefel sprinteten über den Waldboden, an Bäumen vorbei zu einer Wiese. Der Wind peitschte ihnen entgegen. Hinter sich hörte Lorea hastiges Trampeln. Sie erreichten die Handelsstraße, welche sie gestern Abend zum Aufschlagen ihres Lagers verlassen hatten. Ihre Todesangst spornte Lorea an.

»Wir müssen zu der Siedlung!«, rief ihre Mutter. Sie griff nach Glennas Hand und rannte mit ihr vorneweg.

Das Gepäck an ihren Schultern erschwerte Lorea das Rennen. Die Riemen schnürten ihr die Luft ab. Loreas Atem pfiff vor Anstrengung. Sie sah zurück und entdeckte die beiden Jäger dicht hinter sich. Der Räuber taumelte hinterher und hielt sich den Kopf.

Die Jägerin war nur noch zehn Fuß von ihr entfernt. »Dort werdet ihr nicht ankommen!«

Maias Fuß blieb in der Luft hängen, als würde eine unsichtbare Hand sie festhalten. Vor Panik stürzte sie heftig zu Boden. Glenna zog an ihrer Hand, um sie wieder aufzurichten.

Auf ihrem Weg hob Lorea einen kräftigen Ast auf. Um den anderen beiden Zeit zu verschaffen, blieb sie ruckartig stehen und drehte sich um. Die Jägerin, der nur noch ein großer Sprung bis zu Lorea fehlte, starrte sie erstaunt an. Das Schwert vor Lorea erhob sich wie in Zeitlupe. Bevor die Klinge nach unten schwirren konnte, stach Lorea mit dem langen Ast aus sicherer Entfernung in das Gesicht der Jägerin. Die Frau schrie schmerzerfüllt auf und fuhr mit einer Hand in ihr Gesicht.

Ohne nachzusehen, ob oder wo sie ihre Verfolgerin verletzt hatte, kehrte Lorea sich um. Glenna und ihre Mutter waren inzwischen weitergelaufen. Um keine Zeit zu verlieren und Abstand zu gewinnen, hastete Lorea ihnen weiter nach. Den Stock in ihrem versteiften Griff warf sie beiseite, weil er ihr unnötig das Laufen erschwerte.

»Herrin!«, rief der Begleiter der Jägerin besorgt. Heftige Schritte trommelten hinter Lorea. »Das wirst du büßen!«

Bilder schossen in ihren Kopf, wie der Jäger sich womöglich an ihr rächen würde. Wie er ihre Hände abtrennte, sie langsam ausbluten ließ oder auf einem Scheiterhaufen festband und anzündete. Obwohl Lorea sich zwang, schneller zu laufen, wollten ihre Beine nicht. In der Ferne sah sie die ersten Hausfassaden der unweiten Siedlung. Hoffentlich war dort jemand, der ihnen half!

In einer Pfütze rutschte ihr Stiefel im Schlamm aus, doch sie behielt das Gleichgewicht. Sie spürte, wie eine grobe Hand nach ihrem linken Arm griff.

»Jetzt haben wir dich endlich!« Hinter ihr hörte sie ein metallenes Sirren.

Panik lähmte ihre Gedanken. Ohne nachzudenken, holte Lorea mit dem Messer in ihrer Rechten aus. Verängstigt rammte sie die Schneide in den Unterarm ihres Verfolgers und zog sie eilig wieder heraus. Er brüllte vor Schmerz auf. Die grobe Hand ließ von ihr ab. »So ein Dreckstück!«

Ihre Beine rannten schneller. Maia und die Schottin hatten die Siedlung beinahe erreicht. Lorea erkannte eine Handvoll Pferde, welche durch den Ort trabten. Männer saßen auf ihnen in ledernen Sätteln. Zwei metallene Rüstungen glänzten im Morgenlicht der Sonne.

»Hilfe!«, schrie ihre Mutter und rannte von Todesangst getrieben zu den Reitern.

Mit jedem in den Fußsohlen stechenden Schritt näherte sich Lorea. Die beiden gerüsteten Männer zogen lange Waffen hervor. Mit einem seichten Tritt spornten sie ihre Pferde an und ritten Lorea entgegen. Das Scheppern von Rüstungsplatten und das Klirren von Kettenhemden drang neben dem harten Trommeln der Hufe in ihre Ohren. Die Ritter eilten so schnell an ihr vorbei, dass ihr ein Windstoß entgegenkam.

Im Schutz der Siedlung hielt Maia an. Die drei anderen Reiter, welche Lorea ihrer schlichten Kleidung, ungefärbten Leinenhemden und einer an den Waden eng geschnürten Hose wegen als Knappen deutete, stellten sich mit ihren Pferden schützend vor sie. Mit einer Hand zog Maia die Schottin hinter ihren Rücken. Beide wandten sich zu Lorea um.

Erschöpft und außer Atem erreichte sie endlich die Knappen. Einer der jungen Männer sagte etwas zur Beruhigung, doch Loreas Ohren nahmen vor Aufregung nur ein Fiepen wahr. An der Seite ihrer Mutter blieb sie stehen. Ihre Beine schlotterten vor Anstrengung, und sie beugte sich vornüber, wobei das Gepäck an ihren Schultern herunterrutschte. Als ihr auffiel, dass die Schritte ihrer Verfolger verklungen waren, blickte Lorea sich um. Bewohner eilten auf die Straße, manche spähten aus dem Fenster und beobachteten das Geschehen. Ihre schwarzen Augen sahen auf die Straße, wo ihre Mutter und Glenna hinstarrten. Die Ritter jagten dem Räuber hinterher. Die beiden Jäger waren verschwunden. Der Räuber rannte vor den beiden gerüsteten Reitern davon. Einer der Ritter holte zum Schlag aus und traf den Räuber an Schulter und Rücken. Weil er so viel Schwung hatte, schleuderte er ihn vom Weg.

Schockiert wandte Lorea sich ab. Ihr wurde schwindlig bei dem Gedanken, dass der Ritter den Räuber zur Strecke gebracht hatte. Ihre Augen starrten auf das Messer, welches sie in ihrer Hand ganz vergessen hatte.

»Lorea, bist du verletzt?«, fuhr ihre Mutter plötzlich auf, weil sie das Blut an der kurzen Klinge sah. Zwei der Knappen wandten sich mit ihren Pferden herum und nahmen sie alle wertend in Augenschein.

Damit alle sahen, dass sie wohlauf war, hob Lorea beide Arme. »Das ist nicht mein Blut«, versicherte sie und holte tief Luft. Noch immer war sie außer Atem.

Verängstigt nahm Maia Lorea in den Arm. Sie stieß ein Schluchzen in ihre Schulter.

»Du hattest Recht«, flüsterte Lorea benebelt. »Jemand hat unser Haus angezündet.«

»Ich wusste, dass Judeth etwas zugestoßen sein muss.« Obwohl ihre Mutter sich versuchte zusammenzunehmen, spürte Lorea, wie ihre Schulter nass wurde.

»Aber Marcus lebt.«

Verwundert lehnte Maia sich zurück und sah mit roten Augen zu ihr auf.

»Sie haben nur von Judeth gesprochen. Offenbar wissen sie nichts von Marcus.« Lorea hoffte, ihre Mutter durch den kleinen Hoffnungsschimmer trösten zu können.

»Da habt Ihr nochmal Glück gehabt.« Einer der Knappen lächelte. »Die werden Euch nicht mehr nachjagen.«

Erst jetzt fand Lorea Gelegenheit, zu ihm aufzublicken. Ihre Mutter wischte sich die Wangen trocken, um ihre Trauer vor den Knappen zu verbergen.

Einer von ihnen schien nicht älter als zehn Jahre, der andere war ein paar Jahre reifer. Der Älteste, ein strammer junger Mann mit braunem schulterlangen Haar, schien der Einzige zu sein, der sich traute, vor Frauen den Mund aufzumachen. Er saß auf einem weiß und braun gescheckten Hengst. Von den Knappen trug nur er ein Lederwams über dem Hemd und ein metallenes Schwert am Gürtel um die Hüfte.

Der älteste Knappe streckte ihr eine Hand hin. »Ich mache die Klinge sauber. Eine Frau sollte kein blutiges Messer in der Hand halten.«

Behutsam legte Lorea den Griff in die ausgestreckte Hand. Ihre Schultern hoben sich schüchtern an ihre Ohren, während sie zusah, wie der Knappe an einem schmutzigen Zipfel seines Hemdes das Messer sauberwischte. Dann reichte er ihr mit einer Verbeugung von seinem Pferd den scharfen Stahl zurück.

»Vielen Dank«, stammelte Lorea. Sie steckte das Messer in die Hülle an ihrem Gürtel. Weil sie bemerkte, dass ihre Mutter geistesabwesend dastand und wohl in Gedanken bei ihrer Tante hing, nahm sie ihre Hand. Sie hoffte, ihren Schock dadurch dämpfen zu können.

Die beiden jungen Knappen kicherten amüsiert, obwohl Lorea an ihrer misslichen Lage und ihrer Verfolgungsjagd nichts lustig fand. »Anscheinend war Sir Thomas erfolgreich, dir das Hofmachen bei den Damen beizubringen«, schnaufte einer.

Wütend schaute Lorea ihn an. Dass man sie aus ihrer Lage gerettet hatte und freundlich zu ihnen war, fand sie nicht übertrieben, sondern anständig.

»Immerhin werde ich gerade nicht von einer hübschen Dame böse angestarrt«, entgegnete der Älteste.

Die beiden Jünglinge verstummten, als sie Loreas finsteres Gesicht sahen. »Verzeiht, Sir, aber ich bin keine Dame.«

Der erfahrene Knappe hob einen Finger. »Und ich bin kein Sir.«

Die Ritter trabten zu ihnen zurück, nachdem sie die beiden Jäger anscheinend nicht hatten ausfindig machen können. Weil keiner der Ritter verletzt schien, blieben die Knappen bei den drei verschreckten Frauen. Die Rüstung des einen war blau bemalt und mit silbernen Adelslilien verziert. Der betagt erscheinende Ritter darin hob das bärtige Kinn. Lorea bemerkte, dass er dieselbe Frisur trug wie sein ältester Knappe, nur dass sich in sein Haar graue Strähnen schlichen.

»Ist bei den Frauen alles in Ordnung?«

»Ja, Milord, ihnen ist außer einem Schreck nichts widerfahren.« Der älteste Knappe nickte unterwürfig.

»Die beiden anderen sind im Wald verschwunden. Was machen drei Weiber überhaupt allein in der Weite?«

Weil der Knappe darauf keine Antwort wusste, schaute er zu den Frauen hinüber.

Lorea richtete sich auf, denn ihres Wissens nach hatten sie nichts falsch gemacht. Sie verschwieg, dass die anderen beiden Verfolger womöglich Hexenjäger waren. Niemand von ihnen konnte abschätzen, wie die Ritter darauf reagieren würden, ob sie sie den Jägern ausliefern, sie selbst hinrichten oder laufen lassen würden. »Sir, wir sind gen London unterwegs. Wir haben das junge Fräulein hier im Wald gefunden. Räuber haben sie ausgebeutet. Nun suchen wir für sie Arbeit und Bleibe.«

Der graue Bart des Ritters verformte sich, als er eine grübelnde Miene zog. Ein Brummen kroch in Loreas Ohren. »Lord Richard le Scrope sucht für seine Burg eine neue Dienstmagd. Die alte ist vor wenigen Tagen von uns gegangen, Gott hab sie selig.« Der Ritter schlug ein Kreuz auf Schultern und Brust und senkte den Kopf. »Wir kommen gerade von Castle Bolton, wo der fromme Lord Richard wohnt.« Er warf dem ältesten Knappen einen Blick zu. »John hier wird euch sicheres Geleit nach Castle Bolton geben, dummerweise sind uns ja die anderen Halunken entwischt.«

»Milord, das könnt Ihr nicht tun. Wir sind Eurer nicht würdig.« Als stünde ein König vor ihr, verneigte sich Lorea.

»Ich habe einen Eid geleistet, das Volk zu beschützen. Außerdem ist es eines Edelmannes Pflicht, jeder Maid in Nöten zu helfen.«

»Wir stehen tief in Eurer Schuld, Milord.«

Er wandte sich seinem Knappen zu. »Glücklicherweise habe ich zwei Knappen, der kleine ist ohnehin nur für das Ablegen meiner Rüstung nützlich. Ihr wisst, wo wir zu finden sind, wenn Ihr die Frauen zu Lord Richard geführt habt?«

»Ja, Milord. Wie Ihr wünscht.« Der Knappe stieg von seinem Scheckenpferd und verbeugte sich.

Mit einer nickenden Kopfbewegung zeigte der Ritter den anderen, dass sie aufbrachen. Die jüngeren Knappen wandten sich ab und schienen ihrer versteiften Gesichtsausdrücke nach zu urteilen eifersüchtig. Zu viert ritten sie gemächlich die Straße entlang, wo sie zuvor dem Räuber hinterhergejagt waren. »Und richtet Lord Richard meine besten Grüße aus!«, rief der betagte Ritter ihnen nach, bevor er außer Hörweite war.

Verwundert schaute Lorea ihnen nach. Der zurückgelassene Knappe kam zu ihr und zog sein Pferd an den Zügeln an seine Seite. »Soll ich Euch um Euer Gepäck erleichtern?«

»Ihr habt schon genug Arbeit damit, uns zu begleiten.« Sie lächelte freundlich.

»Mein Pferd ist weitaus mehr Gepäck gewohnt, werte Maid.« Seine Hand klopfte dem Pferd auf den langen Hals. Als wollte es zustimmen, schnaubte das Tier durch die großen Nüstern. Der Knappe nahm ihr Bündel und hievte es auf den Rücken des Pferdes. Am Sattel hatte er bereits Taschen und Decken festgemacht.

John zog an den Zügeln. »Wollen wir losgehen?« Er führte sein Pferd voraus, und die Frauen liefen ihm nach. An einer Hand führte Lorea ihre Mutter, die ihren Griff verstärkte. Sie spürte, wie sie ein Schluchzen unterdrückte. Judeths Tod und die unmittelbare Bedrohung ihrer Verfolger nagten an ihnen beiden. Lorea war sich nicht sicher, ob der Knappe John allein etwas gegen die beiden blutversessenen Jäger ausrichten könnte.

Glenna sah sie alle scheu an. »Warum wir gehen? *Meirleach?*«

»Nein, nein!«, bremste Lorea ihre Angst. Ihr freier Arm probierte sich in der von den vergangenen Tagen gewohnten Zeichensprache. Ihr gestenreiches Gespräch begann mit einem Fingerzeig, und Lorea ahmte zu jedem Wort eine Bewegung nach, sodass Glenna ihr Glück verstand. »Du wirst vielleicht bei jemandem arbeiten, der ein großes Haus und viel Geld hat.« Zum Schluss rieb sie Daumen und Zeigefinger aneinander und malte mit ausgestreckten Armen einen aus Fantasie und Gold bestehenden Berg. Glennas Gesichtszügen nach brauchte sie einen Augenblick, um die vielen Zeichen zu deuten. John sah sich nach ihnen um. Sein Blick barg Misstrauen.

»Ich?«, brachte Glenna erleichtert hervor.

Lorea nickte aufgewühlt. Zügig gingen sie weiter. Lorea wollte möglichst viel Abstand zwischen sich und ihren Verfolgern bringen.

Der Knappe führte sie in jene Richtung, in welcher die Sonne sich zur mittäglichen Stunde hob. Die Bewohner des Dorfes, die aus manch einem Fenster oder einer Tür hinausspähten, eine Herde Schafe durch das Dorf scheuchten oder einen Handkarren mit Heu an ihnen vorbeischoben, musterten sie argwöhnisch. Eine Frau, um deren breite Taille eine schmutzige Schürze gebunden war und welche immerzu heftig mit einer Tischdecke wedelte, spitzte die Lippen und runzelte finster die Stirn. Sie alle schienen wenig begeistert, dass Fremde Unruhe vor den Häusern des Dorfes verursacht hatten.

Um sich von der unangenehmen Atmosphäre abzulenken, wandte Lorea sich zu dem Knappen um, der mit seinem Schecken neben ihnen trabte. »Euer Herr nannte Euch John?«

»Ihr hörtet recht.«

»Wie heißt denn Euer Herr?«

»Sir Thomas Blount. Er ist ein Getreuer von König Richard, dem Zweiten seines Namens, und wurde von ihm persönlich zum Ritter geschlagen.«

»Sicher ein Mann mit Edelmut.«

Während sie sich über Sir Thomas, den Knappen und dessen gute Aussichten auf einen Ritterschlag unterhielten, setzten sie ihre Wanderung fort. Spät eintreffende Vögel, die sich vor dem Winter in südliche Sicherheit gebracht hatten und nun in ihre Heimat zurückflogen, stimmten über ihren Köpfen ein Lied an. Zu Loreas Ermunterung versuchte Glenna es nachzusingen und hauchte ein Lied in ihrer Sprache. Bestimmt wollte sie sich damit von den Schrecken des Morgens ablenken. Glennas Mundart klang mystisch wie ein zarter Windhauch in den Bergen.

Ein Blick zu ihrer Mutter ließ ihre Sorge wachsen. Maia lächelte nicht einmal aufgezwungen. Lorea fürchtete, dass Judeths Tod sie ebenso schwer traf wie der Hausbrand. Oder überdachte sie eine Möglichkeit, ihren Verfolgern zu entkommen?

Glennas frisch gewaschene nackte Füße waren schnell mit Staub und Erde beschmutzt. Anscheinend genoss sie lieber den natürlichen Untergrund, der von weichem Gras bis zu piksenden Steinen reichte. Selbst Lorea spürte in ihren Stiefeln die spitzen Steinchen der Handelsstraße deutlich unter sich.

Aus dem Augenwinkel bemerkte Lorea, wie John den Findling skeptisch beobachtete. »Die Frau ist Schottin?«

»Wir vermuten es«, stimmte Maia zu.

Lorea war erleichtert, dass sie endlich wieder einige Worte sprach.

»Da hat sie Glück, wenn Lord Richard sie aufnimmt. Bei Hofe sind gemeine Schotten nicht gern gesehen. Aber Lord Richard ist ein vorbildlicher Ritter, der seinesgleichen sucht, und bekannt durch seine Güte.«

»Ist er denn noch vorbildlicher als Euer Herr?«, wunderte sich Lorea.

»Ich kenne keinen, der einen edleren Ruf hat. Sein Gemüt ist golden wie der Streifen auf seinem blauen Banner. Den Mut eines Drachen besitzt er gegenüber Feinden und die Zärtlichkeit eines Schmetterlings gegenüber den Damen. Den Armen schenkt er stets Essen, und er hat sogar im anhaltenden Krieg gegen die Franzosen Seite an Seite mit dem schwarzen Prinzen gekämpft.«

Beeindruckt senkte Lorea den Kopf. Der Lord der Burg schien eine bekannte Persönlichkeit zu sein.

Ihre Füße folgten dem Fluss und liefen tiefer in den Wald des Tales. Der Weg wurde oft befahren, denn manchmal waren Kuhlen so tief in die Erde gegraben, dass Loreas Füße umknickten. Glenna hingegen bevorzugte die ebenere Wiese.

Auf ihrem Weg durch den Wald kam ihnen ein Bauer mit einem Pferd und einem mit altem Heu gefüllten Wagen entgegen. Während das große Tier den Wagen zog, grüßte der Kutscher sie und ließ unter seinem Strohhut ein dunkles Augenpaar hervorblinzeln. Der Knappe an ihrer Seite und Maia entgegneten gemeinsam mit Lorea dieselben Worte.

Glenna streckte die Hand nach dem Schecken aus, welcher sie begleitete, und streichelte ihn an der Flanke. *»Each.«* Lorea schmunzelte. Anscheinend lernten sie auf ihrer Reise mehr Schottisch als alles andere.

Als sie die Hand vom weichen Pferdefell nahm, seufzte Glenna und blinzelte abwesend zum Himmel hinauf. »Vor Meirleach«, erzählte sie gebrochen, »ich groß Haus.«

Nachdenklich verzog Lorea einen Mundwinkel. »Hast du dort gewohnt?«

»Seadh.«

»War es schön da?«

»Seadh.« Sie nickte eifrig.

Allmählich verstand Lorea, was dieses Wort in Glennas Muttersprache bedeutete.

Sie musterte die Schottin, die unentwegt ihre Umgebung bewunderte, egal ob es Schmetterlinge, Vögel oder Sträucher waren. Glenna verschwand vom Weg und lief mit schmutzigen Füßen in das Gesträuch des Waldes. Mit gefüllten Händen kehrte sie zu ihnen zurück. Sie hatte Gänseblümchen gesammelt, welche sie auf ihrer Wanderung vernaschten. Sogar der Schecke bekam etwas ab. Zwar schmeckten sie bitter, doch Lorea zeigte sich mit der kleinen Stärkung zufrieden.

»Dort liegt die Burg Bolton«, erklärte John. Lorea sah auf. Über die niedrigen Burgmauern hinweg ragte der grau-steinerne Burgfried mit vier mächtigen Türmen, welche ihn im Viereck begrenzten. Drei der Türme waren so hoch wie die großen Kirchtürme in Durham. Auf ihnen wehten blaue Fahnen mit goldenem Band im Wind. An dem vierten, kleineren Turm war ein hölzernes Gerüst errichtet. Aus der Ferne erkannte Lorea Männer, die mit Werkzeug und schweren Steinen hantierten. Die Steine wurden an einem Flaschenzug auf das Gerüst transportiert. Bei dem Anblick des gewaltigen Castle Bolton erschauderte Lorea.

Um die Burgmauern drängten sich steinerne Häuser, die mit Holzschindeln gedeckt waren. Bewohner zogen Handwagen mit frischer Salaternte und Kohl über die Straße, ein Bauer zerrte eine sture Kuh an einem Seil vorbei. Je näher sie dem Burgtor kamen, desto mehr beschleunigten sich Loreas Schritte. Jedoch wagte sie es nicht, den Knappen John zu überholen. Sie fürchtete sich ein wenig, der Burg zu nahe zu kommen. Denn sie war noch nie einem Hochwohlgeborenen begegnet.

Vor einem großen, dunklen Tor blieben sie stehen. Das Pferd neben Lorea schnaubte, weil sie lange Zeit ohne Pause gelaufen waren.

»Mal sehen, ob man uns einlässt«, murmelte Maia unsicher. Zögerlich trat sie an das Tor heran, als ob dieses nicht aus Steinen und Holzbrettern, sondern aus Ungeheuern bestünde, an die sie sich heranschlich. Der Knappe John lief an ihrer Seite, seinen Schecken an den Zügeln mit sich führend. Lorea blieb zusammen mit Glenna dicht hinter den dreien.

Eine Wache mit Lanze in der Hand und einer Tunika, auf welche dasselbe blaue Wappen mit goldener Querborte wie auf den Burgflaggen gestickt war, trat einmal stampfend auf den Boden. Die Lanze lehnte sich in ihren Weg, und die Frauen erzitterten. »Was wollt ihr hier?«

John trat vor. »Wir hörten, dass Lord Richard die Hilfe einer neuen Magd sucht. Diese junge Frau möchte seine Gunst erbitten.« Er wies auf Glenna, welche den Kopf einzog.

»Tretet ein«, gestattete der Wächter und zog seine Lanze zurück.

John ging mit seinem Pferd voraus, Maia schlüpfte mit Glenna an einer Hand unter dem Tor hindurch, gefolgt von Lorea. Nicht nur Glenna hob erwartungsvoll den Kopf. Nie zuvor hatte Lorea das Innere einer Burg besucht. Hinter dem Tor breitete sich ein Hof aus. Apfelbäume und blühende Beete, worin Kräuter, Narzissen und Krokusse wuchsen, erheiterten den Hof mit Farben. Zwei junge

Burschen übten unter einem Baum mit stumpfen Schwertern das Kämpfen, während ihnen zwei Jagdhunde dabei zusahen. Die sitzenden Vierbeiner waren ebenso gescheckt wie Johns Pferd und so groß, dass ihr Kopf bis zu Loreas Hüfte reichte. Ihre Ohren hingen schlaff und gelangweilt herunter, doch sie schienen jedes Geräusch aufmerksam wahrzunehmen. Einer der Hunde drehte den Kopf zu ihnen, als er Fremde witterte.

Zwei große Gemäuer drängelten sich an den schützenden Wall, eine Handvoll kleinere wurden von Tieren und dem Gesinde genutzt. In einem Stall gackerten Hühner, aus einem anderen steckte ein Pferd seine Nüstern. Auf den Burgmauern und vor dem massiven Fried, der den Fürsten beherbergte und ihn wie ein steinerner Schild beschützte, beobachteten gerüstete Wachen das Geschehen.

Eine Frau, welche in ein grünes Samtkleid mit weiten Ärmeln und einer langen Schleppe gehüllt war, redete im Hof mit einem Untergebenen in schlichter Kleidung. Eine Hörnerhaube mit einem weißen Schleier daran saß auf ihrem Kopf und bedeckte ihr Haar. Als sie herantraten, bemerkte Lorea feine Stickereien an den Ärmeln. Die letzten Worte der noblen Frau schwebten zu ihr hinüber. »Überbringt meinem Sohn die Kunde, er soll zu mir kommen. Ich verweile hier, nicht dass er meinetwegen noch jede Kammer abschreitet.«

Der Mann verneigte sich vor der Dame und verschwand durch eine schwere Eichentür, welche mit Ranken aus Eisen verziert war, in den Burgfried.

Maia nutzte den Moment. »Werte Frau?«

Die Edeldame wandte sich ihnen mit zweiflerisch erhobenen Brauen zu. »Ihr wünscht?«

»Wisst Ihr, wo genau wir Lord Richard le Scrope antreffen können?«

»Mein Gatte verweilt zurzeit nicht in diesen Mauern«, erklärte die Dame, als die drei vor ihr mit sicherem Abstand zum Stehen kamen. Lorea riss die Augen auf. Das war die Gemahlin des Lords? Und ihre Mutter hatte sie ohne Weiteres angesprochen?

Der Knappe John senkte ob der Peinlichkeit den Kopf. »Ihr könnt doch nicht einfach Euer Wort an eine Lady richten.«

»Verzeiht, Mylady«, entschuldigte sich Maia. Sie und die beiden Mädchen verbeugten sich unterwürfig.

Die Lady schien nicht angetan von ihnen. Ihre Augen wanderten von Loreas unfrommer Kleiderordnung zu Glennas beschmutzten Füßen. Schamesröte erwärmte Loreas Gesicht, als sie bemerkte, dass sie keinen Rock, sondern ihre lange Leinenhose trug.

Der abwertende Blick zeigte die Bedenken der Edeldame. »Mein Gemahl ist außer Landes, er ist die nächsten Tage nicht zu sprechen.« Ihre Augen weilten auf John. »Seid Ihr nicht ein Knappe von Sir Thomas?«

»So ist es, Mylady. Wir brachen erst heute Morgen von Eurer Burg gen Norden auf. Ich soll Euch seine besten Grüße ausrichten.«

»Und was wünscht Ihr?« Die Edeldame schien ihre kostbare Zeit nicht mit ihnen verschwenden zu wollen. Ihre gespitzten Lippen zeigten ihre schlechte Laune. Lorea warf ihrer Mutter einen scheuen Seitenblick zu. Beide überließen dem wortgewandten Knappen die Unterhaltung. Womöglich würde Maia die Edelfrau erzürnen, wenn sie erneut etwas Falsches sagte.

»Erlaubt Ihr uns, Euch um eine Bitte zu ersuchen?«, fragte John ergeben und sah auf die Füße der adligen Frau.

»So sprecht endlich.«

»Mein Herr hörte, dass man bei Euch noch jemanden sucht, der die Blumen pflegt und die Häuser putzt.«

»Er hörte recht.«

Lorea schöpfte Hoffnung.

»Mit tiefer Bitte ersucht mein Herr Euch, diesem Fräulein hier zu gestatten, sich um Eure Blumen und Euer Heim zu kümmern.« John wies mit einer ausgestreckten Hand auf Glenna. Damit die Schottin vor die Edeldame trat, versetzte Lorea ihr einen leichten Schubs.

Die skeptisch verzogenen Augen der adeligen Dame musterten Glenna und blieben erneut an deren Füßen hängen. »Wir brauchen keinen Schmutzfink. Bettelmädchen sind im Kloster besser aufgehoben.« Nach einem Zögern wandte sie sich ab. Sie lief zur Eingangstür des Burgfrieds und wollte offenbar vor ihnen fliehen.

Doch Maia hastete ihr nach. »Bitte, Herrin!«

Eine nahe Wache klopfte mit einer Lanze laut auf den Boden. Der Mann in dunkler Rüstung lief auf Loreas Mutter zu, welche erschrocken stehen blieb, und mahnte mit zorniger Stimme: »Halt dich von der Lady fern, Weib!«

Johns Pferd erschrak, und er packte die Zügel straffer, damit es nicht wild den Kopf umherschwang. Er schnaufte und schien zu überlegen, wie sie die Edeldame überzeugen konnten.

Lorea schluckte schwer. Sie und Glenna liefen zu Maia, hielten aber beide aus Angst vor der Wache Abstand zu der Edeldame.

Die Lady streckte eine Hand aus. Sie hielt inne. »Lasst sie nur.« Der Wächter senkte augenblicklich die Lanze. Nach einem unbehaglichen Moment kehrte er zurück zu seinem Posten.

Maia versuchte zu erklären. »Wir haben das Mädchen in einem Wald gefunden. Sie wurde von Räubern überfallen. Sir Thomas rettete uns vor ihnen.« Wegen scheinbar derselben Bedenken, die Lorea zur Lüge gedrängt hatten, verschwieg auch Maia die Hexenjäger.

Weil sie ihnen wenig Glauben schenkte, hob die Edeldame das Kinn und beäugte John. »Ist dem wahr?«

»Ja, Mylady. Mein Herr hat nur einen der Räuber unschädlich machen können, zwei weitere sind geflüchtet.«

Maia redete weiter auf sie ein. »Wir haben ihr die Sachen, die sie trägt, gegeben, weil sie sonst nichts mehr hat. Das Mädchen kann kaum reden, aber trotzdem ist sie geschickt und würde Euch sicher von Nutzen sein. Sie lernt schnell. Sie würde alles machen, was auch immer Ihr wünscht.«

Die Edeldame wandte sich um, sodass sich ihre lange Schleppe eindrehte und Falten aufschob. Das zuvor spöttische Gesicht der Dame veränderte seine Züge. »Ihr scheint mir sehr beharrlich. Sie würde alles machen?«

Lorea senkte den Blick, denn sie befürchtete, ihre Mutter hätte etwas Falsches gesagt.

Ein junger Mann, dessen blauer Waffenrock bis zu den Knien reichte, an jedem Saum golden bestickt und am Kragen sogar mit braunem Fell geschmückt war, trat aus der eisenverzierten Tür zum Burgfried. Unter dem Waffenrock trug er eine lange schwarze Hose und ein ebensolches

Hemd. Der edle, aufrechte Gang und die kräftigen Arme des jungen Mannes erweckten den Anschein eines Ritters. Da sein hübsches Gesicht makellos war, bezweifelte Lorea, dass er schon einmal in seinem Leben ernsthaft gekämpft hatte.

Der Herr kam zu ihnen und zog eine nichtsahnende Miene. Sicher fragte er sich, worüber sie diskutierten. Er besah sich die ihm fremden Leute und glitt an die Seite der Lady.

»Ihr wolltet mich sehen, Mutter? Ist es der drei Weibsbilder wegen?« Der Blick des ansehnlichen Jungspundes blieb an John hängen, welcher eine tiefe Verbeugung machte. »Brach der junge Mann hier nicht erst heute Morgen mit seinem Herrn auf? Bist du nun schon herrenlos?«

»Gewiss nicht, ich bin im Auftrag meines Herrn zurückgekehrt, Mylord«, entgegnete John auf die freche Frage.

Die Lady nahm ihren Sohn an der Schulter, und beide drehten sich von ihnen weg. Sie flüsterte dem jungen Mann ins Ohr. Ihr heimliches Gespräch war jedoch so laut, dass einige Bruchstücke in Loreas Ohren krochen. Sie biss sich auf die Unterlippe, als sie dasselbe hörte, was ihre Mutter der adligen Dame berichtet hatte.

Der Sohn setzte ein nachdenkliches Gesicht auf und meinte munter: »So lassen wir sie doch bei uns. Sonst verwelken die schönen Blumen, noch bevor der Sommer ins Land einzieht.« Er schmunzelte Glenna an und schaute sich zu den blühenden Beeten um.

»Du besitzt die Gutmütigkeit deines Vaters, Roger«, murrte die Lady und schien etwas Bedenkzeit zu beanspruchen.

»Sir Roger«, erinnerte der Jungspund sie.

»Ihr seid auch ein Ritter, Herr?«, staunte Maia kleinlaut. Sie verneigte sich, ebenso tat es Lorea.

»Niemand hat Euch gestattet, mit meinem Sohn ein Wort zu wechseln«, wies die Lady sie schroff zurück.

Der Knappe John räusperte sich. »Verzeiht die fehlenden Manieren meiner Wegbegleiterinnen.«

Trotz der abwertenden Worte wusste Lorea, dass der Knappe es nicht böse meinte. Er versuchte, Glenna möglichst vorteilhaft erscheinen zu lassen und die Adligen nicht zu erbosen. Als sie bedachte, dass Glenna womöglich von Rittern umgeben war und ihr kein Räuber etwas antun konnte, senkten sich ihre Schultern erleichtert.

Ein Schnaufen seitens der Lady ließ sie aufsehen. »Nun gut, wir nehmen das Mädchen. Sie kann eine Kammer im Gesindehaus nehmen, sicher findet sich noch ein freies Stübchen für sie.«

Lorea drehte sich zu Glenna um und lächelte sie an. »Du darfst hier wohnen«, erklärte sie ihr gestenreich und leise wispernd. Als ihre Gedanken zu dem Schluss kamen, dass sie Glenna hier und jetzt das letzte Mal sah, lag ein schwerer Stein auf ihrer Brust. Sie zeigte auf die gelben und lila Krokusse in einem der Beete. »Du arbeitest hier bei den Blumen.«

»Wir danken Euch, Euer Gnaden.« Ihre Mutter verneigte sich tiefer als zuvor, Lorea machte einen ebenso unterwürfigen, jedoch bauernhaften Knicks, als sie den Zipfel ihres Hemdes mit zwei Fingern hob und dabei eine halbe Verbeugung vorzeigte.

Weitaus eleganter und mit einer ausschweifenden Handbewegung kam John der Edeldame entgegen. »Mein Herr steht in Eurer Schuld, Euer Großzügigkeit.«

Lorea wandte sich ihrer einstigen Mitreisenden zu. »Leb wohl.«

»Whit's leb wohl?«, stammelte die junge Frau, und sah an Loreas Blick, dass etwas Kummervolles in der Luft lag. Lorea wusste nicht, wie sie antworten sollte.

Maia wandte sich ebenfalls ihrem Findling zu und streichelte ihr so sanft über die Schultern wie bei ihrer ersten Begegnung. Dann hob sie die Hand wie zum Abschied. »Leb wohl.«

Gewiss verstand Glenna nun diese Worte. Sie sprang mit ihren Augen von einem zum anderen. Sie versuchte sich an einem Abschied in Zeichensprache und nuschelte nebenbei ihre eigene Mundart. Mit schwerem Seufzen schlang Lorea die Arme um Glennas Hals. Die junge Frau war ihr während der vergangenen Tage ans Herz gewachsen.

»Danke«, hörte sie Glenna in ihr Ohr flüstern, und sie nahm sich zusammen, ihren Kummer zu verbergen. Ihre Arme ließen Glenna los. Als sie an die Seite ihrer Mutter zurückkehrte, stellte die schmuddelige Frau sich ihren neuen Herren mit ihrem Namen und einem Knicks vor, bei welchem sie den Rücken versteifte und weitaus anmutiger erschien als Lorea. Sie schenkte ihr ein letztes Schmunzeln. Maia lief voraus, zurück zum dunklen Tor der Festung, ihre Tochter ihr dicht auf den Fersen. Loreas Freude für Glenna war so groß, dass ihr Lächeln sich über ihre runden Wangen ausbreitete.

John reichte ihr das Bündel zurück, welches er dem Rücken seines Pferdes überlassen hatte. Mit einem Bein schwang er sich auf sein Ross. »Ich werde Euch nun verlassen. Mein Herr erwartet mich sicher bereits.«

»Habt vielen Dank!«, riefen Lorea und ihre Mutter im Chor. Der Knappe hob eine Hand und galoppierte voraus und durch das Burgtor.

Als er aus ihrem Blickfeld verschwand, wurde Lorea bewusst, dass sie nun niemand mehr mit einem Schwert beschützen würde. Unauffällig tastete ihre Hand nach dem Griff des Messers am Gürtel. Sobald sie die Burgmauern verließen, mussten sie damit rechnen, dass die Jäger sie abermals abfingen und zu töten versuchten.

Musik und scharfe Klingen

Einsam erschienen ihr die vergangenen Tage, während der sie durch das Tal und zwischen gewaltigen Gebirgen hindurch gewandert waren. Immer wieder hatte sie ihre Mutter durch Geschichten und Erinnerungen aufzumuntern versucht, um von Judeths Tod und Glennas Verabschiedung abzulenken. Wenigstens waren ihrer beider Gedanken dann für kurze Zeit in einer anderen Welt. Ihre Mutter wirkte entschlossener, was ihre Flucht aus dem Norden anging, und schien Judeths grausames Schicksal wohl bereits seit ihrem Aufbruch von Durham geahnt zu haben.

Nervös schaute Lorea zurück. Seit der Knappe nicht mehr an ihrer Seite lief, hatten sie wieder alle Augen und Ohren offen gehalten. Nachdem sie an einem der zahlreichen Bergseen gerastet hatten, waren sie einem Weg ins Tal gefolgt, der sie inzwischen zu Feldern geführt hatte. Ihre Verfolger hatten sie nicht mehr gesichtet.

In weiter Ferne entlang der Handelsstraße erkannte Lorea vor sich die Mauern einer großen Stadt. Ein Kirchturm mit steinerner viereckiger Zackenkrone ragte über alle Dächer. Als sie die vielen Häuser sah, stellte sie fest, dass diese Siedlung wesentlich bewohnter schien als alle anderen, die sie zuvor besucht hatten. Sie schätzte, dass ihre Mutter diese Nacht wieder in einem Alehaus zu rasten gedachte. Dann konnten sie sich in der Stadt verstecken, falls ihre Verfolger noch immer hinter ihnen her waren.

Keine Menschenseele war auf den Feldern vor der Stadt zu sehen, weder Wanderer noch Bauern. Der Abend brach an, deshalb schienen sich alle hinter dem Schutzwall der Stadt verkrochen zu haben. Die lautstarken Geräusche einer belebten Menschenmenge schwirrten über die Weiden und Felder bis in Loreas Ohren. Je näher sie der Stadt kamen, desto merkwürdiger wurde ihr der Gedanke, heute sei ein arbeitsfreier Sonntag. Denn dann hätte niemand innerhalb der Stadtmauern einen solchen Lärm erzeugt.

Durch das Getöse hörte Lorea muntere Musik. Flöten, Trommeln, Marktpfeifen und Lauten waren unüberhörbar angestimmt, sodass Lorea sie bis vor die Stadtmauern vernahm.

Sie sah ihre Mutter verunsichert an. »Was feiern die denn da?«

»Ein Fest, was denn sonst?«

Ihr Blick huschte von ihrer Mutter zum herannahenden Stadttor. Nie zuvor hatte sie ein Fest erlebt. Und erst Recht nicht in einer reich besiedelten Stadt.

Ein leicht zu übersehendes Holz, das man an die Mauer gelehnt hatte, ließ sie den Namen der Stadt ablesen: Manchester.

Als sie unter dem Tor durchschlüpften und die schützenden Stadtmauern passierten, sahen sich beide um. Es tummelten sich mehr Menschen auf der Straße, als in Hexham überhaupt lebten. Einige Leute hatten Stände eröffnet, präsentierten frisch gezogene Kerzen, verkauften Honig und Gewürzsträuße oder Küchenmesser. Fest an den Händen haltend, um sich nicht zu verlieren, liefen Lorea und ihre Mutter durch Menschengruppen die Straße entlang. Lorea stellte sich auf die Zehenspitzen und staunte über das Getümmel in der Stadt. Unter den vielen Leuten fühlte sie sich wohler als allein und ungeschützt auf den verlassenen Wegen. Auch wenn der beißende Geruch von Schweiß, Gebräu und Fauligem in ihrer Nase zwickte.

Ein schmuddeliger Mann mit einem Trinkhorn in der Hand trat an sie heran. Eine gelbe Flüssigkeit schwappte in dem ellenlangen Horn, worauf sich kleine Inseln aus weißem Schaum bildeten. Der

Angeheiterte starrte mit einem merkwürdigen Blick auf Maias Mantel. »Weib, Ihr habt da eine Spinne auf der Schulter.«

Maia schwirrte mit vor Schreck aufgerissenen Augen herum, Lorea wich zurück und besah sich entgeistert die Schulter ihrer Mutter. Der Mann neben ihnen wandte sich ab und stolzierte mit überschwappendem Trinkhorn davon. Ein lautes Hicksen flüchtete aus seinem Mund. »April, April!«

Lorea stieß ein erleichtertes Seufzen aus, als sie bemerkte, dass die vermeintliche Spinne aus Luft und Staub bestand.

»Bei den Hühnern.« Ihre Mutter lachte, strich sich aber zur Vorsicht über die Schulter. »Was für ein Troll war das denn?«

Ein mädchenhaftes Kichern kroch aus Loreas Mund, doch sie versteckte das Grinsen hinter ihrer Hand. »Ich glaube, jetzt wissen wir, was gefeiert wird.«

Bei dem wenig begeisterten Gesichtsausdruck ihrer Mutter sah sie umher, um ihr auszuweichen, und bestaunte die Stände am Straßenrand. Ein Bäcker verkaufte kleine Brote mit süßer Füllung, die es wahrscheinlich nur zu Festtagen gab. Ein Zinngießer stellte seine schönsten Löffel und kleinen Krüge zur Schau, zwei Frauen flochten aus frischen Blumen und Zweigen hübsche Kränze. Aus einer Ecke dröhnte lautes Gelächter, das die Musikanten für einen Moment übertönte. Als sie sich an einer Schenke vorbei drängten, erhaschte Lorea einen kurzen Blick auf ein Dutzend Spieler. Auf einem großen Platz hatten sie Tische zusammengeschoben, die sie als Bühne nutzten, damit die umherziehenden Festbesucher sie besser sahen und hörten. Einer spielte auf seiner Laute, andere begleiteten ihn mit klaren Flötentönen und Trommeln. Zwei der Spielmänner schufen mit ihren großen Marktpfeifen Musik, welche den Dudelsäcken, die Lorea aus dem Norden kannte, ähnlich sahen. Überall roch es nach Menschen und Gebräu.

Ihre Mutter zog sie an der Hand wie einen wilden Hund an einer Leine hinter sich her und schien eher aus dem Getümmel fliehen zu wollen, als sich von ihm mitreißen zu lassen. Nur ungern ließ Lorea sich von den vielen Leuten, Geräuschen und Ständen wegführen. Alles sah einladend aus, doch sie warf nur verstohlene Blicke auf Geschirr, graue

Kleider und sogar Schwerter. Als sie die Menge verließen und ihre Mutter endlich ihr angespanntes Schritttempo drosselte, nutzte Lorea die weniger geräuschvolle Straße, der sie folgten, um im Kopf ihrer Mutter zu stöbern. »Warum flüchtest du denn vor den Leuten?«

Maia wandte sich misstrauisch zur großen Straße um, die sie verlassen hatten. »Da schleichen bestimmt überall Diebe herum. Oder die Jäger.«

Bei der Vorstellung, dass Langfinger oder gar Mörder wie unsichtbare Schatten zwischen den Menschen hindurchschlüpften und Muscheln, Münzen, Geldsäckchen oder gar Leben stahlen, wurde Lorea unwohl. Vor Begeisterung hatte sie das gar nicht bedacht.

Die Düfte von gegrilltem Hühnchen, überbackenem Gemüse, Süßkuchen und anderen Leckereien lockten sie auf den nächsten Marktplatz. Maias Haltung spannte sich schlagartig an.

»Wir können uns doch noch ein wenig umsehen«, schlug Lorea vor, um ihre Mutter von einer erfreulichen Ablenkung zu überzeugen. »Ich halte auch meine Augen offen, sollte mir jemand auffallen.«

Nur zögerlich stimmte sie mit einem Murren zu. Sie erreichten eine weitere lärmende Menge. Ihre Mutter griff nach ihrer Hand, damit sie sich nicht zwischen den vielen Menschen aus den Augen verloren. Lorea erspähte Dutzende Leute, die Krüge und Hörner mit einem rötlichen Rebensaft oder bis zum Rand mit weißer Alegischt gefüllt in den Händen hielten. An den Bärten einiger Männer hing Schaum, der ihnen ein Lächeln aufmalte. Aus jeder Gasse erklang Gelächter, Getöse oder ein kräftiges Rülpsen. Der Hühnchenduft wurde vom Geruch frischer Brauereien in die Flucht geschlagen, welcher viele trinklustig machte. Hier und dort saßen die ersten mit Ale und Wein gefüllten Trunkenen auf der Straße. Zurechtgemachte Frauen mit gesteckten Haaren und tiefen Ausschnitten zogen die Herren in ihren Bann.

Als sie sich durch die Menge schoben, drängelte Maia sich vorneweg und zog ihre Tochter hinter sich her. Erneut hörte Lorea die Töne von Flöten, die aus einer Gaststube hallten. Ihre Füße waren dazu gezwungen, sich im Takt zur Musik zu bewegen. Noch nie hatte sie so viel Leben auf einem Fleck gesehen. Maia schaute gespannt umher und warf ihrer Tochter das hüftlange Haar in die Augen. Gelegentlich spähte Lorea umher, um mögliche Diebe oder Angreifer ausfindig zu machen. Doch niemand streckte seine Hand nach ihrem Gepäck aus, keiner zog heimlich einen Dolch oder funkelte sie aus bösen Augen an.

An einigen Ständen schauten sie über die Schultern kauflustiger Kunden und bestaunten die geschnitzten Waren eines Böttchers, die von feinen Löffeln bis zu Holzeimern auf einem betuchten Tisch lagen. Ein anderer zeigte seine alten Stahlklingen, der nächste verkaufte Bürsten aus Wildschweinhaar. Eifersüchtig auf manch einen Käufer senkten sich Loreas Schultern. So viele Dinge waren auf den Straßen zur Schau gestellt, doch sie konnten sich ihres Geldmangels wegen nicht einmal einen Holzlöffel leisten. Als Lorea eine Meute entdeckte, die sich vor einem gezügelten Pferd sammelte, deutete sie ihrer Mutter mit ausgestrecktem Finger, hinüberzusehen. Das Huftier würde gleich versteigert, und soweit sie es hörte, war es nicht allzu billig.

Bei einigen Verkäufern blieben sie länger, weil einer Schmuckketten aus Holzperlen oder ein hübsch gewebtes Leinen mit Abbildungen von Tieren darauf zur Schau stellte. Geflochtene Körbe, Glücksbringer oder Kiefen wurden bei einem anderen präsentiert.

Nachdem sie stundenlang durch die Straßen geschlendert waren, erreichten sie erneut die improvisierte Bühne der Musiker, und sie sahen zu den herumtollenden Spielern auf. Zum Glück war Lorea groß genug, um zwischen den Dutzenden Köpfen hindurch zu lugen. Es war das erste Mal, dass ihre Ohren so viele aufeinander eingestimmte Klänge hörten. Vor der Bühne tanzte ein altes Pärchen und lud die Umherstehenden zum Mitmachen ein. Die Leute, die keine Lust hatten, ihr Tanzbein zu schwingen, klatschten in die Hände. Wie ein Großteil der Menge hielten Lorea und ihre Mutter sich vom Tanzen zurück. Fackeln und Laternen wurden an den Häusern und in den Händen der Nachtwächter entzündet, als die Sonne sich von der Welt verabschiedete und sie der Dunkelheit überließ. Jedes im Wind wedelnde Kleid, jede Feder an den Hüten einiger Männer wurde vom roten Licht der kleinen Feuer angeleuchtet. Wie ein Traum wirkte die Feier auf Lorea. Die Musik, die Eindrücke und Gerüche, die Geräusche und freudig gestimmten Menschen ließen sie all die Schrecken vergessen, welche über ihr und ihrer Mutter kreisten wie Krähen.

In sich gekehrt schmunzelte Lorea und warf ein Auge auf den jungen flötenspielenden Tänzer. Dieser sprang freudig von den Tischen und pfiff den jubelnden Zuhörern zu. Er verbeugte sich vor einer Gruppe junger Frauen und schritt weiter. Plötzlich bekam Lorea ein mulmiges Gefühl, als der reizende Mann auf sie zu kam. Während sich alle Köpfe nach ihm wandten, starrte dieser tief in Loreas schwarze Augen. Ihre Wangen erwärmten sich und verfärbten sich gewiss in ein geschmeicheltes Rosa. Der Flötenspieler nahm sein Instrument vom Mund und war ihr so nahe, dass sie Lachfalten in dem jungen Gesicht erkannte. Ein schwarzer Stoppelbart wuchs ihm am Kinn, welcher sich durch seine freundlichen Gesichtszüge ebenso verformte wie sein Mund. Die anderen Musikanten auf der Bühne spielten heiter weiter. Lorea dachte, ihr Herz bliebe stehen und sei bis in ihre Füße geplumpst, als der Flötenspieler die Hand ausstreckte und sie zum Tanz einlud.

»Wir haben dort oben noch ein bisschen Platz für hübsche Tänzerinnen, wenn du willst«, lockte er sie und übertönte auf seltsame Weise das Stimmengewusel, das um ihn herrschte. Lorea bemerkte kaum, wie ihre Mutter ihr das Bündel abnahm und ihre Schultern erleichterte. Benebelt hob sie die Hand und legte sie in die des Flötenspielers, doch da schoss ihr etwas weitaus Peinlicheres als ihre schweinchenrosa Wangen in den Kopf. »Ich kann doch gar nicht tanzen.«

Ein mütterlicher Schubs von hinten ließ es nicht anders zu und stieß Lorea ins Vergnügen. Der Pfeifer drehte sich mit Schwung zurück zur Bühne und führte sie hinter sich her. Da würde sie doch eher Eier legen, als dass sie vor aller Leute Augen ordentliche Schritte zustande brachte! Bedenken versuchten, ihre Hand aus dem Griff des Pfeifers zu ziehen, ihre Neugierde aber ließ sich von dem Musikanten weiterführen. Auf komische Weise war sie über ihre eigene Plumpheit belustigt.

Die Hand des Flötenspielers glitt nochmals zwischen die Menschenmassen und griff sich zwei Frauen, die mit zur Bühne geleitet wurden. Ein flüchtiger Blick in die Gesichter der beiden Weiber ließ Lorea wissen, dass sich diese nicht vor falschen Schritten fürchteten.

»Kannst du tanzen?«, fragte Lorea die ihr nächste, welche ein weißes Tuch auf dem Kopf trug, und bekam eine aufmunternde Antwort.

»Du denn nicht? Soll ich's dir zeigen? Das ist ganz einfach!«

Sie erreichten die zusammengeschobenen Tische und wurden gestenreich vom Pfeifer auf die Bühne gehoben. Die nette Frau schenkte Lorea den Mut, den sie im Augenblick dringend brauchte. »Klatsch einfach mit der Musik, stampfe mit den Füßen und dreh dich ab und zu. Da kann eigentlich nichts schiefgehen!«

Sie nahm den Ratschlag dankend und mit einem unauffälligen Nicken entgegen. Dann drehte sie sich mit zittrigen Beinen zur Menge um. Ihr Inneres fuhr vor Schreck zusammen. Gammelfleisch und Ratten, von oben sah die Zuschauermenge noch größer aus. Mit den Abendstunden schienen viele von der lauten Musik angelockt worden zu sein. Überall hoben sich erwartungsvolle Gesichter. Zu ihren Füßen tanzten einige. Die Menge johlte, klatschte und wollte sie in Bewegung sehen. Zu Loreas Beruhigung entdeckte sie unter den Unmengen an Köpfen den ihrer Mutter. Maia grinste sie aus tiefster Vergnügtheit an.

Die Frau neben Lorea hob den Rock ihres Kleides an und tänzelte mit lautem Stampfen und schwunghaften Armbewegungen. Lorea und die dritte in ihren Reihen trommelten mit den Füßen die gleichen Schritte auf den Tisch, welche ihnen vorgezeigt wurden. Der Spieler pfiff wieder in seine alte Flöte und brachte mit den anderen Musikanten eine solche Heiterkeit hervor, dass die Leute aus der Menschenmeute lauter grölten.

Jedes Lied, das erklang und zu dem auf den Tisch gestampft, in die Hände geklatscht und sich gedreht wurde, lärmte durch die Straßen. Der Flötenspieler sang ein manches Lied über alte Sagen von listigen Elfen, von einem tapferen Ritter und einem Falken, von einer Rosenmaid und einem Löwen. Lorea kannte die vielen Geschichten zu den Gesängen von ihrem Vater und sang mit den anderen mit. Kinder tanzten Reigen vor der kleinen Bühne. Während die Musik spielte, kletterten immer mehr Frauen auf die zusammengestellten Tische, auf denen die Spieler musizierten. Allmählich wurde es eng auf der Bühne. Lorea blieb, solange ihre Beine Kraft hatten.

Nach Dutzenden Liedern trat Maia an die Bühne heran. Sie konnte Lorea nur mit zahlreichen Ausreden davon überzeugen, die zusammengerückten Tische zu verlassen. Schließlich mussten sie noch eine Bleibe finden. Nur schwermütig zog Lorea sich von der Bühne zurück. Vom vielen Tanzbeinschwingen war sie außer Atem. Ein wenig angetrunken kam sie sich vor, obwohl sie hätte schwören können, keinen Schluck von jeglichem Gebräu gekostet zu haben. Sie nahm ihrer Mutter das schwere Bündel ab. Obwohl ihr niemand mehr zusah, tänzelte sie weiterhin wie ein kleines Mädchen hinter ihrer Mutter her. Während sie sich von der Bühne und den Spielleuten entfernten, drehte Lorea sich um und winkte der lieben Frau mit dem weißen, inzwischen schief sitzenden Kopftuch, die ihr die Ratschläge für ihre erste Tanzstunde gegeben hatte. Diese und der Pfeifer verabschiedeten sich auf gleiche Weise von ihr.

»Du kannst ja doch tanzen«, stellte ihre Mutter lachend fest, als sich die Menge auf der Straße allmählich auflöste. Die meisten waren auf die Märkte oder in Stuben gegangen, um dort bis in die Nacht hinein zu feiern.

»Bis vorhin wusste ich das aber auch nicht«, gab Lorea kichernd zu. Beide hielten Ausschau nach einer Gaststube.

Ihre Mutter drehte sich um. »Wenn ich diese finstere Straße hier sehe, muss ich gleich an die Geschichte deines Vaters denken. Stell dir vor, hier würde ein kleiner Junge langschleichen.«

Lorea wusste, was ihre Absicht war. »Ma, fang bloß nicht mit diesen Gruselgeschichten an.«

Ihre Mutter ließ sich nicht stören und erzählte weiter mit furchteinflößender Stimme. »Wenn der Bube dann zu singen beginnt, lockt er alle Kinder zu sich. Und dann wirst du mich schlafwandelnd verlassen. Ringlein um die Röschen«, sang sie plötzlich und beunruhigte ihre Tochter mit den heiter erscheinenden Tönen umso mehr.

»Ich bin kein Kind mehr.«

»Eine Tasche voller Blümchen …«

Plötzlich erklang hinter ihnen eine wohlbekannte Stimme. Die Frau vollendete das Lied.

»Asche, Asche,
Wir alle fallen um!«

Lorea und ihre Mutter wandten sich blitzartig um. Die Kälte des späten Abends zog in ihre Lungen, als Lorea die Jägerin auf der leeren Straße erkannte. Ein Riss, der von ihrem Nasenrücken über ihre rechte Wange einen rötlichen Streifen zog, schien erst seit wenigen Tagen zu heilen. Lorea hatte sie mit dem Ast gefährlicher verletzt als erwartet.

»Mir gefällt das Lied.« Die Jägerin schmunzelte schief. »Vor allem, weil es euch beiden so gut steht. Zuerst verbrennen wir drei von euch, und jetzt werdet ihr gleich tot umfallen.« Sie zog leise einen Dolch hervor, weil sie offenbar heimlich zustechen wollte. Die kurze Waffe hielt sie dicht an ihre graue und dunkelgrüne Montur, damit Außenstehende sie nicht sahen.

Als ihre Mutter einen verängstigten Laut ausstieß, zog Lorea sie schützend hinter ihren Rücken. Aus einer nahen Seitengasse schlenderte der andere Jäger mit gezogenem Schwert auf sie zu. Die beiden versuchten, sie in eine Ecke zu drängen.

»Lasst uns in Ruhe!«, rief Lorea und wich mit ihrer Mutter im Rücken einige Schritte zurück.

Die Jägerin lachte hämisch. »Das wäre zu einfach.«

Lorea sah sich zu ihrer Mutter um, um sich zu vergewissern, dass sie unversehrt war. Sie wagte es kaum, die heranschleichenden Jäger aus den Augen zu lassen. Als sie eine Gaststube ein Stück weit die Straße entlang erspähte, erdachte sie einen Fluchtweg. Sie mussten schneller sein als ihre Verfolger.

»Warum wollt ihr uns töten?« Loreas Atem fuhr immer aufgeregter ein und aus. Ihr Herzschlag pochte schmerzhaft in ihrem Kopf.

Die Jägerin wedelte mit ihrem Dolch, sodass Lorea nicht abschätzen konnte, ob und wann sie zustechen wollte. »Ich will Rache.«

Noch bevor die Jägerin ihren Satz beendet hatte, wandte Lorea sich ab und ergriff das Handgelenk ihrer Mutter. Angst raste durch ihren Körper. Sie sprintete die Straße entlang und zog ihre Mutter hinter sich her. Ihre Augen fokussierten die herannahende Tür der Gaststube.

Mit lautem Knall wurde sie aufgestoßen. Im ersten Moment befürchtete Lorea, dass weitere Jäger aus der Stube stürmen und ihr die Kehle durchschneiden würden. Doch nur ein Betrunkener, der unter seinem Arm von einer Frau gestützt wurde, trat schwankend hinaus.

Eine Menschentraube verließ das Alehaus. Lautes Getöse drang aus der Stube.

Lorea und ihre Mutter schlüpften zwischen den Leuten durch den Türspalt. Immer wieder sah Lorea sich hektisch um, aus Angst, die Klinge eines Jägers könnte aus der Menge hervor und in ihren Leib stechen. Sie zog ihre Mutter dicht zu sich heran und drängelte sich durch die Menschen. Wegen der Vielzahl an Gästen bemerkte niemand, wie sie sich an den Tresen heranschlichen. Ein Mann mit Schürze spähte unweit von ihnen unter einem Vorhang hindurch. Sein strenger Blick fing Lorea und ihre Mutter ein. »Seid ihr die Tellerwäscher?«

Weil sie eine Fluchtmöglichkeit witterte, nickte Lorea aufgeregt.

»Na los, kommt endlich rein! Ich warte schon eine Ewigkeit auf euch!«

Sie eilten hinter den Tresen und durch den Vorhang in eine kleine Küche. Außer Atem sah Lorea sich um. Der Mann ging zu einem Kamin, in welchem ein Hühnchen am Spieß briet. Er wies auf eine Waschschüssel, die mit Wasser gefüllt war und auf einem hüfthohen Schrank stand. Daneben lag ein Geschirrtuch aus Leinen, drum herum stapelten sich unzählige Teller, Krüge, Messer und Gabeln. »Beeilt euch besser, sonst werden die Gäste ungeduldig.«

Beide setzten ihr Gepäck in einer Ecke ab. Weil Lorea bemerkte, dass die Hände ihrer Mutter vor Aufregung stärker zitterten als ihre eigenen, trug sie Maia den Abwasch auf. Sonst wären ihr beim Abtrocknen ständig Teller oder Krüge heruntergefallen und zu Bruch gegangen.

»Was, wenn die uns hier finden?«, flüsterte Maia ängstlich und überreichte ihr den ersten Teller.

Lorea sah sich zu dem Koch um, der ihnen aber nicht weiter Beachtung schenkte. Heimlich nahm sie ein schmutziges, scharfes Messer vom Besteckstapel und legte es griffbereit vor sich auf den niedrigen Schrank. Somit war sie schneller bewaffnet und musste nicht erst das Messer aus ihrer Gürtelscheide ziehen, falls die Jäger sie überraschten. Sie hoffte, dass ihre Verfolger sich entweder nicht in das Alehaus wagten oder sie nicht in der Küche vermuteten.

Nachdem sie einige Teller abgetrocknet hatte, wurde der Vorhang zur Seite geworfen. Lorea hielt den Atem an. Ihre Hand schnappte nach dem bereitgelegten Messer, doch sie behielt es im gesenkten Griff. Ihr Kopf wandte sich um. Zu ihrer Erleichterung stand eine Fremde auf der Türschwelle, die mit umgebundener Schürze und hochgestecktem Haar den Anschein einer Wirtin erweckte. Damit niemand Loreas Reaktion bemerkte, legte sie das Messer in die Waschschüssel.

Die Wirtin hob verdutzt die Brauen. »Wer seid ihr denn?«

Schatten

Der Regen tröpfelte auf sie nieder. Sie waren weitergezogen und hatten Manchester vor wenigen Tagen hinter sich gelassen. Bei dem Gedanken an die Tellerwäscherei, die ihr durch Zufall ein sicheres Dach über dem Kopf und ihr Leben für diese eine Nacht gerettet hatte, streckte Lorea die Finger, denn ihre Sehnen schmerzten noch immer. Es schienen Tausende Teller und Krüge gewesen zu sein, die sie an jenem Abend geschrubbt hatten. Erst als die Sonne die Welt erblickt hatte, waren sie ins Bett gekrochen. Ihre Verfolger waren nicht mehr in der Stube aufgetaucht. Das Gasthaus hatten sie über den Hinterausgang verlassen und gehofft, die Jäger abgeschüttelt zu haben.

Rauschenden Flüssen waren sie bis ins Gebirge gefolgt. Laut ihrer Mutter offenbarte sich hinter den vor ihnen liegenden Bergen das ersehnte Meer. Der Gedanke an das kühle Wasser und die weichen Sandstrände trieb Loreas Beine ebenso an wie der Gedanke, dass die Jäger noch immer an ihren Füßen hingen. Gestern hatten sie das nächste Gebirge erreicht, das ihnen den Weg mit steilen Hängen und großen Felsbrocken erschwerte. Da sich in den Höhen kein Baum und Strauch als Trommel anbot, fielen die Regentropfen gedämpft auf sie nieder. Lorea kam sich ausgeliefert vor. Als sie sich umdrehte, blickte sie über die im Dunst verschwindende Hügellandschaft, die sie mit ihrer Mutter durchlaufen hatte. Zwei Schatten weiter unter folgten ihnen seit einigen Stunden. Ihre dunkelgrauen Umhänge hatte sie sofort erkannt.

»Sie kommen näher«, bemerkte Lorea.

Auch Maia sah hinab zum Tal. »Lass uns weitergehen. Wenn wir schnell genug sind, verschlingen uns die Wolken.«

Loreas Augen wanderten an dem Bergrücken entlang, welchen sie erklommen. Kurze Gräser säumten den Pfad und bergauf deutete sie graue Wände aus Gestein. Dort drüber zu gelangen, würde anstrengend werden.

Nach wenigen Schritten senkten sich die Wolken, sodass Loreas neugierig ausgestreckte Finger durch sie glitten. Sie verschwanden schneller als erwartet im Nebeldunst. Mit dem Nebel wurde es frischer, und sie zog ihren Mantel enger um sich, um nicht in der nachmittäglichen Kühle zu frieren. Ein kräftiger Wind tobte in den Bergeshöhen.

»Sollen wir uns ihnen stellen?«, fragte Maia und schien zu befürchten, dass sie den Jägern nicht ewig entkommen konnten.

»Ma, die haben Schwerter. Sobald sie nahe genug sind, werden sie uns umbringen!« Bei ihren eigenen Worten drehte sich Lorea der Magen um. Sie hoffte, dass die Jäger sie in diesem Fall zügig und schmerzlos töteten. Auch wenn sie ahnte, dass die beiden ihnen keinen schnellen Tod gönnen würden. Die Frau hatte selbst gesagt, dass sie Gefallen am Jagen hatte, und würde gewiss mit ihnen spielen wie eine Katze mit ihrer Beute.

Das Nieseln legte sich, je höher sie stiegen. Der Berggipfel rückte näher, bis sie endlich den höchsten Punkt erreichten. Die Wolken, in welchen der Regen hing, schienen nicht die Kraft zu haben, den Berg zu überwinden. Während hinter ihnen Schauer niedertröpfelten, hatte der trockene Gebirgsrücken auf der anderen Seite schon seit Tagen keinen Regen mehr genossen. Die Gräser färbten sich durch die kleine Dürrezeit bräunlich. An niedrigen Büschen wuchsen Blätter karger. Sogar die Sonne schien hier oben. Die zurückgelassenen Wolken hatten sich wie ein riesig großes Tuch aus bauschiger Wolle im Tal niedergelassen.

Ihre Mutter blieb schnaufend stehen. Zusammen ließen sie sich für einen Augenblick von dem beeindruckenden Ausblick ablenken. Auch Lorea atmete kräftig durch und sammelte neue Kraft. »Lass uns etwas trinken und schnell weitergehen. Vielleicht können wir sie irgendwie auf eine falsche Fährte locken.«

Zügig tranken sie einen Schluck aus ihrem Trinkschlauch. Um ihren Vorsprung auszunutzen, folgten sie mit straffen Schritten dem Pfad hinab Richtung Tal.

Den Berg hinauf waren sie langsam wie Schnecken gekrochen, hinab liefen sie dafür schnell wie Pferde im Galopp. An Geröllhängen bremsten sie ihre Schritte und rutschten den Gebirgsrücken hinunter. Lorea musterte den Abhang. Mit einem Holzbrett konnten sie binnen ein paar aufregender Minuten bis zum Wald weit unten rodeln, vor Sonnenuntergang dort ankommen und mussten sich dabei nicht einmal anstrengen. Noch dazu wären sie den Jägern ein gutes Stück voraus. Doch das Brett fehlte ihnen. Nicht ein Baum war in diesen Höhen zu finden.

Die Sonne verkroch sich hinter dem weiten Gebirge. Die ersten saftigen Sträucher passierten ihren Weg entlang des umherschlängelnden Pfades. Bäume erhoben sich zu beiden Seiten und stahlen das letzte bisschen Licht. Heruntergekollerte Steine vom Hang stellten ihnen tückisch Beine. Die Finsternis raubte Maia gewiss die Sicht, und somit war Lorea gezwungen, trotz ihrer Müdigkeit wenigstens ein wachsames Auge offen zu halten. Sie konnte weitaus besser bei Nacht sehen, weshalb ihre Mutter sie gern als Eule bezeichnete. Kleine Vorsprünge im Wald ließen auf ein regenfestes Versteck hoffen. Lorea wandte den Kopf umher und suchte nach einem möglichst großen Unterschlupf. Unter einem der Vorsprünge fiel eine dunkle Stelle in ihren Blick.

»Ma, sieh mal. Dort ist eine Höhle.« Vorsichtig wagte Lorea sich an den Unterschlupf heran, um nachzusehen, ob darin ein Tier hauste. Als ihr eine hellblaue Laterne auf dem Weg weiter oben auffiel, fuhr sie zusammen.

»Sie kommen!«, flüsterte sie mit Nachdruck und winkte ihre Mutter heran. »Schnell, versteck dich!«

Panisch rannten sie in die kleine Höhle, welche Platz für eine Kutsche zum Unterstellen bot. Neben dem Eingang lag ein Felsen, der den Zutritt zur Höhle wohl einst versperrte.

Die Stimmen wurden deutlicher. Erbost meckerte die Jägerin und bereitete Lorea trotz der unverständlichen Worte eine Gänsehaut. Sie hatte ungeheure Angst vor ihr.

Eilig schob Lorea ihre Mutter hinter den Felsen, damit sie besser geschützt war. Ihr Bündel legte sie auf den Boden, weil sie mit bepacktem Rücken nicht in den Spalt zwischen Felsen und Höhlenwand gepasst hätte. Schließlich zog sie das Bündel zu sich heran, damit niemand es sah.

Laub raschelte vor der Höhle, als Schuhe es aufschoben. Vorsichtig blickte Lorea um die Kante. Nur spärlich sah sie den Höhleneingang. Ein unnatürlich hellblaues Licht schien hinein wie eine strahlende Perle, wurde immer heller. Dann betrat eine schlanke Frauengestalt die Höhle und blieb stehen. Ihr langes strohblondes Haar hatte sie wieder in einem Flechtzopf gebändigt. Sie schien eine seltsame Laterne in der Hand zu halten, von welcher das bläuliche Licht ausging. Lorea konnte es nicht recht deuten. Der Schatten des Jägers trat neben die Frau. Als die beiden sich umschauten, zog Lorea den Kopf zurück.

»Hier ist niemand, Herrin.«

»Das sehe ich«, knurrte die Jägerin und flößte Lorea mehr Furcht ein als der Feuergeist. Obwohl ihre Kleidung sie wärmte, wurde ihr eiskalt. Maias Blick neben ihr starrte mit aufgerissenen Augen ins Nichts. Sie atmete flach, sodass Lorea es kaum wahrnahm. Geräuschlos legte Lorea die Finger an den Griff ihres Messers, bereit, es zu ziehen und sich erneut zu verteidigen. Ihre eigene Hand fühlte sich kälter an als der Messergriff.

»Wahrscheinlich sind sie ins Tal gelaufen. Wir sollten weitergehen, nicht dass sie uns schon wieder entwischen.« Nach einem letzten Blick kehrte die Frau um und verschwand mitsamt ihrem Wegbegleiter und dem bläulichen Licht hinaus in die Dunkelheit.

Lorea stockte der Atem. Ihr wurde unwohl, als hätte sie etwas Fauliges gegessen. Keiner von ihnen wagte es, sich zu bewegen oder ein Geräusch zu machen.

Die unzufriedene Jägerin fauchte wie eine erboste Katze. »Ich will sie endlich ausmerzen!«

»Meine Herrin, Ihr hattet die Gelegenheit, sie niederzumetzeln.«

»Ich kann sie nicht mitten auf einer Bühne bei einer Feier abstechen. Und im Alehaus wären wir zu sehr aufgefallen, hätten wir sie dort kaltgestellt.«

Die Stimmen wurden dumpfer, ebenso das Rascheln der Gräser und Blätter. Lorea hörte, wie die Frau jenes Pestlied summte, mit welchem sie sie vor wenigen Abenden zu Tode erschreckt hatte. Ihr sträubten sich die Haare. Das melodische Summen wurde immer leiser. Erst als sie sicher war, dass die fremden Gestalten weit von ihnen entfernt waren, wagte sie es, zu ihrer Mutter hinüber zu sehen. In ihrem Gesicht erkannte sie denselben Schreck, der Loreas Herz noch immer hetzte. Selbst in der Dunkelheit wirkte Maia weiß wie Schnee. Ihre Kinnlade war vor Fassungslosigkeit hinabgefallen. Kein Wort brachte sie hervor.

»Bei den verdammten Wölfen«, wisperte Lorea entsetzt. Sie ließ sich an die Felswand hinter ihrem Rücken fallen. Beide Hände hoben sich an ihre vollen Lippen, die vor Angst zitterten.

Zögerlich verließ Lorea ihr Versteck. Vorsichtshalber zückte sie ihr Messer und hielt es schützend vor sich. Nicht dass die Jäger sie nur herauszulocken versuchten. Mit einer erhobenen Handfläche zeigte sie ihrer Mutter, dass sie hinter dem Felsen bleiben sollte. Mit schlotternden Beinen lief Lorea durch die Höhle. Ein knackendes Geräusch, welches sie aus dem Wald wahrnahm, ließ sie erstarren. Sie hielt den Atem an. Nach langem Zögern schlich sie weiter. Ihre Brust hob und senkte sich aufgebracht, doch sie versuchte, möglichst leise durch ihren geöffneten Mund Luft zu holen. Als sie langsam den Kopf aus der Höhle und in die frische Luft streckte, entdeckte sie in weiter Ferne die leuchtende Laterne ihrer Verfolger. Ohne eine Bewegung und ein Geräusch zu riskieren, verharrte sie wie ein Fels. Die beiden Gestalten zogen eilig weiter. Das Licht wurde vom finsteren Wald verschlungen.

Ein schweres Schlucken blieb in Loreas Kehle hängen. »Ich glaube, wir haben sie endlich abgehängt.« Bei ihren Worten hauchte sie Nebelwolken in die Dunkelheit, weil es immer kälter wurde.

Ihre Mutter schlich aus ihrem Versteck, ließ ihr Gepäck aber wie Lorea hinter dem Felsen. Sie stellte sich an die Seite ihrer Tochter und spähte hinaus in die Nacht. »Hoffentlich kommen die nicht wieder zurück.«

Lorea sah sich zu ihrer Mutter um. Sie beide mussten jeden ihrer Schritte mit Bedacht setzen. Wenn sie auch nur einen Abzweig falsch wählten, würden sie den Jägern ins offene Messer laufen.

Beide Hände legte Maia an Loreas Wangen. Stolz spiegelte sich in ihrem Gesicht. Sie schenkte ihrer Tochter einen Kuss auf die Stirn. »Früher hast du jede Demütigung über dich ergehen lassen, aber jetzt trotzt du jedem Funken von Gefahr. Du bist so tapfer geworden.«

Obwohl ihre Mutter es gewiss nicht in der Dunkelheit sah, lächelte Lorea sie warmherzig an. Sie legte ihre Hände auf Maias. »Wir müssen auf einander Acht geben. Wir haben nur noch uns.« An ihren Händen spürte sie, wie Maias Finger kalt wie Eiszapfen waren. »Wir warten noch ein wenig und machen später ein Feuer. Wenigstens ein kleines, damit wir die Kälte und die Angst vertreiben.«

Bevor ihre Mutter ihr zustimmte, schien sie ihre Entscheidung abzuwägen. Schließlich nickte sie.

Während ihre Mutter sich bemühte, trotz ihrer schlotternden Finger faustgroße Steine in einen Kreis zu legen, holte Lorea hektisch Holz aus dem Wald. Sie wollte sich keinen Moment zu lang im schutzlosen Freien aufhalten. Für einen Augenblick hielt sie inne, spähte umher, ob sie jemanden sah oder etwas Auffälliges hörte. Etwas legte sich auf ihr Brustbein wie eine schwere Last. Ein Kauz keckerte. Fledermäuse fiepten. Blätter rauschten leise. Keine menschlichen Geräusche drangen aus dem Wald.

Als sie zurückkam, legte sie einige Äste innerhalb der Feuerstelle zu einer Pyramide, die so niedrig wie möglich brennen sollte. »Die beiden sind nirgends mehr zu sehen. Hoffentlich bleiben die im Tal.«

Überzeugt holte Maia ihre Tasche und ihr Bündel und kramte den Feuerstein und das verbogene Feuereisen hervor.

»Bevor wir es entzünden, warten wir lieber noch«, entschied Maia. Niemand von ihnen wollte durch ein auffälliges Feuer sein Leben riskieren.

Damit sie nicht in der nächtlichen Kälte erfroren, hatte Lorea einen Einfall. Sie setzte ihr Bündel und ihre Tasche so, dass ihr kleines Feuer davon verdeckt wurde, falls jemand in den Eingang der Höhle spähte. »Jetzt sieht niemand die Flammen, wenn wir sie zum Tanzen bringen.« Um zusätzlichen Sichtschutz zu bieten, blieb Lorea neben ihrem Gepäck sitzen und hoffte, dass ihr Schatten ausreichte.

Ihre Mutter schien sicherer und schlug Feuerstein und Eisen kräftig aneinander. Eingeschüchtert wegen des lauten Geräusches schauten beide zum Eingang. Als Lorea bemerkte, dass die Hände ihrer Mutter nicht aufhörten zu zittern, umfasste sie die ausgekühlten Finger. »Dir ist bestimmt kalt. Lass mich das machen, dann kannst du dir deine Handschuhe überziehen.« Ohne auf Widerworte zu warten, zog Lorea das Feuerwerkzeug aus ihrem Griff. Die Nerven ihrer Mutter lagen blank, das spürte sie. Maia hüllte ihre Finger in die dünnen Lederhandschuhe. Eine Hand legte sie an ihre Stirn, als plagten sie Kopfschmerzen.

Nach weiterem Klacken gelang es Lorea, den Zunder zu entfachen. Der Holzhaufen wurde nach heißem Zischen und Knacken in die Flammen gerissen, erhellte die Höhle kurzzeitig mehr als erwünscht und spendete angenehme Wärme. Lorea rutschte heran, weil sie einerseits fror und andererseits das Feuer etwas abzudecken versuchte. Nachdem ihre Mutter das übrig gebliebene Laib Brot aus der Tasche gekramt hatte, setzte sie sich neben Lorea ans Feuer und riss das Brot in zwei Hälften. Lorea aß stumm und appetitlos ihren trockenen Brocken und starrte abwesend auf die tänzelnden Flammen. Sie konnte ihre Gedanken nicht von den Jägern losreißen. Das merkwürdige Licht kam ihr in den Sinn. »Was hatte die Frau für eine seltsame Laterne in der Hand?«

»Ich habe nur etwas leuchten sehen.«

Die aufsteigende Hitze warf Schatten an die Felswände und lenkte ihre Augen ab von den jüngsten Ereignissen. Bei dem Anblick entsann sich Lorea an ihren Vater, der ihnen mit Figuren, die er als dunkle Silhouetten mit verknoteten Händen zu zeigen vermochte, die unheimlichsten Elfengeschichten überliefert hatte.

Aus dem Augenwinkel bemerkte sie, wie ihre Mutter ihrem abwesenden Blick zur flackernden Wand folgte. Nachdem sie den letzten Brotkrümel in ihren Mund geworfen hatte, nahm Maia sich zwei Zweige und näherte sich der beschatteten Felswand gegenüber. Ihren Handschuh zog sie aus. Lorea runzelte nichtsahnend die Stirn und wartete ab, welches Schauspiel ihr dargeboten würde.

»Es war einmal vor langer, langer Zeit«, begann ihre Mutter und weckte Loreas Aufmerksamkeit, als hätte sie mit Glöckchen geklingelt. Genauso hatte ihr Vater seine Geschichten begonnen. Ein Lächeln breitete sich auf ihren Lippen aus, und sie hörte und schaute ihrer Mutter zu. Ihr war bewusst, dass Maia sie dadurch von ihren verängstigten Gedanken abbringen wollte. Um nicht unachtsam zu sein, horchte eines ihrer Ohren ihrer Mutter, das andere dem Geschehen vor der Höhle. Sie hatte nicht vor, eine weitere böse Überraschung zu erleben.

Krähenfluch

Sie legten eine ersehnte Rast ein, um zu verschnaufen und nach dem nächsten See Ausschau zu halten. Weit und breit war nicht einmal ein Teich zu finden. Etwas weitaus Größeres glitzerte jedoch am Horizont. Zwischen den Berggipfeln, die ihnen die Sicht versperrten, lugte der unendliche Ozean hervor. Sogar aus ihrer Entfernung warf die dunkelblaue Wasseroberfläche ihnen das Licht der Sonne zu.

Ihre Mutter hatte ihr versprochen, dass sie bald das Meer erreichten und zusammen Muscheln sammeln würden. Loreas Vorfreude darauf war so groß, dass sie ihre schmerzenden Füße vergaß. Wenn sie in den nächsten Tagen am herrlichen Wasser ankamen, konnten sie ihre Blasen kühlen. Keinen einzigen Tag wollte sie mehr warten, das Meer zu besuchen und den Sand auf ihrer Haut zu spüren. Ihr Vater hatte oft Geschichten und Muscheln von Stränden mitgebracht. Bei der Erinnerung schaute Lorea auf ihr Armband. »Vermisst du sie?« Auf eine merkwürdige Weise fühlte sie sich auf ihre eigene Frage selbst angesprochen.

Maias Blick fuhr zu ihr und erwärmte sich, wie Lorea es von ihr gewohnt war. »Ja. Aber wenn wir ihnen noch Tage oder gar Wochen nachtrauern, bringt sie das nicht zurück.« Sie stieß sich von dem Stein ab, auf dem sie es sich bequem gemacht hatte, und zog die Handschuhe über ihre schnell auskühlenden Finger.

Lorea beobachtete misstrauisch das schmale Tal, das im mittäglichen Schein der Sonne grün strahlte. Dort suchten ihre Verfolger nach ihnen. Als sie sich an die unheimlichen Erscheinungen erinnerte, verdüsterte sich ihr Blick. Sie wandte sich um und versicherte sich, dass ihnen aus den Bergen niemand hinterherjagte. Ein unwohles Gefühl überkam sie. Lorea erhob sich und folgte ihrer Mutter. »Ich hoffe, wir haben die zwei abgehängt«, flüsterte sie zu sich, fühlte sich dabei aber keineswegs sicherer. Sobald sie dem Tal näher kämen, müssten sie auf der Hut sein wie Rehe, die von Wölfen gejagt wurden.

Sie liefen den schmalen Pfad weiter, der sie an der Bergkette entlang führte. Als Loreas Blick über die steilen Hänge der umliegenden Felsrücken schweifte, entdeckte sie zahlreiche Höhlen. Manche Eingänge waren von Steinen verschüttet, andere bargen bestimmt Kreaturen.

»Wenn es doch nur Drachen gäbe«, schnaufte Lorea. Sie stellte sich vor, wie geschwind sie mit den sagenumwobenen Flügeltieren, die in Erzählungen und angeblich in Berghöhlen lebten, von einer Seite der Welt auf die andere reisen konnte. Ihre Zähne sollten lang sein wie ein Bein, ihre Schuppen dick wie zehn aufeinanderliegende Kettenhemden. Ihre Schwingen erzeugten angeblich Stürme. Wenn Lorea selbst weitgespannte Flügel und lange Klauen zur Verteidigung wuchsen, reichte ihr das aus.

»Die belassen wir lieber in unseren Geschichten«, meinte ihre Mutter gutherzig. »Stell dir nur vor, wie schnell sie uns beide auffressen würden.«

Weil Lorea daran nicht gedacht hatte, zog sie ein erschrockenes Gesicht. Diese riesigen Bestien verschlangen in Legenden einen ausgewachsenen Mann oder niesten einmal, um ihn zu braten. Somit erdachte Lorea eine andere Reisemöglichkeit. »Oder ein Elf auf einem prächtigen Schimmel könnte uns mitnehmen«, überlegte sie laut und wusste, was ihre Mutter dazu sagen würde, bevor diese den Mund öffnete.

»Du und deine Geschichten. Dein Vater hat wirklich zu viele Hirngespinste in seine Erzählungen gesteckt. Der Elf würde uns verfluchen, das tun alle Elfen. Und das Pferd würde vor uns weglaufen. Der Gaul würde ohnehin zusammenbrechen, wenn drei Leute und ein fettes Bündel auf seinem Rücken lägen.« Maia grinste sie an. Ihr Blick wanderte umher, doch weder ein Drache, ein Elf oder gar ein anderer Wanderer zeigte sich ihnen.

Lorea erinnerte sich an die Unmengen von Geschichten, die ihr Vater hinterlassen hatte. Sie berichteten von Elfen, langohrigen und menschenähnlichen Gestalten, die angeblich jeden mit dunklen Hintergedanken zu verführen vermochten und an die Natur gebunden waren. Es hieß, dass sie schwarze Magie beherrschten und somit Unheil überall dort verbreiteten, wo sie auftauchten. Schon als kleines Kind hatte er ihr damit Angst eingejagt. Natürlich begegneten ihr noch andere absurde Kreaturen wie Riesen, sprechende Bäume oder Mischwesen aus einem Menschen und einem Vogel in den Erzählungen.

Während sie darüber nachsannen, ob sie einen Esel kaufen und ihn als Gepäckträger hinter sich her ziehen oder nach einem Pferd Ausschau halten sollten, verging die Zeit unverhofft schnell. Die Gipfel der Berge wuchsen neben ihnen, sodass sie die Sonne verdeckten. Trotz des verschwundenen, grellen Lichtes am Himmel war es erst Mittag. Der Schatten, in den die beiden Wanderinnen eintauchten, war wesentlich angenehmer zu ertragen als die pralle Hitze der Sonne.

Entlang des Gebirges stürzte ein Wasserfall über den Weg und unterbrach ihn für ein paar Schritte. Hinter dem Wasserfall war ein Fels ausgehöhlt, sodass sie gezwungen waren, sich einen waghalsigen Weg zu bahnen und hinter dem stürzenden Wasser vorbei zu pirschen. Sie zogen ihre Trinkschläuche hervor und schöpften mit ihnen das Bergwasser. Als beide Schläuche gefüllt waren, zogen sie weiter.

Die großen Berge vor ihnen senkten sich allmählich. Vereinzelt wuchsen knorrige Bergkiefern und gewährten einen nahezu freien Blick auf den Horizont. In Loreas Augen funkelte Vorfreude. Am Landesrand breitete sich das lang ersehnte Meer aus.

Plötzlich hielt ihre Mutter sie mit einem ausgestreckten Arm zurück. »Vorsicht.« Maia richtete den Blick nach unten. Unweit vor ihren Füßen war gar kein Wald mehr, nicht einmal Erde, sondern Luft. Ein gefährlich steiler Abhang, der geradewegs nach unten stürzte, ließ ihren Pfad verschwinden. Es sah so aus, als hätte ein Blitz den Berg gespalten. Eine Klippe fiel gefährlich weit hinab. Nicht einmal die in der entfernten Tiefe wachsenden Blätter der Bäume konnte Lorea erkennen. Linkerhand schienen sie wegen der Steigung nicht weiterlaufen zu können. Angst stieg in Lorea auf, als sie fürchtete, dass der Bergweg hier endete und der einzige durchs Tal weiterführte. Sie wollte nicht in die Arme ihrer Verfolger laufen.

»Bleib hier«, riet ihre Mutter und lief zu ihrer Rechten an der Klippe entlang. »Ich will mal nachsehen, ob es dort weiter geht.«

Lorea wandte den Kopf zur anderen Seite, wo sich der Berg felsig erhob, und sah einen Felsvorsprung, zu dem ein Trampelpfad führte, der dicht an der Klippe entlangkroch. Die große Wand aus Fels und Stein ragte in den Himmel und schrumpfte den Vorsprung so sehr, dass Loreas Fuß nur knapp in voller Länge darauf stehen konnte. Der Wind am heiklen Abhang stürmte ungehalten, weil kein Baum entlang der Klippe wuchs, um ihn abzufangen.

Ihre Mutter blieb stehen, besah sich den Überhang aus der Ferne und machte offenbar das Ende des schmalen Pfades an der gefährlichen Klippe aus. »Auf der anderen Seite führt der Pfad weiter«, rief sie, doch Maias Gesicht war eher vor Sorge verzerrt als vor Ermunterung strahlend. Auch Lorea wurde unwohl zumute. Da wollten sie entlanggehen? Sie blickte an der Steinwand hinauf und entdeckte Krähennester im Fels. Schwarz geflügelte Vögel flogen Kreise über ihren Köpfen. Die finsteren Krähen krächzten bedrohlich. Lorea zog den Kopf ein, als sie die dunklen Federgestalten sah. Sie legte ihre Finger überkreuz, um das schlechte Omen abzuwehren.

Missmutig starrte sie den Weg an, bis ihre Mutter an ihre Seite zurückkehrte. Dann glitten ihre Augen hinab. Beim erneuten Anblick der Tiefe wurde ihr schwindlig. Sie schob mit dem Schuh ein Steinchen den Abhang hinunter, um zu sehen, ob es tatsächlich so weit hinab fiel, wie sie vermutete. Die kleine graue Kugel flog ins Tal. Ehe sie den Boden erreichte, schien sie sich in Luft aufgelöst zu haben. Lorea schluckte. Diese Klippe sah keinesfalls passierbar für sie aus. Aber ein Umweg raubte ihnen Zeit und barg das Risiko, erneut auf ihre Jäger zu treffen.

»Geh du vor«, sagte ihre Mutter. Obwohl Lorea die Aufforderung missfiel, folgte sie. Mit verkrampften Füßen betastete sie den Pfad. Sie rutschte mit den Stiefeln dicht an die kalte Steinwand gepresst den Vorsprung entlang. Wenngleich sie nach ihren unguten Erfahrungen dem Drang widerstand, nach unten zu schauen, blieb das unheimliche Schwindelgefühl und ließ ihre Beine erschaudern. Der Wind zerrte an ihren langen schwarzen Haaren und ihrem Wollmantel und warf beides wild umher. Die Krähen aus den Nestern über ihnen warfen Erdbrocken in die Tiefe. Lorea zwang ihre Hände, sich krampfhaft in den Stein vor ihr zu krallen. Ihre Mutter kletterte ihr nach und grub ihre Finger ebenfalls in die Felswand. Es war mehr Furcht in ihrem Gesicht gezeichnet, in welchem sich Falten zwischen den Brauen schoben, als Lorea in ihrem eigenen vermutete. Aufgeregtes Schnaufen drang von ihrer Mutter zu ihr. Der Gedanke an den Strand, der wenige Tagesreisen von ihnen entfernt lag, weckte Zuversicht in Lorea. Sie nahm sich zusammen und wagte große, aber vorsichtige Schritte.

Eine Krähe flog auf ihrer Höhe und krächzte sie bedrohlich an. »Brüten die nicht noch immer?«, fragte Lorea, und Unbehagen ließ ihre Stimme schlottern. Ihre Mutter gab ein Brummen von sich, das ihre Frage bejahte.

Unaufhörlich schallte erzürntes Keckern zu ihnen. Die anderen Federviecher schienen von der schlechten Laune des Vogels angesteckt worden zu sein. Je öfter das schwarze Tier neben ihnen sie anfuhr, desto schneller klopfte Loreas Herz. Sie zwang sich, gefasst zu bleiben und keine hektische Bewegung zu machen. Sie ignorierte das meckernde Geschöpf und schluckte ihre Angst hinunter. Weitere schwarze Vögel flogen mit zornigem Flügelschlagen zu der Meckerkrähe und kreisten neben und über ihnen. Lorea erhaschte einen Blick auf das Ende des Vorsprungs, welches zu ihrem Glück etwas breiter als nur eine Elle war und durch einen Wald führte. Nur noch wenige Schritte, dann konnten sie endlich weg von den furchteinflößenden Krähen.

Plötzlich flatterte eines der Tiere auf sie zu. Ihre Mutter duckte sich eilig, sodass die Krähe nicht ihr, sondern der Wand aus Erde und Stein einen tiefen Kratzer verpasste.

»Los, geh!«, rief Maia ihr panisch zu und richtete sich auf, ehe sie an dem engen Pass das Gleichgewicht verlor. Eine weitere Krähe schlug nach ihnen aus, doch diesmal erwischten die Krallen Loreas Schulter. Sie stieß ein erschrockenes Geräusch aus.

»Los!«, rief Maia angsterfüllt.

Lorea zwang sich in ihrer anbahnenden Panik, hastig die Füße zu bewegen. Selbst der Wind schien sie verscheuchen zu wollen. Er peitschte mit kräftigen Böen in ihre Gesichter. Immer mehr der Federgespinste kamen auf sie zu und schlugen mit den Krallen und Schnäbeln nach ihnen. Einige der Hiebe, die weder Lorea noch ihre Mutter trafen, kratzten die Felswand und warfen Kiesel und Steine die Klippe hinunter. Mit einem Arm schlug Lorea aus, um ein Federtier von sich fernzuhalten. Ihr Atem ging schnell. Gleich hatten sie den breiten Weg zum Wald erreicht. Nur noch ein kleines Stück.

Auf einmal hörte sie, wie hinter ihr ein Stiefel ins Rutschen geriet. Etwas flatterte im tosenden Wind, doch es waren keine Flügel. Eine Frauenstimme schrie auf. Mit aufgerissenen Augen sah Lorea, wie ihre Mutter von zwei Krähen an den Haaren von der Felswand weggezerrt wurde. Einer ihrer Füße rutschte vom Vorsprung, und sie neigte sich gefährlich weit nach hinten. Maias Hand streckte sich nach ihr aus. Loreas Finger griffen im letzten Moment zu. Ein Ruck riss ihren Arm nach unten und beinahe in die Tiefe, doch der Fels, an welchen Loreas andere Hand sich klammerte, hielt sie sicher.

»Ma!«, rief Lorea. Ihre Mutter hing nur noch an ihrer Hand! Alles in ihr begann fürchterlich zu rasen. Lorea hatte nach dem ledernen Handschuh gegriffen. Maias Beine hingen hilflos in die Tiefe. Ihre entsetzten Blicke trafen sich. Lorea packte die Hand ihrer Mutter fester. Sie starrte den Abgrund unter Maias Füßen an und krallte sich mit der anderen Hand in die Steinwand. Ihre Mutter hob ein Bein an und trat gegen die Felsen, um wieder auf den Vorsprung zu gelangen, doch sie rutschte ab.

»Wirf deine Tasche ab!«, forderte Lorea ihre Mutter auf. Hektisch wand Maia einen Arm aus dem Riemen ihrer Tasche. Ihr Gepäck rutschte von ihrer Schulter und fiel den Abgrund hinab. Zwischen den Bäumen weit unten verschwand es. Maia wagte einen erneuten Versuch, sich mit einem Fuß an der Felswand abzustützen, doch sie fand keinen Halt.

»Komm schon!«

Nochmals trat ihre Mutter mit der Sohle nach dem Felsen. Aber selbst, als Lorea sie näher zu sich heran zog, glitten ihre Füße abermals ab. Ihre Mutter stöhnte verzweifelt auf und streckte beim nächsten Versuch die Hand nach einem Halt aus, doch es half nichts. Loreas Arm wurde schwer. Nein, schluchzte sie innerlich, sie durfte nicht loslassen, sonst würde ihre Mutter …

Sie versuchte, den Gedanken daran wegzusperren, und zog den Arm abermals nach oben. Sie musste ihre Mutter festhalten. Sie musste sie festhalten, dann passierte ihr nichts. Irgendjemand würde sie finden und ihnen helfen. Doch wer? Sie waren allein in der Wildnis, wer sollte zu Hilfe kommen?

Der Stein, an dem Lorea sich mit der anderen Hand festhielt, lockerte sich, und sie suchte nach einem sichereren Halt. Immer wieder schleuderten ihr die Federbiester Krallen und Dreck ins Gesicht. Sie kniff mit heulendem Schniefen und schwerem Atem die Augen zusammen. Warum ließen diese schwarzen Ungeheuer sie nicht in Ruhe?

»Nicht loslassen!«, redete Lorea auf ihre Mutter und sich selbst ein. Sie zog den Arm an, doch er glitt nur erneut schlaff zurück und gehorchte ihr nicht mehr. Ihre Kraft schwand.

»Lass es, Kind«, flüsterte ihre Mutter. »Wir schaffen es nicht.«

Sie konnte das mitfühlende Lächeln auf den Lippen ihrer Mutter nicht verstehen. Ihre Augen brannten, aber nicht der vielen Kratzer an ihren Armen wegen.

»Lass los, sonst fällst du auch.« Eine Träne glänzte in ihrem Auge. Maias Hand glitt langsam aus dem Handschuh. Doch ihre Tochter hatte noch nicht aufgegeben und griff nach ihr. Der nächste Halt in Loreas rechter Hand löste sich aus der Erde und ließ graue Brocken die Klippe hinunter stürzen.

»Bitte, lass los«, hauchte Maia.

Lorea schluchzte und schüttelte den Kopf. Das konnte nicht ihr Ernst sein. Das würde sie niemals sagen, so leichtfertig warf ihre Mutter nicht ihr Leben weg. Alles kam ihr so undeutlich vor, zu vernebelt, um wirklich zu sein. Warum hörte dieser finstere Traum nicht auf?

Lorea spürte nur noch die Fingerkuppen in dem Lederhandschuh, den sie immer fester packte. Eine Hand glitt aus ihrem Griff. Sie riss die Augen auf. Dann war es der leere Stoff, den sie zwischen ihren verkrampften Fingern hielt. Die blonde Gestalt ihrer Mutter fiel langsam in die Tiefe, als ob jemand die Zeit aufzuhalten versuchte. Eine unsichtbare Kraft zerrte Maia unaufhaltsam die Klippe hinunter und ließ sie in Loreas Blick schrumpfen.

Mit einem Schrei sah Lorea ihr nach. Sie streckte den Arm aus, doch ihre Mutter war zu weit weg. Der grüne Mantel wedelte um die Gestalt, als wäre sie ein Geist. Mit einem nicht vernehmbaren Rascheln verschwand ihre Mutter in einer weit entfernten Decke aus Blättern.

»Ma!« Ihre Augen starrten in die Tiefe und wollten etwas unter der Blätterdecke erkennen. Doch sie sah nichts.

Sie hing entkräftet an der Felswand, als ob ihre Seele sich soeben mit hinuntergestürzt hätte. Ihre Mutter gab keine Antwort. Warum antwortete sie bloß nicht? Sie sollte etwas sagen, irgendeinen Laut von sich geben, damit Lorea wusste, dass ihr nichts passiert war.

»Ma!«, schrie sie den Abgrund an, der ihre Mutter verschlungen hatte. Es kam ihr vor, als wartete sie eine Ewigkeit auf eine Antwort. Aber sie hörte nichts als eine grauenvolle Stille. Eine Leere fraß sie bei dem Gedanken auf, dass jetzt alles vorbei sein sollte. Sie überlegte, hinterher zu springen. Sie könnte sich mit in die Bäume werfen und mit ihrer Mutter zusammen sein, aber sie war gelähmt. Sie konnte nichts tun, keine rettende Hand ausstrecken, nicht ein Wort von sich geben. Stattdessen schluchzte sie und krallte sich an bröckelnde Erde und Gestein. Der Handschuh in ihrer anderen Hand zerknitterte wegen ihres versteiften Griffs. Sie starrte in die strahlend grüne Tiefe, die so täuschend friedlich aussah.

Das Flügelschlagen dicht vor ihr drang nur dumpf in ihre Ohren. Als ihr erneut schwarze Federgespinste entgegenflogen, schlug sie wild mit dem verbliebenen Handschuh ihrer Mutter um sich. Sie fuhr die Biester mit wütenden Schreien an. *Gegen den Felsen fliegen sollt ihr Mistviecher*, schrie sie verzweifelt in Gedanken, *und euch den Kopf zerschlagen!* Ihr

Gesicht wurde in heiße Tränen getränkt und ihre Sicht verschwamm zu einer unklaren Landschaft aus schwarzen und grauen Flecken. Vielleicht würde sie jetzt aufwachen. Der Nachtmahr hatte sie genug geärgert, er sollte sie endlich in Frieden lassen.

Aus dem Gebüsch im Wald neben ihr raschelten Blätter, als schlüpfte jemand zwischen ihnen hindurch. Sie holte aus und wollte an der nächsten Kreatur, die am Weg auftauchte, ihren Frust mit einem Faustschlag auslassen. Doch ein fester Griff hielt ihre Hand auf. Sie sah eine verschwommene Gestalt, die mit etwas Schmalem hinter ihrem Rücken wedelte. Die schwarzen Flecken der Krähen verschwanden in den Himmel und wurden von den aus ihren Augen quellenden Flüssen hinfort gerissen. Fremde Finger zogen sie auf sicheren Untergrund. Lorea merkte, wie weiches Gras ihre stechenden Füße begrüßte. Ihre brennenden Augen deuteten nur verschwommen eine auf zwei langen Beinen stehende Silhouette. Hellblondes Haar erkannte sie, als der fremde Mann sie an den Schultern nahm und sich zu ihr hinab beugte. Eine Stimme hauchte ihr unverständliche Worte zu. Plötzlich wurde ihr schwindlig. Ihre Glieder schwächelten. Bevor sie merkte, dass sie von kräftigen Armen aufgefangen wurde, zog ein unheimliches schwarzes Nichts ihr Bewusstsein in die Ohnmacht.

Unbekannter Retter

Warum erst jetzt?«, drang eine fremde Stimme zu ihr. Lorea öffnete träge die Augen und bemerkte, dass sie in einem Zelt lag. Beigefarbene Leinen boten ihr Schutz vor Wind und Wetter. Ihre eigene Decke war über Lorea ausgebreitet, damit sie nicht fror. Sie drehte sich um und musterte das leere Innere des Unterschlupfes. Ihr Bündel stand am mit Laken verdeckten Eingang des Zeltes vor ihren Füßen. Niemand sonst war da, allerdings sah sie in einer anderen Ecke eine Wolldecke. Verwundert musterte sie die ihr unbekannten Dinge und das gedämpfte Sonnenlicht, welches durch die Zeltlaken drang. War noch jemand hier?

Vorsichtig kroch sie zum Eingang und öffnete ihn. Sie erwartete, eine bekannte mütterliche Gestalt in ihrer Nähe kauern zu sehen. Doch als sie die Leinen beiseite schob, erblickte sie keine Frau in mittleren Jahren. Ein junger Mann saß unweit an einem Baum und schaute verträumt in den Himmel. Hellblondes Wellenhaar reichte beinahe bis zu seinen Schultern. Dem ausgefransten Wollhemd, der Leinenhose mit Wadenwicklung und dem abgetragenen braunen Mantel nach, welchen er aufgeknöpft hatte, schien er kein wohlhabender Mann zu sein.

Ihre Lider weiteten sich. Sie hielt den Atem an. Lorea zog sich so leise wie möglich ins Zelt zurück. Der Jungspund hatte sie nicht bemerkt. Sie schob zwei Finger vor ihren Mund, um keinen Laut von sich zu geben. Verdammtes Hühnerei, was bei den Wölfen sollte sie unternehmen? Wer war das? Den hatte sie noch nie im Leben gesehen, warum saß er vor dem Zelt? Ihre Augen huschten umher. War das sein Zelt? War er ein Räuber? Einer der Jäger womöglich? Ihr Herz setzte aus. Als sie aufgeregt von einem Gedanken zum nächsten sprang, schüttelte sie den Kopf. Ein Räuber hätte ihr alles gestohlen und sich davongemacht. Wenn er ein Hexenjäger war, wäre sie gar nicht erst aufgewacht, weil er ihr zuvor die Kehle durchgeschnitten hätte. Außerdem sah er nicht aus wie jener Mann, den sie in Begleitung der Jägerin gesehen hatte. Ungewiss senkte sie die Brauen.

Ihr Blick schwirrte umher und verweilte auf ihrem Bündel. Was hatte sie da reingepackt? Bestimmt würde nichts Nützliches dabei sein. Oder doch? Sie ging alles durch, jeden Faden, jeden Löffel, jede Schüssel … bis ihr Herz einen erschrockenen Satz machte. Ihr Messer hing nicht mehr an ihrer Taille. Lag es in ihrem Bündel?

Als sie die Hand nach ihrem Gepäck ausstreckte, fielen ihre Arme in ihren Blick. Überall waren Kratzer. Ihre Bluse war durch hauchfeine Risse zerfetzt. Die Wunden darunter schienen von jemandem gepflegt worden zu sein. Einige verschwanden für unwissende Augen auf ihrer Haut.

Ihre zitternden Finger strichen über das harte Leder ihres Bündels und öffneten eine Schlaufe. Sie griff zwischen die Wolltücher und Schalen. Sachte stieß sie an Holz und den weichen Stoff ihrer Leinenhose und eines Kleides, ertastete aber nichts anderes. Mit verbissenem Gesicht wagte sie einen neuen Versuch, um nach einer scharfen Schneide oder wenigstens der dünnen Lederscheide zu stöbern. Dann berührte sie den kalten Griff. Die Lederhülle des Messers ertastete sie zwischen den Fingern. Nur zum Schutz, dachte sie. Es sollte sie nur behüten, wenn der Fremde am Baum ihr etwas antun wollte.

Langsam zog sie das Messer hervor, damit nicht einmal ein Falke sie hörte. Ihre Hand klammerte sich so fest um den Griff, dass ihre Knöchel weiß wie Schnee anliefen. Mit der anderen zog sie die Hülle ab, sodass sich die Klinge schillernd offenbarte. Das hohle Leder legte sie in ihr Bündel zurück, damit es nicht verloren ging. Lorea hielt den Stahl, der ihr kälter schien als der eisigste Winter, hinter ihrem Rücken und krabbelte aus dem Zelt. Wenigstens wollte sie vorgeben, sie hätte den Fremden eben erst gesehen. Doch sie scheiterte daran, eine verwirrte Miene aufzusetzen. Bevor sie einen klareren Blick auf den Mann erhaschen konnte, stierte sie ihn mit misstrauischem Hintergedanken an. Sie erhob sich. Obwohl sie Angst davor hatte, dem Fremden etwas tun zu müssen, hielt sie das Messer bereit. Es war nur zum Schutz.

Der junge Mann wandte sich zu ihr um. »Ihr seid wach.« Ein fremder, hauchfeiner Akzent schwebte zu ihr. Lorea schätzte ihn ein wenig älter als sie selbst. Stur schwieg sie. Der Unbekannte stützte sich am Baum ab, stand auf und kam einen unbedachten Schritt auf sie zu. Als ob jemand ihre Gliedmaßen an einem Faden führte, schnappte das Messer nach vorn und drohte ihm. Er hob die Arme und warf ihr und der Waffe verwunderte Blicke zu.

»Ganz ruhig. Ich tue Euch nichts.« Er rutschte zögerliche Schritte zu ihr herüber und blieb mit sicherem Abstand vor ihr stehen. Lorea zwang sich, das Messer gen Boden zu senken, behielt die Finger dennoch verkrampft um den kalten Stahl.

»Mein Name ist Maël«, erklärte der Fremde nach einem unheilvollen Augenblick der Stille. »Maël Meunier.«

Sie zog ihr Schweigen vor und gab keinen Laut von sich. Zu oft hatte Maia ihr gesagt, nicht mit fremden Leuten zu reden. Ihre Mutter, wo war sie überhaupt?

»Nun, Ihr scheint wohl stumm zu sein.«

Zu ihrer Empörung warf der Bengel ihr ein Lächeln zu. Ihre Lage war heikel, sie wusste nicht, ob sie dem Fremden trauen konnte. Dass er sie gleich bei ihrem ersten Gespräch unangemessen neckte, empfand sie als unhöflich.

»Obwohl ich schwören könnte, Euch lauthals schreiend vorgefunden zu haben.«

Lorea fuhr entsetzt mit dem Kopf umher und hielt Ausschau nach Maias grünem Mantel, aber ihre Mutter war nirgends zu sehen. Um ein Haar hätte sie Maël gefragt, dieser aber würde ihr womöglich eine grausige Antwort geben.

Auf einmal fürchtete Lorea sich. Sie starrte auf den Waldboden, als ihr klar wurde, was geschehen war. Das Messer rutschte aus ihrer Hand und fiel ins Gras. Ihre Mutter war fort. Sie war weg. Ihre Stimme, ihr liebliches Gesicht, ihre mütterliche Hand, alles war weg. Loreas Hände verbargen Augen und Wangen, an denen salzige Tropfen hinunterglitten. Weil ihr schwindelig wurde, setzte sie sich. Zwischen den Knien versuchte sie sich zu verstecken. Aber ihre Mutter konnte doch nicht weg sein. Sie hätte sie niemals allein gelassen. Sie wollte doch mit ihr Muscheln sammeln, sie konnte nicht einfach weg sein.

Ihr Tränenvergießen wurde von Schniefen und Schluchzen begleitet. Eine Hand berührte ihre Schulter. »War etwa jemand bei Euch?«

Eilig schlug sie die Hand weg. Der Fremde sollte es nicht wagen, sie anzufassen.

Er schien trotz ihrer unfreundlichen Geste nicht böse. »War jemand bei Euch?«

Sie nickte kaum merklich.

»Tut mir leid.« Einen Moment lang verweilte er neben ihr und schien ihr Trost spenden zu wollen. Schritte entfernten sich. Sie sah auf und hörte den jungen Mann etwas mit »Holz« sagen, dann verließ er sie. Sie war ihm dankbar, dass er sie für einen Augenblick allein ließ. Normalerweise brach sie nie vor Fremden in Tränen aus. Doch ihr hatte es so schnell die Kehle zugeschnürt, dass sie es nicht hatte aufhalten können.

Die Gestalt des Fremden wurde vom Dickicht verschlungen. Lorea beruhigte sich nach vielen tiefen Atemzügen und unterdrückte ihr verzweifeltes Schluchzen. Weit entfernt hörte sie das rhythmische Knacken von Ästen, die von Füßen getreten wurden. Die Geräusche verklangen. Sie schniefte traurig, und die frische Luft des Waldes breitete sich in ihr aus. Nach feuchtem Holz und Gras roch sie. Es schien vor Kurzem geregnet zu haben.

Lorea entdeckte eine Ebene, die wie abgeschnitten schien. Der Wald hörte an einer steilen Stelle plötzlich auf. Das musste die Klippe sein. Sie stand auf und setzte taumelnde Schritte ins nasse Gras. Hinter der Klippe sah sie den mit grauen Wolken überzogenen Himmel. Ein dunkelblauer Streifen aus Wasser zog am Horizont eine Linie über dem dichten Wald, der sich um sie herum ausbreitete. Der Wind schob Loreas Kinn nach oben, damit sie sah, was sich vor ihren Füßen befand.

Nur einen großen Sprung von ihr entfernt war jener Abgrund, der Steine und Bäume in eine gefährliche Tiefe hatte stürzen lassen. Und etwas anderes.

Lorea spähte hinab. Ihre ängstliche Hand umklammerte das Armband an ihrem Handgelenk. Vielleicht konnte sie ihre Mutter nicht mehr unter den Bäumen sehen. Womöglich war sie wieder aufgestanden und auf dem Weg zu ihr den Berg hinauf. Aber wenn sie dort unten lag, sah Lorea sie wenigstens noch einmal. Ein einziges Mal noch. Tränen brannten erneut in ihren Augen. Sie konnte ihr Gesellschaft leisten. Es musste einsam sein, allein in einem herrenlosen Wald zu schlafen. Schwindel kribbelte in ihren Beinen und ließ sie befürchten, vornüber zu fallen. Ihr Herzschlag pochte in ihren Ohren.

Keine zwei Schritte war sie vom steilen Abhang entfernt und erkannte Gestein in der Tiefe. Nur noch ein Stück, dann müsste etwas auf dem Boden liegen. Ihre Augen suchten hektisch nach dem dunkelgrünen Mantel. Oder dem strohblonden Haar, der Leinentasche, nach etwas, das ihr bekannt war.

Lautes Poltern ließ sie aufschrecken. Jemand eilte ihr nach. »Nicht!« Ein kräftiger Arm packte sie, während eine Hand ihre Augen verdeckte, ehe sie etwas dagegen unternehmen konnte. »Was tut Ihr denn?« Jemand zog sie zurück. Lorea riss sich los. Ihr Arm fuhr herum, und ihr Handrücken schlug gegen eine Wange. Wütend starrte sie den Mann an. Dieser Narr! Wie konnte er es wagen, sie anzurühren?

Erschrocken rieb er über seine gerötete Wange. Er schien nicht erwartet zu haben, dass sie um sich schlug.

Während sie die angespannte Mittagsluft einatmete, überlegte sie, diesem Troll gewürzte Worte in die Ohren zu streuen. Allerdings entschloss sie sich, kein Wort mit dem Fremden zu wechseln. Ihre Ohrfeige musste ausreichen. Stumm und geschwinden Fußes stapfte sie zurück zum Lager. Verärgert nahm sie sich ihr Messer, welches sie vor dem Zelt liegen gelassen hatte, und stürmte in den Unterschlupf. Die scharfe Schneide schob sie zurück in die Lederhülle und packte alles in ihr Bündel. Ihre Arme schlüpften eilig in ihren Mantel. Sie griff nach einem Bündelriemen und stürmte aus dem Zelt. Das Gepäck hievte sie auf ihren Rücken und lief allein den Pfad entlang.

Erneut griff der Fremde sie am Arm. »Ihr könnt doch nicht allein durch die Welt ziehen, Mädchen.«

Warum denn nicht? Was ging es ihn überhaupt an? Außerdem war sie längst kein Mädchen mehr.

Abermals erhob sie die Hand, doch der Blondschopf hielt sie am Handgelenk auf. »Hört auf damit. Jetzt beruhigt Euch erst einmal.«

Seine unerwartet kräftigen Hände ließen nur langsam von ihr ab. Widerspenstig lehnte sie sich an einen Baum und behielt den Fremden im Auge. Er musterte sie besorgt. Als er sich trotz ihrer flimmernden Augen sicher schien, dass sie im Lager verweilen würde, wandte er sich von ihr ab. Er begab sich zurück zu dem Stapel aus Ästen und Zweigen, den er ihretwegen auf den Boden hatte fallen lassen. Immer wieder warf er ihr unsichere Blicke zu. Er strich sein nahezu schulterlanges welliges Haar vor seine Ohren.

Dieser Mann war unmöglich ein Engländer. Eine Mischung aus Neugierde und Abneigung kam in ihr auf. Solch hellblondes Haar trugen nur Leute aus dem Norden des großen Festlandes, hatte ihr Vater einmal erzählt. Auf einer seiner Wanderungen war er auf einen Weitgereisten getroffen, der von dort stammte. Aber die Haut des Fremden kam ihr für einen Nordländer zu gebräunt vor. Wie hatte er sich genannt? Meunier? Das klang in ihren Ohren nach einem Franzosen. Vielleicht hatte sie bloß zu wenig Ahnung. Ihre Mutter hätte gewiss eine Antwort darauf gewusst. Zwischen den Fingern spürte sie, wie die Hand ihrer Mutter aus ihrem Griff rutschte. Lorea blinzelte, um die aufkommenden Tränen fortzuscheuchen. Ein Schniefen zog durch ihre Nase, durch die der feuchte Waldgeruch drang. Sie hatte ihre Mutter losgelassen. Sie hatte zugelassen, dass sie in die Tiefe gestürzt war. Hätte sie wenigstens einen Moment länger durchgehalten, wäre der Fremde ihnen rechtzeitig zu Hilfe gekommen. Sie hob eine Hand an den Mund, weil ihr übel wurde. Immer wieder redete sie sich Schuldgefühle ein. Sie hätte Maia festhalten müssen. Aber stattdessen war sie ihretwegen gestorben.

»Ihr hattet Glück, Euer Auge behalten zu dürfen.« Der Fremde schmunzelte und riss sie aus ihren niederschlagenden Gedanken.

Behutsam betastete sie ihr Gesicht und fühlte einen Kratzer, der sich über ihre rechte Gesichtshälfte zog.

»Ihr habt wirklich lange geschlafen. Den ganzen letzten Tag und sogar den halben heutigen habt Ihr versäumt.«

Als ihr bewusst wurde, wie lang sie ohne Besinnung gewesen war, kroch Grusel ihren Rücken hinauf. Was der Fremde wohl die ganze Zeit über gemacht hatte? Ihre Finger strichen an ihren Armen entlang, die wegen der Kratzer schmerzten. Ihre Beine zitterten vor Erschöpfung. Doch sonst verspürte sie keine Beschwerden. Abgesehen von ihren Einsalbungen hatte er ihr nichts angetan.

Anscheinend sollte sie sich weiterhin ausruhen, denn ihre Beine gaben nach und befahlen ihr, sich zu setzen. Sie ließ sich vor dem Eingang des Zeltes nieder und sah dem Fremden dabei zu, wie er sorgsam seine gesammelten Holzwerke zurechtlegte. Sie versuchte sich zu erinnern, was passiert war, bevor sie bewusstlos zusammengebrochen war. Eine verschwommene Gestalt hatte sie gesehen. Sicher war das der Mann gewesen. Die Rötung an seiner Wange war ihr plötzlich unangenehm. Er hatte sie gerettet, und sie hatte ihn geohrfeigt. Sicher erweckte sie nicht gerade den freundlichsten Eindruck.

Lorea machte ein grübelndes Gesicht. Ihr Blick glitt zu einem mannsgroßen Stock, der an jenem Baum lehnte, an welchem der Fremde zuvor gesessen hatte. Mit dem hatte er die Krähen verscheucht. Wissbegierig neigte sie den Kopf zur Seite. Der Stab sah eigenartig aus. Seine schützende Rinde fehlte, und ein feines Muster war in das Holz graviert worden. Sie war zu weit weg, um Genaueres zu erkennen.

»Möchtet Ihr ihn in Augenschein nehmen, Werteste?«, fragte der Fremde, der wohl bemerkt hatte, dass sie seinen Stab musterte. Er stand auf, nahm sich den Stock und überreichte ihn ihr. »Habt Ihr Hölzchen oder Feuersteine in Eurem Gepäck?« Er sah sie mit seinen seidig grauen Augen an. Sie überlegte, zog ihr Bündel heran und suchte darin, wobei sie sich fragte, mit was er seine vorherigen Feuer angezündet hatte. Als sie das verbogene Feuereisen und den schwarzen Feuerstein zwischen den Fingern hervorzog, legte sie beides in seine Hände. Sie besah sich den mannshohen Stab in ihrem Schoß. Der Fremde probierte sich währenddessen am Feuermachen, hatte von abgefallenen Ästen Rinde abgezogen und frisches Harz darauf geschmiert, damit die Mischung sich besser entzündete.

Der lange Stab war glatt gearbeitet. Zwar sah der Wanderstock durch sein Alter in Mitleidenschaft gezogen aus, aber er schien robust. Lorea glitt mit den Fingerspitzen über die feinen Schlitze, die in das Holz geschnitzt waren. Die vielen Kringel und Punkte erinnerten sie an eine endlose Rosenhecke. Sie schienen die Worte einer Sprache zu sein, doch ihre Muttersprache schloss Lorea aus. Diese zu lesen, hatte ihr Vater ihr beigebracht.

»Das sind Orte«, erzählte ihr der Fremde und fuhr fort, mit dem Feuerwerkzeug um einen Funken zu ringen. »Orte, an denen der Stab schon war.«

Ob ihr Vater in seinem Leben auch so viele besucht hatte? Ihr Familienarmband fiel in ihren Blick. Als ihr klar wurde, dass sie die einzige Überlebende ihrer Familie war, wurde ihr kalt vor Einsamkeit. Sie sah auf ihre Hände, die ihre Mutter fallen ließen. Schwermütig legte sie die Stirn auf ihre Knie. Hätte sie ein wenig mehr Kraft gehabt, wäre Maia noch am Leben.

Nach unzähligem Klappern gelang es dem Blondschopf, das Holz zu entzünden. Sowohl er als auch Lorea krochen an die Feuerstelle heran. Der Mann machte ein dreibeiniges Gestell von seinem Bündel los. Über dem Feuer platzierte er es, und Lorea vermutete, dass man daran einen Kessel hing, um ihn über den Flammen zu erhitzen.

Lorea legte den Stock beiseite und verkroch sich unter ihrem Mantel. Sie behielt einen sicheren Abstand zu dem Fremden, der sich ihr gegenüber ans Feuer gesetzt hatte. Mit müden Gesichtszügen dachte sie über das Geschehene nach. Beim Anblick der Flammen hörte sie das ohrenbetäubende Fauchen des Feuers, welches ihr Heim auffraß. Schreie sirrten durch ihren Kopf. Der Gestank von verbranntem Holz und Fleisch kratzte in ihrem Rachen. Verzweifelt umklammerte sie das Armband an ihrem Handgelenk. Sie hatte keinen Wegweiser mehr, niemanden, der ihr zeigte, was sie tun oder wohin sie ziehen sollte. Nur einen Unbekannten, der ihr gegenüber hockte und ein Mittagsmahl vorbereitete, kümmerte sich um sie und schien ihr neuer Wegbegleiter geworden zu sein. Genauso musste Glenna sich gefühlt haben, als Lorea und ihre Mutter sie gefunden hatten.

Als sie ein angeekeltes Gesicht aufsetzte, weil der Fremde wenig schmackhafte Kräuter und Nadeln mahlte und in einen kleinen Kessel mit Wasser warf, schmunzelte dieser. »Es schmeckt bei Weitem nicht so schlimm wie es aussieht«, beruhigte er sie, während er seinen eigenen Kessel an das Dreibein hing. Die Mahlzeiten ihrer Mutter in freier Natur waren im Vergleich zu dem Brei im Kessel ein Festmahl gewesen. Der Fremde schien wenig Ahnung von mundenden Kräutern zu haben.

Verträumt sah sie einer Vogelschar hinterher, die vor dem düsteren Wetter floh. Wohin sollte sie gehen? Was sollte sie tun? Sie hatte kein Geld und nur wenige Tauschmittel bei sich. Allein würde sie vermutlich keine Woche überstehen. Vorerst musste sie Arbeit und eine Bleibe finden, damit sie nicht verhungerte. Oder sollte sie dem Fremden folgen? Jedoch wusste sie nicht, wohin sein Weg ihn führte.

Nachdem er im Essen gerührt hatte, stöberte er in ihrem Gepäck und kramte zwei Schüsseln und Löffel heraus. Sie starrte ihn stirnrunzelnd an, weil sie es unhöflich fand, dass er in ihren Sachen wühlte. Allerdings hielt sie seine freche Neugierde nicht zurück.

»Habt Ihr keinen Proviant dabei?«

Sie schüttelte den Kopf. Maia hatte alles Essbare in ihrer Tasche aufbewahrt, die für sie nun unerreichbar war. Bei dem Gedanken an ihre Mutter trübte sich ihre Stimmung. Es wäre das Beste gewesen, wenn sie ihr nachgesprungen wäre. Dann würde sie sich nicht so einsam fühlen.

Maël kippte je die Hälfte der grünlichen Soße aus dem Kessel in die beiden Schüsseln und überreichte ihr eine. »Lasst es Euch schmecken.« Er nippte an seiner Schale.

Lorea hielt sich die Schüssel vom Leib, denn ihr Hunger war so groß wie ein Salzkorn. Selbst wenn eine leckere Karottensuppe vor ihr gestanden hätte, sie hätte keinen Schluck hinunterbekommen. Der Gedanke, dass sie Maia hätte retten können, quälte sie.

Sie stellte die Schale vor das Feuer und wickelte sich wieder in ihren Mantel.

»Habt Ihr denn gar keinen Hunger?«

Sie zog das Kinn nach unten und beließ es bei der vom Knacken des Feuers erfüllten Ruhe. Der Fremde nahm ihre Schale und verspeiste nach seiner eigenen die übrige Brühe. Mit trübseligem Gesicht sah sie ihm dabei zu. Als der Fremde mit seiner zweiten Portion fertig war, stellte er die letzte Schale in die andere. Lorea nahm sich das gestapelte Holzgeschirr, stand auf und suchte nach Wasser. Mit etwas musste sie sich beschäftigen, damit sie Ablenkung fand und dieser Maël nicht allein mit all der Arbeit dastand.

»Wenn Ihr nach einem Teich sucht«, meinte er und streckte die Hände nach dem Feuer aus, »muss ich Euch enttäuschen. Ich habe hier nicht einmal eine Pfütze gesehen.« Er blickte zum Himmel auf. »Da müssen wir auf Regen warten. Der nächste Bergbach ist zu weit entfernt.«

Lorea setzte sich wieder und stellte die Schüsseln vor das Zelt. Es schien ihr alles sinnlos, was sie tat. Seit ihre Mutter fort war, hatte die Welt jeglichen Sinn verloren.

Ach, Ma, dachte sie. Sie sollte zurückkommen. Sie sollte die alten Geschichten ihres Vaters erzählen. Völlig egal, was sie vorhatte, sie sollte nur wieder zurückkommen und ihr an der Schulter lehnend oder über den Kopf streichelnd zur Seite stehen.

»Wir rasten auch heute hier, falls Ihr gedenkt, gemeinsam mit mir zu reisen«, sagte der junge Mann und riss sie zurück in die Wirklichkeit. Auf ihr entnervtes Schnaufen hin fügte er hinzu: »Ihr seid noch schwach, und da Eure Wunden noch einige Zeit brauchen, um zu verheilen, würde ich unseren Aufbruch auf den morgigen Tag verschieben, wenn Ihr nichts dagegen habt.«

Sie wandte sich von ihm ab. Um Widerworte auszusprechen, war sie noch zu unentschlossen.

Donner grollte durch den Wald. Während Lorea sich in die hinterste Ecke unter den Leinen des Zeltes verkroch, wartete der Mann am Feuer auf die himmlischen Tropfen. Erst als der Regen eintraf, kroch er ins Zelt. Die Flammen zischten verärgert und schrumpften. Das Feuer wurde gelöscht. Rauch stieg aus der Feuerstelle empor.

Er setzte sich an den Eingang und warf ihr einen fragenden Blick zu. »Scheut Ihr den Regen?«

Lorea gab nach und rutschte ein kleines Stück nach vorn. Trotzdem behielt sie den Abstand eines ausgestreckten Armes zwischen sich und dem Fremden.

Leises Trommeln scheuchte einen kalten Schauer über ihren Rücken, und sie schlang die Arme um die Beine. Maël hingegen schnürte seine Lederstiefel auf, zog sie aus und verstaute sie im Innern des Zeltes. Die nackten Füße streckte er hinaus. Dann nahm er sich die Schüsseln und seinen braunen Wollmantel zur Hand und ging in den Regen. Der Fremde legte seinen Mantel über das klapprige Dreibein über der Feuerstelle, damit der Regen ihn wusch, schnappte sich den Kessel und hockte sich mit dem schmutzigen Geschirr ins Gras. Lorea rutschte eine Handbreit zum Eingang heran, sodass sie die nahen Baumwipfel sah und erkennen konnte, was er draußen trieb. Dieser Bursche säuberte mit dem Regenwasser und abgerissenen Grashalmen die Schüsseln und den Kessel. Hatte er denn keine Angst, in diesem Regen krank zu werden? Bei jedem Tropfen sogen sich seine Kleidung und sein Haar voll und waren nach einem kurzen Augenblick tropfnass. Trotzdem blieb er so lange draußen, bis er alles sauber geschrubbt hatte.

Mit dem feuchten Geschirr näherte er sich ihr, und sie zog sich zurück. Der klare Geruch des Regens zog mit seinem Eintreten ins Zelt, als er sich wieder am Eingang niederließ. Er schüttelte wild den Kopf wie ein Hund und spritzte sie nass. Um ihr Gesicht vor den Tropfen zu schützen, hob sie die Arme und ging in Deckung.

»Oh, verzeiht«, entschuldigte er sich, als er sein Ungeschick bemerkte. Mit demselben Gesicht, mit welchem sie ihn zuvor am Baum gesehen hatte, blickte er wieder in den Himmel. Ein Gähnen entschwand Lorea, während sie ihm bei seiner Träumerei zusah, und sie legte sich gemütlich in ihre Schlafecke. Doch sie bekam kein Auge zu, ohne eine Frauengestalt in die Dunkelheit stürzen zu sehen. Sie unterdrückte die Tränen und verkrampfte den Kiefer. Als sie mit der Hand in ihre Manteltasche griff, ertastete sie dünnes Leder. Sie zog es hervor und entdeckte mit einem aufgeregten Herzschlag Maias Handschuh. Als ob ein Teil ihrer Mutter in ihm ruhte, drückte sie ihn frustriert an sich. Die Wölfe sollten sie holen, sie wollte nicht allein sein. Ohne ihre Mutter konnte sie doch nicht weiterziehen!

Verzweiflung erschwerte ihre Brust. Ob es schlau war, dem jungen Mann am Zelteingang zu trauen und zu folgen? Aber einem völlig Fremden zu vertrauen war gefährlich. Sie kannte ihn so gut wie die Weiten des Ozeans, nämlich gar nicht. Doch der Bursche hatte sich nicht an ihr vergriffen. Er hatte ihre Kratzer behandelt und sich grundlos um sie gekümmert. Selbst vor ihrem eigenen Todeswunsch hatte er sie bewahrt. Verfolgte er eine Absicht? Hatte er etwas mit den Hexenjägern zu tun? Aber dann wäre er nicht so zuvorkommend. Als sie an die vielen Dinge dachte, die er innerhalb eines einzigen Tages vollbracht hatte, erwärmten sich ihre Wangen vor Scham. Etwas stimmte nicht mit ihm. Er war viel zu nett zu ihr, obwohl sie einander nicht kannten und sie ihn sogar geschlagen hatte. Lockte er sie in eine Falle?

Der Mann drehte sich zu ihr um. »Ihr könnt nicht schlafen, oder?«

Sie zog die Beine an. Ein Kopfschütteln war ihre Antwort.

»Wünscht Ihr, dass ich draußen übernachte?«

Sie zuckte unentschlossen mit den Schultern, denn ihr war es gleich. Wenn sie ohnehin nicht schlafen konnte, würde er wenigstens einen Platz im Zelt zum Schlummern finden. Schließlich war es sein Zelt, nicht ihres.

Ihr Blick richtete sich an Maëls langen Beinen vorbei nach draußen. Aufmerksam lauschte sie den Geräuschen des Waldes, um Ablenkung zu finden. Das Nieseln erzeugte ein bedrohliches Trommeln auf den Blättern, Bäume knarzten im Wind. Die zornigen Gewitterwolken wanderten weiter. Der Fremde beobachtete die vielen Stunden über gespannt die Tropfen des Himmels, als ob er das erste Mal in seinem Leben solch einen Regen sah. Das trübe Wetter scheute er weniger, sondern genoss es vielmehr. Ein manches Mal drehte der Fremde mit einem Finger in seinen Haarbüscheln oder sah sich nach ihr um. Wahrscheinlich war er nervös, weil er weibliche Gesellschaft hatte. Ein bedrücktes Lächeln breitete sich auf ihrem Gesicht aus, denn ebenso erging es ihr mit seiner Anwesenheit.

Er kramte in seinem und ihrem Bündel und stellte zwei Holzschalen und Becher hinaus ins trübe Wetter. Als sich die Becher im Nu bis zum Rand mit Wasser gefüllt hatten, nahm er seinen Trinkschlauch zur Hand. Sein Trinkbehälter schien leer zu sein, denn nur ein kleinlautes

Gluckern ertönte, als er ihn hin und her schwenkte. Er füllte das geschöpfte Wasser aus den Holzgefäßen um. Als er zu ihr hinübersah, setzte sie sich hin und zog ihr Bündel heran. Sie entfesselte ihren reichlich gefüllten Trinkschlauch, der daran festgeknotet war, und schüttelte ihn, um dem Fremden zu zeigen, dass sie ausreichend zu trinken hatte. Sogleich trank sie einen stärkenden Schluck.

Die leinenen Wände waren durchweicht. Tropfen fielen auf Loreas Stirn. Nachdem der Mann seinen Trinkschlauch aufgefüllt hatte, schlüpfte er aus dem Zelt und verschwand aus ihrem Blickfeld. Knacken und Rascheln ertönte neben ihr. Ein schwerer Schatten wurde außen auf die Decken des Zeltes gelegt, sodass das Trommeln des Regens über ihr nahezu verklang und das Licht im Unterschlupf in ein dunkles Grün getaucht wurde. Nadeln stachen Löcher durch das Leinen. Der junge Mann hatte Äste und Zweige als Regenschutz auf die Zeltdecken gelegt. Er kam mit patschenden Schritten zu ihr zurück und versteckte sich unter dem schützenden Dach. Dieses Mal passte er auf, dass er sie, als er sich durchs Haar rubbelte, nicht wieder nass machte. Er schaute nachdenklich auf seine Hände und zögerte einen Moment.

»Redet Ihr jetzt mit mir?« Es war eher ein Betteln als eine höfliche Bitte.

Mit erstaunter Miene sah sie zu ihm auf und entdeckte sein aufgesetztes Schmollen. Doch sie wies ihn mit einem Kopfschütteln ab.

»Dann seid Ihr wohl doch stumm.«

Ein gereiztes Augenrollen von ihrer Seite hatte er ob seiner belustigten Reaktion anscheinend vorausgesehen. Sie rutschte zurück in die hinterste Ecke des Zeltes und wollte den Mann ansatzweise spüren lassen, wie es war, allein zu sein. Doch da fiel ihr erneut etwas auf. Er war selbst die ganze Zeit über auf sich gestellt gewesen, ansonsten hätte sie jemanden in ihrer Nähe gesehen. Als Lorea von dem Fremden von den Krähen hinfort gezerrt worden war, hatte sie nur eine verschwommene Gestalt gedeutet. Da hatten sie offenbar eine Gemeinsamkeit.

Maël schmunzelte. »Aber verstehen könnt Ihr mich allem Anschein nach.« Weil sie stur sitzen blieb und er nichts mehr zu lachen hatte, drehte er den Kopf zurück an die frische Luft. »Ich rede wohl zu viel.«

Als es dämmerte, huschte er abermals in den Nieselregen hinaus. Lorea beobachtete ihn, als er Beeren und Kräuter sammelte. Auch das Abendmahl verweigerte Lorea, denn ihre bedrückende Leere wich nicht. Der Fremde ließ sich nicht die unglaubwürdig helle Laune verderben und schien zu versuchen, aus drei unreifen Beeren, gemahlenen Nadeln, Kräutern und dem Regenwasser etwas Essbares zu rühren.

Morgen würde der Fremde weiterziehen. Lorea war hin und hergerissen, denn sie wusste nicht, ob sie bei ihrer Mutter bleiben oder mit dem seltsamen Mann aufbrechen sollte. Sie ahnte, dass Maia belehrende Worte gesprochen hätte, wenn sie sich für Ersteres entscheiden würde. Ihre Mutter wäre wütend, wenn sie wüsste, dass ihre Tochter sich aufgegeben hätte. Lorea fühlte sich verantwortlich für ihren Tod, obwohl Maia sie angefleht hatte, sie loszulassen. Ihre Augen senkten sich auf den Handschuh.

Das Weiterreisen reizte sie, aber Angst zog bei dem Gedanken, ihre Mutter zu verlassen, an ihrer Kehle. Sie entschloss sich für den Fremden und seufzte.

Müdigkeit holte sie hinterhältig ein, aber Lorea wollte sie nicht gewinnen lassen. Sie hatte Angst vor dem, was sie in ihren Träumen sehen würde.

Weil der Regen sich legte, wagte Lorea sich hinaus zu dem Mann. Vor dem verkohlten Holz der erloschenen Feuerstelle kniete sie sich nieder und genoss die frische abendliche Luft. Maël mundete sein eigenartiges Gemisch offensichtlich weniger als das Mittagessen, denn dieses Mal zog er eine geekelte Grimasse, als er die kalte Suppe seine Kehle hinunter würgte. Er schüttete den restlichen Inhalt der Schale in ein Gebüsch. Für einen Moment verschwand er im Zelt. Dem Geräusch von klimperndem Metall nach schien er in seinem Bündel zu wühlen. Mit einer kleinen Brotscheibe kam er wieder hinaus und setzte sich ihr gegenüber ins nasse Gras. Er hielt das Brotstück in ihre Richtung. »Möchtet Ihr lieber davon etwas haben?«

Zurückweisend schüttelte Lorea den Kopf. Dass er erst jetzt eine Brotscheibe offenbarte, ließ sie ahnen, dass er sparsam mit seinem

Proviant umging. Vielleicht hatte auch er kein Geld bei sich und konnte sich kein Essen und keine Bleibe leisten.

Kauend neigte Maël den Kopf hinab, um in ihr Gesicht blicken zu können. »Ihr solltet wirklich etwas essen, sonst kippt Ihr nochmals vor Erschöpfung um.«

Energisch wedelte Loreas Hand. Sie verspürte keinerlei Appetit, eher das Gegenteil.

»Versprecht Ihr mir, dass Ihr wenigstens morgen früh etwas esst? Vielleicht finde ich etwas Schmackhafteres als Nadeln und Wasser.«

Weil er sich um sie sorgte, zeigte sie ihm zumindest ein verkrampftes Lächeln. Er zog sich in den undichten Unterschlupf zurück und wünschte ihr eine gute Nacht. Den Mantel beließ er über dem Dreibein und hüllte sich stattdessen in seinen grauen Umhang und in eine Decke, um sich für die nächtliche Kälte zu wappnen. Das Rascheln von Stoffen drang an Loreas Ohren, als er sich zudeckte.

Die kalte Luft der hereinbrechenden Nacht kroch in ihren Rachen. Der Fremde hatte vergessen, seinen Mantel zum Trocknen woanders aufzuhängen, nachdem er ihn von der Natur hatte waschen lassen. Vorsichtig spähte sie ins Zelt und bemerkte, dass er nach kurzer Zeit eingeschlafen sein musste. Um dem Fremden Arbeit abzunehmen, nahm sie den vollgesaugten Mantel vom Dreibein, welches erleichtert quietschte. Sie drehte ihn ein und wrang ihn aus, wodurch ein kleiner Wasserfall auf die Wiese platschte. Danach warf sie den ausgebreiteten Mantel über einen trockenen Ast. Ihre Finger schlotterten in der Kühle und Nässe, und sie setzte sich an den Platz, wo Maël vorher gehockt hatte. Am Nachthimmel zogen dunkle Schleier vorüber. Die erste Nacht, die sie mit ihrer Mutter unter freiem Sternenhimmel verbracht hatte, schwebte vor ihrem inneren Auge. Abermals bereitete ihr eine unangenehme Leere Bauchschmerzen. Mit dem Stock ihres schlafenden Retters wagte sie einen erneuten Versuch, sich abzulenken. Das lange Holz hatte ihm bestimmt allein durch sein Dasein geholfen, die Einsamkeit zu ertragen. Vielleicht führte er sogar Gespräche mit dem Stock. Bei der Vorstellung zog sie einen Mundwinkel nach oben. Für solch einen Unsinn war er sicher zu alt.

Von leisem Klimpern wurde sie geweckt. Als sie die Augen öffnete, aus dem Zelt kroch und sich ihr Blickfeld klärte, war sie erstaunt, was über dem Feuer vorbereitet wurde. Stolz präsentierte Maël ihr seinen Kessel, in dem zwei hellbraune Eier kochten.

»Könntet Ihr das halten?«, bat er sie, als sie sich träge erhob, und streckte ihr den Kessel entgegen. Lorea zog die Ärmel ihrer Bluse und ihres Mantels über die Finger und betastete den heißen Henkel. Das kochende Wasser blubberte aufgeregt und schubste die Eier an die Oberfläche. Ihre Hände nutzten die Gelegenheit, um sich am erhitzten Metall zu wärmen.

Maël kramte die Schüsseln aus dem Zelt und teilte das restliche bisschen Brot aus seinem Bündel. Nachdem Lorea das Kochwasser ausgekippt und über die zurückgebliebenen Eier kaltes Wasser zum Abschrecken geschüttet hatte, gab sie Maël eines der beiden Eier. Auf seinen Wunsch hin ließ sie es sich schmecken und schälte ihr eigenes kleines Ei. Wie Maël warf sie die Schale ins Feuer. Nur zögerlich traute sie sich, einen ersten Bissen zu nehmen, und genoss zur Abwechslung das teils warme Essen. Maël schmunzelte sie an, als er bemerkte, dass sie nach dem gestrigen Tag Appetit gefunden hatte. Gelegentlich sah sie zu ihm hinüber. Mit ihm wollte sie vorerst für eine Weile gemeinsam wandern. Sie zog in Erwägung, nach London zu reisen und dort zu bleiben.

Mit dem übrigen Kochwasser wusch Lorea ab, während Maël ihre Sachen verstaute und sich für die Weiterreise vorbereitete, wo auch immer diese hinführte. Das Zeltlaken schnürte er an seinem Bündel fest, den kleinen Kessel schob er zwischen sein Gepäck, das Dreibein befestigte er an der einen Seite, seinen Wanderstab an der anderen.

Lorea holte das Messer in der Lederhülle hervor und befestigte es an ihrem Gürtel, damit sie eine Waffe zur Verteidigung bei sich trug. Dann setzte sie sich ihr Bündel auf.

Bevor sich beide dem Pfad durch den Wald näherten, schritt Lorea zurück zum Abhang. Ein aufgeregtes, aber bedrückendes Gefühl legte sich auf sie. Als sie ihm nahe genug war, behielt sie einen großen Mannesschritt Abstand zwischen sich und der tückischen Tiefe.

»Man kann sie nicht sehen«, versuchte Maël sie abzuhalten, doch es war nicht ihre Absicht, eine tote Frauengestalt am Fuße der Klippe anzustarren. Sie wusste, dass er es gut meinte. Dennoch wollte sie sich von ihrer Mutter verabschieden. Sie würden mit Sicherheit nicht zum Wald unterhalb der Klippe laufen und nach ihr suchen, weil der Umweg durch die Berge zeitraubend war.

Sie wandte den Kopf zu dem Fremden um und sah, wie er sie von einem entfernten Baum am Rande des Waldes aus beobachtete. Er warf ihr ein mitleidiges, aber verständnisvolles Lächeln zu. Maël schien zu wissen, dass sie für diesen Moment am liebsten allein gewesen wäre. Lorea blickte zum weiten Meer am Horizont und bildete sich für einen Augenblick ein, sie hätte es mit ihrer Mutter erreicht. Ihre Augen schlossen sich, und sie stellte sich vor, wie sie gemeinsam am Strand nach Muscheln suchten und sich die Geschichten ihres Vaters erzählten. Ihre Hand fuhr in ihre Manteltasche, wo sie den Handschuh ihrer Mutter aufbewahrte. Ihr Griff darum verfestigte sich, und sie hob die Lider.

Sie reckte den Arm empor und streckte die Hand nach der Sonne aus, als ob sie nach ihr zu greifen versuchte. Wie zum Abschied stand sie da, winkte jedoch nicht. Wenigstens mit dieser Geste wollte sie die Tote ehren, die weit entfernt von ihr lag. Da sie niemand begraben konnte, bat sie die Geister des Waldes, ihre Wurzeln über sie zu legen, sie mit Gräsern und Blättern zu bedecken und Blumen auf ihrer Ruhestätte wachsen zu lassen.

Leb wohl, verabschiedete sich Lorea, und ein schwerer Stein rutschte von ihrem Herzen. Eine Träne rann wie ein warmer Bach über ihre Wange. Das gemusterte Lederarmband an ihrem Handgelenk, das von all denen geschmückt worden war, die nun fort waren, schimmerte im Schein der Sonne.

Das Lied der Nachtigallen

Im Tal zog sich eine kleine Siedlung an einem Fluss entlang. Sie mussten noch eine Weile laufen, um am frühen Morgen des nächsten Tages entspannt durch deren Straßen schlendern zu können.

Lorea hatte sich in den vergangenen zwei Tagen weiterhin nur mit Gesten verständigt, was ihr allmählich albern vorkam. Während seiner munteren Selbstgespräche hatte Maël an seinem Stock weitergewerkelt und filigran Schnörkel ins Holz geritzt. Aus irgendeinem Grund benutzte er den Wanderstab nicht für das, wozu er eigentlich da war. Stattdessen hing das lange Holz an zwei Lederstreifen gefesselt an seinem Bündel, wie Lorea es mit ihrem eingebeulten Kessel tat. Auf der anderen Seite seines Gepäcks schaukelte ein an Pfoten festgebundenes Kaninchen. Maël hatte vergangene Nacht eine Falle gestellt, in welche das Tier getappt war. Somit war ihr schmackhaftes Abendessen gesichert.

Der junge Mann blieb stehen und wartete, bis Lorea ihn mit pfeifendem Atem eingeholt hatte. Große Schritte musste sie seit der verhängnisvollen Klippe machen, denn Maël hatte so lange Beine, dass sein zügiger Gang für sie nahezu Rennen bedeutete. Er musterte sie und schlug vor, bereits hier das Lager aufzuschlagen.

Sie nahm seinen Ratschlag mit einem Nicken an. Bevor sie im Wald verschwanden, sah Lorea sich um. Kein Jäger lauerte auf sie. Dass sie bei jeder Lagerung ihre Verfolger bedenken musste, ängstigte sie. Eigentlich war sie Maël verpflichtet, ihre heikle Lage zu erklären. Doch noch immer hatte sie aus Misstrauen kein Wort mit ihm gewechselt.

Die beiden marschierten in den Wald, der ihren Pfad zu beiden Seiten begleitete, und suchten nach einem ebenen Plätzchen, was an der Senke eines Hügels nicht leicht war. Bei einer knorrigen Linde ließen sie ihr Gepäck fallen und gingen der neuen Gewohnheit nach, das Lager gemeinsam aufzuschlagen. Während ihr neuer Begleiter sich mit dem Aufbau des Zeltes beschäftigte, kümmerte sich Lorea um Holz und Steine, um die Feuerstelle in einem Kreis vorzubereiten. Als ihre Arbeit erledigt war, befreite sie das tote Kaninchen von seinen Fesseln und setzte sich an das noch nicht entzündete Feuer. Sie streichelte mit den Fingern über das weiche Fell. Solch dichtes Fell schützte sicher vor dem eisigsten Winter.

Bevor sie mit der Arbeit begann, krempelte sie die langen Ärmel ihrer Bluse hoch. Das zerrissene Oberteil, das sie bis vor wenigen Tagen getragen hatte, hatte Lorea in ihr Bündel gestopft und es gegen eines getauscht, welches braun gefärbt und unversehrt war. Die von den Krähen zerfledderte Bluse konnten selbst die geschickten Hände eines Schneiders nicht mehr retten, denn Arme und Schultern fielen wegen der vielen Risse beinahe in tausend kleinen Fetzen auseinander.

Sie zog ihr Messer hervor und fuhr mit der Spitze um das Hinterteil des Tieres, trennte die Sehnen der Haut von dem Fleisch und griff nach einem Hautfetzen. Mit einem Ruck zog sie dem Hasen das Fell bis zum Kopf ab. Nur an den vier Pfoten blieb etwas hängen. Am Kragen trennte sie die Sehnen vom Fleisch. Sie krempelte das Fell um, die weiche Seite wieder nach außen, und legte es ins Gras. Schließlich konnten sie es noch verarbeiten, trocknen oder verkaufen.

Maël hob erstaunt den Kopf. »Ihr seid geschickt im Häuten.«

Sie warf ein geschmeicheltes Lächeln zurück. In einem Winter hatte ihr Vater eine Falle ausprobiert, welche ein Jäger ihm auf einer seiner Reisen beschrieben hatte. Gelegentlich war ein Vierbeiner hineingelaufen, und Lorea hatte zuschauen und einmal dabei helfen dürfen, dem Tier das Fell abzuziehen.

Die Pfoten hackte Lorea ab und legte sie zu dem Fell. Wenn sie die Füße trockneten, konnten sie diese als Glücksbringer tragen. Erwartungsvoll sah Lorea zu ihrem Begleiter hinüber. Wäre ihre Mutter hier, hätten sie sich wieder Geschichten von mächtigen Drachen und heimtückischen Elfen erzählt. Obwohl sie ständig jemand begleitete, kam sie sich verlassen vor. Eine Kälte durchzog sie, die kein Feuer zu verscheuchen vermochte.

Maël zupfte aus dem Fell Haarbüschel und presste sie zu einer weichen Kugel. Die Kugel legte er unter zurechtgelegte Zweige und nutzte sie als Zunder. Laut klirrend schlug er das verbogene Feuereisen und den Feuerstein gegeneinander und stellte sich bemerkenswert geschickt dabei an. Es dauerte nicht lange, da erwärmte sie ein knackendes Feuer. Lorea kroch an die warme Quelle heran und zog den gehäuteten Hasen zu sich. Eigentlich war sie dem netten Mann, der ihr gegenüber saß, einige Worte schuldig. Aber wie sollte sie sich vorstellen? Erst einmal fand sie eine Entschuldigung angebracht. Sie sah Maël an, der Feuerholz nachlegte und einen langen Stock zur Hand nahm.

Ein tiefer Atemzug klärte ihre Lunge und bereitete sie auf ihre ersten Worte vor. Doch sie stieß die Luft zögerlich wieder aus. Die richtigen Worte mussten es sein, sonst würde sie wie eine dumme Bettlerin dastehen. Nochmals holte sie ungeschickt Luft. »Ich heiße Lorea.« Ihre Stimme war heiser, weil sie jene die vergangenen Tage nicht benutzt hatte. Maël sah erstaunt zu ihr hinüber. »Lorea Blake.«

»Ihr seid also doch nicht stumm.« Sein schelmisches Lächeln zeigte seine Freude darüber.

»Bitte verzeiht mein unhöfliches Verhalten«, fuhr sie fort und war zu schüchtern, um dem Fremden während ihrer Entschuldigung in die Augen zu sehen.

»Keine Sorge, Werteste. Ich habe schon Schlimmeres als eine Ohrfeige überstanden.«

»Aber ich schulde Euch etwas.« Lorea verneigte sich im Sitzen, sodass sie beinahe ihre Haare im Feuer versengte.

Maël zog überrascht eine Augenbraue nach oben und fingerte an seiner Schläfe herum. »Ihr schuldet mir nichts, Werteste. Ein wahrer Mann hilft der holden Maid in Not auch ohne Bezahlung.«

Lorea richtete sich verwundert auf. »Aber Ihr habt mich vor dem sicheren Tode bewahrt.«

Stille trat ein. Im Dickicht kreischte ein Vogel und ermunterte die Nachtigallen des Waldes, ein Lied anzustimmen. Lorea ließ sich absichtlich von dem Gesang in den Bäumen ablenken und lauschte aufmerksam.

Maël suchte einen neuen Ansatz für ihre Unterhaltung und sah neugierig zu ihr auf. »Wisst Ihr, was das wahre Gold der Welt ist?«

Sie antwortete mit einem schüchternen Kopfschütteln. Gold war Gold, und kostbar war es allemal. Sie wusste nicht, was er von ihr hören wollte, deshalb verharrte sie stumm.

»Das Leben«, antwortete er nach einiger Bedenkzeit und blickte verträumt zu den Baumkronen auf. »Denn es gibt nichts, was es ersetzen könnte.«

Lorea folgte seinem Blick in den sich verdunkelnden Himmel.

»Deshalb schuldet Ihr mir nichts. Weil ich etwas versucht habe zu retten, das niemand bezahlen kann.«

Verunsichert neigte Lorea sich zurück. Solche Weisheiten hätte sie von dem plappernden Mann nicht erwartet. Er schien ebenso klug zu sein, wie er redselig war.

Mit einem Messer aus seinem Bündel schnitzte Maël das Ende des ausgewählten Stocks spitz. Das Kratzen der Klinge über das Holz und das Knistern des Feuers erfüllten den Wald.

Ein Stern, der Loreas Laune mit seinem grellen Flimmern erhellte, grüßte sie vom Horizont her. Ihr gemeinsames Lagerfeuer schien den leuchtenden Punkt mit schlängelndem Flammenwedeln zu grüßen. Vielleicht war das ihre Mutter? Der Gedanke, dass sie mit ihrem Vater und ihren Geschwistern am Himmel ein neues Zuhause gefunden hatte und bei ihnen war, besänftigte sie.

»Wo kommt Ihr her?«, wollte Lorea von ihrem Retter erfahren.

»Aus fremder Ferne. Aus dem Irgendwo im Nirgendwo. Ich bin schon lange nicht mehr dort gewesen, was ich einst Zuhause nannte. Und Ihr?«

Verdattert starrte sie ihn an und überlegte, ob er etwas Genaueres angedeutet hatte. Sie hätte dasselbe sagen können, um die gleiche

Verwirrung in seinem Kopf auszulösen. Aber sie war netter und beschrieb im Gegensatz zu ihm präziser. »Aus dem Norden, nahe der schottischen Grenze. Wir waren seit einigen Wochen Richtung Süden unterwegs.«

»Also seid Ihr eine Pilgerin«, bemerkte Maël, doch er erkannte wohl an ihrem Gesicht, dass etwas an seiner Vermutung nicht stimmte. »Oder habt Ihr Euer Heim eines anderen Grundes wegen verlassen?«

Sie schluckte, als alte Erinnerungen an ihr entflammtes Haus und die Verfolger sie einholten. Ihre saubere Hand griff nach dem Lederstreifen an ihrem Handgelenk. Mit einem Brennen in den Augen sah sie das Lagerfeuer an. Sie entschied, die Hexenjäger aus ihrer Geschichte herauszuhalten. Sie wusste nicht, ob Maël sie womöglich verraten würde.

»Unser Heim ging eines Nachts in Flammen auf. Das Feuer tötete meine halbe Familie, nur meine Mutter und ich überlebten. An der Klippe stürzte meine Mutter, ich konnte sie nicht lange genug festhalten.« Ihr Frust schnürte ihre Kehle zu, doch sie unterband die Tränen und biss sich stattdessen auf die Unterlippe. Ihr trauriges Gesicht senkte sich gen Boden.

Mitleidig brummte Maël, und sie schaute mit trübem Blick in sein gebräuntes Gesicht. Er machte eine mitfühlende Miene, als er die wachsende Trübsal in ihrer Mimik erkannte. Er kam zu ihr und hockte sich neben sie. »Es ist nicht Eure Schuld.« Er zog das gehäutete Abendessen aus ihren Händen und kehrte zurück zu seinem Sitzplatz. Mit gesenktem Kopf wischte Lorea ihr scharfes Messer und ihre Hand im Gras sauber. Keine Aufmunterung änderte etwas an ihren Schuldgefühlen. Sie hätte ihre Mutter retten können.

Maël schnitt dem toten Kaninchen mit seinem Messer den Kopf ab und spießte es auf den gespitzten Stock. Den Spieß klemmte er zwischen einen Stein und seinen Stiefel und richtete ihn so, dass das Tier über dem Feuer briet. Gelegentlich drehte er es, bis das Fleisch des Kaninchens ein knuspriges Braun annahm.

»Habt Ihr etwas mit dem Fell vor?«, fragte er, als sich die Sonne hinter einer Bergkette verkroch und sich mehr Sterne am dunklen Himmel offenbarten. Lorea zuckte mit den Schultern.

Maël wies sie an, an seiner statt den Spieß weiterzudrehen, und besah sich sorgsam das Fell. »Ihr habt es wirklich sauber abgezogen. Wenn wir es trocknen, können wir es auf Eure zerrissene Bluse nähen.«

»Die Bluse hängt doch nur noch in Fetzen, die ziehe ich nie wieder an.«

Ihr entsetztes Gesicht bewirkte bei ihm ein heiteres Auflachen. »Nicht doch, das war doch nur ein Scherz. Wenn wir es getrocknet haben, können wir es verkaufen.« Seine Finger verschwanden in einer kleinen Seitentasche an seinem Bündel und holten einen Stofflappen hervor. Als er das handflächengroße Tuch entfaltete, zeigten sich ihr Fäden und eine im Stoff befestigte Nadel. »Ich hätte auch Nähzeug dabei, wenn Ihr Euch das mit der Bluse nochmal überlegen möchtet.«

»Kein Fell an meiner Bluse!«

Ohne ein weiteres Wort und mit unterdrücktem Lachen steckte er das Nähzeug weg. Bestimmt wollte er sie aufheitern, weil sie während der vergangenen Tage so trübselig gewesen war. Aus Stöcken, robusten schmalen Zweigen und Rindenstreifen, die er mit den Zähnen abzog, knotete er ein dreieckiges Gestell, während Lorea ihre Mahlzeit briet und ihn beobachtete. Das Fell schnitt er an der Bauchseite auf und befestigte es mit Fäden und Holzfasern an dem Gestell. Nach zahlreichem Schnüren und Zerren war es eingespannt.

Bis das Kaninchen durchgebraten war, hatte Maël das Fell fertig bearbeitet. Sicherlich zeigte er seine Handwerkskünste, um sie bei Laune zu halten, jetzt da sie sich getraut hatte, den Mund aufzumachen. Eine Prise Salz streute er aus einer kleinen Dose seines Bündels in jede Hasenpfote und band sie an das Gerbgestell, sodass sie in der Luft baumelten. Da er wohl nicht gedachte, die Pfoten aufzuschneiden, würde das Salz jegliche Feuchtigkeit aus dem Fleisch ziehen und die Verwesung verhindern.

Sie riss eine Kaninchenkeule von ihrem Braten ab und neigte den Rest zu Maël hinüber, damit er sich selbst aussuchte, was er davon essen wollte. Auch er wählte einen Hinterlauf. Das Einzige, was durch den Wald drang, war ihr hungriges Schmatzen. Kühle Abendluft zog heran und ließ ihre Mahlzeit schnell erkalten.

»Wie ist es so bei Euch daheim?«, fragte Lorea gespannt. »Irgendwo im Nirgendwo sagtet Ihr?«

Bevor er sprach, schluckte er seinen großzügigen Happen hinunter. »Meine Heimat liegt auf einer großen Insel. Überall breiten sich mit uralten Bäumen, Weiden und Feldern übersäte Berge aus. Da, wo einst heiße Berge tobten, ruhen jetzt kalte Flüsse und Seen.« Er breitete die Arme aus, in der einen Hand hielt er das gebratene Kaninchenbein. »Die ganze Insel strahlt grün vor Pflanzenpracht. Es ist wunderschön dort.«

Bei seiner Erzählung ließ Lorea ihren Sinnen freien Lauf. Die Insel erschien ihr traumhaft, wenn er in solch hohen Tönen von ihr sprach.

»Wie sah es bei Euch aus?«, fragte Maël.

»Unser altes Heim lag auf einer großen Lichtung mitten in einem Wald. Bäume umringten es wie ein Wall. Bei uns gab es eine Stadt in der Nähe, aber die Leute dort mochten uns nicht. Meine Großmutter wurde mit dem Rest ihrer Familie vor langer Zeit aus der Stadt verbannt und ließ sich in dem verlassenen Haus im nahen Wald nieder.«

»Woher kommt die Abscheu?«, fragte Maël mit verblüfftem Blick.

Lorea hielt sich zurück, denn sie fürchtete, der Fremde würde vor ihr zurückschrecken wie all die anderen. Dennoch wagte sie den Versuch einer Erklärung. Spöttisch hob sie den Kopf und fühlte vorsichtig nach, wie Maël dazu stand. »Ich muss Euch warnen, ich trage die Last eines Hexennachkömmlings auf meinen Schultern. Meine Großmutter hatte rotes Haar, und wir waren seit Generationen Kräuterfrauen. Wir verfluchen angeblich jeden, den wir nicht leiden können, würden Felder und Männer durch das Knoten von Bändern unfruchtbar machen und die Pest in Städten verbreiten.« Sie verdrehte die Augen, denn es war in ihrem Kopf absurd, dass man Hexen allein an ihren Haaren und Kräuterweisheiten erkannte. »Seither schimpften die Stadtleute die Familie meiner Mutter Hexen und Hexer und schickten sie fort. Zumindest hat mir Ma immer davon erzählt.« Selbst wenn sie nur zu Markttagen in ihre alte Stadt gekommen waren, hatte man sie mit angeekelten Augen angestarrt, sie beschimpft oder Verschimmeltes nach ihnen geworfen.

Ihr Begleiter sah sie mit gesenktem Kopf und wissbegieriger Miene an. »Na dann zaubert mal.«

»Seid kein Narr. Ich kann doch nicht zaubern, nur weil ich mich mit Kräutern auskenne.«

Maël lächelte erleichtert. Anscheinend war er nach ihrer Erklärung nicht so verschreckt, wie sie vermutet hatte. Sie überlegte, ob sie ihm von den Hexenjägern erzählen sollte. Jedoch konnte sie sich nicht sicher sein, ob er etwas mit den Jägern zu tun hatte.

Lorea lehnte sich zurück und sah hinauf. Ihre Augen suchten am Himmel ihre Mutter. Der Große Bär war zu sehen, doch dessen Vorderbeine wiesen heute nicht dorthin, wo die Sonne am höchsten gestanden hatte. Die Tatzen zeigten nach Westen. Womöglich hatte sich ihr Reiseziel geändert. »Wo habt Ihr eigentlich vor, hinzugehen?«, fragte sie, denn ihr blieb keine andere Wahl, als mit ihm zu reisen. Ohne jemanden an ihrer Seite war es zu gefährlich. Außerdem hatte sie keinen Proviant dabei.

»Wir, Madam, werden gen Süden ziehen, wenn Ihr erlaubt«, antwortete Maël in gespielter Überheblichkeit. »Vielleicht sogar zu mir nach Hause, wer weiß?«

»Wie kommt Ihr darauf, dass ich Euch folge?«

»Ihr könnt natürlich gern auf eigen Faust die Welt und ihre überall lauernden Gefahren ergründen, Werteste. Ich stehe Euch dabei keinesfalls im Weg.«

Er schien sich siegessicher, dass sie bei ihm blieb. Allein auf Wanderschaft zu gehen, wäre für Lorea mit Selbstmord gleichzusetzen. Das schien ihm bewusst zu sein.

»Wo liegt Euer Zuhause?«, wollte sie wissen.

»Im Süden.« Er kicherte, als er ihre unzufriedene Miene sah. Einen genauen Ort schien er ihr nicht verraten zu wollen.

Bisher war Lorea nicht annähernd so weit von daheim fort gewesen. Hier, wo sie saßen, lag der entfernteste Ort, zu welchem sie jemals gereist war. Und jeden Tag wanderten sie weiter von ihrem einstigen Zuhause weg. Sie war sich nicht sicher, ob es richtig war, so weit fortzugehen. Aber eine Stadt hatte ihre Mutter als Ziel im Kopf gehabt.

»Erreichen wir auch London?«, fragte sie erwartungsvoll und hoffte auf eine ermutigende Antwort. Zu Kindertagen hatte ihr Vater ihr von der eindrucksvollen Stadt an einem langen Fluss erzählt. Ihr Pa hatte ihr das Leder, welches sie am Arm trug, von einer seiner Reisen aus London mitgebracht.

»Ja, wir machen im schönen London Halt«, antwortete ihr Begleiter und wusste gar nicht, wie sehr Lorea sich über seine Antwort freute. Sie versteckte ihre fröhlichen Gefühle hinter ihrem Arm wie ein schüchternes Mädchen. Ihre Ohren spitzten sich neugierig, als Maël weitersprach. »Wir werden dort am besten jemanden nach einem Schiff fragen oder uns wenigstens erkundigen, wo Schiffe aufs Festland übersetzen.«

»Ihr wollt aufs Festland?«, platzte es ungehalten aus ihr heraus. So weit war nicht einmal ihr Vater gereist.

»Wir reisen weit in den Süden, Werteste.«

Stutzig runzelte sie die Stirn. Die Küste war weit von ihnen entfernt, es würde Wochen dauern, ehe sie überhaupt zu Fuß einen Hafen im Süden erreichten.

Sie stand auf. Ihr stechender Kopf benötigte einen Augenblick Ruhe, um nachzudenken.

Aufmerksam hob Maël den Kopf. »Wollt Ihr nun doch allein aufbrechen?« Er schien sich ernsthaft Sorgen zu machen.

»Ich gehe mir nur kurz die Füße vertreten. Wie soll ich außerdem ohne Gepäck und Eure Kochkünste überleben?«, knurrte sie ihn an. Er wusste mit Gewissheit, dass er selten schmackhafte Speisen zubereitet hatte, vermutlich sogar nur versehentlich.

Weil sie einen Moment für sich sein wollte, verließ sie das Lager. Der Ablenkung halber überlegte sie, wo sie langgelaufen waren. Sie hatten sich von der Küste entfernt und waren zurück landeinwärts gewandert. Nun erstreckte sich das Gebirge zu allen Seiten um sie herum, doch zum Glück hatte ihr neuer Begleiter sie durchs Tal geführt und nicht über beschwerliche Bergrücken. Auch ihre Verfolger zogen durch das Tal. Ihre Mutter war verunglückt, somit war Lorea das einzig lebende Opfer der beiden Hexenjäger. Mit Maël an ihrer Seite hatte sie eine neue, unbekannte Begleitung, somit würde sie wahrscheinlich nicht mehr auffallen. Maëls Anwesenheit ließ die Angst vor den Jägern schrumpfen. Aus dem, wie er sich während der vergangenen Tage um sie gekümmert hatte, schloss sie, dass er keiner ihrer Verfolger war.

Vermutlich würde er sie sogar beschützen, wenn jemand hinter ihr her war. Sie grübelte, ob sie ihm von den Hexenjägern erzählen sollte. Immerhin brachte sie ihn dadurch in eine Gefahr, von der er nichts ahnte. Doch sie schüttelte den Kopf. Sie war noch nicht so weit, dass sie ihm ihr Vertrauen schenken durfte. Ein paar Tage sollte sie noch warten und ihn im Auge behalten.

Ihre Stiefel erreichten den Weg, den sie verlassen hatten. Das Lagerfeuer, an dem Maël das Fell in seinem Gestell straffer zurrte, flackerte zwischen den Bäumen hindurch. Ihre Augen glitten zu der Siedlung, die sie morgen erreichen würden. Am Fuße des von ihnen erklommenen Hügels breiteten sich kleine Felder aus, die einen mit Weizen, die anderen mit Salaten und Obstbäumen bepflanzt. Vielleicht sollte sie für ein deftiges Frühstück etwas vom Feld stehlen? Ihr fielen die abgetrennten Gliedmaßen an den Toren von Durham ein. Da sie es bevorzugte, ihre Hände zu behalten, wischte sie den Gedanken an den Diebstahl beiseite.

Ein entrüstetes Schnaufen entfuhr ihr. Jeder Tag schien anstrengender zu werden, denn sie waren seit dem Morgen bis zur Abenddämmerung durch die Täler gelaufen. Bei den strammen Schritten ihres Begleiters war alles umso schwieriger für sie.

Sie holte tief Luft und genoss die kalte Abendluft, die nach dem Getreide und den Früchten der nahen Felder duftete. Grillen zirpten in den Abend. Lorea warf den Kopf in den Nacken und musterte den mit Sternen übersäten Nachthimmel. Sie stellte sich vor, wie ihre Geschwister und Eltern auf sie hinab blickten. Der Gedanke, dass ein Teil von ihnen bei ihr war, munterte sie ein wenig auf.

Als Lorea sich gewiss war, dass ihr Kopf sie nicht mehr mit Hammerschlägen ärgerte, kehrte sie zu ihrem Begleiter zurück. Dieser stocherte im Feuer, welches ihn launisch anfauchte. Den angekohlten Stock warf er in die Flammen. »Könntet Ihr kurz näher treten?«, bat er sie und machte eine entsprechende Bewegung mit dem Finger. Als Lorea sich scheu zurückzog, fügte er hinzu: »Ich möchte nur sehen, ob Eure Wunden gut verheilen.«

Zögerlich bewegte Lorea die Füße in seine Richtung und kniete sich mit wachsamem Blick vor ihm hin. Damit Maël sich die Kratzer an ihren Armen besehen konnte, krempelte sie die Ärmel ihrer langen Bluse nach oben. Er betrachtete wie ein geschulter Arzt ihr Auge. Hoffentlich sah er die ungewöhnliche Farbe nicht. Wegen ihrer schwarzen Augen hatte sie in der Stadt nahe ihres einstigen Heimes oftmals Probleme bekommen. Beschimpfungen und Gemunkel, sie sei ein Teufelskind, waren dabei die harmlosesten Demütigungen gewesen. Einmal hatte ihr der Sohn eines Schmieds ein Veilchen geschlagen, damit die Leute nicht mehr in ihre verfluchten Augen sehen mussten.

Ihrem Begleiter schien ihre Augenfarbe nicht aufzufallen. Er betastete behutsam ihre Arme. Viele Kratzer waren verheilt. Maël holte einen kleinen Holztiegel aus seinem Gepäck. Als er den Deckel mit einem leisen Klacken öffnete, offenbarte sich eine helle Salbe. Ein angenehmer Duft, den Lorea nicht zu deuten vermochte, schwebte zu ihr.

Maël tunkte die Fingerspitzen in die dickflüssige Salbe und betupfte damit ihre Schrammen. Seine Hände fühlten sich warm und rau an. Loreas Finger hingegen waren so ausgekühlt, dass sie fast blau anliefen. Sie merkte, wie ihr Gesicht heiß wurde und in der kühlen Nacht zu dampfen drohte. Scheu zog sie die Schultern nach oben. Gammelfleisch und Ratten, murmelte sie stumm, war ihr das unangenehm. Weder war sie dem Fremden zuvor so nahe gewesen noch überhaupt von ihm angerührt worden. Sie hoffte, dass er ihre roten Wangen im Flammenschein nicht sah.

Nach ihrer Behandlung zog Lorea schüchtern die Ärmel zurecht und verkroch sich ins Zelt. Nachdem sie ihrem Begleiter und dem Rest der Welt eine angenehme Nacht gewünscht hatte, rollte sie sich in ihren Mantel und eine ihrer Decken. Neben dem Geruch des frischen Grases unter ihr drang auch einer der Wildnis in ihre Nase. Es stank nach Fuchs. Anscheinend war einer auf seinem nächtlichen Streifzug dicht an ihnen vorbei gelaufen.

Sie legte den ledernen Handschuh ihrer Mutter neben ihren Kopf. Sie stellte sich Maias liebliches Gesicht vor. Niemandes Seele war je verloren, tröstete sie sich, als sie erneut an den höllisch tiefen Abgrund dachte. Alle lebten in den Herzen der Hinterbliebenen weiter. Und als Sterne. So streichelten sie ihre Gedanken in den Schlaf.

Lorea stand auf der Spitze eines Berges. Der Wind zog tosend über den Gipfel, doch er ließ sie wohlbehalten stehen. Ihre Arme breiteten sich im herrlichen Schein der Sonne und dem Wind aus, und sie dachte, ihr würden Flügel wachsen. Ihre Mutter stand neben ihr und schmunzelte sie an. Alles um Lorea wirkte undeutlich, doch sie genoss den Moment und ließ sich vom Wind tragen. Jemand rüttelte spielerisch an ihrem Bein, und sie sah hinab. Ihr kleiner Bruder Allan hing an ihrer Taille und lachte sie an. Lorea nahm ihn auf ihren Arm und wippte ihn, während er munter ein Kinderlied sang. Hinter ihr kamen ihr Vater und ihre kleine Schwester Hand in Hand den Berg hinauf gestiefelt. Neben ihnen angekommen, bewunderten alle die Aussicht, welche Lorea nur unklar deuten konnte. Als Lorea sich umdrehte, um die Gesichter der anderen zu erblicken, verschwamm alles um sie herum.

Mit einem Mal wurde der Wind zum reißenden Sturm und nahm ihr das Gleichgewicht. Lautes Krähen hallte zu ihr. Verängstigt presste sie den Jungen in ihren Armen an sich. Hinter ihr sah sie eine schwarze Wolke aus geflügelten Biestern, die sich näherte und sie mit roten Augen anfunkelte. Der Sturm stieß sie beiseite, und Lorea stürzte, ihren verstummten Bruder fest in den Armen. Ihre Mutter rief etwas, streckte die Hand nach ihren beiden Kindern aus, doch sie konnte sie nicht greifen. Ein furchteinflößendes Kribbeln fuhr durch ihre Beine, weil sie keinen festen Grund mehr unter den Füßen spürte. Sie wollte vor Schreck schreien, doch ihre Stimme wurde unterdrückt. Alle entfernten sich von ihnen, wurden mit jedem rasenden Herzschlag kleiner. Loreas Hände pressten das Kind an sich, und sie hoffte, dass sie einfach nach unten schweben oder ins Wasser fallen würde. Wie jagende Pfeile stürzten sich die rotäugigen Krähen auf die Spitze des Berges. Sie verschlangen die Sicht auf ihre Eltern und ihre Schwester und flogen dann Lorea hinterher, um sie in Stücke zu hacken. Sie kniff verängstigt die Augen zusammen und redete sich ein, dass alles gut werden würde. Nichts passierte ihr, solange sie die Kreaturen nicht sah und ihren Bruder fest in den Armen hielt. Doch den erhofften Untergrund erreichte sie nicht. Sie fiel und fiel immer tiefer in eine seltsame Finsternis. Sie versuchte zu schreien, sich festzuhalten, zu retten, aber etwas schien sie wie mit monströsen Krallen gepackt daran zu hindern. Sie riss die Augen auf. Der kleine Junge in ihren Armen verwandelte sich in ein schwarzes Gespinst. Er zerfiel zu Asche und verschwand. Unter ihr sah sie eine tosende Feuersbrunst, die ihre Zungen gierig nach ihr streckte. Dann schlug sie die Lider auf.

Vor Schreck stieß sie einen wirklichen Schrei aus. Als sie mit dem Kopf hochschnellte, streiften ihre Haare das Leinen des Zeltes. Ein Rascheln drang von draußen zu ihr, und Maël lugte besorgt zu ihr hinein. Sie starrte ihn entsetzt an.

»Alles in Ordnung?«, fragte er sachte, doch sie gab keine Antwort. Ihr Atem hing schwer in der Luft, und sie verbarg das Gesicht in den Händen. »Beruhigt Euch, es ist nichts passiert. Der Nachtmahr ist verschwunden.«

Aufgewühlt strich sie über ihre Bluse. Dem Aberglauben nach setzten sich Nachtmahre auf jemanden, um ihm dunkle Träume zu bescheren. Ihre gekreuzten Finger legte sie auf ihre Brust, um das unheilvolle Wesen davon abzuhalten, zurückzukehren und sie abermals zu ärgern.

»Habt Ihr den Mahr gesehen?«, fragte sie schüchtern. Die Kreatur war eine der wenigen, vor welchen sie sich neben Elfen am meisten fürchtete.

»Nein, er ist schon aus dem Zelt geflohen, als ich nach Euch sah.« Maël schmunzelte, als würde er einem Kind eine Geschichte erzählen.

Nach einem von Sorge erfüllten Blick setzte sich ihr Begleiter in den Zelteingang wie ein Wolf, der auf seinen Welpen aufpasste, und beobachtete das nächtliche Treiben der Natur. Die Nachtigallen sangen Lieder durcheinander, doch erklangen gemeinsam als wundersamer Chor. Eine Eule rief mit tiefer Stimme einen Gruß.

Lorea legte sich wieder hin und presste zitternd den Lederhandschuh an die Wange. Die Angst, abermals von finsteren Erinnerungen zu träumen, zwang sie, wach zu bleiben. Sie wollte nicht erneut in eine unbekannte Tiefe stürzen. Das Gefühl der Ohnmacht, als sie gefallen war, jagte ihr Furcht ein. So musste ihre Mutter sich gefühlt haben, als sie gestürzt war. Als Lorea sie losgelassen hatte. Tränen tropften auf den Lederhandschuh.

Ihre Ohren versuchten, im Gesang der Abendvögel Ruhe zu finden. Sie sah Maël bei seinem Staunen zu und wunderte sich, dass er im Zelt saß, obwohl es diesmal gar nicht regnete. Für gewöhnlich saß er am Feuer oder an einem Baum und starrte abwesend umher, aber heute schien ihn eine Kümmernis im Zelt festzuhalten.

Vira

Ein leichter Wind pustete ihr das Haar aus den Augen. Als sie die Lider hob, bemerkte sie, dass es Maël war, der ihr Haar wedeln ließ. Er schnarchte sie leise an.

Loreas Augen weiteten sich, als sie bemerkte, dass der Kopf ihres Begleiters nur eine Handbreit von ihrer Nase entfernt lag. Lorea zog sich mit schüchternem Blick zurück. Mäuschenstill schlich sie hinaus und zog ihre Stiefel an. Der seichte Wind des Waldes wehte kühl, die Luft roch herrlich erfrischend. Die Sonne streckte ihre Strahlen über den Bergen aus.

Heute hatte sie das Privileg, ihre morgendliche Mahlzeit zuzubereiten. Motiviert hob sie den Kopf, denn es war das erste Mal, dass sie zeitiger aufgestanden war als Maël. Eher kam sie sich wie eine Last als eine Freude für ihren neuen Begleiter vor. Sie suchte nach genießbaren Leckereien. Möglicherweise konnte sie Maël mit ihrem Fund beeindrucken.

Sie überlegte, wo sie etwas Schmackhaftes suchen sollte. Leise zog sie ihr Bündel aus dem Zelt und stöberte darin, fand aber nur Gerätschaften, zwei Zinnlöffel, zwei Holzschalen, das kleine Fässchen Salz und schmutzige Kleidung. Um einen Blick in Maëls Bündel zu riskieren, welches unter einem trockenen Baum stand, fehlte ihr der Mut. Wer wusste schon, was er dort alles drin hatte?

Somit lief sie zum Pfad und erhaschte in der Ferne die weiten Felder und Obstbäume. Bevor sie sich dem Drang hingab, etwas von den Bauern zu stehlen, sah sie sich lieber nach einem Strauch mit Beeren oder nach Kräutern um. Am Wegrand fand sie Bärlauchpflanzen, von denen sie Blätter abrupfte. Ihre Bluse zog sie am Saum hoch, sodass sie einen Korb aus Stoff daraus formte. Hinein legte sie neben dem Bärlauch noch Löwenzahnblätter und frische Brennnesselblätter, welche in ihre Hand stachen und ein unangenehmes Jucken verursachten. Die Mischung würde als Kräuterbrei sicher seltsam schmecken, doch es würde sie stärken.

Vergewissert, dass ihre Sammlung für sie und Maël reichte, kehrte sie mit bitterem Geschmack auf der Zunge zum Lager zurück. Ihr Begleiter schien weiter zu schlafen, als sie zur erloschenen Feuerstelle vor ihrem Zelt zurückkehrte, denn er war nirgends zu sehen. Maël hatte seinen Kessel in den Wald gestellt, sicher um Wasser vom Morgentau einzufangen. Neugierig spähte Lorea hinein. Tatsächlich hatte sich ein wenig Wasser darin gesammelt. Bevor sie die Kräuter klein schnitt und ins Wasser gab, bereitete sie ein Feuer vor. Das Dreibein löste sie von den Schnüren an Maëls Bündel, holte ihr Feuerwerkzeug und entzündete damit laut klackend ihren Zunder aus dünner Birkenrinde und Haar. Trotzdem hörte sie keinen Laut aus dem Zelt, nicht einmal ein Schnarchen. Spätestens bei dem ohrenbetäubenden Klacken hätte er wach werden sollen, es sei denn, ihn rief nicht einmal ein Hahn aus dem Schlaf.

Sie scherte sich nicht weiter darum und ließ den Zeltvorhang geschlossen. Das Dreibein stellte sie auf, hing den Kessel daran und zog ihr scharfes Messer aus der Hülle, die an ihrem Gürtel hing. Die gesammelten Kräuter schnitt sie in kleine Stücke und warf sie in das kochende Wasser. Mit einem der Zinnlöffel stampfte und rührte sie das Gebräu zu einem grünen Kräuterbrei, der gewiss angenehmer zu verspeisen war als Maëls Variante.

Jetzt musste er aber aufstehen, sonst würde seine warme Mahlzeit auskühlen. Vorsichtig spähte sie ins Zelt. Doch was sie sah, jagte ihr einen Schreck ein. Ihre Augen huschten von einer Ecke zur anderen, doch sie fand niemanden. Maëls Schlafplatz war leer. Seine Decke hatte er unordentlich zurückgelassen. Sie hatte ihn nicht hinausschleichen sehen. Wo war er denn? Ihr Kopf schwirrte hinaus und wandte sich verängstigt umher, aber auch zwischen den Bäumen entdeckte sie keine Menschenseele.

»Maël?« Ungewissheit bereitete ihr Schwindel, als sie keine Antwort erhielt. Sein Stock lehnte mitsamt seinem Bündel an jenem Baum, wo er ihn gestern abgelegt hatte. Das frisch gespannte Hasenfell lag neben seinem Gepäck in der Sonne. Er konnte nicht weit sein.

Nochmals drehte sie sich um. »Maël?« Der Wald sandte nur ihre Stimme als Echo zurück.

Blätter raschelten über ihr und fielen seicht wie Federn vor ihre Füße. Die Vögel im Baum waren aufgeregt, wenn sie sogar Blätter von den Ästen rissen. Lorea stellte sich mit verschränkten Armen vor ihr Feuer. Sicher machte sie den Eindruck einer erbosten Hausfrau, die gleich Löffel und Töpfe um sich warf. Dieser freche Bengel! Wie konnte er sie in der Wildnis ohne ein Wort zu sagen allein lassen?

»Das hat aber lange gedauert«, erklang plötzlich eine bekannte Männerstimme. Doch vom Waldboden, wo Lorea stand, kam sie nicht. Ihr Blick fuhr in die Baumkronen hinauf, und sie fand Maël auf einem Ast.

»Was macht Ihr denn dort oben?« Sie schob ihre Sorge beiseite und war beruhigt, dass er sie nicht verlassen hatte.

»Ausschau halten. Heut habe ich nur ein Ei klauen können.« Er hielt eine beigefarbene Kugel in die Höhe. Jetzt wurde ihr klar, wie er an ihre letzten Vogeleier herangekommen war. Mit einem kräftigen Satz schwang er sich zurück auf festen Untergrund und übergab ihr seinen prächtigen Fund. Lorea kippte den gekochten Kräuterbrei in eine Schale, die sich Maël sogleich schnappte. »Ihr könnt das Ei haben«, meinte er und genoss den Brei.

Freudig schlug sie das kleine Ei auf und kippte dessen Inhalt in den geleerten Kessel.

»Was hat denn Eurer Meinung nach so lange gedauert?«, fragte Lorea gereizt. Weil sie glaubte, dass er ihre Suche nach ihm gemeint hatte, funkelte sie ihn aus dem Augenwinkel an. Sie hatte eine leise Vorahnung, dass er sie gleich wieder verspottete.

»Euretwegen war es nicht!«, beschwichtigte Maël sie, als er ihr finsteres Gesicht sah. Er hob die Hände schützend zwischen sie beide, als fürchtete er, Lorea würde sich in eine Raubkatze verwandeln und mit den Pranken ausholen. Ihre Blicke wandten sich wieder ihren Mahlzeiten zu.

»Ich habe nur etwas mehr Zeit beansprucht, als ich für meine Eiersuche erwartet hatte«, erklärte er munter. Ein bedenkliches Schweigen zog wie ein Schleier zwischen sie. Wegen ihres Fehlverhaltens hätte Lorea ihn eigentlich um Verzeihung bitten sollen. Aber weil Maël sie über die vergangenen Tage ohne Entschuldigungen geneckt hatte, blieb sie stumm.

Ein erfülltes Brummen kroch aus Maëls Kehle, während er ihren Brei löffelte. »Eure Kräutermischung schmeckt bei Weitem besser als meine. Ein Glück, dass Ihr eine Hexe seid.« Auf sein freches Schmunzeln hin senkte sie geschmeichelt den Blick.

Als sie mit Speisen, Packen und Feuerlöschen fertig waren, musterte Lorea die Baumstämme um sich herum. Ihre Augen verweilten auf dem Ast, auf welchem ihr Begleiter es sich zuvor bequem gemacht hatte. »Wie seid Ihr dort hoch gekommen?«

»Ich bin hochgeklettert, was denn sonst?« Maël lachte. Er breitete die Arme aus und ahmte die Schwingen eines Vogels nach. »Ich habe doch keine Flügel.«

Lorea sah ihn trotz seines Grinsens mit hochgezogenen Augenbrauen an. Ein schlichter Wanderer, der auf Bäume kletterte. Das erinnerte sie nicht an einen Menschen, sondern an ein Eichhörnchen.

Die beiden brachen auf und verließen das grüne Dunkel des Waldes. Das Gerbgestell mitsamt Hasenfell band Maël auf der Rückseite seines Bündels fest, sodass es im Sonnenschein trocknete und er bepackt wie ein Esel aussah. Die Sonne reckte ihre gelben Strahlen bis in die Täler und tauchte die Baumspitzen der Wälder in ihr Licht. Lorea schmunzelte, als sie schon wieder einen bekannten Wanderweg entlangliefen. Die Felder sahen im wärmenden Sonnenschein freundlicher aus als zuvor im düsteren Sternenlicht. Der halbhoch gewachsene Weizen strahlte grün und breitete sich wie ein Fluss im Tal aus.

»Habt Ihr etwas zum Tauschen dabei?«, fragte Maël neben ihr.

Nach kurzem Überlegen nickte sie. Ihre Mutter hatte das Säckchen mit Wertsachen in ihrem Gepäck hinterlassen. »Muscheln und einige Münzen aus Kupfer. Und Ihr?«

»Muscheln, Münzen, einige Ketten und Ringe, spezielle Steine.« Da er die Schmuckstücke mit Sicherheit nicht brauchte, standen diese gewiss weit oben auf seiner Tauschliste.

Was Maël mit den Steinen wohl meinte? Womöglich versteckte er Edelsteine oder echte Goldklumpen in seinem Bündel. Es sei denn, er führte sie nur an der Nase herum. Das wäre nicht das erste Mal. Diese Steine konnten gewöhnliche Kiesel sein, es war jedem selbst überlassen, was er wertschätzte.

»Wir könnten einen unserer Kessel verkaufen«, schlug Maël vor. Er wies mit dem Kopf zurück und begutachtete ihren eingedellten Kessel, der größer war als seiner. »Wir können Euren behalten, der ist wahrscheinlich praktischer. Er sieht noch ziemlich neu aus. Warum habt Ihr eine Delle in ihn geschlagen?«

Weil es Lorea unangenehm war, die Wahrheit zu sagen, zögerte sie. »Ein paar Räuber wollten uns mal überraschen, da habe ich einem den Kessel über den Kopf gezogen.«

Erstaunt weiteten sich Maëls Augen, weil er eine solche Geschichte von ihr sicher nicht erwartet hatte.

Während sie weiterliefen, fragte sie sich, wo er den Schmuck her hatte. Ein grausiger Gedanke bahnte sich in ihrem Kopf an. Sie zog sich unmerklich ein Stück zurück. War Maël ein Dieb?

Sie folgten einem Handelsweg, der zwei parallele Rinnen als auffällige Spur durch die Landschaft zog. Ihnen kamen zwei Wanderer entgegen, die sie beiläufig grüßten. Die Siedlung vor ihren Nasen hatte keine Mauer, daher musste sie noch recht jung sein. Bevor sie die Häuser erreichten, stülpte Maël sich die braune Kapuze seines Mantels über.

»Ihr solltet Euch Eure Kappe vielleicht auch überziehen.« Er grinste. »Sonst wird man noch denken, ich hätte Euch versucht umzubringen, so wie Ihr ausseht.«

Bei dem Gedanken, dass genau dies die Absicht ihrer Verfolger war, schluckte sie unauffällig. Sie sah sich um. Niemand in grauen

Umhängen war zu sehen. Sie nahm seinen Vorschlag an und zog den rauen Stoff über ihren Kopf.

Maël entdeckte eine Backstube. Der Geruch von Mehl und frischen Broten kam ihnen in einer weißen Mehlwolke entgegen, als sie eintraten. Lorea erspähte Dutzende Regale, die zum Lagern und Verkaufen genutzt wurden. Ein Bäcker kam mit weiß gepuderten Fingern und ebensolcher Kleidung herbeigeeilt. Lorea legte dem kaum zu verstehenden Mann Muscheln hin, für welche sie ein Brotlaib und zwei Semmeln erhielt. Als Maël ihn auf eine besonders hübsche Muschel hinwies, packte der kräftige Herr ein Säckchen Mehl dazu. Mit dankender Geste verabschiedeten sich die beiden Wanderer und verließen mit unterdrücktem Husten die staubige Backstube.

»Ein Feilscher und Schmeichler zugleich«, bemerkte Lorea heiter. »Was habe ich mir da nur eingebrockt?«

Maël schmunzelte und zupfte an seiner Kapuze. Belehrend hob er einen Zeigefinger. »Bei einem Geschäft ist es wichtig, dass Ihr den Preis bestimmt, nicht der Verkäufer.«

Sie sahen sich um und stimmten dafür, die Siedlung in südöstlicher Richtung zu verlassen. Alles, was sie benötigten, hatten sie beim Bäcker erhalten.

Eine Pferdekutsche begegnete ihnen mit gefüllten Mehlsäcken auf der Ladefläche und einem dicken Mann auf dem Kutschersitz, der ein Lied pfiff. Ihr Begleiter behielt weiterhin seine Kapuze auf, Lorea warf ihre zurück in den Nacken und richtete ihr durcheinander gewühltes Lockenhaar. Stutzend beobachtete sie Maël. Warum er sich wohl unter seiner Kapuze versteckte?

An einer Baumgruppe zwischen umliegenden Feldern schaute Maël sich um. Als er sicher schien, dass sich abgesehen von Lorea niemand in seiner Nähe aufhielt, legte er seine Kapuze ab. Er streifte das Haar über die Ohren, weil sie wohl trotz der schwülen Luft froren. Lorea tat so, als würde es ihr gleich sein. Sie ahnte, dass etwas mit dem jungen Mann nicht stimmte.

Lange Zeit schwiegen die beiden sich an, trabten nebeneinander her und folgten einem Fluss stromaufwärts. Lorea bemerkte, wie Maëls graue Augen aufmerksam auf ihr ruhten.

»Warum seid Ihr und Eure Mutter so weit abseits gereist, wenn Ihr eigentlich in den Süden wolltet?«

Lorea sah ihn einen Moment verblüfft an. Auf seine Frage wusste sie keine Antwort. Gewiss hatte der Große Bär sie auf eine falsche Fährte gelockt und sie beabsichtigt ins Verderben geführt. Somit mussten sie und er sich mit einem Schulterzucken zufriedengeben. »Wo genau sind wir eigentlich?«

Er streckte einen Arm aus, als wollte er ihr die ganze Welt zeigen. »Wir sind durch das walisische Bergland getrottet und haben wieder englischen Boden erreicht, Werteste.«

Verdutzt verzog sie das Gesicht. Sie hatten nicht beabsichtigt, bis nach Wales zu reisen. Maia hatte vermutet, dass sie sich nahe der englischen Westküste befanden, nicht nahe der walisischen.

Der dichte Wald begrüßte sie mit seinen alten Ästen. Am Waldrand hielt Loreas Begleiter an und gönnte ihnen eine kurze Pause.

»Wie lange ist es noch bis nach London?«

Maël sah sie mit nachdenklicher Miene an, als berechnete er ihre Wegstrecke. »Eine gute Woche zu Fuß müsste es sein.«

Da sie beide gezwungen waren, ihre Tauschmittel zu sparen, durften sie sich nichts Derartiges wie eine Mitfahrgelegenheit leisten. Kutschen kosteten eine Menge Geld, und Pferde schienen erst recht rar. Wenn sie Glück hatten, nahm sie ein netter Bauer auf seinem Wagen ein Stück mit.

Sie setzten sich ins feuchte Gras, Maël auf die eine, Lorea auf die andere Seite des Wanderweges. Von weit her grollte ein bedrohliches Gewitter. Maël sah auf und studierte die Wolken, die sich wie eine graue Decke über den blauen Himmel legten. Laue Luft zog heran und kündigte eine düstere Veränderung des Wetters an.

»*Vira*«, murmelte ihr Begleiter und starrte mit den Gedanken in einer entfernten Welt hinauf.

Loreas verwirrter Blick fing ihn ein, und sie fragte vorsichtig: »Wie meint Ihr?« Sie war sich nicht sicher, ob sie ihn richtig verstanden hatte.

»Ach, nichts. Nur Regen.« Er machte plötzlich einen traurigen Eindruck. Lorea wollte ihn nicht beim Träumen stören und trank einen Schluck aus ihrem Trinkschlauch, damit sie beschäftigt wirkte.

Während sie verschnaufte, überlegte sie, ob sie etwas Falsches gesagt und Maël gekränkt hatte. Es konnte unmöglich ihre unschuldige Nachfrage gewesen sein, die ihn zermürbte. Lorea schwieg und schwirrte mit den Gedanken umher. Was hätte ihre Mutter in diesem Moment getan? Hätte sie ihren Begleiter aufgemuntert, ihn ausgefragt, was ihn bedrückte, oder in Ruhe gelassen?

Bevor die Wolkenfront sie einholte, setzten sie sich wieder in Bewegung. Maëls Laune blieb trüb, genauso wie das Wetter. Er lief an ihrer Seite, aber langsamer, als sie es sonst von ihm kannte. Seine Augen waren nicht heiter und geradeaus gerichtet, sondern gedankenverloren, wenn nicht sogar traurig gen Boden gesenkt.

Weil Nieselregen auf sie nieder tröpfelte, versteckte sie den Kopf erneut unter ihrer dunkelbraunen Kapuze. Ihr Begleiter hingegen rührte keinen Finger, um seine eigene Kappe aufzusetzen. Er reckte den Kopf in die Höhe und genoss den Regen vielmehr, als ihm ängstlich auszuweichen. Er schien in Erinnerungen zu schwelgen. Seine Stimmung lag dem Anschein nach tatsächlich am Regen. Lorea sorgte sich plötzlich, denn sie hatte ihren Retter bisher nur freundlich und stets mit einem Grinsen im gebräunten Gesicht gesehen. Nicht derart bedrückt.

Je weiter sie in den Wald schritten, desto mehr Regen wurde von den Blättern über ihren Köpfen abgefangen. Tosender Trommelwirbel und Donner erschütterten das dichte Grün. Blitze erhellten mit bläulichem Flackern den mit Wolken zugezogenen Himmel. Ihre Schritte ließen ein rhythmisches Patschen auf dem Weg ertönen.

Als der Regen sich legte und die Sicht sich besserte, entdeckte Lorea in nicht allzu weiter Ferne große Häuser aus Holz und Lehm, welche sie als Bauernhöfe deutete. Dort lag ein kleines Dorf.

Maël drehte sich zu ihr um. »Wünscht Ihr, im Wald oder lieber in einem Gasthaus über die Nacht zu bleiben?« Er zeigte ihr zu ihrer Erleichterung wieder ein fröhlicheres Gesicht. Lorea wählte den Wald, um Münzen zu sparen, darum schleppten sich beide weiter über Matsch und Kiesel den Weg entlang. Sie kamen an abgelegenen Weiden vorbei und liefen einen Bogen um das Dorf. Die engelsblonden Haare ihres

Begleiters waren durchnässt, und sie war überzeugt, dass er spätestens jetzt einen Schnupfen bekommen würde.

Maël behielt seinen verzierten Stock mit zwei Bändern festgebunden an seinem Gepäck. Ihre schwarzen Augen betrachteten die seltsame Schrift ein weiteres Mal. Die merkwürdigen Zeichen stammten sicher von weit her.

Da sich Maëls Laune ebenso wie das Wetter gebessert hatte, scheute Lorea sich nicht mehr, ihrem Fragefluss freien Lauf zu lassen. »Wo hättet Ihr lieber übernachtet?«, begann sie mit etwas Belanglosem, um abzuschätzen, ob in seinem Kopf die Sonne schien.

»Mir wäre es gleich. Hättet Ihr Euch jedoch für eine Nachtstube entschieden, so hätte ich meine Karte rauskramen müssen.«

»Ihr habt eine Karte?«

Maël schnaufte belustigt. »Sonst hätte ich mich vermutlich schon etliche Male verlaufen.«

»Mein Vater hat Karten gezeichnet und verkauft.«

»Tatsächlich? Vielleicht ist es sogar eine seiner Karten. Wollt Ihr sie mal sehen?«

Mit einer ausgestreckten Hand bremste sie seinen Tatendrang. »Nur keine Umstände, die Karte läuft ja nicht weg!« Ihre schwarzen Augen ruhten auf seinem Bündel. Erneut bemerkte sie den gefesselten Wanderstock. »Und ...« Sie zögerte, denn sie wollte nicht aufdringlich wirken oder ihm die Laune verderben. Sie warf dem Stock und Maël abwechselnde Blicke zu. »... warum benutzt Ihr nicht Euren schönen Wanderstock, wenn Ihr ihn doch besitzt?«

Er überlegte kurz und verzog die Augen zu Schlitzen, obwohl sie ohnehin schmal waren. »Ich hätte gemeint, dass Euch sein Klopfen stören würde.«

»Keineswegs, nur zu!«, ermutigte sie ihn und wedelte auffordernd mit der Hand. Maël stellte sein Bündel auf einem Felsen an einer Waldlichtung ab und befreite den Stab von seinen Fesseln. Währenddessen sah Lorea sich nach dem Fluss um, der sie auf ihrem Weg begleitete und hinter Bäumen im Sonnenlicht schimmerte. Sie wanderten weiter landeinwärts, weg vom Meer.

Ihr Begleiter stampfte zweimal laut mit dem Stock auf den Boden und hatte somit ihre Aufmerksamkeit. Während sie den Weg entlangwanderten, beobachtete Lorea ihre Umgebung. Der Regen schmückte die Landschaft. Amseln nahmen in den Pfützen ein Bad. Der Geruch der frischen Regenluft besänftigte Lorea.

Maël neben ihr tat einen tiefen Atemzug. »Könntet Ihr – nein.« Er schüttelte den Kopf, als hätte er etwas Unpassendes gesagt. »Möchtet Ihr mir erzählen, was genau an der Klippe passiert ist?«

Lorea blieb unbewusst stehen und starrte ihn mit kaltem Entsetzen an. Sie war froh gewesen, nach diesen unerträglichen Tagen für einen Moment nicht mehr daran denken zu müssen.

Maël setzte einen verkrampften Blick auf, als ob er bereute, sie gefragt zu haben. »Verzeiht, Ihr müsst es mir nicht erzählen. Ich dachte nur, es würde Euch vielleicht helfen.«

»Ich habe Euch bereits das Nötigste erzählt«, antwortete sie gekränkt und sah auf den Boden. Sie hatte ihre Mutter in die Tiefe stürzen lassen, was wollte er noch von ihr hören? Dass sie sich selbst am liebsten mit hinab geworfen hätte? Dass sie sich unentwegt Vorwürfe machte, weil sie ihre Mutter nicht festgehalten hatte?

»Bitte, verzeiht! Ich wollte Euch doch nicht bekümmern.«

Aufgebracht beschleunigte sie ihren stampfenden Schritt. *Was für ein Plapperkopf*, meckerte sie, als er ihr abermals eine Entschuldigung nachrief.

An einer Kreuzung kam sie zum Stehen und stierte die schmalen Wegweiser an, als trügen diese denselben, griesgrämigen Ausdruck. Namen standen an den Bäumen in Massen, nur nicht der, nach dem sie suchte.

»Nun weiß keiner von uns, wo es langgeht«, schnaufte Maël und stellte sein Gepäck am Wegesrand ab. »Dann wird es Zeit für meine Karte.«

Lorea verdrehte die Augen, weil sie seinen schlauen Kommentar überflüssig fand. Wenn der Strubbelkopf die Karte nicht zu lesen vermochte, hätte sie einen Grund, ihn lauthals auszulachen.

Rascheln und Klimpern erklang, als er in seinem Bündel stöberte. Mit Bedacht zog er ein zusammengerolltes Leder hervor und breitete es vor sich aus. Lorea überwand ihren Trotz und warf einen Blick über seine Schulter. Der Umriss einer ihr wohlbekannten, langgezogenen Insel war mit dunkler Farbe auf der Karte nachgezogen worden. Berge, Ländereien und hunderte Städte waren mit geraden und welligen Linien oder Kreisen eingezeichnet worden. Ihre Namen standen daneben, waren jedoch so klein geschrieben, dass Lorea sich hinabbeugen musste, um sie zu lesen. Sie erkannte die Gebirge, welche sie mit ihrer Mutter durchschritten hatte. Weit oben, wo eine breite, gestrichelte Linie die Grenze zwischen den schottischen und den englischen Landen zog, lag ihr einstiges Zuhause.

Als sie die Karte betrachtete, kam ihr die Schrift quer über den Gebirgszügen und an den Punkten der Städte bekannt vor. Unten rechts auf dem Leder waren geschwungene Initialen eingraviert. Ein J, welches mit einem B verschmolz. Erstaunt lächelte Lorea die Karte an, als wäre sie ein altes Familiengemälde voller Erinnerungen.

Maël wandte den Kopf und hielt nach der Sonne Ausschau, die man nur mit Mühe und scharfsinnigen Augen hinter den grauen Wolkenvorhängen erahnte. »Und, ist sie eine Arbeit Eures Vaters?«

»Ich bin mir ziemlich sicher.«

Beeindruckt starrte Maël auf die Karte. Mit einem Finger strich er über die kleinen geschlängelten Initialen. »Wie hieß Euer Vater?«

»Joyce Blake. Wo genau habt Ihr die Karte her?«

»Ich habe sie vor einem guten Jahr von einem Mann abgekauft.«

Aufgeregt richtete sie sich auf. »Wie sah er denn aus? Könnt Ihr Euch noch erinnern?«

Abwesend rollte er die Karte wieder zusammen. »Er hatte schwarzes Haar wie Eures und ebensolche Locken. Ich habe ihn auf einem Markt in London getroffen, dort hat er seine Karten verkauft.«

Stolz hob Lorea den Kopf. Maël hatte eine Karte von ihrem Vater gekauft. Wie gering die Wahrscheinlichkeit war, dass Maël ihren Vater durch Zufall kennengelernt hatte, konnte sie sich nicht annähernd vorstellen. »Das war mein Vater.«

Weil er den Zufall anscheinend ebenso witzig fand wie sie, lachte er.

»Wo müssen wir nun lang?«, wollte Lorea wissen. Einer der vier Wege führte in eine Stadt, doch sie bevorzugten es, im Dickicht des Waldes verborgen zu bleiben. Somit liefen sie den Weg weiter, welcher sie geradeaus und gen London führte.

Plötzlich knackste etwas im Geäst. Loreas Blick fuhr misstrauisch den Pfad vor ihr entlang, und sie sah ein braunes Knäuel über den Wanderpfad und einen umgestürzten Baum eilen. Als hätte sie einen Wolf gesehen, schrak sie zusammen und kroch hinter Maëls schützenden Rücken. Ihre Augen huschten aufgerissen umher, und sie hatte Angst davor, von einem unbekannten Getier nochmals überrascht zu werden.

»Was war das? Eine Ratte?«

Maël lachte gehässig und zeigte mit dem Finger auf den Baum, an welchem das Tier hochgekrabbelt war. »Eine braune Ratte?« Er musste aufpassen, nach genug Luft zum Atmen zu schnappen. Nach einem Moment erholte er sich von seinem Lachkrampf. Sie sah ihn wie ein kleines Kind an, das die Welt nicht verstand und verärgert war, dass ihm niemand etwas erklärte. Ihre Wangen erwärmten sich, als sie sich über diesen Naseweis und über sich selbst ihrer eigenen Torheit halber aufregte. *Du musstest ja so dumm sein und diesen Narren fragen.*

»Ihr braucht keine Angst vor Wieseln zu haben, Lorea.«

Ihrem Gefühl nach war sie so rot wie die Glut des letzten Feuers. Dass er sie beim Namen nannte, sorgte für stickige Luft. Bei den verdammten Gassenkötern. Sie wäre lieber schnaufend im Kreis gelaufen, als sich ständig von diesem Strubbelkopf verspotten zu lassen. Lorea nahm eine steife Haltung an und zwang sich, eine Ablenkung vom unaufhörlichen Kichern ihres Begleiters zu finden. »Ich habe noch nie einen gesehen.«

Die Sonne tauchte die weiten Wälder in ein angenehmes Rot, und die Wanderer schlugen unweit des Weges ihr nächtliches Lager auf. Das Hasenfell hing Maël an einen niedrigen Ast, damit es von allen Seiten getrocknet wurde. Lorea kümmerte sich um das Feuer, Maël stellte das klamme Zelt auf. Während sie über sein seltsames Benehmen nachdachte, schlug sie wie gewohnt und mit ohrenbetäubendem Lärm das verbogene Feuereisen gegen den Feuerstein. Vor dem entzündeten Feuer machten sie es sich gemütlich. Die frisch gebackenen Brötchen kramte sie aus ihrem Bündel.

Über ihnen kreiste ein Bussard, der den Abend mit einem freundlichen Ruf begrüßte. »Hallo!«, rief Maël ihm melodisch zu und winkte wie ein kleiner Junge dem prächtigen Vogel. Der Greifvogel beobachtete den jungen Mann weit unter ihm. Er kreischte ihm laut zu, und Lorea musterte die beiden, die sich offenbar hervorragend verstanden. Maël ahmte den herrlichen Ruf des Bussards bemerkenswert authentisch nach. Der Greifvogel flog nach einem letzten Kreischen der untergehenden Sonne entgegen.

Lorea schüttelte amüsiert den Kopf und biss in ihre Abendmahlzeit. Maël mochte schlau sein, doch es schien ihr, dass er ein halber Kindskopf war.

»Warum habt Ihr Eure Kapuze in der Siedlung, jedoch nicht beim Regen über Euren Kopf gezogen?«, fragte sie mit vollem Mund und glaubte, den richtigen Augenblick gefunden zu haben, denn seine muntere Laune verflog und hinterließ einen aufmerksamen Ausdruck in seinem Gesicht. Schadenfreude blitzte in ihr auf.

»Man kann nie vorsichtig genug sein.«

Vielleicht war er ein Verbrecher, ein Dieb auf der Flucht. Ein schleichender Anflug von Angst kribbelte in ihren Fingern. Wie sonst sollte ein bäuerlicher junger Mann in den Besitz von schmucken Ketten und Ringen gelangen? Wenn man ihn aber suchte, hätte sie sicher einen Steckbrief mit seinem Gesicht auf ihrem Weg gesehen. Allmählich kam es ihr vor, als ob der Bursche etwas zu verbergen hatte. Unauffällig tastete ihre Hand nach dem Messergriff an ihrer Hüfte. Kalt war der Stahl und versicherte ihr, dass ihre Waffe sie in einer Notsituation behüten würde. Sie konnte nie vorsichtig genug sein.

Maël drehte wieder nervös einen Finger im Haar, was der Grund für seine leichten Wellen zu sein schien. Seine Augen huschten zu den allmählich sichtbar werdenden Sternen hinauf, und er spann eine neue Ausrede. »Außerdem mag ich den Regen.«

Sie erinnerte sich daran, an welchem Ort er auf ihren Vater getroffen war. »Ihr wart schon einmal in London?«

Ein Grinsen breitete sich auf seinen schmalen Lippen aus. »Eine prächtige Stadt.« Er zog seinen verzierten Wanderstock heran und hielt ihn ihr hin, den Finger auf eines der vielen Wörter gepresst. »Da steht ihr Name. Dutzende von Kathedralen gibt es dort. Und natürlich den Königssitz und das legendäre Gefängnis.« Seine Augen weilten auf Lorea. »Ich habe den Tower zwar nur von Weitem gesehen, aber selbst da sah er furchterregend aus. Euren König habe ich übrigens auch dort gesehen. Wie hieß er gleich?«

»Richard, der zweite seines Namens.«

»Richtig. Er fuhr mit einer Kutsche durch die Stadt, die mit so viel Gold und Verzierungen geschmückt war, dass er sich damit wahrscheinlich drei Burgen hätte kaufen können. Das war an einem Markttag. Den werde ich nie vergessen.« Ein schiefes Schmunzeln zog an einem seiner Mundwinkel. Lorea war erstaunt, dass er ihren König leibhaftig gesehen hatte. Ihre Ohren lauschten seinem Bericht. »So viele Leute und Farben habt Ihr noch nie im Traum gesehen. Das schöne London hat wirklich viele Seiten, sowohl helle und bunte als auch dunkle. Es ist wie der Löwe seines Wappens, majestätisch und doch gefährlich zugleich.«

Was für eine Silberzunge Maël doch hatte. Sie fragte sich, wie oft er schon beim Feilschen mit einem Händler gewonnen oder wie viele Liebhaberinnen er mit seiner Gabe um den Finger gewickelt hatte.

Ihr Blick suchte nach einem bekannten Sternbild am Himmel. Sie versuchte, ihre Familie unter den unzähligen Lichtern zu erkennen. Sicher beobachteten sie jeden ihrer Schritte, jedes Weinen und jedes Lachen. Was ihre Mutter wohl von Maël gehalten hätte? Wäre sie weiterhin misstrauisch ihm gegenüber oder würde sie ihm entgegenkommen? Würde sie auch sein Verhalten in Frage stellen? »Ach, Ma«, seufzte sie geistesabwesend in den Abend, weil ihre Mutter ihr keine Antwort auf all ihre Fragen geben konnte. Obwohl sie nicht zu ihrem Begleiter hinübersah, spürte sie, wie sein mitleidiger Blick auf ihr ruhte. Sie zog ihre Beine näher an sich, um die Kälte wegzuscheuchen.

Der Abend färbte sich in tiefschwarze Nacht. Verwunderung kehrte in Loreas Kopf ein, denn ihr Begleiter verweilte den Rest des Abends stumm und dachte anscheinend über etwas nach. Er kroch nach langem Schweigen ins Zelt und wünschte ihr angenehme Träume.

Sie wandte sich um und erkannte hinter sich zwischen den im Wind wiegenden Bäumen kleine gelbe Lichter. Das war jene Stadt, welche sie umgangen hatten. Die Bauern und Handwerker dort verbrachten sicher einen heiteren Abend in einem Alehaus oder schliefen bereits.

Die Stimmung am nahezu erloschenen Feuer war angenehm beruhigend. Nur der Wind hauchte mit seinem tiefen Atem durch das Gesträuch und ließ Blätter und Zweige rascheln. Mit der Dunkelheit der Nacht und dem Leuchten der Sterne legte sich die Kälte des Himmels auf das Tal. Lorea streichelte über ihre Schultern. Auch sie zog sich ins Zelt zurück, als das Feuer erloschen war und nur die Glut im Wind aufleuchtete. Maël atmete tief, sodass sie ein hauchfeines Schnarchen hören konnte.

Sie legte sich in die am weitesten von ihm entfernte Ecke und kuschelte sich in ihren Mantel und eine Decke. Ihren Kopf legte sie auf einen angewinkelten Arm. Sie musterte das Gesicht ihres Begleiters, der wie ein friedliches Kind schlief. Hoffentlich passierte es nicht erneut, dass sie und Maël sich während ihrer Träume so nahe kamen wie heute Morgen.

Von weit her schwirrte ein Klappern zu ihnen ins Zelt. Lorea spitzte die Ohren, um das Geräusch besser hören zu können. Wie erstarrt blieb sie liegen. Solch ein metallisches Klappern hatte sie bisher nur selten gehört. Das waren Rüstungen. Sie erinnerte sich an das Geräusch, als Ritter scheppernd an ihr vorbeigeritten waren. Allerdings konnten es genauso Halunken sein, welche die Straße entlanggingen. Sie hatte von Raubrittern gehört, die sich in stählerne Rüstungen kleideten, jedoch niedere Absichten verfolgten.

Sie starrte Maël erschrocken an, welcher abrupt die Augen aufschlug und hochschnellte. Er schien im Gegensatz zu ihr panisch auf das Geräusch zu reagieren. Neben den Rüstungen hörten sie das Stampfen schwerer Schritte.

»Ist das Feuer aus?«, wisperte Maël energisch.

»Ja.« Allmählich hörte sie zwei Stimmen, die sich ihrem Lager näherten.

»Die Glut auch?«

Maël hatte nicht einmal seine Frage vollständig ausgesprochen, da weiteten sich ihre Augen, dass sie aus ihren Höhlen zu fallen drohten. Als sie mit heftigem Kopfschütteln denselben Gesichtsausdruck bei ihm bewirkte, was sie trotz der Dunkelheit deutlich sah, eilte Maël hinaus und kniete sich ans Feuer. Lorea griff nach ihrem Trinkschlauch und wollte ihr restliches Wasser auf die Glut spritzen, doch Maël hielt sie zurück. »Das zischt und qualmt nur«, warnte er sie hauchend, sodass sie seine Worte kaum verstand. »Reicht mir ein Bündel, los!«

Durch seinen scharfen Ton erweckte er in Lorea solche Angst, dass ihr Herz aufgeregt sprang. Sie kroch ins Zelt und reichte ihm in Sekundenschnelle ihr Gepäck. Maël platzierte es so, dass man vom Weg aus nichts vom roten Glühen der Feuerstelle sah. Dann drehte er sich zu ihr um, warf sich auf den feuchten Boden und riss sie ohne Vorwarnung an der Schulter mit in die Tiefe. Seine Hand fuhr vor ihren Mund, um das Fiepen, das sie vor Schreck ausstieß, verklingen zu lassen. Ihr Herz klopfte im Rhythmus eines galoppierenden Pferdes in ihrer Brust und pulsierte in ihren Ohren. Ihre Hände zitterten vor Aufregung und gleichzeitiger Angst. Waren das Hexenjäger? Sie erinnerte sich an die Monturen derer, die ihr begegnet waren. Niemand von ihnen hatte je eine schwere Panzerung getragen. Somit schloss sie ihre Verfolger aus.

Wie zwei Mäuse, die sich in ihrem Loch vor einer lauernden Katze versteckten, lagen sie im Gras und verfolgten die Geräusche um sie herum. Ein helles Licht, das von einer Fackel ausging, tauchte aus der Dunkelheit der Nacht auf. Zwischen den Grashalmen und Bäumen entdeckte Lorea zwei in Rüstungen gekleidete Männer. Die beiden Gestalten liefen mit langen Lanzen den Handelsweg unweit ihres Rastplatzes entlang. Der eine war größer als der andere. Der Kleinere hatte einen runden Bierbauch und japste vor Erschöpfung.

»… und dann kriegen wir wieder 'ne deftige Belohnung vom Hauptmann«, rief der kleinere Mann aus, und der große lachte vergnügt. Es waren Wachen, vermutlich welche aus der Stadt. Obwohl die Sorge um Räuber verflogen war, hielt Maël sie weiter am Boden. Seine Hand nahm er von ihren Lippen. Wie ein Wolf fixierte er mit den grauen Augen die Bedrohung. Erst nachdem der Fackelschein außer Sicht und die Stimmen verklungen waren, ließ Maël sie los.

»Warum so misstrauisch?«, fragte Lorea ihn, während sie sich wieder aufrichteten.

Er folgte anscheinend weiterhin den Wachen mit den Ohren, obwohl sie bereits außer Hörweite waren. »Man kann nie vorsichtig genug sein«, wiederholte er und sah sich zur Sicherheit um. Mit einem ungewohnt ernsten Blick funkelte er die Stelle an, wo die Fackel das letzte Mal zwischen den Bäumen aufgeflackert war. Ein Schauer lief über ihren Rücken, wo es ohnehin kalt war, denn diesen düsteren Blick hätte sie von jemandem wie Maël niemals erwartet.

»Das war doch nur eine Patrouille«, versuchte sie ihren Begleiter zu besänftigen, doch dieser erweckte nicht den Anschein, als würde er sich bei dem Gedanken ebenso sicher sein. Wenigstens brachte sie ihn durch ihre Worte dazu, seine Augen von den längst verschwundenen Wachen loszureißen.

»Das können auch Räuber gewesen sein«, meinte er und schien zu wissen, wovon er sprach. »Ich habe solche Schurken auch schon verkleidet gesehen, Werteste.«

»Aber sie haben doch von einem Hauptmann gesprochen, das können doch nur Stadtwachen sagen.«

»Von einem Hauptmann, ja. Aber das kann auch ein Räuberhauptmann gewesen sein.« Maël warf ihr einen Blick zu, der eher dem eines Lehrers als dem eines nahezu Gleichaltrigen glich. »Ihr kennt diese Welt nicht, Mädchen. Überall schleichen Halunken herum, ohne dass der beste Wachhund sie erschnüffeln könnte.«

Lorea sah verunsichert an sich hinab und entdeckte zur Verdüsterung ihrer Laune, dass sich ihre Kleidung mit der eisigen Taunässe der Pflanzen vollgesogen hatte. Zitternd vor Kälte bewegte sie sich zurück zum Zelt. Wie eine tropfende Vogelscheuche huschte sie zu ihrem Schlafplatz, den sie erst vor wenigen Momenten in aller Hektik verlassen hatte. Mit einem schweren Schlucken drängte sie ihren Ärger weg und wickelte sich in Mantel und Decken ein.

»Ich mache nur noch die Glut aus«, ließ Maël sie wissen.

Ein lautes Brummen kroch aus Loreas Kehle. Sie schloss die Augen, doch ihr Herz hatte sich noch nicht beruhigt. Sie starrte abwesend durch das Zelt. Waren das wirklich Räuber gewesen? Zwar wusste sie, dass ihre Mutter ihr keine Antwort auf eine ihrer Fragen geben konnte, doch es beruhigte ihre Sinne und schenkte ihr Wärme. Wenn sie sich vorstellte, dass Maia ihr etwas ins Ohr flüsterte, trug der Wind ihren mütterlichen Duft zu ihr. Sie erinnerte sich an Maias Worte am ersten Abend unter dem offenen Sternenhimmel. Wenn sie ihr noch länger nachtrauerte, würde sie das auch nicht zurückbringen. Außerdem wäre ihre Mutter wütend auf sie, wenn Lorea den Rest ihres Lebens als Trauerweide durch die Welt streifen würde. Bei dem Gedanken daran, was Maia zu ihr gesagt hätte, schmunzelte sie.

Ein Zischen erklang, dann ein Wedeln, ein Pusten, ein Schlagen … Maël schien nicht sonderlich erfolgreich mit seinem Tun zu sein. Sie lugte heimlich durch den Eingang des Zeltes und sah, dass er es geschafft hatte, das Gegenteil von dem zu bewirken, was er geplant hatte. Schnaufend saß Maël da und schien nicht erfreut über die kleinen Flämmchen zu sein, die aus der Glut empor schlängelten. Es amüsierte sie, denn der Feuergeist spielte mit seiner Geduld.

Er sah sich zum Zelt um, doch schien wegen der Dunkelheit der Nacht nicht zu sehen, dass sie ihn still und leise hinter dem Zeltvorhang beobachtete. Sein Gesicht wandte er wieder den kleinen Flammen zu, erhob die Hände zu einer Schale, als wolle er Wasser schöpfen, und wisperte kaum verständlich. *»Vira.«* Lorea erinnerte sich, dass er den Regen so genannt hatte. Aus seiner Handschale warf er plötzlich Wasser auf die Flammen, welche zischend erstickten und Rauch spuckten. Verwundert zog Lorea den Kopf zurück. Sie war sicher, dass zuvor kein Wasser in seinen Händen geruht hatte.

Eine Hand breitete Maël vor den stark rauchenden Kohlen aus. Ein Windzug fegte den Rauch beiseite und vertrieb das letzte Glimmen der Glut.

Verwundert und geräuschlos legte Lorea sich hin. Wie hatte er das denn angestellt? Vielleicht hatte Maël heimlich Wasser geholt und danach den Geist des Windes freundlich gebeten, ihm zu helfen. Anders konnte sie sich nicht erklären, was sich soeben vor ihren Augen abgespielt hatte.

Das zerbrochene Schwert

Nur der heutige Tag trennte sie noch von der großen Stadt, auf deren Besuch sie sich seit Tagen freute. Sogar im Schlaf hatte sie davon geträumt, durch die Straßen Londons zu laufen. Nach dem, was ihr Vater und Maël ihr erzählt hatten, lechzte Lorea danach, die Hauptstadt zu besuchen. Doch dann stutzte sie. Wenn die Hexenjäger wussten, dass ein Teil ihrer Familie dort lebte, war es gut möglich, dass Lorea ihnen in die Arme lief.

Maël stiefelte hinter ihr und hatte ihr ungewohnterweise die Führung überlassen. Die letzten Tage hatte er des Öfteren die Karte ihres Vaters aus seinem Bündel gekramt, da die Wege sich häufig in Kreuzungen aufspalteten.

Sie behielt ihn seit dem seltsamen Versteckspiel im Auge. Bei jeder Siedlung verbarg er sich unter seiner Kapuze. Wenn ein Ritter oder Wachen an ihnen vorbeiritten, schien er stets angespannt. Seine Herkunft verriet er ihr noch immer nicht, auch nicht den Ursprung seiner Sprache. Lorea hatte ihn nicht mehr auf sein Benehmen angesprochen, fand es allerdings höchst verdächtig.

Ihr Begleiter summte seit einer Weile ein fröhliches Lied und wechselte von seinem Brummen ab und zu in pfeifende Töne. Die Vögel schienen froh zu sein, dass sie jemand verstand, und stimmten mit ein. Maël gab mit seinem Stock den Takt an. Lorea schmunzelte, als sie sich vorstellte, er wäre der Kantor eines Chores aus Vögeln und Blättern.

Graue Wolken zogen vor die Sonne. Erst gestern hatte es wieder geregnet, und die beiden Wanderer waren gezwungen gewesen, frühzeitig ihr Lager aufzuschlagen, weil das Wasser ihr Gepäck erschwerte. Zu ihrem Erstaunen war Maël, der auch an jenem Tag den Kopf nicht vor den Tropfen des Himmels schützte, nicht annähernd von einer Krankheit befallen worden.

Sie liefen einen kleinen Hügel hinauf. Das untere Ende von Maëls Wanderstab musternd probierte sie, im Takt mitzulaufen. Sie hatte keine Lust, ihre Stimme zum Singen oder Summen anzuregen.

»Was ist das für ein Lied?«

Er stellte sein Pfeifen ein, die Vögel im Gestrauch sangen weiter. Mit fröhlicher Miene sah Maël sie an, weil er anscheinend gehofft hatte, dass sie danach fragte. »Es ist über ein kleines Mädchen, das allein auf einer Wiese spielt. Als es zwei Schmetterlinge an einem nahen Waldrand sieht, folgt es ihnen tief in den Wald. Das ist ein altes Kinderlied, welches in meiner Heimat gesungen wird.«

Lorea schaute ihn erwartungsvoll an.

»Das Mädchen gelangt im düsteren Wald an einen Baum, der wie eine wunderschöne Frau aussieht. Überall wohnen dort kleine Feen, deren Flügel trotz der Düsternis des Waldes freundlich leuchten und glitzern. Sie locken das Mädchen immer weiter in den Wald, bis plötzlich die Nacht hereinbricht. Der Mond steigt am Himmel auf, und ein Werwolf verscheucht all die kleinen Feen.« Er ahmte den gruseligen Werwolf nach, indem er die Finger zu Krallen formte und die Zähne fletschte. Als er gefährlich nach Lorea schnappte, lachte sie.

»Das Mädchen rennt vor der finsteren Kreatur weg, tiefer und tiefer in den Wald, bis es plötzlich dessen Ende erreicht und wieder auf der im Sonnenschein strahlenden Wiese steht, auf welcher es zuvor gespielt hatte.«

Eine solche Geschichte hatte sie wahrlich nie gehört. Sicher wussten alle lauschenden Kinder nach diesem Lied, dass man in verwunschenen Wäldern stets auf der Hut und nicht allein sein sollte. Und Fremden zu folgen war unratsam, seien es Schmetterlinge oder Kobolde. Als Lorea bemerkte, dass sie ebenfalls einem Fremden ins Unbekannte folgte, holte sie ein gruseliges Gefühl ein. Sie hoffte, ihr Begleiter verwandelte sich nicht in einen Werwolf.

»Wie heißt das Lied?«

»Magica cligandra.«

Sie runzelte die Stirn, denn seine Mundart kam ihr unbekannt vor. »Kennt Ihr den Namen des Liedes auch in meiner Sprache?«

Er schnaufte amüsiert und brachte die Vögel zum Verstummen. »Eigentlich gibt es das Lied gar nicht in Eurer Sprache, Gnädigste.« Maël versteckte seine Antwort hinter einem Schweigen.

Es missfiel ihr, wenn er sie wie einen hilflosen Fisch an der Angel zappeln ließ. Aber sie beschwerte sich nicht, sondern wartete mit aufgesetzt entspannter Miene. Maël würde es ihr gewiss sagen, aber den Moment ihrer Ahnungslosigkeit zog er gern in die Länge.

Als sie gemeinsam die Kuppe des kleinen Hügels erreichten, übersetzte er für sie. »Der magische Wald.« Er streckte einen Arm aus und wies auf die entfernte Landschaft. »Seht mal.«

Sie folgte seinem Finger und seinem erwartungsvollen Blick. Maël zeigte auf eine Siedlung, deren graue Dächer und Turmspitzen aus den umliegenden Feldern stachen. Eine hohe Mauer umringte sie, die so mächtig war, dass man sie aus der Entfernung erkannte. Eine der Kathedralen war so gewaltig, dass ihr Turm wie ein spitzer Berg weit über alle Dächer ragte. Ein Fluss zog sich wie eine Schlange durch die eindrucksvolle Stadt.

Der Name des Liedes geriet plötzlich in Vergessenheit, denn was vor ihren Augen strahlte, war für Lorea weitaus aufregender. Das dort war London. Auf ihren vollen Lippen breitete sich ein Lächeln aus, welches von einem Ohr zum anderen reichte. Vor Freude hätte sie beinahe Maël umarmt und wäre wie ein wild gewordenes Mädchen aufgesprungen, doch sie zügelte sich und beließ es bei einem breit gezogenen Schmunzeln.

Ein lautes Schnaufen entkam ihr, als sie sich verdeutlichte, dass ein weiterer Tag der Reise sie von der Londoner Stadtmauer trennte. Nachdem sie ihr Bündel auf dem Rücken zurechtgerückt hatte, nahm sie wieder die Fährte auf. Sie blickte den Streifen auf ihrem Armband an, der als einziger glatt gearbeitet war. *Da kommst du her*, dachte sie, in Gedanken bei ihrem Vater.

Maël stimmte wieder pfeifend ein Lied an. Diesmal war es ein anderes. Es passte auf wundersame Weise zum Wetter. Das wenige Sonnenlicht, welches den beiden Wanderern ihre eigenen Schatten vor die Füße warf, war noch hell. Bald würde es sich rötlich verfärben.

Lorea und ihr Begleiter näherten sich einer kleinen Siedlung. Maël verbarg das prächtige Haar wieder unter dem Stoff seiner Kapuze.

»Übernachten wir heute in einem Gasthaus?«, fragte sie verwundert, als sie die Siedlung betraten.

Er inspizierte die Häuser. »Ich sehe hier keines. Aber ich hatte ohnehin vorgehabt, wieder an einem Fluss, der hier in der Nähe durch die Wälder fließt, das Lager aufzuschlagen.«

Lorea überlegte. Der einzige Fluss, den sie vom Hügel aus gesehen hatte, war jener, welcher auch durch London floss. Die Themse. Aufgeregt stellte sie sich vor, durch die Straßen der Hauptstadt zu schlendern und sie zu bewundern.

Als die beiden das Dorf verließen, hatte sich das Licht der Sonne verfärbt. Die Blätter des Waldes über ihren Köpfen leuchteten im Abendrot. Plötzlich stimmte Maël neben ihr das zweite Lied nochmals an, doch weder pfiff noch summte er. Er sang heiter wie ein gutgelaunter Barde. Obwohl Lorea kein einziges Wort verstand, beruhigte seine klare Stimme sie. Die Melodie erinnerte sie an das Plätschern eines Baches und das Rascheln von Gräsern, die sich im Wind wiegten. Etwas Besonderes fand Lorea an dieser unbekannten Sprache, die er murmelte und sang.

Als Maël eine Pause einschob, die ein wenig zu lang war, als dass er hätte Luft holen wollen, ergriff Lorea die Gelegenheit. »Und was war das für ein Lied?«

»Eines über den Wind«, antwortete Maël und schwieg wieder. Allmählich fragte sie sich, ob sie ihn ärgern und vorgeben sollte, sie hätte an seinen Erklärungen kein Interesse. Er wusste genau, dass sie nicht nur stur, sondern auch wissbegierig und gleichzeitig ungeduldig war. Ihrer Meinung nach präsentierte sie ihre Neugierde viel zu offensichtlich. Offenbar schwieg Maël sie aus diesem Grund ganz bewusst an. Vielleicht hatte er die Absicht, sie in Geduld zu lehren, wobei sie mutmaßte, dass dies eine äußerst schwierige Aufgabe war.

»Was genau habt Ihr da gerade Schönes gesungen?«, hakte sie nach, steckte aber möglichst wenig Wissensdurst in die Betonung ihrer Frage.

Ihr Begleiter schien sich eine geeignete Antwort auszudenken, denn es dauerte einen Moment, ehe er die richtigen Worte fand. »Bald werdet Ihr verstehen.«

»Wie?« Mit verdattertem Gesicht starrte sie ihn an und überlegte, ob sie recht gehört hatte. »Wie meint Ihr das?«

»Wie gesagt, bald werdet Ihr verstehen.«

Um sicherzugehen, dass sie die Sprache, die er in seinen Stock geritzt und zuvor gesungen hatte, wirklich nicht kannte, konnte sie ihre weitere Fragerei nicht zurückhalten. »Wie heißt Eure Sprache?«

»Das möchtet Ihr lieber gar nicht wissen.« Er grinste sie mit strahlender Freundlichkeit an. Im selben Moment empfand Lorea das ganze Gegenteil für ihn. Erneut war sie durch sein Gerede durcheinander gebracht. Wollte er ihr seine Sprache beibringen? Den Gedanken daran verwarf Lorea schnell, denn er wollte ihr ja nicht einmal verraten, wie seine Mundart hieß oder woher sie stammte. Wie sollte sie ein Wort davon verstehen können?

»Ihr seid ein komischer Vogel.«

»Da würden mir die dort oben sicherlich zustimmen«, scherzte Maël und zeigte auf eine Baumkrone, wo zwei Amseln die beiden Wanderer beobachteten. Als Lorea von weit her das Rauschen von Wasser vernahm, führte sie Maël abseits des Weges. Sie stellten nach wenigen Schritten ihr Gepäck an einen Baum. Maël machte das Gestell, an welchem das Hasenfell trocknete, von seinem Bündel los, damit es beim Wühlen in seinem Gepäck nicht störte. Er übernahm wie gewohnt das Zelt, während Lorea den Wald nach Ästen und Zweigen durchforstete. Es fiel ihr schwer, dem Drang zu widerstehen, sich dem lauter werdenden Rauschen des Flusses weiter zu nähern. Sobald sie an die Themse in ihrer unmittelbaren Nähe dachte, schwirrte ihr Kopf zur unweiten Hauptstadt. Womöglich fand sie Verwandte, aber selbst wenn nicht, würde sich ihr Besuch garantiert lohnen. Nach den Erzählungen ihres Vaters stellte sie sich London bewundernswert und prächtig vor.

Als sie zu ihrem Lagerplatz zurückkehrte, vermisste sie ihren Begleiter, und ihr Blick kroch sogleich an den Bäumen hinauf. Ein ruckartiges Zupfen an einer Ecke des Zeltes ließ ihre Augen zurückschrecken, und sie sah Maël, der den letzten Zipfel des Unterschlupfes mit einem Metallhering zurecht zog. Wie an den anderen, allmählich gewohnten, Abenden entzündeten sie ein Lagerfeuer. Die Luft würde bald abkühlen, und die beiden krochen ans Feuer heran, um sich vorsorglich zu wärmen.

Maël holte ein Tuch aus seinem Bündel, das er Lorea noch nie offenbart hatte. Er legte es in seinen Schoß und starrte es mit forschender Miene an. Lorea bereitete inzwischen den Rest des verbliebenen Brotes vor und würdigte Maëls Leinen und dem Gegenstand, der darin eingehüllt war, nicht eines Blickes. Vorsichtig hielt sie ihre Brotscheibe über die Flammen und rutschte näher ans Feuer heran. Sogar als ihre Mahlzeit fertig geröstet war, wandte ihr Begleiter die Augen nicht von dem Stoff ab. Sie musterte das grüne Tuch verstohlen und fragte sich, was sich darin verbarg. Dem Blick ihres Begleiters nach zu schließen, war es etwas Wertvolles.

Er legte behutsam beide Hände auf das Leinen und wickelte den verborgenen Gegenstand aus. Ein in braunes Leder gebundener Griff wurde von seiner Hand ins Licht des Feuers gezogen. *Ein Schwert!*, kreischte eine Stimme in Loreas Kopf. Sie bekam einen solchen Schreck, dass sie eilig zurückwich. Etwas sagte ihr, dass sie Abstand zu der Klinge wahren sollte.

»Ich tue Euch doch nichts damit«, beruhigte Maël sie, als er ihr verschrecktes Verhalten bemerkte.

Warum packte dieser Narr denn ein Schwert aus? Loreas Augen glitten dorthin, wo sie die Klinge vermutet hätte, doch nur ein kleines Stück von dieser war vom Leinen bedeckt. Für ein Schwert schien ihr das verdeckte Metall zu kurz. Ein Dolch aber besaß niemals einen so großen Griff, dass ihn zwei Männerhände packen konnten.

Mit bekümmertem Gesicht zog Maël das Ende des Schwertes ins Licht des Feuers. Am Knauf erkannte sie die Form eines Wolfskopfes. Die

Klinge war nur so kurz wie ein Frauenfuß, der Rest war abgebrochen. Was von dem übrig war, schimmerte silbern und spiegelte die Flammen des Feuers, weil es glatt geschliffen war. Wie konnte ein stählernes Schwert wie dieses denn brechen? Warum trug Maël überhaupt eine Klinge bei sich? Sie hätte ihn als Bauernsohn eingeschätzt, und diese besaßen für gewöhnlich kein so edles, wenngleich zerbrochenes Schwert.

»Was wollt Ihr denn damit?«, rutschten die Worte entgeistert aus Loreas Mund. Sie hastete auf Händen und Füßen weiter zurück und entfernte sich vom wärmenden Feuer. Ihre Finger umklammerten die Brotscheiben, welche sie als Abendmahlzeit vorbereitet hatte, und bohrten vor Schreck versehentlich Löcher hinein.

»Verzeiht!«, entschuldigte Maël sich eilig. »Ich wollte Euch nicht verängstigen!« Beschämt senkte er die Augen auf das rote Flackern des entflammten Holzes und strich mit den Fingern über den Rand der Klinge. »Es dient nur zu Eurem Schutz vor Räubern, Werteste. Die wimmeln nur so um große Städte.«

Es kam ihr so vor, als ob er sich als einen ihrer Untertanen sah, und das gefiel ihr nicht. Maël nahm sich das Stück Brot, das sie ihm zur Versöhnung reichte. Er meinte es nur gut, Lorea empfand seine Fürsorge aber als ein wenig zu gutmütig. »Ich habe ein Messer dabei«, bemerkte sie, um zu zeigen, dass sie sich allein verteidigen konnte.

»Euer Messer soll gegen ein Langschwert ankommen?«

»Euer kaputtes Schwert soll gegen ein Langschwert ankommen?«, warf sie zurück und ließ ihren Begleiter verstummen. Zu ihrer Freude hatte sie zur Abwechslung eine ihrer Schäkereien gewonnen.

Sie nahm sich seinen Stock, den Maël neben ihren Bündeln an einen Baum gelehnt hatte. Mit aufmerksamem Blick betrachtete sie die Namen der vielen Städte, zu deren Entzifferung sie nicht fähig war. »Was habt Ihr denn auf Euren Reisen schon so alles gesehen?«

»Städte, Menschen, spielende Kinder, verliebte Pärchen unter Bäumen, Barden und Tänzer, Wanderer, Bettler, Straßenakrobaten, Säufer … Und natürlich hübsche Frauen.« Er lächelte. Auch sie schmunzelte, da sich eines der Klischees über Männer, die stets aus dem Mund ihrer Mutter in ihre Ohren geschwebt waren, bewährt hatte. Manch einer hatte nur Weiber im Schädel.

Maël senkte den Kopf und zog seinen Mantel enger um sich. »Gefolterte, Kriege und Tote«, beendete er seine Aufzählung mit schwerer Stimme.

»Wo habt Ihr denn den Krieg gesehen? Im Norden?«

Maël sah verblüfft auf. »Nein, auf dem Festland. Wisst Ihr es denn nicht?«

Sie schüttelte den Kopf.

»Dieser eine, den ich mit eigenen Augen sah, war der Grund dafür, dass ich in Euer Land reiste. Es war an der Küste des Französischen Königreiches. Euer Land steht mit den Franzosen auf Kriegsfuß. Der Krieg dort dauert schon seit Langem an, ein halbes Jahrhundert, hat man mir gesagt.« Er besah sich seine Klinge und fuhr mit dem Finger über den verzierten Knauf. »Aus Furcht, eine von beiden Seiten der Kämpfenden könnte mich entdecken und als Späher beschuldigen, reiste ich entlang der Strände und Klippen, bis ich eine Hafenstadt erreichte. Von dort aus segelten Schiffe tagein tagaus zur britischen Insel auf der anderen Seite des Meeres. Also nahm ich eines und floh.« Er sah sie aufmunternd an. »Aber nun habe ich wieder einen guten Grund, nach Hause zurückzukehren.«

Er lief also auch davon, mutmaßte Lorea. Sie stöberte angestrengt in ihrem Kopf, fand aber nirgends einen Hinweis darauf, von den Schlachten in Frankreich gehört zu haben. Andererseits war es möglich, dass sie den Gedanken verdrängt hatte, denn Kriege stellte sie sich grausam vor. Das angeblich ehrenvolle Töten zweier Völker, bis einer von beiden sich dem Sieger unterwarf oder reglos am Boden lag. Ihr Vater hatte nie von Kriegen gesprochen, weder von denen im Norden gegen die Schotten noch von jenen im Süden. Sicher hatte er sie vor solch schrecklichen Dingen bewahren wollen.

Maël strich erneut über seine Klinge.

»Ist dort Euer Schwert entzwei gebrochen?«

Ein schweres Nicken zeigte ihr, dass sie recht hatte. Dann hatte ihn offensichtlich jemand dabei ertappt, wie er im Kriegsgebiet herumstrolchte. Hoffentlich war nur seinem Schwert und nicht ihm etwas zugestoßen.

»Wollt Ihr Eure Klinge in London reparieren lassen?«

»Ich habe es vor.«

Nachdenklich neigte Lorea den Kopf. »Warum habt Ihr das nicht schon eher machen lassen?«

»Weil ich mir vorher keine Sorgen machen musste, einer jungen Frau wie Euch zu begegnen, welche sich mit Räubern schlägt.« Er grinste schelmisch. Sie wusste nicht, ob sie seine Worte als Kompliment oder als Mahnung auffassen sollte.

Die beiden verputzten ihre Brote, und Maël legte Zweige nach, welche das Feuer laut knisternd begrüßte und mit Funken bewarf. »Warum seid Ihr so begierig darauf, London zu sehen?«

Die weiße Glut zog ihre Aufmerksamkeit auf sich, während sie nachdachte. Sie bedachte ihre Worte, da ihr Satz nach dem Stolz klingen sollte, den sie bei dem Gedanken empfand. Außerdem wollte sie sich genauso scharfsinnig anhören, wie Maël. »Eine Hälfte von mir wurde dort geboren«, sagte sie und trug ihrem Begleiter ein Rätsel auf. Er schien darüber nachzudenken, welcher Teil ihrer Eltern von dieser großen Stadt aus weit in den Norden gereist war und dort eine Familie gegründet hatte.

»Euer Vater ist von dort, nicht wahr?« Er nickte in die Richtung, in die ihre Weiterreise sie am morgigen Tag führen würde.

Sie lächelte, erfreut, dass er ihr aufmerksam zugehört hatte.

»Was hat Euren Vater denn so weit in den Norden verschlagen? Die Kartenmalerei?«

»Mitunter. Er war aus keinem schlechten Haus, aber er liebte das Reisen. Meine Großmutter soll ihn wohl einen Strolch genannt haben, weil seinen Eltern und Geschwistern die Reiselust missfiel. Eine seiner Kartenreisen führte ihn zum Heim meiner Mutter, der abgeschiedenen Hütte, wo wir gewohnt haben. Sogar als er Vater wurde, blieb er ein Abenteurer.« Dass sie endlich die Heimat ihres Vaters kennenlernte, erfreute sie auf der einen Seite, beunruhigte sie aber im selben Moment. Was, wenn sie Verwandte entdeckte?

Da fiel ihr ein, dass sie Maël ihre eigenen Reisepläne noch nicht offengelegt hatte. »Ich habe überlegt, in London zu bleiben.«

Als sie in das Gesicht ihres Begleiters schaute, bemerkte sie seinen entgeisterten Blick. Ihre Entscheidung schien ihm nicht zu gefallen.

»Habt Ihr etwas dagegen?«

»Nein, nicht doch! Es ist Eure Entscheidung. Aber am besten seht Ihr Euch die Stadt erst einmal an und entscheidet dann.«

Der Löwe Londons

Sie begaben sich zurück zum Weg und verfolgten ihre gestrige Route. Zwischen den Bäumen entdeckte Lorea Felder, auf denen Radieschen wuchsen. Zum Frühstück hatte Maël von dort jene Gemüsekugeln gestohlen. Weil Lorea die abgehackten Hände an manch einem Stadttor in ihren Erinnerungen sah, warf sie Maël einen skeptischen Blick zu. Sie wollte keinesfalls riskieren, dass ihr Morgenmahl sie beide Hände kostete.

Lorea betrachtete ihre Kleidung, um zu sehen, ob sie ordentlich für ihren Besuch in London aussah. Als ihr Blick in die Nähe ihrer Füße kroch, biss sie entgeistert die Zähne zusammen. Ihr Mantelsaum war ausgefranst. Ihre Stiefel waren nicht mehr die saubersten. Maël hatte dasselbe Problem. Allerdings schien ihm sein äußerliches Auftreten wenig Sorge zu bereiten. Wenn sie in drängelnden Menschenmengen umherwandelten, fielen ihre schmutzigen und zerfransten Kleidungsstücke bestimmt nicht auf. Ihr fiel ein, dass sie sich ihr Haar zurechtmachen sollte. Ihre langen Finger kämmten die schwarzen Strähnen durch, zogen Knoten heraus und flochten einen Zopf, während sie weiterging. Flechtfrisuren hatten ihrer Mutter gefallen.

Eine Meute von Landsleuten kam ihnen entgegen, als sie den Wald verließen und die stadtnahen Felder erreichten, und sie grüßten einander. Im Rhythmus seiner Schritte stampfte Maël mit seinem Stock auf die Erde und studierte aufmerksam die Gegend. Lorea entdeckte abgeschiedene schäbige Kirchen, die am Weg auf Prediger warteten.

Eine Kutsche mit zwei anmutigen Schimmeln im Gespann und roten Verzierungen an Rädern und Gehäuse rauschte an ihnen vorbei. Der trockene Schmutz vom Weg wurde hinter dem edlen Wagen aufgewirbelt, sodass Lorea hüstelte, als ihr der Staub in den Mund fuhr. Maël hielt seine Kapuze rechtzeitig vor Lippen und Nase, um einem Husten zu entgehen.

Je näher die beiden Wanderer den Stadtmauern kamen, umso mehr Häuser rutschten in ihren Blick. In kleinen Grüppchen drängten sie sich zwischen die Felder außerhalb des Schutzes der Stadtmauern. Sicherlich lebten dort große Bauernfamilien.

In der Nähe der Themse erhaschte Lorea einen Blick auf eine strahlend weiße Kathedrale mit zwei gekrönten Türmen. Sie lag außerhalb des Schutzes der Stadtmauer. Lorea stutzte ob des aufwändigen Baus, der ungeschützt und gewaltig auf der Wiese emporragte. Vermutlich waren die Anwohner so gottesfürchtig, dass sie der pompösen Kathedrale ihren Glanz gewährten. Der Wind trug das Läuten schwerer Glocken zu ihnen.

Erneut trommelte hinter ihnen der Galopp zweier Pferde. Lorea spähte zurück zum entfernten Wald. Ein Mann in edler Rüstung, der die Klappe seines blau befiederten Helmes hochgeschoben hatte, ritt an ihnen vorbei. Die Federn wehten wild im Gegenwind. Eine metallverzierte Schwertscheide klapperte laut, als sie bei jedem Pferdeschritt gegen die schwere stählerne Rüstung schlug. In Brustharnisch und Schulterplatten waren aufwändig gewundene goldene Verzierungen gearbeitet. Lorea schätzte, dass der Harnisch so viel wert war wie ein Bauernhof mit zehn Pferden, Kühen und einer Schafherde zusammen. Selbst der Rossharnisch des braunen Prachthengstes war in edlen blauen und goldenen Farben gehalten. Ein Knappe folgte dem Edelmann auf einem kleineren bepackten Pferd.

Lorea sah dem Mann in Edelrüstung gedankenverloren nach. »Ein Ritter.«

»Habt Ihr noch nie einen gesehen?«, wunderte sich Maël.

»Schon, aber keiner hat eine so schmucke Rüstung getragen.« Ihr fiel plötzlich etwas auf, und ihr Blick huschte zu ihrem Begleiter. »Ihr scheint mir auch ein halber Ritter zu sein.«

Verblüfft sah Maël zu ihr zurück. »Weil ich ein unbrauchbares Schwert besitze?«

»Nun ja, es ist zwar zerbrochen, aber immerhin besitzt Ihr eines.«

»Das macht mich dennoch nicht zum Ritter«, meinte er bescheiden und wandte sich von ihr ab.

Er war beweglich, war des Lesens mächtig und konnte vielleicht sogar mit einem Schwert umgehen. Außerdem hatte er eine Silberzunge, was er nur zu gern vorführte. All das waren einige ritterliche Tugenden.

Die Straße öffnete sich Schritt für Schritt, und das Stadttor wuchs so hoch, dass es Lorea einschüchterte. Pilger kamen ihnen entgegen. Sie konnte es kaum erwarten, hinter die großen Mauern zu spähen. Das Fallgitter war hochgezogen. Weiße Flaggen, die von einem roten Kreuz geteilt wurden, flatterten auf den eckigen Türmen des Tores im Windzug. In einer Ecke der Flagge zeigte ein rotes Schwert, dass in der Stadt Ordnung herrschte und der König anwesend war.

Lorea und ihr Begleiter folgten der Straße geradewegs zur Stadt. An die Außenmauer drängelten sich Wohnhäuser, und an den Stadttoren waren die Hände von Dieben und Füße von Halunken aufgeknüpft, um vor Missetaten zu warnen. Lorea schüttelte sich einmal kräftig und versuchte, den Schreck zu vergessen. Immerhin hingen an diesem Stadttor keine alten Leichen oder Köpfe, an denen Krähen fraßen. Sie schlüpften durch das massive Tor und betraten die Hauptstadt.

Vor ihnen erstreckte sich eine breite Straße, die in das Herz Londons führte. Menschen aller Stände tummelten sich überall. Wagen mit Pferden im Gespann und Hunderten von Waren, von großen Fässern über gegerbtes Leder bis hin zu gezogenen Wachskerzen auf den Ladeflächen, fuhren an den eng aneinander stehenden Häusern am Straßenrand vorbei. Hohe Fachwerkhäuser aus Holz, Lehm und Stein bestaunte Lorea. Feine Muster, Figuren und Bilder zierten manchen Holzbalken. In einem Holzstück erkannte sie das Bild einer Jagdszene, bei der ein Jäger mit einem Bogen auf einem Pferd und an der Seite eines Hundes einen Hirsch hetzte. Unscheinbare Gassen krochen zwischen den Häusern entlang, die so schmal waren, dass Lorea in ihrer schlanken Gestalt gerade hindurchpasste. Über ihren Köpfen wehte frisch gewaschene Wäsche an Leinen, die von einem hohen Fenster über die Straße zum anderen gespannt waren. Die übergroßen Türme und Dächer von Kirchen schauten über und zwischen den Häusern hervor.

Maël bedeckte zu ihrer Verwunderung den Kopf nicht wie sonst mit seiner Kapuze. Sie blieb dicht an seiner Seite, weil sie fürchtete, sich bei ihrem Geschick binnen eines Augenblickes zu verlaufen.

Mit zwei Bändern an der Seite seines Bündels fesselte Maël den Stab und führte Lorea die Straße entlang und durch die Stadt.

Handwerksstuben tauchten an jeder Ecke auf. Aus einer Schmiede hörte sie das laute Klirren eines Hammers, der auf Metall drosch. Ein Glasbläser hielt ein Rohr in der Hand, woran ein unförmiger Klumpen befestigt war und in heißes Feuer gehalten wurde. Mit einem großen Blasebalg heizte ein Lehrling die Flammen an. In der nächsten Werkstatt schnitzte ein Drechsler an einer Werkbank mit einem sich drehenden Gestell einen Holzkrug. Die edle Kleidung eines Schneiders fiel auf dem Weg in Loreas Blick, als sie an dessen Stube vorbeiliefen und sie fremden Pflanzenduft wahrnahm.

Ein großer Marktplatz öffnete sich vor ihnen. Ihre aufgeregten Augen, die gar nicht wussten, wohin sie sehen sollten, folgten Maëls ausgestreckter Hand. Vor Faszination fiel ihre Kinnlade hinab. Ein riesiger Dom erhob sich auf der anderen Seite des Platzes. Das gewaltige Gebäude hatte sie weit über die Stadtmauern hinaus ragen sehen. Sandsteinmauern zogen sich beige im Sonnenlicht strahlend über den ganzen Platz. Manche Steine schienen älter und färbten sich bereits schwarz. In der Mitte ragte ein Turm hinauf, auf dessen weit entfernter Spitze eine vergoldete Kugel saß. Ein ebenso prächtiger Speer stach aus deren Mitte in die Wolken. Säulen verzierten das Gebäude, und weite Bögen stützten das dunkle Dach. Zwischen den steinernen Dachstützen schillerten bunte Fenster. Lorea entdeckte ein pompöses Eingangstor am Fuße des spitzen Turmes. Oberhalb der Türen deutete sie feine Figuren, doch sie war zu weit entfernt, um Genaueres zu erkennen. Die Leute, die auf dem Marktplatz vor der Kathedrale spazierten, wirkten vor dem gigantischen Gemäuer winzig wie Leinsamen.

»Gewaltig, nicht wahr?«, meinte Maël, und sie stimmte ihm beeindruckt zu.

»Können wir dort mal hineingehen?« Sie sah ihn mit einem unterwürfigen Blick an, da sie eine widerspenstige Antwort erwartete.

»Wir haben Zeit«, meinte Maël munter, »und da Ihr und ich nicht viel an diesem Tag vorhaben, habe ich nichts dagegen. Aber Ihr müsst leise sein, denn jedes geflüsterte Wort hört man bis ans andere Ende der Kathedrale wie ein gerufenes.« Bei seinem Hinweis senkte er den Kopf und sprach leiser.

Mit dankendem Grinsen richteten sich Loreas Augen zurück auf die große Kathedrale. Ein winzig kleiner Priester in schwarzer Kutte lugte hinter einer der schweren Türen hervor und sah sich nach den Leuten auf dem Marktplatz um. Sie kannte die Gestalten von Priestern aus Hexham. Dort hatten die Geistlichen mit ihren Kreuzketten sie stets fortgescheucht, sie als Gehilfen des Teufels beleidigt und dem Volk eingeflößt, sie würden sich mit schwarzer Zauberei einlassen, wenn sie Kräuter von Lorea und ihrer Mutter kauften. Deshalb mochte sie Priester nicht. Der schwarz gekleidete Mann am Eingangsportal der Kathedrale verschwand wieder hinter der Tür.

Lorea und Maël schritten dorthin, wo der Mann verschwunden war. Die kleinen Statuen über den Eingangstoren sahen aus wie Heilige. Sie trugen steinerne Umhänge und Kapuzen, manche hielten lange Stäbe in den Händen.

»Wisst Ihr, wie diese Kirche heißt?«, fragte sie ihren Begleiter, ehe sie die massiven Eingangstore erreichten.

»Man nennt sie die Kathedrale des Sankt Paulus. Ich hörte, sie soll das größte Gebäude der Welt sein.« Maël musterte ebenfalls die Figuren über dem Tor, die so weit über ihren Köpfen gestikulierten, dass sich fünf Männer hätten aufeinanderstellen müssen, um sie zu erreichen. Lorea staunte. Noch nie hatte sie eine Kirche betreten. In ihrer Heimat war ihnen dies von jedem Bischof und Priester untersagt worden.

Gebannt schob Maël das schwere Tor einen Spalt breit auf, und beide traten ein. Lorea behielt sich im Kopf, mäuschenstill zu sein. Nachdem ihr Begleiter die schwere Tür mit einem leisen Klacken, welches im Gebäude widerhallte, geschlossen hatte, betrat Lorea mit ihm das

Mittelschiff. Als ihre Augen den stützenden Mittelsäulen hinauf folgten, entdeckte sie unterhalb des Daches das Deckengewölbe, welches die Dachbalken stützte. Die kühle, staubige Luft wurde von den Lichtern der meterhohen bunten Fensterscheiben bemalt. Als sie genauer hinsah, erkannte Lorea die Bilder in den Fenstern, welche die alte Geschichte eines Heiligen erzählten. Auf einem großen Altar, der an einem Ende der Kathedrale golden und marmorn im Licht erstrahlte, lag ein zugeschlagenes Buch, das so dick war wie Loreas Fuß lang. Ein gelb schimmerndes Kreuz und die große marmorne Gestalt eines in Gewandung und mit Heiligenschein dargestellten Mannes weilte dahinter an der Frontseite der Kathedrale. Die Arme breitete die Statue, die längeres Haar als Maël trug, vor sich aus, als hieße der Mann alle Eintretenden willkommen. Vor dem Altar knieten Mönche. Ihre Köpfe waren gesenkt und die Hände vor ihnen zusammengelegt. Ihr Haar war zu einem Topfschnitt gestutzt.

Das gemeine Volk war in der Kathedrale verstreut. Die Betenden nahmen dieselbe Haltung ein wie die Mönche. Ein älterer Herr erhob sich. Er schlug ein Kreuz auf Stirn, Bauch und Schultern und murmelte etwas. Dann trat er mit hallenden Schritten hinaus.

Maël kniete sich in die große Halle und stellte sein schweres Bündel ab. Er setzte sich auf die Füße und bewunderte, was um sie herum von bunten Lichtern angestrahlt wurde. Sie nahm sich an ihm ein Beispiel und setzte sich ebenfalls auf den mit gemusterten Fliesen geschmückten, kalten Boden. Ihre Hand umklammerte das Armband an ihrem Gelenk, und sie wünschte, ihre Familie könnte dasselbe sehen, über was sie mit ehrfürchtigen Augen staunte.

Kniend richtete Maël sich auf und schlug die Hände zusammen, sodass er dieselbe Haltung einnahm wie die betenden Mönche. Lorea beobachtete ihn dabei und fragte sich, was er in diesem Moment dachte. Nach einer kurzen Stille lehnte er sich mit einem »Hm« wieder zurück.

Die Mönche vor dem Altar erhoben sich, ebenso tat es Maël. Doch im Gegensatz zu den Mönchen schlug er kein Kreuz auf Schultern und Brust.

Lorea und ihr Begleiter hievten sich ihre Bündel auf. Der Kessel an ihrer Seite klimperte, als er beim Aufsetzen schwang. Scheu zog sie den Kopf ein. Die davonziehenden Mönche warfen ihnen einen scharfen Blick zu.

Gemeinsam mit Maël schlich sie zur großen Eichentür zurück. Ihr staunender Blick fuhr ein letztes Mal durch die Kathedrale, dann traten sie ins Freie. Ein frischer Windzug wehte Lorea entgegen.

Da sie nicht mehr von den Mönchen angefunkelt wurden und es ihnen erlaubt war, ohne Ärgernisse lauthals miteinander zu reden, ergriff Maël das Wort. »Glaubt Ihr an einen Herrn oben im Himmel?«

Sie schüttelte den Kopf. Sie schenkte allein den Naturgeistern und ihren bizarren Einfällen Glauben.

»Nun gut, ich nämlich auch nicht.«

Ihr verwirrter Blick blieb an ihm hängen. »Warum betet Ihr dann überhaupt?«

Er schaute zu ihr hinüber. Sein gefasster Gesichtsausdruck verriet ihr, dass er ihre Frage vorhergesehen hatte. »Wenn wir dort nur gesessen und gestarrt hätten, wäre das viel zu sehr aufgefallen. Und Ihr wisst sicherlich, wie man uns dann geschimpft hätte.«

Da fiel es Lorea wie Schuppen von den Augen. Er hatte das zu ihrer beider Schutz vorgespielt. Ansonsten hätte einer der Mönche in der Kathedrale sie als Heiden oder Hexer hinausgejagt.

»Aber ich sagte nicht, dass ich an gar nichts glaube«, meinte Maël entschieden.

»An was glaubt Ihr denn dann?«

»An etwas anderes.«

Lorea schüttelte entnervt den Kopf. Entweder sagte dieser Strubbelkopf ihr nichts oder aber er gab Rätsel oder Halbwahrheiten zurück.

Einige Häuser am Markt schätzte Lorea wegen der Gerüche, Geräusche oder Waren, die auf manchem Fenstersims lagen, als die eines Kleinhändlers, Färbers oder Gürtlers ein. In dem kleinen Laden des Händlers, der so groß schien wie Loreas einstige Kammer, erspähte sie durch eine offene Tür Gewürze, getrockneten Fisch, alte rostige Metalllöffel und Papier. Der Verkäufer sammelte anscheinend alles, was er gegen bare Münze eintauschen konnte.

An einem einsamen Brunnen spritzten Kinder mit Wasser. Zwei Frauen in Leinenkleidern und umgebundenen Schürzen scheuchten die Kleinen weg. Sie schöpften mit Eimern Brunnenwasser und verschwanden wieder in den Straßen und Menschengruppen.

Lorea und Maël liefen über den Marktplatz zu einer breiten Hauptstraße. Maël drehte den Kopf von einer Straßenseite zur anderen. Lorea besah sich ebenfalls die Straßen, Gassen und Häuser und hielt Ausschau nach einem Schild oder einem Hinweis für eine Bleibe. Sie liefen an unzähligen Heimen vorbei durch die breiten Straßen. Abertausende hatten offenbar in London Platz zum Leben, denn hinter jedem Fenster schien jemand zu wohnen. An ihren Fenstersimsen hatten Bewohner Blumenkörbe angebracht, in manchen standen Kerzen. An anderen hingen schlichte Vorhänge, bei wohlhabenden Bürgern mit Kreisen oder Lilien bestickte Gardinen. Teure Glasscheiben schützten viele Häuser bei Nacht vor der Kälte. In Loreas altem Heim war weder eine einzige Glasscheibe noch ein gläserner Becher zu finden gewesen.

Ihre Augen fanden ein kleines Schild über einer Tür, das im seichten Wind schaukelte. *Farrows Stube* war schlicht hinein geritzt worden.

»Seht mal, dort ist ein Alehaus«, lenkte sie die Aufmerksamkeit ihres Mitreisenden auf das Schild.

»Dann wollen wir mal.« Nervös fingerte er in seinem Wellenhaar. Bisher hatten sie beide nie gemeinsam in einem Gasthaus übernachtet.

Mit lautem Quietschen und dem einladenden Klingeln von Glöckchen begrüßte sie die Tür und gewährte ihnen Einlass in das Gasthaus. Ein kräftiger Mann mit dunkelgrauem Haar und Vollbart erhob sich von seinem Hocker und trat zu ihnen.

»Kundschaft! Seid gegrüßt.« Die Barthaare kräuselten sich dicht um den Mund des Mannes, sodass Lorea nicht sah, ob er sich bewegte. »Was kann ich für das junge Pärchen tun?«

Die beiden Wanderer sahen sich verwundert an, starrten jedoch sofort auf den Wirt, als sich ihre Blicke trafen. Als Lorea Luft holte, um über die geschäftlichen Dinge zu reden, hatte ihr vermeintlicher Liebhaber schon seine Stimme erhoben.

»Wir würden gern wissen, ob der gnädige Herr noch zwei Betten frei hat.« Maël kramte in seinem Bündel und holte den Beutel mit Ketten,

Ringen und Steinen hervor, den er verschlossen in der Hand behielt. Lorea warf verstohlene Blicke um sich, um ihr belustigtes Lächeln zu verstecken. Nur ein Grüppchen Männer saß in einer Ecke und unterhielt sich lautstark. Es war zu früh am Tage, als dass sich scharenweise Gäste in die Schenke verirrten.

Ein Pärchen, lachte sie innerlich. Erst jetzt fiel ihr auf, dass mit Sicherheit einige Leute diesen Gedanken hegten, wenn sie Lorea und Maël auf der Straße sahen. Dass sie beide sich ein Zimmer teilten, erweckte umso mehr einen falschen Eindruck. Mit zusammengebissenen Zähnen versuchte sie, die falsche Vermutung des Wirts zu vergessen und ein Lachen zu unterbinden.

»Aber ein Bett ist billiger als zwei. Und wärmer«, fügte der Wirt gewitzt hinzu.

Maël zeigte ein Grinsen. »Nein, mein Herr, wir bitten um zwei Betten. Ich brauche viel Platz zum Schlafen, sonst muss die holde Maid auf dem Fußboden übernachten.«

»Das möchten wir natürlich nicht.«

Maël gab dem Herrn eine Kette als Bezahlung. Als das Geschäft abgeschlossen war, überreichte der Wirt ihm einen Schlüssel und besiegelte den Tausch mit einem Handschlag.

»Geht die Treppe da hinauf«, wies der bärtige Mann sie an und nickte zur Seite der Stube. »Im Gang oben ist Euer Zimmer, ganz hinten links. Wollt Ihr heute nochmal raus in die Stadt?«

»Ja«, antwortete Maël kurz, und der Mann wies sie darauf hin, den Zimmerschlüssel bei ihm wieder abzugeben, wenn sie die Gaststube verließen. Der Wirt setzte sich auf seinen Hocker und beobachtete sie mit einem freundlichen Gesicht, während Lorea gemeinsam mit ihrem Begleiter die Treppe erklommen.

Als sie oben anlangten, zeigte sich ein schmaler Flur, der für einen dicken Bauern zu eng gewesen wäre. Zwei Männer, die ebenfalls Gäste des Hauses zu sein schienen, kamen aus einem Zimmer und ihnen entgegen. Lorea bemerkte, dass viele Wanderer und Pilger in London unterwegs waren. Auf der Straße hatte sie so einige Leute mit Gepäck auf dem Rücken gesichtet.

Maël entriegelte das richtige Schloss und schob die Tür auf. Vor Erstaunen hoben sich Loreas Brauen, denn der hinter der Zimmertür verborgene Raum war größer, als sie vermutet hätte. Zwei Betten standen in der Kammer, das eine rechts von ihr an einem Fenster, das andere links an der gegenüberliegenden Wand. Das spärliche Licht der Sonne wurde durch die offenen Fensterläden geworfen.

Ihr Bündel stellte sie an das Bett, welches dem Fenster am nächsten war, und legte sich mit einem erleichterten Seufzen auf ihre Matratze aus Fellen und Leinen. Als sie die mit Federn ausgestopfte Bettdecke bemerkte, freute sie sich darauf, am Abend warm und weich eingehüllt einzuschlafen. Es war lange her, dass sie in einem Bett gelegen hatte. Ihrem Begleiter, der die Tür hinter sich schloss und sich auf das andere Bett warf, schien es ebenso zu ergehen.

»Nun, mein holdes Weib, wie denkt Ihr über die Sache mit dem Liebespärchen?«, fragte er mit einer Prise Scherz in seinen Worten. »Wollt Ihr doch zu mir ins Bett kommen?«

»Besser nicht, Ihr werft mich ja raus.«

Beide kicherten und aus ihrem Glucksen entwickelte sich schnell ein krampfhaftes Lachen. Es war angenehm, mit jemandem weniger ernste Worte wechseln zu müssen und zu lachen. Seit mehr als einer Woche hatte sie dieses Gefühl nicht mehr gekannt, doch während der letzten Tage schien ihre Trauer über den Tod ihrer Mutter leicht abgeklungen zu sein. Sie war froh darüber, das Geschehene verstanden und wieder Spaß an Kleinigkeiten gefunden zu haben. Selbst wenn das Begreifen schmerzlich war.

Lorea sah aus dem Fenster und fragte sich, was sie am heutigen Tag alles entdecken würde. Womöglich fanden sie einen erneuten Grund, in Gelächter auszubrechen. Wo ihr Vater wohl einst gewohnt hatte? In einem der umliegenden Häuser oder im Inneren der Stadt? War sie schon an jenem Haus vorbeigelaufen, in welchem er aufgewachsen war?

»Am besten gehen wir zuerst zu Westminster, dann können wir uns die Königsfestung auf dem Rückweg ansehen«, dachte Maël laut, als hätte er ihre Gedanken gelesen. »Was haltet Ihr davon?«

Sie sah sich zu ihm um. Sie kannte die Stadt nicht und überließ ihm ihre Ausflugsziele. Da sie aber ungute Gerüchte über den Tower gehört hatte, scheute sie sich davor. Aus sicherer Entfernung wollte sie einen Blick wagen. »Einverstanden.«

»Und währenddessen möchte ich einem Schmied mein Schwert überlassen und mich nach einigen Dingen umsehen«, fügte Maël hinzu. Ihre Erinnerungen riefen ihr in den Kopf, dass er ihr erzählt hatte, sich in der Stadt nach einem Schiff erkundigen zu wollen.

Maël kramte in seinem Bündel und zog sein eingewickeltes zerbrochenes Schwert sowie das Wertsäckchen hervor. Er band den kleinen Beutel an seinen Gürtel und schnürte sein Gepäck zu. Das umhüllte Schwert nahm er in die Hand und erhob sich.

Wenn sie hinausgingen, war es besser, die Wertsachen mitzunehmen, falls sie etwas in der Stadt kaufen wollten. Somit nahm Lorea ebenfalls den Lederbeutel ihrer Mutter aus ihrem Bündel und steckte ihn sicher verwahrt in ihre Manteltasche.

Bevor sie auf der Straße verschwanden, gab Maël dem Wirt wie gewünscht den Schlüssel ihres Zimmers zurück. Der bärtige Mann bestückte das Metall mit einem schmalen Stofffetzen und wünschte ihnen viel Vergnügen bei ihrer Stadterkundung. Auf offener Straße angekommen blieb Lorea dicht an Maëls Seite. Er führte sie in die Richtung, aus welcher sie ursprünglich gekommen waren. Sie schlängelten sich durch ein Labyrinth aus Gassen, in denen es der engen Häuser und Dächer wegen dunkel war. Eine Frau schüttete ihren Nachttopf über einem Stadtpfad aus, der so breit war wie Loreas Arm lang. Der Gestank von Jauche kratzte in ihrem Rachen. Nicht nur die Hinterlassenschaften von Tieren und Nachttöpfen verdarben den Geruch und verwandelten den Boden der Gasse in Schlamm, sondern auch unbrauchbare Eingeweide von Tieren. Zwei wilde schmutzige Hunde stritten sich um einen herumliegenden Knochen.

Als Lorea eine Schar Ratten entdeckte, die an einem ausgesonderten Darm knabberte, zuckte sie verschreckt zusammen. Als die Nager bemerkten, dass jemand auf sie zukam, verkrochen sie sich in ein Loch unter einer Hausmauer. Lorea verzog ein angeekeltes Gesicht und lief auf Zehenspitzen, als sie an dem Überrest vorbeigingen. Sie glaubte, einen nackten Rattenschwanz in dem Loch zu sehen, worin die Tiere sich versteckten.

In Ecken lungerten Bettler. Ein Mann saß mit zerrissenen Sachen, durch welche Lorea Pestbeulen deutete, an einer spröden Fassade. Sie hatte Angst, dem Mann auch nur einen Schritt näher zu kommen. Sie kreuzte heimlich die Finger, um die Krankheit abzuwehren.

Auf einem Marktplatz entdeckten sie eine Schmiede, wo Maël sein Schwert zum Reparieren zurückließ. Der Schmied musste eine neue Klinge gießen und einarbeiten, deshalb einigten die beiden sich, dass Maël morgen wieder zurückkehren und das Schwert abholen würde. Als Maël zur Motivation seinen gefüllten Beutel schüttelte und Münzen und Schmuck darin klimperten, machte der Schmied sich ohne weiteres an die Arbeit.

In einer anderen Gasse sah sie eine Gruppe von Waisen. Die armen Kinder versteckten sich unter einer löchrigen Decke und drängten sich aneinander, um sich zu wärmen.

Nachdem sie die schmalen Straßen passiert hatten, erreichten sie eines der westlichen Tore und verließen die Stadt. Das Tor wirkte massiv und seine Mauern düster. Auf den Turmspitzen wehten die rotweißen Flaggen der Stadt.

Lorea stutzte, als ihr die Größe des Stadttores auffiel. An den Fenstern des Gebäudes waren Gitter angebracht. Ihr Begleiter bemerkte ihre nachdenkliche Miene. »Das ist ein Gefängnis.«

Sie sah ihn eingeschüchtert an. Als sie unter dem Torgitter hindurchgingen, musterte sie missmutig, was über ihr lag.

Auf ihrem staubigen Weg zu der zuvor entdeckten Abtei mit den gekrönten Türmen und der davon unweit entfernten Halle sahen sie die Themse. Das Licht der Sonne schillerte auf der rauschenden Wasseroberfläche. Weiße Schwäne ließen sich vom Wasser treiben. Kutter ruderten von einem Ufer zum anderen, transportierten zugedeckte Ware oder auch Menschen.

Ihre Augen folgten dem Fluss, und sie erhaschte eine Brücke, auf welcher sich Häuser eng an eng zusammendrängten. Noch nie hatte sie eine bebaute Brücke gesehen. Sie schien neben den Kuttern der einzige Weg von einer Uferseite der Themse zur anderen zu sein.

»Ihr sagtet, Ihr wart schon einmal hier?«, erinnerte sich Lorea an ein unlängst geführtes Gespräch zurück. Er nickte. »Wie lange ist das her?«

»Es müsste seit meinem letzten Besuch bald ein Jahr vergangen sein. Es war im letzten Frühsommer.«

»Wandert Ihr einfach so ohne Ziel durch die Lande?«

»Nicht ziellos.« Er schmunzelte sie schief an, weil ihre Wissbegierde ihn nicht zu stören schien. »Meine Ziele ändern sich nur häufig. Manchmal bleibe ich auch länger in Städten und helfe auf Feldern oder in Stuben, um Geld für Proviant zu bekommen.«

»Habt Ihr dafür die Ketten und Ringe bekommen?«

Er warf ihr einen Blick zu, in dem sie für den Bruchteil einer Sekunde Entsetzen erkannte. Dann wandte er sich von ihr ab. »Nein, die habe ich gefunden.«

Gefunden? Aber funkelnde Ketten und Ringe hingen doch nicht an Bäumen?

»Seid Ihr ein Dieb?«

Entgegen ihrer Erwartung lächelte Maël sie erneut schief an. »Genau, Werteste. Ich bin ein Dieb, der Euch rettet, Eurer reichlichen Habe erleichtert und sich davongestohlen hat.«

Obwohl er sich einen Witz erlaubte, runzelte sie die Stirn. Er schien kein Halunke, dennoch verheimlichte er ihr etwas.

Menschen tummelten sich vor den beiden großen Gemäuern im stadtentfernten Bezirk, als sie diesen erreichten. Alle hatten sich auf der weiten Wiese vor Westminster niedergelassen, bestaunten mit erhobenen Häuptern die Bauwerke oder genossen die Idylle abseits der Stadt.

Eine Patrouille in Rüstungen gekleideter Wachen lief wie eine Schar Holzmännchen um Kathedrale und Halle herum, um den abgelegenen Teil der Stadt zu bewachen. Ein Hund mit schlaffer Schnauze begleitete die Wachen und sah die Menge schläfrig an. Lorea schnaufte belustigt, als sie die trägen Gesichtszüge des Tieres sah. Wenn es tagein tagaus um eine meist leer stehende Halle lief, wirkte das Leben auf einem Feld abenteuerlicher.

»Man erzählt sich, dass dort seit Jahrhunderten Könige gekrönt und auch zur Ruhe gelegt werden«, meinte Maël.

Über die Königsabtei staunte Lorea ebenso wie über die größte Kathedrale der Welt. Der Gedanke, dass sie verstorbenen Königen nahe waren, ehrte sie.

Als das laute Grölen einer Menschenmenge das Flüstern auf der Wiese störte, wandte Lorea sich um. »Was ist denn da los?«

Maël kehrte sich ebenfalls um. »Wollen wir nachsehen?«

Über die Wiese und entlang einer Straße folgten sie der lauter werdenden Menge. Schließlich entdeckte Lorea an einer Kreuzung Leute, die sich um ein hölzernes Gerüst versammelten. Etwas Großes baumelte daran.

»Das ist der Tyburn Tree«, klärte Maël sie bedrückt auf.

Erschrocken sah sie zu ihm auf. Ihr Vater hatte aus triftigem Grund wenig über diesen Ort erzählt, doch vergessen hatte Lorea kein Wort. Am Tyburn Tree, wie man das hohe dreieckige Galgengerüst auf dem Platz nannte, wurden Verbrecher gehängt, egal ob es Diebe oder Mörder waren. Erst jetzt erkannte sie, dass Tote an den langen Stricken am Balken hingen. Der Tyburn Tree war die bekannteste Hinrichtungsstätte Englands. Respekt und Angst stritten sich in Lorea. »Können wir da mal hingehen?«

Offenbar fürchtete Maël sich vor dem Galgenplatz. »Seid Ihr sicher, dass Ihr das sehen wollt?«

»Wenn Ihr nicht möchtet, müssen wir dort nicht hingehen.«

»Nein, nein, Werteste, macht Euch um mich keine Sorgen.«

Sie erhoben sich von der Wiese und folgten dem Weg, welchen sie hergelaufen waren. An einer Weggabelung bogen sie zu dem belebten Schauplatz ab. Offenbar fand bald eine Hinrichtung statt. Ein kleiner Wagen, der von einem Pferd gezogen wurde, verließ die Stadt und fuhr auf einer Straße zur Hinrichtungsstätte. Auf dem Karren sah Lorea drei Männer, zwei in schmuddelige Lumpen gehüllt, einer in feinerer Kleidung mit violetten Farben, aufgebauschten Oberärmeln und einer weißen Halskrause.

Sie erreichten die Menge und drängelten sich zu einer Stelle, von der aus sie klare Sicht auf den Galgen hatten. Die beiden Toten, die an einem der Dreiecksbalken hingen, sah Lorea nur von hinten. Der unangenehm süßliche Geruch von Verwesung ließ sie ahnen, dass sie schon vor Tagen hingerichtet worden waren. Raben saßen auf den leblosen Schultern und pickten mit ihren Schnäbeln an den Leichen.

Der Karren erreichte den Schauplatz. Einer der schmuddeligen Männer, der recht jung aussah, wurde von einer Wache grob vom Wagen gezerrt und zur Seite durch die Menge geführt, wo er verschwand. Die Pferde im Gespann schoben sich durch die Zuschauer, bis der klapprige Wagen unter einem vorbereiteten Strick am Tyburn Tree anhielt. Der zweite Mann, dessen Hände hinter seinem Rücken gefesselt waren, wurde von dem feinen Herrn auf der Ladefläche auf die Füße gezerrt. Der Strick wurde um den Hals des Mannes gelegt und festgezogen.

»Hängt den Bastard!«, rief eine Frau.

Die Umherstehenden schienen begeistert und aufgeregt. Sogar Kinder waren unter ihnen. Einige beschimpften den Mann am Galgen. Lorea bedrückte ein ängstliches Gefühl. Ein Blick in das Gesicht ihres Begleiters verriet ihr, dass es ihm genauso erging.

Der feine Herr, der neben dem gefesselten Mann auf dem Wagen stand, verkündete das Urteil. Damit die Schaulustigen ihn hörten, rief er jedes Wort. Nur undeutlich vernahm Lorea durch das Grölen der Menge Bruchstücke, dass der Mann einem hoheitlichen Gast eine Kette geraubt habe und der Galgen ihn deshalb erwartete.

Zustimmende Rufe hallten über den Platz. Der Mann am Strick sah entsetzt ins Nichts. Er schien das Geschehen nicht zu begreifen.

Der feine Herr auf dem Wagen gab dem, der die Zügel des Pferdes hielt, mit winkender Hand ein Zeichen. Nach einem seichten Peitschen mit den Zügeln setzte sich der Karren in Bewegung. Der Mann am Galgen verlor den Halt unter seinen Füßen und rutschte ab. Er schaukelte am Strick und zappelte mit den Beinen, als der Wagen wegfuhr und kein fester Untergrund ihn mehr stützte. Seine Schultern wanden sich hin und her.

Lorea schreckte zurück. Bisher hatte sie noch keine Hinrichtung miterlebt. Da die Zuschauer mit Grölen und Zurufen reagierten, fanden diese es anscheinend unterhaltsam.

Plötzlich nahm Maël neben ihr verängstigt Luft. Lorea sah zu ihm auf. Außer ihr schien ihn niemand gehört zu haben. Er blickte verkrampft auf den Boden. Sein Atem ging hastig, seine Hände zitterten. Als er ihren Blick bemerkte, griff er an sein Handgelenk, um sein Zittern zu beruhigen. Er atmete tief durch.

»Geht es Euch gut?«, bangte sie, während das Getöse um sie herum sich aufbäumte.

»*Djeth*, es geht schon.«

Djeth? Das war sicher ein Wort seiner Sprache. Maël fuhr scheu mit dem Kopf umher. Anscheinend traute er sich nicht, den Mann am Galgen anzusehen.

Lorea richtete die Augen auf den am Strick zappelnden Dieb. Er zuckte ein letztes Mal, dann erschlafften seine Glieder. Sein Körper hing leblos am Galgen. Die Augen waren weit aufgerissen und rot unterlaufen, der Blick starr.

Sie zog den Kopf wie ein schüchternes Kind zurück, denn sie wusste nicht, was sie von den grölenden Menschen um sich herum halten sollte.

Der junge Mann, welchen man zuvor von der Ladefläche gezerrt hatte, wurde zu einem Baumstumpf geschleift und vor den Zuschauern auf die Knie gezwungen. Seine Arme steckte man durch zwei Löcher in einem Holzbrett, welches als Pranger diente. Er wimmerte verängstigt.

Der Adlige, der vom Wagen sprang, stellte kaum verständlich den nächsten Missetäter vor. Er hatte angeblich das Brot eines Bäckers gestohlen und sollte dafür beide Hände verlieren.

Ein anderer kräftiger Mann mit einem Beil in der Hand und einer schwarzen Kappe auf dem Kopf, die sein Gesicht verdeckte, trat auf den Schauplatz. Blut klebte an seinem geschnürten Hemd, einige Spritzer am Saum, andere an der Schulter. Lorea zog den Kopf ein. Das war ein Scharfrichter. Die Leute wichen beiseite, als der furchteinflößende stattliche Mann durch die Menge lief.

Der Adlige zog an einem Arm des Verurteilten, sodass dieser beide Hände weit vor sich streckte und auf den Baumstumpf legte. Auf dem Stumpf erkannte Lorea tiefe Kerben von harten Beil- und Schwertschlägen. Das Holz hatte altes schwarz verfärbtes Blut aufgesogen. Zahlreiche Hände und Köpfe schienen schon auf dem Stumpf abgeschlagen worden zu sein.

»Es war doch nur ein halbes Brotlaib«, flehte der junge Mann, woraufhin die Leute lachten.

»Dieb bleibt Dieb«, entgegnete der feine Herr neben ihm. Er nickte dem Scharfrichter zu. Dieser holte mit dem Beil aus und schlug am Pranger vorbei auf beide Handgelenke des jungen Diebs. Ein unangenehmes Geräusch erklang, als die scharfe Schneide Fleisch und Knochen durchtrennte. Die Hände, die zuvor von dem Pranger festgehalten worden waren, fielen auf den Baumstumpf und rollten zu Boden außerhalb von Loreas Blickfeld. Blut spritzte aus den Wunden, und der Dieb schrie auf. Der Pranger rutschte von den verstümmelten Armen und blieb auf dem blutverschmierten Baumstumpf liegen.

Lorea hob entsetzt eine Hand vor den Mund. In einer der Wunden erkannte sie Knochen. Der Dieb heulte, als er auf seine abgetrennten Hände hinabsah. Vor dem Dieb ergoss sich über Baumstumpf und Erde eine Blutlache, welche sich mit jedem Herzschlag ausbreitete.

Vor Schreck erschauderte Lorea. Als sie sich daran erinnerte, dass sie am Morgen etwas von den nahen Bauernfeldern gestohlen hatten, wurde ihr unwohl.

Ihr Begleiter legte eine Hand auf ihre Schulter. »Lasst uns wieder zurückgehen.«

Sie sah ein letztes Mal auf den Schauplatz, wo der feine Herr eine Hand des Diebs in die Höhe hielt. Einige grölten und jubelten auf die Geste hin. Der Dieb auf dem Richtplatz war verstummt. Lorea hoffte für ihn, dass er bewusstlos war und nichts mehr spürte.

Mit Maël schlüpfte Lorea durch die Menge. Andere Zuschauer kehrten sich ebenfalls zurück zum Weg Richtung Stadt, weil das Spektakel vorbei war.

»Das war ja gruselig«, gestand Lorea.

»Was hättet Ihr denn von einer Urteilsvollstreckung erwartet?«

»Dass sie nicht so …« Sie überlegte. Mit so viel verletztem Fleisch und Blutvergießen hatte sie nicht gerechnet, als sie die Erhängten aus der Ferne gesehen hatte. »… so schmutzig wäre. Dem Mann ohne Hände hätte es sicher auch gereicht, wenn man ihm einen Finger abgenommen hätte.«

»Dann wäre nicht ein solches Spektakel daraus geworden, und die Zuschauer hätten sich wohl gelangweilt.«

»Meint Ihr wirklich?« Als sie sich die begeisterte Reaktion der Schaulustigen ins Gedächtnis rief, welche für sie eher beklemmend als nachvollziehbar war, verstand sie die Meinung ihres Gefährten.

»Ich mag keine Hinrichtungen«, gab Maël offenkundig zu.

»Nach diesem Erlebnis kann ich mich Euch nur anschließen.« Niemand war so wertlos, dass er unter Jubelgeschrei getötet oder verstümmelt werden sollte.

Maël führte sie erneut durch das große Tor des Gefängnisses. Sie wurden zurück in die Innenstadt geleitet. Nach wenigen Schritten erreichten sie die südliche Grenze der Stadt. Keine Mauer schützte das prächtige London auf dieser Seite, sondern der rauschende Fluss.

Während die beiden zwischen großen Häusern und dem strömenden Wasser entlangschlenderten, beobachtete Lorea das Leben auf dem Fluss und ließ sich von dem Grauen, das sie gesehen hatte, ablenken. Die weißen Schwäne wagten sich nah ans Ufer. Einer der Ruderbootfahrer wartete an einem schmalen Steg in seinem Kutter darauf, dass ihn jemand mit einer Fahrt beauftragte. Das Flusswasser schubste das kleine Boot seicht. Dann verdeckten zusammengedrängte Häuser die Sicht auf die Themse. Wanderer mit wedelnden Umhängen und schwerem Gepäck auf den Schultern, die nach einer Bleibe zu suchen schienen, kamen ihnen entgegen.

Maël führte Lorea an Dutzenden Gemäuern vorbei, und nach kurzer Zeit hatte sie nicht die leiseste Ahnung, wo sie in dieser großen Stadt umherliefen. »Wo gehen wir hin?«

»Zum Hafen am Fluss, dort möchte ich einen Master fragen, ob er uns beide mitnimmt.«

»Wenn ich mit Euch weiterreisen möchte.«

»Natürlich. Habt Ihr Euch schon entschieden?«

Unentschlossen schüttelte Lorea den Kopf. »Ein Teil von mir würde sehr gern hier bleiben.«

Nervös kaute Maël auf seiner Unterlippe. Ihm schien es nicht zu behagen, dass sie ihn möglicherweise verließ. »Bedenkt aber Euren Stand, Werteste. Wenn Ihr Eure Familie hier nicht ausfindig machen könnt, seid Ihr auf Euch gestellt.«

»Ihm Moment sind wir auch auf uns gestellt.«

»Aber Ihr seid immerhin nicht allein.« Mit einem Lächeln versuchte Maël anscheinend, sie davon zu überzeugen, bei ihm zu bleiben.

Nachdenklich senkte sich ihr Blick. Warum er sie wohl auf seiner Reise mitnahm? War er des Alleinseins überdrüssig oder verfolgte er andere Pläne?

Zwischen den Häusern erhaschte sie abermals einen Blick auf die Themse. Ihr kam ein Einfall, sich noch etwas Bedenkzeit zu verschaffen. »Können wir noch über die Londoner Brücke gehen?«

Die beiden bogen um eine Hausecke. »Dann müssen wir hier entlang.« Maël schien sich in den Straßen gut auszukennen. Lorea hätte auf sich gestellt jegliche Orientierung verloren.

Als sie die Brücke erreichten, schlüpften sie nochmals durch ein angrenzendes Tor. Vor ihnen zog sich eine Gasse zwischen den Häusern der Brücke entlang. Forschend kniff Lorea die Augen zusammen, weil sie noch nie eine eng bebaute Flussüberführung gesehen hatte. Zu ihrem Erstaunen war der Durchgang so schmal, dass nur ein Wagen mit Gespann die Brücke zu überqueren vermochte. Die Gemäuer lagen ein manches Mal so dicht, dass sie ineinander verschmolzen und ein Torbogen unter ihnen hindurch führte. Durch eine kleine Lücke zwischen den hohen Fassaden sah Lorea das schimmernde Wasser, das unter den Häusern entlangströmte.

Verkäufer räumten ihre Waren ein, weil sie gleich die Läden schließen würden. Kinder saßen auf dem Weg, spielten in Pfützen und mit Dreck und lachten, als sie sich mit Schmutz bemalten. Kleine Bälle aus Leder wurden durch die Luft geworfen und alte Apfelkerne aus ein paar Schritten Entfernung in Becher gespuckt. Als drei kleine Gestalten um Lorea und ihren Begleiter rannten, damit eine vierte sie nicht fing, drehte Lorea sich verspielt mit ihnen mit und schenkte den Kindern ein Lächeln. Maël sah ihnen nach und rief dem Fänger zu, er solle schneller rennen.

Zwischen den Fassaden öffnete sich vor ihnen eine kleine Lichtung. Auf einer Seite hatte man am Rande der Brücke ein Geländer aus Holz angebracht. Als Lorea an das Geländer herantrat und ihre Hände darauf legte, spürte sie, wie unter ihren Füßen das Wasser so gewaltig strömte, dass der Boden erzitterte. Entlang des Flusses entdeckte sie

Stege am Ufer. Schiffe, die lang wie zehn Kutschen schienen, lagen dort an. Ihre hellen Leinensegel waren eingerollt und an einem Querbalken der Masten festgeschnürt. Manch ein Mast war einer Kirchturmspitze in seiner Größe ebenbürtig. Wissbegierig reckte Lorea den Kopf, weil sie zum ersten Mal Schiffe sah. Mit einem Segelschiff zu reisen, war sicher aufregend.

An den Anlegestellen herrschte reges Treiben, und Lorea erspähte Männer, die von den Schiffen Kisten und Fässer trugen. Bestimmt waren viele davon Handelsschiffe. Ihre Blicke wanderten weiter und fanden eine mächtige Burg, die abseits der Wohnhäuser, jedoch im Schutze der Stadtmauer wachte. Mehrere Wälle schützten den Burgfried, der mit seinen vier teils runden, teils eckigen steinernen Türmen über die Dächer ragte. Das war der Tower, wo ihr König wie auch Gefangene wohnten.

Ihr Begleiter gesellte sich zu ihr und richtete den Blick hinab auf das Wasser. »Ihr hattet Recht«, gestand sie. »London ist wie ein Löwe.«

Maël stieß fröhlich die Luft aus. Er warf seinen Kopf in den Nacken und musterte den Himmel. Ein frischer Wind kam auf, der die beißenden Stadtgerüche vertrieb.

Als die Schiffe am Steg sie an Maëls Worte bezüglich seiner Weiterreise erinnerten, überlegte sie, ob sie tatsächlich in London bleiben wollte. Dann wäre sie allein. Sie hatte keine Ahnung, wo die Familie ihres Vaters lebte. Ein sicheres Dach über dem Kopf war nicht gewiss. Im Gegensatz zu Maël hatte sie beinahe kein Geld, wenn sie sparsam war, konnte sie sich noch für eine Woche Essen leisten. Womöglich würde sie danach wie die Bettler in der Gosse landen. Niemand würde sie dann mit seinem Schwert beschützen, falls erneut Hexenjäger auftauchten.

»Ich habe mich entschieden.«

Maël stützte sich mit verschränkten Armen auf das Geländer und schaute hoffnungsvoll zu ihr hinüber.

»Ich werde Euch begleiten.«

Sie bemerkte, wie seine Schultern vor Erleichterung herabsanken. Vermutlich tat es auch ihm gut, wenn er weiterhin Gesellschaft hatte und nicht allein zum Festland reiste. Die Vorstellung, ihn auf seiner langen Reise bis zu seinem unbekannten Ziel zu begleiten, gruselte sie. Doch in seiner Gegenwart war sie sicherer als allein als Bettelweib in Londons gefährlichen Gassen.

Mit ausgestrecktem Finger wies er auf die vielen Schiffe am Flussufer. »Dann sollten wir gleich nach einem Schiff fragen, bevor die Sonne untergeht. Sonst sind die Decks leer wie Geisterschiffe.«

Während sie unter den Torbögen und durch die Menge schlüpften und die Brücke verließen, färbte sich die Sonne orange. Am Brückentor, welches in die Stadt einließ, bezahlte ein Kutscher seinen Zoll bei einem Herrn, der ihm daraufhin die Durchfahrt gestattete.

Maël umrundete ein paar Mauern, Lorea lief ihm nach, bis sie wieder den laut rauschenden Fluss erreichten. Das Wasser hatte eine solche Kraft, dass Wassertropfen bis auf ihren matschigen Weg unterhalb der Brücke spritzten.

Ihr Begleiter sah sich an den Stegen der Uferstraße nach den größeren Schiffen um. An Brücken, die auf die Decks der Schiffe führten, hantierten Leute. In einigen Webleinen hingen Männer, die sich um Segel und Seile kümmerten.

Als jemand mit einer großen Kiste vom Deck eines Schiffes zu ihnen ans Ufer kam, nutzte Maël die Gelegenheit. »Maat?« Der Seemann sah auf. »Fährt Euer Schiff aufs Festland?«

»Aye.« Der Mann blieb neben ihnen stehen.

»Wo können wir Euren Master sprechen? Wir wollten fragen, ob wir mitkommen könnten.«

Der Seemann begutachtete Lorea kritisch. Er wandte sich zur Uferstraße um und nickte zu einem Mann, der einen auffälligen Hut und einen langen schwarzen Bart trug.

Lorea lief stumm und gespannt hinter ihrem Begleiter her, der an den Schiffsmaster herantrat. Der langbärtige Mann diskutierte mit einem seiner Seemänner. Maël stellte sich neben die beiden und räusperte sich auffällig. Der Master schloss den Mund und wandte sich Maël zu. »Hm?«, fragte die brummende Stimme, und seine dunklen Brauen hoben sich.

Maël hob seine Haltung. »Wir wollten fragen, ob Ihr uns mit aufs Festland nehmen würdet. Natürlich bezahlen wir auch.«

Der bärtige Master warf Lorea einen scharfen Blick zu. »Nein. Wir haben keinen Platz mehr.«

»Wir zahlen auch gut und schrubben das Deck!«

»Nein!«

Maël seufzte schwer, weil er sich eine andere Antwort erhofft hatte. »Wir danken Euch dennoch«, meinte er und verneigte sich knapp. »Einen schönen Abend noch.«

Als er weiter am Ufer entlang und zum nächsten Schiff wanderte, trabte Lorea neben ihm her. Kein Schiffsmaster war gewillt, sie mitzunehmen. Einer meinte, sie lägen wochenlang am Londoner Ufer an, andere sagten, dass Stürme aufzogen, wenn Fremde an Bord wären. Manche segelten gar nicht zum Festland, sondern peilten andere Häfen in England an.

Maël stellte sich an den Rand des Steges und verschränkte die Arme. Seine grauen Augen musterten die anliegenden Schiffe. Offenbar überlegte er.

Ein Teil von ihr freute sich heimlich darüber, denn das Festland war für sie beängstigend weit weg. »Wie kommen wir jetzt auf die andere Seite?«

»Wir gehen nach Dover.«

»Nach Dover?«

»Ja, an die südliche Küste. Von dort haben die Schiffe den kürzesten Weg bis zur anderen Seite des schmalen Meeres.«

Sie bemerkte, wie weit ihr Weg noch war. In ihrem Gedächtnis wühlte sie nach einer Karte ihres Vaters und stellte sich vor, wo London und Dover darauf lagen. Mit Sicherheit würde der Marsch bis zur Küste einige Wochen beanspruchen. Aber schließlich hetzte sie niemand, die Schiffe segelten vermutlich das ganze Jahr, sodass sie selbst bis zum entfernten Wintereinbruch Zeit hatten, nach Dover zu gelangen.

Maël kehrte sich zu einer Gasse um, und sie liefen durch die düster werdende Stadt. Bald waren die herumtollenden Kinder auf den Straßen verschwunden und sicher dabei, eine abendliche Brotscheibe am Tisch ihrer Mutter zu schmatzen. Die letzten Bauern, die in den Nachmittag hinein gearbeitet hatten, waren auf dem Weg nach Hause.

Bewohner bereiteten sich für die Nacht vor und entzündeten Fackeln und Laternen an ihren Häusern.

Vor sich entdeckte Lorea die grauen Mauern, die sie von der einzigen Brücke Londons aus gesehen hatte. Zwei Schutzwälle umgaben die massive Festung. An den runden Türmen, die sich an jeder Ecke der geheimnisvollen Burg auf den breiten Wall stützten, leuchteten rote Lichtquellen auf. Im Dunkeln flatterten Königsflaggen auf den vier Haupttürmen des Burgfrieds in der Mitte. Kleine Fenster gewährten dem Licht des Abends Einlass hinter die Mauern. Auf allen Schutzwällen schritten dunkle Gestalten von einer Seite zur anderen.

Wenn Lorea davon absah, dass hinter dem großen Wall Gefangene in Kerkern saßen, war die Burg imposant anstatt gruselig. Der König von England hauste in einem der Türme, von Wachen und Steinen beschützt. Der Tower schien Aberhunderte von Kammern und Geheimnissen zu bergen.

An einer Hausmauer, die der uneinnehmbar erscheinenden Burg am nächsten war, lehnte Maël sich mit sicherem Abstand vom Tower an die kühle Außenfassade. Lorea genoss neben ihm die angenehme Abendsonne und den herrlichen Blick. Eine Wiese breitete sich vor ihnen aus, welche auf der einen Seite an der Themse und am anderen Ende an der Stadtmauer grenzte. Womöglich hatten sich die Häuser der Stadt ebenfalls nicht getraut, der Festung einen Ziegelstein näher zu kommen.

»Ich glaube, für unser nächstes Frühstück können wir uns keine Radieschen mehr leisten«, murmelte sie nervös. »Ansonsten sind wir unsere Hände los.«

»Solange wir uns geschickt genug anstellen«, entgegnete Maël und hob die Brauen. »Ich denke nicht, dass wir wegen zwei kleinen Gemüsekullern gleich unserer Hände entledigt werden. Eine Fingerkuppe vielleicht, aber keine Hand.«

Seine Einschätzung beruhigte sie keineswegs.

Das Licht der Sonne verschwand hinter dem Horizont, und die Tiere der Nacht erwachten. Fledermäuse grüßten sie mit Flügelschlägen und hohem Kreischen. Der Tower wirkte durch die Finsternis und die Geräusche unheimlich. Kälte legte sich über die Wiese. Lorea hatte ein unwohles Gefühl dabei, so spät auf der Straße zu sein. Sie erinnerte sich an den Überfall der Hexenjäger in Manchester, wo die Straße ebenso von den Schatten der Nacht bedeckt gewesen war. Das Lachen der Jägerin jagte einen Schauer durch ihre Gliedmaßen.

Sie schaute zu Maël auf, der wieder in seinem Haar herumspielte. Der Anblick der Festung schien ihn ebenso nervös zu machen wie Lorea, sobald sie an ihre Verfolger dachte.

»Lasst uns zurück zur Stube gehen«, beschloss sie.

Kerzen und Fackeln leisteten ihren erwarteten Nutzen, als die beiden aufbrachen. Nachtfalter und Mücken tummelten sich in Scharen um die Lichter und ließen den Schein der Flammen an den Hauswänden flimmern. Eine Katze, die sich auf abendliche Jagd begab, blieb auf der Straße stehen und sah die beiden Besucher mit grün leuchtenden Augen an.

Ein Mann mit Umhang und großem Hut lief gemächlich an ihnen vorbei. In der einen Hand trug er eine Lanze, in der anderen eine Laterne, doch er war keineswegs ein Soldat. Das war ein Nachtwächter. Der Mann mit grauem Vollbart sang ein dunkles Lied, um die umherziehenden Bewohner und Besucher zu warnen, zu solch später Stunde die Straßen zu meiden.

Missmutig sah Lorea sich um, ob sie einen Schurken, welchen der Nachtwächter in seinem Lied erwähnte, in den Schatten sah. Sie war froh, als sie das Alehaus erreichten, kurz nachdem der Nachtwächter verschwunden war. Aus den offenen Fenstern drang Stimmengewirr. Nachdem sie ihrem Begleiter ein aufmunterndes Lächeln gezeigt hatte, öffnete er die Tür, welche sie knarrend und mit einem vom Stimmengetöse übertönten Klingeln hereinbat. Der Wirt stand an einem besetzten Tisch und unterhielt sich mit Besuchern. Als er sah, dass seine anderen Gäste wieder einkehrten, klatschte er freudig in die Hände. »Meine Lieben, willkommen zurück! Wollt ihr vielleicht was essen?« Er kam mit einem breiten Lächeln unter dem bauschigen Bart und ausgebreiteten Armen auf sie zu. »Es ist zwar noch nicht allzu viel der frischen Ernte da, aber Wachteln haben wir noch ein paar!«

Bauern mit kräftiger Statur, dickem Bauch und gebräunten Gesichtern und Handwerksleute mit rauen Händen und von Ruß oder Ton verschmierten Hemden und Hosen saßen an einer Tafel. Die Leute grüßten sie mit erhobenen Krügen und angeheitertem Gemurmel. Andere Umherwandernde hatten sich an den Tischen verstreut, beinahe alle Stühle in der geräumigen Stube waren belegt.

Ein breites Lächeln dehnte sich auf Loreas Lippen aus, und sie sah ihren Gefährten an. »Wollen wir?« Sie nickte in die Richtung eines freien Tisches.

»Mit Vergnügen.«

Die beiden bahnten sich ihren Weg zu einem kleinen Tisch, der mit zwei Stühlen darauf wartete, besetzt zu werden. Über dem Tisch an einer Wand aus Holzlatten hingen Hufeisen und Trockengestecke zur Dekoration. Maël drehte ihr gestenreich den Stuhl zu und setzte sich ihr gegenüber, nachdem sie Platz genommen hatte. Der Wirt kam mit polternden Schritten zu ihnen und stellte das Abendessen vor. »Gebratene Wachteln mit einer Scheibe Brot oben drauf habe ich zu bieten.«

»Wachteln?«, wunderte sich Lorea. Nur für den Adel waren derartige Fleischspeisen vorgesehen, den schlichten Leuten standen nur Hühner zu. »Woher das edle Essen?«

»Unsere Hoheit hat einen Festtagsschmaus veranstaltet«, erklärte der Wirt und räumte ihren Missmut eilig aus dem Weg. »Da bekam der König so viel Fleisch von den Bauern, dass er einiges an uns abgab, der gütige Herr. Will das Pärchen was davon haben?«

»Sehr gern, und ein Ale bitte dazu«, bat Maël freundlich. Lorea schmunzelte, als ihr auffiel, dass der Wirt ihre Beziehung abermals fehldeutete. Es fiel ihr umso schwerer, ein Lachen zurückzuhalten, als sie das vor Belustigung verzogene Gesicht ihres Begleiters bemerkte.

Der Wirt hielt die Hände zu einer Schale geformt vor sich, um zu zeigen, dass er erst seine Bezahlung erwartete. Maël legte aus seinem Beutelchen fünf schmucke Knöpfe in seine Hände. Der Mann mit Schürze besah sich die Knöpfe und bedankte sich. Er verschwand in einen hinter dem Tresen verborgenen Raum und rief jemandem außerhalb ihrer Sichtweite etwas zu.

Weil es mit der Zeit warm wurde, zogen Lorea und Maël ihre Mäntel aus und hingen sie über ihre Stuhllehnen. Ohnehin war die Luft in der Stube durch die Ansammlung von Leuten stickig.

Tief in Gedanken überdachte sie ihre Entscheidung, weiterzureisen. Wie weit entfernt ihre Heimat dann sein würde. Wenn sie nach Dover reisten, vielleicht das Festland erreichten, wäre ihre Familie im Norden so weit weg. Dann würde sie ihren Vetter nie wieder sehen. Wie es wohl um ihn stand? Ob er Judeths Leiche gefunden hatte?

Als ein Krug lautstark auf einen Tisch gehämmert wurde, riss sie das Geräusch aus ihren Gedanken. Sie warf verstohlene Blicke auf die Männergruppe neben ihnen. Durch ein offenes Fenster betrachtete sie die düstere Straße. Die Gestalt der Jägerin bildete sie sich ein. Als sie blinzelte, stellte sie erleichtert fest, dass sie nur einen Schatten fehlgedeutet hatte. Das Lied, welches die Frau und ein Waisenjunge aus einer Gruselgeschichte ihres Vaters gesungen hatten, kam ihr in den Sinn.

»Kennt Ihr die Geschichte des Waisenjungen, der in der Nacht durch die Straßen und Gassen streift?«

Maël legte die Arme verschränkt auf den Tisch. »Jener, welcher während seines nächtlichen Bummels ein Pestlied singt und fremde Kinder zu sich lockt? Ja, die habe ich schon oft von Erzählern hier in Eurem Land gehört. Ihr fürchtet Euch doch nicht vor solch alten Geschichten, oder?«

Lorea zuckte mit den Schultern. »Vielleicht.«

Spielerei und Bärenschrei

Sie träumte vom Reisen mit einem Fremden in entfernte Länder. Durch Berg und Tal liefen sie, sahen jedes Wasser, genossen jeden Duft der Welt, als plötzlich ein leises Summen in ihre Ohren drang. Jemand sang ein Lied. Lorea sah umher, fand aber plötzlich niemanden an ihrer Seite. Hatte Maël nicht eben noch neben ihr gestanden? Dann öffnete sie die Augen. Zu ihrer Enttäuschung stellte sie fest, dass sie seit der letzten Unterhaltung mit ihrem Wegbegleiter keinen einzigen Schritt in ein fremdes Land gesetzt hatte. Sie lag in ihrem Bett, die weiche Decke dicht bis an ihre Ohren herangezogen, doch das Lied hallte weiterhin von der Straße zu ihr durchs Fenster. Verschlafen rieb sie sich die Augen, damit sich ihre verwaschene Sicht schärfte, und blinzelte träge das Fenster an. Die Nacht war noch dunkel. Leises Auftreten von Füßen schwebte von der Straße zu ihrem Fenster. Erneut erklang die klare Stimme eines Kindes.

»Mortai bettet diese Seele zur Ruh',
er wacht über sie, wiegt sie seicht in den Schlaf.«

Es war die Stimme eines Jungen, die mit jedem Schritt deutlicher, doch nur wispernd an den Hauswänden widerhallte. Lorea drehte beunruhigt den Kopf. Ihr Begleiter schlief. Trotz eines widerwilligen

Ziehens in ihren Beinen stand sie auf, spürte das ausgekühlte Holz unter ihren in Socken gehüllten Füßen und trat zögerlich zum Fenster. Ihre Ohren schienen ihr einen Streich zu spielen. Sicher bildete sie sich den Schauder nur ein, weil sie sich vor der Gruselgeschichte ihres Vaters fürchtete. Doch ihre Neugier trieb sie an. Ihr Blick fiel auf die leere Straße, die vom trüben Licht des Mondes beleuchtet wurde. Ungläubig musterte sie den Schmutz weit unter ihr. Vor Schreck zuckte sie zusammen. Dort lief tatsächlich ein kleiner Schatten. Er schlurfte mit erstarrtem, vom Mondschein gebleichten Gesicht die Straße entlang und sang weiter.

»Schenkt Träume von Vergang'nem und Neuem,
bis die Seele wieder erwacht.«

Lorea bemerkte, dass es nicht das Lied war, von welchem ihr Vater stets gesprochen hatte. Plötzlich erschien Maël nach lautem Trampeln hinter ihr. Sie erkannte bei ihm einen ebenfalls erschrockenen Gesichtsausdruck. Er steckte den Kopf hinaus, sah sich auf der Straße um, doch kein anderes Kind außer das, welches an ihrem Alehaus vorbeischritt, war zu sehen.

»Merkwürdig, nicht wahr?«, flüsterte sie, aber sogleich war Maël hinter ihr verschwunden. Er warf sich aufs Bett. Eilig schlüpfte er in seine Stiefel und schnürte sie zu. Dann kehrte er zu ihr zurück und lehnte sich weit aus dem Fenster.

»Vorsicht!«, mahnte sie ihn leise, denn er machte den Eindruck, aus dem Fenster springen zu wollen. Einen Fuß setzte er auf das Fensterbrett und stützte sich ab. Erstaunen und gleichzeitige Sorge überkamen Lorea, und sie packte ihn am Arm. »Was wollt Ihr tun?« Sie zog ihn sachte zurück.

Maël sah sie mit einer ungewohnten Ernsthaftigkeit an, die sie bis auf die Knochen spürte. »Bleibt hier. Ich sehe nur kurz nach dem Jungen.«

Sie lockerte ihren sturen Griff und schüttelte den Kopf. Was hatte er vor?

Maël sprang mit einem Satz gefolgt von einem dumpfen Aufprall auf die Straße. Nach einer Rolle auf dem staubigen Boden, die den Rest seines Schwungs abfing, richtete er sich auf und lief dem einsamen Jungen hinterher. Da war wieder Maëls fragwürdige Hingabe zum Klettern, dachte Lorea. Sie sah gespannt zu, was der Narr vorhatte, und lehnte sich genauso weit aus dem Fenster, wie Maël es zuvor gewagt hatte. Er stellte sich vor die kleine Gestalt auf der Straße. Der Junge verstummte und hielt an. Der lange Schatten, der von Maël auf den Boden geworfen wurde, schrumpfte, als er sich vor den Jungen kniete. Er redete mit dem Knaben, doch Lorea verstand die Sprache nicht, die zu ihr wehte. Der Bursche sah auf, behielt seinen traumatisierten Blick bei.

»Nicht weit von hier, dort haben sie uns erwischt. Wir sind gerannt. Überall Schwerter. Überall Feuer«, bröckelte es langsam und tonlos aus dem Mund des Burschen. »Überall rot. Sie haben uns die – die …« Maël legte ihm einen Zeigefinger an die Lippen und brachte ihn zum Schweigen. Er hauchte ihm erneut unbekannte Worte in die Ohren und streichelte dem Knaben über das zerzauste Haar. Dessen traurige Stimmung schien sich auf Maël übertragen zu haben. Der Blick der kleinwüchsigen Gestalt senkte sich. Maël stand auf und ließ ihn passieren. Die schlurfenden Füße glitten wieder in gleichmäßigen Abständen über den Schmutz der Straße und liefen dem Mond entgegen. Maël behielt das streunende Kind im Blick. Nach einem Moment, in dem er über etwas zu trauern schien, kehrte er zurück zur wartenden Lorea am Fenster.

Sie wich beiseite, um ihm Platz zum Eintreten zu verschaffen. Füße prallten an die Holzlatten der Außenfassade, als ob jemand kräftig mit der Faust dagegen schlug. Eine Hand klammerte sich ans Fensterbrett, und mit Mühe zog sich Maël hinauf in ihr Zimmer. Er setzte seine Stiefel zurück auf den hölzernen Boden und richtete sich vor ihr auf. Der Junge draußen sang abermals leise wie ein Windhauch sein Lied.

Die beiden Wanderer beobachteten einander, Lorea mit einem misstrauischen Blick, ihr Begleiter mit einem schuldbewussten. Erneut kroch das beunruhigende Gefühl in ihr herum, dass er ihr ein Geheimnis vorenthielt. Dass eine Gefahr von ihm ausging, die sie aber nicht abschätzen konnte. Ihre Brauen senkten sich. »Habt Ihr etwas zu verbergen?«

Beschämt schlug Maël die Augen nieder. Er erinnerte sie an einen Bengel, der Ärger von seiner Mutter bekam. »Weil ich mich um einen Straßenjungen sorge?«

Sie wusste, dass er mit seinen Worten einen großen Bogen um ihre Frage machte, doch ihr auszuweichen würde ihm dieses Mal nicht gelingen.

»Ihr kümmert Euch um den Jungen dort draußen«, murrte Lorea aufgebracht, jedoch flüsternd, »aber nicht um die Waisen in den Gassen. Ihr versteckt Euch in Städten unter einer Kapuze, benutzt diese aber bei Regen nicht. Ihr sprecht eine Sprache, die nur der Junge dort draußen versteht. Ihr kommt aus einem Land, dessen Ursprung Ihr mir vorenthaltet. Was habt Ihr zu verbergen?«

Maël warf ihr einen Blick zu, wich aber schnell ihrem strengen Gesicht aus und fingerte nervös an den Haarbüscheln seiner Schläfe. »Ich …« Er hielt inne, um sich zu sammeln. Doch bei seinen Worten wagte er es nicht, ihr in die Augen sehen. »Ich kann es Euch nicht sagen, es tut mir wirklich leid.«

So bemitleidenswert er bei seiner Ausrede auch klang, traute sie ihm nicht. Ärger breitete sich lodernd in ihr aus. Obwohl sie tagelang mit ihm ausgeharrt hatte, erzählte er ihr nicht, was der Grund für sein seltsames Verhalten war?

»Seid Ihr auf der Flucht?«

Ein verzweifeltes Lächeln zuckte an seinen Lippen. Eine halb lachende Antwort schwebte mit einem Hauch von Selbstverachtung zu ihr. »Ja, vor mir selbst.«

Seiner unerwarteten Worte wegen wich Lorea einen Schritt zurück. Unverstanden sah sie zu ihm auf. Etwas schien ihn seines betrübten Blicks nach zu belasten, doch er vertraute es ihr nicht an. Auf eine Weise verärgerte es sie, andererseits war sie deshalb um ihn besorgt. Lorea wandte sich ab und setzte sich mit einem flauen Gefühl im Magen auf ihr Bett.

Maël schaute zum Fenster hinaus, dann verschwand er hinter ihr und zog sich unter den Decken seines Schlafplatzes zu einem dunklen Häufchen zusammen.

Mit verstreuten Gedanken legte sie sich hin und deckte sich zu. Missmutig zog sie die Beine an und streckte sie wieder aus, weil ihr unwohl war. Sie legte das Handgelenk neben ihren Kopf, damit sie das Lederarmband daran sah. Was hätte ihre Mutter getan? Wäre sie vor Maël und seinen Geheimnissen geflüchtet? Oder hätte sie auf klare Antworten beharrt?

Von was hatte der kleine Junge Maël erzählt? Dass alles rot war? Meinte er Blut? Maël schien trotz der lückenhaften Erzählung des Jungen gewusst zu haben, was geschehen war. Lorea hingegen hatte keine Ahnung, warum man in ihrem Land mit Kindern zusammen vor etwas wegrannte. Waren hinter dem Jungen Hexenjäger her?

Maël wusste bei Weitem mehr, als er preisgab. Von schrecklichen Dingen schien er zu wissen. Da bemerkte sie, dass sie ihm kein Wort darüber erzählt hatte, dass man auch auf sie Jagd machte.

Draußen polterte ein Wagen, der von kräftigen Pferdebeinen gezogen wurde. Lorea folgte ihrem Begleiter nach draußen vor die Tür der Gaststube. Ihr Haar, welches sie in einem Flechtzopf gebändigt hatte, warf sie nach hinten, sodass es über ihr Bündel fiel. Draußen war es wärmer als während der vergangenen Morgen, die sie sonst in den Wäldern verbracht hatten. Die Luft war von aufgewirbeltem Dreck staubig. Neben dem strengen Geruch von Menschen zog der von Vieh und Grünzeug in ihre Nase. Reges Leben herrschte auf den Straßen. Leute in Kleidern von alten, zerrissenen Lumpen bis hin zu edlen Seidenhemden, schillerndem blauen Samt und klappernden Rüstungen zogen durch die Stadt. Es wunderte Lorea, dass selbst der Adel vom Markt aus seinen Häusern gelockt wurde.

Einige Bauern zerrten ein Tier an einer Leine mit sich, die einen Hunde, die anderen Schafe. Unter den Gestalten deutete Lorea Menschen aus anderen Ländern, was sie an deren auffälligen Kleidern, schmalen Augen, blasser oder gebräunter Haut oder an der unverständlichen Sprache erkannte. Ihre Ohren lauschten unzähligen Geräuschen, dem Hämmern eines Böttchers auf Holz, dem Wiehern von Pferden, dem lauten Getuschel der Menge, dem Grunzen von Schweinen, dem Trampeln Abertausender Stiefel, Holzpantoffeln und Spitzenschuhe. Je näher sie in Richtung der großen Kathedrale wanderten, die sie gestern besucht hatten, desto mehr Gestalten liefen kreuz und quer durcheinander.

Lorea behielt Maël stets im Blick, damit sie nicht allein und verlassen durch die Stadt irren und nach Wegweisern suchen musste. Karren mit Rössern oder Bullen im Gespann bahnten sich ihren Weg durch die Massen. Die Bauern, welche die Tiere zügelten, schienen zu hoffen, einen geeigneten Platz auf den Märkten zu finden, um ihre Ernte für reichlich Einsatz einzutauschen.

Das Gedrängel wurde dichter, als sie einen großen Platz erreichten. Die Fassaden der Häuser öffneten sich vor ihnen. Sie hörte das Klimpern von Münzen, Muscheln und anderen aufblitzenden Habseligkeiten, lautes Getuschel über Handel und Waren, das lärmende Kratzen von Kutschrädern und Schleifsteinen. Ziegen meckerten auf der einen Seite des Marktplatzes, Hühner gackerten auf der anderen. Ihre Nase nahm die Gerüche von vielerlei Dingen wahr, von stinkendem Käse über den Hunger bereitenden Duft von Gebratenem bis hin zu frischer Wolle, Kräutern und trockenem Holz. Hinter einigen Rücken lugten Tische und Stände hervor, auf denen Unmengen an Ernte, Heilkräutern, Kerzen, bunten Tüchern, Kleidern und Hemden ausgebreitet waren. Gürtel und Taschen, geflochtene Körbe, Tontöpfe, Holzlöffel, Trinkhörner, Tierfelle, Schalen oder stählerne Waffen, egal was Lorea entdeckte, alles lockte sie zu den unzähligen Verkäufern. An einem Tisch sah sie einen Bader, der vor vieler Leute Augen einem Bauern einen fauligen Zahn zog. Die Zuschauer schien das Spektakel zu unterhalten.

Lorea griff nach einer Schlaufe an Maëls Bündel, denn die Menge lief durcheinander wie eine aufgeschreckte Schafherde und schien die beiden auseinandertreiben zu wollen. Versehentlich rempelte sie jemanden an und entschuldigte sich sogleich. Mit schüchtern eingezogenem Kopf sah sie dem Mann nach, doch dieser kehrte sich nicht einmal grimmig zu ihr um. Viele der Leute waren zu beschäftigt, um ein Wort der Entschuldigung zu verschwenden.

»Frische Radieschen! Frischer bekommt ihr die nirgends!«, rief ein molliger Mann mit unpassend hoher Stimme. Ein nervöses Lächeln breitete sich auf Loreas Lippen aus, als sie sich an ihr gestriges Morgenmahl zurückerinnerte und weinrote Kullern mit einer weißen Schnur vor ihrem inneren Auge schwebten. Bei dem Gedanken an die abgehackten Hände schluckte sie schwer. Als sie einen fremden bunten Vogel in einem kleinen Holzkäfig erspähte, vergaß sie die Grausamkeit.

Ein Metzger zog einen Handwagen mit frischem Fleisch hinter sich her. Loreas Blick folgte dem Mann und fiel auf einen unweiten Tisch. Umhänge, Hemden und Mäntel in Dutzenden Farben waren darauf ausgebreitet, doch so bunt die Stoffe schienen, wirkten sie alle gräulich und düster.

»Seht mal!«, rief sie Maël zu.

Er drehte sich zu dem Inhaber der Umhänge um und erblickte, worüber sie sich während ihres gestrigen abendlichen Gesprächs unterhalten hatten.

»Dann mal auf, Werteste!« Anscheinend hatte er Lorea die Unannehmlichkeit der vergangenen Nacht nicht übel genommen. Andererseits war es möglich, dass er sich hinter seinem Lächeln versteckte. Sie war sich nicht sicher, was in ihm vorging.

Die beiden Wanderer schritten zum Stand des Schneiders und betrachteten die Umhänge, die darauf ausgebreitet waren. Dünne und wollige Stoffe von Gelb bis Violett schmückten den Tisch vor dem schlanken Mann, der eifrig auf Kundschaft wartete. Er war edel gekleidet, trug ein in weinfarben getauchtes Hemd und eine ebenso farbige Mütze mit einer Feder.

»Guten Tag, die lieben Leute«, sprach der Schneider, und sie nickten ihm zu.

»Grüße«, entgegnete Maël freundlich.

Vorsichtig fuhr Lorea mit der Hand über die zahlreichen Stoffe und überlegte, welcher für die aufkommenden, warmen Frühlingstage und den nahen Sommer am geeignetsten war. Bei den vielen Farben wurde ihr bange. Von daheim war sie ausschließlich dunkle und trübe

Kleidung gewohnt. Nur zu besonderen Anlässen, die sie bei sich zu Hause kaum gefeiert hatten, waren sie in farbenfrohere Kleider geschlüpft. Doch heute war Lorea kein Bauernkind mehr.

Aus dünner Wolle musste ihr neuer Umhang sein, beschloss sie. Aber welchen der vielen Farbtöne sollte sie wählen? Sie drehte sich zu Maël und ersuchte ihn um Rat. »Welche Farbe würdet Ihr nehmen?«

Sorgsam besah er sich die Umhänge, doch seine grauen Augen schienen sich offenbar nicht sofort entscheiden zu können.

»Grün oder dieses zärtlich dunkle Blau würde Euch wirklich gut stehen, junges Fräulein«, warf der Schneider ein und zog zwei der mit Kapuzen bestückten Umhänge hervor. Der grüne trug dieselbe Farbe wie die Monturen ihrer Verfolger und jagte ihr unbewusst Angst ein. Sie hielt sich nachdenklich zwei Finger an die Wange und schüttelte unbeabsichtigt den Kopf.

»Oh«, bemerkte der Schneider hinter dem Tisch und stöberte weiter in seinen Waren. »Dieses rote Schmuckstück hier würde auch vorzüglich zu Eurem wunderschönen Haar passen. Es ist ein Prachtstück, müsst Ihr wissen.«

»Ja, Liebes, das sieht wirklich schön an dir aus!«, gab Maël zu. Lorea starrte ihn an, als hätte sie nicht recht gehört. Oh, die Wölfe sollten ihn holen! Warum traf sie ausgerechnet auf einen Fremden, der so viel Spaß daran hatte, sie zu ärgern?

Auf seine grinsende Grimasse hin gab sie nach. Lorea fand ebenfalls Gefallen an dem frischen Rot, das farbig war wie eine im Sommer blühende Rose.

»Dieser dort soll es sein«, entschied sie und zeigte mit einer Handbewegung auf den Kapuzenumhang, welchen der Schneider in der Hand hielt. Während der Verkäufer den Stoff zusammenfaltete, warf sie ihrem Begleiter einen verärgerten Blick zu. Es amüsierte sie keineswegs, wenn Maël sich als ihr Liebhaber ausgab. Er selbst hingegen verkniff sich sichtlich das Lachen.

Maël zog seinen Beutel hervor.

Lorea streckte eine aufhaltende Hand aus. »Ihr müsst doch nicht –«

»Nein, Liebes, das ist ein Geschenk für dich. Für den Tag, an dem du das Licht der Welt erblickt hast, vor genau zwanzig Jahren.«

Er tut es schon wieder!, fauchte sie wie eine grimmige Katze. Und ihr Alter schätzte er dazu noch falsch ein. Während Maël ein schmeichelndes Schmunzeln aufsetzte, kämpfte Lorea darum, ihm nicht für seine Frechheiten einen Klaps auf den Hinterkopf zu verpassen. Sie riss sich zusammen und behielt ihr Lächeln auf den Lippen, obwohl es übermäßig aufgezwungen aussehen musste. Der Kaufmann überreichte ihr mit erstauntem Gesicht den gewünschten Kapuzenumhang und gab sich mit einer funkelnden Kette, einem schmuddeligen Ring aus Maëls Beutel und einem abmachenden Handschlag zufrieden. Lorea schnupperte an der frisch gefärbten Wolle, und der Geruch von Schafen und einer fremden Blume stieg in ihre Nase. Behutsam wickelte sie die neu erworbene Kleidung zu einer Rolle, welche sie auf ihrem Bündel festschnürte.

»Schönen Tag Euch noch«, verabschiedete sich Maël vom Schneider, und somit kehrten sie zurück in den Strom der Menge. Als sie sich vom Schneider entfernt hatten, fuhr Lorea ihren Begleiter mürrisch an. »Macht das nie wieder!«

Der Angesprochene lachte lauthals.

Nach einem tiefen Atemzug pustete sie ihren Ärger weg und sah sich weiter um. An einem Stand beobachtete sie, wie ein Bettler heimlich die Kette eines Goldschmiedes stahl. Der Mann war schneller vom Stand verschwunden, als der Schmied ihn greifen konnte.

»Dieb! Haltet den Langfinger!«

Der Bettler stellte sich so geschickt bei seiner Flucht an, dass Lorea ihn schon nach kurzer Zeit aus den Augen verlor.

Da weckte etwas anderes ihre Aufmerksamkeit. »Kommt, kommt! Kommt her, ihr lieben Leute! Ob groß oder klein, alt oder jung, kommt alle her! Seht, was Ihr noch nie zuvor gesehen!«

Ein Junge mit bunter Kleidung und einem lustigen Hut sprang auf der Straße von einer Seite auf die andere und rief unaufhörlich Zuschauer zu sich. Die Glöckchen an seinem spitzen Hut klingelten fröhlich und lockten Schaulustige an. Erwartungsvoll erhobene Gesichter scharten sich um den Knaben. Maël blieb stehen, und Lorea war so gebannt, dass sie um Haaresbreite gegen ihn gelaufen wäre.

»Möchtet Ihr zuschauen?«, fragte er und nickte in die Richtung des herumspringenden kleinen Harlekins. »Ich würde derweil Verpflegung und dergleichen beschaffen, wenn es Euch nichts ausmacht.«

»Das wäre zu nett von Euch«, dankte sie ihm und entschied sich somit für das Schauspiel.

»Ich komme zurück und suche nach Euch«, rief er ihr mit gespielter Sehnsucht in der Stimme zu, bevor die Menge sie auseinandertrieb. Lorea bahnte sich einen Weg durch die angelockten Zuschauer, bis sie einen geeigneten Platz fand, von wo aus sie zwischen den Köpfen den bunten Schelm sah. Eine Kulisse, vor welcher der Harlekin Purzelbäume und Räder schlug, war auf dem Marktplatz errichtet. Auf den zusammengenagelten Brettern waren links eine strahlend grüne Landschaft aus Hügeln und eine offene Wiese gepinselt. Je weiter sie dem langen Gemälde mit den Augen nach rechts folgte, desto düsterer wurde das Bild. Die farbenfrohe Wiese lief in einen grauen, toten Wald über, der zu einer furchteinflößenden Burg führte.

Gespannt beobachtete Lorea den Schauplatz, als die Darsteller vortraten und ihre Rollen vorstellten. Weil ein Jüngling eine Prinzessin spielte, brach bei seinem Auftritt Gelächter bei den Zuschauern aus. Die Schauspieler führten eine Geschichte vor, in welcher die Königreiche von England und Frankreich verfeindet, doch die Kinder der Königshäuser ineinander verliebt waren und sich ebenso wie das Volk nach Frieden sehnten. Glücklicherweise redeten die Straßenkünstler so laut, dass man sie bis ans andere Ende des Marktplatzes hörte. Die hochtrabenden Worte der Leute waren für Loreas Ohren ungewohnt. Die piepsende Stimme der Prinzessin lockte aus vielen Mündern ein Glucksen.

Nach dem sieglosen Ersuchen des Prinzen von England, den König von Frankreich vom Frieden zu überzeugen, beschloss er, dem König und seinen Truppen in einem Kampf zu trotzen und seine Liebste zu retten. Mit einem Schwert bahnte er sich seinen Weg bis ins verfeindete Königreich. Die Menge tobte, Fäuste wurden in die Höhe gestreckt, und jeder rief dem Prinzen bestärkende Worte zu. Die Kinder hopsten in den ersten Reihen, während Frauen entsetzt die Hände zusammenschlugen. Als Lorea nur noch den blau schimmernden Prinzen auf dem Schlachtfeld in aufrechter Haltung entdeckte, verstummte das Getöse. Der edle Held verschwand hinter der Festung und hinterließ eine bedrückende Stille. Lorea reckte wie viele andere erwartungsvoll den Hals.

Da stand der kleine Harlekin auf und schlug zur Belustigung Räder und Purzelbäume. Seine Glöckchen klingelten freundlich, und die Zuschauer, die der Niedergestreckten wegen betroffen waren, wurden aufgemuntert. Währenddessen standen die besiegten Soldaten auf und räumten die Bühne.

Eine Hand berührte ihre Schulter, und Lorea wurde aus ihrem verzauberten Traum gerissen. Maël stand hinter ihr und ärgerte sie, indem er sie aus ihren Gedanken riss und den Mund aufmachte. »Gefällt es Euch?«

Da sie sich ihrer Erfahrung mit ihrem schadenfreudigen Begleiter nach für eine andere Frage gewappnet hatte, sah sie einen kurzen Moment verwirrt drein. »Ja, ja! Aber natürlich!« Sie lachte glücklich und richtete den Blick wieder nach vorn. Sie spürte, wie der ihres Begleiters bedächtig lange auf ihr ruhte, bevor er sich den Schauspielern hingab.

Der tanzende und springende Schelm setzte sich wieder an den Rand der Kulisse und erzählte, was geschah. Der Prinz kämpfte sich durch die unheimliche Burg, bis er auf den König traf. Dieser plusterte sich auf. Von hinten wehte ein langes rotes Tuch auf den Schauplatz, unter dem sich ein halbes Dutzend Leute versteckte. Der König verwandelte sich in einen Drachen, der nach dem Prinzen schnappte und laut brüllte. Der Prinz trat in einem verbitterten Kampf dem Ungeheuer entgegen, wurde ein manches Mal beinahe gebissen oder von Feuer, welches der Drache spuckte, gebraten. Kampfgeschrei, nicht nur von den Schauspielern, sondern auch aus der Zuschauermenge, dröhnte auf dem Marktplatz. Alle waren aufgeregt und sprangen umher. Nur mit Glück spähte Lorea durch einige Lücken und beobachtete das Geschehen. Maël neben ihr hatte sicher bei seiner Größe weniger Probleme, über die Menge hinwegzusehen.

Der mutige Held versenkte geschickt das Schwert im Hals des Drachen. Das riesige Geschöpf aus Tüchern und Holz sank mit einem letzten Brüllen zu Boden. Die Prinzessin stieg von ihrem Turm, um den tapferen Prinz im Getöse und Jubel des Publikums zu umarmen.

Der Schelm vollendete die Geschichte mit lehrreichen Worten. Er erhob sich und lief zu dem Liebespaar, das sich der Menge zuwandte. Der König und die wenigen Soldaten traten ebenfalls auf den Platz. Sie stellten sich in einer Reihe auf und verbeugten sich unter ohrenbetäubendem Klatschen und Grölen.

Fasziniert von dem Schauspiel freute Lorea sich so sehr, dass ihre Ohren heiß wurden und sich ihr Lächeln über beide Wangen ausbreitete. Sie schloss sich dem Applaus an. Muscheln und Münzen flogen vor die Füße der Schauspieler, die sich immer wieder verbeugten.

»Kommt«, rief ihr Begleiter durch den Lärm der Leute, »wir müssen noch ein wenig Proviant besorgen, dann hätten wir alles beisammen.«

Sie entfernten sich von der Zuschauermenge, um sich nicht andauernd anbrüllen zu müssen, wenn sie sich unterhielten. An einer Hausmauer setzte Maël sein Gepäck ab. Weil er Unzähliges besorgt zu haben schien und die Nähte seines Bündels zu reißen drohten, verstaute Lorea einige seiner Lebensmittelkäufe, darunter einen Salatkopf, Lauch, einen Bund Karotten und ein Brotlaib, in ihrem Gepäck. Sie setzten ihren Bummel fort und wandten die Köpfe auf der Suche nach jemandem, der frisch gejagtes Wild und Geräuchertes verkaufte. Zwar sah Lorea einen Jäger, der aber handelte mit Geweihen und Wildschweinzähnen. Knochen und Zähne hatte er auf Schnüren zu Ketten gefädelt, die vor finsteren Geistern schützen sollten.

Die Straßen führten sie durch die Stadt, die Menge trieb sie unentwegt weiter. Auf ihrem Weg liefen sie an einem Herold vorbei, um den sich Zuhörer scharten. Der Mann sprach Neuerungen an, die Steuern und Abgaben betrafen. Als er einen Bericht vom Krieg in Frankreich vortrug, lauschte Lorea neugierig. Angeblich sei ein Sieg in ferner Zukunft denkbar, obwohl die Waffen auf beiden Seiten zur Zeit ruhten.

Plötzlich schlug Maël neben ihr auf fremde Hände. Lorea sah zu ihm auf, als sie bemerkte, dass hinter ihr ein Kind lief. Der Junge hatte die Finger nach Loreas Manteltasche ausgestreckt, in welcher sie ihren Wertbeutel aufbewahrte.

Ein kleiner Dieb. Maël warf dem Kind einen finsteren Blick zu und verscheuchte es.

»Danke«, sagte sie. Maël zeigte ihr ein freundliches Gesicht. Loreas Hand fuhr in ihre Manteltaschen, damit sie beim nächsten Mal rechtzeitig bemerkte, wenn jemand sich daran zu schaffen machte. Nicht dass ein anderer Dieb erfolgreich war.

An einem der Stände wurde frischer Fisch verkauft. In einem Eimer zappelten Flossentiere lebhaft im abgeschöpften Wasser. Lorea hatte nie von einem Fisch gekostet, deshalb musterte sie die vielen kleinen und großen Wassertiere, die auf dem Tisch unweit von ihr ausgebreitet waren. Die Schuppen der Fische glänzten im Sonnenlicht.

Im Getuschel der Leute hörte sie undeutlich ihren Namen. Verwundert wandte sie sich um. Bestimmt hatte sie sich verhört. Plötzlich griff sie eine zarte Hand am Arm. »Lorea!« Neben ihr trat eine junge Frau aus der Menge. Braunes Haar wuchs lang bis zu ihrer Taille, war aber nicht so ungepflegt wie bei ihrem letzten Treffen, sondern fein gebürstet. Ihre andere Hand umklammerte einen großen vollgepackten Korb. Blaue Flecken verschandelten nicht mehr ihr Gesicht, und Lorea erkannte ihre knöchernen Wangen.

»Glenna?« Sie hatte viele Besucher auf dem Markt erwartet, aber nicht, darunter ein bekanntes Gesicht zu sehen.

Damit Maël nicht von der Menge fortgetrieben wurde, hielt sie ihn am Ärmel fest. Als er bemerkte, dass sie mit jemandem sprach, kehrte er an ihre Seite zurück.

»Sag nicht laut meinen Namen«, warnte Glenna sie gebrochen und mit erhobenem Zeigefinger. Verschreckt sah sie sich nach dem Fischerstand um. Dort entdeckte Lorea Sir Roger in Begleitung einer mit einem Spitzhennen, Schleier und bläulich schimmerndem Kleid geschmückten Dame. »Sir Roger will nicht, dass ich mit Leuten rede.« Auf der Straße huschten Glennas Blicke umher, als ob sie jemanden suchte. Auf einmal schien sie in Panik zu geraten. »Wo ist Maia? Haben euch der Mann und die Frau gefunden?«

Lorea schreckte zurück. Sie erinnerte sich an die Gestalten, die ihnen mehrfach nachgejagt waren. »Die Frau, die uns nachgelaufen ist?«

»*Seadh*, die mit Haare gelb so wie Stroh. Und der Mann war bei ihr. Sie hat bei Burg gefragt, wo ihr seid. Ich hatte Angst wegen ihr. Haben sie euch gefunden?«

»Nein, Glenna, ganz ruhig. Sie hätten uns fast geschnappt, aber wir haben uns versteckt. Bei den Wölfen«, fluchte sie, als ihr klar wurde, wie knapp sie ihren Verfolgern entkommen waren.

»Bei den Wölfen.« Glenna lächelte, weil sie den Spruch wohl witzig fand. Auf einmal verschwand ihr Lächeln. »Wo ist Maia?«

Ihre Erinnerungen malten ihr das Bild einer Frauengestalt vor Augen, die eine Klippe hinunterfiel. Ihr Haar und ihr Mantel wedelten um sie und ließen sie wie ein Gespenst erscheinen. Lorea brachte kein Wort hervor.

»Sie ist an einer Klippe gestürzt«, nahm Maël ihr die Erklärung ab.

»Ist Maia verletzt?«

Maël schüttelte trübe den Kopf, Lorea neigte das Kinn zu ihrer Brust. Tränen verwischten ihre Sicht auf den schmutzigen Boden.

»Tut mir leid«, murmelte Glenna traurig und schlang einen Arm um ihren Hals. Den anderen, in welchem sie den schweren Korb hielt, hielt sie gesenkt.

Eine Hand stieß Glenna plötzlich von ihr weg. Erbost über diese schroffe Geste sah Lorea sich nach demjenigen um. Sir Roger richtete sich vor ihr auf und funkelte Glenna an, als hätte sie eine Pestkranke umarmt. »Ich habe dir untersagt, mit jemandem zu reden!«

»Aber, Herr, das ist Lorea.«

Sir Rogers Hand fuhr klatschend über Glennas Gesicht. Erschrocken öffnete Lorea den Mund. Maël hielt sich stumm zurück.

»Widersprich mir nicht. Es ist mir gleich, wer das ist«, meckerte der plötzlich unehrenhafte Mann.

Durch ihre aufkommende Wut nahm Lorea sich zusammen. »Bei allem Respekt, Sir Roger, aber meine Mutter und ich haben Euch diese junge Frau anvertraut, damit Ihr sie beschützt. Nicht, damit Ihr sie schlagt.«

Die adlige Dame an Sir Rogers Seite musterte sie von ihren schmutzigen Stiefeln über den zerfransten Saum ihres Kleides bis zu der Feder an ihrem Ohrring. Anscheinend war sie nicht sonderlich angetan. Lorea warf ihr nur einen kurzen Blick zu und wunderte sich, dass Sir Roger eine hässliche Gemahlin gewählt hatte. Vermutlich sah sein Inneres so aus wie die äußere Erscheinung seiner arroganten Gattin.

Nachdem er sie abwertend in Augenschein genommen hatte, schien er sich an Lorea zu erinnern. »Vielen Dank, dass Ihr uns eine neue Magd gebracht habt. Allerdings ist sie nur für die Arbeit ihrer Hände, nicht für die ihres Mundes tauglich.«

»Ich hoffe, dass Ihr sie gut behandelt«, knurrte Lorea und wusste, dass dem mit Sicherheit nicht so war.

»Nur wenn sein Vater da ist«, murmelte Glenna kaum verständlich. Abermals ohrfeigte Sir Roger sie, weil sie ungebeten gesprochen hatte.

Mit einem stampfenden Schritt trat Maël vor. Ihm schien der grobe Umgang des Ritters mit Glenna ebenfalls nicht zu gefallen. »Anscheinend geht Ihr dieser Bitte nicht nach. Es ist nicht sehr ritterlich, Frauen wegen Kleinigkeiten zu schlagen.«

»Die Kirche sagt mir, ich solle eine Frau schelten, wenn ich ihr Verhalten missbillige. Wenn sie stur bleibt, soll ich sie schlagen.«

»Wenn ich mich recht entsinne, kennt die Kirche einen weisen Spruch. Was ihr von anderen erwartet, das tut ebenso auch ihnen.«

»Wenn Ihr mir drohen wollt, dann können wir das gern auf andere Weise regeln«, warf Sir Roger zurück und streifte seinen Umhang zur Seite. Der Griff eines Schwertes versteckte sich darunter. Verängstigt schreckte Lorea hinter den Rücken ihres Begleiters. Weil einige Leute um sie herum ihren Streit bemerkten, hielten sie Abstand.

»Das war keineswegs eine Drohung, Herr«, stellte Maël mit geschärftem Blick richtig. »Ich wollte Euch nur daran erinnern, dass ein mancher König schon das Volk erzürnt und ebenjenes ihn von seinem hohen Ross geholt hat.«

Lorea war beeindruckt, wie viel Mut Maël gegenüber dem Adligen aufbrachte. Ein falsches Wort konnte ihm die Zunge kosten.

Beleidigt wandte Sir Roger sich ab. Seine Hand packte Glenna am Arm und geleitete sie unsanft in die Menschenmenge. Die adlige Dame folgte ihnen mit nach oben gerafftem Kleid und zügigen Schritten.

»Lorea, ich glaube, ich habe die Frau mit gelben Haaren hier gesehen! Passt auf euch auf!«, wagte Glenna letzte Worte, obwohl sie schon fast zwischen den vielen Menschen verschwunden war.

»Du auch auf dich!«, rief Lorea zurück. Mit einem Mal rutschten ihre Mundwinkel herab. Die Hexenjäger waren hier?

Sie und Maël wurden von den umherziehenden Marktbesuchern verschlungen. In Gedanken und mit abwesendem Blick verweilte Lorea bei Glennas Worten. Die Hexenjäger hatten selbst bei Hofe nach ihnen gefragt. Und sie waren womöglich in London.

»Kommt mit«, forderte Maël sie auf und schien angespannt. Mit aufgeregtem Herzklopfen lief sie ihm hinterher. Ihr Weg führte sie wieder in eine Gasse, wo Maël Halt machte. Er kehrte sich zu ihr um, die Augen ernst auf sie gerichtet, sodass sie schüchtern schrumpfte. »Ihr müsst jetzt ganz ehrlich zu mir sein. Verfolgt Euch jemand?«

Beschämt starrte sie auf ihre Stiefelspitzen. Sie hatte Maël nicht in ihre Misere hineinziehen wollen. »Ich hätte es Euch schon viel früher sagen sollen.«

»Dann sagt es mir jetzt.«

Um Kraft zu schöpfen, schloss sie die Augen und atmete tief ein. Nachdem sie sich umgesehen und versichert hatte, dass sie niemand belauschte, erklärte sie: »Unser Haus wurde von Hexenjägern angezündet. Anfangs dachte ich, meine Mutter würde sich das einbilden, aber nachdem wir Glenna gefunden hatten, jagte uns ein Räuber zusammen mit den beiden Jäger nach. Sie haben auch meine Tante getötet. Bei einem Fest und in den Bergen hätten sie uns wieder fast erwischt. Sie dachten, wir wären ins Tal gegangen, deshalb blieben wir in den Berghöhen und mussten an dieser blöden Klippe langgehen. Jetzt bin ich die Einzige, deren Kopf sie noch wollen, aber ich weiß nicht, ob sie immer noch nach mir suchen. Glenna meinte, sie seien vielleicht hier in London.«

Als er über ihre Worte nachdachte, schnaufte er. Wahrscheinlich wurde ihm klar, wie verfahren ihre Lage war. Dass sie stets mit der Unsicherheit im Gepäck umherliefen, den Hexenjägern erneut zu begegnen.

»Haut Ihr jetzt ab?«, fragte Lorea mit heiserer Stimme und herabgesunkenen Mundwinkeln. Von ihr ging eine ungemeine Gefahr aus, in die Maël allein durch ihr gemeinsames Reisen hineingezogen wurde. Tränen brannten in ihren Augen, weil sie sich dafür wappnete, gleich allein in einer Gasse in London zu stehen.

Maël warf ihr einen ernsten Blick zu, schüttelte aber den Kopf. »Ich habe schon viel unheimlichere Dinge erlebt und gesehen als Leute, die Jagd auf hübsche Hexen mit schwarzen Haaren machen.«

Lorea schniefte erleichtert und scheuchte ihren Frust weg, als sie mit der Faust unter ihrer Nase entlang wischte.

Maël stellte sein Bündel auf dem dreckigen Boden ab. Er zog ein wohlbekanntes grünes Leinen heraus, welches um einen langen Gegenstand gewickelt war. Als er sein Schwert samt einer Lederscheide aus dem Stoff zog, fuhr Lorea erstaunt auf. »Der Schmied war schon fertig?«

Zustimmend brummte er. Die Schwertscheide knotete er an seinem Gürtel fest, um die darin verbogene Waffe griffbereit unter seinem Umhang zu verstecken. Das Bündel schnürte er wieder zu und setzte es auf. »Wenn Ihr verfolgt werdet, sollte ich wohl um Eure Sicherheit besorgt sein.« Dass er sie mit seinem Schwert behüten wollte, verwunderte und beruhigte sie auf gleiche Weise.

Von ihrem Bündel befreite Lorea den neuen dunkelroten Umhang und warf ihn sich über. Ihre Verfolger hatten sie in anderer Kleidung gesehen, der Umhang war ihnen fremd und würde Lorea verbergen. Die Kapuze zog sie sich über. Plötzlich konnte sie Maëls Vorsicht, sich unter einer Kapuze zu verstecken, nachempfinden. Auch wenn sie seine Beweggründe dafür nicht kannte.

»Wir sollten unseren Besuch hier nicht unnötig ausweiten«, warnte Lorea.

»Lasst uns einen Schinken holen, und dann verschwinden wir.«

Zügig kehrten sie zurück auf die Straße und hielten die Augen offen. Ängstlich folgte Lorea ihrem Begleiter.

»Wer war die junge Frau eigentlich?«

»Das war Glenna. Als ich mit meiner Mutter durch die Lande gezogen bin, haben wir sie in einem Wald gefunden und vor Räubern gerettet. Der Knappe eines Ritters beschützte und begleitete uns nach der Hetzjagd zu einer Burg, wo Glenna Arbeit und ein Dach über dem Kopf erhielt. Eigentlich sollte dieser Ochse von Sir Roger ihr Schutz gewähren und sie nicht schlagen.« Ihr Gewissen stach sie, weil sie nicht mehr sicher war, ob es Glenna in der Burg besser erging als bei den Räubern.

Maëls mitfühlende Miene verwandelte sich zu einer nachdenklichen. »Wo habt Ihr Eure Verfolger das letzte Mal gesehen?«

»In den Bergen, kurz bevor Ihr mich an der Klippe gerettet habt. Zunächst dachte ich, dass Ihr einer der Hexenjäger seid, aber dann wäre ich schon längst nicht mehr hier.«

Weil er ihre bedrückende Vermutung offenbar lustig fand, lachte er. »Macht Euch da mal keine Sorgen, ich werde Euch kein Haar krümmen.« Sein Lachen erstickte, als er ihren Gesichtsausdruck bemerkte. Vielleicht schoss aus der nächsten Gasse einer der Hexenjäger hervor und schnitt ihr die Kehle durch oder jagte sie durch die Straßen. Dann würde Maël nicht mehr lachen. Eingeschüchtert fuhr Loreas Hand über ihre Wange.

»Keine Angst«, beruhigte Maël sie zuversichtlich, »ich gebe auf Euch Acht.« Mit den Fingern strich er über den Griff seines Schwertes. Seine Ermutigung besänftigte ihre aufgebrachte Stimmung ein wenig.

Allmählich löste sich der Strom an Menschen auf. Lorea widmete sich wieder ihrer Suche nach haltbarem, geräuchertem Fleisch. Ständig huschten ihre Augen zu Marktbesuchern mit strohblondem Haar.

Eine Brise Erwartung flackerte in ihr auf, als sie am anderen Ende des Marktplatzes einen schmalen Mann sah, der mit Lederstreifen am Gürtel sowie einem scharfen Messer ausgerüstet war. Vor ihm lagen Dutzende Eingeweide, gehäutete Körperteile von Tieren und geräuchertes Fleisch.

Sie ließ ihren Begleiter auswählen, welcher sich für ein Stück Räucherschinken entschied, das so lang wie seine ausgestreckte Hand war. Das würde sie eine Woche ernähren. Der Mann nahm einen Ring entgegen und wickelte den Schinken in ein hauchdünnes Tuch.

Ihr Begleiter führte sie eine andere belebte Straße entlang. Loreas Blick blieb aufmerksam, nicht dass sich nochmals ein Dieb oder gar ein Hexenjäger an ihr vergriff.

»Wart Ihr schon mal in Dover?«, fragte sie, als ihr einfiel, dass sie bald die Stadt verließen.

»Ja, dort bin ich bei meiner Ankunft hier in England eingetroffen. Ich hatte gehofft, einen näheren Hafen finden zu können.« Ein Schulterzucken zeigte ihr, dass er dabei erfolglos gewesen war.

Sie erinnerte sich, wie er ihr erzählt hatte, er sei von der anderen Seite des schmalen Meeres gekommen. »Wisst Ihr, wie lang die Reise von einer Küste zur anderen übers Wasser dauert?« Die unangenehme Sorge überkam sie, durch das Schaukeln der Wellen seekrank zu werden. Schon jetzt beunruhigte sie der Gedanke, die gesamte Überfahrt an der Reling zu hängen und ins Wasser zu spucken.

»Ein paar Stunden nur, vielleicht einen Tag bei schlechtem Wetter. Aber ehe wir in Dover ankommen und uns eine Überfahrt leisten können, wird wohl noch einige Zeit vergehen.« Er öffnete den kleinen Beutel, in dem er seine Habseligkeiten aufbewahrte. Nur eine Kette und wenige glitzernde Steinchen und Geldstücke kamen darin zum Vorschein.

»Ich habe auch noch ein paar Muscheln übrig«, sagte Lorea, um ihn zu überzeugen, dass sie genug Geld hatten.

Aber Maël schüttelte den Kopf. »Als ich mit dem Schiff hierher gesegelt bin, musste ich ein kleines Vermögen dafür aufopfern. Bedenkt noch die Verpflegung und die Übernachtungen in Alehäusern, und wir sind all unsere Schätze los.«

Lorea schnaufte verzweifelt. Wie sonst sollten sie an Münzen kommen, mit denen sie für zwei Leute eine Überfahrt bezahlen konnten?

»Sorgt Euch nicht zu sehr um den Preis, das Geld kratzen wir gewissermaßen von der Straße«, meinte er und verwunderte sie mit seinen Worten. Lorea blinzelte ihn an. »Wie meint Ihr das?«

»Wo ein Hafen ist, ist auch ein Strand in der Nähe. Und an einem Strand findet man –«

»Muscheln«, beendete sie seinen Satz.

»Außerdem können wir der Welt unsere Talente zeigen. Ich bin sicher, das wird vor allem den kleinen Zuschauern eine große Freude bereiten.«

Sie runzelte die Stirn. Die beiden gelangten an einen anderen Marktplatz, wo sich das Schauspiel des Vormittages erneut zutrug. Der Prinz vor der Kulisse betete soeben seine Isolde an. Noch immer lockten die Spielleute dadurch jede Menge Zuschauer an.

»Meint Ihr etwa, dass wir auch so gut auf Bühne und Straße spielen könnten wie die dort?«, wollte sie sich vergewissern und nickte zu dem Schauspiel. Bei der Vorstellung, dass dies ihr Schicksal wäre, wurde ihr bang. Es war wahrscheinlicher, dass sie nach ihren jämmerlichen Schauspielen mit schimmligen Birnen beworfen und aus der Stadt befördert würden, als dafür mit Münzen belohnt zu werden. Außerdem schätzte man schauspielende Frauen ebenso sehr wie Huren aus der Gosse.

Maël lächelte sie an und schüttelte den Kopf. »Wer hat denn was von schauspielerischen Talenten gesagt? Ich meinte eher etwas anderes. Wir könnten uns als Schelme auf die Straßen der Stadt stellen und den Leuten entgegenspringen.«

»Aber wir sind doch gar keine –« Sie überlegte, denn ihr fiel auf, dass ihr Begleiter diese fragwürdige Leidenschaft fürs Klettern hegte. »Nun, Ihr wärt mit Sicherheit in der Lage, als Hofnarr zu unterhalten, aber soll ich derweil die ganze Zeit untätig daneben sitzen?«

Er grübelte und machte eine schlenkernde Handbewegung, als werfe er etwas in die Luft. »Könnt Ihr jonglieren?«

Sie antwortete mit einem abweisenden Murmeln. Ihre Eltern hatten ihr vieles beigebracht, aber es hatte nie einen Grund gegeben, weshalb man bei ihr daheim auf Bäume oder gar Häuser hätte klettern oder Dinge geschickt durch die Luft hätte werfen müssen.

»Dann bringe ich es Euch bei«, ermunterte Maël sie.

Auf einem weiteren Marktplatz drängelten sich Menschenmengen. Nicht nur das laute Getuschel der Leute hörte Lorea, sondern auch Hundebellen und das zornige Brüllen eines großen Tieres. Als sie dem Spektakel näher kamen, zog sie sich schützend ein Stück hinter ihrem Begleiter zurück. Ein Teil des Marktes war durch einen massiven Holzzaun abgegrenzt, sodass ihn niemand betreten konnte. Nicht nur angriffslustige Hunde sprangen hinter dem Zaun herum, sondern auch ein mächtiges Tier mit dichtem braunen Fell und weichen Ohren. Es war mit einem dicken Strick um den Hals an einen Pfahl gefesselt, sodass es den Zuschauenden nicht zu nahe kam. Das große Geschöpf mit Tatzen, die einen Mann mit einem Hieb erschlagen konnten, grollte wütend. Bei den Wölfen, staunte Lorea. Sie hatte noch nie einen Bären gesehen. Als er sich auf die kräftigen Hinterbeine stellte und zornig schnaufte, war er größer als Maël, hinter dem Lorea sich verkroch. Das Tier blutete an Nase und Schulter. Offenbar hatten die frei umherlaufenden Hunde es gebissen und gekratzt. Der Bär holte mit der Pranke aus und stieß einen der Hunde weg. Er wurde zu Boden geschleudert und jaulte auf.

Ein Mann, der hinter dem Zaun stand, stachelte die Jagdhunde an. Drohend schlug er mit einer Hand auf eine Zaunlatte. »Beißt das Biest!«

Lorea musterte den Bären mitleidig, der sich mit gefletschten Zähnen, einem Brüllen und scharfen Krallen wehrte. Wenn die Hunde ihn in Frieden ließen, würde er sich bestimmt beruhigen.

Sie beobachteten die Bärenhatz, während Hunde und Bär sich schlugen, bissen und gegenseitig furchteinflößend anbrüllten. Schaulustige grölten begeistert und schlossen Wetten ab, welches Tier überlebte.

Als ihre Augen von einem erwartungsvollen Gesicht zum nächsten sprangen, entdeckte sie plötzlich ein bekanntes, über welches sich eine Narbe vom Nasenrücken bis zur Schläfe zog. Die junge Frau mit strohblondem Haar schaute der Bärenhatz amüsiert zu. Hinter ihr reckte der zweite Jäger den Kopf und hielt Ausschau. An seinem Unterarm erspähte Lorea einen Verband, den ihr Messerstich hinterlassen hatte.

Hastig zog Lorea sich hinter Maëls Rücken zurück. Ihre Hand schnappte nach dem Stoff ihrer Kapuze und zog ihn in ihr gesenktes Gesicht. Ihr Herz raste. »Maël!«, zischte sie.

Er wandte sich zu ihr um. »Was habt Ihr?«

»Die Jäger!«

Blitzartig fuhr seine Hand an den Griff des Schwertes. Sein Kopf fuhr herum.

»Sie sind auf der anderen Seite des Platzes. Die Frau mit dem langen strohblonden Haar und der Narbe im Gesicht und der Mann hinter ihr. Er trägt einen Verband am Unterarm.«

»Ich sehe sie.«

Loreas Hand griff nach seinem Ärmel und zerrte ihn hinter sich her. Panik trieb ihre Füße an. Bevor sie losrannte, packte Maël sie am Arm. Für einen Moment befürchtete sie, er würde sie den Hexenjägern ausliefern.

»Lauft langsam, sonst fallt Ihr zu sehr auf.«

Schüchtern hob sie den Blick. Sie versuchte, ihren Atem zu kontrollieren. Maël führte sie durch die Menge auf die nächste Straße. Nicht weit von ihnen entfernt sah sie das Gittertor, das auf die lange, mit Häusern übersäte Brücke führte. Lorea wandte sich einige Male um. Niemand fiel ihr auf.

Während sie von den Überdachungen und Torbögen verschluckt wurden, konzentrierte Lorea sich auf ihre Umgebung. Angst ließ ihre Beine schlottern. Obwohl sie beabsichtigt hatte, ihren Abschied von London hinauszuzögern, konnte sie diesen plötzlich kaum noch erwarten.

»Beruhigt Euch«, ermahnte Maël sie. »Ich glaube nicht, dass sie Euch gesehen haben. Ihr seid in fremder Begleitung. Sie werden nicht erwarten, dass Ihr mit mir zusammen reist.«

Nur bedingt milderten seine Worte ihre Furcht. Ihr Herzklopfen pochte langsamer in ihren Ohren. Sie versuchte, sich von den Geschehnissen auf der Straße ablenken zu lassen.

Die wenigen Lücken, die sich zwischen den Häusern öffneten, ließen sie auf das strömende Wasser der Themse und schwimmende weiße Schwäne blicken. Sie erreichten den südlichen Teil der Stadt, welchen der Fluss vom nördlichen abgrenzte. Wanderer liefen mit ihrem Gepäck die Straße zum Herzen der Stadt entlang. Lorea hoffte, in der Menge unscheinbar zu wirken. Sie lief einige Schritte vorneweg, um der Bedrohung der Stadt zu entkommen. Als sie einen kurzen Blick in eine Seitenstraße warf, welche auffällig unbelebt war, standen dort an jeder zweiten Gassenecke Frauen. Alle trugen rote und gelbe Kleidung mit weiten Ausschnitten. Dem Aussehen der Weiber nach zu urteilen, schienen alle Huren zu sein. Lorea hatte nie welche gesehen, trotzdem kleideten die Frauen sich so offensichtlich, dass nur ein Blinder sie übersah. In einer Gasse entdeckte Lorea zwei Gestalten, die sich dicht an eine Mauer drängten. Die eine hatte sich ihrer Hose entledigt. Lorea wandte eilig ihren Blick von den beiden ab, als sie bemerkte, was die da trieben. Sie sah sich zu Maël um. Es wunderte sie, dass ihr Begleiter nicht einen Hauch von Interesse zeigte.

Eine Frau mit eng geschnürtem Mieder kam auf Maël zu, dem Lorea ein paar Schritte vorauslief. Die Dirne legte die Hand vorsichtig an seinen Arm. Maël blieb stehen und wandte sich zu der Frau um. Er schien sie vorher nicht bemerkt zu haben. »Kann ich dem Herrn aushelfen?«, fragte die Dirne mit knurrender Stimme und sah ihm verführerisch in die Augen.

Als Lorea ungeduldig umkehrte und an Maëls Seite trat, schob dieser die Hand der Hure weg. »Nein, danke«, entgegnete er freundlich.

Die Frau musterte Lorea und nickte tief. »Verzeiht.« Die Dirne zog sich zurück. Während sie zu jener Gasse eilte, aus welcher sie gekommen war, schupste ein Mann sie grob zur Seite, weil sie über dessen Weg lief.

Maël kratzte sich am Kopf, als wäre ihm das Geschehen peinlich.

»Wollt Ihr Euch nicht vergnügen und mich lieber allein weiterziehen lassen?«, fragte Lorea angespannt.

Maël sah sie mit gerunzelter Stirn an. »Besser nicht. Dann müsste ich Euch in einer der Hurenstraßen suchen, weil Ihr Euch ohnehin verlaufen würdet. Das wäre unschön, meint Ihr nicht?«

Sie sah verlegen umher. So ungezügelt, wie sie ihre Worte ausgespuckt hatte, hatte er sie zurückgeworfen.

Als sie sich dem Stadtrand näherten, liefen sie langsamer. Keine Mauer schützte die Häuser in diesem Teil der Stadt. Offenbar wollte Maël Lorea trotz der Dringlichkeit ihres Aufbruchs Zeit geben, um einen Abschiedsgruß auszusprechen.

Um es kurz und schmerzlos zu machen, rief Lorea sich die vielen Kathedralen in Erinnerung, deren Turmspitzen sie vom Stadtrand aus sah. Glenna schwebte vor ihren Augen, und sie hörte ihre besorgte Stimme. Die Hexenjäger scheuchten Angst durch ihre Gedanken. Der kleine Junge, den sie letzte Nacht im Mondschein gesehen hatte, hing in ihren Erinnerungen.

»Auf Wiedersehen«, sagte sie betrübt und hob die mit dem Lederarmband geschmückte Hand zum Abschied.

Gen Süden

Die Themse hatten sie weit hinter sich gelassen, doch die Mauern der Stadt sah sie noch am Horizont. Allmählich wurden ihre Füße taub, was kein Wunder war, denn sie waren seit dem frühen Morgen in Bewegung. Ihr kam es vor, als ob sie den Markt nicht vor Stunden, sondern erst vor wenigen Augenblicken verlassen hätten. Sie stellte sich vor, wie die Jägerin mit der frischen Narbe im Gesicht zu ihr aufsah. Obwohl ihre Füße stechend protestierten, lief sie ungezähmt weiter. Sie hatte Angst, dass die Jäger sie womöglich gesehen hatten.

»Wollt Ihr eine Pause machen?«, fragte Maël. Anscheinend hatte er gesehen, wie sie ihrer stechenden Sohlen wegen das Gesicht gepeinigt verzerrte.

»Erst, wenn wir tief genug in dem Wald dort hinten sind.«

Einverstanden brummte er. Lorea wollte nicht wie auf einem Präsentierteller rasten, wenn sie weiterhin verfolgt wurde.

Als sie tiefer in den Wald drangen, versperrten ihnen die Bäume die Sicht auf die unzähligen Dächer und Türme von London. Während sie gelaufen waren, hatte Maël ihr gezeigt, wie man erst einen, dann zwei Steine gleichzeitig in die Luft warf und wieder auffing. Eine Zeit lang hatte Lorea geübt, machte jetzt aber eine Pause. Am Anfang hatte sie sich ungeduldig angestellt, weil ihr die Steine bei jedem zweiten

Versuch herunterfielen. Deshalb beließ sie die kalten Brocken lieber in ihrer Manteltasche, sonst hätte sie sie vor Frust ins Gebüsch geworfen. Wenn sie rasteten, würde sie sicher Gelegenheiten finden, um ihre neu erprobten Kunststücke zu üben.

Ihre Gedanken schwirrten zu der Hafenstadt, die sie sich als neues Ziel gesetzt hatten, und sie erinnerte sich an Maëls Worte über nicht ausreichendes Geld. Sie beide hatten kaum Muscheln, Münzen oder Schmuck übrig. Maëls Redekunst würde ihnen nicht weiterhelfen, aber möglicherweise verdiente er als Straßenakrobat oder Barde ein wenig Geld. Seine Stimme fand sie nicht allzu laienhaft. Sie blickte ihn schelmisch an. »Welche Kunststücke habt Ihr vor, den Leuten auf der Straße zu zeigen?«

Maël grinste sie freudestrahlend an. Er legte sein Bündel am Wegrand ab und zeigte ihr, dass sie eine Pause einlegten. Lorea setzte sich neben sein Bündel ins Gras. Maël zog seinen Mantel aus und legte ihn beiseite. Die Schwertscheide löste er von seinem Gürtel, und Lorea vermutete im ersten Moment, dass er ihr mit seinem Schwert Kunststücke vorzeigen wollte. Doch er beugte sich mit durchgedrückten Beinen vornüber und legte das eingehüllte Schwert neben sein Bündel ins Gras. Seine Handflächen berührten dabei den Boden, als wolle er sich für seine Übung dehnen. An einem Baum stützte er sich rücklings mit beiden Händen ab. »Vorerst muss ich mich noch ein wenig strecken, sonst verrenke ich mich und laufe wie ein alter Mann mit krummem Rücken herum.«

Lorea setzte ein ungewisses Gesicht auf und fragte sich, was er vorhatte. Ihr Zweifeln verwandelte sich in blankes Staunen. Maël lief mit den Händen den Baum hinunter, bis er den Waldboden erreichte und eine Brücke bildete, die von Knochen und Muskeln gehalten wurde. Als er sich ausreichend vorbereitet hatte, stellte er sich kerzengerade vor sie. In einer großzügigen Verbeugung umfasste er mit den Händen seine Stiefelspitzen.

»Jetzt passt auf.« Der Akrobat suchte sich einen geeigneten Platz und trampelte das hohe Gras nieder. Mit einem kräftigen Ruck schwang er sich nach hinten, als wolle er sich von einer unsichtbaren Klippe ins Wasser stürzen. Er stützte sich mit den Händen ab und sprang nach einem heftigen Armstoß zurück auf beide Füße. Verblüfft sah Lorea ihm zu und klatschte Beifall, als er seinen Überschlag vollendete. »Ein begabter Mann seid Ihr, das muss man Euch lassen.«

Mit einer überheblichen Verbeugung, sodass sein Haar die Grasbüschel streifte, zeigte er seine Dankbarkeit. »Vielen Dank, Gnädigste! Ich hatte schon gedacht, ich würde mich blamieren, weil ich schon ewig nicht mehr so herumgesprungen bin.«

Lorea nahm sich die beiden Steine aus ihrer Manteltasche. Sie konzentrierte sich und warf einen Brocken nach dem anderen in die Lüfte, während Maël zu ihr zurück kam und ihrem Schauspiel zusah. Es dauerte einige Zeit, bis der erste Stein aus ihrem Griff kullerte. Ihr einziger Zuschauer ahmte sie nach und schlug die Hände klatschend zusammen. »Ihr lernt schnell«, lobte er sie, woraufhin sie ihm ein warmes Lächeln zuwarf. Maël kehrte kurz zum Weg zurück und sammelte einen neuen Stein auf. Er setzte sich wieder neben sie und reichte ihr den kalten Brocken. »Hier, jetzt probiert drei auf einmal.«

Erschrocken sah sie zu ihm auf. Sie wagte es mit drei Steinen, was bis auf anfängliche Schwierigkeiten erstaunlich gut funktionierte.

Nach einigen Übungen nahmen beide die Fährte wieder auf und folgten der Handelsstraße. Maël wagte einen Versuch, sie vom endlos erscheinenden Wandern abzulenken. »Kennt Ihr ein paar gute Geschichten?«

»Mein Vater hat immer viele erzählt, wenn er von seinen Reisen zurückkam. Die eine habe ich vor nicht allzu langer Zeit gehört. Dort wird von einer Maid erzählt, die einen verletzten Wolf pflegt und liebt.«

»Ich kenne sie nicht. Wollt Ihr sie erzählen?«

So trug sie die alte Geschichte vor, wie sie sie zuletzt aus dem Mund ihrer Mutter gehört hatte. Während sie über Wolf, Maid und deren gemeinsamem Schicksal redete, stellte sie sich die Schattenfiguren vor, welche ihre Mutter einst in der Höhle passend zur Geschichte nachgeahmt hatte. Manchmal verformte sie die Hände, sodass ein Schatten dazu entstanden wäre, wenn die Sonne heller geschienen hätte.

Während sie gestenreich erzählte, senkte sich die strahlend helle Scheibe am Himmel. Als ihre Erzählung ein Ende fand, machte Maël einen verträumten, aber gleichzeitig aufmerksamen Eindruck.

»Das ist aber eine traurige Geschichte.« Seine Gedanken verloren sich für einen Moment. »Bei uns daheim werden auch sehr oft Geschichten erzählt. Es gibt einen alten Mann, der schon einige Male durch die Lande gezogen ist. Nach jeder seiner Reisen bringt er viele Geschichten mit. An manchen Abenden setzen sich Männer, Frauen und Kinder um ihn herum und lauschen dem, was er erzählt.« Plötzlich streckte er einen Arm vor ihr aus und brachte sie zum Stehen. »Wartet. Wen haben wir denn hier?« Maël grinste den Boden vor ihren Füßen an und neigte den Kopf hinab. Lorea wunderte sich, warum er den Dreck bestaunte.

»Hat Euer Morgenmahl Eure Gedanken verwirrt?«, spottete sie, denn sie sah abgesehen von aufgewühlter Erde und ihren beiden Stiefelpaaren nichts. Maël kniete sich hin und blickte mit einem belustigten Ausdruck zu ihr auf. »Eures scheint Euch die Augen getrübt zu haben.«

Verärgert darüber, dass er wieder einmal eine ihrer Zankereien gewonnen hatte, hockte sie sich ebenfalls hin. Etwas Längliches lag auf dem Weg. Als sie eine beige Schlange erblickte, sprang sie auf und versteckte sich hinter Maëls Rücken. Sie schob den Kopf langsam vor wie ein verschrecktes Kind, das Angst vor einem Geist hatte. »Ist die giftig?«, fragte sie und fürchtete sich, dass die Schlange zuschnappen könnte.

Maël lachte lauthals auf und streichelte vorsichtig mit einem Finger über die lederne Haut des Tieres. Die Schlange flüchtete mit windenden Bewegungen in die nahe Wiese und verschwand mit leisem Grasrascheln.

»Ihr fürchtet Euch zu sehr vor dem, was die Welt birgt, Werteste«, mahnte Maël sie sanft. Eingeschüchtert erhob Lorea sich und schöpfte mit einem tiefen Atemzug neues Selbstbewusstsein. Ihr Begleiter musterte die Stelle, wo die Schlange entschwunden war. Er richtete sich zu voller Größe auf und wanderte weiter, Lorea an seiner Seite. »Es verwundert mich. Ich dachte, Ihr seid auf offener Wiese aufgewachsen? Warum scheut Ihr dann Schlangen und kleine Wiesel?«

Vor Scham färbten sich Loreas Wangen, und sie zog den Kopf ein. »Auf der Wiese haben wir kaum Schlangen gesehen, dort gab es eher Kröten. Und Wiesel gibt es anscheinend nicht bei uns im Norden.

Woher sollte ich denn wissen, wie die aussehen?« Ihre Augen schauten weit von ihm weg, als sie seinen freudigen Gesichtsausdruck bemerkte.

Die Sonne gähnte in einem müden Rot und tunkte die Kronen der Bäume in rosa Farben. Ihre mit braunem Staub überzogenen Stiefel verweilten nebeneinander, als sie die andere Seite eines Waldes erreichten und sich meilenweites Weideland vor ihnen in kleinen Hügeln ausbreitete.

»Wollen wir gleich hier das Zelt aufschlagen?«, fragte Maël, obwohl er schon eine Entscheidung getroffen zu haben schien. Lorea stimmte ihm zu. Er bahnte sich einen Weg durch das dunkle Gesträuch. Beide stellten ihre schweren Bündel an einem Baum ab und bauten aus den Stöcken und Leinen einen stabilen Unterschlupf zusammen.

Lorea setzte sich vor das Zelt und bereitete die Feuerstelle mit Steinen in einem Kreis vor. Ein Rascheln hinter ihr ließ sie aufschrecken. Sie drehte sich um und entdeckte nichts im Gebüsch, hörte aber hektisches Getrampel, das sich von ihnen entfernte. Sie hatte ein Waldtier verscheucht.

Maël suchte mit ihr gemeinsam an einem umgestürzten Baum nach Trockenholz, und sie liefen mit vollgepackten Armen zurück. »Könntet Ihr mir von der Fichte dort ein paar Zweige abbrechen?«, bat er und wies auf einen Baum.

Lorea ging hinüber, knickte die trockenen Zweige ab, bis sie knackten, und kehrte zu Maël zurück. Während ihr Begleiter die Äste zurechtlegte, kramte Lorea nach dem Feuereisen und reichte es ihm. Funken gehorchten seinem Willen eher als ihrem, und sie wollte nicht in der abendlichen Kühle frieren. Nachdem er zweimal Eisen und Feuerstein gegeneinandergeschlagen hatte, züngelten kleine Flammen auf den trockenen Zweigen. Verwundert hob Lorea die Brauen. So schnell hatte er noch nie ein Feuer entzündet. Sie hatte kaum einen Funken gesehen. Wie hatte er das denn geschafft?

Um ihren wirren Gedanken loszuwerden, schüttelte sie den Kopf.

Maël griff nach dem frisch gekauften Schinken, schnitt dünne Scheiben davon ab und spießte sie auf einen kleinen Stock. Die Schinkenstreifen hielt er zum Braten dicht über die Flammenbrunst. Um die vom Knacksen des Feuers erfüllte Ruhe zu stören, traute Lorea sich, ihren Wissensdurst zu stillen. »Was habt Ihr auf dem Markt alles gekauft?«

Er schnüffelte nach dem gebratenen Fleisch, bevor er eine Antwort gab. Ihr stieg ebenfalls der angenehme Duft in die Nase, und ihr Hunger wurde immer unerträglicher.

»Salate, Kohl, zwei Möhren und einige Äpfel. Dann noch Salz und –«

»Äpfel!«, platzte es freudig aus ihr heraus. Weil Maël sie erschrocken ansah, als hätte sie sich in eine Kröte verwandelt, schlug sie beide Hände auf den Mund. »Verzeihung«, murmelte sie durch die Finger.

Abrupt kicherte er. »Ja, Äpfel«, wiederholte er, nickte und fuhr anschließend mit seiner Liste fort.

Nach einiger Zeit waren die Schinkenstreifen fertig gebraten. Maël reichte ihr drei, welche sie zu einer Brotscheibe aß. Als sie ihre Mahlzeit aufgegessen hatte, leckte sie genüsslich die Finger ab, an denen der Geschmack des Schinkens hing. Ihre schwarzen Augen glitten zum Himmel. Sterne zeigten sich am dunklen Himmel. Lorea zog sich den Handschuh ihrer Mutter über die frierenden Finger. Weil die Nacht kalt wurde, legte sie ihren neuen Umhang eng um beide Schultern.

»Ihr seht hübsch darin aus, Werteste.«

Lorea schenkte ihm ein schüchternes Schmunzeln.

»Habt Ihr vorhin das Reh gesehen?«, warf sie ein, um von seinen Schmeicheleien abzulenken, ehe sie wieder errötete.

»Nur kurz, als Ihr es verscheucht habt. Manchmal erlaube ich mir einen Streich mit den Waldtieren und locke sie mit pfeifenden Grashalmen an.«

»Wenn es Euch dann noch gelingt, eines zu erlegen, könnt Ihr Euch glatt als Jäger ausgeben. Habt Ihr das schon mal geschafft?«

»Ja«, antwortete er und erweckte plötzlich einen entgeisterten Eindruck, als hätte er etwas Falsches gesagt. Er legte Zweige nach, damit das Feuer nicht erlosch.

»Ihr jagtet so? Wie habt Ihr das denn geschafft?«

Maël wickelte die Finger in einige Haarbüschel und schien nervös. »Ich habe … mein Schwert nach dem Tier geworfen und durch Zufall getroffen.«

»Mit Eurem Schwert?« Sie hatte das seltsame Gefühl, dass er ihr eine Lüge erzählte. Ihre Brauen schoben sich nach oben. »Ein Schwertmeister seid Ihr also auch.«

»Nicht doch, das war reiner Zufall.« Er kratzte sich am Kopf und setzte ein komisches Gesicht auf.

»Und Ihr glaubt wirklich, dass ich Euch diesen Unsinn glaube?«

Ertappt senkte er den Blick. Er beharrte auf seinem Schweigen. Lorea wusste, dass er ihr etwas verheimlichte.

Als sie sich an die zerbrochene Klinge erinnerte, kam ihr der Markt in den Sinn. »Darf ich Euer Schwert mal sehen?«

Sachte zog er das Metall aus der Lederscheide an seinem Gürtel. Der Griff, den Maël mit beiden Händen packte, war in dunkelbraunes Leder gehüllt. Der Kopf eines Wolfes fletschte am Knauf die Zähne. Maël hielt sein Wolfsschwert ins Licht des Feuers. »Frisch geschliffen. Aber eine gute halbe Elle an Länge fehlt ihr noch immer.« Er streichelte über die Klinge und streckte sie majestätisch empor. Lorea wich unbeholfen ein Stück zurück. Maël bemerkte ihre Scheu und senkte die scharfe Schneide. Die Klinge legte er in seine Hände und hielt ihr das Griffstück hin. »Hier.«

»Ihr?«, wunderte Lorea sich und nahm den Stahl entgegen. Das Leder am Griff dämmte die Kälte des Metalls. Das Schwert lag schwer in ihren Händen, doch es war so leicht, dass ein Ritter sicher keine Schwierigkeiten gehabt hätte, es umher zu schwenken.

»Jedes gute Schwert trägt einen Namen, Werteste«, erklärte Maël und beobachtete sie bei ihren Nachforschungen. Sie tätschelte behutsam den Griff und betrachtete den Stahl. Die Pfoten an beiden Enden der Parierstange und der tierische Kopf am Griffknauf waren so fein gearbeitet, dass sie jedes Haarbüschel des Fells, jede Kralle und jeden Zahn des grimmigen Wolfsgesichts erkannte. Die neue Schneide war vom Schmied in der Stadt schlicht und glatt gehalten worden.

Lorea streckte das Schwert ins Licht und bewunderte die Flammen, die sich in der geschliffenen Schneide spiegelten. Sie drehte die Klinge und war erstaunt, dass sie genug Kraft aufbrachte, den Stahl so lange im ausgestreckten Arm zu halten. Schwerter hatte sie sich so schwer wie Mühlensteine vorgestellt.

»Welchen Namen trägt das Schwert denn?«, fragte sie, ohne die Augen vom schimmernden Stahl abzuwenden.

»Sie heißt *Ferana*, die Wilde.«

Mit hochachtungsvoller Geste legte Lorea den prachtvollen Stahl zurück in die Hände seines Besitzers. »Eine hübsche Klinge habt Ihr.«

Mit einer Verbeugung im Sitzen bedankte er sich.

Jetzt hatte sie einen bewaffneten Beschützer an ihrer Seite, der mit dem grimmigen Wolfsgesicht am Knauf seines Schwertes sicher die hinterhältigsten Jäger in die Flucht schlug. Ob er ein so tapferer Ritter war wie jene, welche sie einst vor Räubern beschützt hatten, wagte sie zu bezweifeln. Sie glaubte nicht, dass ein einfacher kletterfreudiger Bauernjunge, wie sie Maël einschätzte, eine Menge Ahnung im Umgang mit einem Schwert hatte.

»Es war sicher teuer, die Klinge reparieren zu lassen.«

»Es hat mich meinen Kessel, das Hasenfell samt aller vier Pfoten und ein paar Münzen gekostet. Aber es hat sich gelohnt. Schließlich muss meine Ferana jetzt nicht nur auf mich, sondern auch auf Euch aufpassen, wo Ihr doch verfolgt werdet.«

Loreas Augen verfingen sich im Feuer. Sie schämte sich, dass sie Maël zuvor nichts von den Hexenjägern erzählt hatte. Ihr wurde übel bei dem Gedanken, dass jemand ihren Kopf verlangte. »Wurdet Ihr auch schon einmal verfolgt?«

»Ja, damals in Frankreich.«

»Und Ihr wollt trotzdem wieder über französisches Festland gehen, obwohl es dort gefährlich ist?«

Ohne ein weiteres Wort der Erklärung lächelte er verträumt das Feuer an. Lorea verstand nicht, wie er über ein solches Gesprächsthema schmunzeln konnte.

Ihr Blick kroch zum Himmel hinauf, und sie ließ sich in das feuchte Gras fallen, um es sich gemütlich zu machen. Sie zog ihren roten Mantel wie eine Bettdecke um sich. Lieber vergaß sie schnell die Jäger, die nach ihr suchten.

»Was denkt Ihr, sind das für Lichter dort oben?«

»Meine Mutter hat erzählt, dass jeder Stern ein Verstorbener ist.«

Ein Brummen ertönte neben ihr, und sie sah zu Maël auf. Er saß mit erhobenem Kopf da und bewunderte die Lichter.

Um die Sterne wohl besser beäugen zu können, legte auch er sich ins feuchte Gras. »Bei uns daheim sagt man, dass die Sterne so etwas wie unsere Sonne sind. Sie strahlen zwar hell, sind aber viel kleiner.« Nach einem Moment der Stille entkam Maël ein verblüfftes Aufatmen. Seine Hand schnellte nach oben. »Habt Ihr das gesehen?«

Verwundert sah Lorea hinauf. Da war doch gar nichts.

»Eine Sternschnuppe«, klärte er sie auf. Maël hatte wirklich Glück. Hoffentlich vergaß er nicht, sich etwas zu wünschen. Nur selten hatte Lorea bisher die Gelegenheit gehabt, eine Sternschnuppe zu bewundern, die schnell wie ein niederfallender Regentropfen am Himmel vorüberzog. Sie stierte den klaren Nachthimmel an und wartete darauf, dass sie auch für den Moment eines Augenschlages einen weißen Streifen in der Dunkelheit sah.

Maël schnupperte in die nächtliche Luft und schien nach Wind und Wolken zu suchen. »Morgen müssen wir vielleicht in einem Alehaus rasten.«

»Warum das?«

»Es riecht mir sehr stark nach einem Unwetter und Blitzen. Ihr solltet schlafen gehen, ich halte derweil Wache. Wir sollten ab heute Nacht vorsichtiger sein.«

»Seid Ihr sicher? Nicht, dass Ihr morgen für den Weitermarsch zu müde seid.«

»Ich wecke Euch, damit wir uns abwechseln und beide gestärkt sind.« Einverstanden nickte Lorea und verschwand im Zelt.

Verwesendes Leben

Maël hatte es angekündigt, und tatsächlich trat seine Wettervorhersage ein. Es ergoss sich seit Stunden wie aus Eimern über ihnen, und unheimliche Blitze schlugen mit tosendem Gebrüll am Horizont ein. Da das Gewitter sie noch nicht erreicht hatte, liefen sie weiter den schlammigen Pfad entlang. Loreas Stiefel nahmen statt der angenehm braunen Farbe ein tiefes Dunkel an und waren schwer wie Felsbrocken. Am Morgen hatte sie ihren Begleiter davon überzeugt, dass an einem Tag wie diesem ihre lange Leinenhose und ein Hemd ihres Vaters angebrachter waren als ein Kleid.

Neben ihnen schwangen die düsteren Zweige und Äste der nassen Bäume im stürmischen Wind. Das laute Heulen, das zwischen den Stämmen hindurch pfiff, jagte ihr Angst ein. Ihr Blick war gesenkt, denn sonst peitschten ihr die scharfen Regentropfen ins Gesicht. Sie starrte auf Maëls Schwert, das er in der Scheide an seinem Gürtel verbarg. Es wurde von seinen großen Schritten umhergeschubst.

»Seht!«, rief er ihr zu, obwohl er nur wenige Fuß von ihr entfernt war. Hätte er nur gesprochen, wären seine Worte vom Sturm fortgetragen worden, ehe sie Lorea erreichten. Maëls ausgestreckter Arm wies geradeaus. Der Umriss eines Hauses erschien im tiefen Schleier des Regens. Ihre Füße bewegten sich schneller, denn es nahte Rettung. Sie sah Licht, das durch Fenster schien. Das Haus war zu groß, um das eines Holzfällers zu sein. Bevor sie die Tür erreichten, sah Lorea, wie der Wind ein Spiel mit einem Schild trieb, welches vor dem Eingang hing. Das Gebäude schien ein Alehaus zu sein. Aus der Gaststube drangen so wenig Geräusche, dass das Unwetter es übertönte.

Geschwinden Fußes hasteten die beiden zur Tür, putzten die schmutzigen Stiefel an den Stufen ab und traten mit einer laut knarzenden Begrüßung der Zargen ein. Lorea zog schnell die Tür hinter sich zu, ohne vorher einen Blick in das Haus zu erhaschen.

»Verzeiht, dass wir so hereingestürmt kommen, Herr. Guten Tag«, entschuldigte sich Maël und verbeugte sich, als das verdatterte Gesicht des Wirts etwas klarer in Loreas Blick fiel. Sie vollführte einen eiligen Knicks und erkannte eine Handvoll Fremder. Die Besucher schauten sie nicht unwissend wie der Wirt, sondern mit Verständnis an. Vermutlich hatten sie sich alle vor dem Sturm in das Gasthaus gerettet. Ein knisterndes Feuer in einem Kamin wärmte die Stube des kleinen Alehauses und beleuchtete die umherstehenden, zumeist leeren Tische. Geweihe flackerten im Licht des Kaminfeuers an allen Wänden. Der zornige Regen klapperte gegen die kleinen Scheiben und Fensterläden.

Maël trat an den schmalen Tresen, und der Mann mit Schürze dahinter setzte ein Lächeln auf. »Wir hätten gern ein Zimmer für zwei, soweit Ihr noch eines frei habt«, sprach Maël geschäftsmäßig und kämmte sich durch das nasse Haar. Lorea lehnte sich erschöpft an die Holzvertäfelung, während das Tauschgeschäft unweit von ihr seinen Lauf nahm und ihr Begleiter mit dem Wirt feilschte. Nässe und Kälte schüttelten an Loreas Beinen und Armen. Mit beiden Händen rubbelte sie sich trocken und warm.

»Wassa!«, brüllte der Wirt nach längerem Warten der Treppe im hinteren Teil des Alehauses zu. Eine leise Stimme erklang, bald darauf erschien eine junge Frau, die nicht älter als Lorea schien. Sie stellte sich neben Maël.

»Folgt mir, ich zeige Euch Euer Zimmer«, piepste die kleinlaute Stimme, und sie verschwand die Treppe hinauf. Maël drehte sich mit Besorgnis in den Augen zu Lorea um und sah offensichtlich, dass sie seit ihrem Eintreten schlotterte. »Bleibt hier und wärmt Euch auf. Ich sehe mich derweil um.«

Sie nickte und rieb sich weiter die Arme. Wie festgefroren lehnte sie an der Wand und blieb lieber stehen, als sich einem der fremden Besucher zu nähern. Maël huschte dem Fräulein hinterher und verschwand die Treppe hinauf, die um eine Ecke und allem Anschein nach zu den Kammern über ihren Köpfen führte. Der Wirt fuhr damit fort, sein schmutziges Geschirr in einem kleinen Becken zu säubern.

Lorea setzte ihr schweres Gepäck an der Wand ab. Die eisige Kälte, die Regen und Wind hinterlassen hatten, verflogen allmählich. Ihre Ohren erlangten wieder an Wärme, während sie gebannt das knacksende Feuer beobachtete. Sie sah sich die Fänge an den Wänden an, die von einem begabten Jäger stammen mussten. Überall hingen Felle und Schädel von Rehen und Wildschweinen. Um den Kamin zogen sich Geweihe in einem Bogen herum. Eines, das über dem Feuer ein munteres Schattenspiel trieb, fiel wegen seiner anmutigen Größe in ihren Blick. Es schien einem Hirsch gehört zu haben.

Weil sie den Fremden an den Tischen misstraute, wollte sie dem Kamin lieber nicht näher kommen. Trotz der Entfernung zur Feuerstelle schmolz das unsichtbare Eis auf ihrer Haut. Sie lauschte und wandte den Kopf verwundert zu einem der Fenster, denn nur der brausende Wind begleitet vom leisen Zischen des Kaminfeuers und dem Streichen eines Tuches auf Geschirr erklangen in ihrem Gehör. Der Regen war nahezu verstummt. Die wenigen verbliebenen Regentropfen glitten an den Scheiben hinunter, keiner klopfte mehr an.

Wenn das Wetter so blieb, mussten sie nicht im Alehaus rasten. Aber da das Geschäft ohnehin abgeschlossen war und Maël über ihren Köpfen zufrieden mit der gepachteten Kammer schien, war es ihr lieber, hier zu bleiben.

Stimmen dröhnten von außerhalb des Hauses zu ihnen, und ihre Augen schweiften umher. Jemand schimpfte laut. Dann trampelte wer draußen die Stufen zur breiten Eingangstür hinauf, welche sich mit einem lauten Knarren öffnete.

Ein Mann, der die Kapuze seines grauen Umhangs übergezogen hatte, trat ein. Ein grünes Stickmuster, welches an Knochen erinnerte, zog sich entlang des Stoffsaumes. Über einem Hemd trug der Mann eine dunkelgrüne spitz zugeschnittene, ärmellose Tunika. Ein Schwert, welches Maëls Ferana an Größte ebenbürtig war, wurde von einer Lederscheide an seinem Gürtel festgehalten.

Loreas Eingeweide schrumpften, als sie die Kluft erkannte. Ihre Jäger trugen dieselbe. Doch der Mann war nicht derjenige, welcher sie verfolgt hatte.

Um ihre Angst zu verbergen, senkte sie die Augen, während der Mann wortlos an ihr vorbeizog. Sie hoffte, dass der Jäger ihr Herzrasen nicht wahrnahm. Wenn der Mann bemerkte, dass seine Anhänger nach Lorea suchten, würde er sie zur Strecke bringen. Eine unerklärliche Kälte lähmte ihre Gliedmaßen, als sie sich klarmachte, dass ihr möglicher Mörder nur zwei Schritte von ihr entfernt war.

Ein kurzer Blick in sein hartes Gesicht verriet ihr, dass sie ihn nicht kannte. Er besah sich jeden einzelnen Gast in der Stube, als würde er jemanden suchen. Durch sein Auftreten und seinen gefühllosen Blick schienen auch die anderen Gäste verängstigt. Immerhin trug der Mann eine Waffe bei sich.

»Kann ich Euch helfen?«, fragte der Wirt hinter dem Tresen und wusch weiter sein Geschirr ab. Anscheinend war es nicht das erste Mal, dass er eine furchteinflößende Gestalt wie den Mann in Jägermontur sah.

»Gewiss nicht«, wies der Jäger ab.

Verwirrt zuckten Loreas Brauen. Was wollte der Jäger hier?

Ihr Blick wanderte zu der Tür, welche der Jäger einen Spalt breit offen stehen gelassen hatte. Anscheinend wollte er gleich wieder gehen. Das Murmeln rauer Stimmen drang durch den Spalt. Plötzlich schob eine bleiche Hand die Tür weiter auf. Eine Gestalt schlüpfte hindurch. Lorea erstarrte auf der Stelle. Das Wesen sah aus wie ein Mensch, dennoch schien es keiner zu sein. Das fahle Gesicht des Wesens war mit Narben übersät, die als ungut verheilte, klaffende Wunden zu deuten waren. Weder wuchs ihm volles Haar noch Nase oder Ohren. Ein Auge fehlte ihm. Fleisch und Knochen zogen Loreas Blick dorthin, wo sie die besagten Gesichtsteile vermutet hätte. Eine vom Regen durchnässte lederne Rüstung verdeckte den Rest der gelblich gefärbten Haut des Wesens.

Die ausgefransten Stiefel schleiften seiner trägen Schritte wegen über den Boden. Ein ekelerregender Gestank verwesten Fleisches breitete sich in der Stube aus. Wie eine schleimige Nacktschnecke kroch ein Würgereiz Loreas Kehle hinauf.

Die Gäste an den Tischen zuckten verschreckt, als sie den verwesten Mann sahen. Sie zogen sich an die äußersten Wände und den Kamin zurück und verzogen die Gesichter, ohne dass Lorea wusste, ob es des Gestankes oder der Kreatur wegen war. Der Wirt ließ vor Schreck das Geschirr fallen, welches mit einem dumpfen Aufprall zu Boden glitt.

Der Halbtote atmete schwer und erzeugte bei jedem Zug ein unheimlich pfeifendes Geräusch. Er öffnete hämisch den nahezu zahnlosen Mund und zeigte eine violette Zunge. Er trat zu Lorea und starrte sie mit einem ungeheuren Blick aus Augen an, die leer erschienen wie die eines Toten. Sie hatte das Gefühl, als würde er ihr das Leben aussaugen. Er flößte ihr eine solche Furcht ein, dass sie um ein Haar aufgeschrien hätte.

Der Jäger wandte sich um, als er den Halbtoten bemerkte. »Du solltest draußen warten!«

Die verweste Kreatur beugte sich zu Lorea hinab. Ihre Lider weiteten sich, ihr Atem wurde flacher und ihre Eingeweide verkrampften sich schmerzhaft. Das Geschöpf neigte die verstümmelte Nase dicht vor sie, sodass nur ein Daumen zwischen ihnen Platz gehabt hätte.

»Wie wäre es mit der hier, Meister?«, meinte er mit einem gehässigen Lachen und hauchte ihr den Geruch von Verwesung ins Gesicht. Lorea unterdrückte ein heftiges Würgen. Der Jäger begutachtete sie von Weitem. »Ihr sollt keine Weiber essen. Außerdem müsst ihr alle gefüttert werden.«

Auf einen kräftigen Gast am Kamin weisend streckte er den Arm aus. »Der sollte reichen. Nimm ihn mit, wenn du ohnehin schon hier bist.«

Schlagartig wandte die verweste Kreatur sich von ihr ab. Mit einem Hauch von Erleichterung senkten sich Loreas Schultern.

Der Halbtote packte unerwartet kräftig den ausgewählten Mann am Oberarm und zerrte ihn zur Tür. Mit grobem Schubsen von hinten unterstützte der Jäger ihn. Der Mann schlug um sich und versuchte, sich zu wehren. Aber die Kreatur hielt ihn fest. Als die Geduld des Jägers zu schrumpfen schien, zog er sein Schwert und stemmte die Klinge zwischen die Schulterblätter des Mannes. »Hört auf zu zappeln, sonst schneide ich Euch beide Arme ab.«

Der Mann stellte seine Wehr ein. »Was wollt Ihr von mir?«

»Das werdet Ihr draußen schon sehen.«

Der Mann gab verängstigte Geräusche von sich, doch die Laute kamen nicht bei Lorea an, sondern schienen an einer unsichtbaren Wand vor ihr abzuprallen. Ihr Blick war vereist. Die anderen Männer in der Stube schienen genauso wie sie zu Statuen erstarrt und waren aus irgendeinem Grund gehindert, sich zu bewegen. *Maël,* dachte sie, *wo bleibt Ihr denn nur?* Er trug ein Schwert bei sich, er konnte sie beschützen.

Ihr Herz galoppierte. Sie strengte sich an, dem Drang zu widerstehen, durch den offenen Türspalt auf die Leute draußen vor dem Alehaus zu starren, die ihr Gerede nicht einstellten. Die wartende Horde war gewiss desselben fraglichen Ursprungs wie das verweste Geschöpf. Loreas Blick wandte sich dem Boden zu, als das brechreizerregende Wesen an ihr vorbeiging, den armen Mann mit festem Griff gepackt und vom Jäger gefolgt. Sie verließen das Gasthaus und schleiften den Fremden hinaus. Ein leiser Gruß der Verabschiedung hallte im Raum wider. Die Tür fiel klackend ins Schloss. Urplötzlich war die Stube erfüllt von einer unheilvollen Stille. Lorea lauschte, was sich draußen abspielte. Die Horde wurde für einen Moment dröhnend laut und ließ statt Schimpfen einen Freudenruf durch die Tür schrillen. Dann legte sich der Tumult.

»Nein! Bitte!«, schrie eine Stimme in höllischer Angst, wie Lorea sie noch nie zuvor gehört hatte. Sie biss die Zähne zusammen, kniff die Augen zu und presste sich bibbernd die Hände auf die Ohren, als eine Klinge in etwas Lebendiges gerammt wurde. Die Schreie verklangen mit einem Mal.

Ein leises Piepsen entglitt einer Frau, doch es war nicht Lorea. Die Menge draußen entfernte sich mit lautem Grölen, als im selben Moment zwei Gestalten die knarzende Treppe hinunterkamen. Lorea schritt an der Wand entlang, die eine Hand stützend an der Holzvertäfelung, um nicht umzukippen. Sie spähte um die Ecke und erhaschte Maël, welcher der jungen Frau der Gaststube die Treppen hinab half. Sie ließ sich auf der untersten Stufe nieder, um sich zu fassen. Einer der verstört dreinblickenden Männer rutschte in einer anderen Ecke an der Wand entlang und setzte sich mit erstarrtem Gesicht auf den Boden.

In Lorea schwoll ein unangenehmes Gefühl der Übelkeit an, und sie legte sich die zitternden Finger auf den Mund, um ihre Angst zu verstecken. Ihr Atem ging aufgeregt und stockend. Beinahe hätte eines der Geschöpfe sie auch getötet. Fassungslos starrten ihre Augen auf den Boden.

Maël rümpfte die Nase und zog ein erschrockenes Gesicht. *»Dréags«*, hörte Lorea ihn flüstern. Seine vor Entsetzen geweiteten Augen schwirrten umher und blieben an ihr hängen. Sie bemerkte, wie aus seiner verschreckten Mimik eine bedrückte wurde. Ein schweigsames Gespräch aus Blicken entstand, das kein Wort benötigte, damit alle verstanden, was passiert war. Der Mann war tot. Aber was waren das für Gestalten gewesen? Während Lorea sich zwang, wieder Klarheit in ihrem Kopf zu erlangen, kämpfte sie gleichzeitig darum, die widerlichen Gespinste und deren Gestank aus dem Sinn und ihrer Nase zu scheuchen.

Auf einmal fuhr der Wirt vor Empörung auf. »Spitzohr!«, brüllte er, als sei er wahnsinnig geworden, und rannte auf Maël zu. Dieser starrte den breiten Mann mit aufgerissenen Augen an. Er zog erschrocken die Luft ein und versteckte die Ohren hinter zu Schalen geformten Händen.

»Ihr verfluchter …«, knurrte der Wirt und schlug zornig Maëls Hand weg. Er klemmte ihn zwischen der Wand und seinem Arm ein und zog kräftig an Maëls Lauscher.

Was ist denn in den gefahren?, wunderte Lorea sich, tief von einem Schleier aus Schock und Angst umhüllt. Der Wirt bebte in seiner Rage. Maël kniff vor Schmerz die Augen zusammen. Ein Zischen entfuhr ihm. Mit einem unruhigen Ruckeln versuchte er, sich aus dem straffen Klammergriff zu befreien. Als es ihm nicht gelang, beließ er die Hand krallend am Gelenk des Wirtes.

Fassungslos starrte Lorea die beiden Zankenden an. Sie konnte den Blick von den zweien nicht abwenden. Die anderen sahen ebenso ungewiss zu den beiden auf. Spitzohr?

»Lasst mich, ich bitte Euch!«, hörte sie die erstickte Stimme des fremd gewordenen Maël flehen, der vom Wirt im Griff gehalten wurde. Doch der Herr des Hauses zog Maël weiter am Ohr und drehte sich zum Rest seiner Gäste um. Mit abgrundtiefer Abscheu grollte seine Stimme. »Seht ihr das hier? So was passiert nur, wenn ein Elf wie eine Ratte um Euch schleicht! Genau wie in den Geschichten, die man sich erzählt! Ich hab schon mal dreckiges Gesindel wie den hier gesehen, dem haben sie zum Glück gleich den Kopf abgehackt!«

Er stieß das Geschöpf mit den spitzen Ohren, welche Lorea zum ersten Mal sah, zur Tür. Als Maël stolpernd zum Stehen kam, drehte er sich zu Lorea um. Der erzürnte Wirt hatte Verblüffen und Unbehagen in seinen grauen Augen hinterlassen.

Der aufgebäumte Mann funkelte Lorea an. Verängstigt schrumpfte sie. Als ob er etwas an ihr gesehen hätte, das ihn anstachelte, verfinsterte sich sein Blick. »Hat das Weib etwa –«, polterte der Wirt und richtete sich wie ein Bär auf.

Schützend stellte sich Maël vor sie und breitete die Arme aus. »Sie hat nicht meine Ohren, Herr«, bremste er den Mann und gestand gleichzeitig seine Andersartigkeit. Der wütende Bär beruhigte sich ein wenig. Er packte die beiden Unruhestifter grantig an den Schultern und geleitete sie unsanft zur Tür. »Aber die Augen hat sie von Eurem dreckigen Volk. Raus! Raus aus meiner Stube, Dreckspack!«

Eilig öffnete Maël die Tür und zog Lorea mit hinaus. Ihr Bündel wurde vor die Haustür geworfen. Mit lautem Krachen schlug das Holzbrett hinter ihrem Rücken zu.

Wirr starrte Lorea durch die Welt, ohne zu verstehen, was vor sich ging. Der Regen tröpfelte sanft, doch die Sonne zwängte sich durch die düsteren Wolken und strahlte das Gasthaus trübe an. Das Gewitter rumpelte in der Ferne. Loreas Blick senkte sich, und sie entdeckte eine purpurrote Pfütze vor ihren Stiefelspitzen im Lichtschein.

Um ein Haar wäre Lorea ein Aufschrei entwischt, aber Maël kam ihr zuvor und ließ den schrillen Ton unter seiner Hand verstummen. Er zog sie dicht an die Mauer des einsamen Gasthauses. Ihr Bündel packte er an beiden Riemen und setzte es auf ihren Rücken. Das Gewicht zog sie kurz nach hinten, doch sie blieb auf tauben Füßen stehen.

Vorsichtig huschte Maëls Blick um die Ecke des Hauses, um nachzuschauen, was hinter dem Alehaus geschah. Hastig zog er sich zurück. Seine Entdeckung schien ihn zu beängstigen.

Was war hier bloß los? Was hatte der Jäger dem Mann angetan? Ihre weit aufgerissenen Augen starrten auf die Blutlache. *So viel Blut.* Nie zuvor hatte sie solche Mengen an Blut gesehen. Alles um sie herum war verschwommen. Ein Fiepen schwirrte durch ihr Ohr. Obwohl ihre Gedanken gelähmt waren, begriff sie, dass der Mann tot war. Eine unheimliche Furcht überkam sie. Wenn die leblosen Männer hinter dem Alehaus waren, saßen sie hier fest. Wenn jemand sie sah, würden der Jäger oder die Halbtoten ihnen mit Gewissheit dasselbe antun wie dem unschuldigen Mann. Tränen der Angst brannten in ihren Augen. Sie wollte nicht sterben.

Mit kräftigem Rütteln an ihren Schultern und dumpfem Geflüster versuchte Maël, sie aus ihrem seltsamen Schlaf zu wecken. Erst nach einer seichten Ohrfeige kam sie zur Besinnung und lauschte seinen todernsten, doch geflüsterten Worten verängstigt. Ihre Wange wurde heiß.

»Lorea, hört mir zu!«

Sie biss sich auf die Unterlippe und atmete tief ein, um nicht außer Kontrolle zu geraten. Lautes Gerede rauer Stimmen drang hinter dem Alehaus bis zu ihnen.

»Auf mein Zeichen rennt Ihr so schnell Ihr könnt da rüber in den Wald«, wies Maël sie an. Er zeigte auf den Wald, der um die kleine Lichtung rund um das abgelegene Alehaus wuchs. »Ich komme nach. Schaut nicht zurück, rennt einfach nur.«

Sie nickte ihm geschüttelt vor Furcht zu und positionierte sich neben ihm. Eine Höllenangst stieg in ihr auf, als Maël eine Hand auf ihr Bündel legte. Da war doch überall Blut, wie konnte Maël so gefasst bleiben?

Er schubste sie nach kurzer Bedenkzeit an. »Los!«

Sie rannte, obwohl sie gar nicht wusste, warum sie auf den fremden Mann hörte, von dem sie sich mit hektischen Schritten entfernte. Aus dem Augenwinkel versuchte sie zu erkennen, woher der Lärm der Stimmen kam, und missachtete Maëls Rat. Was sie durch ihre tränenden Augen zu deuten wagte, ließ sie umso schneller laufen. Eine Gruppe der seltsamen Gestalten, deren Gesichter von Narben zerrissen und deren Nasen verstümmelt waren, sammelte sich hinter dem Alehaus. Ein Dutzend von ihnen. Ein Feuer knisterte nicht weit von ihr und ein Menschenbein wurde über den Flammen auf einem langen Spieß gedreht. Erneut kroch ihr der scheußliche Geruch von verwestem, diesmal aber auch der von angebranntem Fleisch und Haar in den Rachen und löste ein Kratzen in ihrer Kehle aus. Bei den zur Hölle verdammten Wölfen, wenn jemand sie beide entdeckte, schmorten sie ebenfalls auf einem Spieß über dem Feuer!

Endlich stolperte Lorea in das nahe Gebüsch und die Dunkelheit des Waldes und warf sich an den nächsten Baum. Sie rutschte an dem breiten Stamm entlang, um in dessen Sichtschutz zu bleiben und Maël vorsorglich Platz zu machen. Von dieser Seite des Baumes aus sahen die Halbtoten sie nicht. Über ihrem Kopf meckerten Krähen und rissen Blätter von den Bäumen, die in Fetzen auf Lorea herabregneten. Sie duckte sich angsterfüllt.

Vorsichtig lugte sie hinter dem breiten Baum hervor, der ihr vorübergehend Schutz gewährte und ihr die Sicht auf die Gasthütte und den davor abwartenden Maël stahl. Nach einigen Anläufen und tiefem Luftschnappen spornte Maël seine Beine zum geschwinden Laufen an. Er rannte ihr entgegen. Im Gegensatz zu ihr sah er nicht umher, sondern lief so schnell er konnte auf den Baum zu, hinter welchem sie sich versteckte. Mäuschenstill kam er ihr näher und hatte Lorea beinahe erreicht. Da trat er mit einem lautstarken Knacken auf einen Zweig. Mit einem letzten Schwung warf er sich zu ihr gegen den Baum. Sie warteten, um zu lauschen.

»Was ist denn?«, fragte die entnervte Stimme des Jägers. Maël neben ihr schloss verbissen die Augen. Schlurfende Schritte näherten sich ihnen, begleitet vom leisen Rascheln der Gräser. Maël zog sein Schwert behutsam und geräuschlos aus der Lederscheide. Lorea hielt eine Hand vor ihren Mund, damit niemand ihren Atem hörte. Sie zwang sich, ihr Inneres, das jeden Moment aus ihrem Leibe zu springen drohte, mit ihren übrig gebliebenen Gedankenfäden zusammenzuhalten. Jemand hatte sie gehört.

»Ich seh nur nach, was das war«, ertönte eine raue Stimme, die ihr bekannt vorkam und sich nicht allzu weit von ihnen aufhielt. Pfeifendes Atmen einer angekratzten Lunge wehte mit dem Wind zu ihnen. Loreas Herz raste. Wenn sie gesehen wurden, wenn sie eine falsche Bewegung wagten oder einen Ton von sich gaben, wäre das ihr –

Sie schüttelte kaum merklich den Kopf, um sich von ihren Gedanken loszureißen. Sie lauschte und hoffte, die Schritte, die sich ihnen weiter bedächtig näherten, würden verklingen. Doch das tiefe Atmen wurde immer deutlicher, immer lauter.

Lorea und Maël zogen die Köpfe zurück und pressten sich fest an den Stamm des Baumes, als ob sie mit der harten Rinde verschmelzen wollten. Die Fußstapfen trommelten auf der anderen Seite, wurden jedoch langsamer. Loreas Augen schwirrten zum mit Gras überwucherten Boden, auf welchem sich ein menschenähnlicher Schatten ausbreitete. Dann rutschte ein spitzer Schuh aus dickem Leder in ihr Sichtfeld. Die zwei hielten den Atem an. Maël hob das Schwert, sodass er mit der Klinge an seiner bleichen Wange vorbei streifte. Ein kleiner Nebel huschte mit jedem röchelnden Hauchen aus einem verborgenen Mund durch die kühle Luft. Der Rest einer verstümmelten Nase kam zum Vorschein, als das Wesen den Kopf nach vorn reckte. Maël war dem Geschöpf so nahe, dass er nur seinen Arm hätte ausstrecken müssen, um es zu berühren. Loreas Augen erkannten jeden Knochen, jede Sehne, die anscheinend eine Folter auf dem fahlen Gesicht hinterlassen hatte. Eine leere Augenhöhle rückte in ihr Blickfeld. Noch sah die verweste Kreatur sie nicht, doch wenn sie den Kopf zu weit in ihre Richtung neigte, würde etwas Schlimmes geschehen.

Eine zweite silberne Klinge erschien, allerdings in der Hand des verstümmelten Wesens. Der fremde Stahl wandte sich ihnen auf Kniehöhe schimmernd und geduldig zu. In ihrer Todesangst schloss Lorea die Augen, doch sie konnte ihre Tränen nicht zurückhalten. Ihr Kiefer verkrampfte sich, um keinen Laut durch ihre Lippen dringen zu lassen. Gleich würde eine weitere Klinge an diesem Tag Leben auslöschen.

»He, Blindauge, das Essen ist fertig!«, rief jemand am Feuer. Mit einem plötzlichen Rascheln erschraken die Krähen über ihren Köpfen und flogen davon.

Lorea hob die Lider. Die verstümmelte Nase zog sich zurück. Schuhe und Klinge verschwanden augenblicklich. Der große Schatten im Gras wurde nach einem grauenvollen Moment des Bedenkens kleiner. Der röchelnde Atem verstummte bald. »War wohl nur ein Tier«, gab die Gestalt den anderen Bescheid.

Maël hauchte erleichtert auf und hinterließ ebenfalls eine kleine Nebelwolke. »Kommt«, wisperte er und griff Lorea sanft am Arm, doch sie entwand sich verärgert seiner Hand. Scheu und argwöhnisch sah sie diesen merkwürdigen jungen Mann an, mit dem sie die vergangenen Tage ausgeharrt hatte. Fremd war er ihr plötzlich, denn etwas in ihrem Kopf versuchte ihr klarzumachen, was der Wirt Maël entgegengebrüllt hatte.

Flucht

Angst? Abscheu? Oder war es Hass? Sie wusste nicht, was sie für Maël, der am Baum lehnte, empfand. Sie waren inmitten des Waldes, in den sie sich geflüchtet hatten. Lorea hockte an einem Baum, während Maël mit verschränkten Armen an einem anderen Stamm verharrte. Beide schwiegen sich seit dem Vorfall in dem Alehaus an. Die angespannte Ruhe zwischen ihnen verdüsterte Loreas Laune. Sie hatte nachgedacht. Und sie war trotz eines Widerspruches tief in ihrem Kopf zu dem Schluss gekommen, dass sie überhaupt nichts über denjenigen wusste, der sie in den vergangenen Wochen begleitet hatte. Sie starrte Maël an, als sei er ein fremdes Tier. Das nichtmenschliche Wesen am anderen Baum warf ihr nur kurze, schuldbewusste Blicke zu. Maël drehte, wie sie es von ihm gewohnt war, einen Finger in den Haaren, doch nun sah sie dies nicht als schüchterne Angewohnheit, sondern als Tarnung. Er verbarg die Ohren hinter hellblonden Strähnen. Deshalb hatte er in jeder Siedlung eine Kapuze aufgesetzt. Wachmännern wich er sogar aus. Aus demselben Grund hatte er in London Abstand vom Tower gehalten. Er war nicht vor sich selbst auf der Flucht, dafür vor den Menschen, die ihn nicht lebendig, sondern lieber als erdachtes Fabelwesen in ihren Geschichten behalten wollten. Und Lorea hatte nichts von alledem bemerkt. Verdammt sollte sie sein für ihre Blindheit!

»Ich habe Euch vertraut«, knurrte sie ihn an und zog ihre Brauen in die Richtung ihrer feurigen Augen. Sie unterband den Drang, das Spitzohr frustriert anzuschreien, und richtete sich auf. »Und Ihr habt mich die ganze Zeit benutzt!«

Das Geschöpf wich ihrem Blick aus und nahm die zappelnde Hand herunter. Die erneut von ihm ausgehende Stille ließ ihr grimmiges Schnaufen lauter werden, denn sie forderte Antworten von ihm, hier und jetzt. Mit einer unbekannten Mischung aus Trauer und Wut entriss sie demjenigen ihr kleines Häufchen Vertrauen, auf den sie sich seit dem Tod ihrer Mutter so verlassen hatte. Sie geriet in Rage, aber gleichzeitig verzweifelte sie bei dem Gedanken, dass er sie die ganze Zeit über angelogen hatte.

Maël holte tief Luft, ehe er kleinlaut sprach. »Ihr versteht nicht …«

»Nein, ich glaube Ihr seid derjenige, der nicht versteht! Seid Ihr denn wirklich ein Elf?« Sie tat sich schwer, das Wort auszusprechen. Diese Wesen mit spitzen Ohren, die gab es in ihrem Kopf nur in Geschichten. Das waren erdachte Kreaturen, sonst nichts. Aber was sie vorhin gehört und gesehen hatte, zeigte ihr alles andere als Fabelwesen. Dies war die Realität, wenn sie auch unwirklich schien.

Maël atmete abermals tief ein und antwortete ihr zögerlich und gehemmt. »Corachod, Alvene, Alben, Elfen. Wir haben viele Namen.« Neben dem Schuldbewusstsein, das Lorea ihm nicht nur anhörte, sondern deutlich in seinem verzerrten Gesicht sah, drang ein kleiner Schimmer Stolz durch seine Worte.

»So zeigt es mir«, forderte sie ihn barsch auf und stierte ihn an. Maël schien im ersten Moment sprachlos, hob aber ohne Widerworte die Strähnen an seiner Schläfe hoch. Die ungewohnte Form eines Ohrs kam unter den zerzausten Haaren zum Vorschein. Loreas Augen zogen sich zusammen, als sie das schlanke Ohr genauer betrachtete. Ihr Kopf neigte sich langsam nach vorn. Als sie das spitze Ende erblickte, zog sie sich wieder zurück und setzte ein angewidertes Gesicht auf. Der hatte wirklich spitze Ohren. Sie waren unauffällig, sodass man sie im ersten Augenblick als die eines Menschen deuten konnte. Doch wenn sie genauer hinsah, zeigte sich ihre spitze Form. Wie aus den Geschichten von heimtückischen Elfen, die sie gehört hatte. Sie traute ihren Augen nicht.

»Schaut mich nicht so an, ich bin keine Kröte«, sagte er, war aber nicht mutig genug, ihr ins Gesicht zu blicken.

»Aber ein Mensch seid Ihr auch nicht.«

»Was tut das schon zur Sache.«

»Wie bitte?« Es war blanke Empörung, die sie dazu brachte, ihn mit ihrer Frage anzukreischen. Lorea nahm sich vor, etwas zu unternehmen, was dieser Kreatur am Baum garantiert nicht gefiel. Sie hatte die Nase voll, erst belog dieser Troll sie, nutzte ihr Vertrauen aus, und eben wären sie beide um Haaresbreite seinetwegen umgekommen! Nur wegen dieses Elfen. Wieder funkelte sie ihr Gegenüber an. »Hätte man Euch in irgendeiner Stadt mit mir zusammen erwischt, wären wir beide nicht mehr hier!« Es kümmerte sie nicht, ob sie jemand hörte. Sie verachtete ihren einstigen Begleiter, der ihr plötzlich eingebildet und starrsinnig und nicht fürsorglich vorkam. Was hatte Maël sich dabei gedacht, ihr seine Nähe aufzudrängen?

Trotzig wandte sie sich ab und schob das Bündel auf ihrem Rücken zurecht. Dann brach sie allein auf zu einem Weg ohne Ziel und kämpfte sich stampfend durch das hohe Gras. Die langen Halme des Waldes schienen sie von ihrem Vorhaben abhalten zu wollen und schlangen sich um ihre Beine. Hektische Schritte verfolgten sie.

»Wo wollt Ihr hin?«, fragte der Elf mit einem Ansturm von Verzweiflung in der Stimme, doch sie ließ sich nicht auf sein Gerede ein.

»Überallhin, nur weg von Euch!«, fuhr sie ihn an, lief aber weiter.

»Aber es lauert überall Gefahr!«

»Ihr seid die Gefahr!« Lorea drehte sich ein letztes Mal mit einer Wut um, die ihr Inneres vor Hitze brodeln ließ. Sie sah, wie Maël an einem unweiten Baum schlitternd zum Stehen kam. Es war pures Elend, das sich in seinem Gesicht widerspiegelte, doch ihr Mitleid zerfloss zu einer Welle, die von Ärger angetrieben wurde. Ihre Hand tastete nach dem kalten Eisen ihres Messers, welches an ihrem schmalen Gürtel in einer Lederhülle hing. Mit festem Griff zog sie es hervor und richtete die Spitze drohend auf den Elfen. »Und wagt es nicht, mir zu folgen!«

Erschrocken über ihre Reaktion setzte Maël einen Fuß zurück. »Bitte! Ich wollte Euch doch nur –«

»Was, beschützen? Nein, danke, ich kann auch auf mich selbst aufpassen! Gehabt Euch wohl!« Lorea fuhr herum und befahl ihren Füßen, sich geschwind von der fremden Kreatur zu entfernen. Das Messer steckte sie zurück in die Lederhalterung.

»Lorea, bitte wartet!«

Während sie mit jeder Bewegung weiter von ihm Abstand nahm, lief ihr der Elf einige Schritte nach und rief ihr Entschuldigungen zu. Doch sie verschloss ihre Ohren. In ihrer Wut rannte sie los, trotz der Halme, die sie aufzuhalten versuchten und an ihren Stiefeln zerrten, und trotz der straffen Riemen ihres Bündels, die ihr die Luft abschnürten. Sie rannte, nicht um sich hinter einem Strauch oder Baum zu verstecken, nicht um vor den halbtoten Männern wegzulaufen, sondern um vor dem ungeheuren Elfen zu flüchten. Selbst wenn es ihr Kummer bereitete. Er rief etwas, doch sie wusste weder, was er sagte, noch wem es gewidmet war. Lorea rannte so schnell ihre Beine konnten, und sie war bald so weit fort, dass die Stimme des Spitzohrs verklang. Ein kleiner Hoffnungsschimmer am Rande des Waldes erweckte eine letzte Kraft in ihr, die sie dazu brachte, dem gedämpften Licht der Sonne entgegen zu laufen. Sie erreichte den Waldrand. Ihre Beine hielten zittrig an, und sie blickte sich um. Niemand war zu sehen, der Wald hinter ihr und die weite Wiese vor ihr waren leer. In einiger Entfernung schlängelte sich ein Handelsweg über die Hügel, die vom Hochland übrig geblieben waren.

Nachdem sie sicher war, dass sie allein am Waldrand stand, lief sie mit hechelndem Atem auf den Wanderweg zu. Mit einem erleichterten Seufzen rettete sie sich auf die schlammige Straße, und ihre Stiefel wurden von der fesselnden Wiese befreit. Sie lief langsamer, als sie es die letzten Tage gewohnt war, während sie darüber nachdachte, was geschehen war. Noch immer konnte sie nicht glauben, welche Gefahr die vergangenen Wochen Nacht für Nacht neben ihr geschlummert hatte. Dass Maël, der ihr von Anfang an freundlich erschienen war, ein solch heimtückisches Wesen war. Hätte jemand in einem der Dörfer oder einer Stadt seine spitzen Lauscher entdeckt, wäre die Strafe dafür sichtlich härter ausgefallen als nur eine kurze Standpauke, ein Ohrenziehen und ein Rauswurf.

»Wie konntest du nur so dumm sein!«, meckerte sie sich selbst an und schlug eine Hand an ihre Stirn. Er hatte es geschafft, sie um den Finger zu wickeln, sie auszutricksen und auszunutzen. Genau das erzählte man sich in den alten Geschichten, dass Elfen wortgewandte Halunken waren, die einem die Zunge im Mund umdrehten und einen hinterlistig betrogen. Man schwieg über sie, weil sie dunkle Kreaturen waren. Womöglich jagte man sie sogar. Das würde erklären, warum sie nie etwas von leibhaftigen Elfen gehört hatte. Nicht nur über die goldenen Zungen erzählte man. Unglück lockten diese Spitzohren dorthin, wo sie erschienen, und ebendies war ihr widerfahren. Kurz bevor er aufgetaucht war, war ihre Mutter ums Leben gekommen. Während sie mit ihm in der Taverne gewesen war, waren diese verwesten Männer erschienen. Seinetwegen hatte der Wirt sie aus der Gaststube geworfen, und seinetwegen waren sie knapp dem Tod entkommen.

Auch über angeblich dunkle Magie, welche diese Spitzohren beherrschten, munkelte man in Geschichten. Allein die Ohren und widerwärtigen halbtoten Geschöpfe hatten Lorea genug Angst eingejagt, aber Magie? Hoffentlich war wenigstens der magische Teil der vielen Erzählungen ausgedacht. Wenn es stimmte, dann hätte Maël ihr jederzeit einen Fluch aufhetzen können. Bei der Vorstellung streifte sie über ihre Arme und Beine, als hinge überall Schmutz an ihr. Um mögliche böse Flüche des Elfen abzuwehren, kreuzte sie die Finger. »Geist des Windes, verwehe seine Spuren. Geist des Feuers, verbrenne seine Erinnerungen. Geist der Nacht, schütze mich vor seinen Flüchen. Geist des Wassers, wasche seine Zauber von mir.«

Das Gerede über Flüche und Zauberei gruselte sie. Und diese merkwürdigen Ohren. Da Lorea sie mit eigenen Augen gemustert hatte, bekam sie die nicht mehr aus dem Kopf und war angewidert. Sie griff an ihre eigenen, nur um sicherzugehen, dass sich ihre gewohnt menschlich anfühlten.

Sie drehte sich erneut um, doch es erschien kein anderer Umherwandernder hinter ihr. Auf ihrem Weg verschreckte Lorea ein zwitscherndes Amselpärchen, welches mit lautem Gesang vor ihr davonflog. Verlassen kam sie sich vor. Plötzlich hatte sie ein banges Gefühl dabei, ohne jegliche Begleitung durch die Lande zu streifen. Abermals tastete sie nach dem Messer an ihrem Gürtel, zog es diesmal aber nicht aus der Lederhülle. Ihre Stimmung wechselte von einer aufgeregten zu einer betrübten. Der eintreffende Regen, der von leisem Donner begleitet wurde, verschlimmerte alles. Nun war es der Schlamm, der sie daran zu hindern schien, einen weiteren einsamen Schritt zu setzen. Loreas Stimme summte mit den Tropfen, die platschend auf die Erde fielen.

Nach ihrem langen Marsch bis zur Dämmerung lief sie triefend am Rande eines Waldes entlang, der nichts Zauberhaftes versteckte, und setzte sich an einen großen, alten Baum. Missgelaunt warf sie ihr Bündel ab. Sie war stundenlang gelaufen, und ihre Füße waren müde. Die dicht gewachsenen Blätter in der Baumkrone schützten sie vor dem Regen. Als sie in ihrem Bündel nach Essbarem suchte, rutschte ihr ein halbes Laib Brot in die Finger. Sie brach ein kleines Stück ab und schlang es appetitlos hinunter. Die Luft des hereinbrechenden Abends, die durch den Regen eine angenehme Frische in sich trug, beruhigte ihre durcheinandergewirbelten Sinne.

Sie wusste nicht, was sie tun sollte. Die Möglichkeit, hier ihr nächtliches Lager aufzuschlagen, barg die Gefahr, dass der Elf sie einholte, wenn er ihr folgte. Andererseits könnte sie weitergehen, um eben dem zu entgehen. Mit Zwicken und Stechen widersprachen ihre Sohlen aber. Plötzlich stutzte sie aus einem anderen Grund. Wohin sollte sie ziehen? London war länger als einen Tagesmarsch entfernt. Nicht einmal eine Karte besaß sie. Sie wusste nicht, wohin die Handelswege führten. »So ein Mist!«, meckerte sie laut, als ihr auffiel, dass ihr zuvor gemeinsames Zelt Maël gehörte. Sogar an einem Unterschlupf mangelte es ihr!

Um wenigstens für ein warmes Lager zu sorgen, sammelte sie Zweige und Stöcke und zog von einigen die Rinde ab, um sie als Zunder zu nutzen. Sie kramte das verbogene Feuereisen und ihren Feuerstein aus ihrem Gepäck und mühte sich beim Entzünden des kleinen Holzhaufens ab. Immer wieder schlug sie die Werkzeuge aneinander, doch der Geist des Windes hatte schlechte Laune. Jedes Mal, wenn sie einen Funken aus Metall und Stein herauskitzelte, pustete eine kalte Brise aus dem Dickicht des Waldes und löschte jeden Schimmer von Wärme. Lorea seufzte schwer, warf das Metall und den Stein zurück in ihr Bündel. Die Kühle des Abends breitete sich neblig über dem Land aus. Weil sie in der Kälte zitterte, zog Lorea ihren roten Umhang hervor und wickelte sich darin ein. Damit sie wenigstens von ihren Gedanken gewärmt wurde, schloss sie die Augen und malte sich eine heiße Karottensuppe aus Fantasie. Der Duft von reifen Möhren kroch in ihre Nase. Ein Regentropfen, der auf ihr Gesicht platschte, verdarb ihr das Spiel. Als sie aufblickte und die leuchtende Sichel des Mondes sah, der durch Wolkenstreifen spähte, zog Leere in sie ein. Sie kam sich genauso einsam vor, wie der Mond es zu sein schien. Sie vermisste jemanden, der ihr stets gegenüber am Feuer gesessen hatte. Es war ihr gleich, ob es ihre Mutter oder ein Fremder war, der aus dem Nichts an diesem Ort auftauchte. Sie wollte nur nicht allein sein. Sicher hätte einer von ihnen eine ordentliche Wärmequelle zustande gebracht.

Sie wartete, starrte stumm in die Dunkelheit und schaute umher, wenn ihre Ohren etwas rascheln hörten. Ihr Blick huschte hinauf in die Baumkronen, und sie erwartete, eine menschenähnliche Gestalt darin zu erkennen. Doch nie saß jemand in dem Geäst.

Sie zog den Handschuh ihrer Mutter aus ihrem Bündel und hielt ihn fest. Für einen Moment glaubte sie, ihre Nähe zu spüren. Was würde sie an ihrer Stelle tun? Würde sie allein weiterziehen? Würde sie auf Gesellschaft hoffen oder nach London zurückkehren? Würde sie sich irgendwo niederlassen oder ins Ungewisse weiterreisen? Aber was, wenn sie den Hexenjägern in die Arme lief? Oder wenn Räuber sie schnappten? »Was soll ich nur tun, Ma?« Lorea weinte und legte die Stirn auf ihre angezogenen Knie. Nicht einmal Nachtwache konnte sie halten, weil sie sonst keine Minute Schlaf genießen würde.

Ängstlich schniefte sie. Als etwas in einem nahen Gebüsch raschelte, sah sie sich nochmals um. Zwei leuchtend orange Kullern mit großen schwarzen Pupillen starrten sie im dunstigen Mondschein an. Ein schmaler Schnabel schimmerte zwischen den Augen, die durch die langen, fedrigen Brauen grimmig dreinsahen. Das Tier zog den Kopf ein, Lorea ihren zurück. Mit der Hand wischte sie ihre Wangen trocken. Sie lauschte gespannt, als der Uhu ein leises Murren von sich gab. Mit traurig schniefender Nase betrachtete sie das Federtier und war ein wenig getröstet, dass wenigstens ein Waldbesucher bei ihr war. »Bist du ein Waldgeist?«, fragte sie das große Federtier, doch sie bekam keine Antwort. Den Kopf wandte sie wieder dem durch die Wolken scheinenden Mond zu. Sie sprach zu allen Naturgeistern, die ihr Gehör schenkten. »Könnt ihr mich sicher geleiten, egal wohin ich gehe?«

Gefährliches Versteck

Ein Windstoß durchfuhr Loreas Haar, und sie genoss die kühle Luft an einem warmen Tag wie heute. Obwohl sich der Frühling erst dem Ende neigte, war es Lorea, als liefe sie durch den Mittsommer. Die Erde unter ihr hatte es aufgegeben, sie bei ihrer Flucht vor dem Elfen aufzuhalten, somit kam sie zügiger voran als vor zwei Tagen. Über die vergangenen Nächte hatte sie kaum ein Auge zugemacht, weil die Angst vor Räubern und Hexenjägern sie plagte. Die nächtliche Kälte hatte ihr nicht dabei geholfen. Abgesehen von dem Uhu und einer Feldmaus, die sich gestern des späten Abends in ihr Bündel verirrt und einen Brotkrümel gestohlen hatte, war niemand herbeigekommen, um sie zu führen oder zu entführen.

Eine bedrückende mittägliche Hitze drückte sie nieder. Die Sonne hatte ihren Kampf gegen den Regen der vergangenen Tage gewonnen und schien so heiß wie noch nie in diesem Jahr. Ihren Umhang und Mantel hatte sie abgenommen und in ihrem Bündel verstaut. Die Ärmel ihrer Bluse hatte sie der Hitze wegen nach oben gekrempelt. Den Handschuh ihrer Mutter behielt sie an. Sie hoffte, dass sie dadurch den richtigen Weg zur Küste fand, weil Maia sie geleitete. Ihr Ziel waren die südlichen Strände, weil sie dort Muscheln suchen und diese gegen Ernte eintauschen wollte.

Weiße Schmetterlinge flogen vor ihren Füßen den langen Pfad zwischen den Feldern entlang und erheiterten ihre Laune. Ihr einsames Gefühl schwand mit jedem Morgen, doch wenn die eisige Kälte der Nacht durch sie zog, kehrte wieder die schreckliche Erkenntnis zurück, dass sie allein war.

Lorea musterte den nahen Wald, der sich grün strahlend wie ein großer See aus Blättern zwischen den Feldern ausbreitete. Einige Bauern streuten neue Saat oder gruben ihre Äcker um. Lorea war zwar zu weit weg, um die Gesichter der Leute zu erkennen, doch sie ahnte, dass sich alle nach einer Erfrischung sehnten.

Keuchend hievte sie sich von einem schweren Fuß auf den anderen und zerrte eine kaum sichtbare Staubwolke hinter sich her. Der Wald kroch an sie heran, die Bäume wuchsen. Endlich erreichte sie den Schatten des Waldes, nahm ihr Bündel ab und warf sich mit einem erlösenden Schnaufen in das feuchte Gras. Die lang gewachsenen Halme fingen sie weich auf und machten es ihr so bequem, dass sie überlegte, ihren versäumten Schlaf der letzten Nächte auf der Stelle nachzuholen. Angenehme Kälte kühlte ihre Stirn, und sie genoss den Moment.

Stille zog ein, als die Vögel des Windes wegen ihren Gesang einstellten. Lorea trank großzügige Schlucke aus ihrem am Morgen aufgefüllten Trinkschlauch und schwang sich gestärkt zurück auf die Füße. Die Strecke zur Küste war weit und würde einige Tage in Anspruch nehmen. Solange sie im Schatten der Blätter lief, war die Welt für sie in Ordnung. Als sie sich an das riesige, scheinbar endlose Blau des Meeres erinnerte, welches sie von Weitem mit ihrer Mutter bestaunt hatte, beschleunigte sie ihre Schritte.

Der Weg führte Lorea tiefer in den farbenfrohen Wald, bis sie an einer Kuhle stehen blieb. Der Boden vor ihr war grob umgewälzt worden, und jemand hatte einen Krater hinterlassen, der nicht in diese Gegend passte. Sie betrachtete die Kuhle. Als ihr der Verdacht kam, dass dies das Werk einer Wildschweinhorde war, lief sie weiter. Blätter raschelten in einem unweiten Gebüsch, und Lorea blieb erneut stehen. Ihre Hand legte sie vorsichtig auf den Griff des scharfen Messers an ihrer Seite. Misstrauisch wanderte ihr Blick von einer Seite des Weges zur anderen. Ihr Inneres wurde in eine dunkle Seidendecke aus Fäden kribbelnder Angst gehüllt. *Da ist nichts*, beruhigte sie sich. Ihr Blick huschte durch den dichten Wald und entdeckte ein brüchiges Rad. Es sah aus wie das eines einfachen Bauernwagens, auf dem Ernte transportiert wurde. Der Karren, zu welchem das Rad gehörte, war nirgends zu sehen. Grau und spröde stand das runde Holzteil da und weckte zunehmend Loreas Aufmerksamkeit. Abermals schwang sie den Kopf umher und lief, als sie niemanden im Dickicht erspähte, zu dem Rad hinüber. Hinter einer Baumgruppe lugte plötzlich der Rest eines Wagens hervor. Krähen saßen auf der Ladefläche und pickten die übrigen Getreidekörner auf. Die schwarzen Vögel schüchterten sie ein, doch ihre Ungeduld trieb sie an und wollte wissen, was der verlassene Karren barg. Als sie an die Ladefläche herantrat, verscheuchte sie die Krähen. Laut meckernd erhoben sich die schwarzen Vögel in die Lüfte.

Der Karren war leer. Er führte weder Pferde im Gespann noch einen Kutscher auf dem betuchten Sitz. Etwas stimmte hier nicht. Niemand würde einen Karren im Wald stehen lassen, egal ob ein Rad beschädigt war oder nicht.

Sie zog den Handschuh aus und lehnte sich auf die große Ladefläche. Ihre Nase schnupperte beunruhigt wie die eines Hundes, der etwas witterte. Es roch nach frischem Stroh. Da machte ihr Herz einen verrückten Satz. Sie erblickte einen Mann, der keine zehn Fuß von ihr entfernt zusammengekauert und reglos an einem Baum saß. War das der Kutscher?

»Hallo?«, rief Lorea schüchtern und zog den Kopf nach unten wie der Uhu vor zwei Nächten. Doch der Fremde gab keine Antwort. Vielleicht hatte er sich verletzt, als das Rad von seinem Wagen gebrochen war. Trotz eines unguten Gefühls in der Brust schlich sie zu dem Baum und musterte den Herrn. Sein Hut war ihm vom Kopf gefallen, doch er schien es nicht bemerkt zu haben. Die schulterlangen Haare verbargen das Gesicht.

»Geht es Euch gut, Herr?« Ihr Blick huschte zurück zur Kutsche. Niemand tauchte im Wald oder unter dem Karren auf. Sie kniete sich vor den Bauern und schüttelte ihn an beiden Schultern. »Herr?«

Ihr Fuß rutschte auf einem taunassen Grasbüschel aus, und sie plumpste ungeschickt nach hinten. Der Mann kippte auf sie zu. Mit zugekniffenen Augen und einem erschrockenen Aufschrei hielt sie sich die schwere Last vom Leibe. Ihr Handschuh rutschte aus ihren Fingern, als er an einem Knopf des Bauernhemdes hängen blieb. Ihre Hände griffen an den Rücken des Mannes und klatschten auf etwas Dickflüssiges. Ein widerlicher Gestank breitete sich binnen eines Lidschlages aus, den sie sofort wiedererkannte. Es war kein Wunder, dass die menschliche Hülle vor ihr kalt und bleich war. Mit pochendem Herzen und aufgerissenen Augen lehnte sie den Bauern nach einem kräftigen Schubs dorthin, wo er gesessen hatte. Sie zog die Hände zurück. Etwas Dunkelrotes klebte daran und beschmierte ihre Finger wie übel riechender, dunkler Honig. *Blut.* Sie schnappte nach Luft. Vor Schreck hastete sie auf allen vieren rückwärts, bis sie mit ihrem Bündel gegen einen Baum prallte. Als hätte der Stamm hinter ihr etwas Giftiges in sie eingeflößt, hockte sie zu Stein erstarrt da, den toten Mann verschwommen im Blick. Plötzlich ertönte lautes Knacken von Ästen. Sie hörte Füße stampfen. Die Wiese raschelte, und Lorea stellte mit Entsetzen fest, dass sie Gesellschaft hatte. Nicht nur ein Paar Füße näherte sich ihrem Versteck und dem Karren. Es mussten eine Handvoll sein. Das Rascheln der Gräser zischte in ihren Ohren. Sie schrumpfte wie ein Rehkitz, das gleich von einem Wolf entdeckt und gefressen werden würde. Während sie sich mit der einen Hand den Mund zuhielt, um ihren aufgebrachten Atem verstummen zu lassen, versuchte sie, das Blut an der anderen im Gras abzuwischen. Dann schlang sie den gesäuberten Arm um ihre schlotternden Beine, um unentdeckt zu bleiben. Sie wusste nicht, ob noch Blut an ihrer Handfläche klebte. Sie war zu verängstigt, um nachzusehen. Ihre Hand glitt langsam an den Griff ihres Messers und zog es geräuschlos aus der Scheide. Wenn sie jemand angriff, konnte sie damit zustechen.

»War hier nicht gerade jemand?«, rief ein Mann grummelnd den anderen zu. Sie hielt den Atem an, ihr Herz schien fast stehenzubleiben. Das waren keine Wildschweine gewesen, die diese Kuhle geschaufelt hatten. Es war eine Falle. Und sie war darauf hereingefallen!

Vorsichtig drehte sie den Kopf zur Seite, um einen der Männer zu erkennen. Niemand trat ihr unter die Augen. Ein lautes Knacken erklang direkt neben ihr.

»Wie wär's denn mit der hier?« Jemand packte sie auf der anderen Seite am Arm, und sie wurde grantig auf die Füße gezogen. Ein Schrei entfuhr ihr. Mit dem Messer holte sie nach oben aus, doch kräftige Finger umfassten ihr Handgelenk und hielten sie auf. Verschreckt starrte sie den Räuber an, der sie ergriffen hatte. Als sie Todesangst überkam, zerrte sie widerspenstig an ihrem Arm, um sich aus den Klauen des bärtigen Räubers zu befreien, während dieser sie mit sich zerrte. Beide ihrer Hände fesselte er im steifen Griff hinter ihrem Rücken und ihrem Bündel. »Du bist ja bestens ausgestattet.« Mit einem Ruck zog der Räuber hinter ihr das Eisenmesser aus ihrem verkrampften Griff. »Das nehme ich mal.«

Das laute Pochen ihres Herzschlags stieß ein Fiepen durch ihren Gehörgang. Verzweifelt verzog Lorea die Brauen. Nun war sie unbewaffnet.

»Da hat wohl doch eine süße Maus den Speck gerochen und nach dem Köder geschnappt.« Er grinste sie an und zeigte angefaulte Zähne hinter den breiten Lippen. Tiefe Lachfalten zeichneten sich in seinen Bart. Ihr störrisches Ruckeln und Ziehen half nichts. Aber sie gab keine Ruhe und erschwerte es dem Räuber, seinen Fang vor dem Rest der Meute zu präsentieren. Die Männer um sie herum lachten bedrohlich laut. Einige zeigten mit dem Finger auf sie.

»Was macht denn ein Weibsbild hier?«, rief ein Kleinerer der Meute und brach in Gelächter aus. Loreas Angst wurde von ihrem eigenen Starrsinn weggefegt, obwohl die Männer scharfe Waffen wie Schwerter und Dolche bei sich trugen. Einer hielt eine Axt in der Hand.

Sie erinnerte sich daran, wie sie einst mit dem Kessel auf ihrem Rücken einen Mann zu Fall gebracht hatte, doch diesmal würde ihr das nichts nützen. Zu viele Räuber umgaben sie.

Je heftiger sie sich mit Rütteln und Ruckeln versuchte, aus dem Griff zu befreien, umso lauter brüllten die anderen auf.

»Lasst – mich – los! … Hilfe!«, schrie sie in ihrer kläglichen Verzweiflung in den leeren Wald, und das Gelächter verstummte. Ihr Fänger presste eine Hand auf ihren unaufhörlich kreischenden Mund, aber sie biss ihm in die Finger und befreite ihre Lippen. Ein kräftiger Mann aus der Bande mit kurzgeschorenen blonden Haaren und ernster Miene in der harten Visage kam auf sie zu. Der Griff um ihre Handgelenke verfestigte sich schmerzhaft. Grimmige Augen stierten sie grün an. Sie schloss den Mund.

»Halt dein Maul«, knurrte der verärgerte Hüne und drehte sich zum Rest der Gruppe um. »Die nehmen wir mit!«

Leises Getöse folgte, Hände klatschten vorfreudig. Lorea wandte sich von ihnen ab und suchte nach einer Gestalt hinter ihr, die ihr helfen konnte. Doch niemand war zu sehen, von allen Seiten war sie von Räubern umgeben. Ihr Hals wurde von einem großen Klumpen erschwert, und sie vergoss beinahe Tränen vor Verzweiflung.

»Hilfe!«, rief sie erneut in die Leere. Der Hüne mit dem kurzen Haar drehte sich zu ihr zurück und holte weit aus. Eine große Handfläche schlug ihr ins Gesicht und hinterließ einen roten, heißen Fleck auf ihrer Wange. Ihr Kopf hing schlaff auf ihrer Schulter. Die Fassungslosigkeit der anderen Räuber schien nicht minder ihrer eigenen.

»Schnauze, hab ich gesagt!«, brüllte der Hüne sie an. Sie wandte das Gesicht von ihm ab, um nicht von ihm bespuckt zu werden und ihm nicht zu zeigen, dass ihre Angst größer wurde als ihr Trotz. Einer der lauernden Räuber setzte einen waghalsigen Schritt in ihre Richtung und redete auf den ein, welcher sie geschlagen hatte. »Isaac wäre sicher nicht sehr begeistert davon.«

»Der muss ja nichts hiervon wissen, oder?«, keifte der Hüne zurück.

Erneut stieß Lorea verängstigte Rufe aus. »Hilfe! Hilfe!« Jemand musste sie doch hören! Mit Rütteln und Zerren versuchte sie, den sturen Griff um ihre Arme abzuschütteln, als ihr etwas Hartes an den Kopf geschlagen wurde. Der Hüne vor ihr brüllte sie abermals an. Sie sah, wie sein Mund sich energisch bewegte, doch sie hörte nichts als einen dumpfen Gong, der durch ihren Schädel sirrte. Ihre Sicht verschwamm, aber nicht einer einzigen Träne wegen. Trotz der unklaren Umrisse deutete sie, wie sich das Gesicht des Hünen vor ihr von einem erbosten zu einem entgeisterten verwandelte. Sie stürzte vornüber und merkte gar nicht, wie sie starke Arme auffingen, bevor sie den rutschigen grünen

Boden erreichte. Das stechende Pochen in ihrem Kopf verklang, ebenso alle Stimmen um sie herum. Niemand krallte seine Finger in ihre Arme, niemand schrie sie an. Alles war still und dunkel.

Die Zähne des Wolfes

Sie wachte auf, ließ die Lider aber geschlossen. Sie nahm den klaren Duft des Waldes wahr, der dieses Mal nicht von dem ekelerregenden Geruch von Leichen verdrängt wurde. Getrampel erschütterte den mit alten Blättern bedeckten Boden unter ihr. Getuschel und das Klirren von Metall schwirrten umher. Loreas Herzschlag pochte laut in ihren Ohren. Eine dumpfe Wölbung an ihrem Hinterkopf wurde von der Waldluft gekühlt. Ihr Kinn war gesenkt. Etwas hielt sie an der Rinde eines großen Baumes fest.

Langsam hob sie die schweren Augenlider und behielt sie einen Spalt breit offen, sodass sie genug sah. Niemand sollte bemerken, dass sie wach war. Ein leises Stöhnen entfuhr ihr. Sie schaute an sich hinab. Straffe Seile waren um ihren Oberkörper und ihre Arme gewickelt und hinderten sie daran, aus ihrem unbequemen Sitz aufzustehen. Das Bündel, welches sie zuletzt auf ihrem Rücken getragen hatte, war verschwunden, ebenso das Lederarmband ihrer Familie und ihre Stiefel. Die Räuber hatten ihren Ohrstecker übersehen, denn der baumelte als einziges Schmuckstück zu ihrer Überraschung an ihrem Ohrläppchen.

Weit entfernt von ihr schwebte die helle Scheibe der Sonne unweit über der Spitze eines Berges und warf ihre Strahlen zwischen die Bäume des Waldes. Trotz ihrer warmen Farbe war es im Dickicht frisch. Loreas nackte Füße wurden von der Kälte gestochen. Sie bewegte die Sohlen und Zehen, damit sie nicht zu Eisklumpen gefroren.

Als sie aufblickte, weiteten sich ihre Augen, und sie wurde mit einem Schlag hellwach. Etliche Männer, von denen sie bereits das eine oder andere Gesicht kannte, saßen oder liefen auf einer kleinen Waldlichtung neben dem Baum umher, an den Lorea gefesselt war. Ein paar dösten faul auf umgeworfenen Baumstämmen, während die anderen an einem Wagen Hunderte von Dingen aufeinander stapelten, angefangen von Leinen über Kisten bis hin zu reichlich verzierten Truhen. Über der Ladefläche des Wagens war ein großes Tuch gespannt, das die gestohlene Ware vor Regen schützte. Ein älterer Mann mit grauem Stoppelbart und langem Haar, das er zu einem Zopf gebunden hatte, schlug mit einem schweren Hammer am anderen Ende der Lichtung gebogene Schwerter gerade. Neben ihm glühten Kohlen in einer Feuerschale, in welche er seine Waffen zum Erhitzen legte. Ein Räuber mit Dreitagebart und zerzausten Haaren lehnte an einem Baum und beobachtete seine Bande mit verschränkten Armen und scharfsinnigem Blick. Der Beobachter schien einen höheren Rang zu besitzen, denn obwohl er der dürrste von all den Räubern war, trug er als Einziger eine lederne Rüstung und feine Kleidung. Jeder einzelne Räuber war mit einer Schneide bewaffnet, viele davon bis zum Boden reichend, manche kurz wie eine Hand. An einem Baum waren vier Pferde festgebunden und futterten Heu, welches vor ihnen ausgelegt war. Sicher waren alle Pferde gestohlen.

Lorea reckte sich und holte tief Luft. Die Fesseln erdrückten sie nahezu. Sie schnaufte schwer.

»Isaac«, grummelte eine bekannte Stimme hinter ihr, »das Mädel is' wach.« Es war der Hüne, der bei ihr hockte. Er schien an dem Baum auf sie aufzupassen.

Der dürre Mann auf der anderen Seite der Räuberlichtung sah zu ihnen auf. Als er bemerkte, dass Lorea ihn musterte, stieß er sich vom Baum ab. Er lief mit einem gehässigen Grinsen und gierigen Schritten auf sie zu. Unter der ledernen Rüstung sah sie ein zu langes, edles Hemd hervorspähen. Wahrscheinlich hatte der Halunke sich seine prunkvolle Kleidung zusammengestohlen. Er kniete sich vor sie, und Lorea bemerkte, wie plötzlich mehr als nur ein Augenpaar auf ihr ruhte. Die ganze Bande beobachtete sie.

»Guten Abend, meine Hübsche«, grüßte der Mann sie mit einem falschen Hauch von Freundlichkeit. Sie setzte eine verbitterte Miene auf, hielt die Lippen aber geschlossen und wandte das Gesicht störrisch vom Hauptmann ab.

»Mir wurde von einigen ins Ohr geflüstert, dass Ihr ganz schön stur seid«, sagte der abscheulich grinsende Mann, den der Räuber hinter Loreas Rücken Isaac genannt hatte. Grobe Finger umschlungen ihren Kiefer und drehten ihr Gesicht zurück, sodass sie gezwungen war, ihn anzusehen. Ihr Atem ging schneller, als sie bemerkte, wie der Hauptmann seine Hand in die Richtung einer Dolchscheide bewegte. Etwas Silbernes mit verziertem Griff steckte darin. Hinter ihn traten zwei Räuber hervor, die sie mit schiefem Lächeln anstarrten. Ein leises Kratzen erklang, als eine kurze Klinge entfesselt wurde. Lorea presste sich an die kantige Rinde, die ihr in den Rücken stach. Ihre Beine und Arme zuckten ungewollt. Ihr Inneres gab ihr den lebensrettenden Befehl, sich aus ihrer Falle zu befreien. Doch es gelang ihr nicht. Die Seile fesselten sie zu straff, sie konnte sich kaum bewegen.

Der Dolch näherte sich ihrer Kehle. Der Räuberhauptmann, der sie im Zaum hielt, schmunzelte sie mit ungutem Hintergedanken an. Wenn sie jetzt nach Hilfe rief, wäre dies das Letzte, was sie überhaupt in ihrem Leben unternahm. Vorsichtig legte Isaac die nach Blut gierende Schneide an ihren Hals und beugte sich mit dunklen Augenhöhlen zu ihr hinab. »Was habt Ihr denn? Ihr sagt ja gar nichts.«

Lorea hob den Kopf, um der scharfen Waffe zu entgehen. Tränen der Angst flossen an ihren Wangen hinunter. Jemand lachte schadenfroh. Der kalte Dolch streichelte ihre Kehle. Erst nachdem sich Isaac umgesehen hatte und sich gewiss war, dass seine Räuber ihm zuhörten, fuhr er fort. »Wir freuen uns natürlich über Eure Anwesenheit, Prinzesschen.« Er hob die Stimme, und sein Grinsen weitete sich aus. »Jetzt haben wir endlich jemanden, der für uns was Ordentliches kocht.«

Die anderen lachten lauthals und nickten sich zu. Lorea bekam mit jedem Geräusch zunehmend Angst.

»Oder habt Ihr etwas dagegen?«

Zittrig schüttelte sie den Kopf und schniefte. Ihre Kehle war wie zugeschnürt, doch die Seile, die ihre Stimme erstickten, waren unsichtbar. Der dürre Mann vor ihr erhob sich. Lorea stieß einen leisen Seufzer aus, als er den Dolch wegnahm.

»Und wer ordentliche Beute mitbringt, darf ein bisschen Spaß mit unserem Prinzesschen haben.« Sein von Vorfreude gezeichnetes Lächeln ließ Lorea wie Schnee erbleichen. Sie bemerkte, wie die Männer ihre Hände aneinander rieben, als hätten sie schon eine Idee für neue Beute. Manch einer griff sich in den Schritt. Wenn sie daran dachte, von einem dieser Männer angefasst zu werden, wurde ihr speiübel. Bei den Hunden, sie steckte in gewaltigen Schwierigkeiten.

»Jetzt macht euch wieder an die Arbeit, faules Pack!«, befahl Isaac seinen Räubern scherzend, als er sich umdrehte und sich von ihr entfernte. Er kehrte zu seinem Wachposten zurück und lehnte sich mit gewohnter Haltung an denselben Baum. Der Hüne hinter ihr blieb sitzen und schien ein Auge auf die Gefangene im Lager zu werfen. Die anderen folgten ihren Arbeiten und machten einen motivierteren Eindruck. Einige tummelten sich in Gruppen und diskutierten oder schleppten und durchwühlten Kisten und Säcke.

Lorea zog die Knie an. Wie töricht war sie nur gewesen, dass sie diese Falle an dem beschädigten Karren nicht erkannt hatte. Glenna fiel ihr ein, die ebenfalls von Räubern überfallen worden war. An ihr hatten sich Männer vergangen. Bei den streunenden Gassenkötern. Obwohl ihre Fesseln straff waren, sank Lorea zusammen. Kalte Panik stieg in ihr auf.

Sie überlegte mit vernebeltem und schmerzendem Kopf, wie sie aus dem Schlamassel, in den sie sich eigenhändig gestürzt hatte, wieder herauskam. Störrisches Zerren hatte ihr zwar nicht geholfen, als die Räuber sie im Wald geschnappt hatten, aber möglicherweise gab das Seil schneller nach. Einen Versuch war es wert. Doch mit ihren ruckartigen Bewegungen bewirkte sie nur, dass die Seile ihr die Luft abschnürten. Obwohl sie japsend am Baum hing, ruckelte sie weiter. Als sie das grimmige Gesicht ihres kräftigen Wächters erblickte, der sie bei ihrem Befreiungsversuch beobachtete, stellte sie ihr sinnloses Zerren ein.

Der frühe Abend schien sich unangenehm Zeit zu lassen, ehe er die letzten Strahlen der Sonne hinter den Bergen verschwinden ließ. Lorea war sich sicher, dass sich spätestens nach Einbruch der Dunkelheit einer der Männer an ihr vergehen würde. Bei dem Gedanken schluckte sie schwer. Jeden Räuber, der an ihr vorbei ging, musterte sie und überlegte, wie sie sich bei einem Übergriff am besten zur Wehr setzen könnte. Sie könnte um sich schlagen, aber die Männer waren alle stärker als sie. Ein Tritt zwischen die Beine hatte ihr schon einmal auf ihrer Reise Respekt eingebracht.

Wie die vergangenen Abende suchte ihr Blick jede Lücke im Wald ab und kroch hinauf in die Baumkronen, hielt nach jemandem Ausschau. Diesmal hoffte sie auf mehr, als einen Uhu oder einen kletterlustigen Maël. Sie hoffte auf einen Retter.

Krähen, die über das Lager der Räuber hinwegflogen und scheinbar wussten, dass die Stimmung angespannt war, gaben keinen Ton von sich. Jede einzelne Kiste, jeden Schlag des Schmieds und jeden Mann hatte Lorea mit den Augen verfolgt. Sie sah, dass sich von zerrissener Kleidung bis hin zu goldenen Ketten unzählige Gegenstände in den gestohlenen Truhen tummelten. Nach langem Suchen fand sie ihr Bündel, welches neben vielen Säcken unter der beladenen Kutsche verstaut war. Ihr roter Umhang winkte ihr aufmunternd zu. Als sie genauer hinsah, erkannte sie ein wohlbekanntes Muster auf einem langen Lederstreifen, welcher an einer Seite ihres Gepäcks hing.

Zwei bärtige Räuber stapften an ihr vorbei und starrten sie gierig an. »Na, Süße?«, sprach eine rauchige Stimme sie an. »Wollen wir mal?« Er nickte zu einem Busch. Als er eine anstößige Geste mit Händen und Hüfte zeigte, wandte Lorea sich ab und versuchte, sich nichts anmerken zu lassen. Ein Würgen kribbelte unangenehm in ihrer Kehle.

»Halt dein Maul und kümmer dich um deinen Kram!«, meckerte der Hüne und verscheuchte den Mann.

Sie wartete, und ihre Geduld hatte es geschafft, ihre Sturheit zu zähmen. Es gab nur zwei Gelegenheiten, lebend aus dem Lager zu flüchten. Sie wollte keinen Gedanken daran verschwenden, was passieren würde, wenn das Glück dabei nicht auf ihrer Seite stünde. Wenn einer der Räuber sie losmachte, damit sie ihnen eine Mahlzeit zubereitete, konnte sie giftige Kräuter wie Eisenhut oder Nachtschatten in der Speise untermischen. Wenn sie andererseits jemand befreite, um sich an ihr zu vergreifen, hätte sie nach einem Tritt zwischen die Beine einen kurzen Augenblick Zeit, um mitsamt ihren Sachen zu verschwinden. Sie durchdachte ihren heiklen Plan, denn wenn sie sich den kleinsten Fehler erlaubte, wäre das ihr Todesurteil. Je öfter sie sich darüber den Kopf zerbrach, desto mehr Kleinigkeiten fielen ihr auf. Ihr Herz pochte schneller gegen ihre Rippen. Wenn sie einen falschen Schritt setzte, wenn sie zu langsam rannte, wenn das Gras zu feucht war und sie ausrutschte, dann war es aus. Und barfuß war sie noch dazu, die Zweige und Steine würden in ihre Füße stechen. Aber war das Bündel unter der Kutsche tatsächlich ihr eigenes? Bei den streunenden Gassenkötern, was sollte sie bloß tun?

Ein großer Bussard kreischte über ihren Köpfen. Sie sah zu ihm auf und musterte den Vogel, wie er einen Kreis mit seinen majestätischen Schwingen am Himmel zog und die kleinen Menschen unter sich beäugte. Mit einem lauten Flügelschlag verschwand er und flog in die Freiheit, von der Lorea nur zu träumen wagte. In einer nahen Baumkrone über ihr raschelten Blätter. Sie schürte keine großen Hoffnungen und war sicher, dass es wieder Krähen waren, die gespannt die Lichtung beobachteten. Als sie in die Leere des Waldes starrte, wurde sie von der übrig gebliebenen Hälfte der Sonne geblendet. Es wurde dunkel, und die eisige Nacht würde bald anbrechen. In wenigen Momenten würde sie frieren, weil sie keine wärmende Kleidung an sich trug. Und Schlimmeres.

Erneut bewegten sich die Zweige weit über ihr. Müde krabbelte ihr Blick jenen Baum hinauf ins Geäst und erwartete, nur Blätter und Vögel darin sitzen zu sehen. Da bewegte sich ein großer Schatten auf einem der Äste. Einen Uhu schloss sie aus, denn für einen solchen war das Gespinst im Baum zu groß. Das Wesen schob den Kopf nach vorn, und ein bekanntes Gesicht tauchte aus der Dunkelheit der Blätter auf. Er strich die hellblonden Wellen aus seinem Blick. Lorea schloss kurz die Augen, um sich zu vergewissern, dass sie sich den jungen Mann nicht einbildete. Dann schlug sie die Lider wieder auf. Die Gestalt war nicht verschwunden. Ihre Augen weiteten sich, und um ein Haar hätte sie den Namen ihres Hoffnungsträgers laut ausgesprochen. Der Elf aber war schneller und hob einen Finger an den Mund, damit sie still verharrte. Sie blickte sich um und stellte mit angespannter Erleichterung fest, dass ihn keiner der Räuber bemerkt hatte. Ihr Leibwächter war mehr damit beschäftigt, an den Fingernägeln zu kauen, als auf sie Acht zu geben.

Maël studierte von seinem Aussichtspunkt aus das Geschehen auf der Lichtung. Ein Teil der diebischen Bande war Holz fällen gegangen und hatte sich vor Kurzem vom Rest getrennt. Andere waren schon länger abwesend, da sie einen neuen Überfall geplant und sich mit den gestohlenen Pferden aufgemacht hatten. Mehr als ein halbes Dutzend Räuber hantierte oder lungerte noch im Lager herum.

Lorea reckte den Kopf und sah zurück in die Baumkronen, wo sich Maël zu voller Größe aufrichtete und lässig zwischen Ast und Stamm hing. Etwas sah ungewohnt an ihm aus. Sein welliges Haar hatte er mit einem Band nach hinten gebunden. Nur wenige widerspenstige Strähnen hingen in sein Gesicht. Er erweckte den Anschein, als wolle er provozieren, dass man seine elfischen Ohren entdeckte. Kein hellbraunes Bündel trug er auf seinem Rücken. Eine lederne Schwerthülle, aus welcher der Griff mit silbern schimmernden Wolfspfoten und selbiger Schnauze hervorragte, hing an seinem Gürtel.

»Lasst das Mädchen gehen!«, rief er dem Anführer auf der anderen Seite der Lichtung zu. Die umherstehenden und sitzenden Räuber schauten mit herumfliegenden Köpfen durch den Wald. Isaac sah umher, doch keiner der Männer schien auf den Gedanken zu kommen, dass die Stimme nicht vom Erdboden her zu ihnen hallte.

Einer der Räuber stieß ein verärgertes Geräusch aus. »Da oben!« Sein ausgestreckter Finger zeigte auf den Baum, auf welchem Maël sich versteckte. Alle Köpfe erhoben sich stutzend und suchten das Blättergestrüpp ab. Hinter Lorea beugte sich der Hüne nach vorn, um Maël im Baum zu sehen. Der Kraftprotz atmete ihr tiefe, schnaufende Atemzüge in den Nacken. Vor Unbehagen sträubten sich ihr die Haare.

Der Räuberhauptmann trat vor und lachte auf, als er Maël entdeckte. Lorea verfolgte Isaac mit verängstigtem Blick bei jeder Bewegung. »Was sagt Ihr?«, spottete der Anführer. Er zeigte mit dem Finger auf sie. »Wollt Ihr denn einfach ein solches Prinzesschen in die Freiheit entlassen? Wir könnten sie sicherlich mehr gebrauchen als Ihr, kleines Äffchen. Bevor ich Euch die Stute gebe, lasse ich sie erstmal von all meinen Männern einreiten.«

Maël blieb stumm und starrte den Hauptmann finster an. Isaac schien zu bemerken, dass er den Eindringling mit seinem Gerede nicht beeindruckte, und fuhr fort. »Wenn Ihr etwas von mir wollt, dann sagt mir das von Angesicht zu Angesicht und nicht von Eurem Versteck aus. Obwohl, für einen Affen mache ich sowieso keinen Finger krumm.« Wieder setzte Isaac sein ekliges Grinsen auf. Seine Bande lachte.

»Habt Ihr sonst noch einen Wunsch? Nein? Dann verschwindet!« Isaac blieb stehen, nachdem er die kurze Begrüßung und gleichzeitige Verabschiedung gereizt beendet hatte. Er versteckte die Arme hinter seinem Rücken. Maël schnaufte entnervt und schien sich nicht von den Worten des Räubers einschüchtern zu lassen. Mit ungewohnter Leichtigkeit ließ er sich vom Baum fallen und landete mit einem harten Satz auf dem mit Gras überwucherten Boden. Er richtete die schmalen Augen mit in bedrohliche Tiefen gezogenen Brauen auf den Anführer der Meute.

Einige Räuber standen auf und hielten die Hände und Waffen bereit. Maëls wolfsähnliches Funkeln schüchterte sogar Lorea ein. Die fremdartig spitzen Ohren ihres Retters schielten an beiden Seiten durch sein Engelshaar. Sie wartete gespannt ab, ob es dem Elfen gelang, die Bande einzuschüchtern.

»Lasst sie gehen«, grollte Maël erneut den dürren Mann in Rüstung an und ballte zornig die Hände zu Fäusten. Er richtete sich auf, beließ das Schwert aber unangerührt. Jeder Räuber im Lager starrte den Eindringling finster an. Die Schläge des Schmiedes verhallten. Eine ungute Stille, die vom Heulen der sich wiegenden Bäume erfüllt wurde, breitete sich aus.

Es klappte nicht, bemerkte Lorea verzweifelt. Keiner der Räuber würde sie ohne Weiteres ziehen lassen.

Hinter ihr erklang das Sirren einer Waffe. Jemand griff in ihr Haar und zerrte ihren Kopf zurück. Ein Schreckensschrei entfuhr ihr. Etwas Kaltes wurde unter ihr Kinn geschoben. Aus dem Augenwinkel sah sie, dass der Hüne hinter ihr als Erster das Schwert gezogen hatte. Ihre Augen brannten, weil er an ihren Haarwurzeln zog.

Maëls herzloser Blick fiel auf denjenigen, der Lorea bedrohte und den sie nur aus dem Augenwinkel erahnen konnte.

»Noch ein Wort, und ich schneide ihr die Kehle durch!«

Lorea stieß einen verängstigten Laut aus. Ihr Atem und ihre Glieder zitterten, da sie sich klarmachte, was gleich passieren würde. Wenn irgendjemand eine falsche Bewegung machte, würde die Klinge an ihrem Hals mit Blut getränkt werden. Mit ihrem Blut und mit Maëls. Ihr Herz raste, wollte aus ihr herausspringen. Sie starrte den Elfen mit weit aufgerissenen Augen an.

Maël streckte eine Hand in ihre Richtung aus und knickte einen Finger ein. Im selben Augenblick fauchte der Hüne hinter ihr schmerzhaft auf. Er ließ das Schwert in ihren Schoß fallen. Die verkrampften Finger ließen ihr Haar los und umklammerten die Schwerthand. Lorea sackte zusammen, wurde aber von ihren Fesseln aufgefangen. Mit erstarrtem Atem stierte sie auf den langen Stahl, welcher auf ihren Beinen lag. Bis auf die Haut spürte sie die Kälte der Schneide.

Der Elf zeigte dem Hünen die Handfläche. Aus dem Nichts schoss ein kräftiger Windstoß dicht an ihr vorbei. Lorea drehte den Kopf weg. Sie sah im letzten Moment, wie ihr Wächter mit einem Ruck nach hinten gerissen wurde und verschwand. Schweres Schlucken hinterließ einen Knoten in ihrer Kehle. Ihre Augen, die nicht mehr vor Angst, sondern vor Entsetzen geweitet waren, schwirrten zurück zu ihrem Retter und musterten ihn misstrauisch. Gehorchte der Wind seinen Händen?

Sie schüttelte den Kopf, denn der Gedanke erschien ihr ohne jede Logik. Mit dunstigem Bewusstsein und stockendem Atem beobachtete sie das seltsam reale Schauspiel, das sich vor ihr zutrug. Maël wandte die feurigen grauen Augen wieder seiner ursprünglichen Beute zu, welche ihn genauso fassungslos anstarrte wie die anderen Räuber. Die einst Dösenden sprangen auf und stellten sich zwischen ihren Hauptmann und den Eindringling. Niemand sagte etwas. Nur der Wind wehte mit einer Brise über die Lichtung und fegte dem Elfen die letzten schützenden Haare von den spitzen Enden seiner Ohren.

»Sind das spitze Lauscher, die Ihr da habt?«, fragte der Anführer der Räuber ungläubig und schob den Kopf neugierig nach vorn, genauso wie Lorea ihren Beschützer das letzte Mal angegafft hatte. Als Maël vornehm nickte, wich Isaac zurück und deutete auf das Spitzohr. Alles in Lorea wurde mit einem Schlag eiskalt. *Gammelfleisch und Ratten*, dachte sie und bereitete sich darauf vor, dass sie ihr Ende finden würde. Obwohl sie die Augen schließen wollte, um nicht hinzusehen, behielt sie sie eines unbekannten Zwangs wegen weit aufgerissen.

»Los, tötet ihn!«, befahl der Hauptmann seiner Bande.

Hände suchten nach ledernen und metallenen Griffen. Die Stille wurde vom Sirren zahlreicher Klingen durchschnitten. Der Elf glitt mit einer Hand an das Leder seines Gürtels und zog das glatte, silbern schimmernde Schwert mit dem Wolfskopf hervor. Mit einem schnellen Schwung und lautem metallischen Klirren wehrte er den ersten Schlag eines Angreifers ab. Er warf ihm die andere Hand an den Hals, und der Getroffene kippte wackelig zur Seite. Der nächste wurde erneut vom Wind von den Füßen gezerrt. Als eine Axt nach Maël ausholte, duckte er sich geschickt und wich dem Hieb aus. Dem Angreifer wurde ein harter Ellenbogen in die Magengrube gestoßen, und er krümmte sich. Kurz darauf fiel er nach einer Berührung von Maël ebenfalls um. Dem nächsten wurde die Wolfsklinge in die Schulter gerammt und der Knauf des Griffes ins Genick geschlagen. Ein schmaler Blutstrahl spritzte aus der Wunde und einem der Räuber in die Augen. Demselben klebten kurz darauf ebenfalls Finger im Nacken, und er fiel kopfüber ins Gras. Zwei weitere rannten auf Maël zu, die Hände mit langen Messern bestückt und erhoben, die Münder weit aufgerissen. Der Elf drehte sich um. Er trat mit festen Schritten gegen den Baum, von dem er heruntergeklettert war, und sprang mit einem kräftigen Satz hinter die, die vorgehabt hatten, ihn anzugreifen. Beiden schlug Maël Hände ins Genick und sorgte dafür, dass sie sich zu den am Boden Liegenden gesellten. Der Schmied rannte mit einem Dolch auf ihn zu, wurde aber mit einer Handbewegung des Spitzohrs und der Kraft des Windes gegen einen Baumstamm geworfen und fiel stöhnend ins dichte Gras.

Lorea konnte nicht fassen, was sie sah. Dieser Elf schien jemand anderes zu sein als der freundliche Blondschopf, der sie einst an einer Klippe im Gebirge gerettet hatte. Maël war niemals kaltherzig oder brutal gewesen.

Heftig rüttelte sie an ihren Fesseln. Sie wollte weg, wollte kein Blut mehr sehen, konnte die Schläge von Waffen und die gequälten Laute der Männer nicht ertragen. Doch dann sah sie verwundert die Niedergeschlagenen an, die sie für tot gehalten hatte. Bis auf einen atmeten die anderen, die Maël berührt hatte. Manche von ihnen starrten aufgewühlt auf den Elfen, keiner aber rührte einen Finger.

Das Spitzohr kam auf sie zu, die Klinge fest gepackt, doch sein bösartiger Blick war ihm wie aus dem Gesicht gewaschen. Lorea ahnte nicht, was in Maël vorging. Er sah weder kaltblütig noch lieblich drein, sondern zeigte sich so emotionslos, dass er ihr Angst machte. Lorea wurde krank vor Sorge, was er nun vorhatte.

Mit einer schlenkernden Handbewegung wurde das Schwert in ihrem Schoß von einem Windzug zur Seite gefegt. Lorea kniff die Augen zusammen, als der Elf sein Schwert hob, und bereitete sich auf das Schlimmste vor. Doch er setzte die Schneide neben ihrem Arm an, nicht wie zuerst von ihr vermutet an ihrem Kopf. Die Wolfsklinge kratzte an den dicken Seilen.

»Holt all Eure Sachen und kommt hierher zurück«, flüsterte er, sodass nur sie sein Murmeln verstand. Ein Reißen erklang. Die schneidend engen Fesseln fielen zu Boden. Lorea schnappte nach der klaren Luft des Sonnenuntergangs. Ihr Retter streckte eine helfende Hand aus und zog sie auf die Beine. Verwirrt sah sie ihn an. Was sie im Wald hinter ihm erblickte, ließ sie erschrocken zurückweichen. Diejenigen, die Holz gesammelt hatten, kehrten zurück. Als Maël bemerkte, dass sich jemand hinter ihm anschlich, war es bereits zu spät. Fremde Hände packten ihn und krallten sich in seine Arme.

»Los!«, rief er ihr zu, als die Räuber ihn nach hinten schleiften. Sie kehrte sich zur Kutsche um und rannte so schnell, wie sie in ihrem Leben noch nie gerannt war. Die spitzen Äste und Zweige, die sich über den Waldboden verstreuten, stachen in ihre Füße. Sie schlitterte unter den großen, mit Wertsachen beladenen Wagen. Ihre Augen und Hände huschten von einer Ecke zur anderen. Plötzlich spürte sie eine Hand, die sie am Fußgelenk griff. Einer der Räuber versuchte, sie unter dem Wagen vorzuziehen. Mit strampelnden Beinen wollte sie ihn abschütteln, doch es gelang ihr nicht. Ihre Füße traten nach ihm, verfehlten aber die Hände und Arme des Mannes oder streiften sie nur.

»Komm her, Kleine!«, sagte er mit kratzender Stimme. Er grinste sie an und schien siegessicher. Als er nochmals an ihren Füßen zerrte, hielt sie sich an Grashalmen und Kisten fest, um wenigstens unter der sicheren Kutsche zu bleiben. Ihre Rippen stachen sie ihres heftigen Atems wegen. Sie spähte zurück auf den Gürtel des Räubers und bemerkte, dass er eine Schneide bei sich trug. Auf einmal wurde der Mann von etwas Unsichtbarem fortgerissen und durch die Luft geworfen. Weil er beide Hände um ihren Fuß geschlungen hatte, wurde sie ein Stück mitgeschleift. Dann ließen seine Finger von ihr ab. Lorea stolperte zurück unter die Kutsche und suchte hektisch die Kisten und Säcke ab. Hinter ihr erklangen Schläge, nicht nur die von schwerem Stahl, sondern auch von Fäusten. Maëls Stimme fuhr auf, als er Fausthiebe einstecken musste.

Nach kurzem Umsehen fielen endlich ihr Bündel und ihr Umhang in ihren Blick. Sie zog alles zu sich heran. Ihre Stiefel fand sie unter einem nahen Sack und schlüpfte rasch in sie hinein. Das Armband stopfte sie mitsamt dem Umhang in ihr Bündel, dabei entdeckte sie ihren zusammengefalteten Mantel in ihrem Gepäck. Ihr eingebeulter Kessel war an der Seite befestigt. Die Räuber hatten vergessen, ihn loszumachen und zu verstecken.

Hinter ihr erklang Kampfgeschrei und das Zusammenschlagen mehrerer Schwerter. In halber Panik hievte sie ihr Bündel auf den Rücken und eilte zurück zu Maël. Aus dem Augenwinkel sah sie, wie der Schmied mit einer schlangenförmigen Sichel in der Hand wieder auf den Beinen stand. Der Hüne hatte sich von seinem unsanften Sturz erholt und griff Maël mit einer Klinge an.

Lorea hatte das merkwürdige Gefühl, dass der Schmied hinter ihr für einen Augenblick nicht auf den Elfen, sondern auf sie zu rannte. Sie stürzte an der kämpfenden Meute vorbei und zwang sich, stehen zu bleiben und ihrem Begleiter in irgendeiner Weise zu helfen. Maël rang neben dem Hünen mit zwei weiteren Räubern, als der Schmied sich unbemerkt mit erhobener Sichel an ihn heranpirschte und ausholte.

»Passt auf!«, schrie sie und hielt sich entsetzt die Hände vor den Mund. Doch ihr Ruf kam zu spät. Die Sichel schnitt tief in einen Oberarm und zog einen langen Riss durch Ärmel und Haut des Elfen. Im selben Moment wurde Maël hart auf die Schulterblätter geschlagen, sodass er unter dem Gewicht mit einem gemarterten Aufschrei zusammenbrach. Lorea warf ihr Bündel an einen Baum und spähte zu den Räubern, die einen Kreis um den niedergeschlagenen Maël bildeten. Sie musste etwas unternehmen! Wie in Zeitlupe sah sie, wie einer der Männer mit dem Fuß ausholte. Sie hastete ihrem Begleiter zu Hilfe, wobei sie niemand zu bemerken schien. Bevor der Räuber den Elfen mit dem Fuß erreichte, klammerte Maël sich an sein Bein und brachte ihn zu Fall. Der stürzende Halunke riss einen anderen mit zu Boden. Ehe der Hüne nach dem Elfen treten konnte, sprang Lorea auf seinen Rücken. Das Spitzohr, welches sogleich versuchte, sich aufzurichten, schlug sich weiter mit den anderen. Lorea klammerte einen Arm um den Hals des Hünen und quetschte seine Kehle zusammen, sodass er keine Luft bekam. Ihre Füße traten und hackten in den Rücken des Hünen, was ihr selbst mehr Leid bereitete als dem Mann in ihrem Griff. Er holte nach hinten aus und wollte sie abschütteln. Erstaunlicherweise war sie zu geschickt für ihn. Der Hüne stolperte rückwärts, warf sich nach hinten und um Haaresbreite auf sie drauf. Lorea sprang rechtzeitig beiseite. Als der Räuber keuchend vor ihr lag, trat sie mit aller Kraft auf seine Hände. »Miststück!«, keuchte er, woraufhin sie ihm ins Gesicht trat. Aber es waren nicht ihre Füße, die nach dem Räuber hackten. Etwas in ihr schien ihrem Gewissen auszuweichen und zwang sie, immer wieder auf die Nase des Räubers zu treten, welche laut knackte. Ihre Beherrschung war gelähmt. Der Kraftprotz heulte vor Schmerz auf. Blut spritzte aus seinen Nasenlöchern und seinem Mund.

Maël, der so eilig aufgesprungen war und mit seinem Schwert zugeschlagen hatte, dass die anderen Räuber ihn nicht daran hindern konnten, legte die Männer mit seinen geschickten Fingern zur Ruhe. Nachdem er sicher schien, dass keiner sich mehr rührte, humpelte er zu Lorea. Erschrocken über sich selbst ließ Lorea von dem Hünen ab, dessen Gesicht blutig und geschwollen war, und nahm einige Schritte Abstand. Der kräftige Räuber keuchte erschöpft. Auch ihm presste Maël eine Hand an die Kehle. Die Glieder des Räubers erschlafften, und nur seine Brust hob und senkte sich, als er tief atmete.

»Danke«, keuchte Maël mit verzerrtem Lächeln und drehte sich zu den daniederliegenden Räubern um. »Seid vorsichtig, wen Ihr Euch als nächsten Anführer aussucht. Der letzte hat nicht lange zu Euch gehalten«, mahnte er die Hinterbliebenen und zeigte auf eine leere Stelle, wo einst der Hauptmann Isaac Wache geschoben hatte. Der Feigling war geflüchtet.

Maël griff mit verbissenem Gesicht an seinen mit Blut verschmierten Ärmel und hinkte in die Richtung, in der Lorea ihr Gepäck abgeworfen hatte. Sie lief ihm hinterher. Mit ausgestreckter Hand griff sie nach ihrem Bündel. Sie schwang es auf ihren Rücken und hastete neben ihren Retter. Maël steckte sein Schwert zurück und verkrampfte den Griff um die Wunde an seinem Arm.

»Ich zähle bis zehn«, hechelte er, »dann rennt Ihr los. Eins.«

Lorea fuhr verwirrt mit dem Kopf herum und fragte sich, ob er noch bei Sinnen war. Womöglich hatten ihn der Schnitt in den Arm und der Schlag auf den Rücken benebelt. Sie begutachtete seine Wunde und stellte erschrocken fest, dass ihm das Blut am ganzen schlaffen Arm hinunterfloss.

»Zwei.«

»Warum sollen wir weglaufen? Ihr habt sie doch alle niedergeschlagen.«

»Drei. Nein, keine Zeit«, sagte er knapp und rang erschöpft nach Atem. »Ich erkläre es Euch später. Geht einfach weiter. Vier.«

Er wich von ihrer Seite. Trotz verwirbelter Gedanken gehorchte sie und schritt der untergehenden Sonne entgegen, während Maël sich mit Mühe und angespannter Mimik an einem Baum hochhievte.

»Aber Ihr seid verwundet!«, protestierte Lorea, während sie seiner Anweisung folgte.

»Fünf«, rief er ihr zu, als er sein auf einem Ast verstecktes Bündel erreichte. Er schien sie absichtlich zu ignorieren. Das Bündel warf er sich mühselig auf. Lorea drehte sich um und lief rückwärts, die Augen auf den Elfen gerichtet. Maël hangelte sich zurück zum Waldboden und holte sie mit seinen langen Beinen ein. Die sechste Zahl hallte im Wald wider, gefolgt von der siebten und achten. Ihre Füße kribbelten unangenehm. Ihre Beine flehten sie an, sich schneller in Bewegung zu setzen. »Warum laufen wir nicht gleich los?«, warf sie ein, doch Maël wies sie mit zittriger Hand ab.

»Neun. Nicht jetzt, ich erkläre später alles. Vertraut mir.« Obwohl seine Stimme angespannt klang, reichte dieser Satz aus, um ihr Sicherheit zu geben. Lorea hatte zwar keine Ahnung, was er im Schilde führte, doch wenn sie ihm vertrauen konnte und er ihr erklären würde, was bei den Höllenhunden vor sich ging, fühlte sie sich sicher.

»Achtung.« Maël huschte mit prüfendem Blick von einer Seite des Waldes zur anderen. Dann packte er Lorea am Handgelenk. »Zehn!«

Hinter ihr hörte sie lautes Husten und Atmen. Maël rannte los und zog sie mit sich. Ihre Beine waren durch den strammen Zug des Elfen an ihrer Hand gezwungen, hastige Schritte zu machen.

Rascheln erklang, als jemand sich auf Gras, Blätter und Zweige stützte, um aufzustehen. »Hinterher!«, brüllte eine erzürnte Stimme.

Eine pechschwarze Wolke aus Todesangst holte sie ein. Hechelnd versuchte sie, mit dem schnellen Sprint des Elfen, dessen warme Finger ihr Handgelenk umschlungen, mitzuhalten. Der Kessel an ihrem Bündel schepperte dumpf, als er hin und her geworfen wurde. Maël zog sie durch Sträucher und über umgekippte Baumstämme durch den Wald, schlug einen Haken nach dem anderen ein. Der kalte Wind fegte Loreas schwarze Haare aus ihrer Sicht. Die Stapfen ihrer Verfolger kamen ihr bedrohlich laut vor, doch sie wagte es nicht, sich umzudrehen. Die Bündel auf ihren Rücken waren zu schwer, als dass sie beide hätten schneller laufen können. Lorea ahnte, dass ihre Verfolger ihnen gefährlich nahe kamen.

Maël warf den Kopf nach hinten und schien gleichermaßen erstaunt und entsetzt über das zu sein, was er erblickte. Dann drehte er sich zurück zur untergehenden Sonne. Eine ausgestreckte Hand richtete er hinter sich, offenbar mit Bedacht, damit Lorea nicht im Weg war. Sie wich ein Stück zur Seite und stolperte, doch er zog sie hoch und gab ihr neues Gleichgewicht. Maël schien sich auf etwas anderes als ihren

Fluchtweg zu konzentrieren. Er zuckte kurz mit den Fingern, lief aber gleichzeitig so schnell, dass Lorea fürchtete, aus seinem Griff zu rutschen.

Plötzlich lärmte ein ohrenbetäubendes Fauchen und Zischen hinter ihrem Rücken. Eine heiße Wolke zog an ihnen vorbei. Ein rotes Licht strahlte für einen Augenblick heller als die orange Sonne am Horizont. Lorea kniff die Augen zu und biss die Zähne zusammen, als mit einem lauten Krachen außerhalb ihrer Sicht Unzähliges in die Luft gewirbelt wurde. Sie hörte, wie Männerstimmen aufbrüllten. Eine heftige Druckwelle holte sie ein und erschütterte den Boden unter ihr. Sie wurde von den Füßen gerissen, doch Maël hielt sie fest im Griff. Eine glühend heiße Stichflamme schlängelte sich gefährlich nahe an ihrem Gesicht vorbei. Holzsplitter wurden durch die Luft geschleudert. Hinter ihr schien etwas in Flammen aufgegangen zu sein, denn es klang, als ob sich ein Feuer fauchend über Gras und Holz hermachte und es zu Asche verbrannte. Das Geräusch kam ihr bekannt vor, und sie hastete schneller, als Erinnerungen einer flammenden Nacht in ihren Kopf schossen. Die verdammten Wölfe sollten sie fressen. Hatte das schon wieder der Elf ausgelöst? Er brachte sie noch um!

Sie behielt die Augen krampfhaft geschlossen, um das Chaos und die jagende Angst nicht zu sehen, und ließ sich von Maël durch die Dunkelheit führen. Ihr blindes Vertrauen war nur von kurzer Dauer. Ihre Schienbeine stießen an einen Ast. Ein dumpfes Ziehen durchzuckte sie, sodass sie stürzte.

»Kommt, schnell!«, spornte Maël sie an und zog sie zurück auf die Beine. »Bald – müssten wir – sie los sein!« Die Worte plumpsten ihr in seiner Atemnot entgegen. Er zog sie hinter sich her, ohne dass sie wusste, ob sie noch von jemandem verfolgt wurden. Mit dem Knall und den Flammen waren die schweren Atemzüge und Schritte ihrer Verfolger verschwunden. Das Knistern des Feuers entfernte sich von ihnen.

Sie rannten vorbei an Geäst, vorbei an einer anderen Lichtung, die von Menschenhand unberührt war. Sie eilten über einen Weg und immer weiter und tiefer in den Wald, bis der Elf endlich stehen blieb.

In Sicherheit

Er warf sein Bündel an den nächsten Baum und ließ sich rücklings und außer Atem ins Gras fallen, den verwundeten Arm mit einer blutverschmierten Hand umklammert. Lorea sackte auf die Knie. Sie warf ihr schneidend schweres Bündel ab, beugte sich vornüber und legte den pochenden Kopf ins nasse Gras. Auch ihr war die Luft knapp, und sie rang verzweifelt nach erfrischend kühlem Atem. Maël kroch zu dem Baum hinüber, an welchem sein Bündel lehnte, und setzte sich mit dem Rücken an die alte Rinde. Für einen kurzen Moment sah er aus, als schliefe er friedlich. Dann blickte er sie an. Angespannt senkte sie die Augen, bis sie seine Finger erblickte. *Seine Hände!* Ihre Gesichtszüge erschlafften, denn das Geschehene spielte sich wieder vor ihren Augen ab. Mit einem Schreck, der ihr das Blut in jeder Ader gefrieren ließ, starrte sie den Elfen an. Er hatte etwas für sie Unbegreifliches getan. Die Männer, die hellwach, doch bewegungslos am Boden lagen, die Winde, die Maël herbeigerufen hatte, und das Feuer, das hinter ihnen entflammt war, das waren unerklärliche Phänomene gewesen. Der Elf hatte allein mit den Händen dieses Unheil heraufbeschworen.

Wegrennen konnte sie nicht, doch das wäre auch ein schlechter Einfall gewesen. Sie wusste nicht, ob sie allein und ohne den Elfen sicherer war als mit ihm.

Lorea stand trotz eines schmerzhaften Ziehens ihrer Beine auf und starrte ihren Retter an, als wäre er ihr Entführer. Das Spitzohr sprach, bevor sie selbst den Mund aufmachen konnte.

»Bitte lauft nicht noch einmal so eigensinnig weg«, mahnte er sie vorsichtig, als ob er glaubte, sie würde jeden Moment losstürzen.

Gereizt schnaufte sie. Der Elf hätte sie um ein Haar in den Tod gerissen, erst mit seiner waghalsigen Idee, die Räubermeute mit dem Schwert zu bezwingen, und dann mit dem Feuer, das er um sich warf. Er redete weiter auf sie ein und reizte sie umso mehr, obwohl sie ihm zu verdanken hatte, am Leben zu sein. »Ich weiß, wie es Euch ergehen muss.«

»Ihr wisst nichts!« Ihr Ärger und ihre Angst polterten ungezügelt aus ihr heraus, und der Elf mied ihren Blick. Der gespannte Geduldsfaden in ihr war gerissen, die Glut zu einem lodernden Feuer angefacht. Ihre Brauen senkten sich, und ihre Wangen färbten sich purpurrot. Sie schritt bedächtig auf einen Strauch neben ihr zu, der unter der Hitze ihrer flammenden Augen drohte, Feuer zu fangen. Dem Spitzohr wären vermutlich die Haare versengt worden, wenn sie ihn stattdessen angefunkelt hätte. Wütend schüttelte sie den Kopf, während sie sich zusammennahm und ihren Begleiter anfuhr.

»Ihr wisst nicht wie es ist, einem Fremden wie Euch blindlings zu vertrauen! Ihr habt keine Ahnung davon, kein Zuhause zu haben! Ihr habt Eurer Familie nicht beim Sterben zusehen müssen! Ihr habt nicht alles, was Euch lieb ist, verloren!«

Lorea blieb stehen und wandte sich demjenigen zu, den sie lauthals angefaucht hatte. Was sie sah, ließ eine eisige Spinne ihren Rücken hinunterkrabbeln. Das Feuer in ihr erlosch und schien auf ihr Gegenüber gesprungen zu sein.

»Seid Ihr fertig?«, brüllte Maël zurück und starrte sie mit einem grimmigen Wolfsblick an. Vor Zorn ballten sich seine Hände zu Fäusten, und er richtete sich im Sitzen auf. »Oder wünscht Ihr, noch weiter über Dinge zu lästern, von denen Ihr keinen Schimmer habt?«

Ihr Unterkiefer klappte entsetzt auf, doch ihre Fassungslosigkeit raubte ihr die Stimme. Nach wenigen Atemzügen fragte sie sich, welches der genannten Dinge ihn am meisten störte.

»Dankt Ihr jedem so, der Euch rettet?« Seine knurrende Stimme glich der eines erzürnten Hundes und ließ eine kalte Angst in ihren Fingern kribbeln. Sie schlug die Augen nieder, denn sie wusste nicht, warum sie ihn mit ihren Worten angegriffen hatte. Eigentlich war sie ihm zu Dank verpflichtet.

»Ihr könnt froh sein, dass ich Euch damals an der Klippe gefunden habe und nicht irgendein Dahergelaufener«, sagte Maël gereizt. Er fesselte sie mit seinem finsteren Blick. »Sonst hätte derjenige Euch schon längst irgendwo im Wald zurück gelassen, weil Ihr ständig nur nörgeln könnt.«

Sie musterte beschämt den Boden. Ein bedrückendes Gefühl breitete sich in ihr aus.

»Jetzt haltet den Mund und setzt Euch«, wies der Elf sie verärgert zurecht und wedelte mit der Hand, woraufhin Lorea zusammenzuckte, weil sie einen weiteren Zauber erwartete. Ihr wurde unwohl. Magie hatte sie heimgesucht und ihre Unsicherheit wachsen lassen, obwohl sie nicht wusste, ob Maëls Zauber gute oder finstere waren. Bisher hatte sie von schwarzer Magie nur in Geschichten gehört, die angeblich gefährlich war wie giftiger Bärenklau. Sie kreuzte die Finger und nuschelte eilig: »Mögen die Geister des Waldes mich vor seinen Flüchen behüten.«

Der Elf verdrehte entnervt die Augen und stöhnte. Seine Hand zog er zurück. »Setzt Euch einfach hin!«

Sie nahm sofort neben einem nahen Baum Platz und zog ihr Bündel heran, welches sie durchsuchte. Das hölzerne Geschirr fand sie darin, auch ihre Kleidung und das Feuerwerkzeug. Ihr Lederarmband wickelte sie wie gewohnt um ihr Handgelenk. Sie überlegte, was noch in ihrem Bündel sein musste. Das scharfe Eisenmesser war verschwunden. Entmutigt sanken ihre Schultern herab. Sie hatte keine Waffe mehr, um sich zu verteidigen. Plötzlich zuckte ihr Inneres zusammen. *Der Handschuh!* Der Handschuh ihrer Mutter war weg. Hatten die Räuber ihn gestohlen? Sie huschte in ihren Gedanken dorthin, wo sie das letzte Mal Maias Lederhandschuh gesehen hatte. Im Räuberlager war er bereits verschwunden gewesen. Bei der Kutsche hatte sie ihn verloren.

Lorea zog ein verbissenes Gesicht. Ihre Augen warfen einen Blick auf die klaffende Wunde ihres Retters, welcher ebenfalls in seinem Bündel stöberte und ein vertrautes Leinen hervorzog. Darin hatte er zuvor sein Schwert gehüllt, als es noch gebrochen gewesen war. Sein Arm war in rote Farbe getränkt. Maël bemerkte ihren Blick. Nochmals fuhr er mit der sauberen Hand in sein Gepäck. Er kramte etwas aus seinem Bündel. »Hier«, sagte er und warf ihr ein braunes Stück Stoff zu. Lorea fing es auf und musterte es. Das war Maias Lederhandschuh! »Wo habt Ihr den denn gefunden?«

»Er lag bei einer Kutsche. Ich denke, Ihr seid auch dort gewesen.« Dann hatten die Räuber ihn übersehen. Zum Glück schien Maël ihr gefolgt zu sein und hatte ihn gefunden.

Sein Blick wanderte von ihren Augen unter ihr Kinn. »Ihr blutet da«, sagte er plötzlich und stupste mit einem Finger an seinen Hals. Loreas Hand griff nach ihrer Kehle, und sie merkte, wie sie etwas Warmes und Flüssiges daran streifte. Sie starrte auf ihre Handfläche, worauf sich ein schmaler Strich mit Blut abzeichnete.

»Gammelfleisch und Ratten«, fluchte sie leise. Der Hüne schien ihr das Schwert ein wenig zu stark an die Kehle gedrückt haben, was sie in ihrer Panik nicht bemerkt hatte. Doch es war im Vergleich zu Maëls Arm nicht einmal nennenswert.

Sie legte Maias Handschuh in ihr Bündel und zog ihre zerrissene Bluse hervor. Sachte betupfte sie damit ihren Hals und wischte ihre Hand sauber. Der Elf strich das Leinen aus seinem Gepäck durch das feuchte Gras und holte die an der Schneide mit Blut überzogene Klinge hervor. Ein schmerzerfülltes Zischen entfuhr ihm, als er den verletzten Arm zu weit anhob. Schuldgefühle kamen in Lorea auf. Es war nur ihretwegen, dass ihr Begleiter verwundet worden war und schwächlich am Baum kauerte. Sie krallte sich ihre von den Klauen der Krähen zerfetzte Bluse und lief mit Bedacht zu dem Spitzohr hinüber.

»Seid nicht so übermütig«, meinte sie und kniete sich neben ihn.

Im selben Ton pfiffen seine Worte zurück. »Das müsst Ihr gerade sagen.«

Sie sah verlegen drein. Ihre suchende Hand ergriff das in die Tropfen der Wiese getauchte Tuch, welches Maël ursprünglich zum Reinigen seines Schwertes befeuchtet hatte. »Darf ich?«, fragte sie, obwohl ihre Frage überflüssig schien.

Er nickte und legte das Schwert vor sich nieder. Anschließend krempelte er den Ärmel seines Hemdes achtsam nach oben und streckte ihr den blutigen Oberarm hin. Dunkles Blut quoll aus der Wunde und floss in langen Bächen bis zu Maëls Fingerspitzen hinab. Der Elf biss sich auf die Unterlippe, als sie behutsam mit dem feuchten Tuch die Schmiererei abwischte.

»Ihr hattet doch Nadel und Faden dabei, oder?« Sie besah sich den Schlitz näher.

Mit dem unversehrten Arm wühlte Maël erneut in seinem Bündel. Er zog eine kleine Glasflasche hervor, die durch eine Lederhülle geschützt wurde. Eine helle Flüssigkeit gluckerte darin. Mit den Zähnen und einem floppenden Geräusch zog er den Korken der Flasche heraus, der an einem Lederstreifen daran hing. Er trank großzügige Schlucke und zog sämtliche Gesichtsmuskeln zusammen, als er die Flasche von den Lippen nahm und die Flüssigkeit in seiner Kehle zu brennen schien.

»Was ist das?«, fragte Lorea, die Augen weiterhin verwirrt auf die Flasche gerichtet.

»Schnaps.« Nur ein Krächzen kroch aus Maëls Kehle.

»Was Ihr alles in Eurem Bündel habt.«

»Ich habe noch weitaus Überraschenderes da drin.« Weil sich plötzlich gute und schlechte Vorahnungen bezüglich seines Bündels in ihrem Kopf tummelten, setzte sie ein nachdenkliches Gesicht auf. Von Frauenkleidern bis Königskronen kamen ihr sonderbare Einfälle.

Nach einem schiefen Lächeln reichte er ihr die Glasflasche. »Schüttet den Rest über die Wunde, das spült den Dreck besser raus als Wasser.«

Weil sie ihm nicht wehtun wollte, hielt Lorea sich zurück. Abwechselnd sah sie die Flasche und die klaffende Schnittwunde ihres Retters an. Fürsorglich wischte sie noch einmal seinen Arm sauber. Eigentlich wollte sie nur den Moment hinauszögern, den Schnaps auf die Wunde zu gießen.

»Worauf wartet Ihr?«

Erschrocken sah Lorea zu ihm auf. »Das wird doch bestimmt brennen, oder?«

»Meint Ihr, das Nähen wird angenehmer?«

Sie holte tief Luft. Ihr Entschluss, sich mit ihrer Verarztung zu beeilen, damit der Elf nicht allzu lang litt, spornte sie an. Mit der freien Hand legte Maël den Kragen seines Hemdes in seinen Mund und biss kräftig darauf. Sie hörte, wie sein Atem aufgeregt pfiff.

Lorea kippte den hellen Schnaps auf die Wunde und wischte darüber, um sie zu säubern. Schlagartig verkrampfte Maël den Arm. Er zitterte vor Anstrengung. Ein Schnaufen stieß durch seine Nase, und sie beeilte sich, den Alkohol auf der Wunde zu verteilen. Der beißende Geruch des Brands kroch in ihre Nase. Als die Flüssigkeit ausreichend eingezogen war, entspannten sich Maëls Muskeln nur langsam. Mit einem Seufzen lehnte er den Hinterkopf an den Baum. Der Hemdkragen rutschte aus seinem Mund, und sie war sicher, Löcher in dem Stoff zu erkennen.

»Tut mir leid«, entschuldigte sich Lorea und zeigte mit ihrem verzerrten Gesichtsausdruck, dass Schuldgefühle sie plagten.

»Es geht schon wieder. Nehmt das Nähzeug aus meinem Bündel, es ist in der kleinen Seitentasche.« Dass seine Stimme sich bei seinen Worten ebenso verkrampfte wie sein Arm, bestärkte sie keineswegs. Sie holte aus besagter Tasche Nadel und Faden, zögerte jedoch, den ersten Stich zu setzen. Sie spielte vor, sie bräuchte mehr Zeit, um die Schnur durch das Nadelöhr zu fädeln. Ehrlich gemeint wollte sie ihn nicht verletzen, andererseits musste sie die Wunde schließen.

Maël wandte ihr nach kurzem Warten den Kopf zu und hob die Augenbrauen. »Könnt Ihr denn überhaupt noch was erkennen?«, meinte er mit einem Hauch von Lächerlichkeit in der Stimme.

»Ich kann ganz gut in der Dunkelheit sehen«, gestand sie. Da bemerkte sie, dass jegliches Sonnenlicht verschwunden war.

Weil er ihr anscheinend keinen Glauben schenkte, schüttelte Maël den Kopf. Auf einmal erstrahlte neben ihr ein Licht, so bezaubernd und hellblau wie manch ein Stern des Nachts am Himmel. Das Leuchten ging von einer Kugel aus, die nicht größer als die Faust eines Kleinkindes war. Fasziniert starrte Lorea darauf, bis sie eine Handfläche darunter sah, welche die Leuchte zu tragen schien. Sie schreckte zurück und plumpste auf den Boden.

Der Elf kicherte und wollte sie anscheinend beruhigen. »Keine Angst, die tut Euch doch nichts.« Er fuhr langsam mit der Hand um die strahlende Kugel, welche an derselben Stelle in der Luft schwebte. Die Leuchtquelle schwang mit einem winzigen Hauch von Leben, als ob sie sich zu einem unhörbaren langsamen Lied bewegte.

Es war zwar nichts Falsches, was Maël sagte, denn die Leuchtkugel wirkte ungefährlich. Doch geheuer war sie ihr trotzdem nicht. Sie richtete sich kniend auf, hielt Nadel und Faden vor ihre Nase und widerstand dem Drang, nochmals das hell strahlende Ding anzusehen. Maël drehte das Gesicht zurück in den Schatten der anbrechenden Nacht und biss wieder auf seinen Hemdkragen, als sie das spitze Werkzeug sachte ansetzte. Sie stellte sich vor, ein gerissenes Leinen zusammenzuflicken, was bis auf das Verkrampfen und Zucken des Elfen klappte.

Nachdem sie die Hälfte des schwarzen Zickzackmusters mit Sorgfalt genäht hatte, konzentrierte sich Maël auf etwas anderes als auf ihre Näharbeit. Einen Versuch der Ablenkung schadete dem jungen Mann sicher nicht. Maël hatte merkwürdigerweise keinen Ton von sich gegeben und bestimmt andere Sorgen, als mit ihr zu reden. Lorea hoffte durch ablenkende Worte auf eine schnelle Versöhnung, nachdem sie durch ihre Hitzköpfigkeit vorhin die Luft entzündet hatte.

»Ist das …« Sie zögerte, denn das Wort auszusprechen war genauso schwer für sie, wie Maël einen Elfen zu nennen. »… Magie?« Nochmals starrte sie dieses Leuchten neben ihrem Kopf an.

»Ja«, gab er zwischen zusammengebissenen Zähnen und Hemdkragen zur Antwort.

»Dunkle Magie?«

Da war es wieder, das heitere Lachen, das Maël nur ausstieß, wenn sie etwas falsch verstanden hatte. Der Stoff des Hemdkragens rutschte aus seinem gelockerten Biss. Er schaute sie an, und anstatt der verzerrten Miene hing ein breites Schmunzeln in seinem Gesicht. »Das ist Licht«, sagte er mit einem unterdrückten Lachen und hob die Leuchtkugel an. »Das kann doch gar nicht dunkel sein.«

Lorea lächelte, denn seine Erklärung kam ihr so simpel vor, dass das dümmste Schaf sie verstanden hätte. Auf einmal bemerkte sie etwas.

»Ich habe so eine Leuchtkugel schon mal gesehen.« Aus dem verwundert dreinblickenden Gesicht ihres Begleiters konnte sie seine Frage ablesen. »In einer Höhle, als meine Mutter und ich damals von den Hexenjägern fast erwischt worden wären. Da hat die Frau, die ich gesehen habe, auch so eine seltsam leuchtende Kugel in der Hand getragen.«

Aus Maëls stutzender Miene formte sich eine ernste. »Dann würde ich behaupten, dass Ihr nicht von Hexenjägern verfolgt wurdet. Die würden schließlich nicht eigenhändig Magie wirken, wenn sie ebenjene verfluchen.«

Dass sie bei der Vermutung zu ihren Verfolger falsch gelegen hatte, verängstigte Lorea. »Aber wer soll sonst hinter uns her gewesen sein?«

»Ich habe keine Ahnung.«

Innerlich schüttelte Lorea den Kopf. Es konnten nur Hexenjäger nach ihren Köpfen suchen. Jemand anderes fiel ihr nicht ein. Die Stadtbewohner von Hexham waren vermutlich ebenso wenig in der Lage, zu zaubern, wie Lorea selbst. Den strengen Gesichtszügen ihres Begleiters nach vermutete sie, dass er über dasselbe Rätsel nachdachte. Nichts ergab für sie einen Sinn.

Erneutes Schweigen zog ein. Da fiel ihr auf, dass sie ihn nie so still erlebt hatte. Sogar als sie kein Wort mit ihm bei ihrem ersten Zusammentreffen gewechselt hatte, hatte er mehr erzählt als jetzt.

»Macht Euch das nichts aus?«, fuhr sie fort und nickte auf die halb vernähte Wunde an seinem Arm.

»Ich habe schon Schlimmeres erlebt.«

Ihr nächstes Gespräch fand ein jähes Ende. Das war doch gar nicht möglich! Er schwieg schon wieder. Offensichtlich hatte er keine Lust, ein Wort zu viel auszuspucken. Das war nur ihretwegen, jammerte sie und ärgerte sich über sich selbst. Warum hatte sie ihn nur angefahren? Wie liebend gern Lorea sich eigenhändig eine dicke Faust auf den Kopf geschlagen hätte, aber ihre Hände waren anderweitig beschäftigt.

»Gibt es bei Euch auf der Insel auch Räuber?«, fragte sie und hoffte, dass er ihr mehr als nur einen Satz als Antwort gab.

»O nein. Wer bei mir zuhause Ärger macht, den erwarten harte Strafen.«

»Was denn für Strafen?«

Er blickte kurz in ihr Gesicht und schien sich bei ihren Worten an etwas zu erinnern. »Weniger Essen, kein frisches Wasser, Hausverbot in den Tavernen, zusätzliche Arbeit auf dem Feld, Ställe ausmisten. In den Kerker wurde auch schon mal jemand gesperrt.«

Sie sah ihn verschreckt an, denn in ihren Ohren hörte sich das äußerst streng an. Als er ihre Scheu bemerkte, warf er beruhigende Worte ein, die ihm offenbar schwerfielen. »Aber von Folter oder – wie sagt man in Eurer Sprache?« Er warf den Kopf nach hinten und versuchte, auf einem der Blätter das Wort abzulesen, nach welchem er suchte. Lorea neigte den Kopf zur Seite, denn sie wusste nicht, wonach er stöberte.

»Wie heißt das, wo Leute vor einer großen Menschenmenge getötet werden, so wie in London?«

»Eine Hinrichtung?«

Maël gab einen zustimmenden Laut von sich. »Genau, von so etwas habe ich bei uns zuhause noch nie gehört.« Er erweckte wieder einen verkrampften Eindruck, doch diesmal schien nicht die Wunde, an der sie nähte, der Grund zu sein.

»Wart Ihr vor London schon einmal bei einer Hinrichtung?«

»Ja. Damals hatte man einen Mann, seine Frau und seine Tochter gehängt.« Er wandte das Gesicht von ihr ab. »Ich kannte sie.«

Mitleid ließ ihre Augen glasig werden. Mit Sicherheit waren das die Toten, die er während seiner Reise gesehen und von denen er einst gesprochen hatte. Da er diese Leute gekannt hatte, war das Zusehen für ihn damals wohl umso grauenvoller gewesen. Was für Schrecken er schon erlebt hatte? Der Gedanke, dass sie ihn unterschätzte, ließ ihr keine Ruhe.

Sie konzentrierte sich auf ihre Arbeit. Weil das Blut nicht aufhörte, aus der Wunde zu quellen, säuberte Lorea nochmals den Arm. Sie legte das Tuch ins Gras und fuhr zunächst stumm mit ihrer Arbeit fort. Obwohl sie versehentlich ein grausiges Gesprächsthema gefunden hatten, schämte sie sich, ihren Gefährten an solch schreckliche Ereignisse erinnert zu haben.

»Leben denn bei Euch daheim nur Leute Euresgleichen?« Sie hatte sich vorgenommen, ihn aufzumuntern, aber bisher waren ihre Versuche kläglich gescheitert.

Er nickte mit einem kleinen Lächeln und sah sie zufrieden an. »Nicht alle, aber viele haben dort diese wunderschönen spitzen Ohren.« Er reckte den Kopf zur Seite, sodass sie sein merkwürdiges Ohr im Schimmer der hellblauen Lichtkugel erkannte. Da fiel ihr auf, dass er sein Wort hielt. Er hatte ihr versprochen, alles zu erklären. Womöglich war dieses Spitzohr gar nicht so hinterhältig, wie sie gedacht hatte. Vielleicht konnte sie ihm trauen?

»Warum seid Ihr denn von daheim fort?«, fragte sie nach und widmete sich wieder der nahezu vernähten Wunde.

Sein Gesicht wurde von der Dunkelheit verschlungen, als er sich von ihr wegdrehte. Sie sah nicht, ob er wütend oder traurig über ihre Frage war. Aus einem unbekannten Grund war sie nicht erbost, dass er sie erneut im Schweigen zurückließ. Sie glaubte, ihn an einer empfindlichen Stelle getroffen zu haben.

Lorea verknotete das übrige Ende des Fadens und klatschte freudig in die Hände. »Fertig!«, verkündete sie und hoffte, dass der Elf bald wieder bei Laune wäre. Sie tunkte einen Finger in den Tiegel mit Maëls Heilsalbe und rieb damit die Wunde ein. Sie riss einen Stoffstreifen von ihrer Bluse ab und wickelte ihn um seinen Oberarm, damit kein Schmutz hineingelangte und die Wunde reizte. Maël betrachtete seinen Arm und bedankte sich mit einer Verbeugung im Sitzen bei ihr. Sein Blick fiel auf das eingewickelte Zelt an seinem Bündel.

Maëls Gepäck zog sie heran und befreite das große Leinentuch mit dazugehörigen Stöcken von dessen Fesseln. »Bekommt Ihr das Zelt allein hin?«

Mit einem Nicken zeigte sie sich zuversichtlich und lehnte seine Hilfe ab. Er sollte seinen Arm schonen, deshalb verrichtete sie die Arbeit lieber allein. Nach einigem Gewirr schlug sie die Heringe, an welchen die Zeltlaken gestrafft wurden, mit einem Stein und hämmernden Schlägen in die rutschige Erde. Durch den Lärm erwachten von ihrer Beule an ihrem Hinterkopf ausgehend Kopfschmerzen. Nach mannigfachem Schütteln und Zurechtlegen der Decken schaffte sie es ohne die Mithilfe ihres Begleiters, das Lager aufzuschlagen. Sie machte es sich vor dem Eingang des Zeltes gemütlich. Maël blieb an seinem Baum sitzen. Er spähte durch den Wald in jene Richtung, aus der sie gekommen waren. Wahrscheinlich vergewisserte er sich, dass keiner der Räuber in ihrem Lager auftauchte.

Lorea streichelte an ihrem Hals entlang und war erleichtert, dass es sie nicht ebenso gefährlich erwischt hatte wie Maël. »Was habt Ihr mit den Räubern gemacht?« Er hatte ihr versprochen, ihr Antworten zu geben, weshalb sie ihn mit einem Blick ansah, der Neugierde und Erwartung barg. »Sie waren weder tot noch ohnmächtig, starrten Euch an wie gierige Hunde und streckten doch nicht einen Finger nach Euch aus.«

»Konnten sie auch nicht. Sie waren, sagen wir, daran gehindert, sich zu bewegen«, gab er als zügige und nervöse Antwort zurück. Lorea ließ nicht locker und hielt Augenkontakt.

»Ich habe sie mit Magie gelähmt.«

Sie gab sich zufrieden mit dem, was sie von ihm hörte, selbst wenn das Gerede über Magie in ihren Ohren absurd klang. »Warum sind sie dann trotzdem aufgestanden? Warum habt Ihr sie wieder frei gelassen?«

Maël überlegte anscheinend, wie er es ihr erklären sollte. »Jeder Magier hat ein Feld um sich. Nur in diesem Feld kann er bestimmte Zauber wirken. Als wir vor den Räubern geflüchtet sind, waren sie nach einigen Schritten außerhalb meines Feldes, und der Lähmungszauber hat nicht mehr gewirkt.«

Sie verstand kaum, was er sagte. Sicher war sie zu durcheinander, vielleicht zu starrsinnig, um in seinen Worten einen Schimmer von Sinnhaftigkeit zu erkennen. Wenn das stimmte, was er sagte, dann blieben trotzdem einige Dinge unklar. »Was wird aus dem Feuer, das Ihr entfacht habt?«

Der Elf sah seiner prächtigen Leuchtkugel dabei zu, wie sie wenige Fingerbreit über seiner Hand schwebte. Er schwang seine Finger, und die leuchtende Perle verwandelte sich in einen flammenden Feuerball. Wissbegierig sah Lorea dieser Zauberei zu. Allmählich verstand sie, warum er nie Feuersteine benötigt hatte, um Holz in roten Flammen aufgehen zu lassen.

»Der Boden ist noch feucht, dort wird das Feuer kein gutes Futter bekommen. Auch regnen wird es bald.« Beide sahen zu den Wolken auf. Der Himmel war mit einem tiefen Grau angestrichen und färbte die Nacht schwarz.

Verträumt sah sie auf die züngelnde Flammenkugel, bis ihr etwas Ungewöhnliches auffiel. »Warum macht Ihr das?«

Verwirrt sah er zu ihr auf. Es dauerte einen Augenblick, ehe sie bemerkte, dass sie sich unklar ausgedrückt hatte. »Ihr habt mir nun schon das zweite Mal das Leben gerettet. Warum? Warum wollt Ihr eine Fremde einfach so mit in Eure Heimat nehmen, wo beinahe nur Elfen leben?« Sie drückte sich mit Bedacht aus und verlieh der Bezeichnung seiner Art möglichst wenig Bedeutung.

Maël blickte ratlos umher, als ob er eine Ablenkung suchte. Ein überlegendes »Ähm« zog sich in die Länge. Sie hob belustigt die Brauen. Er wusste gar nicht, wie witzig er aussah, wenn er keine Ahnung hatte, was er sagen sollte. Loreas Laune erhellte sich bei dem Anblick.

Mit einem leisen Puffen erlosch die Flamme in der Hand des Elfen. Beide fuhren erschrocken zusammen. Lorea gab aus Versehen ein schreckhaftes Piepsen von sich. Es war stockduster, doch sie erkannte deutlich die Umrisse in ihrer Umgebung. Dann entflammte eine neue kugelrunde Fackel in der Hand des Spitzohrs aus dem Nichts und verscheuchte die Finsternis. Maël setzte ein kindisches Grinsen auf. »Entschuldigung«, stammelte er. »Eure … Augen sind hübsch.« Einen Finger drehte er wieder nervös in den Strähnen an seiner Schläfe.

Lorea neigte fragend den Kopf zur Seite wie ein Tier, welches nicht verstand. Sie war gewiss, dass er ihr einen Streich spielte. »Seid nicht albern. Meine Augen haben immer für Aufsehen gesorgt, aber nie haben sie Komplimente erhalten. Sind Eurem Volk denn die Augen so wichtig?«

»Ihr stellt wirklich viele Fragen.«

Schüchtern starrte sie auf den Boden. Ihre Ohren hörten weiter dem Elfen zu, der ihr den brüchigen Sätzen nach zu schließen, etwas nicht anvertrauen wollte.

»Das war mein Ernst. Also, ihnen – uns sind genau genommen nicht die Augen wichtig, aber … in gewisser Weise schon.«

Sie genoss den Moment, in dem Maël unentschlossen war, welche Geheimnisse er lieber für sich behalten sollte. Was aus seinem Mund purzelte, ergab in ihren Ohren genau so wenig Sinn wie ihre Frage, ob die Lichtkugel dunkle Magie sei. Sie musterte gedankenverloren die schwarzen Grashalme vor ihren Füßen und dachte über ihre seltsamen Augen nach. Ihretwegen hatte sie die wenigen Male, die sie ihre einstige Heimatstadt besucht hatte, Schwierigkeiten bekommen, weil sie rabenschwarz waren. Der Wirt des abgelegenen Alehauses, der den Elfen enttarnt hatte, schien sie ebenfalls genauer betrachtet zu haben.

»Aber nicht nur Eure Augen sind hübsch«, warf Maël ein. »Auch Euer Haar und Euer Gesicht.« Mit einer Hand schlug er sich gegen die Stirn, als ihm aufzufallen schien, wie seltsam er sich anhörte.

Ihr kam ein dummer Gedanke in den Sinn. »Falls es die Heirat ist, auf die Ihr aus seid, dann könnt Ihr das gleich wieder –«

»Bei den Herren, nicht doch!« Der Elf lachte auf und beruhigte sie.

»Ihr Elfen seid mir fremde Wesen«, schnaufte sie. Sie warf sich ihren Mantel über und ließ sich weiter in den Bann des Feuerballs ziehen.

»Glaubt mir, das haben wir bereits vorher gewusst«, sagte Maël. Seinem Tonfall nach zu urteilen, hatte er diese Feststellung schon des Öfteren zu hören bekommen. »Aber so sehr unterscheiden wir Elfen uns eigentlich gar nicht von Euch Menschen, wisst Ihr?«

»Wie meint Ihr das?«

Maël versuchte, sich aufzurappeln, woraufhin Lorea aufsprang, um ihm zu helfen. Sie eilte zu dem Elfen und griff unter seine Achsel. Zur Sicherheit behielt sie Abstand zu der Flammenkugel in Maëls Hand. Sachte führte sie ihn zum Zelt. Der Schlag auf seinen Rücken zeigte nun Nachwirkungen, denn Maël taumelte bei jedem Schritt.

»Wir gehen alle auf zwei Beinen, haben zwei Hände, mit denen wir greifen, ein Paar Augen, mit dem wir sehen, eine Nase zum Riechen, einen Mund zum Sprechen und Ohren zum Hören«, meinte der Elf, während sie sich zum Zelteingang bewegten und er sich davor niedersetzte. Lorea lief zurück zu dem Baum. Sie zerrte Maëls schweres Bündel auf ihren Rücken, packte das rot verfärbte Leinen und die edle Wolfsklinge und legte alles vorsichtig neben dem erschöpften Elfen ab.

»Danke«, sagte er, als sie an seiner Seite Platz nahm. Er fuhr mit seiner Erklärung fort. Ihr kam es vor, als ob sie an einem winzigen Lagerfeuer saßen und sich Geschichten erzählten. »Wir fühlen dasselbe, sehen die Welt genauso wie der andere. Und nicht nur die *Dryadaí* haben viele Namen.«

Lorea sah ihn forschend an. »Was heißt *Dryadaí?*«

»So nennen wir uns in unserer eigenen Sprache. Und Euch nennen wir *Daomaní.*«

Lorea schmunzelte, denn Maël schien wieder Begeisterung für die Redekunst gefunden zu haben. Mit Fantasie verstand sie, was der Elf in seiner Sprache redete, denn es klang einem Wort ihrer eigenen Mundart ähnlich.

»Was unterscheidet uns dann?«

»Ich werde vielleicht ein bisschen älter als Ihr. Manche sagen, dass wir stärkere Knochen haben als Menschen, aber das glaube ich nicht.«

»Und die Ohren«, fügte sie hinzu, obwohl dies das Auffälligste war, was sie beide trennte.

»Und die Ohren«, wiederholte Maël gedehnt und nickte. Er nahm seine Klinge und das blutige Leinen zur Hand und wischte mit der letzten Ecke des Tuches, die nicht rot befleckt war, die Schneide sauber. Das Wolfsschwert schien wie ein Teil von ihm zu sein, denn er behandelte es wie die zarte Hand eines Kindes. Er polierte den Stahl, bis kein einziger Blutfleck mehr daran klebte und er spiegelklar glänzte. Derweil er mit beiden Händen hantierte, schwebte die Flammenkugel dicht neben ihm und beleuchtete ihren kleinen Lagerplatz.

»Wie alt wird Euresgleichen denn?«

Maël legte sein Schwert beiseite und strich das befleckte Tuch nochmals durchs Gras. Damit der seichte Wind es nicht fortwehte, schob er es unter sein Bündel. »Manch einer wird zwei Jahrhunderte alt. Einige sind schon weitaus älter geworden.«

Lorea weitete die Lider vor Erstaunen, sodass sie aussah wie ein erschrockener Hase. *Wie alt?* Ein Menschenleben war dagegen mickrig. Lorea fand keine einleuchtende Erklärung, wie um alles in der Welt man so alt werden konnte. Es lag wohl an den Knochen.

»Wie alt seid Ihr?« Vielleicht war er ein paar Jahre älter als sie, andererseits konnte er dreimal so alt sein. Sie wusste nicht, ob sich, wenn Elfen alterten, überhaupt ihr Äußeres veränderte. Somit legte sie sich, obwohl etwas in ihrem Kopf dagegen sprach, auf fünfzig Jahre fest.

Maël warf ihr ein Lächeln zu. »Zweiundzwanzig Lenze.«

Loreas Gesicht wandte sich von ihm ab und starrte in den Wald. Sie hatte zu kämpfen, nicht in lautes Gelächter über sich selbst wegen ihrer Fehleinschätzung auszubrechen. Um ihr innerliches Lachen aus dem Kopf zu scheuchen, überdachte sie das, was Maël ihr offenbart hatte. Im Frühling war er geboren. Es konnte noch nicht lang her sein, dass er um ein Jahr gealtert war.

»Ich habe Euch gewiss falsch eingeschätzt, als ich dem Händler in London sagte, dass Ihr Geburtstag hättet.« Der Elf schmunzelte.

»Im Winter werde ich achtzehn«, erzählte Lorea, um ihm genauso viel von sich zu verraten, wie er über sich offenbart hatte.

»Ein glückliches Winterkind seid Ihr also.«

»Als Blumenkind könnt Ihr Euch auch glücklich schätzen.« Beide spähten in den Wald, weit voneinander weg. Lorea merkte, wie ihre Wangen heiß wurden. Das war ungewollt schmeichelhaft aus ihr herausgerutscht.

Graue Nebelschleier legten sich über ihr Lager, und Maël sog genüsslich die Kälte ein. »Ich gehe schlafen«, meinte er und löschte mit einem weiteren *Puff* die Flamme. Eine schmale Rauchwolke stieg wie ein Seidentuch in der nächtlichen Luft auf. »Morgen müssen wir hellwach sein, nicht dass diese Männer uns noch einmal in die Quere kommen.«

»Ich halte Wache.« Lorea wickelte sich am Zelteingang in ihre Kleidung. Ihr Begleiter tastete sich in der Dunkelheit voran und schien weniger sehen zu können als sie. Er legte seine Wolfsklinge in einen versteckten Spalt zwischen Zeltlaken und Grashalmen und gähnte müde die Leinen über seinem Kopf an. »Weckt mich, wenn Euch die Müdigkeit zu übermannen droht.«

Der Morgen war angebrochen und das Spitzohr seit ihrem Schichttausch auf den Beinen, als sie mit müdem Gesicht den Kopf in die schwüle Luft hinaus steckte. Der Elf saß mit angewinkeltem Arm und dem Rücken zu ihr gekehrt vor dem Zelt und rührte in ihrem Kessel, in welchem Wasser über einem kleinen Feuer blubberte. Lorea hätte ihn zwar fragen können, ob er Hilfe benötigte, doch er hätte sie mit Ausreden davon abgehalten.

Sie legte das Kinn auf die verschränkten Arme und sah ihm dabei zu, wie er mit einem Löffel große Kreise zog. Sie war sogar zu faul, um einen Blick in den Kessel zu werfen und nachzusehen, was er kochte.

»Guten Morgen«, warf er freundlich hinter sich und schmunzelte sie vertraut an.

Nur ein gelangweiltes Brummen kratzte in ihrer Kehle, denn der Rest ihres Gesichts schlief noch. Als sie kurz zu ihm aufsah, bemerkte sie, dass seine Wange blau angelaufen war. Die Schlägerei von gestern hatte mehr als nur einen tiefen Kratzer bei ihm hinterlassen. Wie viel er auf sich genommen hatte, um ihr zu helfen und sie zu retten. Obwohl sie sich durch ihre eigene Engstirnigkeit in Gefahr gebracht hatte.

»Ihr seht ja schrecklich aus«, fuhr sie besorgt auf und bemerkte sogleich, dass sie ihre Worte nicht ungeschickter hätte wählen können.

Der Elf drehte sich nochmals zu ihr um und betastete vorsichtig sein Gesicht. »Das geht schon.«

Das tut doch weh! Ihre Missetat vom Vortag verpflichtete sie dazu, irgendeine Kühlung für ihren Retter zu besorgen, einen nassen Lappen oder einen Eisklumpen. Jedoch gab es weder Wasser noch Schnee in ihrer Nähe.

Damit sie gestärkt für ihre Wanderung waren, hatte Maël Mehlsuppe für sie gekocht. Nachdem beide ihre Schüsseln leer gelöffelt und ausgeschleckt hatten, richtete Lorea sich auf und sah umher. Verwundert stellte sie fest, dass Maëls Feuer, welches er auf ihre Verfolger am Vorabend geworfen hatte, von Regen und Nässe aufgehalten worden war. Schließlich waren sie quicklebendig, und in ihrer Nähe glühte kein einziger Baum.

Ihre Gedanken hingen am Räuberlager. Ihr Blick rutschte sogleich auf den zerfransten Stoff am Arm ihres Retters, unter dem sich ein gezacktes Nähmuster versteckte. »Geht es Euch besser?«

Er drehte sich um und zog eine der Halterungen des Zeltes hinter ihr aus dem schlammigen Boden, sodass die Laken zusammenfielen. Die Decken rollte er zusammen und spannte die Gurte seines Bündels darum, während er melodisch trällerte: »Das geht schon. Mit der Salbe sollte es noch schneller heilen.« Er wies auf sein Bündel, und Lorea nickte.

Sie half ihm beim Zusammenpacken und band das Zelt mitsamt den Stöcken an seinem Gepäck fest. Sie schwang sich ihr Bündel auf und half dem Elfen bei seinem eigenen. Als Lorea die ersten Schritte gen Straße setzen wollte, welche sie bei ihrer gestrigen Flucht hinter sich gelassen hatten, wurde sie von einer Hand zurückgehalten.

»Vorher noch eines«, sagte Maël.

Einen Moment lang starrte sie auf den dunkelblauen Bluterguss unter seinem Auge. Er schien ihren Blick zu bemerken und senkte den Kopf, die Augen fest auf sie gerichtet. Er sah aus, als ob er ihr gleich wie ein weiser Lehrmeister eine Lektion erteilen würde. Lorea lauschte ihm aufrichtig. »Versprecht mir, dass Ihr nie wieder auf Euch selbst aufpasst.«

Sie setzte kurz ein verbissenes Gesicht auf. Nach den letzten einsamen Tagen war ihr dies eine Lehre gewesen. Sie streckte die Hand aus, damit er sicher sein konnte, dass sie ihren bevorstehenden Schwur niemals zu brechen wagen würde. Der Elf legte seine warme Hand in ihre.

»Ich schwöre, nie wieder auf mich selbst aufzupassen.«

Die Magie des Meeres

Lorea schien nicht die Einzige zu sein, die sich nach dem Rauschen des Meeres sehnte. Maël hatte ihr versprochen, noch heute an das große Gewässer zu gelangen und, wenn sie genug Zeit hatten, nach Muscheln zu suchen. Da sie wenige goldene Steinchen, Münzen und andere Wertsachen zum Eintauschen übrig hatten, hoffte Lorea auf die schönen Muschelschalen des Meeres.

Die Sonne war nicht länger ihr Wegweiser. Maël hatte ihr erzählt, dass sie in die falsche Richtung gelaufen sei und die Hafenstadt, die sie gedachten zu besuchen, weiter östlich entlang der Küste läge. Sie hatte es aufgegeben, ihre unbewusste Route als eine geplante auszugeben.

Maël trug das Haar wie gewohnt offen und versteckte die spitzen Ohren hinter hellblonden Büscheln. Dörfer und Städte mieden sie, damit der Elf nicht entdeckt wurde. Seit den Räubern hatten sie kaum eine Menschenseele gesehen.

Das dumpfe Klopfen seines Wanderstocks, welches sie in letzter Zeit vermisst hatte, wurde von den salzigen Brisen zu ihr getragen. Maël hielt den verzierten Stab in der Hand seines unversehrten Armes. Den verletzten bewegte er möglichst wenig.

»Sagt, warum habt Ihr mich vor dem Wissen Eures Elfseins bewahrt und werft, als es mir doch bewusst wurde, unüberlegt auch noch mit Magie um Euch?«

Das Spitzohr lief langsamer und musterte den Boden vor seinen Stiefeln. Seine schlurfenden Schritte wirbelten Staub hinter ihm auf, und er schoss mit der Fußspitze Steinchen ins Gras. »Keineswegs unbedacht, Werteste. Es war notwendig. Ich hätte niemals die Bande allein mit meiner Ferana niederstrecken können.«

Ihr Blick fiel abermals auf seine Wange, die allmählich die Farbe seiner gebräunten Haut annahm. Ihre Augen wanderten zu seinem verletzten Arm. Plötzlich tummelten sich Schuldgefühle in ihr. Allein ihretwegen war er verwundet worden.

Lorea blieb stehen und verneigte sich tief. »Verzeiht mir.«

Maël kam ihr entgegen und zog sie am Ellenbogen hoch. Er sah sie mit seinen ruhigen Augen an. »Das braucht Ihr nicht zu machen.«

»Aber meinetwegen habt Ihr doch –«

Er legte einen erhobenen Finger an den Mund und schüttelte den Kopf.

»Ihr entschuldigt Euch für jedes kleine bisschen«, murrte sie, worauf der Angesprochene grinste. Ein erneutes Ziehen an ihrem Arm verhieß ihr, dem Elfen zu folgen, und sie setzte sich widerwillig in Bewegung.

»Eine dumme Angewohnheit von mir«, gab er als faule Ausrede zurück.

Lorea musterte ihn forschend. Sie bewunderte den Mut, den er für sein junges Alter auf den Schultern trug. Vor den Halbtoten und Räubern fürchtete er sich nicht, bei Menschen schien er mehr gewitzt als besorgt zu sein. Ihre Schneiderei an seinem Arm hatte er tapfer durchgestanden. »Ihr scheint nie Angst zu haben.«

Maël sah sie überrascht an. Als ihre Blicke eine Linie bildeten, wandte er sich dem Weg zu. »Ich hatte schon oft Angst.«

Ihr Gesicht veränderte sich zu einem erstaunten, denn sie hatte nicht erwartet, dass er so ehrlich zu ihr sein würde.

»Jeder fürchtet sich vor etwas. Der eine vor Ratten«, meinte er und warf ihr einen frechen Blick zu, »der nächste vor Spinnen, ein anderer vor dem Galgen oder der Axt. Nur ein Narr hat vor nichts Angst.«

»Und wovor fürchtet Ihr Euch?« Ihre Ängste kannte Maël, aber sie seine nicht.

»Bei den Räubern«, sagte er, obwohl es ihm nicht leicht zu fallen schien, »da hatte ich Angst. Vor allem um Euch. Und als Ihr weggelaufen seid.« Er sah zu ihr hinüber, als würde er etwas Besseres als nur eine sture Menschin in ihr sehen. »Jedes Mal, wenn wir in eine Stadt gegangen sind, und als ich damals in Frankreich von Soldaten angegriffen wurde, hatte ich auch Angst.« Sein Blick wurde plötzlich starr, als würde eine unangenehme Erinnerung in seinem Kopf schweben. »Und davor hatte ich auch schon oft Angst.«

Dennoch fand Lorea es mutig, dass er ihr das erzählte und nicht mit seiner Tapferkeit prahlte. Das hätten die meisten jungen Herren vorgespielt.

Weil das Gespräch eine unangenehme Richtung eingeschlagen hatte, versuchte Lorea einen aufmunternden Einwurf. »Vielleicht bin ich doch eine Hexe, bei dem vielen Unglück, das an meinen Füßen klebt.« Sie lachte. Maël blickte den sich anbahnenden Waldrand an, welchen die Sonne anstrahlte. Sie wusste, dass er ihr Gehör schenkte. »Und meine Zunge ist weitaus ungeschickter als Eure. Mein Hitzkopf hat auch schon oft – Au!« Jemand klopfte mit den Knöcheln auf ihre Schädeldecke. Der Elf schmunzelte sie an und nahm die Hand zurück.

»Wofür war das denn?«, fauchte sie ihn an und rieb sich die Stelle, an der wahrscheinlich eine zweite Beule zum Vorschein kam.

»Ihr erinnert mich an jemanden«, meinte er mit einem Hauch von Sehnsucht in der weichen Stimme.

Mit seinen Worten verflog ihre gereizte Laune. »An wen denn?«

Maël sah zum Himmel auf und lächelte die Wolken an. »An meine Schwester. Bei ihr habe ich das auch immer gemacht, wenn sie etwas Schlechtes über sich selbst gesagt hat oder gar angefangen hat zu streiten.«

»Wenn wir zu Eurem Heim gehen, können wir sie besuchen, oder?«

Auf einmal senkte Maël den Blick, und seine Miene trübte sich. Ein Kopfschütteln ließ die beinahe schulterlangen Haare des Elfen hin und her wedeln.

»Aber Eure Eltern, oder? Und Eure Großeltern?« Lorea war verunsichert. Etwas schien nicht in Ordnung zu sein.

»Nein.«

»Dann … wohnen sie woanders?«

Erneutes, schwermütiges Schütteln des Kopfes wusch ebenfalls die helle Laune aus ihrem Gesicht und hinterließ Entsetzen. Der unerfüllbare Wunsch, nicht gefragt zu haben, erschwerte ihre Schultern. »Verzeiht. Ich frage Euch ständig Dinge, die Euch betrüben. Ich sollte das nicht machen.«

»Nicht doch, das konntet Ihr ja nicht wissen.«

Bis zum Waldrand herrschte eine lang anhaltende Stille, welche nur vom Knirschen von Kiesel und Erde unter ihren Stiefeln und dem Klopfen von Maëls Wanderstab erfüllt wurde. Dann summte und pfiff Maël das Lied vom Wind.

Elfen wurden sicherlich nirgends willkommen geheißen, das hatte Lorea vor wenigen Tagen in einem Alehaus selbst erfahren. Sie hatte nie an die Wesen mit spitzen Ohren geglaubt, bis der Wirt den Namen der Kreatur laut jemandem entgegengebrüllt und sie Maëls Ohren gesehen hatte. Womöglich war Maëls Familie von Menschen entdeckt worden, gar von Räubern. Das würde den Hass erklären, den sie im Räuberlager in seinem Gesicht gesehen hatte. Oder waren sie durch eine Krankheit umgekommen?

Sie erinnerte sich an die Folter, die man bei einem so nahe stehenden Verlust ertrug. Bei den Streunern, war sie töricht gewesen, ihm an die Stirn geworfen zu haben, dass er nicht wissen würde, wie sie sich fühlte. Er hatte viel mehr Ahnung, als sie ihm zutraute. Loreas Augen weilten besorgt auf dem Elfen.

Eine Klippe rutschte immer näher an sie heran. Ehe sie deren Abhang erreichten, legten sie eine Rast ein und setzten ihre Bündel ab, damit ihre Schultern sich von der Last erholten. An einer mit weichem Gras überwachsenen Stelle setzten sie sich hin.

»Wie geht es Eurem Arm?«, fragte Lorea.

Maël krempelte das Hemd bis zur Schulter hoch. Nachdem er den Verband abgenommen hatte, besah er sich die zugenähte Wunde vorerst selbst. Lorea zog den Arm zu sich heran und studierte den verschlossenen Schlitz. Um den nervösen Elfen abzulenken, bevor er mit einem Muskel zuckte, überlegte sie sich etwas. »Habt Ihr diesen seltsamen verwesten Mann damals im Alehaus gesehen?«, fragte sie ihn achtsam, denn sie beabsichtigte nicht, dass er sich an etwas Schreckliches erinnerte.

»Also ist wirklich einer ins Haus gegangen«, bemerkte er entgeistert. Er schüttelte ernst den Kopf und ließ Lorea weiterhin im Dunkeln. Behutsam drehte sie seinen Arm von einer Seite auf die andere und stellte fest, dass die Haut um die Wunde leicht geschwollen war. Gestern hatte sie aus Gänseblümchen und den gelben Blüten von Ringelblumen einen kräftigen Teeauszug gekocht, in welchen sie Maëls grünes Leinen getunkt und um seinen Arm gebunden hatte. Wegen der Auflage hatte die Schwellung der Wunde sich beruhigt. Der vernähte Spalt heilte gut.

»Was waren das denn für Wesen? Habt Ihr auch den Jäger gesehen, der bei ihnen war?«

»Ein Jäger? Seid Ihr sicher?«

»Ja, er ist an mir vorbeigegangen. Seine Kleidung war dieselbe, wie unsere Verfolger tragen. Aber er schien mich nicht gesucht zu haben.«

Stutzend zogen sich Maëls Brauen zusammen. »Dann scheint der Jäger im Alehaus derselben Gruppierung zu folgen wie jene, welche Euren Kopf haben wollen. Aber das passt nicht zusammen. Hexenjäger würden niemals Dréags beleben.«

»Was sind denn Dréags?«

»Kennt Ihr sie nicht aus den alten Legenden, die man sich erzählt?«

»Nein.« Sie schüttelte den Kopf und blickte statt den verwundeten Arm das Gesicht des Elfen an.

»Das sind Untote.«

Ihre Augen weiteten sich, ebenso weit klappte ihr Mund nach unten. Entsetzt starrte sie Maël an. Sie brauchte einen Moment, ehe sie seine Antwort verstand. Nun erklärte sich ihr, warum die Haut des Wesens genauso eigenartig wie sein Gestank gewesen war. Lorea entließ seinen Arm aus ihrem Griff und legte beide Hände in den Schoß. Plötzlich kam ihr die Welt, in der sie ihr Leben zubrachte, merkwürdig fremd vor.

»Wie werden die denn untot?«, erfragte sie und zwang sich, genauso gelassen zu klingen wie der Elf. Den Ekel, der bei der Erinnerung an das Wesen in ihr herumkroch, vermochte sie nicht zu unterdrücken.

»Es gibt einige wenige Leute, die Magie dazu missbrauchen, toten Körpern eine falsche Seele einzupflanzen. Totenschändung ist uns strengstens verboten, aber ganz offensichtlich gibt es noch Abtrünnige, die sich nicht darum scheren. Solche Leute nennen wir Árfenlíth. Es bedeutet, dass sie sich vom Licht der Götter abgewandt haben und durch die Finsternis irren. So etwas könnt Ihr dunkle Magie nennen.« Er sah gedankenverloren, aber bedrückt zum unweit gelegenen Meer am Rande der Klippe. Seine Finger strichen über sein Kinn. »Vielleicht waren das die Falken. Aber eigentlich machen die so etwas nicht. Sie tragen auch andere Monturen.«

Lorea verstand sein lautes Denken nicht. Sie kramte den kleinen Tiegel aus seinem Gepäck und salbte die heilende Wunde damit ein. Vor ihren Füßen rupfte sie frische Spitzwegerichblätter ab, für welche sie sich beim Gras bedankte. Zwischen den Fingern zerrieb sie die Blätter, damit ihr Saft austrat und dieser auf Maëls eingesalbter Wunde heilend wirkte. »Wie sollen denn Vögel Tote verhexen?«

»Nein, nicht die Vögel. Die Schwarzen Falken meine ich.«

Sie kratzte sich am Kopf, denn sie hatte keine Ahnung, von was er redete.

»Das ist ein Orden, dem ausschließlich Menschen angehören. Es wird viel über die Schwarzen Falken geschwiegen, nur wenige wissen von ihnen. Die Menschen dieses Ordens wissen von Elfen und Magie und nutzen auch Zauber zu ihren Vorteilen.« Sein Gesicht verfinsterte sich. »Sie wahren zwar die Geheimnisse über Magie und uns Elfen und lassen uns in Ruhe, aber trotzdem stehen wir nicht gerade im besten Verhältnis zu ihnen.«

»Wieso denn?« War das Elfenvolk nicht froh, dass diese Leute über sie schwiegen?

»Wegen dem, was sie tun. Sie sind Meuchelmörder. Meist werden sie von einflussreichen Adligen, Königen, Kaisern oder Kirchenfürsten für viel Münze angeheuert, schmutzige Angelegenheiten zu erledigen. Sie töten erbarmungslos und leise. Manchen schneiden sie angeblich die Kehle durch, nur weil sie einen Schwarzen Falken oder Magie einmal gesehen haben. Und manchmal nehmen sie auch Zauber zur Hand.«

Meuchelmörder? Ein grausiger Schrecken zerrte an ihr. Dass diese Leute womöglich imstande waren, andere mit Magie zu töten, ließ ihr Inneres gefrieren. Als ihr auffiel, dass es zwei Falken gewesen sein konnten, die ihr und ihrer Mutter nachgejagt waren, wurde ihr übel. Lorea schluckte schwer bei dem Gedanken. »Was, wenn diese Falken hinter mir her sind?«

»Glaubt mir, dann wärt Ihr schon längst nicht mehr auf dieser Welt.«

Loreas Augen starrten auf den Boden. Einerseits beruhigten sie seine Worte, andererseits lösten sie ein düsteres Gefühl in ihr aus.

»Habt Ihr schon mal so einen Schwarzen Falken gesehen?«, fragte sie leise.

»Nein. Man sagt, Falken seien unsichtbare Schatten, weil sie kaum gesehen werden. Ihre Augen und Ohren seien überall. Eure Verfolger dagegen scheinen zwar auch Magie zu nutzen, doch ihre Absichten sind mir schleierhaft. Warum verfolgen Euch zwei von ihnen im Norden, während ein anderer mit Untoten durch den Süden zieht?«

»Vielleicht wartet er auf die beiden anderen, bis sie mich gefunden haben?« Lorea schluckte auf ihre eigenen Worte hin. Sie lehnte sich zurück und fragte sich, ob ihr Schlaf ein ruhigerer gewesen wäre, hätte sie nichts von dem Ganzen gehört. Ursprünglich hatte sie gedacht, dass Legenden über Untote und magielustige Mörder keine Wahrheit in sich trugen. Als sie an die Erzählungen ihres Vaters dachte, drängte sich ein weiterer Gedanke auf ihre Zunge. »Die Geschichten über Drachen und Riesen sind doch aber sicherlich nur erdacht, oder?«

»Viele sind wahr, ob Ihr das glauben wollt oder nicht. Riesen habe ich zwar noch keine gesehen, aber Drachen gibt es ein paar in meiner Heimat.«

Maël kicherte, als er ihre Miene sah, denn ihr entglitten sämtliche Gesichtszüge. Drachen? Eine Stimme in ihrem Kopf sagte ihr, dass all dies Lügen waren, doch dieselbe Stimme hatte ihr gesagt, dass es keine Elfen gab. Und nun saß ein Elf neben ihr. Die lebendigen Leichen, die sie nur in Legenden meinte anzutreffen, hatte sie sogar mit eigenen Augen gesehen. Die eine Hälfte in ihr war überzeugt, dass Maël keine Lügen sprach, die andere aber traute ihm nicht.

»Natürlich. Wenn Ihr zuhause etwas braten wollt, ruft Ihr einen Drachen, und der spuckt für Euch ein bisschen Feuer. Wenn Ihr mich veralbern wollt, müsst Ihr Euch etwas Besseres einfallen lassen.«

Beleidigt lehnte er sich zurück. »Ich mache keine Witze! Ich habe schon selbst einmal einen Drachen gestreichelt.«

Sie setzte ein spöttisches Gesicht auf. »Sicher doch, Ihr habt einen wilden Drachen mal an der Nase gekitzelt, als er geschlafen hat, nicht wahr?«

»Nein, das war ein zahmer Drache. Bei uns auf der Insel gibt es Drachenreiter, müsst Ihr wissen.«

Ihre Brauen krochen immer weiter an ihrer Stirn hinauf. Was der Elf sprach, ergab in ihren Augen weniger Sinn als diese Geschichte mit den Dréags. Weil sie nichts weiter von seltsamem Getier wissen wollte, schloss sie den Mund.

Sie lauschte dem Rascheln der langen Grashalme und sah zum Horizont aus Wasser auf. Ob ihr Vater bei seinen zahlreichen Reisen auch Fabelwesen getroffen hatte? Da erinnerte sie sich, dass Maël seine Karte damals von ihrem Vater gekauft hatte. Wenn sie bei Nacht ihre Familie wieder unter den Sternen fand, musste sie ihm unbedingt erzählen, dass er mit einem Elfen Geschäfte gemacht hatte.

Ihre Gedanken sprangen von ihrer einsamen Nacht nach ihrer Flucht vor Maël zurück zu der abgelegenen Gaststube. »Diese Dréags haben den Mann aus dem Alehaus gegessen. Der Jäger, der bei ihnen war, schien sie verstecken zu wollen.«

»Es würde auch auffallen, wenn Leichen durch das Land wandeln und durch jede Stadt brüllen würden.«

Lorea witterte eine großartige Chance, Maël mehr von seinem Wissen zu entlocken. »Könnt Ihr mir beibringen, so ein Feuer zu entzünden? Oder einen Windstoß zu erzeugen? Dann kann ich mich auch ohne Waffen verteidigen!« Mit einer komischen Mischung aus Hundeaugen und mädchenhafter Erwartung schaute sie ihn an.

Maël schien die Last zu bemerken, welche auf ihm lag, und holte tief Luft, ehe er sichtbar schweren Herzens eine Entscheidung traf. Diese bestand aus einem Kopfschütteln und einem tonlosen »Nein«.

Sie verzog verärgert das Gesicht. »Wieso? Könnt denn nur Ihr Elfen mit Euren Fingern so umgehen?«

Lorea wusste, dass er ihr störrisches Fauchen erwartet hatte und sich über sie lustig machte, denn ein gewohntes Grinsen zog sich über das halbe Gesicht des Spitzohrs. Amüsiert klopfte Maël ihr nochmals auf die Schädeldecke, doch nicht so hart wie beim letzten Mal. Lorea zog den Kopf ein wie ein schüchterner Uhu.

»Jeder kann Magie wirken, Werteste. Es kommt nur auf den Willen und die Vorstellungskraft des Magiers an.« Er tippte sich mit dem Finger an die Stirn, als zeige er auf die Fantasie in seinem Kopf. »Aber es ist uns untersagt, jemandem ohne Zustimmung gewisser Personen auch nur den kleinsten Zauber beizubringen. Wollen wir weitergehen? Ihr seid doch so erpicht darauf, Muscheln zu suchen. Der Strand ist nicht mehr weit.«

Den Verband wickelte Lorea wieder um den Oberarm ihres Begleiters. Bevor sie weitergingen, sah sie zurück, um sich zu versichern, allein auf dem küstennahen Weg zu wandern. Aus der Ferne bildete sie sich ein, rhythmisches Rauschen zu hören. Sie erspähte das Ende des kleinen Weges, welcher geradewegs zum hinabfallenden Klippenrand führte.

Sie liefen zwischen weiß und lila blühenden Heidesträuchern einen Trampelpfad entlang. Lorea krempelte ihre Leinenhose hoch und zog die Stiefel aus, wodurch ihre Waden bald Dutzende Kratzer von schneidendem Gras und kleinen Sträuchern zu erleiden hatten. Die Stiefel band sie an ihrem Bündel gegenüber ihres eingebeulten Kessels fest. Ihr Begleiter pirschte sich an die sich nähernde Kante der Klippe heran und blickte waghalsig zu dem hinab, was sich unter ihren Füßen befand. Auch Lorea zwang sich, über Maëls Schulter zu spähen. Der Anblick ließ ihre Glieder kribbeln. Sie standen am Rande einer riesigen Felswand, die schnurgerade ins Wasser hinabstürzte. Tobende Wellen wälzten sich mit lautem Geräusch gegen die hellgelbe Sandsteinwand.

Lorea vermochte zwar nicht abzuschätzen, wie tief die Klippe vor ihren Füßen hinab stürzte, doch eine winzige Möwe, die wie eine weiße geflügelte Ameise über das Wasser schwebte, bereitete ihr große Sorgen. Das weite Meer breitete sich scheinbar bis ans andere Ende der Welt aus. Noch nie hatte sie so viel Wasser gesehen.

Die beiden kehrten um und suchten nach einem begehbaren und weniger gefährlichen Weg. Loreas Hand umklammerte das Armband an ihrem Handgelenk und wünschte, dadurch ihr Staunen mit dem Rest ihrer Familie teilen zu können.

Nicht weit von der riesigen steinernen Klippe gewährte ein weites Strandbett dem Wasser Einlass. Ihre Mundwinkel wanderten an ihren Wangen hinauf. Endlich waren sie da und konnten sich von kleinen Sandkörnern an den Füßen kitzeln lassen und mit ihren Händen nach Muscheln suchen.

Sie beschleunigte ihre Schritte, um schneller an die Bucht zu gelangen und sich ihre Träume aus Kinderzeiten zu erfüllen. Maël schien ihre Eile zu bemerken und lief ihr geschwinden Fußes hinterher. Als sie einen Abhang erreichten, liefen und rutschten die Wanderer die staubigen Hänge und Pfade hinab. Wegen ihrer nackten Füße und piksenden Steine ging Lorea am Hang vorsichtiger. Schlitternd unten angekommen, schlugen sie sich durch den Farn, der sich schützend vor dem Strand entfaltete. Langes, scharfes Gras umschlang ihre Beine bis zu den Knien. Möwen flogen über ihre Köpfe und plauderten lauthals.

Maël neben ihr zog die Stiefel aus, um seine Füße von den hellgelben Körnern massieren zu lassen. Er lief voraus und wartete mit einem freudigen Gesicht am Rande des Farnfeldes auf sie.

Behutsam hob sie einen Fuß nach dem anderen an und setzte sie vorsichtig auf den Sand, um das Gefühl, das erste Mal Küstensand zu betreten, im Kopf zu behalten. Die Schicht wurde bei jedem Schritt tiefer und knirschte leise unter ihren Sohlen. Der sich ständig bewegende Untergrund kam Lorea fremdartig neu vor. Mit einem herrlichen Seufzen und neugierigem Lächeln schob sie die Zehen tiefer in den goldenen Sand und sah ihm dabei zu, wie er von ihrer Haut rutschte und sie angenehm streichelte. Als das lauter werdende Geräusch des Meeresrauschens zu ihr drang, sah sie auf. Sie rannte voraus und erreichte das Ende der Farnlandschaft. Erstaunt blieb sie neben ihrem Begleiter stehen. Ein meilenweiter Strand zeigte sich ihnen, der in der Sonne wie aus strahlend hellem Samt schimmerte. Das dunkelblaue weite Meer kroch am anderen Ende des breiten Sandstreifens entlang. Große Wellen schlugen sich im Wasser. Eine schwüle Brise, die salzige Meeresluft über die beiden Wanderer hinweg trug, schien das grenzenlose Gewässer anzustacheln. Die Sonne leuchtete hinter ihnen und warf einen langen gelb flackernden Streifen auf die wellige Wasseroberfläche.

»Ebbe«, bemerkte Maël, während er die Stiefel am Bündel zu befestigen versuchte. Lorea half ihm und band die Schnürsenkel zusammen, weil er seinen verletzten Arm nicht allzu weit heben konnte. Den verzierten Stock reichte er ihr ebenfalls, und sie steckte ihn zurück in seine schmalen, ledernen Fesseln.

Während sie näher ans Wasser gelangten, breitete sie die Arme im Wind aus und ließ sich von ihm tragen. Der Sand unter ihren Füßen kühlte ab, denn das versickerte Wasser der Flut war nicht gänzlich verschwunden, sondern hatte sich in den Boden gesogen. Ihre Augen huschten über den Sand und suchten nach hellen und dunklen Schalen von Meerestieren. Der Elf strich das Haar hinter die spitzen Ohren und schaute wie sie sorgfältig vor seine Füße. Beide buddelten mit den Zehen im Sand. Es dauerte einige Zeit, bis Lorea freudestrahlend ihre erste Muschel fand. Stolz fegte sie den Schmutz von der weißen, geriffelten Schale. Als sie in die Hand ihres Begleiters schaute, zerfiel ihr Stolz. Verdrießlich sah sie zu, wie er seine vierte, weitaus größere Muschel aus dem Sand zog und sie zu den anderen in seiner zu einer Schale geformten Hand legte. Von Neid angespornt widmete sie sich erneut dem Boden und griff nach jeder Muschel, die aus dem Sand hervorstach.

Sie bemerkte kaum, wie sie sich mit jedem Händeschnappen an das leise wütende Meer heranpirschten. Erst als sie ein Dutzend Muscheln gesammelt hatte und von einer kleinen Pfütze abgelenkt wurde, sah sie zum Meer auf. Die Wellen waren nicht mehr weit, Maël erreichte bereits das Wasser, das in die Bucht gespült wurde. Ein salziger Atemzug befreite ihre Kehle, und sie stürmte los. Der schlammige Sand spritzte bei jedem Klatschen ihrer Sohlen in alle Richtungen und beschmutzte ihren hochgekrempelten Hosensaum. Sie rannte an dem Elfen vorbei. Aus dem Augenwinkel erkannte sie undeutlich, wie er ihr fröhlich nachsah. Sie beobachtete, wie das Meer sich zurückzog, um sich in einen Berg aufzubäumen und in weißer Gischt auf die Bucht zu stürzen.

Mit lautem Platschen und einem ungewollten Fiepen blieb sie stehen und wurde vom unerwartet eisigen Wasser festgehalten. Sie hielt den Atem an, denn sie hätte sich ebenso in einen Eimer voller Eis stellen können. Die Kälte schien jede Ader in ihren zerkratzten Beinen einzufrieren.

Maël lachte lauthals hinter ihr auf. »Kalt?« Er kam neben ihren scheinbar festgefrorenen Knöcheln an und bückte sich, um seine sandigen Muscheln im Wasser zu reinigen.

»Nein, wie seid Ihr denn darauf gekommen?«, gab sie kichernd im selben Ton zurück und wandte sich von ihm ab, weil sie eine große Muschel unter der klaren Wasseroberfläche aufblitzen sah.

Das Wasser zog an ihren Beinen, und es fiel ihr schwer, Schritte zu setzen. Hübsche Schalen reinigten sie im Wasser und steckten sie in ihre Wertbeutel. Die aufschäumende Gischt und das Rauschen der Wellen brachten sie hin und wieder von ihrer Suche ab. Salzwasser sog sich in ihre Hosenbeine. Nach einiger Zeit kam sie nicht länger gegen die Kraft des Meeres an. Maël tauschte mit ihr den Platz, und er übernahm die Suche im Wasser, während sie jedes Sandkorn einzeln untersuchte, um die schönste Muschel des Abends zu finden. Das Rauschen des Meeres und die Rufe der Möwen erklangen laut während ihrer Schatzsuche, denn sie beide waren zu beschäftigt, um ein Wort miteinander zu wechseln. Stundenlang liefen sie den Strand entlang.

Maël drängte sie von ihrer aufregenden Suche ab, indem er ihr eine Bitte auftrug. »Könntet Ihr dort hinten schon das Lager aufschlagen und ein Feuer machen?« Er nickte in die Richtung eines kleinen Nadelwaldes, der dicht an Farn und Strand wuchs.

Sie warf ihm einen verärgerten Blick zu. »Und was macht Ihr derweil?«

Der Elf schien ihre griesgrämigen Gedanken in ihren Augen abzulesen und wies auf einen Felsen, der so klein war, dass er bei den regelmäßigen Überschwemmungen verschwand. Der Felsen war bedeckt von fingerlangen schwarzen Klumpen.

»Ich suche nach unserem Abendessen.«

Sie täuschte vor, nichts Schlechtes im Sinn gehabt zu haben. Während er weiter zwischen Sand und dem schäumenden Wasser lief, brach sie auf zum Nadelwald. Loreas Augen huschten einige Male umher und beobachteten Maël dabei, wie er weiter im Sand stöberte und das unruhige Gewässer bestaunte. Er erreichte den dunklen Felsen, bevor Loreas Füße das Gras des kleinen Waldes betraten. Die über dem Horizont gesenkte Sonne blendete sie. Sie hatten so gespannt nach Muscheln gesucht, dass der Abend angebrochen war.

Mit nackten Füßen erreichte sie den Waldrand, legte ihr Bündel ab und bereitete das Lagerfeuer vor. Als Maël sie erreichte, entdeckte sie zahlreiche Krabben in seinen bepackten Armen. In einem Tuch hatte er Miesmuscheln gesammelt. Während er sich um ihr Abendessen kümmerte, stellte Lorea das Zelt auf. Sie ließen sich Krabben und Muscheln schmecken, wobei Lorea Hilfe brauchte. Schließlich hatte sie noch nie derartiges Getier gekostet.

Der Abend wurde von ihrem zufriedenen Schmatzen erfüllt, da sie zum Glück keinen Hunger leiden mussten. Von den Muscheln hatte sie gekostet, aber der schlammige Geschmack im Mund war ihr weniger angenehm als das weiche Krabbenfleisch.

»Gibt es bei Euch zuhause auch eine Stadt?«, fragte sie begierig, als sie alle gesammelten Stücke des Elfen verspeist hatten und zufrieden zwischen Ästen und Gräsern hockten, in wärmende Umhänge und Mäntel eingehüllt. Maël sah zum Mond hinüber und schien sich an schöne Dinge zu erinnern, wie ihr ein Lächeln auf seinen schmalen Lippen zeigte. »Eine wunderbar große Stadt gibt es dort, ja.«

»Größer als London?«

»Ich glaube schon. Sie liegt tief in einem Wald.« Beide Arme erhob er, um seine Erzählung bildhaft dazustellen. »Ihre äußeren Mauern sind höher als eine gut gewachsene Linde und ihre Häuser uralt. Eine breite Straße führt durch all ihre Viertel.« Seine Augen schlossen sich, und er schritt anscheinend in Gedanken durch seine Heimat. »Hinter der inneren Mauer liegen die Wohnviertel, und in der Mitte wächst ein großer Baum. Legenden sagen, dass man die Stadt um den Baum herum errichtet hat. Entlang der Straße und vorbei am Baum führt eine weiße Marmortreppe hinauf zu einer Festung, wo angeblich die allerersten Gemäuer gebaut wurden. Eine Burg, ein Hospital und eine gewaltige Kathedrale.«

Lorea starrte verträumt das tanzende Feuer an. Sie ließ ihrer Vorstellungskraft freien Lauf. Wenn sie zwei Mauern schützten, war die Stadt gewiss riesig.

Maël nahm sich eine große gedrehte Muschel aus seinem Bündel. Er hielt sie an sein Ohr und lauschte. Als er Loreas Blick bemerkte, nahm er die Muschel herunter und hielt sie ihr hin. »Haltet sie mal an Euer Ohr.«

Die gedrehte Schale war kalt und glatt. Ihre hellrosa Farbe wurde vom roten Licht des Feuers übertönt. Lorea lauschte der Muschel, wie Maël empfohlen hatte.

»Hört Ihr das Meer rauschen?«

Sie schmunzelte ihn an. Wie ein kleines Kind hörte sie zu, was die Muschel von den Wellen des Meeres erzählte.

Maëls graue Augen schweiften zum Meer. »Immer, wenn ich meine Heimat vermisse, lausche ich, was die Muscheln über sie berichten.«

Er stand auf, streckte sich und gähnte müde einen kleinen Nebelschleier in die Nacht. »Einen schönen Abend noch, ich leg mich schlafen«, meinte er und verschwand mit den Fäusten in den trüben Augen hinter den Leinenvorhängen des Zeltes. Einverstanden, die erste Nachtwache zu übernehmen, verabschiedete Lorea ihn mit einem Gutenachtgruß. Sie legte die Muschel zurück in sein Gepäck, mit Bedacht, nicht hinein zu sehen. Obwohl er einige Male ihr Bündel durchstöbert hatte, traute sie sich nicht, den Geheimnissen in seinem nachzugehen. Sie räumte die Feuerstelle auf und legte das metallene Dreibein sowie den Kessel beiseite zu ihrem Gepäck. Mit einem Stock stocherte sie in der gelangweilten Glut und gab dieser Futter zum Naschen. Sie legte sich ins Gras, welches sie federweich und mit salzigen, klebrigen Tropfen auffing. Ihre Augen suchten die Sterne nach dem Großen Bären, welchen sie nach vielem Winden und Drehen ihres Kopfes erhaschte. Die Tatzen wiesen nicht mehr nach Süden, sondern nach Westen. Vielleicht zeigten sie auf Maëls Heimat. Womöglich war der Stern, der in der Nähe der Bärentatze leuchtete, ihre Mutter. Und daneben ihre beiden kleinen Geschwister und ihr Vater. Bei dem Gedanken daran wurde Lorea warm, obwohl die anbrechende Nachtkälte am Meer biss. Sie erinnerte sich, was sie ihrem Vater dringend berichten wollte. »Du hast einem Elfen eine deiner Karten gegeben.« Sie grinste breit. Bestimmt hätte es ihm einen Schreck eingejagt, wenn er davon gehört hätte. Danach hätte er daraus eine Geschichte gestrickt.

Ihre Ohren lauschten der Musik der Grillen und des Meeres, welches den späten Abend erfüllte. Doch dann störte ein Geräusch die Harmonie. Sie hob den Kopf und sah sich um. Jemand atmete verängstigt und murmelte unverständliche Worte. Sie setzte sich auf und machte den Ort ausfindig, wo das angsterfüllte Atmen herkam.

»Maël?« Er schien zu schlafen, denn er gab keine Antwort. Ihr Kopf neigte sich besorgt zur Seite, und sie verzog unwissend das Gesicht. Das Hecheln nahm ein Ende, als jemand im Zelt leise auffuhr.

In Windeseile sprang sie auf die Füße und eilte zu ihrem Begleiter. Maël flüchtete aber schneller aus dem Zelt, als sie es überhaupt erreichen konnte. Um ein Haar wären sie zusammengestoßen. Erschrocken blieben sie voreinander stehen. Besorgt blickte Lorea ihren Gefährten an. »Geht es Euch gut?«

Der Elf war schweißgebadet, und trotz der rot aufzüngelnden Flammen des Feuers hinter ihr sah sie, wie er weiß wie Schnee war. Ein Grauen spiegelte sich in seinen sonst so friedlichen Augen wider, als hätte er den Tod gesehen. Er atmete schwer, als wäre er meilenweit gerannt. Da stand jemand vor ihr, der so wie sie von Albträumen geplagt wurde.

Maël senkte nach einem unheilvollen Moment erleichtert die Schultern. Er wandte sich von ihr ab und taumelte zu einem unweiten Baum. Der Elf schien gleich zusammenzubrechen. Sie konnte ihre Augen nicht von ihm losreißen, denn der Blick, den er ihr zugeworfen hatte, bereitete ihr Sorgen. Von was ihr Begleiter wohl geträumt hatte?

Sein tiefes Ausatmen hinterließ eine helle Wolke in der Nacht, und er beruhigte sich. Er ließ den Kopf hängen, als belastete ihn sein Albtraum noch immer.

»Ich gehe jetzt auch ins Zelt«, sagte sie behutsam und bewegte sich zögerlich zum Unterschlupf. Maël blieb abwesend am Baum stehen. Eigentlich hatte sie nicht die Absicht, ihn allein zu lassen, doch es schien ihr das Beste, wenn er einen Moment für sich hatte. Das Feuer verabschiedete sich mit einem letzten Knacken von ihr, als sie ins Zelt schlüpfte. Sie legte sich hin und wickelte sich in ihre Kleidung. Dann lauschte sie. Draußen schniefte jemand traurig, doch er schluchzte nicht. Es war unhöflich, so wissbegierig zu sein, aber ihr flüchtete der Gedanke nicht aus dem Kopf, was er Schreckliches geträumt haben mochte. War es vom Krieg, welchen er angeblich gesehen hatte? Oder von seiner verstorbenen Familie?

Sie umklammerte das Armband an ihrem Handgelenk und zog sich zu einem unscheinbaren Häufchen aus Mantel und Decken zusammen. Verdammt sollte sie sein, fluchte Lorea über sich selbst. Wie hatte sie es wagen können, ihm diese fürchterlichen Dinge zu sagen, dass er keine Ahnung von herzzerreißenden Verlusten hätte? Dass er nicht wusste, wie es war, wenn jemand einem nahestand und der Tod ihn ohne Vorwarnung dem Leben entriss. Denn er kannte es, hatte von Anfang an die Wahrheit gesagt und gewusst, wie sie sich fühlte. Jetzt wurde ihr erst klar, warum er so weise über die Unbezahlbarkeit eines jeden Lebens gesprochen hatte.

Das Geheimnis einer Feder

»Gehen wir heute nach Dover?«, fragte sie mit heiterer Erwartung auf ein weiches Bett und ein warmes Zimmer und biss von ihrer morgendlichen Brotscheibe ab.

Der Elf setzte ein nachdenkliches Gesicht auf, schüttelte aber zu ihrem Unverständnis den Kopf. Er wischte unter seiner Nase entlang, weil er sich einen Schnupfen eingefangen hatte. »Nein, wir bleiben für die nächsten zwei Tage erst einmal hier und feilen an unseren Bettlerkünsten.«

Lorea erinnerte sich. Er hatte erwähnt, sie müssten das Geld von der Straße kratzen. Sie würden in der Stadt arbeiten und auf den Straßen Unterhaltung geben, um genug Münzen für die Überfahrt zu sammeln. Hoffentlich brachten sie nicht bis zum Wintereinbruch damit zu, selbst wenn der Sommer sich jetzt erst entfaltete.

Maël stand auf und griff nach seinem Wanderstock. »Wollt Ihr mit zum Wasser kommen?«

»Mhm«, brummte sie und erhob sich ebenfalls, allerdings weniger begeistert als ihr Begleiter. Das letzte Brotstück stopfte sie sich in den Mund. Der Elf bückte sich und richtete sich mit drei großen Zapfen in der Hand wieder auf. »Dann könnt Ihr ja weiter üben.« Einen nach dem anderen warf er ihr die spitzen Kiefernzapfen zu, die größer waren als ein saftig gewachsener Apfel. Ob die Zapfen an der Küste alle so groß an den Bäumen wuchsen? Ein Blick nach oben gab ihr eine klare Antwort. Über ihnen hing an den Küstenkiefern eine stachlige, große Blüte an die nächste gedrängt. Es sah aus, als ob sich dornige Eichhörnchen zusammengerollt und aneinander gekauert hätten.

Maël knotete die Schwertscheide samt Waffe an seinen Gürtel. Offenbar war er stets um ihrer beider Sicherheit besorgt. Sie verließen ihr Lager und machten sich barfuß zum Meeresrauschen auf. Maël schleifte mit dem Ende seines Stabes über den Boden und zog eine Linie im feuchten Sand hinter sich her. Währenddessen versuchte Lorea mit ihrem Geschick, die Zapfen in einem Kreis zu werfen und wieder aufzufangen. Sie selbst meinte, bei Weitem besser zu jonglieren als am ersten Tag. Dennoch fielen ihr ab und zu die Zapfen aus den Händen und hinterließen ein gezacktes Muster im Sand.

Als sie erneut einen Zapfen aufhob, spähte sie zum Horizont. »Wo genau reisen wir eigentlich auf dem Festland hin, wenn wir in Eure Heimat ziehen?«

Für einen Moment hielt Maël inne. Mit seinem Stab malte er ein längliches Gebilde in den Sand. »Das ist die britische Insel. Wir sind hier.« Das Stabende setzte er an den Südrand der Inselzeichnung. Anschließend malte er einen weiteren unförmigen Umriss und wies auf die jeweiligen Ländereien. »Das ist das Festland. Hier segeln wir von Dover rüber nach Frankreich zur Stadt Calais. Dann ziehen wir gen Süden bis nach Kastilien hinunter. Hier an der Küste liegt ein geheimes Hafendorf von uns, von wo aus Schiffe zu einer Insel segeln. Und jene Insel liegt hier. Das ist meine Heimat.«

Ungläubig musterte sie die in den Sand skizzierte Karte, als Maël ihres Wissens nach mitten in den großen Teich des Atlantiks einen kleinen Kreis malte. So weit würden sie wandern? Dann waren sie noch Monate unterwegs! Sie hatte erwartet, dass Maël eine Insel nahe des Festlands gemeint hatte. Als sie sich klarmachte, dass nicht einmal ihr Vater so weit gereist war, bekam sie Angst.

»Gibt es keinen kürzeren Weg? Segelt nicht ein Schiff von hier aus direkt zu Eurer Heimat?«

»Nein, das wäre zu riskant.« Nachdenklich musterte er seine Zeichnung. Wahrscheinlich verinnerlichte er die Strecke. »Könnt Ihr schreiben?«

»Ja.«

»Auch Euren Namen?«

»Natürlich!«

Maël hielt seinen verzierten Stock in ihre Richtung. »Schreibt Euren Namen dort hin.« Sein Finger deutete auf den sandigen Boden.

Überrascht über seine Bitte legte sie die Zapfen in den Sand. Es war einige Zeit her, dass sie den verzierten Stock in den Händen gehalten hatte. Die Riffelung jedes Buchstabens spürte sie unter ihren Fingerkuppen. Wenn er die Wahrheit gesprochen und bereits so viele Orte besucht hatte, musste er die halbe Welt erkundet haben.

Lorea schob mit dem Ende des hellen Stabes den Sand beiseite und malte gründlich jedes Schriftzeichen, wie ihr Vater es ihr vor einigen Jahren beigebracht hatte. Er war der Einzige gewesen, der in ihrer Familie des Schreibens und Lesens fähig gewesen war, und somit hatte er sich größte Mühe gegeben, all sein Wissen an seine Kinder weiterzugeben. Sie erinnerte sich an die Lehrstunden, die ihr Vater ihr gegeben hatte, nachdem er von seinen Reisen heimgekommen war. Manchmal war ihr die Lust daran vergangen, so begierig sie auch auf Neues war.

»Fertig«, sagte sie mit erhobener Brust und musterte ihr Werk. Sie gab ihrem Begleiter den Stock zurück und hob dafür ihre Zapfen auf.

Maël schrieb einige der Zeichen, die sie auf seinem Wanderstab erspäht hatte, unter ihre Buchstaben. »So werdet Ihr in unserer Sprache geschrieben.« Aus ein paar Schritten Entfernung besah er sich die beiden scheinbar gleichen, aber unterschiedlich aussehenden Namen, die bis zur nächsten Flut im Sand verewigt waren.

»Ist das Elfisch?«

»Wir nennen es die Alte Schrift. In manchen Ländern schreibt man ähnliche Zeichen.«

Lorea tapste an seine Seite, um sich das Geschlängel näher anzuschauen. Zwar sahen die Kringel kompliziert aus, aber sie versuchte sich wenigstens einzuprägen, was die einzelnen Buchstaben bedeuteten.

Die Erinnerung an ihre Nacht in der Hauptstadt schlich in ihren Kopf. »Der Junge in London, was war mit ihm?«

Der Elf stieß den Atem aus, als hätte er gehofft, sie würde nicht danach fragen. Seine Finger glitten zu seiner Schläfe, doch diesmal betasteten sie nicht sein Haar, sondern seine sonderbaren Ohrenspitzen. »Er war mit anderen Elfen auf der Flucht. Man hatte sie wahrscheinlich aus einer Stadt verbannt. Aber jemand fand sie und tötete die meisten. Deshalb hat der Junge ein Trauerlied meines Volkes gesungen. Bevor die Menschen die wenigen Übrigen laufen ließen, verstümmelten sie ihre Ohren.«

Ihr verschlug es vor Schreck die Sprache. Sie hatte Gräueltaten gesehen und erfahren, aber dass jemand grausam Kinder verstümmelte? War die Abscheu gegenüber Elfen so abgrundtief?

»Der Junge hatte noch Glück«, bedauerte Maël und schüttelte den Kopf, als verstünde er die Welt nicht. »Die Menschen lassen all ihren Frust an uns aus. Die wenigen, die uns erkennen, sagen wir seien Gestalten aus Geschichten und dürften niemals in ihre Welt kommen. Dabei ist es auch unsere Welt und nicht nur ihre.« Sein Gesicht verfinsterte sich, als er sich offenbar an ein solch unsanftes Zusammentreffen mit Menschen zurückerinnerte. »Teufelskinder schimpfen sie uns. Wir würden nur Unheil und Krieg bringen, obwohl sie sich eben das selbst zuzuschreiben haben. Aber so seid Ihr Menschen nun einmal.« Er lief weiter auf die Ströme des Meeres zu und schlang die Arme um die Schultern, als ein kalter Wind über den Sand pfiff.

Lorea eilte ihm nach. »Ich beschuldige Euch aber keineswegs für solche Dinge.«

»Aber dennoch saht auch Ihr mich als Gefahr.«

Mit seinen Worten bröckelte ihr Schutzwall und stürzte gänzlich in sich zusammen. Denn sie hatte alles Unglück, den Tod ihrer Mutter, die Untoten und die Räuber, ebenfalls auf ihn geschoben. Dabei war es gar nicht seine Schuld. »Aber warum hasst man Euch denn so? Ich verstehe das nicht.« Elfen schienen nicht die gefährlichsten Wesen zu sein, aber dennoch verbreitete man üble Gerüchte oder vielmehr Geschichten über Spitzohren.

Sein Blick wanderte über die Weiten des Meeres, auf das sie zugingen. »Der Grund dafür liegt viele Jahrhunderte in der Geschichte zurück. In einem Land im Süden, wo das alte Rom liegt, stritten sich Elfen und Menschen, bis plötzlich einer auf den anderen losging. Ein Krieg brach zwischen beiden Völkern aus. Die Menschen waren in der Überzahl. Überall schlossen sich Könige, Fürsten und andere Herrscher zusammen und verbreiteten unter den Leuten und vor allem durch die Kirche das Gerücht, dass wir Elfen Unglücksbringer und Ausgeburten der Hölle seien. Man sagte, dass nur Lügen unseren Mündern entfleuchen und unsere Ohren deswegen so spitz seien wie die des Teufels selbst. Schwarze Magie hängte man allein uns an. Und dann begannen die Menschen der westlichen Welt, uns Elfen zu jagen.«

Maëls Stimme versagte bei dem Gedanken daran. Es war sicher nicht angenehm, über eine solche Vergangenheit zu sprechen. Nach einem nach Kraft schöpfenden Atemzug fuhr ihr Gefährte fort. »Sie brannten Dörfer nieder und verfolgten uns, als seien wir wilde Tiere. Schon damals sind Unzählige umgekommen. Wir Elfen flüchteten nach Westen, wo viele Menschen bis heute noch nicht wissen, dass es dort Land gibt. Bei der Flucht entdeckten einige Elfen Inseln und ließen sich auf der nieder, die am weitesten von allen Menschen entfernt war. Die meisten Elfen, die weit verstreut im großen Europa lebten, retteten sich auf ebendiese Insel. Nach den Hunderten von Jahren, die seitdem vergangen sind, hat sich die Jagd auf uns umso mehr verschlimmert. Die Elfen, die entdeckt oder verstoßen werden, reisen bis heute zu der Insel im westlichen Ozean, um Schutz zu finden. Inzwischen gibt es nur noch so wenige von uns, dass die Menschen glauben, wir seien Fabelwesen.«

Lorea kam die Situation bekannt vor, wenn etwas in der Geschichte Generationen zurücklag, jedoch nicht vergessen war. Als sie bemerkte, dass alles andersherum hätte geschehen können, dass die Elfen diesen Krieg damals hätten gewinnen und dafür die Menschen hätten jagen können, durchfuhr sie ein unheimliches Gefühl. Sie machte ein erschrockenes Gesicht, als ihr klar wurde, wie sehr Maël auf der Hut sein musste, nur, weil er spitze Ohren hatte. Dass sie von den Menschen allein wegen dieses Krieges gejagt wurden, war in ihren

Augen feige. Wahrscheinlich hatte man nur Angst vor ihnen gehabt, weil sie mit Magie umzugehen wussten.

Als ihr Gefährte sich traute, sie anzusehen, musterte er ihr entsetztes Gesicht. »Aber Ihr solltet wissen, dass wir nicht überall gejagt werden. Im entfernten Osten sieht man uns noch als Ebenbürtige, weil die schlechten Gerüchte dort nicht hinreichten.«

Lorea wusste zwar nicht, wo der entfernte Osten lag, aber dass man Elfen dort nicht jagte, beruhigte ihr Gemüt. »Gibt es noch viele von Euch hier?«

»Nein, nicht wirklich. Wenn noch zwei Dutzend durch dieses Land streunen, dann sind es viele.«

Sie fuhr mit ihren Wurfübungen fort, um von der unheimlichen Vergangenheit Abstand zu nehmen, und dachte über die nahe Zukunft nach. Über das schmale Meer würden sie mit einem Schiff segeln und das Festland erreichen. Bis dahin waren sie gezwungen, hart zu arbeiten. »Sagt, solltet Ihr nicht auch noch für die Stadt üben?«, fragte sie, um die Richtung, in die sich das Gespräch gewendet hatte, zu wechseln. Loreas Sorge um ihre zukünftigen Geldreserven wurde geweckt. Die nächsten Tage würden sicher nicht so entspannt verlaufen, wie sie sich vorgestellt hatte.

Er lachte erfrischend und warf ihr ein schiefes Lächeln zu. »Ich brauche keine Übung mehr, Euer Ungeschick mit den Räubern hat mich aufgewärmt.«

»Aber ich soll noch üben, obwohl ich auch schon gut werfen kann!«

»Na gut, wenn Ihr unbedingt darauf besteht.«

Mit einem schreckhaften Aufatmen fiel ihr sein verwundeter Arm wieder ein, während sie weiter jonglierte. »Aber seid lieber vorsichtig!«

»Seid Ihr etwa besorgt um mich, Werteste?« Sein vor Erwartung dreinblickendes graues Augenpaar starrte sie an. Diesmal gelang es ihr, alle drei Zapfen aufzufangen, bevor diese zu Boden fielen. Einen Zapfen warf sie ihm sachte gegen den Kopf, weil er schon wieder schäkerte. Die stachelige Kugel flog an Maëls Stirn und plumpste in seine geöffnete Handfläche. Amüsiert lachte er auf und gab ihr den großen Zapfen zurück. Er entknotete die Lederscheide und reichte sie ihr. »Könntet Ihr sie kurz halten?«

Somit balancierte sie die drei Zapfen in der einen Hand und nahm sein Schwert samt Hülle in die andere. Obwohl der Stahl robust war, hatte sie Angst, ihn zu beschädigen.

Maël zeigte dem Meer eine übertriebene Verbeugung und legte seinen Stock vor sich nieder. Mit den Handflächen berührte er seine Zehen und vollführte ein paar seltsame Verrenkungen mit den Armen, wobei er den verletzten nicht so schwunghaft bewegte wie den linken. Bei wackelnden Kopfbewegungen knackte sein Nacken, als bräche er sich dadurch das Genick. Wenn er ihr dasselbe kleine Kunststück wie in jenem Wald nahe London vorzeigte, sollte er wissen, dass sie davon wenig überzeugt war. Zu solchem Herumspringen war selbst der kleine Harlekin in London fähig gewesen.

Mit nackten Füßen rannte er auf ein unsichtbares Ziel zu und machte einen kräftigen Satz in die Höhe. Maël schlug ein Rad, das seitwärts von einer Hand gestützt wurde. Dann warf er sich zweimal rücklings in die salzige Luft und streckte die Arme zu Boden und die Füße in den Himmel. Zum Schluss wurde sein akrobatisches Kunstwerk mit einer Rolle in der Luft ohne Fingerabdrücke im Sand vollendet. Schließlich stellte der Elf sich wacklig, aber aufrecht hin. Er wedelte wild mit dem Kopf, um den blonden Vorhang aus Haaren vor seinem Gesicht zu öffnen, und breitete die Arme aus, als erwartete er ihrerseits Applaus. Doch es war kein Händeklatschen, welches er von ihr erhielt, sondern weit nach oben gezogene Brauen und ein vor Erstaunen geöffneter Mund.

Mit verbissenem Gesichtsausdruck schüttelte er den Arm, an welchem seine Wunde verbunden war. Anscheinend hatte er sich trotz ihrer Warnung übernommen.

»Ich sagte Euch doch, dass Ihr vorsichtig sein sollt«, ermahnte Lorea.

»Ihr wolltet doch, dass ich mein Talent vorführe!«

»Sonst hört Ihr doch auch nie auf mich!« Da fiel ihr auf, dass der junge Mann kein normaler Bauernknabe sein konnte. Niemand ging weder mit einem Schwert noch mit seinen Beinen so um, wenn er in ärmlichen Verhältnissen wie Lorea aufgewachsen war. Vielleicht war er ein Ritter. Aber er besaß keine Rüstung, was Ritter für gewöhnlich taten.

»Was genau war denn eigentlich Eure Arbeit bei Euch daheim?«

Er warf ihr ein schalkhaftes Grinsen zu. Lorea spitzte skeptisch die Lippen und erwartete eine ehrliche Antwort. Immerhin wusste er hundertmal so viel über sie wie andersherum. Er streckte den heilen Arm nach seinem entfernten Stab aus und murmelte etwas Unverständliches. Der Stock glitt auf seine Worte hin wie an einem unsichtbaren Faden schnell wie ein Pfeil durch die Luft, bis er von seiner Hand aufgefangen wurde. Lorea gefiel es nicht, wenn er mit Magie vor ihren Augen herumspielte. Er mochte es nützlich finden, dennoch war es ihr so fremd wie am ersten Tag, wenn er still und heimlich Worte sprach und sich daraufhin durch Magie etwas in ihrem Umfeld veränderte.

»Ich hatte keine Arbeit.«

Verwundert gab sie ihm das Wolfsschwert zurück, dessen Lederscheide er sogleich an seinen Gürtel fesselte. »Aber wie wolltet Ihr denn an Essen herankommen, wenn Ihr keine Münzen und nichts zum Tauschen hattet?«

»Vorher machte ich wie ein Knappe eine Ausbildung, danach tat ich etwas, damit man mich nicht verhungern ließ.«

Ihre Füße erreichten das frostige Wasser. Mit einem Schlag wurden ihre Beine von einer eiskalten Schlange umwickelt. Trotz der Taubheit in ihren Gliedern bewegte Lorea die Füße weiter ins Meer.

»Für unser Volk bin ich durch viele Ländereien gereist und habe etwas gesucht, was uns sehr wichtig ist.«

Lorea bückte sich, um eine Muschel aus dem erdrückenden Wasser zu retten. Tiefe Wellen, wie die stürmische See sie hatte, riffelten sich über die hellviolette Oberfläche der Schale. Die Wanderer blieben stehen und genossen die entspannende Strömung, die sie in das dunkle Meer zu führen versuchte.

»Nach was habt Ihr denn gesucht?«

»Kann ich Euch nicht sagen.« Mit seinem Stock zog er einen weiten Halbkreis um sich und beobachtete die Bewegung des Wassers.

Lorea brummte leise. »Habt Ihr gefunden, wonach Ihr gesucht habt?«

Er lächelte sie mit zuversichtlich erhobenem Kopf an. »Ja, das habe ich wohl.«

Von ihren unangenehmeren Fragen und den düsteren Träumen schien er sich erholt zu haben und genauso munter wie am Tag ihrer ersten Begegnung zu sein. Dass es ihn beglückte, bei was auch immer für einer Suche erfolgreich gewesen zu sein, bereitete ihr ebenfalls Freude.

Maël holte zügig Luft und nieste geräuschvoll in seinen Arm.

»Gesundheit«, wünschte sie mit einem schiefen Lächeln und kicherte. »Ich glaube, ich bereite Euch am besten einen Tee zu. Fichtennadeln und Huflattich vertreiben jede Erkältung. Bestimmt habe ich noch etwas Salbei von unserem Einkauf in London in meinem Bündel. Ihr sollt es ja noch lebend nach Dover machen.«

»Keine Sorge, das schaffe ich noch.«

Lorea warf ihm einen Seitenblick zu.

»Hoffentlich«, fügte der Elf in gespielter Bestürzung hinzu und hob die Hand an seine Stirn, als würde er in einer tragischen Spannung tot umfallen. Lorea fuhr mit ihrem Fuß durchs Wasser und spritzte ihn nass. Es würde ihr ganz und gar nicht gefallen, wenn sie wieder allein durch die Lande laufen musste. Dass er kränklich und die Wunde an seinem Arm noch nicht verheilt war, bereitete ihr ohnehin Sorgen.

Maël verschränkte schützend die Arme und versuchte, dem Meereswasser auszuweichen, wurde aber von einigen Salztropfen an Umhang und Hose getroffen. Im Wasser schwankend drehte er sich zu ihrem Lager um und schaute plötzlich entgeistert drein.

»Verdammt!«, fluchte Maël. Platschen ertönte, als der Elf aus dem Wasser zurück über den Strand rannte. In der Nähe ihres einsamen Zeltes, das im Schatten der Nadelbäume stand, sah Lorea drei dunkle Gestalten, die durch den hohen Farn streiften. Die in Umhänge gehüllten Fremden stiefelten auf ihr Lager zu.

Maël hatte Lorea schon weit hinter sich gelassen und würde sicher eher zu ihrem Lager gelangen. Ihre Beine hatten nach den letzten anstrengenden Tagen die Lust am Rennen verloren. Trotzdem vergrößerte Lorea ihre zügigen Schritte.

Die Leute hatten ihren Rastplatz erreicht und schauten sich um. Waren das Diebe? Oder die Árfenlíth, die hinter ihr her waren? Die drei trugen allesamt dunkle Umhänge, da war ihre ungute Vorahnung berechtigt.

Einer der Fremden stellte sich dicht an den Rand der Wiese, die sich bis zum Strand wagte, und winkte dem herbeieilenden Elfen zu. Maël, der die mit den Armen wedelnde Gestalt erreichte, lief langsamer. Lorea stieß im selben Augenblick ein erleichtertes Pfeifen aus. Das waren weder Diebe noch Mörder. Die drei schienen Wanderer zu sein, genau wie sie. Halunken hätten sich nicht so auffällig präsentiert. Um sicherzugehen, weilte ihr Blick weiterhin auf den fremden Gestalten.

Der Elf grüßte denjenigen, der am Rande des Strandes auf ihn wartete, mit einem kräftigen Nicken. Da fielen ihr seine spitzen Ohren ein. Seit der Räuberbande hatten sie kaum einen Menschen gesehen und keinen Fuß in eine Siedlung gesetzt. Und Maëls Schwert hing an seinem Gürtel, gewiss würde es Aufmerksamkeit erregen. *Bei den Wölfen, er soll ja auf seine Elfenohren aufpassen!* Ihre Schritte beschleunigten sich. In ihrer Brust hämmerte ein bedrückendes Gefühl.

Aufgeregt beobachtete sie, wie das Spitzohr den Stab ablegte und in seinem Bündel stöberte. Er zog etwas Langes und Hellbraunes hervor und legte es vor sich hin. Grashalme verdeckten ihr die Sicht auf das, was die anderen um Maël herum mit gesenkten Köpfen musterten. Lorea krempelte ihre Hose nach unten und zog sie zurecht, sodass ihre unbekleideten Füße von den Leinen eingehüllt wurden und es so aussah, als trüge sie Lappen als Schuhe. Nackte Füße waren ein Zeichen für bettelarme Leute, so weit wollte sie trotz ihrer mangelnden Geldreserven nicht sinken. Hechelnd erreichte sie die Gräser des kleinen Waldes. Die anderen Wanderer diskutierten mit ihrem Begleiter, und sie gesellte sich zu ihnen, um am rätselhaften Geschehen teilzuhaben.

»Grüße«, warf sie in die Runde, als sie die zumeist jungen Gesichter der umherstehenden Menschen erblickte. Zwei der Wanderer schienen nicht älter als Maël und den ähnlichen Gesichtszügen nach die Söhne des dritten zu sein. Dem Alten wuchsen graue Strähnen im braunen Haar. Ein ausgeblichener Hut saß schief auf seinem Kopf. Sein Umhang machte durch Löcher und einen angerissenen Saum einen abgetrageneren Anschein als die der anderen. Vielleicht war er wie

Loreas Vater oft auf Reisen und hatte seine Söhne auf einen Pilgerzug mitgenommen.

Alle grüßten zurück, die beiden jüngeren leiser als ein Mäusefiepen, und widmeten sich wieder dem, was Maël auf dem Boden ausgerollt hatte. Seine Karte lag auf dem Sand. Der alte Fremde nickte aufrichtig, obwohl niemand etwas sagte.

Maël legte einen Finger auf das beschriftete und bemalte Leder. Überall unter seinem Fingernagel war das Meer mit zackigen schwarzen Wellen aus Tinte eingezeichnet worden, darüber weites Land mit Hügeln, die sich in Bögen über große Teile der Karte zogen.

»Ihr müsstet also weiter an den Klippen entlang und vor dem nächsten Strand landeinwärts weiterreisen«, beschrieb Maël den Fremden den Weg und fuhr mit dem Finger die besagte Strecke entlang. »Da sollte nach der Karte hier ein Handelsweg sein.« Seine Fingerkuppe erreichte einen Punkt, neben dem die Stadt Ashford eingetragen war.

Der Alte nickte heftiger und sah dabei aus, als wolle er sich etwas von seinem Kopf schütteln. Die zwei jüngeren Männer gaben ein zustimmendes Murmeln von sich. Der Jüngste der beiden Söhne musterte Lorea verträumt. Als sie seinen Blick auffing, widmete er sich hastig der Karte. Da schien jemand woanders als bei der Wanderstrecke entlang der Küste zu sein. Schüchtern schmunzelte Lorea.

»Dann bedanken wir uns bei Euch, Herr, und wünschen noch einen schönen Tag. Gehabt Euch wohl«, verabschiedete sich der Alte und verbeugte sich. Die Männer in den dunklen Umhängen entfernten sich von ihnen und liefen zurück zu dem dichten Feld aus Farnen, der Alte voraus. Die drei hoben die Hände zum Abschied, und Maël richtete sich auf. Er und Lorea entgegneten die Geste. Der Jüngste, der als letzter hinter den anderen her trabte, drehte sich erneut zu ihnen um, bevor er wie seine Weggefährten vom hohen Farn verschlungen wurde. Diesmal blickte er Lorea nicht verträumt, sondern mit einem zaghaften Lächeln an. Dann verschwand er zwischen den Halmen.

»Oho, da hat jemand ein Auge auf Euch geworfen, Werteste.« Maël grinste, während er seine Karte fein säuberlich zusammenrollte, ohne dass ein Sandkorn am Leder hängen blieb. »Der hat Euch die ganze Zeit angestiert.«

»Ihr seid doch nur neidisch«, warf sie zurück und schlug neckend an seinen heilen Oberarm. Sie spürte, wie ihr Farbe ins Gesicht schoss. Damit Maël ihre erröteten Wangen nicht sah, setzte sie sich eilig ins Gras und rubbelte Sand und Schmutz von ihrem Hosensaum. Das Spitzohr ließ sich neben ihr mit seinem Bündel gemütlich nieder und warf ihr einen belustigten Blick zu. »Gebt Ihr denn sogar darauf Acht, dass man Euch die Füße nicht klaut?«

»Man sollte nur nicht von mir denken, ich sei eine umherirrende Bettlerin oder Hure.«

»Wer sollte Euch Schönheit denn für eine Bettlerin halten?«

Lorea neigte den Kopf zu ihm und wollte etwas sagen. Doch die über die Maßen freudige Grimasse ihres Begleiters änderte ihre Laune zu einer gereizteren, und sie entschied sich, den Mund geschlossen zu halten. Was für ein Troll, murrte sie und schüttelte den Kopf. Es dauerte nicht mehr lange, dann würde sie sich tatsächlich als Bettlerin verkaufen müssen, weil sie keine Wertsachen mehr hatten und auf der Straße um Geld und Essen flehen mussten.

Genervt widmete sie sich ihren Sohlen und bürstete den kratzenden Sand mitsamt ihrem Ärger weg. Sie zog sich Socken und Stiefel an und die Schnürung ihres Schuhwerks fest. Einen Augenblick blieb sie faul auf dem weichen Grün sitzen und lauschte dem Gesang von Meer und Wind. Maël schob seine Karte zurück, wo er sie hergenommen hatte, und Lorea warf einen ersten Seitenblick in sein Bündel.

»Was habt Ihr denn da Schönes?«, fragte sie, als etwas Graues, fein Behaartes in seinem Bündel schimmerte. Es sah weder nach Menschenhaar noch nach Tierfell aus. Wissbegierig wie ein kleiner Hund sprang sie auf die Füße und steckte die Nase in das Gepäck. Der graue Streifen aus Haaren, den sie gesehen hatte, entpuppte sich als eine lange Feder. Lorea zog das prächtige Stück mit Bedacht aus dem restlichen Kram, den das Spitzohr eingesteckt hatte, und hielt die Feder in die mittägliche Sonne.

»Seid vorsichtig damit!«, ermahnte Maël sie und streckte unbeholfen die Finger nach dem Vogelhaar aus.

War das eine große Feder! Sie war so lang wie ihre Elle. »Welchem Riesenvogel habt Ihr denn die ausgerupft?«, wollte sie beeindruckt wissen. Das schien wahrlich das Prachtexemplar eines Riesenadlers zu sein.

»Keinem Vogel.«

»Aber was hat denn sonst Federn?« Ihr war kein anderes Tier bekannt, das ein Federkleid besaß. Maëls Gesicht nach zu urteilen, beabsichtigte er, ihr dieses Geheimnis ebenfalls nicht anzuvertrauen. Lorea war so gewitzt, dass sie ihm die Worte aus dem Mund stahl, bevor er Luft holte.

»Wartet, lasst mich raten«, sagte sie, zögerte in einer überheblichen Kunstpause und hob den Zeigefinger an ihr Kinn. Sie äffte ihren Begleiter nach und verzog ein komisches Gesicht. »Ich kann es Euch nicht sagen.«

Sein Blick schwirrte bedrückt umher.

»Wer verbietet Euch denn, es jemandem zu sagen? Euer König?« Wie ein ungezogenes Kind hampelte sie herum. Unterhaltsam war es, dass sie den Elfen eingeschüchtert hatte, der für alles außer seine Heimlichkeiten stets eine weitschweifige Ausrede hatte.

»Beinahe«, gab er zu, und ihr kindisches Zappeln stellte sich ein. Das dümmliche Grinsen, das sie aufgesetzt hatte, erschlaffte, als hätte Maël ihr eine Pfanne gegen die Stirn geschlagen. Das mit dem König hatte sie sich eigentlich nur zum Spaß ausgedacht, aber ihr Scherz schien alles andere als erdacht. Trotzdem schmunzelte Maël und fand einen triftigen Grund, über sie zu lachen. »Wir haben keinen König. Wir haben drei Herrscher, die wir Großmeister nennen. In Euren Augen könnte man sie durchaus als drei Könige bezeichnen. Alle drei haben mir das ausdrückliche Geheiß gegeben, keinen Fremdling in unsere Geheimnisse einzuweihen.«

Ein Fremdling war sie für ihn? Nach all den Tagen sah er sie als eine Fremde an? Für den Bruchteil einer Sekunde wurde sie so grimmig, als hätte er sie beschimpft.

»Außerdem würdet Ihr mir eh nicht glauben, woher ich diese Feder habe.« Der Elf streckte eine Hand aus und sah sie mit unwiderstehlichen Hundeaugen an. »Könnte ich sie bitte wiederhaben? Sie ist mir sehr wichtig.«

Das lange Vogelhaar schien etwas Besonderes zu sein, genauso wie das Armband ihrer Familie Lorea wichtig war. Sie verstand, wie ein Gegenstand mehr als einen materiellen Wert besitzen konnte.

Sie überreichte ihm respektvoll die graue Feder, die einen Augenblick in den Händen des Elfen ruhte, ehe sie wieder in seinem Gepäck verschwand. Lorea kehrte die wenigen Schritte zum Strand zurück und kniete sich hin. Ihre Hände wühlten im feinen Sand und nahmen ihre gestrige Suche nach Muscheln auf. Winzig kleine Schalen oder bunte Splitter tauchten im Sand auf, aber das Glück, eine hochwertige Muschel zu finden, schien sie gänzlich verlassen zu haben. Maël sah ihr verträumt zu und schien in Gedanken an einem anderen Ort. Das Meer hatte ihn gewiss zu der Insel getragen, welche er seine Heimat nannte.

»Habt Ihr Freunde?«, fragte Lorea und weckte ihn aus seinem Halbschlaf. Für einen kurzen Moment musste der Elf sich scheinbar sammeln. Sein verdattertes Gesicht zeigte ihr, dass er nicht verstand.

»Bei Euch zuhause, habt Ihr da Freunde?«, wiederholte sie, während sie weiter im Sand buddelte.

»Ein paar. Und Ihr?«

»Ich hatte nie Freunde.« Mit gesenktem Kopf erinnerte sie sich an ihr einstiges Leben in der alten abgelegenen Hütte. »Meine Geschwister waren die Einzigen, mit denen ich Späße getrieben habe.«

»Die Geschichte mit der Hexe, nicht wahr?«

Lorea nickte nur, denn sie wollte das Vergangene nicht auffrischen. Wenn jemand angeblich der Nachkomme einer Hexenfamilie war, behandelte man solche Leute wie Pestkranke. Zehn Schritte Abstand, damit man nicht angesteckt wurde, die Luft beim Vorbeigehen anhalten und am besten die Augen fest schließen. So hatte sie die Stadtbewohner und deren Kinder kennengelernt und für alle Ewigkeit in Erinnerung.

Plötzlich fiel ihr eine liebenswerte junge Frau ein, welche sie einst in einem Wald gefunden hatte. »Aber als ich mit meiner Mutter durch die Lande gezogen bin, da habe ich, glaube ich, eine Freundin getroffen. Erinnert Ihr Euch an Glenna?«

»Die junge Frau, die wir in London getroffen haben?«

»Genau. Sie kam aus Schottland und konnte keinen einzigen Satz in unserer Sprache verstehen.« Grinsend erinnerte Lorea sich an ihre

Versuche, dem Findling ihre Mundart beizubringen. Über jeden Vogel, jeden Stern und jedes Wort hatte sie gestaunt. »Eigentlich hatten wir gehofft, ihr würde es am Hof besser ergehen. Immerhin bleiben ihr jetzt Räuber fern.«

»Stimmt, Ihr erzähltet mir einmal, dass Ihr schon Erfahrung im Umgang mit Räubern habt.« Maël schlug nach seiner Bemerkung abrupt die Augen nieder, sein Schmunzeln aber verbarg er nicht.

»Damals sind wir eben denen nur knapp entkommen«, entgegnete sie leise schnaufend. Sie entsann sich an ihren Einfall, einem der Räuber ihren Kessel gegen den Kopf zu schmettern. Das dumpfe Geräusch sirrte durch ihr Gehör.

Maël stand auf und wühlte neben ihr im Sand. »Meine Freunde heißen Verrity, Wafai und Flavia.« Sein Blick glitt zum dunkelblauen Horizont und trug diesen Schimmer der Sehnsucht in sich, genau wie gestern, als er Lorea mit seiner Schwester verglichen hatte. Als er sich an etwas Witziges entsann, lachte er auf. »Verrity wird Euch bei unserer Ankunft gewiss als allererstes auffallen.«

»Wieso?«

»Sie sieht aus wie ein verzottelter Löwe, mit ihrer roten Mähne.«

Wenn das Mädchen wüsste, was Maël mit halbem Gelächter über sie erzählte, würde sie ihm höchstwahrscheinlich auf die Finger schlagen, wenn sie ihn wiedersah. Frech wie ein Fuchs war der Elf mit seiner Silberzunge.

Seiner Freundin wuchsen rote Haare wie ihrer Großmutter einst. Schon jetzt hatte Lorea das unerklärliche Gefühl, dass sie Verrity mögen würde. Die roten Haare, für die sie manche Menschen verfluchten, verbanden sie auf eigenartige Weise, selbst wenn auf Loreas Kopf keine einzige rote Strähne wuchs.

Ihre Augen huschten zu Maëls Händen, der zwar kleine, dafür aber hübschere Muschelschalen als sie gefunden hatte. Langsam fragte sie sich, ob er das mit Magie anstellte. Eine weitere Frage kribbelte auf ihrer Zunge. »Wartet auch jemand Besonderes auf Euch?«

Maël drehte sich zu ihr um und zeigte vor Erstaunen und gleichzeitiger Sprachlosigkeit über ihre Neugierde ein perplexes Gesicht aus erhobenen Brauen und einem geöffneten Mund. »Ihr seid unverschämt neugierig, wisst Ihr das?«, grummelte er mit ungewohnt strengem Ton. Er widmete sich dem Sand und ließ sie im Schatten des Schweigens versinken. Nach den vergangenen Wochen mit dem Elfen war sie imstande, genau abzuschätzen, dass es nicht lang dauern würde, bis er ihr antwortete. Sie paddelte durch den weichen Sand und wartete geduldig ab.

»Eine der beiden«, sprach er endlich und meinte die zwei jungen Frauen, die er erwähnt hatte.

Sie überlegte, doch ihre Entscheidung fiel nicht schwer. Zwar schäkerte man mit seiner Liebsten schon in gewisser Weise, aber einen verzottelten Löwen würde er sie nicht nennen. »Flavia, oder?«

»Gut geraten.«

Maël hatte nicht bemerkt, dass er sich selbst verraten hatte. Als Lorea ihm einen kurzen Augenblick ins Gesicht sah, entdeckte sie die Rosafärbung seiner Wangen. Er wirkte gar liebestrunken. Der Ausdruck in seinen Augen hatte gewiss schon zahlreiche Mädchen dahinschmelzen lassen.

Lorea schüttelte den Kopf, als ihr auffiel, über was sie nachdachte. Sie schätzte ab, ob sie den Elfen, der zwei große Stapel Muscheln in der Hand balancierte, einen Freund nennen konnte.

Maël kam zu ihr und nahm ihre Muschelsammlung ab. »Ist der Stoff Eurer zerrissenen Bluse dicht genug, dass kein Sand durchkommt?«, fragte er, um sie abzulenken.

»Ja«, mutmaßte Lorea, denn einerseits war der Stoff dick und eng genug gewoben, damit kein einziges Körnchen hindurchfiel, andererseits war ihre Bluse überall mit Rissen versehen.

»Gut. Könntet Ihr vielleicht ein paar Bälle daraus nähen? Ich gehe nur schnell die Muscheln säubern und helfe Euch dann.« Nachdem er die Hände geschüttelt hatte, sodass die Schalen darin klapperten, marschierte er zum Wasser und ließ ihr keine andere Wahl, als ihrer aufgetragenen Aufgabe nachzugehen. Bälle aus Stoff und Sand empfand sie als eine hervorragende Idee. Sie waren leichter aufzufangen und nicht so spitz wie manch ein Stein oder ein Zapfen.

Aus ihrem Bündel kramte sie ein Messer, das Maël ihr geschenkt hatte. Das einzige, welches sie besessen hatte, war seit den Räubern verschollen. Außerdem zog sie die Stofffetzen hervor, die von ihrer Bluse übrig geblieben waren. Nadel und Faden stibitzte sie sich aus einer Seitentasche an Maëls Gepäck. Mit Schneidereien, unzähligem Fadenziehen, Messerschnitten, die sie am Stoff ansetzte, und verknoteten Händen bemühte sie sich, etwas Kugelrundes zu basteln. Einige Male stach sie sich mit der Nadel unsanft in die Finger. Als ihr erster Ball, der eher wie ein lasches Ei aussah, fertig war, kehrte der Elf mit den gereinigten Muscheln zurück ins Lager. Er wickelte die Schalen in ein Tuch, nahm die Stoffkuller und füllte sie durch ein Loch, das Lorea absichtlich offen gelassen hatte, mit Sand auf.

Den halben Tag verbrachten sie damit, aus dem übrigen Stoff Bälle zu schneidern, bis sie sechs Stück an der Zahl hatten. Während Lorea übte, statt nur drei gleich vier Bälle in den Händen zu jonglieren, probte Maël Kunststücke auf dem Sand. Er stellte alles Erdenkliche mit Armen und Beinen an, ob es ein Luftsprung war oder ein einarmiger Handstand. Sie selbst wäre schon hundertmal auf die Nase gefallen, stellte Lorea fest, als sie ihm bei seinen Aktivitäten zuschaute, aber trotzdem nicht die eigene Übung dabei vergaß. Wenn nochmals Fremde an ihrem Lager entlangspaziert wären, hätten sie sicher gedacht, hier würde eine akrobatische Vorstellung stattfinden. Loreas Augen schwirrten umher, ob jemand in ihrer Nähe war und ihnen zusah. Nur Gräser, Farne und Bäume fielen in ihren Blick.

Aus fernen Landen

Meine Arme, dachte sie erschöpft. Die Übungen der vergangenen zwei Tage steckten ihr in den Knochen. Noch dazu hatte sie vergangene Nacht lange Wache gehalten. Lorea trottete ihrem Begleiter hinterher, so träge wie nie zuvor. Ihre Beine waren müde, ihre Arme so entkräftet, dass sie nur schlapp hin und her baumelten wie der tote Hase einst an Maëls Bündel. Während ihrer Jonglierkünste hatte Maël einige akrobatische Talente geübt, von ihr zugeworfene Bälle gefangen, sich auf die Handflächen gestellt und die kleinen Bälle sogar mit den blanken Fußsohlen aufgefangen. Dass er dafür Magie nutzte, was unwissende Menschen keineswegs bemerkten, hatte er ihr aber erst nach ihren Übungen verraten. Falls sie einmal falsch zielte und daneben warf, war das eine große Hilfe.

Der Elf lief ihrer Trägheit wegen langsamer, damit sie nicht nach jedem Schritt hechelnd nach Luft schnappen musste. Bei jeglichen Beinbewegungen hatte sie das ungute Gefühl, vornüber zu fallen. Auf der Klippe, auf der sie liefen, wäre ein Nickerchen eine unbesonnene Idee, denn unter ihren Füßen bröckelte der Boden bedrohlich.

»Bald sind wir da«, bestärkte Maël sie. Binnen eines Tages war sein Schnupfen dank ihres Kräutertees abgeklungen, weshalb seine Nase und Stimme befreit waren.

Lorea vermutete, dass er ihr nur etwas vormachte. Allerdings streckte er einen Arm aus und wies in jene Richtung, aus welcher der Wind wehte. Ihre müden Augen musterten das, worauf Maël zeigte, und entdeckten wenige Meilen von ihnen entfernt eine Stadt, die im Hügeltal bis ans Meer heranreichte. Außerhalb der Stadtmauern tummelten sich Bauernhütten. Am Rande des Meeres und auf dem Wasser entdeckte sie Stege, Boote und Schiffe. Die Masten waren samt Segel so groß, dass sie einem Wachturm an Höhe ebenbürtig waren. Hinter der Stadt erhob sich ein Hügel, an dem mit Blick zum Meer eine riesige Sandsteinklippe vor dem Wasser in die Tiefe stürzte. Eine Burg wachte auf dem imposanten Berg. Rings um den steinernen Bergfried herum zog sich ein Wall in einem großen Bogen auf der Klippe entlang. Ein Leuchtturm ragte hinter der schützenden Mauer der Festung nahe am Abgrund der Klippe empor.

Die Burg beeindruckte ungemein, doch was Lorea viel mehr reizte, waren die großen Schiffe im Hafen. Mit einem würden sie früher oder später auf die andere Seite des schmalen Meeres segeln, die so nahe schien. Die Stadt und die Burg, die sich im Tal und auf der Klippe ausbreiteten, waren Dover.

Als Maël den Arm senkte, fiel die frische Narbe an seinem Oberarm in Loreas Blick. Am Morgen hatte sie vorsichtig die Fäden gezogen. Zum Glück hatte sich die Wunde nicht entzündet.

Sie trotteten weiter den Weg entlang, der sich zwischen kleinen Heidesträuchern bis zur Stadt vorkämpfte. »Die Leute sagen, dass man bei gutem Wetter die französische Küste sehen kann«, erzählte Maël.

Ihr Blick wandte sich sogleich zum Meer. Nebelschleier am Horizont versperrten ihnen die Sicht. Wenn sie einige Tage in der Stadt ihre Kunststücke vorzeigten und anderweitig arbeiteten, würde ein sonniger Tag ihnen den Blick auf die gegenüberliegende Küste offenbaren. Die Arbeit bereitete Lorea die größten Sorgen. Im Laufe der nächsten Tage würde es nicht leicht für sie werden, denn sie mussten dringend nach etwas suchen, mit dem sie genug Geld für die Überfahrt mit dem Schiff zusammenbekamen. Lorea hatte vorgeschlagen, tagsüber in Stuben und auf Feldern auszuhelfen und am Abend in einer Schenke ihre Fähigkeiten im Jonglieren und Springen vorzuzeigen. Dadurch würden sie weniger Aufmerksamkeit erregen, aber trotzdem Geld verdienen. Es würde anstrengend für sie werden, aber die Arbeit würde sich lohnen.

Sie bemerkte, wie Maël tief Luft holte, um etwas zu sagen, und sah zu ihm auf, bevor er einen Laut von sich gab. Sein Gesicht zeigte ihr, dass er sich aus einem ihr unbekannten Grund wappnete. Sie sperrte die Ohren auf und hörte gespannt zu.

»Können wir –« Er stieß die Luft aus und schloss den Mund, um seine Worte noch einmal zu überdenken. Sie neigte den Kopf zur Seite und wunderte sich, was dem Elfen so schwerfiel, auszusprechen.

»Können wir du zueinander sagen?« Er sah ihr in die Augen, als traute er sich nicht, ihre Antwort zu hören. Ihr Kopf huschte schüchtern umher, denn was zwischen ihnen beiden war, hatten sie nie miteinander besprochen.

»Wisst Ihr, wenn wir uns wieder als Liebespaar in der Stadt ausgeben, wäre es komisch, wenn wir uns höflich ansprächen«, versuchte er, sich herauszureden.

Lorea schmunzelte breit, als sie ihn abermals dabei ertappte, wie seine Finger nach seinen welligen Haaren schnappten. »Wenn Ihr wünscht, können wir auf unserer Weiterreise damit aufhören, aber –«

»Nein«, warf sie ein, denn sie wusste, dass ihm weitere Ausreden unangenehm waren. »Also, ich meine, ja. Wir können auch dabei bleiben, wenn Ihr wollt.«

Maëls angespannte Schultern sanken vor Erleichterung herab. Ehrlich gesagt war es für sie belanglos, wie sie sich ansprachen, solange sie ihre Namen nicht vergaßen.

»Gut, dann bleiben wir dabei«, vollendete Maël ihre peinliche Unterhaltung.

Loreas Augen beobachteten die kleinen Sträucher, die sie begleiteten. Da sie und Maël sich gut verstanden, war es vermutlich für sie beide angenehmer, wenn sie sich entspannter ansprachen. Dass sie sich dadurch womöglich näher kamen, fühlte sich seltsam ungewohnt an. Noch nie hatte sie sich abgesehen von ihrem kleinen Bruder so gut mit einem Jungen verstanden wie mit dem Elfen, selbst wenn sie sich manchmal um Kleinigkeiten stritten.

Auf einer Blüte entdeckte sie zwei große gelbe Flügel, die im Licht der Sonne auf und zu klappten. Ein schwarzes, gekringeltes Muster war auf die zarten Flügen gemalt, die größer waren als ein Finger lang. Dem Schmetterling, der den Nektar der Sträucher kostete, schien das Wetter zu gefallen.

Lorea pirschte sich wie eine Katze auf Mäusejagd an den Falter heran und bewunderte die prächtigen Flügel. Ein solcher Schmetterling war ihr fremd, die Kohlweißlinge und blauen Falter, die sie ab und zu auf ihrer einst beheimateten Wiese entdeckt hatte, schienen halb so groß wie der gelbe auf dem Strauch. Als sie dem zarten Wesen zu nahe trat, wurde es aufgescheucht und erhob sich mit schnellem Flattern in die Lüfte. Es flog über die Heidekräuter, wurde kurz darauf von Dutzenden seiner Artgenossen verfolgt und verwandelte sich in einen gelb und schwarz schimmernden Schwarm aus Flügeln. Die Falter flatterten um sie herum und hinterließen einen Moment des Staunens. Wie eine Wolke aus kleinen Seidentüchern sahen sie aus und regten Lorea zum Träumen an. Die Schmetterlinge ließen sich auf der anderen Seite des Weges nieder, und der traumhafte Moment war von einer Sekunde auf die nächste verflogen.

Gleicherweise sah Maël den Schmetterlingen zu und seufzte glücklich auf. »Wenn jemand ganz schnell ein Bild malen könnte.« Er lächelte und sah den Hunderten von Flügeln abwesend zu, wie sie sich im Sonnenlicht entfalteten. »Genau in dem Moment, wenn etwas passiert, wenn eine Welle gegen eine Klippe peitscht oder der Herbstwind Blätter aufwirbelt, dann wäre das …«

»Zauberhaft«, meinte sie, denn ihm schien das passende Wort entfallen zu sein.

»Ja.« Er richtete die ruhigen Augen auf sie. Als er die Zweideutigkeit ihrer Worte erkannte, ging er in sich gekehrt und belustigt weiter.

Während sie sich den Mauern der Stadt näherten, sah Lorea sich um und suchte nach anderen, bunten Schmetterlingen. Der Pfad führte sie weg von der Klippe, in einen Wald und an einer versteckten kleineren Burg als der Dovers vorbei. Die Festung, die sie spärlich zwischen den dichten Bäumen erspähte, war im Vergleich zu der anderen auf den Klippen hinter der Stadt winzig.

Der Wald führte die beiden ins Tal, und kurz nachdem er Lorea und Maël auf sonnige Weiden entlassen hatte, gelangten sie an das Tor der flachen Stadtmauer von Dover. Auf der Wiese, die zwischen Stadtwall und Wald wuchs, grasten Kühe, die sich nur dem leckeren Gras und keinem einzigen der neuen Besucher zuwandten.

Lorea trat mit ihrem Begleiter durch das von zwei in Rüstungen gekleideten Männern bewachte Tor. Ab hier galt es, Vorsicht walten zu lassen. Dies war das erste Mal, dass sie nach der Entdeckung von Maëls langen Ohren gemeinsam eine Stadt besuchten. Zu ihrer Beruhigung stellte sie fest, dass er seine Ohren hinter den welligen Haarbüscheln versteckte.

Lorea entdeckte an manchen Fenstern und Türen Menschengestalten. Wo auch immer ein Bewohner auf den Straßen auftauchte, verkrampfte sich ihr Inneres. Sie starrte in die Gesichter der Fremden, um sich zu vergewissern, dass niemand ihrem Begleiter auf die Ohren schaute. Sicher erweckte sie den Anschein, als hätte man Stöcke in ihren Rücken und ihre Hosenbeine gesteckt, weil sie so versteift lief. Es war nicht nur riskant, an der Seite eines Elfen zu laufen, sondern lebensmüde. Wenn ihn jemand enttarnte, würde das den Galgen oder die Axt bedeuten. Nach dem, was der Elf ihr erzählt hatte, dass man Jagd auf sämtliche Spitzohren machte, war ihr unwohler zumute als bei den Räubern im Wald.

Maël bog in eine Seitengasse, die sich als Sackgasse herausstellte. Lorea folgte ihm, wobei sie sich fragte, was er in einer schmutzigen Ecke der Stadt zu finden gedachte. Als sie von der Gasse verschluckt wurden, blieb er stehen. Er drehte sich zu ihr um und drängte sie, ohne sie zu packen, an eine der Hausmauern. Die Gasse war so eng, dass sie kaum genügend Platz hatten, mitsamt ihren Bündeln voreinander zu stehen.

»Du lernst schnell«, lobte Maël sie.

Sie blickte verunsichert drein, denn sie wusste nicht, auf was er hinauswollte. Er schob den Kopf dicht an sie heran, sodass ihre Nasen beinahe aneinander stupsten. Unbeholfen zog Lorea das Gesicht zurück. Die Hauswand hinter ihr hinderte sie daran, dem Elfen weiter auszuweichen. Seine grauen Augen bohrten sich in sie hinein und schienen jeden Gedanken in ihrem Kopf zu lesen. Loreas Schultern krochen an ihre Ohren heran, und sie blinzelte den Elfen schüchtern an.

»Kannst du auch schnell lernen, entspannter auf offener Straße zu laufen?«, hauchte er und lachte leise, als sich ihre Schultern wie auf Befehl vom Krampf lösten.

»Aber wenn man Euch –«

Der Elf hob amüsiert die Brauen und hielt mit dem Kopf einen fingerbreit Abstand zu ihr. Die erst vor Kurzem beschlossene Vereinbarung schob sich mit Maëls Blick durch ihre gelähmten Gedankenfäden. Er brachte sie ganz durcheinander. Lorea nahm sich zusammen, blinzelte und behielt fest im Kopf, was sie flüstern wollte. »Aber wenn man dich nochmals entdeckt?«

»Das wird nicht passieren. Niemand vermutet auch nur, hier ein Spitzohr mitten auf der Straße entlangspazieren zu sehen. Niemand glaubt an uns, verstehst du?«

Ein leichtes Nicken war ihre Antwort. Sie hatte dasselbe über Elfen geglaubt, somit würde niemand auf den Gedanken kommen, solch ein Wesen anzutreffen.

»Wenn wir wirklich als Pärchen durchkommen wollen, dann müssen wir bei dem *Du* bleiben«, fuhr er eindringlich fort. Maël war so gnädig und gab ihr einen kurzen Moment, um zu überlegen, bis sie alles verstand. *Es ist zu unserem Besten*, meinte sie stumm, *für uns beide. Wenn man uns zusammen sieht und ein paar Leute denken, dass wir woanders eine Familie gründen wollen, dann kommen wir schneller an Almosen.* Die Erkenntnis kam ihr zwar absurd vor, aber schließlich mussten sie beide mitspielen, wenn es klappen sollte.

»Hol mal tief Luft.« Maël sah ihr offenbar die Nervosität an und versuchte sie zu beruhigen. Er war ein solches Versteckspiel gewohnt und deshalb wesentlich gefasster als sie. Lorea atmete einmal tief ein und hustete die stinkende Luft aus, die in der Gasse umherschwebte.

»Bereit?«

Ein zustimmendes »Bereit« machte ihm klar, dass sie weiter durch die Stadt ziehen und nach einem Alehaus suchen konnten.

Auf ihrem Weg fragte Maël einige Leute, ob sie eine Gaststube in der Stadt kannten. Der Erste war selbst nur zu Besuch. Der Zweite erklärte ihnen, dass es in Richtung des Meeres eine gemütliche Stube gäbe. Lorea versuchte, ungezwungen zu lächeln und zu laufen, und stellte sich vor, dass alles genauso in Ordnung wäre wie in London. Als sie nahe der kleinen Stadtmauer am östlichen Rand von Dover entlangspazierten, entdeckte Lorea im selben Moment wie ihr Begleiter das beschriebene Alehaus. Die Stube schien recht groß zu sein. Vor dem Eingang gab es eine hölzerne Überdachung, an der ein Schild mit einer merkwürdig gemalten Frau hing. Die Dame trug langes Haar und statt zwei Beinen wuchs ihr eine Fischflosse. Unter dem Gebilde war der Name der Gaststube *Zur Nixe* in gekringelten Buchstaben geschrieben.

»Immer daran denken«, wiederholte Maël, bevor er eine Hand auf die Klinke der Eingangstür legte. »Ganz ruhig bleiben.«

Mit einem Schwung öffnete er die Tür. Er hielt sie gestenreich auf, und Lorea huschte in die nicht besuchte Gaststube. Der Elf trat nachfolgend ein und ließ hinter seinem Rücken die Tür ins Schloss fallen. Die Stube war größer als irgendeine andere, die sie bisher besucht hatten. Mitten im Raum hielten Holzpfeiler die Decke über ihnen zusammen. An jeder freien Stelle an der Wand hingen hölzerne Reliefs vom Meer und von Schiffen, Fischernetze, Muscheln und Krabbenpanzer. Sogar ein Fischgebiss entdeckte Lorea in einer Ecke. Ein Mann mit Schnurrbart trat aus einer Kammer und warf ihnen ein freundliches Lächeln zu.

»'n Tag, die Lieben«, grüßte er sie mit einer fremden Meeresbrise in der Stimme und stützte sich mit den kräftigen Armen auf den Tresen, welcher vor der Tür der Kammer stand. »Was kann ich 'n für Euch tun?«

»Wir würden gern wissen, ob Ihr für zwei Leute noch Betten hättet«, erklärte Maël, während sie beide zum Wirt hinüber gingen.

Lorea behielt den Mund wie gewohnt geschlossen, um nichts Falsches zu sagen.

»Falls dem so ist, würden wir gern für längere Zeit bleiben, eine Woche oder vielleicht auch länger.«

Maël wirkte zu Recht bedrückt. Wenn sie nicht bleiben durften, waren sie gezwungen, jeden Tag eine andere Behausung zu suchen. Gefallen würde das vielen Gastwirten sicher nicht. Bevor sie die

Hoffnung über Bord warf, wartete Lorea gespannt auf die Entscheidung des Wirtes.

»Nun, wenn Ihr bezahl'n könnt, dürft a so lange bleib'n, wie Ihr wollt.«

Da lag ihre zweite Hürde vor ihnen. Sie mussten sorgsam mit ihrem Geld umgehen. Wenn sie für das Alehaus bezahlten, würde es Monate dauern, ehe sie genug zusammen hatten, das dem Wert von zahlreichen Goldklumpen für die Überfahrt entsprach. Aus scheinbar diesem Grund warf Maël ihr einen verbissenen Blick zu und bettelte den Wirt mit seinen Worten an. »Können wir die Kosten mit Tellerwaschen begleichen?«

»Oh«, brummte der Herr des Hauses als undeutliche Antwort. Er senkte die Augen und verzog ein nachdenkliches Gesicht. »Wollt Ihr zur andren Küste schiff'n?«

»So ist es.«

»Das wird natürlich schwierig.« Der Wirt streichelte sich mit einem Finger über den Schnurrbart. Als er sich offenbar entschieden hatte, klopfte er so laut auf den Tresen, dass Lorea vor Schreck zusammenzuckte. »Aber ich lass Euch nur hier, wenn die Teller auch sauber wie ein neues Schiffsdeck geputzt sind, einverstanden?« Er streckte Maël die Hand hin, woraufhin der Elf mit einem Händedruck dem Abgemachten zustimmte.

»Einverstanden«, versicherte er dem Wirt und zog die Hand zurück.

Lorea stieß kaum merklich die Luft aus, denn den kompliziertesten Teil hatten sie ohne großen Zwist hinter sich gebracht. Der Hausherr kramte in einem Regal unter dem Tresen, erhob sich und überreichte Maël einen Schlüssel.

»Aber Ihr müsst vorerst mit 'ner Kammer ohne Fenster auskomm'«, sagte er und wies auf eine Treppe am anderen Ende der Stube. »Hoff' mal, das stört Euch nich'.«

»Keineswegs. Habt vielen Dank für Eure Großzügigkeit, guter Herr.« Maël zeigte seine Dankbarkeit mit einer tiefen Verbeugung, Lorea mit einem Knicks.

»Viel Glück beim Geldmachen, das werdet Ihr bestimmt brauchen«, rief der Wirt ihnen nach, bevor er in seiner Kammer verschwand und die beiden die Treppe hinauf stiegen.

Im oberen Stockwerk angekommen, sahen sie sich um. Unter zwei Türen schien kein Licht durch den Spalt, somit mussten diese beiden fensterlos sein. Dem Elfen blieb nichts anderes übrig, als nach dem passenden Schloss für ihren Schlüssel zu suchen. Das Erste passte nicht. Erst die zweite Tür öffnete sich mit einem Klacken und gewährte den zeitweiligen Bewohnern Zutritt. Das Zimmer war zwar klein, aber bei Weitem nicht so winzig wie jenes, in welchem Lorea einst mit ihrer Mutter übernachtet hatte. Nur zwei Betten und ein kleiner Tisch standen im düsteren Raum, aber das reichte für die nächsten Tage aus. Da sie länger hierblieben, fand Lorea gewiss endlich Zeit und eine weniger salzige Wasserquelle, um ihre Sachen zu waschen.

Beide legten ihre Bündel hinter das jeweilige Bett, in welchem sie die nächsten Nächte schlafen würden. Lorea ließ die Tür offen stehen, damit ein wenig Licht in die Kammer drang. Ihr machte die Dunkelheit zwar nichts aus, doch Maël würde gewiss nichts sehen.

»Wollen wir gleich zum Hafen gehen?«, fragte er und legte seinen Wanderstock unters Bett. »Dann können wir uns auch nach dem Preis für die Überfahrt erkundigen.«

»Ja!« Sie schmunzelte und sah aus wie ein vor Freude strahlendes Kind, dem eine Ziege geschenkt wurde. Sie verstauten einige Sachen im Zimmer, Lorea legte den Handschuh ihrer Mutter auf ihr Kissen, Maël versteckte das Schwert unter seiner Bettdecke. Dann verschlossen sie die Zimmertür und gingen durch die Gaststube zur Haustür. Der Wirt war nicht zu sehen. Er schien in seinem Hinterzimmer zu beschäftigt, um sich blicken zu lassen.

Die salzige Meeresluft fegte gemischt mit staubigem Stadtgeruch in Loreas Gesicht, als sie auf die Straße zurückkehrten. Zwar hatte Lorea den Hafen gesehen, doch sie wusste nicht, wo sie entlanglaufen mussten, um dorthin zu gelangen. Sie verließ sich auf Maël, der den Weg vermutlich kannte. Vor nicht allzu langer Zeit hatte er ihr erzählt, dass ihn seine Flucht vor dem Krieg schon einmal nach Dover geführt hatte.

Bald verließen sie die Stadt durch ein nahe am Strand gelegenes Tor. An der Straße, die sie in Richtung des Hafens entlangliefen, tauchten Häuser auf, die von keiner Stadtmauer geschützt wurden.

Eines der Gebäude weckte Loreas Aufmerksamkeit und war auf allen Fenstersimsen mit Grünpflanzen geschmückt, doch sie konnte keinen Blick in das Haus hinein werfen. Vorhänge in roten Farben verdeckten den Blick.

»Was ist das dort für ein Heim?«, wollte sie von Maël wissen und starrte das auffällige Gebäude an.

»Das ist kein Heim, das ist ein Badehaus.«

»Hier ist doch gleich das Meer nebenan, warum braucht man dann ein Badehaus?«

Maël schnaufte amüsiert und vermochte sein Gelächter nicht zurückzuhalten. Er schlug eine Hand vor seinen ungezügelten Mund, doch sie wusste nicht, ob es der Peinlichkeit oder der Belustigung wegen war.

»Du weißt nicht, was ein Badehaus ist, oder?« Die Frage drang gedämpft und mit einem Anflug tiefer Belustigung durch seine Finger.

Da Lorea scheinbar etwas anderes unter dem Haus verstand, antwortete sie knapp: »Nein.«

»In einem Badehaus wäscht man sich nicht nur. Dort ist auch ein Bader tätig und behandelt die Kranken. Und …« Er zögerte. Mit jedem Schritt breitete sich sein Lächeln weiter aus. »… da vergnügen sich zumeist auch die Männer.«

Ihre Augen wandten sich dem mit Erde und Sand bedeckten Boden zu, und ein verschämter Laut hüpfte aus ihrem Mund. Die Hitze in ihren Wangen ließ sie ahnen, dass sich ihre Haut wie die eines Hausschweins färbte. Vor Unbehagen stieg beinahe Rauch aus ihren Ohren auf. Sie warf einen verstohlenen Blick auf das geschmückte Gebäude. Jetzt war ihr sonnenklar, warum die Vorhänge ausschließlich rot waren.

Vor einer alten Hütte weit entfernt vom Freudenhaus, an der ein Schuppen angebaut war, flogen Möwen umher. Die Tiere schienen begierig auf etwas zu warten. Manche waren so frech, dass sie sich in den Schuppen wagten, in dem Fische an schmalen Seilen zum Trocknen hingen.

Lorea sah in ihrer Nähe, wie sich der Hafen mit unzähligen Stegen und Schiffen unterhalb der Klippen über Sand und Wasser erhob. Die meisten Schiffe waren klein, Boote mit Rudern dümpelten auf dem Wasser. Am hinteren Ende des Hafens, wo die Stege einige Dutzend Fuß über die Wasseroberfläche aufs Meer führten, warteten zwei größere Schiffe darauf, in See zu stechen.

Maël bewunderte die Weiten des Meeres. Sein forschender Blick weilte auf ihr. »Du hast so wenig Ahnung von der Welt«, bemerkte er, doch seine Stimme klang weder ernst noch zornig bei seinen Worten. »Stell dir nur vor, du wärst in deinem abgelegenen Heim geblieben.«

»Das wäre wohl eher besser als schlechter gewesen«, entgegnete Lorea und erinnerte sich an die weniger heiteren Ereignisse zurück, die sie seit Beginn ihrer Reise erlebt hatte.

»Aber überleg doch nur. Dann hättest du nie einen Liebhaber am Strand getroffen, hättest nie die wundersamen Täler, Berge und Küsten gesehen, hättest keine Muscheln sammeln können und kein Abenteuer mit Räubern erlebt, hättest nie das schöne London zu Gesicht bekommen und nie den Hafen von Dover betreten.«

Die freudigen Erinnerungen breiteten ihre Flügel in ihrem Kopf aus, und sie schmunzelte. Die Zeit, die sie seit ihrem Hausbrand erlebt hatte, war einerseits die schönste, andererseits die schrecklichste in ihrem Leben gewesen.

»Aber dann wärst du nicht verwundet worden«, warf sie ein, um die Schwierigkeiten ihrer Reise nicht außer Acht zu lassen und den Elfen zu ärgern.

»Aber bitte, ich habe dir doch schon einmal gesagt, dass ich weitaus Schlimmeres erlebt habe.«

Erstaunt stellte Lorea fest, dass sie ihre kleine Zankerei gewonnen hatte. Weder widersprach Maël ihr, noch überredete er sie zu einer anderen Meinung. Er gab ihr sogar Recht, nur verharmloste er die Situation. Er warf ihr einen freundlichen Blick zu, obwohl er allen Grund hatte, sie lauthals mit Schimpfworten anzubrüllen. Denn ihm war ihretwegen etwas zugestoßen.

»Verachtest du mich?«, fragte sie scheu.

Er sah sie verblüfft an. »Wie bitte? Wieso sollte ich?«

»Ich habe so vieles falsch gemacht«, gestand sie ihm und schämte sich. Sie traute sich nicht, ihm in die Augen zu sehen. »Ich habe uns beide in Gefahr gebracht, ich war so stur und habe dich grundlos angemeckert.«

»Ich habe auch schon vieles falsch gemacht.«

Sie schaute zu ihm auf. »Bereust du es?« Erwartung spiegelte sich in ihren Augen wider. Sie hoffte, den Rat eines guten Freundes von ihm zu bekommen.

»Manches. Aber man kann nicht ändern, was geschehen ist.«

Da stutzte sie und fragte sich, was genau er bereute. Was immer es war, er war außer Stande, es rückgängig zu machen. Niemand konnte das. Schon ihre Mutter hatte ihr das versucht klarzumachen.

Die beiden gelangten an den Hafen der Stadt, und Lorea musterte die kleinen Schiffe, an denen sie vorbeiliefen. Kutter hatten ihre Segel eingeholt und schwankten auf dem ruhelosen Wasser. Das Holz der Segelboote knarzte, als es von den Wellen hin und her geschubst wurde. Möwen flogen umher, die unaufhörlich Gespräche führten und alles in Augenschein nahmen, was sich bewegte. Der Rand einiger Anlegestellen und ein paar Schiffe waren wegen der vielen Vögel voller Mist.

Ihr Weg führte auf einem Seitensteg weiter, der sie nicht nur zu den Schiffen und Ruderbooten, sondern entlang der Klippen zu Häusern geleitete. Je näher sie den hölzernen Gebäuden kamen, desto aufgeregter wurde Lorea. Ein Mann im mittleren Alter, um dessen Mund sich ein ungepflegter Bart kräuselte, saß auf einem Hocker vor der Tür des größten Hafenhauses. Er hatte sich eine dunkle Strickmütze aufgesetzt und eine Wollweste angezogen, um sich vor der salzigen Kälte, die mit der Meeresluft in den Hafen wehte, zu schützen. Womöglich half ihnen der Mann aus, selbst wenn er nicht den nettesten Eindruck erweckte. Lorea ließ ihren Begleiter reden.

»Guten Tag, der Herr. Seid Ihr der Hafenmeister?«

»Aye«, trötete der Mann und schmatzte mit aufgerissenem Mund. Nicht nur das Schmatzen widerte Lorea an, sondern auch die teils schwarz verfaulten Zähne, die der Hafenmeister offen präsentierte.

»Wisst Ihr, wie viel eine Überfahrt zur französischen Küste kostet?«, verlangte Maël zu erfahren.

»Aye.«

Dem Anschein nach redete der Mann nicht gern und fasste seine Antworten so kurz wie möglich. Maël blieb gelassen und fragte weiter, stellte seine Frage aber bedachter. »Wie viel kostet denn eine Fahrt zur anderen Seite?«

»Welche Seite?«

»Von Dover nach Frankreich. Für uns beide.«

»Dich und das Mädel?«

»Ja.«

»Von Dover nach Calais?«

»Genau.«

»Aye.« Der schmatzende Mann hielt inne, sah sie beide gewissenhaft an und überlegte sich offenbar einen Preis, anstatt sich auf die wahren Kosten zu beziehen. Aus dem Gesicht des Herrn las Lorea, dass eine Überfahrt seit Maëls Ankunft nicht billiger geworden war. Ihre Hoffnung fiel ins wellenschlagende Wasser, das unweit von ihnen gegen den Steg klatschte.

»Fünfundzwanzig Schilling für 'nen Bengel wie dich, aber das Weib kostet fünf Schilling mehr.« Er grinste Lorea mit schlechten Zähnen an.

Sie holte Luft und wollte verärgert etwas Freches fragen, doch Maël streckte eine aufhaltende Hand vor ihr aus und deutete ihr, zu schweigen.

»Danke. Schönen Tag und gutes Wetter Euch noch, werter Mann.« Er verbeugte sich rasch und drehte sich um. Ein Ziehen an ihrem Handgelenk forderte sie auf, ihm zu folgen. Gemeinsam entfernten sie sich von dem Griesgram eines Hafenmeisters und spurteten auf dem Steg zurück, auf die Stadtmauer zu. Hinter ihnen hörte Lorea, wie der Mann auf dem Hocker die Luft schnorchelnd einsog und auf den Boden spuckte. *Sehr angenehm*, dachte sie angeekelt und zog eine Grimasse.

»Warum müssen wir denn für mich mehr bezahlen?«, fragte sie aufgebracht, als sie außerhalb der Hörweite des ekligen Hafenmeisters waren und ihr Schritttempo drosselten.

»Seeleute glauben, dass Frauen an Bord Unglück und Sturm bringen, daher bist du ein Risiko für sie.«

Ein Risiko war sie ohne jeden Zweifel, das wussten sowohl Maël als auch sie selbst. Sie entsann sich an die Seeleute am Londoner Ufer, welche sie skeptisch gemustert hatten. Dass sie als Frau Unglück auf See brachte, war gewiss der Grund gewesen, weshalb alle Ausreden in jeglicher Form parat gehabt hatten.

Bevor ihre Route sie zurück auf sandigen und erdigen Untergrund führte, blieb Maël an einer Anlegestelle stehen und musterte das weite dunkelblaue Wasser.

»Dort drüben ist also Frankreich«, staunte Lorea und bemerkte, wie weit sie gereist waren. Inzwischen war sie sich gewiss, weiter von ihrem Zuhause entfernt zu sein als ihr Vater jemals zuvor. Als sie vor einem Monat aufgebrochen waren, hätte an die südöstliche Küste Englands als Zwischenziel niemand gedacht. Und noch immer würde ihre Reise sie weiter von der Heimat wegführen, über das Meer, über das Festland und den Ozean hinaus.

Ihre Augen schwirrten zu Maël, und sie erkannte wieder tiefe Sehnsucht in seinem Blick. Er machte einen lieblichen Eindruck, als sei er das unschuldigste Wesen auf Erden. Das genaue Gegenteil von dem, was sie im Räuberlager gesehen hatte. Was wohl in ihm vorgehen mochte?

Als sie über die andere Küste nachdachte, entsann sie sich an eine Auffälligkeit, die sie schon am Tag ihrer ersten Begegnung bei Maël bemerkt hatte. »Wo kommt eigentlich dein letzter Name her?«

»Hm?«, gab er fragend zurück und wurde aus seinem Tagtraum geweckt.

»Dein Name, *Meunier* sagtest du, wo kommt der her? Er scheint mir nicht sehr elfisch zu sein.«

»Vorsicht«, mahnte er sie und sah sie mit scharfer Miene an.

Lorea zog den Kopf ein, als ihr klar wurde, dass sie sich versprochen hatte. Nach einem Umherblicken stellte sie erleichtert fest, dass sich keine Menschenseele in ihrer Hörweite befand oder zu sehen war. Ihr verbissener Blick glitt zu Maël hinauf und zeigte ihm, dass es ihr leidtat. Ein Windstoß fegte ihr schwarzes Haar aus ihren ebenso dunklen Augen und die blonden Büschel des Elfen von seinen Ohren.

»Vorsicht«, neckte sie ihn, weil er nicht bemerkte, dass seine Tarnung weggepustet wurde.

Maëls Finger griffen nach einigen Strähnen an seiner Schläfe und arrangierten das Engelshaar. »Mein Name kommt aus Frankreich. Er bedeutet so viel wie Müller.« Da steckte nicht nur ein Elf, sondern noch dazu ein Franzose in ihm.

Die Sonne färbte sich in ihr wohlbekanntes Rot und warf einen farbenfrohen Schein auf die Oberfläche des sonst dunklen Wassers. An den gewaltigen Sandsteinklippen vorbei kehrten sie zurück in die Stadt. Die Sonne versank hinter der Stadtmauer, als Lorea und der Elf zur Gaststube zurückkehrten, welche inzwischen mit einigen Gästen gefüllt war. Sie stiefelten die Treppe hinauf und betraten ihre düstere Kammer. Der Wirt eilte ihnen hinterher und stellte eine Kerze in ihr Zimmer, damit sie mehr als nur schwarze Umrisse erkannten. Beide bedankten sich, und Lorea schloss die Tür hinter dem Wirt, als dieser das Zimmer verlassen hatte. Sie warf sich auf ihr Bett und zog den Handschuh ihrer Mutter heran. Maia hatte gescherzt, als sie ihrem Vetter und den anderen gesagt hatte, sie wolle bis zum Festland reisen. Inzwischen schien sich ihr Witz in Realität umgewandelt zu haben. Gewiss wäre sie stolz, wenn sie wüsste, dass Lorea es so weit geschafft hatte.

Maël packte das restliche Laib Brot aus und riss es entzwei. Das war alles, was von ihrem Proviant übrig war. Beim Betteln ergatterten sie mit Glück Essensreste, ansonsten mussten sie ihr weniges Geld eintauschen oder allein auf Nahrungssuche gehen.

Lorea biss in das harte Brotstück, welches Maël ihr überreichte, und dachte im ersten Moment, ihr wären die Zähne ausgefallen. Mit Mühe würgte sie die Mahlzeit, die hart wie ein Krabbenpanzer schien, die Kehle hinunter und war froh, dass sie etwas im Magen hatte. Ein Schluck Wasser aus ihrem Trinkschlauch half ihr beim Hinunterspülen. Inzwischen drang aus der Gaststube reges Getuschel. Als Maël seine Speise ebenfalls aufgegessen hatte, starrte er abwesend auf die kleine Kerzenflamme, die sich wegen der Windstille im Zimmer nicht bewegte. Lorea erinnerte sich an die Feuerkugel, welche der Elf eines Nachts in der bloßen Hand erschaffen hatte. »Kannst du dieses Feuer nochmal machen?«, bat sie ihn flüsternd.

Maël schaute sich im Zimmer um und beobachtete den schmalen Spalt unter der Tür, durch den das wenige Licht aus der Gaststube kroch. Kein Schatten huschte an ihrer Tür vorbei. Der Elf stand auf. Er setzte sich neben sie aufs Bett und wandte den Kopf abermals umher, um sicherzugehen, dass ihnen niemand zusah. Den Finger, an dem ein mancher einen Ring trug, knickte er ein. Sachte nahm er mit einer Hand Schwung und ließ aus dem Nichts ein rotes Feuer im Handteller aufflackern. Magie war Lorea zwar unheimlich, doch sie beeindruckte sie durchaus.

»Ist die heiß?«

»Mir tut sie nichts, aber dir schon. Wenn du willst, kannst du dir die Hände daran wärmen.«

Sie unternahm einen Versuch und hielt die Finger an den Feuerball, um zu sehen, ob Maël die Wahrheit sprach. Eine angenehme Hitze strahlte die zauberhafte Flammenkugel aus und durchzog ihre Glieder. Lorea wahrte genügend Abstand, um sich nicht an dem Feuer zu verbrennen.

Das Murmeln in der Gaststube hatte sich zusammengemengt und war laut bis in ihr Zimmer zu hören. Als Fußgetrampel draußen im Gang ertönte und für einen kurzen Moment zwei Schatten das Licht durch den Türspalt verschwinden ließen, löste Maël die Flamme in dasselbe Nichts auf, aus dem er sie erschaffen hatte. Lorea seufzte schwer, denn sie war neidisch auf den Elfen, dass er so geschickt mit den Fingern umzugehen wusste. Sie selbst war nur befähigt zu schreiben, zu nähen und zu jonglieren, aber Maël? Der stellte so viele Dinge an, dass Lorea sie nicht einmal an zwei Händen abzählen konnte. Sogar eine Klinge schwang er gekonnt, einen Handstand zeigte er problemlos und Zauber wirkte er scheinbar ohne Anstrengungen.

Eine Melodie riss sie aus ihren Gedanken und weckte helle Aufmerksamkeit in ihr wie das Heulen eines Wolfes. Durch das Getuschel der Gäste in der Stube drangen Klänge von Instrumenten. Lorea hob den Kopf und blickte erwartungsvoll zur Tür. Maël war dem Anschein nach ebenso gespannt wie sie. Da spielte jemand auf einer Fiedel. Nebenbei trommelte ein anderer im Takt zu dem angestimmten Lied.

Lorea erhob sich und spähte durch einen Spalt zur geöffneten Tür hinaus. Aus den anderen Zimmern steckten ebenso Neugierige die Köpfe in den Flur. Einige huschten an Lorea vorbei, um nachzusehen, wer Musik durch die Gaststube sandte. Sie folgte den Schaulustigen. An einer Ecke, hinter der sich die Treppe nach unten in die Stube befand, warf sie einen Blick umher und machte große Augen. Inmitten der Menge von Gasthausbesuchern saß eine junge Frau auf einem Hocker. Sie hatte sich zwischen Schulter und Kopf eine Fiedel aus hellem Holz geklemmt und spielte mit dem Fiedelbogen aus Pferdehaar ein zügiges, heiteres Lied. Neben ihr saß ein Junge, den Lorea als Halbwüchsigen einschätzte und der mit seinen Händen passend zum Lied auf den Fußboden trommelte. An den Handgelenken des Knaben klapperten breite Armbänder aus Muscheln. Neben ihm lag eine Laute, die für dieses Lied stumm blieb. Um die beiden herum lief ein Mann, der nicht nur an seinen Unterarmen, sondern auch um seine Waden breite, klappernde Bänder aus Muschelschalen trug. Er hampelte umher, stampfte mit den Füßen zum Trommeln des Jungen auf den Boden und ließ die Muscheln um die Beine umso lauter klappern. Der Mann musizierte auf einer Flöte eine ebenfalls zum Lied der Fiedelspielerin passende Melodie. Alle drei schienen der Gesichtszüge nach Geschwister zu sein.

Die vielen Leute, die sich um die Musikanten drängelten, klatschten und stampften mit dem Flötenspieler. Die Stube war so voll, dass die meisten Gäste standen. Ein paar tanzten, egal ob allein oder mit ein, zwei anderen zusammen im Reigen.

Lorea schaute zurück zu ihrer Zimmertür, wo Maël stand und abwartete. Mit einem Heranwinken lockte sie ihn zu sich herüber. Als er hinter sie trat, betrachtete er mit breitem Schmunzeln das Schauspiel, welches die drei Musikanten ein Stückchen entfernt vom Fuße der Treppe darboten. Auf den Stufen vor ihnen standen Gäste, die Zimmer für die Nacht gepachtet hatten.

Eine Frau auf der Treppe drehte sich zu ihnen um. »Seht mal!« Sie kicherte. Die Frau deutete ihnen, näher zu treten, und zeigte zur Eingangstür des Alehauses. Lorea schob den Kopf nach vorn, um die Fenster zu sehen, und bemerkte, wie gefüllt die Stube war. Hunderte

Leute plapperten miteinander, sahen den Musizierenden bei ihrem Spiel zu oder tranken zur Aufheiterung aus einem Krug. Es waren so viele Menschen hier, dass manche draußen standen und durch die Fenster herein lugten. Vor allem Kinder tummelten sich an den Scheiben, hopsten herum oder wurden von jemandem hochgehoben, um die Spieler zu bewundern.

Maël zog sie auf die Stufen, und sie setzten sich nebeneinander, in idealer Höhe, um die drei Musikanten ohne Verrenkungen zu bestaunen. Lorea bemerkte, wie Maël mit den Füßen zappelte und den Kopf unauffällig zur Melodie der drei Spieler bewegte. Ein kleiner Tanzgeist schien in ihm zu wohnen. Aber in der Stube herrschte zu großes Gedrängel, als dass man hätte ausgiebig tanzen können. Außerdem hatte er niemanden, der ihn begleitete, denn Lorea war im Tanzen ebenso unbegabt wie im Verhandeln. Sie erinnerte sich an das Fest in Manchester, welches sie mit ihrer Mutter erlebt hatte. Das war damals ein peinlicher Auftritt gewesen. Obwohl sie dort getanzt hatte, traute sie sich nicht, vor den Leuten in der Nixenstube etwas davon zu zeigen. Ein falscher Schritt wäre zu zweit wesentlich auffälliger als allein.

Obwohl das Lied recht zügig war, spielte die Frau auf dem Hocker plötzlich immer kürzere Töne mit ihrer Fiedel und veranstaltete mit dem Flötenspieler ein Duell. Beide jagten jede Note. Lorea wettete mit ihrem Begleiter, dass sich einer der zwei verspielen würde. Die Finger des Mannes mit Flöte bewegten sich so flott, dass Lorea sie nicht mehr deutlich sah. Die Zuschauer grölten den Musikern zu, bis mit einem letzten Ton das Spiel ein Ende fand und alle begeistert klatschten.

Maël beugte sich zu ihr hinüber. »Wahnsinn, oder?«, staunte er und schien genauso beeindruckt wie Lorea. Bei den Hühnern, waren die drei Musikanten heiter drauf. Ihren Ohren nach hatte sich niemand verspielt.

Als sich das Klatschen beruhigte, nahm sich der Jüngste seine Laute und stimmte ein neues Lied an. Kurz darauf begann der Mann, der zuvor Flöte gespielt hatte, zu singen. Er legte sein Instrument in die Hände seiner auf dem Hocker sitzenden Schwester. Lorea hörte dem Mann zu, doch sie verstand nicht, was er trällerte. Es war eine andere Mundart, jedoch keine Seemannssprache, sondern eine aus einem fernen Land.

»Verstehst du, was er singt?«, fragte Lorea Maël, aber dieser schüttelte den Kopf. Sie lauschte durch das leise Getuschel der Menge, die zum größten Teil den fremden Worten zuhörte. Während der Mann offenbar eine Ballade mit seinem Singsang erzählte, war Lorea sicher, einige Silben aufzuschnappen, die Glenna einst gesprochen hatte.

Vom Fischen zum Narren

Der kleine Kutter schaukelte durch die seichten Wellen des schmalen Meeres. Der kühle Seewind hauchte ihr ins Gesicht. Lorea warf einen Blick in den Eimer neben ihr. Ein halbes Dutzend große Fische, die sie mit der Angel gefangen hatte, lagen darin, Makrelen, Heringe, Dorsche und kleine Seelachse. Ein paar zuckten noch, obwohl Lorea ihnen mit einem Messer bereits das Leben ausgehaucht hatte. Joel, der alte Fischer, der sie mit aufs Meer genommen hatte, sammelte mit seinen faltigen dünnen Fingern kleine zappelnde Flossentiere aus einem Netz und warf sie in einen anderen Eimer. Abschätzend murrte er durch seinen hellgrauen Bart, der seinen schmalen Hals verdeckte. Mit dem ausgefransten, schmutzigen Ärmel seines Leinenhemds wischte er sich die bucklige Nase trocken. Unruhig wippte er mit dem Knie, setzte dabei aber nicht die Sohle seines Stiefels auf. Das Geräusch könnte die Fische verscheuchen. Obwohl der heutige Fang reichlich war, wollte er das gewiss nicht riskieren.

Loreas Augen musterten die Angel in ihrer Hand. Während sie darauf wartete, dass ein Fisch an ihren Köder biss, hielt sie die Rute locker. Ihre Gedanken weilten bei den vergangenen Tagen. Über eine Woche spannte sich bereits die Zeit, in welcher Maël und sie in Dover nach Arbeit gesucht hatten. Nicht nur ihre Künste im Jonglieren und der

Akrobatik hatten sie an manch einem Abend in der Stube zur Schau gestellt, sondern auch einige Stuben und Bauern gefragt, ob sie aushelfen und damit Geld verdienen konnten. Bisher hatte Lorea nicht nur die Teller im Alehaus abgewaschen, sondern auch in anderen Häusern geputzt, frische Saat auf den Feldern verstreut, Unkraut gejätet, Wäsche gewaschen, Tücher geschneidert, Socken gestopft oder geangelt. Erst gestern hatte Maël erzählt, dass er vom Tellerwaschen über Holzhacken, Türschlösser reparieren, Messer schleifen und Bretternageln bis hin zum Umgraben von Äckern alles Erdenkliche erledigt hatte. Durch ihre ehrgeizige Arbeit kannte sie bereits manch einer in der Stadt. Vor ein paar Tagen war er so erschöpft von den Feldern wiedergekommen, dass er in sein Bett gefallen und sofort eingeschlafen war. An jenem Abend hatte Lorea alle Putzeinheiten in der Küche des Alehauses allein übernommen und war erst spät zur Ruhe gekommen. Als Dank hatte Maël ihr am nächsten Morgen, als sie keine Lust zum Aufstehen hatte, eine Schüssel kaltes Wasser ins Gesicht geschüttet.

An einem Abend hatte Maël sich in die Gaststube gesetzt und Geschichten erzählt. Selbst mit der Legende von Robin Hood, einem tollkühnen, aber zugleich gefährlichen Dieb, der die Reichen und Gierigen bestahl, hatte er viele Zuschauer im Alehaus an einem Abend mit Worten entführt. Die Art, wie er seine Geschichten ausschmückte, ob mit Sprache, Gesichtszügen oder Armbewegungen, war bemerkenswert.

Plötzlich zerrte etwas an ihrer Angel. »Ich hab einen!«, gab sie Joel Bescheid. Lorea kurbelte an ihrer Angel und lehnte sich zurück, damit es leichter war, den Fisch an Bord zu ziehen. Doch das erwies sich als schwierig. Die Angel bog sich gefährlich weit zum Wasser hinab und drohte durchzubrechen. »Der muss ganz schön groß sein«, mutmaßte sie. Sie hatte schon einige Fische an den Angelhaken gelockt, aber so störrisch hatte sich noch keiner benommen. Als es ihren schwächlichen Armen gelang, den Fisch bis an die Wasseroberfläche zu ziehen, half Joel ihr. Er packte die Angel mit festem Griff, damit Lorea das große Flossentier aus dem Wasser holen konnte. Sie fuhr mit den Händen in das kalte Meereswasser und rutschte an der glitschigen Haut des zappeligen Fisches ab. Ihre Finger griffen dem Meerestier unter die

Kiemen, und sie zerrte den Fang auf den Kutter. Das Boot lehnte sich zur Seite, weil das Flossentier so schwer war. Der Fisch zuckte und schlug mit der Schwanzflosse um sich. Lorea schnappte sich ein Messer und stach es durch die Kiemen in den Kopf, wie der alte Fischer es ihr oft gezeigt hatte. Während der vergangenen Tage war sie mit dem alten Mann auf See gewesen und hatte von ihm vieles über die Kunst des Angelns gelernt. Zuvor hatte sie nicht erwartet, dass Fischefangen harte Arbeit bedeutete.

Der Fisch erschlaffte, und nach wenigem Kiemenklappen und Schwanzschlagen stellte sich sein Atem ein. Lorea zog das Messer aus dem Fischkörper und musterte den Fang beeindruckt.

»Da brat mir einer 'nen Hai!«, staunte der alte Joel und zeigte ihr seine Zahnlücken. »Das nenn' ich mal 'nen Riesen von Dorsch, meine Gute.«

Geschmeichelt lächelte Lorea. Sie streichelte über die glatten braungrauen Schuppen und legte den großen Dorsch neben den Eimer, worin ihre Fänge lagen. Der Fisch war zu groß und hätte selbst dann nicht in den Fangeimer gepasst, wäre dieser leer gewesen. Loreas Blick fuhr zur Sonne herum. Die helle Scheibe senkte sich über die westlichen Klippen. Es war später Nachmittag.

»Wir fahren wieder zurück«, beschloss der alte Mann neben ihr. »Wir woll'n ja noch vor Sonnenuntergang im Hafen sein, aye?«

»Aye, Master!« Gewiss wollte Joel nur wegen seiner Frau eilends zurück aufs Festland. Joels Gattin war äußerst streng, wenn ihr Mann zu später Stunde im Haus erschien. Angeblich würde sie dem alten Fischer dann eine Woche nichts zu Essen kochen.

Während Joel die Paddel nahm und durch das Wasser ruderte, sammelte Lorea die kleinen Fische, die auf den Kutterboden gefallen waren, sorgfältig ein. Sie blieb sitzen, damit das Boot nicht ins Schaukeln geriet. Ihr Blick fuhr zum Horizont. Das Wetter war sonnig, und am anderen Ende des schmalen Meeres entdeckte sie den langen hellgelben Streifen der französischen Küste. Ein tiefer Seufzer entfuhr ihr. Frankreich war so nah, aber doch so fern.

Sie paddelten mit dem Boot zurück in den Hafen und legten an einer freien Stelle am Steg an. Lorea blieb im Boot sitzen, bis der alte Fischer den kleinen Kutter an die Anlegestelle ruderte. Als sie nahe genug waren, stand sie auf und setzte wegen des schwankenden Untergrunds unter ihren Füßen einen wackeligen Schritt auf den Steg. Das Seil, welches der Fischer ihr zuwarf, fing sie auf und knotete es an einer Klampe fest, damit das Meer ihnen den Kutter nicht stahl. Einen der vollgepackten Eimer nahm sie, griff sich zwei von ihren eigenhändig gefangenen Fischen und marschierte mit den Fängen zu einem kleinen, ziehbaren Karren, der am Hafenhaus stand. Maël war nirgends zu sehen und schien auf den umliegenden Feldern zu ackern, solange die Sonne sich am Himmel zeigte. Bisher hatten sie beide jeden Tag von früh bis spät gearbeitet.

Der Hafenmeister beobachtete von seinem Hocker aus die See und schien abzuschätzen, wie das Meer sich in nächster Zeit verhalten würde.

Die schweren Eimer und Fische legte Lorea in den Karren, geordnet und ohne eines der gefangenen Tiere hart auf die Ladefläche prallen zu lassen. Wenn man mit dem Fang entwürdigend umging, würde das Fleisch schnell verderben, hatte Joel sie belehrt. Deshalb hatte sie gelernt, jeden Fisch mit Vorsicht zu behandeln und nichts zu verschwenden.

Mit beiden Händen packte sie die Griffe des Wagens und zog ihn hinter sich her wie ein Pferd auf zwei Beinen. Sie lief zurück zum Boot, wo Joel aufgestanden war und die anderen Eimer bereithielt. Er reichte ihr die Fänge, und sie gab Acht, dass kein einziger Fisch weder ins Wasser noch auf den Boden plumpste. Als sie alles umgeladen und Loreas großer Dorsch einen Platz in dem Karren gefunden hatte, half sie dem alten Fischer mit einer heranziehenden Hand auf den Steg. Er überprüfte, ob sie das Seil straff genug um die Klampe gewickelt hatte. Obwohl Joel sich schon zu den meeresnahen Häusern in Hafennähe aufmachte, blieb Lorea beharrlich mit dem Karren neben dem Boot stehen. Der Alte hatte wieder einmal vergessen, die Angeln mitzunehmen, aber ihr Schmunzeln verriet ihm, dass etwas in seiner Hand fehlte. Erst als er die Angelruten aus dem Boot geholt hatte, zogen sie gemeinsam los. Den Weg konnte sie mittlerweile mit geschlossenen Augen beschreiten. Sie verließen den Hafen und gingen zu jenem Haus, welches am weitesten entfernt von der schützenden

Stadtmauer lag. Hier wohnte der alte Fischer mit seiner Frau und einem halben Dutzend Kindern. Ein paar der jungen Hausbewohner hatte sie schon in der Stadt und in Joels Fischerhütte gesehen.

Den Wagen zog Lorea in einen Schuppen, welcher neben dem schäbigen Wohnhaus angebaut war und worin diverse Fischgerüche umherschwirrten. Quer durch die brüchige Hütte waren Schnüre gespannt, an denen ihre bisherigen Fischfänge an Haken hingen und trockneten. Fliegen gab es in der Hütte hundertmal so viele wie Fische. Joel wedelte gewohnt mit der Hand, um die störenden Insekten hinaus zu scheuchen.

Lorea stellte den Karren in einer Ecke ab, nahm sich einen Fisch nach dem anderen heran und legte sie auf einen betuchten Tisch. Das Leinen, das als Unterlage diente, war schon oft benutzt worden, sodass es mit Fischblut rot und braun beschmiert war und am Rand eine pechschwarze Farbe annahm. Lorea legte ein frisches Leinentuch über das beschmutzte, da sie glaubte, der frische Fisch würde verderben, wenn sie ihn darauf ausweidete. Mit einem Messer schnitt sie die herangenommenen Fische auf. Joel hatte ihr gezeigt, was sie von Flossentieren den Möwen zum Fraß vor die Hütte werfen konnte und was nicht. Obwohl sie keinen Blick nach draußen wagte, war sie sicher, dass die weißen meckernden Meeresvögel gierig vor der Hütte Kreise zogen und sich in Scharen sammelten.

Während sie die Eingeweide aussortierte und die Reste in einen Abfalleimer warf, besah der alte Fischer die aufgehängten Tiere. Er drehte sie und nahm einige ab. Jene, welche er vom Haken befreite, waren getrocknet und zum Verkauf bereit. Oder aber die Fischerfamilie aß die Flossentiere selbst.

Der Alte verschwand in seinem Haus und ließ sie allein in der Hütte zurück. Bei dem lautstarken Gruß, der durch das Fischerhaus und bis zu ihr hinaus hallte, kicherte Lorea. Das war die alltägliche Art des alten Fischers, seine Frau wie ein Wal zu begrüßen. Sie lauschte dem Geschehen. Die Möwen vor der Hütte waren so laut, weil sie eilends etwas zu Futtern verlangten, dass sie abgesehen von Joels Gruß und dem Vogelgeschnatter nichts vernahm. Sie schnitt und wühlte in den Fischen, erst in den kleineren, dann in den größeren, bis ihr schwerer Dorsch übrig blieb. Ihr Fang wog ihrem Gefühl nach ebenso viel wie ein kleines Schwein. Als sie mit dem Fisch fertig war und der alte Joel nicht auftauchte, stutzte sie. Den Eimer mit unbrauchbaren Eingeweiden nahm sie mit und verschwand hinaus. Die wartende Möwenmeute wurde von ihr vor der Hütte aufgescheucht und flog ungeduldige Kreise. Lorea warf zur Freude der Möwen den Inhalt des Eimers auf die Wiese. Das Gras an jener Stelle schien vor Jahren eingegangen zu sein, weil ständig die Möwen darauf trampelten und täglich totes Fleisch hingeschüttet wurde. Auf ihrem Rückweg sah Lorea sich um, aber den alten Fischer entdeckte sie nirgends.

Zurück im Fischschuppen bahnte sie sich einen Weg durch die hängenden Fische und Fliegen und band zwei ihrer geköpften Fänge an die Schnüre. Ein Kopf an einem trockenen Fisch sorgte für Pech in der Familie, erinnerte sie sich an Joels Weisheit. Ihre schmierigen Finger putzte Lorea an einem Tuch sauber und war dabei bedacht, nicht nach dem schwarz und braun gefärbten Leinen auf dem Tisch zu greifen.

Draußen knarzte eine Tür, und Lorea spähte zum Haus des Fischers. »Aye, ich mach ja schon«, hörte sie den alten Mann plappern und sah, wie ihn jemand vor die Haustür schob. Ein Leinensäckchen lag auf seiner Hand, welches zugeschnürt war. Joel kam mit großen Schritten auf die Fischerhütte zu und erweckte den Anschein, den kleinen Beutel in seinen Händen wie eine Überraschung verstecken zu wollen. Lorea spielte vor, sie hätte nichts bemerkt, stapelte die anderen Fische aufeinander und scheuchte die Fliegen vor ihrem Gesicht weg. Eine Hand berührte ihre Schulter und drehte sie zu dem Alten um. Lorea sah ihn ahnungslos an.

»Hier«, sagte Joel mit seiner Seeräuberstimme. Er nahm ihre Hand und gab ihr das Beutelchen. Ihre Augen weiteten sich vor Erstaunen, denn der Beutel war dem Gefühl auf ihren Fingern nach mit Münzen gefüllt. Sonst hatte sie nur ein oder zwei Muscheln von dem alten Fischer als Bezahlung erhalten, aber nie eine Münze. Bei den Wölfen, das konnte er doch nicht machen! Das war mit Sicherheit sein halbes Vermögen, das er ihr überreichte.

»So viel?«, fragte sie ihn ungläubig, woraufhin der Alte ihre Hand, in welche er den Münzbeutel gelegt hatte, von sich wegschob. Er lächelte durch den grauen Bart und Freudenfalten gruben sich in sein Gesicht. Sein ausgestreckter Finger wies auf das Riesenexemplar, das sie mit der Angel gefangen hatte. »Der is' Gold wert. Das haste dir verdient. Sollst dich hier ja auch nich' ewig abrackern, wenn du noch die and're Seite seh'n willst.« Er nickte in die Richtung des Meeres. Loreas Blick glitt zum Horizont und funkelte, als sie die gegenüberliegende Küste sah. Ihr strahlendes Gesicht wandte sich wieder dem Fischer zu.

»Kannst für heute Schluss machen, hast ganz schön viel gearbeitet, Mädel«, meinte er und entließ sie in die Freiheit. Ein breites Grinsen zeigte seine gelb und schwarz angelaufenen Zähne. Wer nicht wusste, dass der alte Mann ein Fischer war, hätte angesichts des Gebisses, des schiefen Kiefers und der buckligen Nase geschätzt, er wäre ein steinalter Hexer.

Lorea presste den Beutel voller Münzen an sich und richtete sich freudig auf. »Danke!« Vor Glückseligkeit drückte sie dem Fischer einen dicken Kuss auf die bärtige Wange und hüpfte aus der Hütte. Joel rieb sich verdattert die Backe. »Da brat mir doch einer 'nen Hai.«

Wie ein kleines Mädchen, dessen goldene Spielkugel aus dem Wasser gerettet und ihr zurückgebracht worden war, stolzierte sie zur Stadt zurück, den Münzbeutel nicht mit Gier, sondern voll heller Erwartung umklammert. Sie wusste zwar nicht, welcher Wert in dem Säckchen steckte, doch egal, wie viel es war, es würde sie einen Schritt näher zum Schiff bringen, das zur anderen Küste segelte. Ihre Augen erhaschten nochmals einen Blick auf die französischen Klippen, die ebenso hoch wie die der englischen Küste waren, aber von ihr aus gesehen die hauchfeine Höhe eines Laubblattes an einem Baum besaßen. An einem klaren Tag, als sie mit Joel hinaus aufs Meer gerudert war, um auf Fischjagd zu gehen, hatte sie das erste Mal die andere Seite des schmalen Meeres gesehen und war vor Verblüffung um ein Haar aus dem Boot gefallen. Könnte man über das Wasser laufen, wäre Frankreich nur eine knappe Tagesreise entfernt.

Sie musterte die unruhige Wasseroberfläche, die im späten Sonnenlicht schimmerte. Das bezaubernde Element schien es Maël angetan zu haben. Er genoss jeden Regen, der auf die Erde plätscherte, und jeden Moment, während dem seine Füße vom eisigen Salzwasser umschlungen wurden. Bei Regen streckte er die Hand stets aus einem Fenster des Alehauses, um nach dem Wasser zu schöpfen. Auf den Feldern aber war er vorsichtig, denn wenn sich sein Haar vollsog, waren seine spitzen Ohren leichter zu entdecken.

Ihr Blick glitt zum feinen Badehaus. Während ihres Aufenthalts hatte sie schon einige Männer darin verschwinden sehen, und das gewiss nicht nur, um ein Bad zu nehmen. Maël wahrte einen zu edlen Charakter, um sich dort hinein verschlagen zu lassen. Frauen, die dort ihrer Arbeit nachgingen, hatte sie gesehen. Diese waren so auffällig gekleidet, dass es schwerfiel, sie nicht zu bemerken. Ihre Ausschnitte ließen tief blicken, ihre Mieder waren eng geschnürt und durch manch einen rötlich gefärbten Rock spähte an einem Schlitz ein Oberschenkel hervor.

Ihre Stiefel erreichten die Tür zur Nixenstube und traten ein. Sie malte sich Maëls erstauntes Gesicht aus, wenn sie den Beutel in ihrer Hand schüttelnd vor seine Nase hielt, und war gespannt, ob ihre Erwartung erfüllt wurde. Als sie die Tür hinter sich schloss, stöberte der Wirt, der sich bei ihnen als Douglas vorgestellt hatte, in den Regalen unter seinem Tresen herum.

»Jetzt erst fertig mit der Arbeit?«, fragte er verblüfft und nahm sie flüchtig in Augenschein. Zustimmend murmelte Lorea und lief zur Treppe hinüber. »Die See ist lange ruhig geblieben, da haben wir das gute Wetter genutzt.«

»Aye, der Wind draußen war heute still wie 'ne tote Möwe. Maël is' noch oben, er is' vorhin erst reingekommen«, meinte Douglas nebenbei und verschwand gänzlich in einem der versteckten Regale, sodass seine Stimme nur gedämpft zu ihr drang. »Meine Frau hat eure Sachen hoch gebracht, die Sonne hat heut' jedes Segel schnell getrocknet.«

»Das ist zu lieb, richte ihr vielen Dank aus.« Gestern hatte sie die Möglichkeit gefunden, ihre und Maëls schmutzige Kleidung endlich zu waschen. Douglas' Ehefrau hatte ihr freundlicherweise ein Waschbrett und Seife dafür überlassen.

Im Flur angekommen lief sie den Gang entlang, allerdings nicht zu ihrem am ersten Tag zugewiesenen Raum. Nachdem die anderen Gäste das Alehaus verlassen hatten, hatte der Wirt ihnen ein schöneres

Zimmer gegeben, weil sie einen längeren Aufenthalt beabsichtigten. Da sie das meiste Essen nicht bezahlen und stattdessen hungern wollten, hatte Douglas sich gnädig gezeigt und ihnen die Essensreste der anderen Gäste zugesprochen. Das Essen wäre ohnehin bezahlt, hatte er ihnen als Ausrede für seine Gutherzigkeit vorgegaukelt, damit sie nicht kraftlos am nächsten Morgen auf den Äckern arbeiten mussten. Ihre gemeinsame Entschlossenheit hatte offensichtlich ausgereicht, um Douglas zu überzeugen.

Als sie die Zimmertür öffnete, saß Maël auf seinem Bett und stopfte einige Sachen in sein Bündel. Auf dem kleinen Nachttisch, der zwischen seinem und ihrem Bett stand, lag ein Leinen, das nicht größer als ein Taschentuch war. Muscheln und Knöpfe, kupferne und silberne Münzen waren darauf in einem Häufchen zusammengeschoben.

Sie versteckte den Münzbeutel hinter ihrem Rücken und schloss die Tür. Der Elf sah auf und bemerkte, dass sie eine Überraschung für ihn bereithielt.

»Was hast du denn da?« Wissbegierig reckte er den Kopf, um zu sehen, was sie in den Händen verbarg. Doch sie drehte sich stets so, dass er nichts erspähen konnte. Lorea trat mit gespielter Überheblichkeit an ihn heran. Die Hand mit dem Beutel streckte sie aus und ließ ihn mit lautem Klimpern auf den Nachttisch fallen. Die vor Verblüffung geweiteten Augen ihres Gefährten waren so lustig anzusehen, dass Lorea sich laut lachend auf ihr Bett warf. Wenn man ganz schnell ein Bild malen könnte, wäre das Gesicht des Elfen ein hervorragendes Motiv gewesen.

Maël entknotete den Beutel, und es offenbarten sich kupferne und drei silberne Münzen. Das ganze Säckchen war so vollgestopft, dass einige Geldstücke beim Öffnen herauspurzelten.

»Wo hast du denn so viel Geld her?«, forderte er von ihr eine Erklärung und schien vor Begeisterung kurz davor, einen Luftsprung zu machen.

»Ich war Angeln und habe einen so großen Fisch gefangen«, protzte sie mit erhobenem Kopf und zeigte ihrem Gefährten, als wie lang sie ihren Fang in Erinnerung hatte.

Er sah sie skeptisch an. »Hast du den Fisch gefangen oder hat der Fisch vorgehabt, dich zu fangen?«

Die ernste Miene, die sie aufsetzte, zeigte ihm eine klare Antwort. Maël stöberte in seinem Gepäck und zog sein eigenes Beutelchen mit den gesammelten Münzen und Wertsachen hervor. Lorea tat dergleichen, und sie schütteten die zahlreichen Geldstücke, Muscheln und Knöpfe auf dem Nachttisch aus. Bei ihrem Betteln auf der Straße hatten die Zuschauer ihnen hässliche Holzknöpfe oder einen Löffel zugeworfen, das eine oder andere Mal sogar Münzen aus grau und kupfern schimmerndem Metall. Die Dinge, die sie nicht gebrauchen konnten, brachten sie zu einem Händler in der Stadt und tauschten sie gegen bare Münze. Man sagte ihnen, es gäbe oben in der Festung ebenfalls einen Händler, doch Douglas hatte sie gewarnt, dass jener Mann wirr im Kopf und geizig mit dem Geld sei. Daher hatten sie den Tauschmann bei Hofe gemieden.

Nachdem sie aus jedem Beutel die Münzen und Knöpfe sortiert hatten, zählte Maël alles zusammen. Währenddessen hielt Lorea ihm den größten Beutel auf, damit er die gezählten Münzen wegpacken konnte und nicht durcheinander kam.

»Merk dir mal acht«, trug Maël ihr auf, als er die letzte Silbermünze in das Säckchen schob. Er widmete sich den kupfernen Münzen und gab ihr kleine Rechenaufgaben. Für manche nahm sie die Finger zur Hilfe. Nach dem, wie er zählte, besaßen zwölf kupferne Pfennige denselben Wert wie ein silberner Schilling.

Als nur noch Knöpfe auf dem Tisch lagen, fragte er: »Wie viel haben wir?«

»Dreiundzwanzig Schilling und acht Pfennige.«

»So viel schon?«, fragte er verblüfft und starrte auf den Geldbeutel. Das war äußerst viel. Ihr war die Menge bei ihrer Rechnerei nicht aufgefallen. Mit ein paar Münzen mehr hatten sie schon das Geld für eine Überfahrt für Maël zusammen. Loreas Blick weilte auf den Knöpfen, und sie überlegte, wie wertvoll diese waren.

»Wir heben uns die Knöpfe für Frankreich auf«, beantwortete Maël ihre Frage, die er offensichtlich aus ihrem Blick abgelesen hatte. »Ich glaube nicht, dass der Hafenmeister einen Knopf als gutes Tauschmittel ansieht.«

Der schmatzende Mann im Hafen war streng, was die Kosten für eine Schifffahrt anging, das hatten sie am allerersten Tag erfahren. Dass er so freundlich wäre und ihnen die Knöpfe abnahm, war so wahrscheinlich wie Schneefall im Sommer.

Die Knöpfe packten sie somit in einen anderen Beutel und steckten beide Wertsäckchen in Maëls Gepäck. Er hatte ihr erzählt, er habe einen Bann auf sein Bündel gelegt, damit es niemand anrührte. Würde jemand außer ihm das Leder seines umhüllten Gepäcks anfassen, so brannte angeblich desjenigen Hand. Obwohl Lorea ihm die Geschichte nicht glaubte, reichten seine Worte aus, um sie davon abzuhalten, sich dem Bündel zu nähern.

»Wollen wir Douglas fragen, ob er schon schmutziges Geschirr zum Abwaschen hat?«, fragte Lorea. »Dann haben wir heute Abend nicht so viel Arbeit auf einmal.«

Der Elf stimmte ihr zu. Nachdem sie ihre Sachen sicher verstaut hatten, gingen sie zusammen hinunter in die Stube an den Tresen. An einigen Tischen saßen Gäste, die sie beiläufig grüßten.

Maël schlich hinter den Tresen und zu einem Türbogen, der in die Küche führte. »Douglas«, hallte seine Stimme zu Lorea, »hast du schon Arbeit für uns?«

Der Wirt schien wieder in seiner Kochecke beim Rühren im Topf halb eingeschlafen zu sein. Dabei hatten sie den Mann schon einige Male erwischt und hatten ihn einmal sogar wach rütteln müssen, damit sein Kopf nicht in den Suppentopf klatschte. Während seiner Kochkünste trank er gern eine Handvoll Alehumpen. Das Gebräu würde seinen Geist für bessere Rezepte anregen.

Douglas' Stimme kroch müde in Loreas Ohren. »Ist noch kein dreckiges Geschirr da, habt ihr ja gestern schon alles sauber geschrubbt. Aber die freien Tische könnt ihr mal putzen. Warte, ich geb' euch mal 'nen Lappen.«

Geduldig wartete Lorea und hörte Schritte in der Küche, wodurch die Holzdielen auf dem Boden knarrten wie die alten Schiffe im Hafen. Der Wirt schlurfte durch den Türbogen. Auf seinem Weg zu Lorea griff er nach einem Eimer mit Wasser und einem im Regal unter dem Tresen versteckten Lappen und stellte alles auf einen der leeren Tische.

Douglas näherte sich einer Sitzgruppe, an welcher zwei Männer saßen. »Na, Ben? Neuigkeiten aus der Hauptstadt?«

Ein Mann mit braunem Vollbart sah zu ihm auf. »Der Adel protzt, die Armen heulen, die Schmiede schlagen und die Huren vögeln. Was soll man sagen?«

Während Lorea und ihr Gefährte die freien Tische abwischten, hörte sie mit halbem Ohr zu.

»Keine Königskrone geseh'n?« Douglas lachte.

»Als ob der sich zu diesen Zeiten blicken lassen würde. Wenn dann würde ich nur seinen Kopf auf einen Pfahl aufgespießt sehen, so wie manch einer munkelt.« Der Mann verzog das Gesicht. »Auf meinem Weg hierher habe ich Gerüchte gehört, man habe eine Gruppe Männer gesehen, voller Risse und fauligem Fleisch im Gesicht. Haben wohl die Pest gehabt.«

Als Maël zurück zu Loreas Tisch kam, um in ihrem Eimer seinen Lappen auszuwaschen, erstarrten beide. Ihre angespannten Blicke trafen sich.

»Hauptsache, denen is' niemand zu nah gekommen«, sorgte Douglas sich. »Nicht dass die wieder das halbe Land versauern lassen am Schwarzen Tod.«

»Wisst ihr, wo man diese Männer gesehen hat?«, fragte Maël den Vollbärtigen vorsichtig und wanderte zum nächsten Tisch.

»Richtung Süden sollen sie wohl sein, vielleicht sind die nach Frankreich. Sollen sie da ruhig die Pest streuen, von mir aus können die auch in den Norden das Zeug schleppen, aber hier brauchen wir die nich'. Wieso fragste?«

Aufgeregt wartete Lorea auf Maëls Erklärung und wischte abwesend über ihren Tisch. Sie durften sich keinesfalls verraten.

»Ich habe auch schon von diesen kranken Leuten gehört«, log Maël. »Soll wohl ansteckend sein, wenn sie einen berühren.« Er verzog ein angeekeltes Gesicht, um einen ahnungslosen Schein zu wahren, und kehrte mit einem ernsten Blick auf Lorea gerichtet zurück. Es hatte einen Grund, dass er öfter als nötig den Lappen in ihrem Eimer auswusch. Unauffällig hob er einen Finger an die Lippen, und sie nickte sachte. Ein falsches Wort über die Untoten zu verlieren, war mit Sicherheit gefährlich.

Plötzlich flog mit lautem Krachen die Tür zur Gaststube auf. Lorea und die anderen Männer schraken zusammen, denn man hätte ebenso denken können, das Dach über ihren Köpfen wäre eingestürzt. Die Besucher an den Tischen sahen sich erschrocken um. Ein kleiner Mann rannte keuchend herein. Maël bewegte den Arm ruckartig und stieß versehentlich gegen den Wassereimer, der daraufhin gefährlich zur Seite kippte. Doch Loreas Hände waren flink genug, fingen den Bottich auf und stellten ihn sicher zurück auf den Tisch.

»Lo-Lord!«, stammelte der kleine Mann und eilte mit großen Augen zu Lorea und Maël. »Der Lord-Lord hat gesagt –!« Der Fremde war so heller Aufregung, dass er keine Luft bekam. Sein weinrotes Wams machte den Eindruck, dass er am Hofe seine Dienste leistete. Ein Kragen aus dunklem Hasenfell zog sich um seinen Hals. Die Spitzenschuhe, welche seine Füße schmückten, waren bestickt und sein Hut mit einer zarten Feder geschmückt. Er warf Lorea und ihrem Begleiter hektische Blicke zu, aber sie konnte nicht erkennen, ob er etwas Gutes oder Schlechtes mitzuteilen hatte.

»Ruhig, Mann«, meinte Maël zu dem kleinen Herrn und beugte sich zu ihm hinunter. »Was hat der Lord denn gesagt?«

»Lord Edmund von Langley hörte von Euch beiden und sagte, er wünsche sich heute Abend zu seiner Feier Unterhaltung von Euch!« Der kleine Mann richtete sich auf. Lorea brauchte einen Moment, um zu verstehen, was er wie ein rauschender Wasserfall geplappert hatte. Aber sie kam zu dem Schluss, dass er scherzte, obwohl der erste April Wochen zurücklag. Wie zu Stein erstarrt stand sie da, die Hände abwesend um den Eimer geschlungen. Maël musterte den kleinen Mann mit derselben Fassungslosigkeit, die Loreas Herz in ihre Füße schubste.

»Spinnst du?«, grummelte Douglas, der vollkommen wach war. Dem Ton seiner Stimme nach zu urteilen, glaubte er dem Mann ebenso wenig und wirkte verärgert. »Haste was getrunken oder warum redste so 'n Möwenscheiß?« Der Wirt betrachtete die Augen des aufgewühlten

Besuchers. Als er nichts Besonderes zu entdecken schien, warf auch er Lorea und Maël eine seltsame Miene zu.

»Ich lüge nicht, der Herr hat es mir befohlen. Ich solle zu Euch gehen und es Euch verkünden. Der Herr wartet sicher bereits auf meine Rückkehr.« Der kleine Mann schien mehr Kraft in der Zunge als in den Armen zu haben. Jedes Mal redete er so schnell, dass alle Zuhörer einen kurzen Augenblick brauchten, ehe sie seine hastenden Worte verstanden. So wie er sprach und gekleidet war, schien der Mann ein Untergebener des Fürsten zu sein.

»Richtet dem Herrn von Langley aus, dass wir seine Einladung mit ehrwürdigem Dank annehmen«, sagte Maël, doch diesmal vermochte seine Silberzunge nicht seine bedrückte Stimmung zu verbergen. Lorea ahnte, dass sie beide dasselbe flaue Gefühl im Magen trugen. Dass sie vom Fürsten eingeladen wurden, war zwar außergewöhnlich ehrenvoll, aber dann mussten sie so achtsam sein wie nie zuvor. Maëls Ohren durften keinesfalls gesehen werden, von keiner Menschenseele. Außerdem durfte ihnen vor den Augen des Fürsten kein Fehler unterlaufen. Vor dem Herrn dieser Stadt und der großen Festung auf dem Berg einen Ball versehentlich aus der Hand zu verlieren, wäre äußerst peinlich. Bei den tollwütigen Wölfen, hatte sie Angst und Bammel. Als sie darüber nachdachte, dass ihr Auftritt womöglich unerwünschte Aufmerksamkeit erregen konnte, spürte sie, wie ihr kalt wurde und jegliche Farbe aus ihrem Gesicht wich.

»Also kommt Ihr jetzt? Die Feier fängt bald an«, plapperte der kleine Mann und lief rückwärts zur Tür zurück, die weit offen stand.

»Ja doch!«, sagte Maël energisch, was an der Hektik ihrer Situation lag. »Sagt dem Herrn, wir müssen nur noch einige Dinge vorbereiten. Wir kommen gleich.«

Der kleine Mann nickte. Er hastete zur Tür hinaus und schloss sie ebenso laut krachend, wie er sie geöffnet hatte. Eine ungute Stille schwirrte durch den Raum. Nach einem Augenblick, der sich wie eine Stunde anfühlte, drehte Maël sich zu ihr um. Sein offener Mund und die abwesend dreinblickenden Augen sagten ihr mehr als tausend Worte. Nicht nur sie selbst, sondern auch ihm schien die Nachricht völlig überrumpelt zu haben.

»Da hau mich doch die Walflosse«, murmelte Douglas und zog Lorea allmählich wie an einem unsichtbaren Tau in die Wirklichkeit zurück. Sie bemerkte, dass sie ihre Hände am Rand des Eimers vergessen hatte, und nahm sie herunter. Ihr war schwummrig, aber nach einem schweren Schlucken und tiefem Durchatmen gaben ihre Füße ihr das gewohnte Gleichgewicht zurück.

»Soll ich jemanden von euch auffangen, bevor er gleich umfällt?«, fragte der Wirt vorsichtshalber nach, doch Maël lehnte mit halb lachendem Schnaufen und einem dankenden Handwedeln ab. In den Gesichtern der anderen Gäste an den Tischen entdeckte Lorea Verblüffen.

»Lass uns schnell die Sachen holen«, meinte Maël zu ihr gewandt und taumelte zur Treppe. »Dann muss der gnädige Herr nicht allzu lang auf uns warten.«

Sie gehorchte und eilte ihm nach. Offensichtlich war sie schneller zur Besinnung gekommen als der Elf. Er hatte ebenso wie sie allen Grund zur Sorge. Was, wenn die Jäger sie durch ihren Auftritt witterten?

Als sie in ihre Kammer traten, stöberte jeder in seinem Bündel. Lorea packte die selbst geschneiderten Jonglierbälle aus, Maël zog zwei zurechtgeschnitzte Stöcke hervor. Sie waren bei ihren sechs Bällen geblieben und hatten zusätzlich die beiden ellenlangen Stäbe mit in ihr Schauspiel eingebracht. Über die vergangenen Tage hatte Lorea, wann immer sie Zeit gefunden hatte, etwas Neues ausprobiert. Nicht nur mit den Händen jonglierte sie jetzt, sie ließ außerdem einen Ball gelegentlich auf ihr Knie fallen, um ihn zurück in ihre Handfläche zu stoßen. Die Stöcke waren bisher recht praktisch, doch Maël musste ihr stets behilflich sein und ihr einige Bälle abnehmen. Bei seinen akrobatischen Vorführungen hatte er bisher die kuriosesten Sachen gezeigt, die man mit eigenen Augen gesehen haben musste.

Der Elf zog eines seiner frisch gewaschenen Leinenhemden hervor und spähte zu dem kleinen Häufchen Kleidung hinüber, welches auf Loreas Kissen lag. »Zieh dir am besten dein hübsches Kleid an, das du in London getragen hast.«

Sie suchte sich die besagte Kleidung aus dem Stapel, legte sie auf ihren Schoß und wartete. Maël zog sein mit Erde beschmutztes Hemd aus.

Lorea wandte die Augen von ihm ab. Ihr Anstand sagte ihr, dass sie einen Halbnackten nicht anstarren sollte. Obwohl ihre Pupillen die ganze Zeit die Jonglierbälle auf dem Bett neben ihr anstierten, spürte sie, wie die vor wenigen Minuten aus ihrem Gesicht entwichene Farbe wieder in ihre Wangen schoss. Maël schien es egal zu sein, dass er sich vor ihren Augen umzog. Lorea hingegen kam sich unwohl dabei vor. Interessiert nahm sie einen der Jonglierbälle in die Hand. Erst jetzt fiel ihr auf, dass ein loser Faden daran hing.

Als Maël sich sein weißes Hemd angezogen hatte, stopfte er den Rest seiner Kleidung zwischen sein Gepäck und band sein Haar zu einem Zopf, wobei er seine Strähnen straff über seine Ohrenspitzen legte. »Kannst du auf meine Ohren aufpassen?«

»Soll ich schnalzen, sobald ich sie sehe?« Während ihres Aufenthaltes hatte Lorea sich angewöhnt, unauffällig eine Warnung zu signalisieren, sobald sie Maëls Ohrenspitzen erhascht hatte.

Er brummte leise.

Ihr Herz schlug unruhig. Als sie sich vorstellte, was geschehen mochte, wenn Maël vor den Augen des Fürsten als Elf enttarnt wurde, wurde ihr schwindlig. Sie glaubte nicht, dass sie in einem solchen Fall heil aus der Festung gelangen würden. Immerhin würden ihnen dann mehr als nur zehn Räuber nachjagen.

Weil sie es am liebsten gar nicht aussprechen wollte, flüsterte sie nur. »Was machen wir, wenn dich doch jemand sieht? Willst du dein Schwert nicht mitnehmen?«

Maël schüttelte den Kopf. »Es wird uns gewiss untersagt sein, die Festung bewaffnet zu betreten.«

»Dann können wir gleich zum Scharfrichter gehen.«

»Bleib ruhig. Es wird schon alles gut gehen.« Mit den Jonglierstäben in den Händen verließ er das Zimmer. »Ich warte draußen auf dich«, versicherte er ihr und schloss die Tür.

Nachdem Lorea sich ebenfalls umgezogen hatte, flocht sie ihr Wellenhaar zu einem langen Zopf. Ihre Mutter hatte ihr immer gesagt, dass sie mit geordnetem Haar hübscher aussah. Vielleicht machte sie am Hof dadurch einen eleganteren Eindruck. Schließlich folgte sie ihrem

Begleiter in den Flur. Maël nahm ihr einige Stoffbälle ab, und gemeinsam schritten sie hinunter zur Haustür.

»Viel Glück!«, riefen ihnen Douglas und einige Gäste durch die Stube zu, während der Wirt sich mit Lappen und Eimer über den letzten Tisch hermachte.

»Danke«, entgegneten die beiden im Chor und verschwanden in die salzige Stadtluft. Lorea warf zur Ablenkung und gleichzeitigen Übung einige Bälle im Kreis durch die Luft, während sie durch die Straßen liefen. Die Stadt verließen sie in Richtung des großen Hügels, auf welchem die Festung des Lords errichtet war. Erst nach dem Passieren des Stadttores wagte Maël, zu sprechen. »Nach dem heutigen Abend müssen wir vorsichtig sein. Es wird sich sicher herumsprechen, dass wir bei Lord Edmund eingeladen worden sind, womöglich müssen wir wegen den Árfenlíth wieder aufpassen.«

Lorea schluckte, als sie sich vorstellte, die beiden in graugrünen Monturen eingehüllten Jäger würden sie wieder durch die Straßen jagen. Sie stellte ihre Jonglierübungen ein. Eigentlich kam ihnen der Besuch beim Fürsten recht ungelegen. Lieber hätte sie unauffällig weiter in Stuben und auf Feldern gearbeitet.

»Weißt du, wie man sich vor einem Fürsten benimmt?«, fragte Maël.

Erschrocken weiteten sich ihre Augen. Daran hatte sie gar nicht gedacht! Weder hatte sie je einen Grund gesehen, sich über solche Feinheiten den Kopf zu zerbrechen, noch war sie jemals einem Fürsten höchstpersönlich begegnet. Nur einer Fürstin. Im Castle Bolton hatten sie sich nicht darauf vorbereitet, hohe Adlige anzutreffen.

Obwohl ihr die Wahrheit schwerfiel, war sie ehrlich zu ihm. »Nein, nicht genau. Ich hatte bisher noch nie das Vergnügen.«

»Das macht nichts.«

Während sie zusammen den steilen Weg zur Burg hinauf schritten, stellte Lorea ihre Übungen ein und lauschte dem Elfen wie ein Lehrling. »Wenn du den Lord grüßt oder dich bei ihm bedankst, musst du stets einen Knicks machen. Einen richtigen Knicks.« Er blieb stehen und schauspielerte mit der Hand, als hielte er einen unsichtbaren Rock. Dann zeigte er ihr, was er meinte. Nachdem Lorea es ihm nachgemacht hatte, gingen sie weiter. »Egal was du zu ihm sagst, vergiss nie das Milord am Ende. Schau ihm auf die Füße, niemals ins Gesicht. Bedanke dich für jedes Lob und alles, was er dir beipflichtet. Wenn er etwas bemängelt, dann sagst du: Danke für Euren Hinweis, Milord. Überlass mir am besten wieder das Reden.« Maël starrte gedankenverloren in den Himmel und schien zu überlegen, ob er alles von der Liste in seinem Kopf an sie weitergegeben hatte. »Und noch etwas.« Seine Augen sahen sie mit einem bekräftigenden Blick an, der sie mit Mut stärkte. »Stolziere nicht, aber gehe selbstbewusst und erhobenen Hauptes.«

Lorea bedachte alles und zeigte mit einem übermütigen Nicken, dass sie begriff.

»Beachte das immer. Vor allem bei Lord Edmund«, warnte er sie. Es klang, als ob hinter dem Namen des Fürsten mehr steckte.

»Hat der Lord denn einen Ruf?«, fragte sie. Nach dem vielen Gerede um den feinen und einflussreichen Herrn dieser Festung, an deren Mauern sie entlanggingen, witterte sie eine Vorahnung, dass er weitaus bekannter war, als sie zunächst angenommen hatte.

»Lord Edmund von Langley ist der Oheim des Königs, Herzog von York und Herr von ganzen fünf Hafenstädten. Man nennt ihn auch Lord Warden. Allzu unbedeutend ist er also nicht.«

Lorea stieß einen verzweifelten Laut aus. Oheim des Königs, Herrscher über die Küste, was erfuhr sie als Nächstes? Womöglich war er streng und engstirnig und würde sie hämisch vorführen. Allein einem Fürsten in Person zu begegnen und ihm heitere Unterhaltung zu bieten, war ruhmvoll und riskant zugleich. Bei so einem hohen Herrn wie Lord Edmund wagte sie nicht einmal zu raten, wie heikel ihr Besuch war.

Der Herrscher der Küste

Sie passierten das Tor der Festung, wo zwei Wachmänner wie Statuen verharrten und für Ordnung sorgten. Lorea staunte, was sie vom Eingangstor aus entdeckte. Ein Weg führte sie steil hinauf und geleitete sie vorbei an Häusern, einer uralt erscheinenden Kapelle und dem hohen Leuchtturm, die im Schutz des Festungswalls lagen. In den späten Abendstunden hatte Lorea ein helles Feuer oben in der Turmspitze flackern sehen. Douglas meinte, das Licht würde den Booten und Schiffen zeigen, wo das nächstgelegene Land sei, damit sie nicht strandeten.

Aus einem der Häuser klang das Klirren von Metall. Ein anderes schien ein Stall zu sein, denn Wiehern und Hufgetrappel hallten zu ihnen. Mägde, Laufburschen und andere Untergebene des Fürsten liefen über die Straße innerhalb der Festung. Hier vermutete Lorea den geizigen Händler in seinem Warenhaus.

Eine Kutsche mit Verzierungen am Gehäuse und zwei Schimmeln im Gespann fuhr an ihnen vorbei. Sie wurde von zwei reitenden Rittern in gelben Tuniken und silbernen Rüstungen mit ausgearbeiteten Löwenköpfen auf dem Brustharnisch begleitet.

Als sie das Tor des inneren Walls passierten, erhob sich in der Mitte allen Geschehens der ansehnliche Bergfried, die Residenz des Fürsten, wie ein uneinnehmbares Schloss in den Himmel. Auf jedem der vier Türme, welche den Bergfried begrenzten, wurden Flaggen wild vom Wind umhergerissen. Als Lorea die Augen zusammenkniff, um zu sehen, was auf den Flaggen abgebildet war, erkannte sie die Umrisse dreier goldener Löwen und ebenso vieler Schiffsrümpfe.

Vor der Treppe zur großen Eichentür des Fürstenheims standen vier Männer, alle in schweren Kettenrüstungen und mit einer Lanze in den stählern gepanzerten Händen. Auf den Tuniken war dasselbe Wappen aufgestickt wie auf den Flaggen.

Als sich Lorea und Maël den wenigen Stufen, die zum Bergfried hinaufführten, näherten, streckten zwei der Wachmänner ihre Lanzen überkreuz und versperrten ihnen den Zugang. Lorea musterte augenblicklich die Ohren des Elfen, doch er war gerissen und hatte sie hinter hellblonden Haarbüscheln versteckt.

»Der Lord ist für den Pöbel heute nicht zu sprechen«, meinte einer der Männer.

Die Wachen verängstigten Lorea. Sie sahen aus, als würden sie jedem unerwünschten Eindringling mit den Lanzen nachjagen, wenn er keinen triftigen Grund hatte, dieser Festung einen Besuch abzustatten. Doch Maël schien zu mutig, um sich von den bewaffneten Wächtern einschüchtern zu lassen. Schließlich hatte er Räubern getrotzt.

»Wir wurden eingeladen, Lord Edmund von Langley bei seiner Feierlichkeit Unterhaltung zu geben«, sagte er höflich wie ein gelehrter Mann.

»Wer hat Euch eingeladen?«

»Der Lord höchst selbst. Er schickte erst vor Kurzem einen Untertan, der uns die Einladung überbrachte. Ihr müsstet ihn gesehen haben.«

Die vier Männer warfen sich zustimmende Blicke zu. Sie zogen die Lanzen zurück und ließen sie ein. Maël verneigte und bedankte sich. Lorea war zu verunsichert, sodass sie nur eine winzige Verbeugung zustande brachte.

Einer der Wächter wies auf die steinerne Treppe, welche zu seiner Linken zu einem hoch gelegenen Eingang führte. »Geht dort hindurch und die Stufen hinauf. Wenn Ihr im Thronsaal angekommt, geht die

Wendeltreppe rechterhand hinauf. Euch müsste die Große Halle dann recht schnell auffallen.«

»Habt Dank«, sagte der Elf.

Beide erreichten das Herz der Festung. Nach dem ersten Schritt in die steinernen Gemäuer durchzog Lorea die Kälte der Burg. Ein kleines Kapellenzimmer warf Farben durch seine bunten Glasfenster auf den Boden. Gemeinsam stiegen sie an dem freundlichen Raum vorbei eine lange Treppe hinauf. Ihre Schritte wurden am Gipfel der Stufen zu einem Licht geführt. Überall hingen imposante Banner, auf denen goldene Löwen auf rotem und goldene Schiffsrümpfe auf blauem Hintergrund gestickt waren. Lorea folgte ihrem Gefährten durch einen schmalen Gang, bis sie den ersten großen Raum erreichten. Wandteppiche verdeckten jeden Mauerstein. Wachen standen an allen Zugängen des Saales, und zurechtgemachte Adlige verteilten sich im Raum. Am anderen Ende des Saales entdeckte Lorea drei auffällige Stühle, von welchen der blau und rot geschmückte in der Mitte sie am meisten beeindruckte. Zwar saß niemand auf den Stühlen, doch Lorea schloss ohne Zweifel aus dem vielen Schmuck des Raumes, dass dies der Thronsaal war.

Ein kurzes Zupfen an ihrem Ärmel weckte sie aus ihren Gedanken, und sie folgte ihrem Gefährten auf dem Weg durch die Burg. Eine steinerne Wendeltreppe hinauf kamen sie ihrem Ziel Schritt für Schritt näher. Aus einem Raum drang erneut grelles Licht von Hunderten Kerzen, das bis zu ihnen auf die kalten Stufen schien. Von oben hallten Trommeln, Dudelsäcke, Streichklänge und eine Flöte durch den Bergfried. Stimmengewirr schwebte undeutlich durch die Kammern der Festung. Vielleicht erwartete Lord Edmund sie schon im Festsaal, denn unten im Thronsaal schien er sich nicht aufgehalten zu haben. Um einen so berühmten Mann scharten sich gewiss unzählige Adlige, um mit ihm ein wichtiges Wort zu wechseln.

Loreas Augen starrten verängstigt auf den Eingang der erleuchteten Halle. Sie sträubte sich, hinein zu gehen. Ihre Furcht, einen Fehler vor dem Oheim ihres Königs zu machen, war zu groß.

Maëls Hand berührte sie an der Schulter. »Selbstbewusstsein und Haltung«, erinnerte er sie und hoffte anscheinend, ihr damit Mut zuzusprechen.

»Aber wenn ich etwas falsch mache«, jammerte sie flüsternd. »Oder wenn man deine Ohren sieht.«

Auf der letzten Stufe der steinernen Wendeltreppe blieb sie stehen und weigerte sich, dem Raum mit den lauten Geräuschen auch nur einen Schritt näher zu treten. Es wäre eine Schande, sich vor jemandem der Königsfamilie den kleinsten Fehler zu leisten. Maël musste sich hinsichtlich seiner Talente wenig sorgen, für ihn war sein heutiger Auftritt ihrer Einschätzung nach keine Besonderheit. Aber für Lorea war es beunruhigend, vor jemandem mit einem weitaus höheren Stand als ihrem eigenen Unterhaltung darzubieten. Lieber würde sie mit einem Ruderboot in einen Sturm paddeln. Damals bei Glennas Vermittlung war ihr Besuch nur kurz gewesen. Heute kam es auf jede Bewegung an. Heute waren weitaus mehr hochwohlgeborene Augen auf sie gerichtet.

»Sieh doch mal«, redete der Elf unentwegt auf sie ein. »Seit wir hier sind, hast du nur ein einziges Mal die Bälle verloren, nämlich vorhin. Also musst du dir doch keine Sorgen machen.« Er senkte den Kopf, sodass er auf Augenhöhe war. Lorea sah schüchtern zu ihm auf. »Du bist sehr gut im Werfen, da wird schon nichts passieren. Heb dir deine besten Kunststücke für später auf. Und meine Ohren hat bisher auch niemand entdeckt. Ich habe meine Haare straff gezogen, sie sollten nicht verrutschen. Sobald du sie sehen solltest, schnalzt du, damit ich Bescheid weiß.«

Er schob eine Hand unter ihr Kinn und hob ihren Kopf an, sodass sie die Haltung einer edlen Dame annahm. »Nicht stolzieren, aber dennoch erhobenen Hauptes gehen«, wiederholte er nochmals, was ihr inzwischen albern vorkam. Sie griff nach dem Mut, den Maël ihr reichte, und atmete tief die modrige Luft ein. Zusammen mit Maël lief sie die letzten Stufen hinauf zum erleuchteten und angenehm beheizten Raum, innerlich zitternd, aber selbstbewusst. Der Elf richtete sich auf und wirkte wie ein anmutiger Prinz, hätte er die dafür passende Kleidung getragen.

Gemeinsam betraten sie die Große Halle, welche einer der Burgwächter ihnen beschrieben hatte. Der Saal war prächtig geschmückt. Überall hingen rote, fein verzierte Vorhänge. Schilde, die das Wappen der Burg trugen und hinter denen sich je zwei Schwerter kreuzten, waren an allen Wänden angebracht. Hunderte Kerzen verteilten sich im Raum und erzeugten so viel Licht, dass Lorea glaubte, es wäre helllichter Tag. Am gegenüberliegenden Ende protzte ein Thron des Fürsten mit weinrotem Samtkissen und goldenen Lehnen. Hinter dem edlen Stuhl hing ein großer roter Wandteppich, auf dem ein vergoldeter Reiter mit gezücktem Schwert gestickt war. Neben dem Thron warteten Stühle auf ihre rechtmäßigen fürstentreuen Besitzer. Ein langer Tisch stand vor dem Thron bereit, um darauf Speisen zu servieren. Am linken und rechten Ende war je eine Tafel nahe an die Wände geschoben, wodurch alle drei Tische zusammen die Form eines kantigen Hufeisens ergaben und in der Mitte allen Geschehens reichlich Freiraum boten. Hinter den Tischen und Bänken war gerade noch Platz, um an der Wand entlangzugehen. Beide Tafeln reichten vom einen bis zum anderen Ende der Halle, und Lorea schätzte sie hundert Schritte lang. Auf ihnen waren Teller aus poliertem Silber zurechtgelegt, etwas zu Essen stand nicht bereit. An den Tafeln ruhten Sitzbänke, auf welchen sich fein gemachte Gäste niedergelassen hatten. Einer der Adligen saß zusammengesunken da. Sein Kopf war auf den Tisch gerutscht, und er schien eingenickt zu sein.

Die große freie Lücke zwischen den Tafeln war sicherlich für Unterhaltungskünstler vorgesehen. Dort würden sie gleich ihre Kunststücke aufführen.

Kleine Grüppchen von Frauen und Männern verstreuten sich im Saal, die ohne Ausnahme in prunkvolle Gewänder gehüllt waren. Seidene Stoffe, die sie auf dem Londoner Markt bei reichen Schneidern gesehen hatte, leuchteten im Schein der Kerzen. Die langen Ärmel mancher Frauenkleider und Herrengewänder reichten bis zum Boden. Schuhe mit Absätzen klackerten laut, als eine Frauengruppe durch den Saal lief und sich in einer Ecke zum Tuscheln traf. Auf manchen Schuhen erkannte Lorea aufgestickte Perlen. Sie musterte die Hofdamen eingeschüchtert. Eine trug teures weißes Nerzfell um den Hals. Alle hatten die Köpfe mit Edelsteinen besetzten Diademen, aufwändig geflochtenen Frisuren, langen Schleiern oder golden bestickten Hennen oder Hörnerhauben geschmückt. Unter den Adligen vermutete Lorea Fürsten und Angehörige von Adelshäusern, Ritter oder sogar Mitglieder der Königsfamilie. Sie war neidisch, dass die edlen Leute sich schick zurechtgemacht hatten und sie und Maël in schlichten Leinen und Hosen aufschlugen, weil sie sich nichts Hübscheres leisten konnten.

Da der Thron leer und Lord Edmund offensichtlich nicht anwesend war, schien die Stimmung in der Halle recht entspannt. Drei schlanke, große Hunde mit hellbraunem Fell liefen umher und witterten wohl, dass es bald ein Festmahl gab. Als Lorea umherblickte, entdeckte sie in einer unweiten Ecke eine Gruppe Musikanten neben dem Eingang zur Großen Halle, von denen sie drei Gesichter bereits gesehen hatte. Die Fiedelspielerin, der Mann mit Flöte und der Junge mit der Laute, die vor einigen Tagen ihr Geschick in Douglas' Alehaus gezeigt hatten, grinsten sie an. Offenbar erinnerten sie sich an Lorea und ihren Begleiter, die ihnen am Abend ihrer musikalischen Vorstellung mit großer Bewunderung zugesehen hatten.

Sie musterte die vielen Adligen, die unentwegt tuschelten. Als einige Damen die Köpfe nach Maël reckten und mit den anderen in ihrer Gruppe wisperten, las Lorea an ihren Lippen ein »Seht mal, der Schönling dort« ab.

»Oho, da hat jemand ein Auge auf dich geworfen«, flüsterte sie Maël zu. Mit vollstem Bewusstsein ahmte sie den Moment nach, als die drei Unbekannten am Strand in ihrem Lager nach dem Weg gefragt hatten und einer der drei seinen Blick von Lorea nicht hatte losreißen können. Rache war süß, pflegten die Bauern zu sagen, und hier war der perfekte Augenblick für sie, um sich für Maëls peinlichen Kommentar zu revanchieren.

»Ich weiß«, gab er knapp zurück und nahm die Damenwelt, die über ihn tuschelte, einen kurzen Augenblick in Augenschein. Die weiblichen Gäste zeigten sich auf diese Geste hin schwer begeistert und tuschelten umso mehr.

»Die stieren dich schon die ganze Zeit an«, neckte Lorea ihn weiter und unterdrückte ein lautes Auflachen.

Der blonde Schönling neben ihr stieß ihr mit dem Ellbogen sachte an den Arm. »Ich weiß«, flüsterte er zwischen zusammengebissenen Zähnen hervor. Doch es war nicht aus Ärger, dass er die Kiefer zusammenpresste, sondern ebenfalls aus unübersehbarer Belustigung. Er hatte zu kämpfen, ein nicht allzu übereifriges Lächeln zu zeigen.

Der Elf schlenderte zu den Musikanten, die ihr Stück beendeten. Lorea folgte ihm, denn sie fand es unbehaglich, allein mitten in der Halle stehen zu bleiben. Die Bälle und Stäbe legten sie in einer Ecke hinter den Musikanten ab, wo sie niemanden störten. Alle, die den Abend unterhielten, waren nun versammelt. Nach dem letzten Ton aus einem der Dudelsäcke klatschten einige Hände Beifall, die meisten ließen sich durch das Ende des Liedes jedoch nicht von ihren Unterhaltungen abbringen. Lorea und Maël beteiligten sich am leisen Applaus.

»Guten Abend, die Herrschaften«, grüßten ihr Begleiter und Lorea die musikalische Truppe.

Die Fiedelspielerin trat an sie heran. »Guten Abend, die Dame. Guten Abend, der Herr«, sagte sie freundlich, und der bekannte schottische Akzent, den auch Glenna mystisch gesprochen hatte, klingelte in Loreas Ohren. Sie blickte die Frau an, als sei sie der erste Vogel im Frühling, den sie zwitschern hörte. »Ihr wart auch in der Gaststube und habt uns zugesehen, wenn ich mich recht entsinne«, meinte sie und spielte drei Töne an, die Lorea an eines der Lieder aus der Gaststube erinnerten.

»Und wie man sieht, entsinnt Ihr Euch recht.« Maël schmunzelte. »Es scheint wohl, dass wir heute zusammen auftreten.«

Alle Köpfe wandten sich der freien Fläche zwischen den Tischen zu. Dort würde Maël bald turnen und Lorea würde ihre Bälle aus Sand und Stoff durch die Luft werfen. Die Musikanten sollten ihre Spiele mit Klängen zieren.

Einer der Hunde trottete zu ihnen und schnupperte an ihren Schuhen. Lorea blieb wie angewurzelt stehen, denn auf eine seltsame Weise kam sie sich vor, als hätte man Gift in ihre Stiefel geschmuggelt und der Hund würde es wittern. Sie wagte es nicht, einen Finger nach dem Tier auszustrecken. Die Angst, von dem lieblich aussehenden Hund gebissen zu werden, hielt sie zurück. Sie hatte noch nie die Bekanntschaft mit einem Hofhund gemacht. Sicher war es ihnen nicht gestattet, die große Dogge anzurühren. Diese Tiere waren Eigentum des Fürsten, und der Pöbel durfte wenn überhaupt die Hühner im Hof streicheln.

Der Hund schnaufte leise und trottete weiter durch die Halle.

Das Getuschel hinter ihnen wurde so laut, obwohl die Damengruppe weiterhin wisperte, dass es unmöglich war, es zu überhören.

»Da habt Ihr Euch aber einen Schönling rausgefischt, aye?«, brummte einer der Dudelsackspieler zu Lorea und grunzte vor Lachen wie ein Schwein. Wie sehr sie sich auch bemühte, war es ihr unmöglich, sich ihr Kichern länger zu verkneifen. Maël lachte beim Anblick von Loreas Gesichtszügen lauthals auf.

Durch die Tür schwirrten Gestalten, von denen nicht eine einzige ein so schlichtes Leinen trug wie die Spieler. Es betraten so viele Adelsleute den Raum, dass Lorea fürchtete, es würde an Sitzplätzen mangeln. Aus einer Tür nahe dem Thron trat derselbe Mann, welcher ihr und Maël die Einladung zur heutigen Feierlichkeit verkündet hatte. Er trug festlichere Kleidung als zuvor. Der Untertan des Fürsten klatschte zweimal in die Hände und hatte somit die Aufmerksamkeit der Anwesenden. »Werte Lords, werte Ladys«, hallte die Stimme des Dieners in der Großen Halle an allen Wänden wider, doch er sprach nur die Leute adeliger Herkunft an. Er verhaspelte sich nicht mehr, sondern gab jedem Wort eine besondere Bedeutung.

Die Gäste begaben sich zu ihren Plätzen, blieben jedoch stehen. Sogar jener, welcher ein Nickerchen auf dem Tisch genossen hatte, erhob sich verträumt. Die Fiedelspielerin kehrte zurück zu ihrem Hocker, die anderen Musiker, die zuvor gesessen hatten, richteten sich auf. Maël stellte sich neben Lorea. Obwohl er selbstbewusst die Brust hob, wirkte er angespannt. Jetzt würde der Moment kommen, in dem jeder Schritt entscheidend war.

Loreas Herz schien in ihre Füße gerutscht, obwohl sie ihren Puls deutlich in ihrem Kopf spürte. Sie war froh, dass sie von nervöser Wärme erfüllt war und nicht von betäubendem Schwindel.

»Werte Gäste«, verkündete der Untertan mit einer schlenkernden Armbewegung und war für die meisten im Raum das Wichtigste, was die Welt zu bieten hatte. »Lord Edmund von Langley, erster Duke von York, erster Earl von Cambridge, Lord Warden der fünf Hafenstädte, fünfter Sohn des einstigen Königs Edward, dem Dritten seines Namens, und Oheim des Königs Richard, dem Zweiten seines Namens.«

Bei den Hühnern, staunte Lorea, waren das viele Titel! Sie war beeindruckt, dass der Untertan alle aussprach, ohne nochmals Luft zu holen. Aus Angst, versehentlich etwas Falsches zu tun, schärfte sich ihre Konzentration.

»Und seine Gemahlin, Lady Joan Holland, Duchess von York und Countess von Cambridge«, fügte der Diener hinzu.

Ein Mann trat aus einer der nebengelegenen Kammern auf Höhe des Thrones und des Untertans, und alle Anwesenden verbeugten sich vor dem Herrn. Lorea vollführte einen möglichst tiefen Knicks, wie Maël es ihr gezeigt hatte. Für den Bruchteil einer Sekunde sah sie auf, um einen Blick auf die Eintretenden zu erhaschen. Der Lord trug graues Haar, und ein Bart wuchs ihm um Mund und Kinn. Eine Krone saß auf seinem Kopf. Der Fürst lief leicht gekrümmt, jedoch leichtfüßig und mit schwingenden Armbewegungen. Seine feine Robe aus Pelzen und in rote und blaue Farben getauchter Samt schimmerte im Licht der Kerzen. Um sein Genick lag eine eng geraffte Halskrause.

Lord Edmund schritt zu seinem Thron, gefolgt von einer jungen Edeldame. Das war die Gemahlin des Fürsten? Sie schien jünger als Lorea und war für ihren Geschmack nicht die Altersklasse, welche zu dem alten Herrn passte. Bei Adligen schien es keine Seltenheit, dass sie heirateten, obwohl mehrere Jahrzehnte Altersunterschied sie trennte. Ehre und Gold spielten bei den hochwohlgeborenen Herrschaften eine größere Rolle.

Die noble Gemahlin war ebenso in seidene Gewänder gehüllt. Ein Pelz lag entlang ihres Kragens. Ihr Haar wurde von einem schwarzen Schleier bedeckt, welcher an einem aus Silber gearbeiteten und mit blauen Edelsteinen besetzten Kopfreif befestigt war.

Der Lord erweckte keinen ernsten, wie zunächst von Lorea befürchtet, sondern einen freundlichen Eindruck. Ein lustiges Lächeln zog sich über sein Gesicht, welches mit einer Brise der Erleichterung einen Teil ihrer Nervosität hinfort fegte. Das war der Oheim ihres Königs. Es war ihr eine Ehre, diesem wohlbekannten Herrn von Langley höchst persönlich begegnen zu dürfen.

»Meine Gäste«, brummte die nette Stimme des Lords durch die Halle. Er breitete die Arme aus, um zu zeigen, dass er sie alle ansprach. Viele derer, die sich verneigt hatten, erhoben sich und blickten den Fürsten an. Als Lorea dergleichen versuchte, hielt Maëls Hand sie aber davon ab, und sie verweilte in ihrer gebuckelten Haltung. Ihre Augen spähten zu den Musikern hinüber, von denen sich niemand erhob. Sie alle besaßen einen niedereren Stand als die Gäste in der Halle. Wenn sie sich recht entsann, war es ihnen erst gestattet, sich aufzurichten, wenn man sie ansprach.

»Ich freue mich, dass Ihr zu meiner, zu unserer Feier gekommen seid.« Lord Edmund benannte einige Lords, Dukes und Earls mit ihren Gemahlinnen, einige Ritter und Adlige, die ihm wichtig erschienen, und widmete diesen ein paar Sätze. Die angesprochenen Hochwohlgeborenen und Ritter verneigten sich vor dem Fürsten. Manch einer brachte ihm ein Geschenk zu seinem Platz, darunter einen Falken in einem kleinen Vogelkäfig und ein Löwenfell, welches einer der Ritter ausgebreitet präsentierte. Loreas Augen hüpften wissbegierig umher. Sie hatte noch nie einen Löwen geschweige denn sein Fell gesehen, nur auf den Flaggen mancher Festungen und Städte hatte sie Löwenabbildungen gedeutet.

»John von Gaunt«, sprach Lord Edmund den nächsten Gast an, und in Lorea kribbelte augenblicklich eine unwohle Ahnung. Diesen Namen kannte sie. Der Lord zählte eine Menge an Titeln auf, welche den Mann schmückten. Lorea bemerkte, dass der genannte Ritter ebenfalls der Königsfamilie angehörte und der Bruder des Fürsten war. Damen neigten einander die Köpfe zu und tuschelten, weil sie beeindruckt ob des Fürstenbruders schienen.

Loreas Blut gefror in ihren Adern, als ihr klar wurde, dass sich mindestens zwei Herren des Königshauses im selben Saal wie sie aufhielten.

Der Lord widmete sich den wenigen, die weiterhin im Festsaal gebeugt standen. »Natürlich freue ich mich auch über die Spieler, die meinem Wunsch gefolgt sind.«

Endlich erhoben sich die Musiker und Maël, woraufhin Lorea sich reinen Gewissens aufrichtete. *Nur auf die Füße schauen*, dachte sie und zwang ihre Lippen, wenigstens ein kleines Lächeln zu formen. Ihre Finger krallten sich in den Stoff ihres Kleides.

»Genau drei Jahre ist es nun schon her, dass meine Gemahlin und ich uns vermählten.« Sein freundlicher Blick wanderte über die adligen Gäste und ruhte schließlich auf der Lady neben ihm. »Da ich nicht mehr der Jüngste bin, hielt ich es für angemessen, diesen Tag zu feiern. Man kann nie wissen, wann man sein letztes Fest erlebt, nicht wahr?«, warf er scherzhaft in die Große Halle.

Amüsiertes Murmeln schwirrte durch den Raum. Lorea war sicher, dass der Lord aus einem anderen Grund als des Tages seiner Heirat wegen die Feierlichkeit veranstaltete. Ihr Vater hatte erzählt, dass die Adligen vor allem dann Feste abhielten, wenn sie Abkommen schließen, Pläne schmieden oder Hochzeiten vereinbaren wollten.

»Nun setzt Euch«, fuhr Lord Edmund fort, was anschließend alle, für die ein Platz vorgesehen war, befolgten. Auch der Fürst ließ sich auf seinem Thron nieder. Der Untertan nahm an seiner Linken, die Herzogin an seiner Rechten Platz. »Nun tretet vor, ihr Spieler«, sagte Lord Edmund und winkte Lorea und Maël zu sich.

Lorea spürte, wie ihr Inneres aus ihr rausspringen wollte. Sie war aufgeregt, nahm sich aber zusammen, ihre Gefühle nicht zu zeigen. Ihre Augen starrten auf die Schuhe des Fürsten oder eher das, was davon unter der langen Tischdecke hervorlugte.

Maël schritt voraus, sie ihm hinterher, stets darauf bedacht, nicht zu stolzieren, aber trotzdem den Kopf zu heben. Er näherte sich mutig dem Fürsten, bis sie beide die breite Lücke zwischen den drei Tafeln erreichten. Abermals verneigte sich Maël, und Lorea zeigte ihre Untergebenheit mit einem Knicks.

»Darf man eure Namen wissen?«

»Lorea«, stellte Maël sie gestenreich vor, »und Maël Blake, zu Euren Diensten. Es ist uns eine Ehre, vor Euch auftreten zu dürfen, Milord.«

Er trug eine unerklärliche Gelassenheit in seiner Stimme, die Lorea nicht nachvollziehen konnte. Selbst als er sich beim falschen Familiennamen nannte, klang er sicher. Da er schon mit den Königen seiner Heimat geredet hatte, war es offenbar kein Wunder, dass er vor dem Oheim des Königs wusste, seine Silberzunge zu benutzen. Lorea war so angespannt, dass sie fürchtete, der Stoff in ihren Händen würde gleich wegen ihres festen Griffs reißen.

Zwar sah Lorea es nicht, doch sie hatte eine Ahnung, dass die umhersitzenden jungen Damen sich erneut interessiert Maël besahen.

Lord Edmunds Mundwinkel erhoben sich. »Schön, schön« Er musterte sie einen zögerlichen Moment. Dann klatschte er laut in die Hände. »Und wer seid ihr werten Musikanten dort?«

Die acht Leute, die ihre Instrumente in den Händen bereithielten, stellten sich ebenfalls vor. Die Gäste rutschten ungeduldig auf ihren Plätzen herum. Nachdem die Musikanten sich allesamt beim Namen genannt hatten, von denen einer genauso fürchterlich lang war wie der ganze Titel des Lords, wedelte Lord Edmund mit der Hand und zitierte seinen Untertan heran. »Lasst die Speisen herein bringen.«

Der herausgeputzte Diener verschwand und kehrte wenig später mit einigen Küchenjungen, die Tabletts trugen, zurück. Auf den großen Tellern, die so lang und schwer waren, dass die Küchenjungen sie mit beiden Händen packen mussten, häuften sich die feinsten Leckereien, die Lorea sich nur wünschen konnte. Gekochte Gänse und andere kleinere Vögel, im Ganzen gebratene Schweine, Fische und Rinderhachse, Rüben, Lauch, Salate, Wein in großen Kannen, alles, was das Herz begehrte. Allein der Anblick bereitete Lorea Hunger, aber der Wohlgeruch dazu war unerträglich auszuhalten. Wie das duftete! Schon jetzt lief ihr das Wasser im Mund zusammen. Dennoch war für sie nicht ein Salatblatt bestimmt, sondern nur der freie Platz zwischen den Tischen, auf denen die köstlichen Speisen und Getränke serviert wurden. *Das ist so gemein*, ärgerte sie sich.

Als die Küchenjungen verschwanden, kamen Mägde mit Krügen und Tüchern herbei. Jeder Gast streckte die Hände nach vorn und formte sie zu einer Schale. Die Mägde schütteten Wasser aus den Krügen in die Handschalen, warteten, bis alle sich die Hände wuschen, um dann die

Tücher den edlen Herrschaften zum Trocknen zu reichen. Lorea staunte über die gepflegte Art des Adels.

Lord Edmund bekam sein eigenes Wasser und Tuch zum Fingersäubern. Dann erhob er sich nochmals. »Lasst die Spiele beginnen. Bedient Euch, stillt Euren Hunger und Durst, es ist angerichtet.«

Einige Hände griffen eilig nach gebratenen Wachteln, viele nahmen sich ihre Speisen, als handelten sie bei jedem Handgriff bedacht.

Maël warf erst Lorea, dann den Musikanten einen Blick zu. Mit einem Nicken deutete er den anderen, dass sie bereit waren. Die Musik begann zu spielen, und die beiden Straßenunterhalter zeigten den Adligen auf dem für sie freigehaltenen Platz ihre Kunststücke. Lorea behielt sich im Kopf, sich ihre neuesten Kniffe für später aufzuheben. Gewiss jubelten dann einige der Adligen in heller Begeisterung, weil sie angetrunken waren.

Zu Beginn stahl Maël ihr mit seinen einfachsten Purzelbäumen und Rückwärtssprüngen die Bühne, wovon sie sich aber nicht entmutigen ließ. Nach kurzer Zeit verflog ihre Anspannung. Der Gedanke, sie würde die Leute auf der Straße mit ihren Jonglierkünsten um Geld bitten, half ihr dabei.

Mit einem Pfeifen machte Lorea ihrem Gefährten verständlich, dass sie sicher genug mit den Bällen war und von ihrer Seite gleich etwas angeflogen käme. Über die Tage hatten sie sich das auf der Straße angewöhnt. Wie bei ihren vorherigen Übungen übernahm Maël die Stoffbälle und Lorea griff nach den Stöcken, um auch diese durch die Luft zu werfen und wieder aufzufangen.

Die umherirrenden Doggen behielt Lorea im Auge, da sie ständig über die Schaufläche liefen. Sie fürchtete, einer könnte Maëls spitze Ohren wittern und anschlagen. Sobald die Hunde hinter den Gästen verschwanden, um nach Knochen zu schnappen, die von manchen nach hinten geworfen wurden, entspannte Lorea sich wieder. Immer wieder spähte sie zu Maëls Ohren, doch dieser zog regelmäßig seinen Zopf straff und überprüfte die Haarsträhnen an seinen Schläfen. Kein einziges Mal war Lorea gezwungen, ihn mit einem Schnalzen zu warnen.

Gelegentlich beobachtete sie die Reaktion von Lord Edmund, um abzuschätzen, ob sie für Unterhaltung sorgten oder ihn langweilten. Der Lord sah ihnen zu, während er seine Speisen und Tischgespräche genoss, und wirkte zufrieden. Ein manches Mal verschwand er mit einigen Gästen in einer stillen Ecke der Halle, um heimlich etwas zu besprechen.

Einer der adligen Zuschauer fragte die beiden Akrobaten, ob sie nicht etwas Spannenderes zu bieten hätten, als diese einfachen Kunststückchen. Lorea begriff zwar nicht, wie man Maëls Talente als einfach bezeichnen konnte, doch der adlige Herr schien sie herauszufordern. Maël führte einen Handstand vor und pfiff, dann warf Lorea während ihres Jonglierens geschickt einen Ball direkt auf einen seiner Füße. Ein Schmunzeln bildete sich auf ihren Lippen, als einige Zuschauer einen verblüfften Ton von sich gaben. Lord Edmund klatschte beeindruckt. Nachdem sie einen zweiten Ball auf Maëls anderen Fuß geworfen hatte, brachen einige in helles Staunen aus und applaudierten, dass sie die Musik kurz übertönten. Auch bei anderen ihrer erprobten Kunststücke, wie dem Jonglieren mit Stöcken oder dem Einsatz ihres Knies, mit welchem sie die Bälle zurück in ihre Hand stieß, zeigten die Adligen sich mit Beifall schwer beeindruckt. Münzen wurden vor ihre Füße geworfen. Lorea traute sich kaum, das Geld anzurühren. Somit vollführte Maël hin und wieder einen Handstand oder ein Rad, um die Münzen aufwändig einzusammeln, und bedankte sich beiläufig.

Ihr Begleiter war so waghalsig und zeigte den Zuschauern einige Dinge, die sie zusammen nie vorher geübt hatten. Dass er einen der Stöcke, garantiert mit magischer Hilfe, auf seinem Kopf balancierte und im selben Moment mit den Bällen jonglierte, war jedenfalls nicht in ihrem Plan vorgesehen.

Mit der Zeit, während die meisten Gäste sich satt gegessen hatten und zu kleinen Teilen schon verschwunden waren, wurden Loreas Arme schwer. Bevor ihr wegen der komischen Mischung aus Erschöpfung und Aufregung unwohler wurde, gestattete Lord Edmund ihr höchstpersönlich, sich auf einem Hocker auszuruhen. Maël hatte indessen einen Einfall und erzählte eine seiner Geschichten, die Lorea noch nicht kannte. Die Erzählung handelte von einem dickköpfigen Müller, der einen jungen Esel besaß. Weil der Esel eines Tages zu träge war, um das Mühlrad anzutreiben, fuhr der Müller ihn an, er würde an seinem Schwanz ziehen, wenn er weiter stur stand. Da verschwand plötzlich der Schwanz des Tieres und tauchte am Hinterteil des Müllers auf. Nachdem der Müller dem Esel drohte, ihm seiner Faulheit wegen die Ohren langzuziehen oder gar die Zähne auszuschlagen, geschah dasselbe mit den besagten Körperteilen. Der Esel flüchtete und gedieh zu einem prächtigen Ross, während dem hässlichen Müller die Frau davonlief und er gezwungen war, das Rad seiner Mühle allein anzutreiben.

Maël erzählte die Geschichte so witzig, dass die Adligen lauthals lachten. Mit seiner Gestik und Mimik verzauberte er jeden Zuhörer. Während er erzählte, lief er an den langen Tischen vorbei, dicht an den Zuschauern und immer im Kreis. Selbst Lord Edmund schien das Schauspiel zu genießen.

Als Lorea nach einem Becher Wasser wieder zu Kräften kam, führten sie weiter ihre Kunststücke vor. Die Musikanten hinter ihnen spielten unaufhörlich Lieder, ein manches Mal wurde eine gesungene Ballade angestimmt. Herren führten die Damen an der Hand und tanzten, störten die Akrobaten jedoch nicht bei ihrer Vorführung. Je edler die Musik in der Halle ertönte, desto mehr kamen herbei und luden einander zum Tanz auf einem freien Plätzchen ein. Die Art und Weise, wie die vornehmen Leute sich drehten und ihre Tanzschritte vorzeigten, kam Lorea merkwürdig fremd vor. Die Schritte waren geordnet, die Tanzenden flüsternd oder schweigend. Nur an einer Handfläche berührten sich die Adligen beim Tanz. Alles trug diesen vornehmen Glanz. Es war das genaue Gegenteil von dem, was sie auf den bisherigen Festen erlebt hatte, wo es alles andere als ruhig zugegangen war. Wild, belebt und durcheinander, wie das Volk es feierte, so bevorzugte sie Feierlichkeiten viel mehr. Aber die Welt bei Hofe wirkte anders. Der Stand der Leute war höher, die Namen bekannter, ob das Benehmen gepflegter war, wagte Lorea bei manch einem zu bezweifeln.

Ein Hund schlief mit sattem Gefühl im Magen zu der in der Halle erklingenden Musik ein, während die Gäste miteinander redeten. Die Zeit floss dahin, begleitet von Klatschen, Klängen, Schmatzen und Tanzschritten. Lorea merkte gar nicht, dass schon bald der Abend vergangen war.

Mit dem Einbruch der Nacht hatten sie und ihr Begleiter kaum noch Zuschauer. Bevor der Rest der Gäste den Raum verließ, stand Lord Edmund auf. Sowohl die Musiker als auch Lorea und Maël stellten ihre Vorführung für einen Augenblick ein, denn der Fürst sprach zu denen, die den Abend mit ihrem Können gestaltet hatten. »Wenn die Spieler ihrer Kräfte beraubt sind, so sei es ihnen gestattet, die Halle zu verlassen. Die Feierlichkeit sollte langsam zu Ende gehen. Bevor ich die Spieler jedoch entlasse, möchte ich ihnen noch ein Zeichen meiner Dankbarkeit hinterlassen.« Der Fürst winkte seinen Untertan heran. Er redete so laut, dass Lorea ihn bis ans andere Ende der Halle klar und deutlich hörte. »Gib ihnen zehn Schilling, jedem von ihnen. Der junge Blake soll zwölf bekommen.«

»Aber, Herr«, warf der Diener ein und verzog ein entsetztes Gesicht. »Verzeiht, wenn meine Worte nicht Eurer Meinung entsprechen, Milord, aber seid Ihr sicher, dass es so viel sein soll?«

»Die guten Leute haben meines Erachtens mehr als genug getan, ich hörte, sie bekämen auf den Straßen der Stadt nur einen Apfelkern und andere Wertlosigkeiten zur Belohnung«, entgegnete der alte Lord. »Der junge Blake hat für weitaus mehr Unterhaltung gesorgt, als ich von irgendjemandem hätte erwarten können, also halte ich den Lohn sehr wohl für angemessen. Ach, und ehe ich es vergesse, bringt ihm noch ein Tuch, damit er und seine Frau die schönen Bälle besser tragen können. Wir wollen ja nicht, dass die Künstler ihr kostbares Werkzeug verlieren.«

Der Diener gehorchte ohne ein weiteres Wort und verschwand in eine Kammer. Loreas Augen schwirrten zu Maël hinüber. Er schien weitaus verdatterter zu sein als ein anderer im Raum. Seine Stimme hatte sich in unerreichbare Tiefen verkrochen und seinen Mund verlassen. Nach einem leichten Kopfschütteln, welches seine eingefrorenen Gedanken wieder aufzutauen schien, verbeugte er sich so untertänig, dass er mit der Nasenspitze seine Knie erreichte. »Tausend Dank! Ihr seid zu gnädig, Milord.«

»Deine Mühen sollten nur angemessen belohnt werden, junger Mann. Ich achte freundliche Unterhalter sehr.«

Lorea sammelte die übrigen Münzen ein, die auf dem Boden verstreut waren. Ihre Schale, die sie aus Fingern formte, war randvoll gefüllt, als sie den letzten Pfennig darauf legte.

Der Untertan eilte aus der Kammer, mit zwei Handvoll klimpernden Beutelchen und einem Leinentuch darunter in den Armen. Zu allererst gab er den Musikanten je einen Beutel. Ein jeder warf einen Blick in sein Säckchen und setzte ein erfreutes Gesicht auf. Dann kam der Untertan zu den beiden Akrobaten. Er öffnete einen der zwei übrig gebliebenen Beutel und warf zwei silbern schimmernde Münzen hinein. Denselben Beutel überreichte er Maël. Der Untertan setzte das letzte Münzsäckchen auf den gefüllten Berg aus Pfennigen in Loreas Hand. Das übrig gebliebene Leinen breitete er aus, sodass Lorea alles aus ihren Händen hineinschütten konnte. Das Leinentuch nahm sie wie einen Beutel entgegen. Sie und ihr Begleiter bedankten sich, und der Diener huschte zurück an die Seite seines Herrn.

Maël wandte sich ihr zu. Seinem Gesicht nach zu urteilen, war er genauso erschöpft wie sie. »Willst du noch bleiben?«

Trübe rieb sie sich die Augen und gab eine murrende Antwort. »Ich bin ganz müde. Lange halte ich bestimmt nicht mehr durch.«

»Geh ruhig, Mädchen«, meinte der Lord gutherzig. »Ich will keinen von euch noch länger aufhalten. Der Schein der Sonne verschwand schon vor mehr als zwei Stunden, dann solltet auch ihr bald zu Bett gehen.« Er breitete erhaben die Arme aus und sprach die übrigen Adligen in der Großen Halle an. »Den letzten Gästen wünsche ich noch einen unterhaltsamen Abend. Ich hoffe, Euer Besuch war ein sinnlicher.« Mit diesen Worten verabschiedete sich Lord Edmund. Seine junge Gemahlin erhob sich ebenfalls, woraufhin sich alle Anwesenden in der Halle vor ihnen verneigten. Beide entschwanden zur selben Tür hinaus, aus der sie gekommen waren. Der Diener des Fürsten blieb wie einer der Hunde an seinem Platz stehen und schien das Geschehen zu überwachen.

Maël sammelte sämtliche Bälle und Stöcke ein. Alles legte er in das Leinentuch in Loreas Händen, verknotete es und nahm es ihr ab. Den freien Arm schlang er um Loreas Schulter und geleitete sie zum Ausgang der Halle. Jetzt erweckten sie gewiss den Anschein eines Liebespaares. Sie verabschiedeten sich von den Musikern und wünschten allen eine angenehme Nacht. Im Vorbeigehen warf Maël den Spielern eine Handvoll der aufgesammelten Münzen aus seiner Hosentasche zu. Seinen Münzbeutel befestigte Maël an seinem Gürtel, damit kein einziger Pfennig abhandenkam.

Im Gang des Bergfriedes war es dunkel und leer, weder ein Mensch noch ein Hund strolchte umher. Sie verließen den Lichtschein, der aus der Halle drang, und wurden von der Dunkelheit der Burg verschlungen. Lorea blieb auf einer Stufe stehen und wartete, bis Maël neben ihr bemerkte, dass sie ihm etwas Wichtiges zu sagen hatte. Sie drehte sich zu ihm um und sah ihm in seine müden grauen Augen.

»Was ist?«, fragte er, weil sie tief Luft holte, doch nicht wusste, wie sie es sagen sollte. Sie suchte in ihrem Kopf nach den passenden Worten. Es musste richtig klingen, von Herzen musste es kommen, denn sie hatte sich in ihrem Leben nie so glücklich und gleichzeitig geehrt gefühlt wie in diesem Moment. Die Hindernisse, die sie überwunden hatte, die Abenteuer, die sie erlebt hatte, die Schönheiten der Welt, die sie gesehen hatte, und die Berühmtheiten, die sie getroffen hatte, all das war sie allein Maël schuldig. Nur durch ihn war sie mutig genug gewesen, dem Fürsten, dem Königsoheim, und den anderen Adligen ihre Talente zu zeigen. Jene Talente, die sie von Maël gelernt hatte.

Doch egal wie angestrengt sie in ihrem Kopf stöberte, die Worte fehlten ihr. Derartiges konnte sie nicht mit Worten ausdrücken. Aber vielleicht zeigte ihm eine Geste ihr Glücksgefühl, und somit gab Lorea sich einen Ruck. Sie legte die Arme um Maëls Hals und schenkte ihm eine freundschaftliche Umarmung. Ihre Augen schlossen sich, und sie atmete nochmals tief ein, damit sie sich auf ihre wichtigen Worte konzentrieren konnte. Selbst Maël roch nach der kalten, salzigen Luft des Meeres.

»Danke«, murmelte sie in seine Schulter, »für alles.« Hoffentlich zeigte ihm all das, wie sehr ihr die vergangenen Wochen am Herzen lagen.

Zögerlich legte der Elf die Hände an ihren Rücken und erwiderte ihre Umarmung. Seine Schultern und Arme wärmten sie. Sie spürte, wie sich seine Brust bei jedem tiefen Atemzug hob und senkte.

Da war sie wieder, diese Sicherheit und die Ruhe, die nur Maël ihr gab. Er schenkte ihr das Gefühl, vor allem Bösen auf der Welt beschützt zu sein. Seine Finger streichelten über die langen Locken an ihrem Rücken.

»Gern geschehen«, wisperte er ihr nach einer angenehmen Stille ins Ohr. Er nahm sie an den Schultern und schob sie ein Stück zurück, sodass sie sich in die Gesichter sahen. »Nun komm. Du wirst heute bestimmt genauso schlaftrunken ins Bett fallen wie ich vor ein paar Tagen.«

Aufbruch

»Wacht auf!«, flüsterte eine brummige Stimme mit Nachdruck.

Müde rieb Lorea die Fäuste in ihren Augen. Es dämmerte doch erst.

»Wacht auf, ihr beid'n!«

Ihr Kopf wandte sich um, als sie Douglas' Stimme erkannte. Was machte der Wirt so zeitig in ihrem Zimmer?

Erschrocken fuhr Maël herum, als er bemerkte, dass sie nicht allein in ihrem Zimmer waren. Seine Hand fuhr unter sein Kissen, wo er seine Ferana versteckte. Bevor er die Waffe hervorziehen konnte, erkannte er den Wirt.

»Was ist denn los?«, fragte Lorea verschlafen.

»Ihr müsst geh'n!«

»Warum denn?«, wollte nun auch Maël wissen. Er setzte sich in seinem Bett auf.

»Zwei seltsame Leute sind in der Stadt unterwegs und frag'n nach euch. Sie haben Schwerter bei sich, die Frau hat hier eine Narbe im Gesicht.« Sein Finger zog eine Linie von seinem Nasenrücken über seine rechte Wange. Seine Augen weilten besorgt auf Lorea. »Sie suchen vor all'm nach dir.«

Lorea hielt den Atem an und riss die Augen auf. Mit einem Schlag war sie hellwach. Die Árfenlíth waren in Dover?

Abwechselnd sah Douglas sie beide an. »Die war'n gerade eben bei mir, aber ich hab sie raus auf die Felder geschickt. Ihr habt nicht viel Zeit.«

Verängstigt sah Lorea ihren Gefährten an. Was sollten sie tun?

Maël wirkte gefasster als sie. »Danke, Douglas. Liegt das Schiff noch im Hafen an?«

»Aye, heute Mittag soll es ablegen. Ich kenn' den Master, bestimmt können wir ihn überzeugen, dass er eher in See sticht.«

Zustimmend nickte Maël. »Wir packen zusammen. Geh du lieber runter, bevor sie wiederkommen.«

»Aye.« Der Wirt verließ mit polternden Schritten ihr Zimmer und schloss die Tür.

»Verdammt«, schnaufte ihr Gefährte und senkte den Blick. Er schien sich einen Plan zu überlegen. »Sie müssen von unserer Vorstellung bei Lord Edmund Wind bekommen haben.«

»Haben wir denn genug Geld für eine Überfahrt?«

»Nein, aber ich habe noch einiges, das wir eintauschen können. Dann sollte es gerade so reichen.«

»Aber dann müsstest du zur Handelsstube gehen. Was, wenn du auf die Árfenlíth triffst?«

Maël erhob sich und zog sein in der Lederscheide eingehülltes Schwert unter dem Kissen hervor. Er band es an seinen Gürtel und zeigte ihr, dass er bereit war, seine Ferana zu ziehen. »Dich kennen sie, aber mich nicht. Ich werde mich beeilen und wachsam sein. Pack du derweil unsere Sachen zusammen.«

Als ihr klar wurde, dass er sie allein lassen würde, erzitterte sie vor Angst.

Aus seinem Gepäck kramte Maël seinen Wertbeutel und einige in ein Leinen eingewickelte Gegenstände hervor. »Ich komme gleich zurück. Warte hier auf mich. Geh nicht ans Fenster, während ich weg bin.«

»Bitte beeil dich.«

Um ihr wohl Mut zu schenken, zeigte er ihr ein Lächeln. Dann schlüpfte er durch die Tür und verschwand.

Lorea griff alles, was sie über die vergangenen anderthalb Wochen ausgepackt hatten, Tücher, Messer, die sie vorsichtshalber versteckt hatten, Decken und Kleidung. Alles verstaute sie in ihren Bündeln. An ihrem schmalen Gürtel befestigte sie eine Messerscheide, in der eine kurze Klinge ruhte. Sie zog eine Umhängetasche heran. Mit den vielen Knöpfen und Muscheln hatten sie sich bei einem Täschner, bei dem sie zusammen gearbeitet hatten, die Ledertasche gekauft. Mit ihrem neuen Gepäckstück war es ihnen möglich, mehr Proviant für ihre Reisen mitzunehmen. Die Ledertasche war so groß, dass mit Sicherheit drei großzügig gebackene Brote hineinpassten.

Jemand klopfte an der Tür, und Lorea fuhr zusammen. Eilig zog sie das Messer an ihrem Gürtel und richtete es auf die Tür. Die Klinke wurde heruntergedrückt und die Tür langsam aufgeschoben. »Keine Sorge, ich bin's nur«, brummte Douglas.

Erleichtert senkten sich ihre Schultern. Das Messer schob sie wieder zurück.

Der Wirt reichte ihr mehrere kleine gefüllte Säckchen durch den Türspalt. Nur ein Flüstern wagte er. »Hier sind Gries, Weizen und Erbsen drin. Braucht ihr noch Salz? Wir haben noch genug in der Küche, da steht ein ganzes Fass.«

»Das wäre sehr lieb von dir!« Sie gab ihm die leere gedeckelte Holzschale, in welcher sie für gewöhnlich Salz aufbewahrten. Während der Wirt kurz verschwand, legte Lorea die kleinen Säckchen in ihre Ledertasche. Douglas kehrte mit der gefüllten Schale zurück und ließ sie nach der Übergabe wieder allein.

Ungeduldig schlich Lorea ans Fenster, welches ihr einen Blick auf die Straße vor der Stube gewährte. Damit niemand sie von dort aus sah, kroch sie an der Wand neben dem Fenster entlang und wagte nur einen kurzen Blick vor das Alehaus. Niemand war zu sehen. Verzweifelt verzerrte sie ihre Miene. Maël sollte allmählich zurückkommen. Jede Sekunde, die sie länger ausharren musste, war ihr zu viel. Denn je länger sie ihren Aufbruch verzögerten, desto eher würden ihre Verfolger Douglas' Täuschung bemerken.

Von draußen hörte sie, wie jemand über die Straße rannte. Sie sah hinaus und entdeckte Maël, der sich seine Kapuze übergezogen hatte.

Er erreichte die Taverne. Unter ihr fiel eine Tür leise ins Schloss. Schritte stapften die Treppe hinauf, und ihr Gefährte betrat eilig das Zimmer. Er warf seinen Wertbeutel und das Leinen, in welchem keine Gegenstände, sondern Münzen verborgen schienen, auf sein Bett. »Hast du alles gepackt?«

»Ja, Douglas hat uns noch Proviant mitgegeben.«

Weil er darüber dankbar schien, zuckte einer seiner Mundwinkel. Er schaute in sein Bündel, um wohl zu prüfen, ob sich alles Nötige darin befand. Dann schwang er es sich auf. Den beinahe leeren Wertbeutel band er an seinen Gürtel, das gefüllte klimpernde Leinentuch nahm er in die Hand und hob es an. »Ich habe den Krämer aus seinem Bett gescheucht, darüber war er nicht sonderlich erfreut. Aber er hat mir beim Zählen geholfen. Das müsste genau für unsere Überfahrt reichen.«

Auch Lorea stand auf und hob ihr Bündel auf ihren Rücken. Der Kessel daran erzeugte ein dumpfes Geräusch, als er gegen die Schnalle an ihrem Bündel stieß. Lorea behielt sich im Kopf, den Kessel abermals zur Verteidigung zu nutzen.

»Wir sollten aufbrechen«, drängte sie.

Ohne Widerworte verließ Maël als Erster den Raum. Sie schlichen hinunter in die Stube, wo Douglas auf sie wartete. »Habt ihr alles?«

»Ja«, entgegnete Lorea.

Bevor sie die Haustür öffnen konnten, stellte Douglas sich ihnen in den Weg. »Wartet. Ich werde vorausgehen und nachsehen, ob die Luft rein ist.« Sein Blick rutschte zu Maëls Schwertgriff. »Das solltest du lieber bereithalten, falls es brenzlig wird.«

Eine Hand legte Maël unauffällig auf den Knauf der Wolfsklinge. Mit der anderen zog er sich die Kapuze seines Umhangs über. Auch Lorea versteckte sich unter ihrer roten Kappe.

Aufmerksam spähte Douglas hinaus auf die Straße und schwenkte den Kopf von einer Seite zur anderen. Dann winkte er sie zu sich heran. »Kommt, schnell.«

Beide flüchteten aus der Stube und an seine Seite. Zügig gingen sie die im Dämmerlicht rot leuchtende Straße entlang. Es tat Lorea leid, dass sie sich nicht einmal von den Leuten verabschieden konnten, bei denen sie gearbeitet hatten.

»Warum hilfst du uns?«, fragte sie verunsichert. »Wir könnten Halunken sein, wenn man uns sucht.«

Douglas stieß ein Lachen aus. »Ihr und Halunken? Dann seid ihr aber anständige! Anstatt zu stehlen, arbeitet ihr lieber für euer Geld. Warum diese Landratten euch suchen, will ich gar nich' wissen. Wie ich euch kenn', könnt ihr wohl schlecht was verbrochen haben.«

Lorea behielt ihren versteiften Gesichtsausdruck bei. Der Wirt hatte keine Ahnung, dass Maël imstande war, Räuber zu töten. Ob er sich auch ihren Verfolgern in den Weg stellen würde? Sie entsann sich, dass die beiden ebenfalls Magie beherrschten. Wenn sie auch mit Klingen umzugehen wussten, waren sie Maël ebenbürtig. Er wäre den beiden in einem Kampf unterlegen. Als ihr klar wurde, dass sie getötet werden würden, wenn sie einen unbedachten Schritt setzten, wurde ihr übel. Sie wollte so schnell wie möglich das Schiff im Hafen erreichen, welches sie gestern entdeckt hatten.

Die Tore der Stadt entließen sie unterhalb der Steilklippen. Am Badehaus vorbei erreichten sie Joels Hütte. Der alte Fischer war zeitig aufgestanden, um seine getrockneten Fänge zu prüfen. Er sah zu ihnen auf. »Morgen. Was macht'n ihr so früh hier? Wollt ihr fisch'n?«

Douglas winkte ab. »Wir haben es eilig. Die beiden reisen ab.«

»So plötzlich?«

Lorea wandte das Gesicht dem Boden zu. Sie war sich unschlüssig, ob sie dem Fischer erzählen sollten, dass jemand sie verfolgte. Er würde sich Sorgen machen, auch wenn er nach außen einen robusten Anschein erweckte.

Niemand von ihnen sagte etwas. Den Fisch in seiner Hand legte Joel auf den Tisch und hinkte ihnen hinterher. Weil sie so zügig gingen, konnte er kaum mit ihnen mithalten, doch es schien ihn nicht zu stören.

Der alte Fischer rümpfte in der morgendlichen Luft die Nase. »Habt euch 'nen guten Tag ausgesucht, heut' is' Sonntag. Nehmt noch 'ne Haiflosse mit, dann seid ihr in 'ner Stunde drüben.«

Ein schmaler Sonnenstrahl drängte sich in Loreas Kopf. Joels Aberglauben nach würde eine Haiflosse an Bord den Wind günstig lenken und die Fahrt beschleunigen.

Sie erreichten den Hafen, an dessen Stegen Boote und Kutter dümpelten. Auf einige hatten sich Möwen gesetzt, um zu schlafen. Manche Vögel waren bereits erwacht und flogen Kreise um die Masten des am längsten Steg anliegenden Handelsschiffes. Lorea schärfte ihren Blick. Dieses Schiff würde sie in Sicherheit und nach Frankreich bringen. Sie würde ihr Heimatland bald verlassen. Womöglich für immer.

Einige Männer, die Lorea vorher nie gesehen hatte, liefen quer durch den Hafen. Das schienen welche von der Schiffsbesatzung zu sein. Sie trugen Kisten oder rollten Fässer zum Schiff.

Vor dem Hafenhaus saß der Hafenmeister mit einer Pfeife in der Hand. Spottend hob er die Brauen, als er sie entdeckte.

Maël eilte die Stufen zu dem Mann hinauf und streckte ihm das zugebundene Leinen entgegen. »Gute Morgen. Hier sind die gewünschten fünfundfünfzig Schilling. Wir würden gern mit dem Schiff übersetzen.«

»Reicht nich'.«

Verwundert senkten sich Loreas Brauen. »Ihr habt uns diesen Preis beim letzten Mal genannt.«

»Preis is' gestiegen.«

Nun trat Douglas vor und wirkte ebenso angespannt wie Lorea und ihr Gefährte. Er packte den Hafenmeister am Kragen. »Du fauler Wal sitzt hier den ganzen Tach nur auf deinem Arsch rum und machst fast gar nichts, da solltest'e dir an den zweien hier mal 'n Beispiel nehmen. Die beiden haben dem Lord Warden höchstpersönlich in seiner Festung dort oben 'ne Vorstellung gegeben. Er war angeblich sehr begeistert von den zweien. Wenn er hört, dass du die beiden aufgehalten hast, wird er dich ungern länger behalten wollen. Jetzt nimm den Beutel und lass sie gehen.«

Hektisch sah Lorea sich um. Niemand in auffälliger Montur und dunkelgrauem Umhang war zu sehen. Sie wusste nicht, wie viel Zeit ihnen noch blieb, bis sie entdeckt wurden.

Grimmig nahm der Hafenmeister Maël das gefüllte Leinentuch ab, und Douglas ließ ihn los. »Reicht gerade so«, entschied der Hafenmeister.

Ohne ein Wort der Verabschiedung eilten Maël und Lorea den langen Steg entlang, der sie über das Meer und zur Anlegestelle des Handelsschiffes führte. Der Holzsteg knarrte gefährlich unter ihren Schuhen, und Lorea hatte das unangenehme Gefühl, dass der Boden schwankte. Sie erreichten die Zugangsbrücke zum Schiff. Seemänner drängelten sich mit Kisten in den Händen an ihnen vorbei und polterten die Brücke hinauf. Lorea machte ihnen Platz und folgte den Männern mit ihren Augen aufs Schiff.

Auf dem Deck ragten zwei riesig hohe Masten in die Höhe, an denen die großen Hauptsegel zusammengebunden waren. Netze zum Klettern und dicke Seile spannten sich von der höchsten Spitze jedes einzelnen Mastes bis hinunter aufs Deck und an das Schiffsgeländer. Vorn am Bugspriet war der übergroße Kopf einer Frau eingeschnitzt. Das Holz außen am Schiff sah mitgenommen und angekratzt aus, aber das schadete der dicken und robusten Schiffshaut sicher nicht. Auf dem Deck liefen ausschließlich Männer umher. Niemand stand oben am großen Steuerrad.

Ein Mann in Fellweste lief vom Deck zu ihnen hinunter. Er sah recht jung aus, jedoch nicht so jung wie Maël es war. »Was wünscht Ihr?«, fragte er und sah Lorea und ihren Begleiter an.

»Habt Ihr vielleicht noch Platz für zwei Wanderer auf Eurem Schiff?«, erfragte Maël.

Der Mann musterte sie beide, als ob er abschätzte, ob sie tüchtig genug für eine Schiffsreise wären. Bei Lorea verweilte er einen Augenblick länger, was sicher daran lag, dass Frauen auf einem Schiff angeblich Unglück brachten.

Joels Seeräuberstimme erklang hinter ihrem Rücken. »Um das Mädel brauchst'e dir keine Sorgen machen, die macht keine Dummheiten. Hat sogar mal 'nen riesen Fisch an der Angel gehabt, die bringt bestimmt Glück wie 'ne Katze an Bord, die Gute.«

Seine Worte klangen zwar grob, aber sie wusste, dass er es gut meinte. Sie drehte sich um und zeigte Joel ein verkrampftes Lächeln.

»Habt Ihr schon bezahlt?«, fragte der Mann auf der Brücke, woraufhin Lorea und Maël gemeinsam mit zustimmendem Brummen nickten.

»Elmo, da soll dich doch der Hai fressen, jetzt lass sie doch mal aufs Schiff!«, meckerte der alte Joel. Der Mann in Weste sah den alten Fischer mit einer Prise Respekt an. Joel schien nicht nur für Lorea ein Lehrer gewesen zu sein, denn der Mann auf der Brücke erweckte den ihr wohlbekannten Eindruck, als bereitete er sich für eine Standpauke von dem alten Seebären vor.

»Dann mal rauf mit Euch«, sagte der Mann mit schiefem Mundwinkel und gewährte ihnen Zutritt. Um sich zu bestärken, atmete Lorea tief ein und stieg die wacklige Brücke hinauf an Deck. Bevor sie das Schiff erreichte, hielt der Unbekannte sie auf, indem er ihr eine Hand entgegenstreckte. Sie griff nach ihr, und er schüttelte einmal kräftig daran.

»Elmo, Master der Allison«, stellte er sich und sein Schiff vor, und Lorea erwiderte ihren eigenen Namen. Der Master geleitete sie an Deck und gab dann Maël die Hand. Der Boden unter ihren Füßen schwankte mehr als der Steg. Vor Schreck breitete Lorea die Arme aus und taumelte über das Deck, um Gleichgewicht zu gewinnen. Ihr Begleiter hingegen hatte kaum Probleme, sich an das Schwanken unter ihm zu gewöhnen.

»Ihr könnt Eure Sachen im Laderaum verstauen«, erklärte Master Elmo und wies auf eine offene Luke, aus welcher einer der Seemänner stieg. Maël lief zu jener gezeigten Luke dicht vor dem Hauptmast, Lorea kam ihm nach. Als er die schmalen Stufen hinunter kletterte und nach einer freien Ecke zu suchen schien, verschwand er für einen kurzen Moment.

Derweil betrat auch Douglas das Deck, um mit dem Master zu sprechen. »Könnt ihr schon Segel setzen?«

»Ne, wir müssen noch einiges aufladen. Wieso? Haben die beiden es eilig?«

Als er wieder auftauchte und anscheinend einen Platz für ihr Gepäck gefunden hatte, nahm Maël ihr Bündel entgegen und verstaute es ebenfalls außerhalb ihres Blickfeldes. Er kam wieder hinauf an Deck. Beide wurden von Master Elmo und Douglas gemustert.

»So in der Art«, meinte Douglas.

»Wenn sie noch warten, bis die Sonne gänzlich aufgegangen ist, können wir aufbrechen.«

Nervös sprangen ihre Augen umher. Am liebsten hätte sie sich auf ein Ruderboot gesetzt und wäre vornweg geschippert.

»Wir wären Euch dankbar, wenn wir zeitig in See stechen könnten«, bestärkte sie Douglas' Bitte.

Weil er ebenso beunruhigt schien wie sie, stieg Maël die Stufen zum Achterdeck hinauf. Vom Heck des Schiffes aus sah er zu den verzweigten Stegen am Ufer und der Klippe hinüber. »Wir haben keine Zeit mehr.«

Loreas Herz blieb stehen, weil sie ahnte, was er sah.

Hastig stieg Douglas die Stufen hinauf und blieb neben Maël stehen. »Aye, das sind die beiden.«

Aufgeregt rannte Maël wieder hinunter an Deck und kam zu ihr. »Du musst dich im Frachtraum verstecken.«

»Was ist denn hier los?«, wunderte der Schiffsmaster sich.

»Es laufen zwei Fremde durch die Stadt, die meinen beiden Freunden hier an den Kragen wollen«, erklärte Douglas, als auch er zu ihnen zurückkehrte.

»Aber wir können doch jetzt in See stechen«, jammerte Lorea.

Maël schüttelte den Kopf. »Eh alle Segel gesetzt und alle Seile von den Klampen losgemacht sind, haben sie uns längst erreicht.« Er schob sie am Rücken an. »Geh durch die Luke und versteck dich.«

»Willst du etwa hier bleiben?«

»Ich lasse mir etwas einfallen«, versicherte er ihr.

Douglas klopfte auf ihre Schulter. »Viel Glück, Mädchen, und gute Weiterreise.«

Ihr gelang es nicht, ein Lächeln auf ihre Lippen zu zwingen. Mit zitternden Beinen eilte sie die schmalen Stufen durch die Luke hinunter in den Schiffsbauch. Kisten und Fässer stapelten sich hier. In einigen Holzkäfigen gackerten Hühner.

Von Angst getrieben rannte sie zwischen den Kisten entlang, bis sie eine schmale Lücke erhaschte. Sie zwängte sich hinein. Über ihr fiel Licht in schmalen Streifen in den Frachtraum. Sie deutete an den

Silhouetten und den Stimmen, dass Maël und Master Elmo direkt über ihr standen. Douglas war an Land verschwunden.

»Also wird nur Eure Freundin verfolgt?«, fragte Elmo mit gesenkter Stimme. »Sie wirkte nicht sonderlich gefährlich.«

»Tut mir den Gefallen und schweigt über sie, sollten die beiden mit den grauen Umhängen nach ihr fragen.«

»Aye. Freunde von Douglas sind auch meine Freunde.«

Fremde Schritte polterten eilig auf dem Steg. Der schwere Stoff von wollenen Umhängen wehte im Wind. Über ihr betrat ein Stiefelpaar das Deck. »Guten Morgen.«

Ängstlich schrumpfte Lorea zwischen den Kisten, als sie die Frauenstimme erkannte. Sie zog ein Leinentuch von der benachbarten Kiste, um es vor sich auszubreiten und es notfalls überzustülpen. Während sie das Tuch mit einer Hand festhielt, zog sie mit der anderen zur Vorsicht das Messer aus der Scheide an ihrem Gürtel und richtete die Spitze zu Boden. Ihre schwarzen Augen verfolgten die Schatten über ihr. Sie fürchtete um ihren Gefährten. Er hatte keine Ahnung, wie gefährlich die Verfolgerin war.

»Können wir Euch weiterhelfen?«, fragte Master Elmo.

Die Árfenlíth trat an die beiden Männer heran. »Euer Freund auf dem Steg weiß genau, wen ich suche.«

Douglas' Stimme stieß ein entsetztes Geräusch aus. Ein kleiner Tumult brach an Deck aus.

»Mein Begleiter könnte ihm die Kehle durchschneiden, immerhin hat er unseren Weg unnötig erschwert.« An ihrer Stimmlage erkannte Lorea, dass die Árfenlíth schadenfroh lächelte.

»Lasst den Mann in Ruhe!«, zischte Maël die Frau an.

Jemand wurde zur Seite gestoßen. Lorea hoffte, dass der zweite Verfolger Douglas hatte laufen lassen. Erneut stampften Stiefel über die Zugangsbrücke und blieben genau über ihrem Kopf stehen.

»Halte Ausschau nach unserem schwarzen Kaninchen«, wies die Frau ihn an. »Nicht dass sie noch versucht, aus ihrem Bau abzuhauen.« Durch einen Spalt sah Lorea, wie die Árfenlíth sich ihrem Gefährten zuwandte. »Eurer Entschlossenheit nach wisst Ihr auch, nach wem ich suche. Ihr habt nicht zufällig eine junge Dame gesehen, lange schwarze

Locken? Ärmliche Bauernkleidung? In Eurer Begleitung, wie ich hörte?«

»Ich reise allein.«

Drohend stellte die Verfolgerin sich vor Maël. Bilder entstanden in Loreas Kopf, was gleich passieren könnte. Würde die Frau ihren Dolch zücken und Maël erstechen? Würden die beiden kämpfen oder es bei feurigen Worten belassen? Würden die Verfolger sie in einen Hinterhalt locken? Wusste die Árfenlíth womöglich, dass Maël ein Elf war, und würde sie verraten?

»Wie mir der Hafenmeister sagte, ist sie aber soeben mit Euch auf dieses Schiff gekommen.«

»Er hat allein das Schiff betreten«, warf Master Elmo ein. »Brad dort drüben raucht manchmal seltsame Kräuter, kein Wunder, dass er sich 'ne hübsche junge Frau vorgestellt hat.«

Entnervt schnaufte die Árfenlíth und wandte sich wieder Maël zu. »Wenn Ihr mit mir Spielchen spielen wollt, solltet Ihr –«

Lorea hörte, wie scharfes Metall sirrend aus Leder hervorgezogen wurde. Doch dann wurde der Stahl mit einem dumpfen Aufprall gebremst. Lorea beugte sich nach vorn und sah durch den Spalt der Holzlatten, dass Maël mit seiner eigenen halb gezogenen Klinge das drohende Schwert blockierte und die Verfolgerin daran hinderte, es gänzlich zu entfesseln.

Maël vollendete ihren Satz. »– solltet Ihr bedenken, dass nicht nur Ihr allein ein Schwert besitzt.« Ihm schien die unmittelbare Bedrohung bewusst. »Ich reise allein. Das Mädchen ist gestern Morgen gen Norden aufgebrochen. Soweit ich weiß, wollte sie nach London. Ihr habt sie wohl verpasst.«

»Dann können wir jede Kiste auf diesem Schiff absuchen«, schlug der Verfolger vor. »Euch sollte es ja nicht stören, wenn wir fündig werden. Schließlich reist Ihr allein.«

»Nur zu«, spornte Maël den Mann kühl an. »Durchsucht jede einzelne der aberhunderten Kisten, nicht zu vergessen die Fässer. Sagt Bescheid, wenn Ihr fündig werdet, ich wäre ebenso überrascht wie Ihr.«

Mit beiden Händen stieß die Árfenlíth Maël gegen die unweite Wand der Masterkajüte, über der sich das Achterdeck befand. Lautes Poltern drang zu Lorea, als er mit dem Rücken gegen das Holz prallte. »Wo ist sie?«

»Ich reise allein.« Trotzend bäumte er sich vor ihr auf. »Und wagt es nicht, mich nochmals anzurühren.«

»Was denn, habt Ihr Angst vor zarten Händen?« Die Árfenlíth schien jeden Faden von Wut und Angst zu wittern und absichtlich daran zu zupfen. Sie strich mit einem Finger an Maëls Wange entlang, doch er neigte das Gesicht von ihr weg und schlug ihre Finger beiseite.

Der Verfolger legte die Finger an seinen Schwertgriff. Doch seine Herrin hielt ihn mit einer erhobenen Hand zurück. Sie schien zu überlegen. »Dann gehen wir mal nachsehen, ob unser verschrecktes Häschen tatsächlich nicht im Frachtraum ist.«

Die Schatten ihrer beiden Verfolger wandten sich von Maël ab und der offenen Luke zum Frachtraum zu, welche Lorea wegen ihres stark eingeschränkten Blickfeldes nicht sah. Ihr Herz raste. Eilig zog sie das Tuch über ihren Kopf, schrumpfte, soweit es ihr in dem engen Spalt möglich war. Das Tuch zog sie straff, damit sie den Anschein einer schmalen kantigen Kiste erweckte und nicht auffiel.

Ihr Gefährte schnalzte laut. Sie wusste, dass er damit einen Warnruf ausstieß. Um leiser zu atmen, öffnete Lorea den Mund. Ihre aufgerissenen Augen sahen durch das übergeworfene Leinen hindurch. Sie hoffte, dass ihr roter Umhang unter dem Leinen nicht hervorstach und sie unentdeckt blieb.

Fremde Stiefel stiegen die schmalen Stufen hinab. Der Boden knarzte, als ihre Verfolger durch den Frachtraum schritten. Maël und Elmo schienen den beiden zu folgen und sie unten zu beobachten. Lorea ahnte, dass ihr Gefährte seine Klinge griffbereit hielt.

»Immerhin haben wir einen Vorteil«, meinte die Árfenlíth zu ihrem Begleiter. Ihre Stimme näherte sich ihrem Versteck. »Ihre Mutter scheint nicht mehr bei ihr zu sein. Die beiden waren unzertrennlich, als wir sie das letzte Mal gesehen haben. Vielleicht ist sie umgekommen oder wurde von jemandem getötet? Obwohl ich das lieber gern erledigt hätte.«

Krampfhaft versuchte Lorea, sich beisammen zu halten. Sie biss sich auf die Unterlippe, um jedes Geräusch zu unterbinden. Ihr war bewusst, dass die Árfenlíth sie mit ihren Worten reizen und aus ihrem Versteck locken wollte.

Plötzlich sang die Frau ein Lied, welches eine unangenehme Furcht in Lorea auslöste.

»Ringlein um die Röschen,
eine Tasche voller Blümchen.«

Die Frau glitt in ihr Blickfeld, als sie bedächtigen Schrittes an ihr vorbeiging. Die Árfenlíth versteckte einen Dolch hinter ihrem Rücken und schien gebannt darauf, eine Gelegenheit zum Zustechen zu ergreifen.

Lorea gefror zu Eis und hielt den Atem an. Ihre Hand verkrampfte sich um den Messergriff. Sie wusste nicht, ob sie die Frau anstarren oder lieber die Augen zusammenpressen sollte, um dem Tod nicht länger ins Angesicht blicken zu müssen.

»Asche, Asche,
wir alle fallen um.«

Mit der letzten Silbe stampfte die Árfenlíth auf den Boden, um Lorea wohl zu erschrecken. Doch sie erlaubte sich nicht einmal ein Schniefen.

»Ich sehe niemanden, Herrin. Wenn sie nicht rauskommt, finden wir sie nie.«

»Ich sagte Euch, dass ich allein reise«, knurrte Maël die beiden an. »Aber wenn Ihr Eure Zeit hier verschwenden wollt, könnt Ihr das gern tun.«

Ein Sirren gefolgt von einem metallischen Knall schwirrte durch den Frachtraum. Jemand hatte sein Schwert gezogen und zugeschlagen, doch war von einem anderen Stahl geblockt worden.

Energisch schnaufte Maël. »Ich denke, Ihr wollt das Mädchen mit den schwarzen Haaren und nicht mich töten? Lasst mich in Ruhe!«

»Ihr wisst, wo sie ist!«, fuhr der Verfolger ihn an.

»Nehmt Eure Klinge runter«, warnte Master Elmo. »Ich will hier kein Blutvergießen hab'n. Befleckte Waren verkauf'n sich nich' gut.«

»Ich nehme erst meine Klinge runter, wenn der Blondschopf uns das Mädchen gibt!«

Erneut prallten zwei Schwerter mehrfach gegeneinander. Maël stolperte zurück und direkt vor den Spalt, in welchem Lorea sich verkroch. Mit beiden Händen packte er den Schwertgriff seiner Ferana und stellte sich kampfbereit hin. Mit seinem Wolfsblick fing er seinen Angreifer ein. Lorea hatte Angst, dass es zwischen den beiden zu einem ernsthaften Kampf käme. Noch ärgerte der Árfenlíth Maël nur. Ob sie aus ihrem Versteck kriechen und sich stellen sollte? Damit würde sie die anderen außer Gefahr bringen, doch ihr eigenes Leben riskieren. Sie wusste nicht, welche Entscheidung klüger wäre. Sie war zu verängstigt, um klar zu denken.

»Sie ist gen London unterwegs! Denkt Ihr, ich würde mir ein Weib auflasten, mit dem ich wesentlich langsamer zu Fuß bin? Jetzt lasst mich in Ruhe, oder ich schlage zurück!«

»Verlasst mein Schiff«, ermahnte Master Elmo die beiden Árfenlíth. An der Luke sammelte sich Getuschel. Offenbar waren einige Seemänner darauf bedacht, dass ihrem Master nichts zustieß. »Ihr werdet hier niemand'n finden. Er is' der einzige Gast auf dieser Überfahrt.«

»Ihr habt meiner Herrin gar nichts zu befehlen«, fauchte der Mann.

»Ihr befindet Euch auf'm Wasser«, warnte Master Elmo. »Hier gilt Seerecht. Wenn ich meinen Männern sag', sie soll'n Euch an Steine fesseln und ins Meer schmeiß'n, würden sie das ohne Weiteres tun und nich' mal bestraft werd'n. Überlegt Euch genau, wem Ihr auf welch'm Boden droht.«

Maël richtete sich auf und hob seine Klinge. Er drängte die Unruhestifter zurück und trat außerhalb von Loreas Blickfeld. »Verschwindet von diesem Schiff. Ihr seid hier nicht erwünscht.«

Nach einem Zögern stiefelte die Frau gefolgt von ihrem Begleiter die Stufen hinauf an Deck. Sein Flüstern nahm Lorea hauchfein wahr. »Aber, Herrin, wir verlieren sie, wenn sie die andere Seite erreicht.«

»Dann spielen wir eben noch ein bisschen mit ihr.«

Vorsichtig schob Lorea den Kopf nach vorn. Maël folgte den beiden mit gezogenem Schwert an Deck. Loreas Hoffnung wuchs, dass sie und Maël lebendig nach Frankreich gelangten. Sie zog das Leinen von ihrem Kopf und atmete leise tief durch. Die Schatten ihrer Verfolger verließen über ihrem Kopf polternd das Schiff und betraten über die Zugangsbrücke den Steg. Ihre Stimmen wurden dumpfer, ihre heimlichen Worte undeutlicher.

Sowohl Maël als auch Master Elmo verweilten einen Moment, ohne sich zu rühren, und schienen abzuwarten. Dann wandte Maël sich als Erster um und eilte abermals die Stufen zum Frachtraum hinab.

Nur Maëls Flüstern drang durch den Schiffsbauch. »Sie sind an Land gegangen. Wo bist du?«

Langsam schob sie den Kopf weiter nach vorn, damit sie an den Kisten vorbei durch den Frachtraum spähen konnte. Nur ihren Gefährten entdeckte sie. Erleichtert lockerte sich Maëls Haltung. Er rannte zu ihr, und sie wagte sich aus ihrem Versteck. Schlotternd vor Angst setzte sie sich auf den Boden, während Maël sich vor sie hockte. »Alles in Ordnung?«

Weil sie noch immer wie gelähmt war, fiel ihr ein Nicken schwer. »Haben sie dich angegriffen? Geht es Douglas gut?«

»Ja, keine Sorge. Niemandem ist etwas passiert.« Sein Blick fuhr durch den Frachtraum. »Du kannst von Glück reden, dass sie dich nicht gesehen haben.«

Als hinter ihnen schwere Schritte die Stufen hinunter trampelten, schraken beide zusammen. Doch es waren nur Seemänner, welche die übrigen Kisten in den Frachtraum schleppten.

Maël setzte sich in einem bequemen Schneidersitz vor sie. »Hast du ihr eigentlich die hübsche Narbe verpasst? Sie sieht noch recht frisch aus.«

»Ja, das war ich, als sie uns das erste Mal verfolgt haben. Dem Mann habe ich in den Unterarm gestochen.«

»Da sollten sich die beiden wohl eher vor dir fürchten als andersherum.« Maël schmunzelte sie an.

Sie blieben unter Deck, aus Angst, die Árfenlíth würden zurückkommen. Maël wollte sie nicht schutzlos allein lassen, weil er glaubte, die beiden könnten in einem Moment der Unachtsamkeit abermals an Deck schleichen.

Über ihnen meckerte Joels Seeräuberstimme und schien die Mannschaft anzuspornen. Etwas wurde kratzend vom Schiff gezogen. Lorea hatte das Gefühl, dass das Schiff mehr als zuvor schwankte. Segel breiteten sich flatternd im Wind aus.

»Ahoi!«, rief Douglas.

Maël zog sie auf die Beine. »Wir legen ab. Lass uns wieder nach oben gehen.«

Gemeinsam und mit aufmerksam erhobenen Köpfen stiegen sie durch die Luke an Deck. Keiner ihrer Verfolger war zu sehen.

Weil Lorea sah, wie sie sich vom Steg entfernten, rannte sie zur Reling. Douglas und Joel waren bereits zu weit weg, um ihnen noch eine Umarmung zu schenken. »Danke für alles!«, rief sie ihnen zu.

»Viel Glück euch beiden!«, gab der Wirt zurück und lächelte breit.

Joel hob eine Hand. »Wind in den Segeln wünsch ich euch! Nich, dass die beiden da hinten euch doch noch kriegen!«

»Lebt wohl!«, verabschiedete Maël sich.

Lorea sah sich nach dem Master um und entdeckte ihn oben auf dem Achterdeck am Steuerrad. Auch Elmo sah zu ihnen hinab. »Ihr habt ja zwei seltsame Gestalten an der Angel. Immerhin weiß ich, dass ich die beiden nich' mitnehmen werd', wenn die mich wegen 'ner Überseglung frag'n.«

»Tut mir leid, dass wir Euch damit Probleme bereiten«, entschuldigte Lorea sich.

Er winkte ab. »Ach, hab schon Seeräuber erlebt, die beschissener gelaunt war'n.«

Loreas schwarze Augen hingen an der Reling am Achterdeck. Sie überlegte, dort hinauf zu gehen und selbst nach den Verfolgern Ausschau zu halten.

»Willst du wirklich dort hochgehen?«, fragte Maël und schien ihren Gedanken zu folgen. »Sie werden dich sehen, sobald du auf dem Achterdeck bist.«

»Dann sollen sie mich sehen. Sie sollen sehen, dass sie mich nicht so einfach kriegen. Wenn wir in Frankreich sind, werden sie unsere Spur verlieren.« Denn Master Elmo war der Einzige, der Übersegler auf seinem Schiff duldete. Und er hatte deutlich ausgesprochen, dass er die beiden Árfenlíth nicht auf seinem Deck sehen wollte.

Um ihre Furcht zu bändigen, straffte sie die Schultern. Sie stiefelte die Stufen zum Achterdeck hinauf, ging zur Reling am Heck des Schiffes und bestaunte ihre Heimat ein letztes Mal. Die Klippen strahlten sie weiß an. Die Fahnen der Festung winkten ihr zu. Unmittelbar vom Hafen entfernt erkannte sie zwei Gestalten, deren Umhänge im Wind wehten. Beide sahen zu ihnen hinüber. Lorea war sich gewiss, dass die Árfenlíth sie entdeckt hatten.

Die andere Seite

Das Schiff wurde von den Wellen hin und her geworfen, aber zum Glück war es nicht allzu heftig, wie Master Elmo vorerst angenommen hatte. Er hatte befürchtet, dass ein Sturm herbeikommen würde, weil der Wind energisch brauste. Er pfiff in die Segel und trieb das Schiff an. Hatte etwa jemand eine Haiflosse an Bord versteckt?

Sie stand neben dem Steuerrad, das Elmo, seit sie den Hafen verlassen hatten, nicht ein einziges Mal losgelassen hatte. Während ihrer bisherigen Fahrt wurde Lorea von einem mulmigen Gefühl im Magen geplagt, und sie hatte über eine Stunde lang an der Reling gehangen. Ihr Unwohlsein, welches nicht nur am Wellengang lag, war glücklicherweise wieder verstummt. Das würde bei jedermanns erster Schiffsreise vorkommen, hatte Elmo ihr versichert.

Ohne sich festzuhalten, versuchte sie, neben Elmo und dem Steuerrad das Gleichgewicht zu halten. Maël hatte ihr den weisen Ratschlag gegeben, sich mit dem Schiff zu bewegen und nicht dagegen. Sie schaute sich nach dem Elfen um und entdeckte ihn an der Reling. Die gesamte Fahrt über starrte er schon verträumt auf den entfernten Horizont.

Einer der Seemänner brüllte über das Deck. Da begann ein anderer zu singen.

»Was machen wir mit ’nem ’trunk’nen Seemann,
Was machen wir mit ’nem ’trunk’nen Seemann,
Was machen wir mit ’nem ’trunk’nen Seemann,
Morgens in der Frühe?«

Maël schien aus seinem Tagtraum geweckt worden zu sein. Er drehte sich schmunzelnd um. Offenbar kannte er das Lied. Auch Elmo grinste seine Mannschaft an. Alle Männer grölten über das Schiff, während Lorea belustigt zuhörte.

»Way hay, und sie taucht auf,
Way hay, und sie taucht auf,
Way hay, und sie taucht auf,
Morgens in der Frühe!«

Das schien ein Seemannslied zu sein. Es taumelte im selben Rhythmus wie die Wellen, die gegen den Bug schlugen. Mit dem *sie* meinte man gewiss ein Schiff, denn jedes Schiff mit Segeln besaß einen Namen, genauso wie Elmos Allison.

Der Master überlegte und warf eine neue Strophe ein, die vom Meeresrauschen und halbem Grölen begleitet wurde.

»Bindet ihn ans Speigatt mit ’nem Seil fest um ihn,
Bindet ihn ans Speigatt mit ’nem Seil fest um ihn,
Bindet ihn ans Speigatt mit ’nem Seil fest um ihn,
Morgens in der Frühe!

Ans Speigatt? Lorea verzog das Gesicht. Das war dort, wo das aufs Deck geflossene Wasser durch einen Spalt zurück ins Meer geleitet wurde. Nach dem Refrain überlegte sich ein anderer Seemann die nächste Strophe.

»Rasiert ihm den Bauch mit 'nem rost'gen Messer,
Rasiert ihm den Bauch mit 'nem rost'gen Messer,
Rasiert ihm den Bauch mit 'nem rost'gen Messer,
Morgens in der Frühe!«

Während einige andere in lautes Gelächter ausbrachen und aus Lorea ein Lächeln kitzelten, sangen die Seemänner wieder den Refrain. Maël beteiligte sich am Liedgesang. Lorea aber beließ es bei ihren erhobenen Mundwinkeln, nicht dass es Unglück brachte, wenn Frauen an Bord Lieder sangen. Nicht einmal gepfiffen werden durfte, weil dies Stürme und Sirenen anlocken würde.

Ihr Begleiter versuchte sich an der nächsten Strophe.

»Werft ihn ins Beiboot, bis er wieder nüchtern,
Werft ihn ins Beiboot, bis er wieder nüchtern,
Werft ihn ins Beiboot, bis er wieder nüchtern,
Morgens in der Frühe!«

Ein Seemann gab komische Geräusche von sich, als sei er tatsächlich betrunken wie der im Lied. Maël wandte sich amüsiert zu ihnen um und trällerte heiter weiter.

Die erdachten Strophen der anderen Männer wurden immer dreister, was die Schifffahrt umso lustiger gestaltete. Einige schlugen vor, den Seemann im Lied in die Bilge zu stecken und ihn das dortige Schmutzwasser als Getränk zu verabreichen. Andere meinten, ihn eine Prise Salz und Wasser schmecken zu lassen. Einer sang davon, ihn mit einem Bein an ein Want zu binden und ihn hochzuziehen. Der frechste Vorschlag aber war, ihn mit der Tochter des Masters ins Bett zu stecken. Als keinem mehr eine weitere, unanständige Strophe einfiel, verstummte die Mannschaft.

Lorea sah zu ihrem Gefährten hinüber. Als er ihren Blick bemerkte, hangelte er sich entlang der Reling und die Stufen zu ihr hinauf zum Achterdeck. Loreas Augen wanderten vor zum Bugspriet der Allison, und mit einem aufregenden Herzsprung erhaschte sie einen Blick auf die Klippen Frankreichs, die schon so breit wie zwei Finger waren. Nicht mehr lange, dann liefen sie in den Hafen ein.

Der Master schien sein Schiff und seine Männer hoch zu schätzen. Allein in seiner Körperhaltung und seinem Gesicht spiegelte sich schimmernder Stolz wider. Das Steuer war für ihn wohl vergleichbar mit den Zügeln eines schwarzen Prachtrosses. Er beobachtete jede kleinste Bewegung auf dem Schiff, jeden Windstoß, der in die Segel fegte, jede Welle, die gegen den Kiel schlug. Obwohl er jung war, hatte er offensichtlich Erfahrung im Schiffsführen. Sein beherrschendes, aber freundliches Gemüt hatte er den Árfenlíth offen gezeigt.

»Wie lange seid Ihr schon Schiffsmaster?«, fragte Lorea ihn bei dem Gedanken.

Für einen kurzen Moment musterte Elmo nicht das Deck des Schiffes, sondern sie. Als die Segel im Wind zornig flatterten, konzentrierte er sich wieder auf das Steuer. Maël taumelte zu ihnen und sah den jungen Master ebenso wissbegierig an wie Lorea. Der Wind hatte ihre Frage bis in seine spitzen Ohren getragen.

»Seit fünf Jahren«, antwortete Elmo mit erhobener Brust. Er schien stolz auf sein Vermächtnis zu sein. Die Mannschaft, seine Allison, die Weiten des unzähmbaren Meeres, die ihm offen standen.

»Seit Mitte April vor fünf Jahren, da hat mein Großvater mir das Schiff vermacht.«

Lorea wandte sich erstaunt zu Maël um und erwartete, dass er ebenfalls so verblüfft dreinschaute. Aber als sie sein Gesicht sah, zuckte etwas in ihr vor Schreck. Sie erkannte nicht einen Hauch von Erstaunen. Er stand versteift mit niedergeschlagenen Augen da und biss die Zähne zusammen, als ob ihn jemand grob beschimpft hätte. Ein Gemisch aus Wut und Angst zeichnete sein Gesicht. Maël wandte sich von ihnen ab, stapfte zur Reling am Wasser und stützte beide Hände auf das nächstgelegene Schiffsgeländer unweit von ihr und Elmo. Was war denn mit ihm los?

»Ich glaube, das war der achtzehnte April«, erzählte der Master weiter und bemerkte nicht, dass einem seiner Zuhörer die Lust vergangen war. »Aye, genau, is' unterm Bugspriet eingeritzt.«

Lorea musterte den Elfen bekümmert und bemerkte, wie sich seine Finger zornig ins Holz der Reling krallten und seine Augen das Meer wütend anfunkelten. Sie schaukelte mit der Bewegung des Schiffs zu ihm. »Maël?« Er schwieg sie an. Ihre Hände tasteten nach dem Halt der Reling, und sie neigte den Kopf nach vorn, um ihn anzublicken. »Was hast du denn?«

Maël drehte das Gesicht von ihr weg, scheinbar in der Hoffnung, dass sie ihn nicht sah. Allerdings stellte sie sich geschickter an.

»Nichts«, gab er bedrückt zurück, aber das hätte ihm nicht einmal ein kleines Kind geglaubt. Er starrte hinab auf die Wellen und schien sich an etwas Schmerzliches zu erinnern. Bei der Trauer, welche sie in seinen Augen deutete, wurde ihr bang. Gammelfleisch und Ratten, so hatte sie ihn noch nie gesehen. Lorea überlegte, um was seine Gedanken kreisten. Um die Verfolger, deren Krallen sie hoffentlich endlich abgeschüttelt hatten? Um seine Flucht damals aus Frankreich? Oder seine Eltern? Wieder holte sie eine Vorahnung ein, dass er ihr etwas verheimlichte.

»Doch, du hast etwas.« Obwohl er derjenige war, der von ihnen beiden einen Grund dafür zu haben schien, trübselig dreinzublicken, übertrug er seinen Kummer auf sie.

Maël schüttelte den Kopf. »Nein, ich habe mich nur an etwas erinnert.«

»Scheint keine leuchtende Erinnerung zu sein.«

Trübe schmunzelte er. Sie wusste, dass er nur versuchte, eine Maske vor sein Gesicht zu halten, damit sie seinen Kummer nicht sah. Er verschwieg ihr etwas.

Sie schürzte die Lippen. »Machst du dir Sorgen wegen der Árfenlíth? Oder dass wir Frankreich erreichen?«

»Nein, das ist es nicht. Deine Verfolger werden uns gewiss nicht mehr finden.«

»Was denn dann?«

Er wich ihrem bangen Blick und schüttelte den Kopf. Es schien ihm wehzutun, dass sie nicht locker ließ. Weil auch sie ungern über unangenehme Ereignisse wie den Tod ihrer Mutter sprach, ließ sie ihn in Ruhe. Um den Elfen nicht zu stören, taumelte sie zurück zum Master am

Steuer und blieb dicht hinter Elmo stehen. Sie probierte wieder, das Gleichgewicht ohne Hilfe zu behalten.

»Was hat er denn?«, wollte der junge Master wissen. Er musste Maëls Reaktion bemerkt haben, aber Lorea heuchelte vor, sie hätte keine Ahnung.

»Ich weiß nicht.«

»Er wird doch nicht seekrank werden, oder?«

An solch eine Vermutung hatte sie bei Weitem nicht gedacht. Um überrascht zu klingen, plapperte sie empört: »Nicht doch, er und seekrank? Nie im Leben!«

Sie segelten an den vordersten Klippen vorbei. In der Ferne erkannte sie den von ihnen als Ziel gesetzten Hafen. Die Küste Frankreichs ähnelte der von England wie ein Zwilling. Riesige Sandsteinwände erhoben sich, auf denen Büsche in fröhlichen gelben und lila Farben blühten.

Das Schiff knarzte laut, als Elmo nach links steuerte, um von den Klippen wegzukommen.

»Kennt Ihr den alten Fischer Joel?«, rief sie ihm zu, denn der Meereswind pfiff ihr laut um die Ohren. Der alte Mann hatte Erfahrung mit Fischen und Schiffen, da war es gut möglich, dass Elmo nicht nur Douglas, sondern auch ihn wenigstens beim Namen kannte.

Der junge Master lachte auf. Er packte nochmal das Steuerrad, um scharf zu wenden, und drehte dann das Gesicht zu ihr. »Den alten Seebär'n? Natürlich kenn' ich den!«

Auf ihren Lippen breitete sich ein Lächeln aus, denn seiner Stimme nach zu urteilen kannte er den Alten besser, als sie dachte. »War er Euer Lehrer?«

Erneut lachte der junge Mann auf. Er ließ das Steuer los, bis das Schiff wieder den richtigen Kurs anpeilte. »Ein guter Lehrer war er auch schon immer, aye. Vielleicht ein bisschen grob, aber trotzdem nich' so bissig wie ein Hai. Um genau zu sein, is' der Alte mein Vater.«

Mit breitem Staunen weitete Lorea die Augen. Erst jetzt fiel ihr auf, dass Elmo und Joel dieselbe Hakennase wuchs.

»Da brat mir einer 'nen Hai«, schnaufte der junge Master, was sie wiederum zum leisen Kichern brachte. Genau dasselbe hatte Joel stets gesagt, wenn ihn etwas überrascht hatte. »Der Alte hat wohl Recht gehabt, als er sagte, Ihr wärt eine Glückskatze. So schnell sind wir noch nie von einem Hafen zum anderen gesegelt.«

Lorea spähte unter den Segeln hindurch und sah, wie sich der Hafen keine hundert Fuß mehr vor ihnen befand. Elmo reckte eine Hand in die Höhe. »Holt die Segel ein!«, rief er, obwohl sie noch gar nicht am Hafen angelangt waren. »Sichert die Leinen! Macht den Anker bereit!«

Das Wasser nahe am Festland sah heller aus. Es schien zu flach für die Allison, um darauf zu schiffen. Ansonsten würde sie auflaufen.

Im Hafen sah sie zwei Ruderboote, die in die Richtung ihres Schiffes paddelten. Aufgeregt lief sie zu ihrem Begleiter, der an der Reling hing und das Wasser beäugte. Maël sah wie ein Kind aus, das sich Streiche ausdachte. »Komm, wir können schon mal unsere Sachen holen«, drängelte Lorea ihn und zog ihn am Arm, doch er hielt sie zurück.

»Warte, ich will dir noch was zeigen.« Der Elf richtete einen Finger aufs Wasser. »Sieh mal da unten.«

Auch sie beobachtete das dunkelblaue Meer, aber abgesehen von Wellen, die vom Schiff aufgeschoben wurden, entdeckte sie nichts. Maël sah sich um, ob jemand in ihrer Nähe war und ihnen zusah. Als er niemanden entdeckte, richtete er einen Finger nochmals aufs Wasser, diesmal graziöser. Ein schmaler Spalt bildete sich auf der Wasseroberfläche, als ob jemand mit einem unsichtbaren Stock in die wellige Oberfläche pikte und ein kleines Tal durchs Wasser hinter sich her zog. Lorea schüttelte in Gedanken den Kopf. Neidisch war sie auf ihn, denn sie hatte während ihrer gemeinsamen Wochen von ihm keinen einzigen Zauber gelernt. Trotzdem war sein Schauspiel faszinierend.

»Wunderbar, dass du mir immer Dinge zeigst, die ich nicht lernen darf«, kritisierte sie ihn, als sie genug davon hatte, und wandte sich ab. Aber da griff er nach ihrem Handgelenk, um welches ihr Armband festgeschürt war.

»Warte doch mal!« Er zog sie zurück ans Schiffgeländer. Mit gespielter Langeweile ließ sie die Augen abermals herabsinken. Da sprang etwas aus dem Wasser.

»Ein Dorsch!«, platzte es aus ihr heraus, und sie schlug die Hände vor den Mund. Das hatte sie gar nicht so laut zu sagen beabsichtigt. Durch den Wind hatte wahrscheinlich das ganze Schiff ihr freudiges Kreischen vernommen. Dem tiefen Streifen, den Maël im Wasser hinterließ, folgten unzählige Fische. Einige sprangen aus den Wellen und schnappten nach Luft, versuchten das Unsichtbare, das sich im Wasser abzeichnete, zu fangen.

Die Seemänner kletterten die Webleinen hinauf. Während einige unten an Deck mit einem gemeinsamen »Jo-ho!« an den Seilen zogen und die Segel hochhievten, wickelten andere über ihren Köpfen unterdessen die riesigen Tücher an Stalingen und Masten fest. Das Schiff verlangsamte sich, und Elmo steuerte bei. »Klar zum Ankern?«, brüllte er zum Vordeck und wartete einen Augenblick.

»Is' klar!«, rief einer der Seeleute zurück.

»Lasst den Anker runter!«

Ein lautes Rauschen lärmte vom Bug her zu ihnen, als der schwere Anker ins Meer geworfen wurde. Für einen kurzen Moment neigte sich das Schiff nach vorn, weil das Meer am Anker zog. Gespannt stieg Lorea die Stufen hinunter, die vom Achterdeck zum Deck führten, und lugte hinter einem der großen Masten vor.

»Anker is' unten!«, riefen die Männer ihrem Master zu, der ihnen anschließend den Befehl gab, die Taue festzumachen. Die Allison schwappte einige Wellen weiter. Mit einem schlagartigen Ruck wurde sie vom Schiffsanker auf dem Meeresgrund wie an einer riesigen Leine festgehalten. Lorea wurde beinahe von den Füßen gerissen. Der Anker in der Tiefe musste sich in den Sand auf dem Grund gegraben haben und war so schwer, dass er das Schiff im Zaum hielt.

Elmo kam zu ihnen hinunter und öffnete die Luke zum Frachtraum vor dem großen Mittelmast. »Holt Ihr am besten zuerst Eure Sachen, die Männer würden sie sonst bestimmt versehentlich als Ware mitnehmen.«

Maël stiefelte die kurzen Stufen hinunter in den Laderaum und richtete sein Haar über die Ohrenspitzen, was nur Lorea wahrnahm. Er hob ihr Bündel hinauf, und sie warf es sich auf den Rücken. Der Elf kehrte wenig später mit seinem Gepäck und der neuen Tasche um die Schulter gelegt zurück an Deck. Sie traten an die freie Stelle heran, wo keine Reling den Weg versperrte und vorher die Zugangsbrücke zum

Hafen von Dover angelegt hatte. Die meisten Seemänner tauchten unter Deck und holten Kisten hervor, die sie im englischen Hafen eingeladen hatten. Einer der Mannschaft kam zu ihnen an die Reling und rollte eine Strickleiter aus, die er am Rand des Schiffes befestigte. Eines der Ruderboote paddelte dicht an das untere Ende der Leiter.

»Hier, ihr zwei«, hörte Lorea Elmos Stimme hinter sich und drehte sich zu ihm um. Er trug eine Handvoll Äpfel in den Händen und hielt sie ihnen hin. Maël nahm sie ihm dankend ab und steckte sie in die Proviantttasche. »Die sollen angeblich gute Laune bringen«, ermunterte der Master sie und zeigte dem Elfen ein freundliches Gesicht. »Gute Reise wünsch' ich Euch beiden. Passt auf, dass Ihr den gutgelaunten Leuten nicht nochmal in die Quere kommt.«

»Kommt Ihr nicht mit an Land?«, fragte Maël, doch der junge Master lehnte ab.

»Ich passe auf meine Allison auf. Die arme Lady wurde schon mal von Seeräubern gekapert, das will sie bestimmt nich' nochmal erleben.« Elmo streichelte über das alte Holz des Schiffes, als wäre es die weiche Haut einer Dame. Er wandte sich seinen Gästen zu und schüttelte ihnen zum Abschied die Hände. »War mir 'ne Freude, mit Euch gesegelt zu sein.«

Der Bursche hatte das Boot ans untere Ende der Leiter manövriert und wartete auf die ersten Passagiere. Lorea warf einen kurzen Blick hinab, doch sie zog sich blitzschnell zurück. Es ging weit nach unten. Die Sprossen der Strickleiter sahen zudem gefährlich aus. Sie hätte sich lieber an einem Seil festgehalten, um von den Seemännern zum Beiboot hinuntergelassen zu werden.

Maël neben ihr legte eine Hand auf ihr Bündel. »Dann mal los«, sagte er gutgelaunt. Allein der Anblick der Äpfel schien seine Stimmung gebessert zu haben. Master Elmo und Maël halfen Lorea hinunter zur Leiter und hielten sie fest. Die Sprossen war sie gezwungen, selbst hinabzusteigen. Obwohl das Holz trocken war, hatte sie Angst, abzurutschen und hinunter zu fallen. Mit einem freudigen Schritt stand sie endlich auf dem schaukelnden Boot, und der Junge, der darin auf sie wartete, geleitete sie zu einem Sitzplatz. Der hellhaarige Elf kletterte ebenfalls die Leiter hinunter, im Vergleich zu

Lorea aber dreimal so schnell. Kisten wurden vom Deck auf das Boot geworfen, hinterher kamen zwei Seemänner vom Schiff über die Leiter. Ohne auf einen Befehl zu warten, ruderte der Bootsjunge los und schiffte sie von der Allison weg.

»Richtet dem alten Fischer aus, dass wir heil angekommen sind!«, rief Lorea dem Master zu und winkte.

»Mach ich!«, hallte seine Antwort über die Wellen. »Aber dann fall'n ihm vor Grinsen die Zähne raus!«

Als sie sich das seltsame Bild vorstellte, kicherte Lorea.

Ihr Boot entfernte sich mit jeder weiteren Welle von der Allison, der Hafen kam dafür immer näher. Sie ruderten an einem Leuchtturm und an anderen Schiffen vorbei, die im Hafen ankerten und ein wenig kleiner als die draußen liegende Allison waren. Die Farbe des Wassers unter ihrem Boot hellte sich auf. Lorea vermutete, dass ein groß gewachsener Mann die Hände aus dem Wasser strecken konnte, wenn er mit beiden Füßen auf dem Meeresboden stand. Überall schwammen Fische. Maël fuhr mit seiner Hand durchs Wasser und ließ es durch seine Finger gleiten. Er und Lorea beobachteten die Flossentiere, die mit zappelnden Bewegungen vor der fremden Hand flohen. Hier war mit Sicherheit ein hervorragender Ort zum Angeln.

Ein anderes Boot paddelte an ihnen vorbei, und alle grüßten den Mann, der es steuerte. Der Junge in dem ihrigen ruderte sie an kleinen Segelkuttern vorbei, die höchstwahrscheinlich Fischern gehörten. Sie erreichten den Steg zum Hafen. Die Seemänner sprangen als Erste mit ihren Kisten aus dem Boot und liefen mit polternden Schritten zu einem der wenigen Häuser auf dem Festland. Maël setzte als Nächster seinen Stiefel auf die schmale Brücke und half Lorea auf einen weniger schaukelnden Untergrund. Nach kurzer Verabschiedung vom Bootsjungen liefen sie den Steg entlang zum Festland. Loreas Augen schwirrten weit aufgerissen umher. Der Hafen in Frankreich war kleiner als der in Dover. Aber die Stadt unweit der Anlegestelle schien ebenso belebt wie ihr englisches Gegenstück. Ein großer Domturm erhob sich im Schutz der Mauern.

Bevor sie den ersten Schritt auf festes, sandiges Land setzte, wartete sie einen Moment. Allzu schnell wollte sie diesen Schritt nicht vergessen. Bisher war sie nur auf einer großen Insel umhergewandert. Niemals hatte sie die andere Seite des Kontinents, das größte aller Festländer der Welt, betreten. Der erste Satz mit ihren Füßen auf den Sand am Hafen war zwar gewohnt, dennoch seltsam fremd.

»Wenn ich vorstellen darf, la belle France.« Maël grinste und machte eine Armbewegung, als wolle er ihr das ganze Land auf einen Blick zeigen. Die beiden schlenderten eine Straße entlang, die sie durch ein Tor in die Stadt einließ. Von den Häusern wurden sie auf einen großen Marktplatz geführt. Die Gebäude sahen anders aus als die in Dover. Ihre Fassaden waren aus Holzbrettern errichtet, viel weniger aus Stein, wie sie es aus ihrer Heimat kannte. Die Dächer schienen steiler gebaut, manche waren mit teuren rötlichen Ziegeln bedeckt.

Ein junger Mann rannte mit einem Wagen in den Händen, in dem Berge aus Wolle umhergeworfen wurden, über den Platz und scheuchte den Geruch von Schafen in Loreas Nase. Händler verkauften auf dem Markt genähte Kleidung oder Kerzenständer aus gegossenem Metall. Frauen mit umgebundenen Schürzen tauschten an einem Brunnen den neuesten Tratsch aus.

Auf ihrem Weg entdeckte Lorea einen steinernen Wachturm, welcher im Herzen der Stadt emporragte. Bis zur Mitte war er viereckig gebaut, darunter machte ein hoher Torbogen für Kutschen und Fußgänger Platz. Oben formte der Turm sich rundlich. Er erweckte den Anschein, als hätten die Erbauer sich nicht einigen können, ob sie ihn wie den eckigen Turm einer alten oder wie den runden einer neuen Burg errichten sollten.

Die Straße zeigte fremde Gesichter und führte sie zu einem anderen Tor, das sie über eine hinuntergelassene Zugbrücke in die Freiheit entließ. Ein Graben schützte die Stadtmauer durch seine Tiefe vor Eindringlingen. Nur über die Zugbrücke gelangte man sicher aus der Stadt.

Den Handelsweg entlang wanderten sie an einer Festung vorbei. Lorea staunte über die seltsame Bauart der weitläufigen Burg. Ihre Außenwälle waren sternförmig angeordnet. »Die Festung sieht seltsam aus.«

»Das ist eine Sternenfestung. Sie schützt und heilt alles innerhalb ihrer Mauern durch ihre Form. Meine Heimatstadt ist ebenso von einer Sternenmauer umringt. Diese Sternenfestungen sind die letzten Überreste von uns Elfen. Die Menschen haben vergessen, dass sie Heilstätten sind, und nutzen sie stattdessen als Wehranlagen.«

Beeindruckt neigte Lorea den Kopf zur Seite. Ihr war nur bekannt, dass Kräuter und Schlaf heilten, nicht aber seltsame Festen. Als sie sich vor Augen führte, dass sie an einer einstigen Elfenfestung vorbei wanderten, schlug ihr Herz aufgeregt.

Maël geleitete sie einen Berg hinauf, und Lorea bemerkte, wie sie bald darauf auf einer Klippe standen. Mit Mut wagte sie sich näher an den steilen Abhang. Die Allison lag eindrucksvoll vor dem Hafen im Meer. Gewiss kommandierte Master Elmo wieder seiner Leute. Loreas Augen zogen sich zusammen, damit sie die Umrisse des Horizontes erspähen konnte. Auf der anderen Seite des schmalen Meeres machte sie einen ebensolchen Streifen aus, den sie zuvor von der gegenüberliegenden Küstenseite aus gesehen hatte. Es war kaum zu glauben, dass sie innerhalb weniger Stunden über das Meer gesegelt waren.

»Vergiss es nie«, sagte Maël mit einem Ton von Weisheit in seiner Stimme. »Vergiss nie, was dort passiert ist, was du dort erlebt und erfahren hast, egal ob Freude oder Leid, Schönheit oder Finsternis. Vergiss es nie. Es ist alles viel zu schade, um vergessen zu werden.«

Sie schloss die Augen, genoss den Wind, der vom Meer heraufzog, und erinnerte sich an ihr Leben in der alten, abgelegenen Hütte. An die Geschichten ihres Vaters und die Zeit mit ihren Geschwistern, an das gemeinsame Scheuchen ihres Viehs, an das Sammeln von Holz und Beeren, an das Spielen auf der großen Wiese rund um ihr Haus. Wie sie ihrer kleinen Schwester das Spinnen beibrachte und dabei ein Weberlied sang. An den Hausbrand, ihren Vetter, ihre erste Nacht unter dem sternenklaren Himmel gemeinsam mit ihrer Mutter. An Glenna und die unheimlichen Verfolger. An die Klippe und ihre schlafende Mutter. Und an ihr Aufeinandertreffen mit Maël, an London und die Tage, während der sie keine Ahnung gehabt hatte, dass die ganze Zeit über ein Elf neben ihr hergelaufen war. An das abgeschiedene Alehaus, die Räuber und ihre Rettung. Sie erinnerte sich an die salzigen Wochen an der Küste von England und an Dover. Der Gedanke, ihre Verfolger endgültig los zu sein, erleichterte ihr Gemüt, seit sie aus dem Hafen ausgelaufen waren. Sie behielt sich im Kopf, dass ihr Gefährte noch immer ein Geheimnis wahrte.

Ihre Eltern wären sicher stolz auf sie. Immerhin hatte sie ihre erste Schifffahrt unbeschadet überstanden. Ihren Geschwistern hätte es Spaß bereitet, auf einem schwankenden Schiff umherzutollen.

Maël gab ihr Zeit, in der sich all das in ihren Gedanken abspielte. Jedes strahlende und traurige Ereignis, jede Begrüßung und jeder Abschied.

Sie schlug die Augen auf. »Wie verabschiedet man sich eigentlich bei euch Elfen?«

Stolz über ihre Frage hob Maël die Brust. Er sah zum Horizont, als würde dort seine Liebste warten. Mit einer Faust schlug er sachte auf seine Brust und streckte die geschlossene Hand gen Himmel. *»Mimai.«*

Er gab dem Wind Zeit, um seine Worte bis zur englischen Küste zu tragen. Dann wandte er sich ab. »Nun komm.«

Um den Augenblick ein klein wenig hinauszuzögern, verharrte sie am Rand der Klippe. *Auf Wiedersehen, alte Heimat.* Der Gedanke verfestigte sich in ihrem Kopf, dass sie ihr Vaterland nie wieder sehen würde. Ob sie bereit war, alles zurückzulassen?

»Komm schon!«, rief Maël ihr ermutigend zu, und sie schmunzelte seiner wachsenden Ungeduld wegen.

Wer die Nacht erhellt

Maël führte sie in den Süden. Sie hatten keine wegweisende Karte mehr, Maël aber versicherte ihr, dass sie nicht vom Kurs abkamen, solange sie der Mittagssonne folgten. Anfangs führte sie der Weg an der Küste entlang. Sie wanderten nahe der Abhänge gefährlicher Klippen, gegen welche die Wellen des Meeres peitschten. Mit jedem Aufbäumen verwandelte sich das Wasser in weiße Gischt und rauschte bedrohlich. Es warf sich mit einer solchen Kraft gegen Fels und Sandstein, dass Loreas Stiefel nassgespritzt wurden.

Der Frühling hatte sich verabschiedet und dem Sommer die Macht über das Wetter überreicht. Mit jedem Tag wurde es wärmer, sodass sie ihre Umhänge seit der Überfahrt nach Frankreich nicht mehr trugen. Mit dem Sommereinbruch entfalteten sich die letzten Blüten der Küstensträucher. Als sie am Meer entlangliefen, sah es dort wie im Wunderland aus. Überall flatterten große schwarz und gelb gemusterte Schmetterlinge umher, von denen manche die Sonne auf den Heidekräutern genossen. Weitere, auffällige Küstenbewohner jagten Lorea gern einen Schreck ein. Eidechsen. Das kleine Getier lief oft vor ihren Füßen über den Weg und tauchte ebenso schnell aus dem Gebüsch auf, wie es verschwand. Manchmal krabbelten die Echsen an Bäumen und hölzernen Hauswänden hinauf. Einmal wäre Lorea um Haaresbreite auf eine getreten, als diese flink den Wanderpfad überquerte.

Nach einigen Tagen verließen sie den strahlenden Küstenstreifen. Auf ihrem Weg landeinwärts sahen sie eine Insel, die sich wie ein kleiner Berg aus dem Wasser erhob und auf welcher eine Stadt errichtet war. Auf der Spitze ragte ein breites Kloster empor, dessen Turm wie eine Lanze in den Himmel stach. Rund um die Inselstadt floss Wasser, sodass sie unerreichbar war. Maël erzählte Lorea, dass es nur bei Ebbe Gelegenheit gab, zu der Stadtinsel zu gelangen. Erst dann zog sich das Wasser aus dem Flussdelta, in welchem die Insel lag, zurück. Die Stadt war so wirksam von Wasser und Stein geschützt, dass es angeblich niemandem gelungen war, sie einzunehmen.

Der größte Teil Frankreichs, den sie in den letzten Wochen durchlaufen hatten, war nahezu pures Flachland gewesen. Von den wenigen Hügeln aus, auf denen Lorea und ihr Begleiter wanderten, hatten sie eine meilenweite Aussicht über die Felder, deren Getreidehalme sich seicht im Wind wogen wie ein Tuch aus feinster Seide. Städte, Burgen und Schlösser mit blühenden Gärten sahen sie auf ihrer Reise. Die meisten Siedlungen mieden sie, damit der Elf unentdeckt blieb. Stattdessen schlugen sie die meisten ihrer Lagerplätze in Wäldern auf. Manche schienen wie aus Geschichten gezaubert. Wenn die Mittagssonne durch die Baumkronen strahlte und auf Blätter traf, schimmerte der ganze Wald.

Auch tote Landschaften sahen sie, abgebrannte Wälder und Wiesen, kahle Felder und zerstörte Städte. Die Auswirkungen des Krieges, vor welchem Maël geflohen war, zeigten sich auf manchen Landstrichen. Jedes Mal, wenn Lorea sich daran erinnerte, dass sie durch Kriegsgebiet liefen, durchfuhr sie ein Schauer.

Erneut waren sie unterwegs in einem Wald, einem belebten, in dem die Vögel munter zwitscherten und die Blätter nicht grau verkohlt, sondern saftig grün wuchsen. Vorhin hatten sie sich ein Stückchen Brot und eine Pause gegönnt. Die Straßen führten sie ins Bergland, dessen Steigungen Lorea schon vergessen hatte.

»Wer bist du?«, fragte Maël sie und erwartete ihre Antwort in seiner Sprache. Er hatte ihr ein bisschen Elfisch beigebracht, damit sie nicht ahnungslos bei ihm zuhause ankam und nichts und niemanden verstand. Die einfachsten Worte hatte er sie gelehrt: *Ich bin*, *Ich heiße*, *Hallo*, *Tschüss*, *Danke*, *Bitte*, *Entschuldigung*, *Ja*, *Nein* und andere Kleinigkeiten. Die Worte prägte Lorea sich fest ein. Die Sprache selbst war in ihren Ohren und für ihren wissbegierigen Kopf leicht, doch manche Wörter waren zu kompliziert, um sie auszusprechen. Es war ihr schon einige Male passiert, dass sich ihre Zunge verknotet hatte, als sie etwas zu sagen versuchte. In Maëls Mund hörte sich Elfisch wie eine Mischung aus dem Hauchen des Windes und dem zarten Plätschern eines Baches an.

»Mea setri Lorea«, gab sie ohne zu zögern zurück.

»Medé tea setri?«, fragte der Elf, um von ihr zu erfahren, wo sie herkam.

»Mea setri od England.«

»Sehr gut!« Sein Lob hörte sich an, als wäre sie ein kleines Kind, das zum ersten Mal Worte sprach. »Bei den Herren, nicht zu glauben, wie schnell du lernst. Das ist ja schon beängstigend.«

In diesem Moment hätte Joel garantiert geplappert: *Da brat mir einer 'nen Hai!* Da fiel ihr etwas an Maëls Redensart auf. »Warum sagst du immer: Bei den Herren? Meinst du diese Großmeister bei euch?«

»Nein, nein, nicht die.« Maël warf ihr einen gemeinen Blick zu, der ihr sagte, dass er weitaus mehr über sein Volk und die Welt wusste als sie. »Das sagt man bei uns nur so. Damit meinen wir etwas anderes.«

Dieses Spitzohr, seufzte sie stumm. Er redete einen Regenbogen um das, was sie von ihm zu wissen verlangte. Doch sie ließ nicht locker, sie war ein zu großer Sturkopf, um ihn mit dieser kahlen Beschreibung durchgehen zu lassen. »Was denn genau anderes?«

Die Frage kam ihm offensichtlich ungelegen, und er starrte durch die Weltgeschichte. »Weißt du, bei uns, da glauben wir an Götter.«

»Du hast mir gesagt, du würdest an keinen Herrn im Himmel glauben«, unterbrach Lorea ihn und setzte eine freche Miene auf.

»Ich habe nicht gesagt, dass ich an einen Herrn im Himmel glaube. Ich habe nur gesagt, dass ich an Götter glaube. Dreh mir nicht die Worte im Mund um.« Maël grinste sie an, denn Schamesröte betupfte ihre Wangen. Anscheinend hatte sie etwas falsch aufgeschnappt.

»Wir glauben an all das, was wir mit unseren Augen sehen, mit der Nase riechen, den Ohren hören und auf unserer Haut fühlen können«, erklärte er, schien sich allerdings schwerzutun, ihr von all dem zu erzählen. Er schien unsicher, ob sie ihm wegen seiner Erklärung für einen Dummschwätzer hielt. Sie lauschte wie ein wissbegieriger Schüler.

»Für jedes Element gibt es einen Gott. Für Stein und für Erde.« Er musterte den Boden und schlurfte einmal mit dem Schuh über den Weg. Dann sah er hinauf in den blauen Himmel. »Für Licht, für Wind und Wasser. Für all diese Dinge. Es gibt aber auch die Götter Asha, die Leben gibt, und Mortai, der es nimmt.«

Das waren gewiss viele, überlegte Lorea, bei den Unmengen an Dingen, die man in der Welt mit den Sinnen wahrnahm. Obwohl ihr sein Gerede genauso seltsam vorkam wie ihr kurzes Gespräch über Drachen, Riesen und diese Schwarzen Falken, war sie offen für alles. Er redete von seinesgleichen, von Fabelwesen, die dennoch echt waren und von denen sie beinahe nichts wusste.

Mortai, dessen Name klang in ihren Ohren finster. »Ist dieser Mortai böse?«

»*Njek*, keineswegs«, meinte Maël und redete plötzlich zweisprachig mit ihr. Als er es bemerkte, hielt er erschrocken eine Hand vor den Mund. »Pardon.«

Schon wieder. Sogar in drei Sprachen. Lorea lachte, denn da war jemand mit den vielen Mundarten in seinem Kopf durcheinander gekommen. Maël schlug sich die Hand gegen die Stirn und nahm nochmals Anlauf. »Entschuldigung.«

Ihr lautes Lachen glich dem Gackern von Hühnern und scheuchte gewiss die Tiere im Wald auf. Maël kicherte ebenfalls. Nachdem Lorea sich beruhigt hatte, begann Maël von vorn. »Niemand von ihnen ist böse. Der Tod ist allgegenwärtig, auch das Leben, das Wasser, das Licht. Alles ist da, jedes Element, jeder Gott ist gebunden an die anderen. Alle werden gebraucht, alle halten die Welt als Ganzes zusammen und geben ihr Gleichgewicht.«

Da war etwas Wahres dran. Wenn es das Leben gab, dann existierte auch der Tod, sonst würde alles vor Leben überquellen. Das Leben brauchte wiederum Wasser und Wärme. Wenn es Wasser gab, sorgte auf der anderen Seite Feuer für Ausgleich, wenn es Licht gab, herrschte in dunklen Winkeln und bei Nacht Schatten.

»Gibt es auch einen Herrn über die Schatten?«, wollte Lorea sich versichern.

Maël sah sie verblüfft an. »Ja.«

Glücklich schmunzelte sie. Zur Abwechslung hatte sie eine richtige Schlussfolgerung gezogen.

»Aber um genau zu sein, ist das eine Herrin. *Nexa* nennen wir sie, die Schönheit der Schatten.«

»Wie heißen denn die anderen?«

»Wir nennen sie so, wie sie sind. *Nexa* bedeutet bei uns Schatten. Den Gott des Feuers nennen wir genauso wie das Feuer selbst, *Pele*.«

»Und Wasser heißt *Vira*, Wind heißt *Wayren*, Licht heißt *Líth*«, plapperte sie, um ihm zu zeigen, dass sie begriff. Diese Elfen waren sonderbare Wesen. Die Ohren, die Magie, die angeblich nicht nur sie beherrschten, die seltsamen Götter, an die sie glaubten.

Der Weg führte sie aus dem Wald. Maëls Kopf fuhr herum. Sein Blick blieb an etwas hängen, und er brach in reges Staunen aus. »Sieh mal.«

Ihre Augen wandten sich dem zu, was der Elf anstarrte. Berge waren nach ihrer langen Wanderung zwar nichts Neues, aber die in ihrer unmittelbaren Nähe sahen eigenartig aus. Die gewohnte spitze Bergkuppe schien wie abgeschnitten.

»Das waren mal Vulkane«, erzählte Maël ihr. Lorea wusste nicht, was das war, und sie zeigte ein fragendes Gesicht.

»Vor langer Zeit war all dies Feuerland. Die Berge haben heiße Erde, Feuer und Asche gespuckt. Die Erde war so heiß, dass sie glühte und blubberte wie kochendes Wasser. Alles, was sie berührte, entflammte und schmolz.« Sein Blick schweifte umher, als ob er sich vorstellte, wie damals ihre Umgebung ausgesehen haben mochte. »Da gab es hier bestimmt nicht einen Grashalm, weil damals unaufhörlich Asche und Funken herabregneten. Aber jetzt schlafen die Berge.«

Bergkuppen, die heiße Erde und Feuer spuckten. Das klang in ihren Ohren nach einem Berg, der sich wie ein Drache benahm. Wie lange es her war, dass von dort glühende Erde hinuntergeflossen war?

Ihre Füße näherten sich einer Straßenkreuzung. Auf einem anderen Weg bog ein Bauer mit seiner Kutsche in die Richtung ab, in welche Lorea und ihr Begleiter reisten. Auf der Ladefläche des Wagens lag ein großer Heuhaufen.

»Komm«, sagte Maël und rannte dem Mann auf der Kutsche hinterher. »Denk daran, nichts zu sagen.«

Sie war immer gezwungen, den Mund zu halten, wenn sie unterwegs waren. In Frankreich hatte das seine Gründe. Weil die Franzosen mit den Engländern auf Kriegsfuß standen, würde sich niemand auf eine Englisch sprechende Dahergelaufene freuen. Stattdessen redete Maël in der Sprache seiner Vorfahren offenbar genauso hervorragend wie in Loreas Muttersprache.

»Pardon, Monsieur!«, rief der junge Elf dem Kutscher zu und richtete seine Haarbüschel über die spitzen Ohren. Lorea lief geschwinden Fußes hinterher.

»Monsieur!«

Der Wagen blieb stehen, und das Pferd im Gespann schnaubte erschöpft.

Während Maël sich mit dem Bauern unterhielt, hastete Lorea zum hinteren Ende der Kutsche und wartete. Nach unverständlichem Getuschel drehte der Bauer sich zu ihr um.

»Bonjour, Monsieur«, sagte Lorea gebrochen, um nicht unhöflich zu sein. Damit niemand so schnell bemerkte, wo ihr Ursprung lag, hatte Maël ihr beigebracht, wie man sich in Frankreich grüßte, bedankte und entschuldigte.

Das Gespräch hüpfte hin und her, bis Maël dem Kutscher dankend auf die Schulter klopfte und zu Lorea zurückkam. Er sagte ihr etwas auf Französisch und wies sie mit einer Handbewegung an, sich auf den Rand der Ladefläche zu setzten. Der Bauer war so nett und nahm sie ein Stück mit. In England hätte sie sich niemals getraut, nach einer Mitfahrgelegenheit zu fragen. Maël aber war ohnehin ein Plappermaul, da wunderte es sie nicht, dass er mit seiner Silberzunge eine kostenlose Fahrt für sie aushandeln konnte.

Sie nahmen Platz, und das Pferd trabte auf der Straße weiter. Während sie die Kutschfahrt genossen und die Füße baumeln ließen, musterte Lorea nochmals die großen, erloschenen Feuerberge.

Der Bauer unterhielt sich für eine Weile mit Maël. Sie hörte ihnen zu, um wenigstens zwei oder drei Wörter von ihrem Gerede aufzuschnappen, deren Bedeutung sie kannte. Als der Kutscher die Stimme hob und Lorea das seltsame Gefühl hatte, dass er über sie sprach, wurde ihr unwohl. Wenn er mit ihr redete und sie kein bisschen verstand, würde er den Verdacht hegen, dass sie nicht aus Frankreich stammte. Auf einmal sah Maël sie lieblich an. Er legte einen Arm um ihre Schulter und zog sie zu sich heran. Loreas Gesichtszüge spannten sich entgeistert an. Ihre Brauen senkten sich, als sie eine verwirrte Miene zog. Das Gespräch schien wieder bei ihnen beiden angelangt zu sein, denn sowohl er als auch Lorea saßen wie üblich wie ein unpassendes Liebespärchen zusammen.

»Leg deinen Kopf auf meine Schulter«, zischelte Maël durch seine zusammengebissenen Zähne.

»Was?«, flüsterte sie verdutzt zurück. Allmählich hatte sie die Nase voll, jedes Mal vor fremder Leute Augen so zu spielen, als wären sie beide ein Paar. Schließlich war Maël schon vergeben. Hin und wieder liefen sie mit eingehakten Armen durch die Straße, ein andermal hatte er sie vorgewarnt, er würde gleich nach ihrem Handgelenk greifen. Wenigstens warnte er sie, bevor er irgendetwas Seltsames unternahm. Allerdings hatte er sie nie gebeten, Händchen zu halten. Ihre Freundschaft war für sie in Ordnung, die gespielte Liebesgeschichte ließ sie mit skeptischem Hintergedanken durchgehen, aber mehr als das erlaubte sie nicht. Beiden war Derartiges stets unangenehm, denn bei ihnen krallte sich gleichermaßen die Anspannung in jeden Muskel, vom Gesicht bis in die Füße.

»Reine Ablenkung, jetzt leg deinen Kopf auf meine Schulter.«

Sie tat wie ihr befohlen, um das Geschehen nicht zu ruinieren. Sie hatte keine Ahnung, was Maël erzählt hatte, aber als sie genauer überlegte, wollte sie das gar nicht wissen. Die angespannten Schultern des Elfen sagten ihr, dass er darauf wartete, dass sie sich von ihm lösen durfte. Ein kurzer Seitenblick in sein Gesicht reichte, damit sie sah, dass sie beide denselben Gesichtsausdruck zeigten. Seine Wangen waren rot wie die untergehende Sonne angelaufen, sein Kiefer verkrampft und seine Augen starr. Sie glaubte zu merken, wie sein Atem stockte. Zum Glück saßen sie weit hinter dem Bauern, sonst hätte er ihre unbehaglichen Mienen entdeckt. Dem Anschein nach lauschte der Elf und wartete auf eine Reaktion des Kutschers.

Ein Räuspern erlöste sie von der Unannehmlichkeit, und sie setzte sich aufrecht hin. Ein schweres Schnaufen erklang neben ihr.

»Verzeih«, murmelte Maël und entschuldigte sich das schier tausendste Mal dafür, dass sie die Szene mitspielen musste. Da sie aus dem Ganzen einen Vorteil herausschlugen, wie ein billigeres Zimmer oder eine kostenlose Mitfahrgelegenheit, hatte sie ihm jedes Mal gesagt, er solle sich nicht entschuldigen. Sie spähte nach vorn zu dem Bauern, der mit den Zügeln beschäftigt war. Dann hob sie die Hand und klopfte dem Elfen auf den Kopf, genauso wie er es bei ihr einige Male gewagt hatte. Nach einem kurzen Moment der Überraschung schnaufte er belustigt und durchwühlte sein hellblondes Haar. Er wusste genau, wofür das war.

Während der stundenlangen Kutschfahrt unterhielten Maël und der Bauer sich munter. Ein paarmal übersetzte Maël leise wispernd für sie, einerseits damit sie wusste, über was sie redeten, andererseits weil der Kutscher ihr Fragen stellte.

Mitten in einem Wald hielt der Bauer an und erklärte etwas. Daraufhin sprang Maël ab und reichte ihr die Hand. »Jetzt geht es zu Fuß weiter.« Er schmunzelte und wusste anscheinend, dass Lorea nach der langen Fahrt zu faul war, um weiterzulaufen. Die zwei Wanderer bedankten sich bei dem netten Bauern mit einem »Merci« und verabschiedeten sich sogleich. Der Wagen mit dem Heu bog in eine Seitenstraße ein und verschwand zwischen den Bäumen. Lorea schlug mit Maël den Weg ein, welcher sie in den Süden führte. Die Sonne, die sie spärlich durch die Baumkronen und hinter Wolken deutete, tauchte in den Horizont ein.

»Wir könnten uns doch auch mal als Geschwister ausgeben.« Allmählich hatte sie keine Lust mehr, vor fremden Leuten vorzuheucheln, sie würden liebestrunken reisen.

»Gute Idee«, meinte er und zeigte augenblicklich ein erstauntes Gesicht. »Wieso sind wir nicht eher darauf gekommen?« Auf die Frage, die er vielmehr sich selbst als ihr stellte, wusste sie keine Antwort. Offenbar hatte sie sich einmal schlauer angestellt als er.

»Wenn deine Flavia von der Heuchelei erfahren würde, wäre sie bestimmt nicht begeistert.«

Mit einer hochgezogenen Augenbraue sah Maël in ihr hämisches Gesicht. »Wenn meine Flavia erfahren würde, dass wir ebendies nur zu unserer beider Schutz vorgespielt haben, würde ihre Eifersucht erstickt und ihre Sorge um unser Wohlergehen wachsen.«

»Bestimmt macht sie sich schon Sorgen um dich, weil du lang nicht mehr zuhause warst.«

»Gewiss.« Maëls Blick verfing sich in den Wolken und schien an Erinnerungen zu hängen.

Weil sie träge war, stachen Loreas Fußsohlen. »Am besten schlagen wir gleich hier das Lager auf«, legte sie fest und erwartete, dass der Elf ihr widersprach.

»Na gut«, gab er ohne weiteres nach und wirkte weiterhin verträumt.

Loreas Brauen hoben sich erstaunt. Er schien nach ihrem gezwungenen Kuscheln keine Lust zu haben, Streit anzufangen. Somit lief sie in die Tiefen des Waldes. Sie hoben die Füße, weil das Gras so lang gewachsen war und sie sonst gestolpert wären. An einem Plätzchen, wo genug Freiraum für Zelt und Feuerstelle war, legten sie ihre Bündel ab und schlugen wie gewohnt das Lager auf.

»Ich gehe noch Holz sammeln«, gab Lorea Bescheid, als das Zelt errichtet war.

Aber Maël hielt sie zurück. »Heute brauchen wir kein Feuer.« Vor dem Zelt ließ er sich nieder. Seine Handfläche klopfte vor seine Füße, und er forderte sie auf, sich vor ihm hinzusetzen.

»Aber es wird doch sicherlich wieder kalt werden, wenn die Sonne untergeht.«

Trotzdem hörte der Elf nicht auf, sie zu überreden. »Nein, heute Nacht wird es nicht kalt. Jetzt komm und setz dich.«

Maël nahm sich die Provianttasche heran und zog ein dickes Brot hervor. Er schien keinen Zweifel an seiner Wetterdeutung zu hegen. Somit trampelte Lorea das hohe Gras nieder und nahm vor ihm Platz. Der schlaue Gedanke kam ihr, eines von Maëls Geheimnissen zu entlocken. Sie kauerte sich vor ihn und aß einen Bissen von dem Brot, das er ihr gab.

»Könntest du mir ein Feuer machen?«, bat sie ihn freundlich und sah gespannt auf seine Finger. Um die Hände frei zu bekommen, legte er das restliche Brot in seinen Schoß. Als er einen Ringfinger einknickte, stierten ihre Augen auf seine Hände, bis die auflodernde Flamme aus dem Nichts ihr die Sicht stahl. Der Elf sollte nicht bemerken, dass sie auf etwas anderes als sein Feuer aus war. Zur Ablenkung hielt sie ihre angebissene Brotscheibe über die Flamme. Nachdem sie geröstet war, bedankte sich Lorea bei ihm und zog sich zurück. Maël erstickte sein kleines Feuer und verwandelte es in heiße Luft. Er wandte sich zur Tasche hinter seinem Rücken um, und Lorea sah die perfekte Gelegenheit, um auszuprobieren, auf was sie ewig gewartet hatte. Sie schnappte sich einen Zweig, legte das Brot auf ihr Bein und richtete die Hand so vor das schmale Stück Holz, wie Maël die eigenen Finger gehalten hatte. Dann wisperte sie heimlich *»Pele!«* Sie bereitete sich darauf vor, dass durch den Zauberspruch gleich eine Flamme vor ihr züngelte. Doch ihre Erwartung wurde nicht erfüllt. Abermals flüsterte sie das Wort und knickte den Ringfinger ein, doch es passierte nichts. Wahrscheinlich war es nicht der richtige Spruch. Oder machte sie etwas anderes falsch?

Maël bemerkte ihre kläglichen Versuche und lachte auf. »Vergiss es. Du weißt doch gar nicht, wie das geht.«

»Kannst du es mir nicht zeigen?«, bettelte sie und schmollte. Sie lechzte danach, etwas zu lernen, einen Zauber, nur einen einzigen. Es war so gemein, dass er ihr Magie vorzeigte und sie ihr dennoch nicht beibrachte.

Wie ein weiser Meister legte er eine Hand auf die, in der sie den Zweig hielt, und senkte sie ins dichte Gras. »Nein. Es ist zu gefährlich. Wenn etwas schief geht, dann kann Magie außer Kontrolle geraten. Du könntest dir die Hand verbrennen oder gar dich oder mich, das Zelt oder den Wald anzünden. Das ist der Grund, warum wir es niemandem beibringen dürfen. Es ist viel zu gefährlich.«

Mit einem Schwung aus mieser Laune warf Lorea den Zweig weg. »Dann werde ich eben nie zaubern«, brummte sie und versank zu einem kleinen, bemitleidenswerten Häufchen.

»Doch, wirst du.«

Augenblicklich saß sie wieder kerzengerade. »Wirklich?«

»Wir müssen sehen, inwieweit du dazu befähigt bist. Aber ich habe keine Zweifel daran, dass in dir Magie steckt.«

Obwohl die Sonne untergegangen war und der Wald düster wurde, strahlte neue Hoffnung in Loreas Augen. »Wann denn?«, fragte sie aufgeregt und zappelte vor Freude mit den Armen.

»Wenn wir bei mir zuhause sind.«

Plötzlich starrte er erschrocken auf etwas hinter ihr. Er eilte zu ihr und zerrte sie zu sich, bevor sie sich überhaupt umdrehen konnte. »Los, schnell ins Zelt!«, flüsterte er und klang dabei so todernst, dass sie dachte, ein Räuber mit fünf Messern in den Händen stünde hinter ihr. Ungeschickt purzelte sie ins Zelt, Maël ihr hinterher. In aller Eile zog er den Vorhang zu und setzte sich mäuschenstill hin, als ob draußen jemand auf sie lauerte und um ihr Zelt schlich. Während Maël horchte, ob sich etwas regte, senkte er den Kopf wie eine Raubkatze. Als er zu ihr aufblickte, sah Lorea, wie er ein Schmunzeln unterdrückte.

»Was ist denn da draußen?«, fragte sie gereizt, denn sie empfand es als schroff, dass er sie einfach gepackt und ins Zelt geworfen hatte.

»Ich habe mindestens zwei Wölfe gesehen«, wisperte der Elf übertrieben. Sein Gesicht verformte sich umso hämischer.

Sie zog einen Mundwinkel nach oben und musterte ihr Gegenüber entnervt. »Selbst ein Kind würde an deinem Gesicht sehen, dass du Lügen erzählst.«

»Wir müssen jetzt warten, bis die Wölfe wieder verschwunden sind.«

Was führte er bloß im Schilde? Sie ließ ihn nicht aus den Augen. Etwas hatte er gesehen, und sie hätte zu gern gewusst, was das war. Draußen schlich gewiss kein einziger Wolf oder Räuber umher, sonst hätte Maël längst nach seiner Klinge gegriffen. Bei einem Reh wäre er wie angewurzelt sitzen geblieben. Sie überlegte, doch ihr kamen keine anderen Einfälle. Als sie zum Vorhang des Zeltes krabbelte, vor welchem der Elf saß, versperrte er den Ausgang.

»Wir müssen warten, bis die Wölfe weg sind«, wiederholte er flüsternd und mit breitem Lächeln.

Ein gereiztes Schnaufen entfuhr ihr, dennoch setzte sie sich wieder hin. Wenn er den Vorhang des Zeltes wie ein Löwe bewachte, konnte sie jeglichen Fluchtversuch sofort einstellen. Ihre Finger trommelten ungeduldig auf ihr Knie. Sie sah zum Laken des Zeltes auf und bemühte sich, durch das Leinen hindurch zu sehen. Es war dunkel, so viel erkannte sie. Blätter und Gräser raschelten leise im Wind, und Grillen zirpten ihre abendlichen Lieder.

Plötzlich leuchtete ein kleines hellgrünes Licht. Das Leuchten war heller als ein frisch gewachsenes Blatt. Es flog dicht an ihrem Unterschlupf vorbei und setzte sich auf die Zeltdecke, doch es erlosch nicht. Im ersten Moment fiel ihr nur einer ein, der so etwas zustande brachte.

»Bist du das?«, fragte sie den Elfen, der das Leuchten aber noch gar nicht entdeckt hatte. Maël musterte erst jetzt das fremde Licht.

»Nein«, gab er zurück, schien aber nicht beunruhigt. Nach seiner unerwarteten Antwort starrte sie verdattert drein. *Wenn Maël das nicht ist, wer ist es denn dann?* Als sie nochmals zu der Stelle aufblickte, wo sie das hellgrüne Licht gesehen hatte, war es verschwunden.

»Ich gehe mal nachsehen, ob die Wölfe weg sind«, sagte Maël, verschwand hinaus und richtete den Vorhang des Zeltes so, dass keine Lücke entstand, durch die Lorea lugen konnte. Langsam rutschte sie an den Zeltausgang heran, wagte es jedoch nicht, nach draußen zu schauen.

Der Elf steckte den Kopf ins Zelt und jagte ihr einen solchen Schreck ein, dass ihre Glieder zusammenzuckten. »Du kannst rauskommen.«

Doch Lorea fühlte sich wegen des grünen Leuchtens verunsichert. »Sind die Wölfe auch wirklich weg?«

»Ja.« Maël reichte ihr eine ermutigende Hand. »Jetzt komm.«

Maëls Gesicht und Stimme bargen ungewöhnliche Ungeduld, als wollte er sie überraschen. Er stand so ungünstig vor dem Zeltvorhang, dass sie nicht einmal durch einen fingerbreiten Schlitz die Möglichkeit fand, einen Blick in den Wald zu riskieren.

Lorea nahm seine Hand und ließ sich aus dem Zelt führen. Als sie kein Dach aus Leinen mehr einschränkte, erhob sie sich und sah erstaunt umher. Diese kleinen grünen Lichter flogen im ganzen Wald umher. Hunderte, wenn nicht Tausende von ihnen. Die Sterne schienen vom Himmel gefallen zu sein und auf Erden grün zu flimmern. Die vielen Lichter erzeugten einen solchen Schein, dass sie den dunkel gewordenen Wald heller erstrahlen ließen, als es die Sterne vermochten. Die Leuchtkugeln kannte Lorea nur aus verzauberten Wäldern, die in Geschichten ihres Vaters wuchsen. Das waren Glühwürmchen. Viele leuchteten und flogen munter durch den Wald, andere blinkten, weil sie offenbar unentschlossen waren, ob sie lichtern hübscher aussahen oder nicht.

Voller Bewunderung staunte sie über das, womit der Elf sie überraschte. Ihre Faszination raubte ihr die Stimme. Ihren Mund hatte sie weit offen stehend vergessen, denn das Spektakel war so beflügelnd, dass es ihre Sinne benebelte.

»Du brauchst keine Zauber, um Magie zu sehen«, hörte sie Maëls Stimme. »Du musst einfach nur die Augen aufmachen.«

Sie blickte zu ihm auf und entdeckte ein Glühwürmchen, welches dicht an Maël vorbei flog. Er streckte die Finger nach dem kleinen Licht aus und führte es sachte hinauf zu den Baumkronen. »Wenn das erste Glühwürmchen gesehen wird, dann feiern wir bei uns zuhause ein Fest. Wir nennen es das Lichterfest. An diesem Tag beginnt bei uns der Sommer.«

Ihre Ohren hörten ihm aufmerksam zu, während ihre Augen von den hellgrünen Glühwürmchen abgelenkt wurden. Unweit vor ihnen flog eine Schar kleiner Leuchtperlen. Sie lief auf die schwebende Gruppe zu, scheuchte sie auf und drehte sich mit denen, die um sie herum flogen. Als eines der erhellten Glühwürmchen vor ihr schwebte, zog Lorea entzückt die Hände zu sich heran. Das kleine Insekt senkte die Flügel und ließ sich auf ihrem Finger nieder. Ihre Fingerspitze kitzelte, als das Leuchttierchen darauf krabbelte und ihr ein freundliches Flimmern schenkte. Dann flog es zu den anderen, die zwischen den Bäumen dahinschwebten und den Abend erhellten.

Hinter ihr erklang ein hohles Klatschen, als jemand die Hände aufeinander schlug, um etwas zu fangen. »Ich hab' eins«, sagte Maël heiter.

Sie eilte zu ihm. Beide neigten die Köpfe über seine Hand und kamen sich so nahe, dass sie beinahe mit der Stirn zusammenstießen. Als er die Finger hob, war in seiner Handschale kein leuchtendes Tierchen zu sehen, sondern nur etwas Schwarzes, das ohne Licht unscheinbar wirkte. Die lebendige Leuchte hatte offenbar keine Lust, ihr Lichtlein flimmern zu lassen. Als das Glühwürmchen sich in die Lüfte erhob, blinkte es aufgeregt und flatterte davon.

Lorea setzte sich ins Gras zwischen die Bäume und Glühwürmchen und beobachtete die unzähligen Lichter, die lautlos um sie herum schwirrten. Auf dem Waldboden flimmerten ebenfalls grüne Leuchten.

Der Elf kauerte sich neben sie. »Beim Lichterfest zünden alle Kinder eine Laterne an«, verriet er ihr und ahmte bei seiner Erklärung alles mit Armbewegungen nach. »Wenn sie die Laternen in den Himmel aufsteigen lassen, dann dürfen sie sich etwas wünschen. Im August feiern wir ein anderes Fest, den Lichterfall. An diesem Abend kann man unzählige Sternschnuppen am Himmel sehen. Man sagt, dass dann die Wünsche, welche die Kinder heute in den Himmel schicken, wieder zurück auf die Erde fallen und in Erfüllung gehen.«

Alles klang so sagenumwoben in Loreas Ohren. Sie freute sich, dass ihr Gefährte erzählte. Keine Geschichten, keine Legenden, sondern von sich und seinem Volk. Er hatte ihr nie so viel Wissen anvertraut wie heute. Dankbar war sie ihm, dass er ihr endlich das gleiche Vertrauen schenkte, welches sie ihm schon vor Wochen gegeben hatte.

Die Spur der Schwarzen Falken

Totes Land tauchte in ihrer Sichtweite auf, wo keine Menschen oder Tiere lebten. Die Pflanzen waren dort eingegangen. Als ob sich eine Wolke aus Asche wie ein Leichentuch über die Landschaft gelegt hätte, zog sich der Landstreifen grau und leblos durch einen nahen Wald. Von dem Hügel aus, von welchem sie hinab stiefelten, sah Lorea das Totenland gut. Hier war die Asche noch warm. Maël hatte ihr mehr über den Krieg erzählt, der in Frankreich schon über Jahrzehnte hinweg anhielt. Sie liefen durch das Grenzland zweier Fürstentümer, von denen das eine den Franzosen und das andere den Engländern gehörte. Nach Maëls Erzählungen versuchten die Engländer, weite Teile des französischen Reiches einzunehmen. Seit einigen Jahren herrschte angeblich zeitweilige Waffenruhe. Das Hin und Her zwischen der Besetzung der Gebiete hatte nach dem Elfen zu Schlachten geführt, worunter Landstriche litten. Nicht nur Wälder und Felder, sondern sogar Städte. Eine Kleinstadt, an der sie vorbeigelaufen waren, sah aus wie eine Ruine. Häuser hatte man niedergebrannt, und kein einziger Mensch war auf den Straßen zu sehen gewesen.

Im Tal, wo das Land sich dem Tode ergeben hatte, erhob sich in der Nähe eine Stadt. Dicht an die Siedlung drängten sich unzählige Zelte. Wessen Truppen wohl dort lagerten? Egal ob es Franzosen oder

Engländer waren, ihre Situation wurde dadurch immer gefährlich. Lorea hoffte, der Wald würde sie verschlingen und sie vor den Soldaten verstecken. Wenn man sie fand, stand ihnen womöglich dasselbe bevor, was Maël einst zugestoßen war. Man würde sie als Späher verdächtigen und jagen.

Die beiden erreichten eine Gabelung. Eine Straße führte in die Richtung, in welcher sie die Zelte und die Stadt entdeckt hatte. Es war offensichtlich, dass sie den linken Weg nehmen mussten, um in den Süden zu gelangen, weit weg von den Soldaten. Doch Maël blieb stehen und schien zu überlegen. »Willst du ein Schlachtfeld sehen?«

Lorea schluckte schwer, denn eine solche Frage hätte sie nicht von ihm erwartet. Sie überlegte, dachte an die Gefahren und Schrecken, die ihnen bei einem solchen Besuch widerfahren konnten.

»Aber nur ganz kurz«, sagte sie zögerlich.

Die Lederscheide an seinem Gürtel, welche sein Schwert festhielt, schnürte Maël straffer. »Wenn wir ohnehin so nahe an einem sind und du sowieso neugierig bist, wäre es dumm, dich nicht zu fragen«, meinte er beiläufig. Er zog seine Ferana eine Handbreit hervor, um sie zu besehen, und schob sie wieder zurück. Das war das ausschlaggebende Zeichen dafür, dass ihr Vorhaben heikel war. Plötzlich war Lorea sich nicht mehr sicher, ob ihr Schlachtfeldbesuch ein kluger Einfall war.

Der Elf lief die Straße in Richtung der Stadt entlang, in deren Nähe sich die Soldaten in Zelten aufhielten. Lorea lief ihm hinterher und sah sich pausenlos um. Hinter ihnen war niemand, im Wald machte sie keine Gestalt aus. Wenn jetzt wieder ein Eichhörnchen über den Weg rannte, würde sie vor Schreck wahrscheinlich tot umfallen.

Maël führte sie fernab vom Weg in den Wald. Loreas Unruhe wuchs, denn jetzt konnte sie nur noch schätzen, ob sich im Wald bloß ein Baum oder doch ein Mensch bewegte.

»Ruhig Blut«, hörte sie Maëls Stimme vor ihr, und sie fuhr erschrocken auf. Er schaute zu ihr hinüber. »Keine Sorge, ich passe auf.«

Bei ihrem Versteckspiel vor den Árfenlíth hatte sie sich genauso unwohl gefühlt. Als sie den Rand des Waldes erspähte, stieg ein widerlicher Geruch in ihre Nase. Genauso hatten die Dréags im Alehaus gestunken. Lorea atmete durch den Mund, damit der Gestank nicht beißend in ihrer Nase hing. Ein eiskalter Schauer lief ihr über den Rücken, denn das tote Land sah von Nahem wesentlich furchteinflößender aus.

Wieso habe ich vorhin nur zugestimmt?, jammerte sie verzweifelt in Gedanken. Ihr Vorhaben schien ihr weitaus waghalsiger, als mit einem Elfen durch eine Stadt zu schlendern.

Während sie zu einem Strauch schlichen, wurde Lorea so klein wie eine Maus. Wenigstens wusste sie jetzt, bei der nächsten Gelegenheit abzulehnen, falls Maël sie nochmals zu dem Besuch eines Schlachtfeldes einlud.

Der Elf schob Zweige beiseite, damit sie ihnen freie Sicht auf den einstigen Kampfplatz gewährten. Die graue Lichtung vor ihnen machte den Anschein, als hätte sie früher als Weide geblüht. Vor einiger Zeit schienen zwei Mächte um die nahe Stadt gekämpft zu haben. Die Umgebung war damals verbrannt worden, vielleicht durch das Werfen von Feuerkugeln oder durch das Verbrennen der Leichen. Obwohl sich über weite Teile Asche legte, zeigten sich hier und da ein paar grüne Grashalme. Ein Tröpfchen Leben hatte sich offenbar dazu bereit erklärt, das Land nicht völliger Verderbnis zu überlassen. Knochen fielen in Loreas Blick. Als Leute das Schlachtfeld hatten räumen und die Toten bergen müssen, hatten sie ein paar Überreste übersehen. Wenn sie sich nicht irrte, lag unweit von ihnen eine verweste Hand. Ihre Neugierde hielt ihre Augen offen und wachsam, doch ihre Angst kratzte in ihrem Hals und ließ sie erbleichen wie eine Leiche.

Blätter raschelten hinter ihrem Rücken. Lorea schwirrte herum. Im selben Moment drehte Maël sich um und glitt mit der Hand an seine Klinge. Lorea schnappte entsetzt nach Luft, als sie zwei Männer entdeckte, die sich an sie herangepirscht hatten. Einer trug einen schwarzen Umhang und hatte durchwühltes Haar. War er ein Späher?

Ihr Herz schlug gegen ihre Rippen wie ein Specht an einen Baum. *Jetzt haben sie uns!* Mit weit aufgerissenen Augen starrte sie die beiden Männer an, die keine fünf Schritte von ihnen entfernt waren. Ihre Arme hoben sich, als sie sich ergab. Doch als Maël sein Schwert mit einem Sirren ein Stück aus der Scheide zog, zeigten die beiden Männer dieselbe Geste der Ergebung.

»Nein, wartet!«, rief einer der Fremden. »Wir sind nur Pilger!«

Der andere stolperte erschrocken nach hinten und stürzte in seiner Hast zu Boden. Lorea senkte die Arme und warf ihrem Begleiter einen erleichterten Blick zu. Er schob das Schwert zurück ins Leder und war offenbar ebenso überrascht wie sie. Der Mann, der Maël eben zurückgehalten hatte, sprach Loreas Muttersprache. Das waren keine Soldaten, sie trugen keine Waffen bei sich. Auch schienen sie keine Späher, nicht einmal Franzosen zu sein, sondern zwei Leute aus England.

»Sagt bloß, Ihr könnt mich verstehen«, murmelte der dunkelhaarige Mann ungläubig. Lorea schmunzelte ihn an, denn seit Wochen hatte sie niemanden mehr aus ihrer Heimat gesehen. Den zwei Männern erging es offenbar genauso.

»Ja, können wir«, sagte Maël, dessen Stimme dieselbe Erleichterung trug, die Lorea empfand. Bei den Streunern, die zwei hatten ihr einen Schrecken eingejagt.

Die beiden Fremden kamen zu ihnen, als sie sicher schienen, dass Maël nicht mit seiner Klinge auf sie zeigen würde. Sie hockten sich neben Lorea.

»Wir haben Euch beide in den Wald laufen sehen und dachten, wir könnten Euch folgen«, erklärte der Dunkelhaarige munter und schien sich nicht wie sein Begleiter von Maëls Klinge einschüchtern zu lassen. »Dann wären wir wenigstens nicht die einzigen Dummen, die so waghalsig sind und sich hierher trauen.«

In ihrer Aufregung musste Lorea die zwei Gestalten im Wald übersehen haben. Andererseits waren die Umhänge der beiden so dunkel, dass sie sich nur hätten auf den Waldboden legen müssen, um unsichtbar zu werden.

»Kommt Ihr auch aus England?«, verlangte der andere Fremde zu erfahren, der vorhin gestolpert war.

»Ja, ich komme aus England.« Die Freude in Loreas Antwort zauberte den beiden Männern ein kleines Schmunzeln auf die Lippen. Von der Seite sah sie, wie der Elf an den Haaren herumfingerte und den Fremden misstrauische Blicke zuwarf. Vorsicht war wieder geboten.

»Und wo kommt Ihr her, werter Schwertmeister?«, fragte der Dunkelhaarige.

»Bitte verzeiht mir, das war nur ein Versehen, reine Angewohnheit«, entschuldigte Maël sich für seinen unhöflichen Willkommensgruß.

»Nicht doch, wir sind doch selbst dran schuld, wir hätten uns nicht so an Euch heranschleichen dürfen. Außerdem habt Ihr uns ja am Leben gelassen. Also, wo kommt Ihr her?«

Lorea wusste, dass er den beiden eine Lüge aufzwingen musste. Doch England lag außerhalb seiner Möglichkeiten für eine Ausrede, denn Lorea hatte mit ihrem Ausruf verraten, dass sie die Einzige von ihnen war, die aus Britannien stammte. Sich als Geschwister auszugeben, war somit undenkbar.

»Aus Frankreich«, meinte Maël und wandte das Gesicht wieder dem toten Land zu.

»Ihr seid aber ein seltsames Pärchen«, fand der Jüngere und blinzelte sie an.

»Wir können uns eben nicht aussuchen, unter welcher Krone wir geboren werden«, sagte Maël mit bedachten Worten und einem Hauch von Abneigung. Es klang, als meinte er nicht nur die englische und französische Krone.

»Das ist wohl wahr«, stimmte der ältere Wanderer zu.

Alle musterten stumm die kahle Landschaft, die sich vor ihnen durch den Wald fraß.

»Unfassbar, oder?«, sagte der Ältere. »Wenn man sich vorstellt, dass hier Hunderte tapfere Ritter gekämpft haben. So viele mutige Männer, die für ihre Ehre und ihr Land in die Schlacht gezogen sind. Ich würde zu gern wissen, wer hier gewonnen hat.«

Die unbehagliche Stille zwischen ihnen verhieß genug. Maël musterte die beiden Engländer unauffällig. Etwas schien ihn an den zweien zu beunruhigen. Plötzlich tippte der Elf auf Loreas Hand und zeigte mit einer nickenden Kopfbewegung, dass sie aufbrechen mussten.

»Wir müssen jetzt weiter«, gab Maël den beiden Wanderern Bescheid und erhob sich, behielt den Kopf aber gesenkt. Als Lorea sich aufrichtete, taten die beiden Fremden dergleichen, und zusammen folgten sie dem Elfen.

»Wir kommen mit, schließlich müssen wir sowieso alle wieder zurück auf den Weg«, meinte der Ältere beiläufig. Die beiden erweckten bei

Lorea den Eindruck, eher feige zu sein als freundlich. Somit bahnten sie sich zu viert einen Weg zurück durch den Wald. In Maël schien dasselbe Misstrauen umherzuschweifen wie in ihr selbst, denn sie hatte das Gefühl, er würde jedes Geräusch hinter seinem Rücken belauschen. Sein angespannter Gang und sein Gesicht zeigten ebenfalls, dass er auf der Hut war.

Als sie auf dem Weg ankamen, fiel jegliche Anspannung von ihr ab. Ihr Begleiter wandte sich zu den Fremden um, als alle zum Stehen kamen, und musterte den älteren. »Wo habt Ihr denn diesen schönen Umhang her?«, wollte er plötzlich wissen.

Anfangs schaute Lorea den Elfen verwundert an. Sie beäugte den Umhang des Älteren. Der Stoff war schwarz und dick und an sich nicht weiter auffällig. Nur ein silberner Verschluss am Kragen hatte offenbar einen edlen Ursprung. Ein Vogel mit einem gestreckten Flügel und einem spitzen Schnabel war in der Schließe eingearbeitet. Das kleine Bild sah aus wie ein Falke.

Der Fremde sah an sich hinab, um seinen Mantel zu mustern. »Den hab ich in einem Wald gefunden. Das ist noch gar nicht so lange her.« Er schien recht hochmütig wegen seines Fundes zu sein.

Maël nickte angespannt, als ob er vortäuschte, Gefallen an dem Umhang zu finden.

»Wir müssen hier lang«, erklärte der Ältere, als wäre er in Eile. Er zeigte in die Richtung, wo sich die Stadt und die lagernden Soldaten aufhielten. Lorea mutmaßte, dass es kein kluger Einfall war, in die offenen Arme von Truppen zu laufen, doch sie blieb still.

»Wir müssen nach Süden«, meinte der Elf mit aufgesetztem Lächeln. »Wir haben noch einen langen Weg vor uns. Gute Reise Euch.«

Alle verabschiedeten sich voneinander, gaben sich aber nicht die Hand. Auf beiden Seiten schien das Vertrauen zu den jeweils Fremden klein wie eine Erbse. Lorea und ihr Gefährte kehrten um und gingen ihres Weges, der nachmittäglichen Sonne entgegen, tiefer in den warmen Süden. Erst als die Schritte der Fremden hinter ihr verklungen und sie keine Gestalten mehr auf dem Weg entdeckte, öffnete Lorea den Mund. »Das waren ja zwei merkwürdige Männer.«

Maël spannte seine Mimik an, wie damals, als er den Hünen im Räuberlager angefunkelt hatte. Er drehte sich zurück, um sicherzugehen, dass niemand außer ihnen den Weg beschritt. Als er sich wieder nach vorn umkehrte, lief er zügiger.

»Was ist denn?«, fragte Lorea ahnungslos. Sie wunderte sich, warum er auf einmal todernst dreinblickte. »Haben die deine Ohren entdeckt?«

»Nein, das ist es nicht. Hast du das Zeichen an seinem Umhang gesehen?«

Lorea überlegte und rief sich den Verschluss in Erinnerung, den der Elf meinte. »Der Falke?«

Maël stieß aufgewühlt die Luft aus. Es bereitete ihm offenbar umso mehr Sorgen, dass sie das Bild auf dem Knopf gesehen hatte. Er hastete immer schneller den Weg entlang. »Das war der Umhang eines Falken.«

Da fiel es Lorea mit einem verschreckten Sprung ihres Inneren wieder ein. Die Meuchler! »Ein Schwarzer Falke?« Sie hauchte ihre entsetzte Erkenntnis nur, weil sie sich kaum traute, jenen Orden laut auszusprechen. »War das etwa ein Schwarzer Falke?«

»Nein, das kann kein Falke gewesen sein. Die hätten sich niemals so auffällig gezeigt.« Seine Anspannung schien nicht minder ihrer eigenen. Er verkrampfte die Hände zu Fäusten. »Vielleicht haben sie einen Falken bei etwas gestört. Keine Ahnung, wie sie an solch einen Umhang gekommen sind.« Ihm schien ein grauenvoller Gedanke in den Kopf zu schießen, denn sein Gesicht wurde mit jedem Schritt beängstigter. Weil Lorea keine Ahnung hatte, warum er so ungestüm war, blieb sie abrupt stehen. Sie verstand nicht und sah ihren Begleiter missmutig an. »Aber wir brauchen doch nicht zu rennen. Die zwei sind doch in die andere Richtung gegangen.«

Maël kehrte sich zu ihr um. Er schnaufte, nicht aus Ärger, sondern weil er ihr offenbar lieber nicht die Wahrheit zu erzählen gedachte. »Die beiden werden wahrscheinlich nicht mehr lange leben.« Es war etwas Schlimmeres als nur Sorge, die seine Stimme bedrückte.

Lorea sah ihn verschreckt an. »Aber ich dachte, die Falken gibt es nur in England?«

»Die gibt es überall, vor allem hier im Westen der Welt.« Der Elf kam mit großen Schritten auf sie zu. Er packte sie fest an den Schultern und sah ihr eindringlich in die Augen. »Lorea, mit Glück schneiden sie den beiden nur die Zunge raus. Wenn die bemerken, dass du diese Männer getroffen hast, will ich nicht wissen, was sie dir antun würden.«

Seine letzten Worte brachten eine unfehlbare Klarheit in ihren Kopf. Er rannte nicht aus Angst vor den Schwarzen Falken weg, sondern weil er sie in Sicherheit bringen wollte. Ihm passierte nichts, er war ein Elf, an welchen die Falken angeblich keine Hand anlegten. Als sie sich vor Augen führte, dass ein Meuchelmörder womöglich hinter ihrem Kopf her war, zitterten ihre Glieder. Das wäre nicht das erste Mal.

Eine frische Brise fuhr durch den Wald, und der Elf schnupperte. Seine Augen glitten zu den dichten grauen Wolken. Sein Blick verriet ihr, dass er durch sein Wolkenlesen gleich eine Vorhersage über Wind und Wetter geben würde.

»Wir sollten bald das Lager aufschlagen. Nicht mehr lange, dann wird es regnen.« Er sah besorgt zu ihr. »Der Regen wird unsere Spuren hoffentlich verwaschen, dann kann uns niemand folgen.«

Sie eilten den Weg weiter. Nach wenigen Schritten sah Maël sich vorsichtshalber erneut um. Beide verkrochen sich im Dickicht des Waldes. Als sie den Weg wegen der vielen Bäume nicht mehr sah, bangte sie, dass sie sich verirrt hatten. Maël führte sie immer tiefer in den Wald. Lorea beruhigte sich mit jedem Schritt.

An einem wundersamen Ort stellte Maël sein Bündel ab. Über lange Gräser und kräftige Bäume wuchs Efeu. Kleine Blätter breiteten sich wie ein grüner, glänzender Schuppenpanzer auf dem Waldboden aus. An den Bäumen krochen die Pflanzen bis in manch eine Krone hinauf.

Der Elf kümmerte sich um das Zelt, während Lorea über das viele Grün staunte. Trotzdem behielt sie einen aufmerksamen Blick. Als sie bemerkte, dass sie Maël helfen sollte, unterstützte sie ihn beim Richten der Leinen. Ihr Gepäck stellten sie vorsorglich in den aufgestellten Unterschlupf. Als Maël sich im Wald umwandte, beruhigte sich seine aufgebrachte Stimmung. Offenbar war er sich gewiss, dass man sie im Dickicht nicht fand.

Sie setzten sich in den Eingang des Zeltes. Lorea streckte die Beine in den Wald hinaus. Der Efeu unter ihr fühlte sich wie glattes Leder an, war aber dennoch zart und gebrechlich. Die Blätter sahen in ihren Augen aus wie viele kleine Waldbewohner, die sich zu einem Fest trafen.

Der Elf sammelte drei Becher aus ihren Bündeln und stellte sie hinaus auf die andere Seite der Zeltleinen, sodass Lorea sie nicht mehr sah. Der Regen würde die Becher mit Wasser füllen.

Sie saßen schweigend nebeneinander und warteten auf Regentropfen. Wie gewohnt bewunderte Maël die Wolken und schien sich zu freuen, dass bald himmlisches Wasser auf sie niederprasseln würde. Schließlich genoss er jeden Wassertropfen, egal ob er vom Himmel fiel oder vom Meer angespült wurde.

Sie behielt Maël im Blick, dessen Augen unentwegt die graue Wolkendecke bestaunten. Ein leises Platschen erklang im Wald. Ein Tropfen fiel auf Loreas Rock. Mit jedem Geräusch, jeder zärtlichen Berührung von Wasser und Blättern, ähnelte das Platschen zunehmend einem seichten Trommeln. Die Efeublätter, die den Boden säumten und die Baumstämme umschlangen, glänzten, als das Himmelswasser wie ein fürsorglicher Gefährte ihre Oberfläche streichelte. Ein Regenschleier breitete sich im Wald aus.

Sie zog die Füße unter das schützende Dach des Zeltes, damit sie nicht nass wurde. Regen war in ihren Augen normalerweise etwas Trauriges, doch inmitten von Efeu sah er wunderschön aus. Sie musterte die Magie um sich herum, die keinen einzigen Zauber benötigte, um bezaubernd zu sein.

»Vira«, murmelte Maël abwesend und streckte eine Hand nach den Regentropfen aus. Ein gespielt entnervtes Brummen kroch aus ihrem Hals.

»Ist das nicht eure Wassergöttin?«

»Djeth.«

»Du scheinst sie sehr zu mögen.«

Ein verträumtes Lächeln zupfte an seinen Lippen. Er zog ebenfalls seine Füße zu sich heran, schnürte aber seine Stiefel auf. Er zog sie aus und stellte sie zu seinem Bündel und der Tasche, sicher verwahrt vor der Nässe unter dem Leinendach des Zeltes. Als er sein Hemd hochkrempelte, rutschte Lorea ein Stück von ihm weg.

»Was machst du denn?«, fragte sie empört. Der Elf zog sein Hemd aus. Er legte es zu seinen Stiefeln und beließ Lorea im Schleier der Ungewissheit. Schwert und Halterung legte er ebenfalls beiseite. Während er erneut zu Loreas Unbehagen oberkörperfrei neben ihr saß, schien er zu überlegen, was er ihr sagen sollte. »Unsichtbare Narben heilen lassen.«

Er erhob sich und schlich hinaus in den Regen. Schon wieder ein Rätsel, über das sie grübelte. Sie sah ihm verträumt dabei zu, wie er die Arme ausbreitete und mit den Händen das Wasser aufzufangen versuchte. Er schien wahrlich jeden Tropfen auf seiner Haut zu genießen.

Als ihre schwarzen Augen über seinen Rücken wanderten, entdeckte sie ein Mal. Entsetzt sog sie die Luft ein. Eine helle Narbe zog sich auf der gebräunten Haut des Elfen von seiner linken Schulter quer über seinen Rücken bis zu seiner Hüfte. Lorea mutmaßte, dass sie von einem Schwerthieb stammte. Die Wölfe sollten sie holen, wo hatte er solch eine Narbe her?

»Ist die Narbe da aus Frankreich?«, fragte Lorea. Sie vermochte das Entsetzen in ihren Worten nicht zu verbergen. »Von deiner Flucht, dort wo dein Schwert zerbrochen ist?«

Er neigte den Kopf hinauf zu den Regenwolken und senkte die Arme. Sein Haar war mit Wasser vollgesogen, sodass seine Ohrspitzen durch einige Strähnen hervorstachen. Regentropfen glitten an seiner Haut hinab und ließen ihn genauso schimmern wie die Blätter des Efeus. »Nein«, sagte er leise wie der Regen, sodass sie ihn kaum hörte. »Die ist älter.«

Wieder schwieg er sie an, hinterließ ihr einen Nebel aus Geheimnissen und Fragen. Sie wusste genau, dass etwas nicht stimmte. Aber was war es nur, was er ihr nicht sagen wollte? Was ihn jedes Mal bekümmerte und im Verborgenen an ihm zu zerren schien?

Tief in ihrem Innern wusste sie, dass ihn die Frage schmerzen würde, doch sie musste es unbedingt wissen. »Maël?«

Der Elf neigte den Kopf zu ihr, sodass sie seine Gesichtshälfte und den kleinen Hügel auf seiner Nase erkannte. Der Kummer, der sich auf ihn gelegt hatte, erschwerte ihre Worte. So wie er jetzt aussah, hatte sie ihn vor einigen Wochen auf dem Schiff gesehen, als Elmo von einem April vor fünf Jahren gesprochen hatte. Für einen kurzen Moment fragte sie sich, ob es nur Tropfen vom Regen waren, die an seinen Wangen hinunterliefen. »Was ist mit deiner Familie passiert?«

Sie bemerkte, wie er den Atem anhielt. Nach einem Augenblick wandte er sich von ihr ab und überließ sein Gesicht dem niederprasselnden Regenguss. Ihm tat es weh, dass sie fragte, das war ihr bewusst. Um ihm die Antwort zu erleichtern, half sie ihm. Schwarze Falken schloss sie aus, denn er hatte selbst gesagt, dass sie Elfen in Ruhe ließen. Da blieb nur eine Vermutung. »Waren es etwa Räuber?«

Sein Nacken spannte sich an, was offenbar hieß, dass sie den Finger auf die frische Wunde gepresst hatte. Ebenjene, welche durch den Regen heilen sollte.

»Ja.« Seine wispernde Antwort, die ihm schwerer zu fallen schien als alles andere auf dieser Welt, wurde vom Trommeln der Tropfen beinahe übertönt. Allmählich verstand sie, warum er manchmal so traurig war, warum er stets das lebensfroheste Wesen schauspielerte. Er wollte sie nicht mit seinem Kummer belasten, doch je öfter er eine Maske vor sein Gesicht schob, desto ungewisser wurde sie.

Der Elf verharrte freudlos und mit gesenktem Blick im Regen. Lorea traute sich nicht zu ihm hinaus, nicht wegen der Wassertropfen, sondern wegen der Stimmung ihres Gefährten. Sie hätte ihm eine ermunternde Hand auf die Schulter legen können, hätte ihm sagen können, dass alles wieder gut werden würde, doch sie konnte nicht. Die Worte wären nicht über ihre Lippen gekommen, weil sie wusste, dass sie nur aus Lügen bestünden. Stattdessen musterte sie den Efeu, der im Regen und dem greller werdenden Licht der Sonne bezaubernd schimmerte.

Ihr Traum bestand aus weißem Nebel. Jemand störte sie bei ihrem Schlaf, als sie einen warmen Atem wahrnahm. Sie spürte eine fremde Hand auf ihren Lippen. Verschlafen hob Lorea die Lider. In ihrem verschwommenen Blick erkannte sie eine dunkle Gestalt. Als sie blinzelte, verstärkte sich die Hand auf ihrem Mund. Ein fremder Mann hockte über ihr, dessen Gesicht unter einer schwarzen Kapuze verborgen war. Lorea wollte vor Schreck aufschreien, doch die fremde Hand hinderte sie daran. Sie sah, wie der Mann mit einem Dolch nach oben ausholte und die Spitze auf ihren Kopf richtete.

Als sie ihr Knie hob und die Weichteile des Mannes traf, ließ die Hand kurz von ihrem Mund ab. Doch der Dolch schnellte auf ihren Kopf zu. Sie drehte das Gesicht weg, sodass die Klinge um Haaresbreite ihr Ohr verfehlte und in den Waldboden gerammt wurde.

»Ma–!«

Die fremde Hand ließ ihre Stimme abermals ersticken und presste ihren Kopf nach unten. Angestrengt strampelte sie mit den Beinen, in der Hoffnung, ihren Gefährten mit einem Fuß zu erreichen. Tatsächlich traf sie etwas.

Neben ihr zuckte Maël zusammen. Über Lorea erhob sich abermals der Dolch. Mit aufgerissenen Augen starrte sie die Klinge an.

Ein Windstoß riss den Eindringling zur Seite und von Lorea weg. Er flog gegen das Zeltlaken, riss es aus den Befestigungen und wurde davon bedeckt wie ein Geist, als er zu Boden geschleudert wurde. Mit gezogenem Schwert sprang Maël auf. Er hastete zu ihr. Sein besorgter Blick sprang von ihrem Hals über ihr Gesicht und schien festzustellen, dass sie unversehrt war. Vor Schreck brachte er wie Lorea kein Wort hervor.

Als sich der Mann unter dem eingefallenen Zeltlaken regte, richtete Maël sich eilig vor Lorea auf. Seine Ferana packte er mit beiden Händen und ging leicht in die Hocke, um sich kampfbereit zu machen.

Lorea stand auf und zog ihr Messer, blieb jedoch hinter dem Rücken ihres Gefährten. Wer hatte sich in ihr Lager geschlichen? Die Árfenlíth? Hatten sie sie gefunden?

Der Mann zerrte das Laken von seinem Kopf und erhob sich. Die Kapuze rutschte auf seine Schultern und offenbarte schwarzes Haar. Der gleichfarbige Umhang ließ ihn wie einen Totengräber erscheinen. Weil Lorea einen solchen Umhang erst gestern gesehen hatte, rutschte ihr Blick zu der Schließe des Gewandes. Ein Falke war darauf abgebildet.

Entsetzt sog sie die Luft ein. Vor ihnen stand ein leibhaftiger Schwarzer Falke. Ein Meuchelmörder.

Der Falke sagte etwas auf Französisch. Weil Lorea seine Worte nicht verstand und nur erahnen konnte, dass er eine Drohung aussprach, schrumpfte sie hinter Maël.

»Non!«, entgegnete er und trotzte dem Meuchler wie ein starker Baum einem Sturm.

Der Falke steckte den Dolch zurück und zog dafür ein Kurzschwert hervor. Ohne Vorwarnung schlug er mit der Klinge auf Maël ein, der seinen Angreifer aber geschickt abwehrte. Lorea wich zurück, um ihnen nicht in die Quere zu kommen. Sie beobachtete die beiden bei ihrem Duell auf Leben und Tod. Womöglich konnte sie einen Moment abpassen, um ihrem Gefährten zu helfen und den Falken abzulenken.

Während sie sich mit ihren Klingen schlugen, fegte immer wieder ein Windstoß an ihnen vorbei. Sowohl der Falke als auch Maël versuchten, einander dadurch zu Boden zu zwingen. Doch beide wichen dem Gegner aus. Lorea biss die Zähne zusammen. Sowohl Maël als auch der Falke waren fähig, mit Magie anzugreifen.

Als sie in einem Kreis umeinander liefen und der Falke ihr den Rücken zuwandte, nutzte Lorea ihre Chance. Sie versuchte, dem Mann rücklings das Messer in die Seite zu stechen und ihn außer Gefecht zu setzen. Doch ehe sie ihn erreichen konnte, fuhr sein Kurzschwert dicht vor ihr durch die Luft. Lorea konnte gerade noch zurückweichen. Er schien sie gehört zu haben. Eine unsichtbare Kraft riss sie von den Füßen und brachte sie zu Fall.

Weil sie dem Meuchler zu nahe schien, lief Maël einen Bogen und stellte sich erneut vor sie. »Bleib weg von ihm!«

Eilig krabbelte Lorea auf allen vieren beiseite und stand auf. Das Messer behielt sie in der Hand.

Maël richtete seine Handfläche auf den Waldboden, doch er justierte die Finger anders als gewohnt. Der Efeu, der sich über dem Boden ausbreitete, kletterte am Bein des Falken hinauf. Als dieser ausholte und einen Schritt auf Maël zu rennen wollte, wurde er von den Pflanzen festgehalten. Der Falke bemerkte, dass seine Fesseln ihren Ursprung bei Maëls Hand fanden, und richtete die Finger darauf. Lorea erkannte, dass der Falke einen Flammenzauber vorbereitete, und riss die Augen auf. Entgegen ihrer Erwartung, ihr Gefährte würde angezündet, fuhr dieser schmerzerfüllt auf. Er presste seine Hand, die verletzt schien, in seine Magengrube.

»Maël!« Bevor sie helfend zu ihm laufen konnte, fuhr der Falke mit ausgestreckter Hand durch die Luft und warf ihren Gefährten mit einem Windstoß gegen einen Baum. Maëls Kopf prallte auf die harte Rinde. Er sank auf den Efeu am Boden, wo er reglos liegen blieb.

Der Falke trennte mit einem Schnitt den Efeu von seinem Bein und kam mit großen Schritten auf Maël zu. Panik schoss durch Loreas Adern. Als das Kurzschwert des Falken nach oben fuhr und zum Stich ausholte, nahm Lorea sich zusammen. Sie rannte zu dem großen Mann und rammte den Ellenbogen in seine Seite. Zwar stolperte der Falke, doch er schien so kräftig, dass ihm der Hieb kaum etwas ausmachte. Also richtete Lorea die Messerspitze auf ihn, obwohl sie wusste, dass sie unterlegen war. Sie stach zu, doch der große Mann wich beiseite. Mit einem zügigen Schlag drosch er die Waffe aus ihrem Griff und in Richtung des eingefallenen Zeltes. Sie stolperte ein paar Schritte zurück, bis ein Baum ihren Fluchtweg versperrte. Mit der freien Hand packte der Falke sie an der Kehle. Er hatte so viel Kraft, dass sie vom Boden abhob, als er sie würgte und gegen den Baum presste. Verzweifelt rang sie nach Luft. Ihre Hände krallten sich an die fremden Finger, doch sie waren zu schwach, um sich aus dem Würgegriff zu befreien. Ihre Füße strampelten, weil sie keinen Halt mehr fanden. Ihre aufgerissenen Augen starrten in das kalte Gesicht des Falken.

Bevor er zustach, schnellte eine Klinge an ihrer Stirn vorbei. Der Falke ließ sie los, um Maëls Schwert auszuweichen, sodass Lorea nach Luft schnappend zurück auf die Füße fiel. Um im Notfall zur Seite zu springen, zwang sie sich, auf zittrigen Beinen stehen zu bleiben und nicht zusammenzubrechen. Sie beugte sich röchelnd vornüber und sah zu dem Falken auf, der einen Schlag von Maël abwehrte und abermals nach ihr ausholte. Eilig drehte Lorea sich zur Seite. Doch sie spürte, wie sich etwas Scharfes in ihre Haut bohrte und an ihrer Rippe vorbei kratzte. Erschrocken schrie sie auf. Im ersten Moment blieb ihr die Luft weg. Ihre Hand legte sie an ihre Seite. Warmes Blut blieb daran kleben. Schmerzerfüllt kniff sie beide Augen zusammen und sank auf die Knie.

Mit Ferana schlug Maël die mörderische Klinge außerhalb ihrer Reichweite. »Hat er dich erwischt?«

»Nur ein Kratzer.« Weil die Wunde höllisch brannte, schnaufte Lorea. Sie wusste nicht, wie tief der Schnitt war.

Erneut stellte Maël sich vor sie und drängte den Falken zurück. »Si tu la veux, tu dois d'abord me dépasser!«

Bruchstückartig deutete Loreas vernebelter Kopf die Worte ihres Gefährten. Offenbar wollte er den Falken mit allen Mitteln daran hindern, Lorea zu schaden. Weil ihr auffiel, dass er das Schwert nur noch mit einer Hand festhielt, sah sie auf seine verletzte Linke. Sie war gerötet und wirkte, als hätte er ein heißes Eisen angefasst. Der Feuerzauber des Falken hatte sie wohl verbrannt.

Bei jedem Atemzug feuerten ihre Rippen. Ängstlich hob Lorea die Hand von ihrer stechenden Wunde. Ein schmaler Blutstreifen zeichnete sich auf ihrer Handfläche ab. Die Klinge hatte sie nur oberflächlich geschnitten. Erleichtert, dass sie nicht zu verbluten drohte, presste sie die Hand wieder auf die Wunde.

Als Maël abermals auf den Falken einredete, legte dieser den Kopf zur Seite. Maël deutete auf seine Ohrenspitzen und die Vogelverzierung am Verschluss des schwarzen Umhangs seines Gegenübers. Offenbar erinnerte er den Mann an die Abmachung zwischen seinem Volk und dem Meuchlerorden.

Die beiden diskutierten gereizt, ohne dass einer von ihnen die Waffe senkte. Immer wieder wies der Falke auf Lorea. »Was will er denn?«, fragte sie ihren Gefährten mit verkrampfter Stimme.

»Die Árfenlíth haben den Orden auf dich angesetzt.«

Ein schweres Schlucken blieb in ihrer Kehle hängen und verursachte einen Brechreiz. Dass die beiden Männer gerade hitzig über ihr Leben zu verhandeln schienen, bereitete ihr so viel Angst, dass sie am liebsten davongelaufen wäre. Doch dann würde der Falke ihr sicher nachjagen und seinen Auftrag erfüllen.

Erneut wandte Maël sich ihr zu, schien den Falken dabei aber möglichst im Blick behalten zu wollen. »Er will jede Münze und jeden

Goldklumpen, den wir besitzen. Wenn wir Glück haben, können wir mehr bieten als seine Auftraggeber. Hol meinen Wertbeutel aus meinem Bündel.«

Während sie sich zu ihrem Gepäck schleifte, die Hand weiterhin an ihre Seite gelegt, wagte sie es nicht, den beiden den Rücken zuzuwenden. Auf ihrem Weg hob sie das Messer auf, welches der Falke aus ihrer Hand gedroschen hatte. Hektisch suchte sie den besagten Beutel und kehrte damit an Maëls Seite zurück. Mit großem Abstand überreichte sie dem Falken den Beutel mit der freien Hand. Dieser warf einen Blick in das Säckchen, um wohl den Inhalt zu schätzen. Endlich senkte er das Schwert, sodass auch Maël sich entspannte. Der Falke neigte den Kopf zu Lorea. Seine Worte krochen bedrohlich und mit französischem Akzent in ihre Ohren. »Du bist zwar seine Beute, aber kein Elf. Pass auf deinen Mund auf. Tausend Augen, tausend Stiche.«

Ruckartig wandte er sich um und ging strammen Schrittes durch den Wald. Offenbar schien die Angelegenheit damit für ihn erledigt.

Scheu wich Lorea einen Schritt von ihrem Gefährten zurück. »Was meint er damit, tausend Augen, tausend Stiche?«

Maëls Augen verfolgten den Falken, bis er zwischen den Bäumen verschwand. »Das ist ihr Leitspruch.«

»Und warum bin ich deine Beute?«

Er riss seinen Blick von den Bäumen los und sah sie aufmerksam an. »Sie drücken sich immer so aus. Schließlich habe ich dich mit auf die Reise genommen, nicht wahr?«

Loreas Brauen senkten sich misstrauisch. Ihr Atem pfiff. Sie wusste, dass er seine Absichten nicht verraten würde. Fürchterliche Gedanken begannen in ihrem Kopf zu brennen. Wollte er sie als Untertanin halten? Sie vielleicht doch zu einer Hochzeit zwingen? Oder wie ein Tier seinem Volk präsentieren? Sollte sie womöglich geopfert werden? Je weiter sie ihre Einfälle spann, desto mehr fragte sie sich, ob sie Maël wirklich trauen konnte. Was hatte er mit ihr vor?

Er legte die Finger an den Hinterkopf. Weil der Aufprall gegen den Baum wohl Nachwirkungen zeigte, kniff er ein Auge zu. Dann starrte er auf die Hand, welche Loreas Wunde bedeckte. »Soll ich mir das mal ansehen?«

Lorea behielt ihren Gefährten mit einer Mischung aus Zweifel und Schauder im Blick. »Das mache ich lieber selbst.«

Geständnis

In Kastilien, dem großen Land des Südens, waren die gewaltigen Berge entlang der Meeresküste für Lorea ebenso eindrucksvoll wie die Landschaft in Frankreich. Sie waren an Gebirgszügen entlanggelaufen, die so hoch wuchsen, dass auf den Spitzen Schnee lag. Sie konzentrierten sich auf den kürzesten Weg zu dem Hafendorf an der Westküste, sodass sie nicht annähernd in die Höhe der Schneespitzen gekommen waren. Ebenso weiß wie der Schnee in den Bergen leuchteten die Städte im tiefen Süden. Jede Siedlung strahlte hell, weil die südländischen Häuser nicht dunkler als sandfarben waren.

Etwas anderes hatte sich während ihrer Wanderung durch halb Kastilien verändert. Nicht nur, dass sie die Grenzen fremder Königreiche überquert hatten und bisher ohne Schwierigkeiten und Schwarze Falken vorangekommen waren. Es war etwas mit Maël passiert. Je näher sie dem Elfendorf an der Küste kamen, von welchem aus Schiffe zur geheimnisvollen Insel segelten, umso unruhiger schlief er. Inzwischen suchten ihn ständig Albträume heim. Oft wälzte er sich und murmelte unverständliche Worte. Vor ein paar Nächten hatte er sogar aufgeschrien, sodass Lorea aus ihrem Tiefschlaf geweckt worden war. Ihre Sorge wuchs mit jedem seiner Angstträume. Dennoch hatte sie sich nicht getraut, zu fragen, was ihn plagte.

Ihre Hand fuhr über den Stoff ihres Kleides, wo der Falke sie geschnitten hatte. Den dabei entstandenen Riss hatte sie vernäht, ihre Wunde mit Kräutern und Maëls Salbe behandelt. Am Morgen hatte sie die letzte Kräuterauflage von der Wunde genommen und beschlossen, dass sie nun von allein heilen würde. Schließlich war der Schnitt nicht tief gewesen.

Seine verbrannte Hand hatte Maël selbst gekühlt und verarztet. Weil sie ihn abgewiesen hatte, seit der Falke sie als Beute bezeichnet hatte, schien er ein wenig auf Distanz zu gehen.

Die Sonne verkroch sich hinter den höchsten Bergspitzen. Während der vergangenen Tage hatte sie jegliche Regenwolken fortgescheucht. Jeder Tag schien länger und heißer. Durch ihre länger währenden Wanderungen hatte Lorea das Gefühl, dass ihre Füße gleich abfallen würden. Bald dunkelte es, und sie würden sich an einem windstillen Platz niederlassen.

Maël war heute so schweigsam wie noch nie. Seit sie aufgebrochen waren, lief er gedankenverloren neben ihr. Genau genommen war er der Führer durch das Gebirge, doch heute hatte Lorea das Gefühl, als würde er nicht wissen, wo er hinlief. Er zerbrach sich über etwas den Kopf, aber weihte sie wie üblich nicht in seine Gedanken ein. Solange sie sicher nach Westen zogen, waren sie hoffentlich auf dem richtigen Kurs.

Ihre Augen wanderten den Pfad entlang, um einen geeigneten Ort zum Rasten zu finden. Weit vor ihr geriet Geröll ins Rutschen, und Lorea sah zu jener Stelle an einem Hang hinüber. Ein braunes Tier kroch auf vier kräftigen Tatzen ebendort hinunter. Sein Fell war dick und seine Gestalt größer als ein ausgewachsener Mann.

Ihre Hand griff nach Maëls Oberarm. »Maël«, flüsterte sie angespannt. Er hatte noch nichts bemerkt. »Ist das ein Bär?«

Plötzlich schreckte Maël zurück. Er schob sie an der Schulter nach unten und zwang sie, sich hinzuknien. Er hockte sich neben sie. Als er nicht aufpasste, schlug seine Schwertscheide auf den felsigen Boden und klirrte. Erschrocken hob Lorea die Hände vor den Mund.

»Athao«, fluchte er. Sie ahnte, was jenes Wort in seiner Sprache bedeutete.

Der Bär hielt inne und hob den breiten Kopf. Obwohl das Tier mehr als zwanzig große Schritte von ihnen entfernt war, drang sein lautes Schnüffeln bis zu Lorea und ihrem Gefährten. Sie schrumpfte zu einem Häufchen. Über einige Steine hinweg beobachtete sie den Bären. Ihr Inneres hüpfte aufgeregt und ängstlich. Noch nie hatte sie einen wilden Bären gesehen. Die Ohren des Tieres richteten sich aufmerksam auf. Es brummte unentschlossen. Wenn der Bär hungrig war oder ihnen zu nahe kam, würde es gefährlich werden.

Er wandte sich ab und schlitterte weiter mit den Pranken den Hang hinunter. Sein braunes Fell verschwand zwischen Felsen und niedrigen Bäumen.

Erleichtert pustete Lorea die Luft aus. »Was machen wir jetzt?«

Maël streckte den Hals und hielt Ausschau. »Wir warten noch einen Moment. Aber der Bär sollte uns in Ruhe lassen.«

»Wie kannst du da so sicher sein?«

»Bären haben eine sehr gute Nase. Er hatte uns schon längst bemerkt, bevor wir ihn gesehen haben. Wäre er angriffslustig oder hungrig, hätte er uns gejagt und getötet. Aber er schien kein Interesse zu haben.«

Als Maël sich nach einer Weile erhob und ihr ein heranwinkendes Handzeichen gab, richtete sie sich ebenfalls auf. Nervös hüpften ihre Augen von einem Felsen zum nächsten. Nicht dass der Bär es sich anders überlegte und sie verspeiste.

Sie wanderten weiter der untergehenden Sonne entgegen. Ihr Gefährte versank wieder im Schweigen und in seinen Gedanken. Nicht mehr weit von ihnen entdeckte Lorea ein ebenes Stück an einem Hang, über welchem ein Felsvorsprung hing. Dort fanden sie Schutz vor Kälte und unwahrscheinlichem Regen.

»Wir können dort das Zelt aufschlagen«, meinte sie und zeigte auf den von ihr entdeckten Felsvorsprung. Der Elf sah auf und musterte den Platz. Murrend stimmte er zu.

Auf ihrem Weg schnappte sich Lorea Äste und Zweige, welche Sträucher und kleinere Bäume in den Höhen fallen gelassen hatten. Heute wäre ein Feuer genau das Richtige, um Maël von seiner angespannten Stimmung abzubringen und sein Gemüt zu beruhigen. Er schien nicht zu bemerken, dass sie hinter ihm Holz sammelte.

Als sie das niedrige Gras erreichten, über welchem der Felsen gewachsen war, stellte sie ihr Bündel ab und legte das gesammelte Holz nieder. Der Elf setzte sich dicht an den Stapel aus Ästen und Zweigen und nahm einige zum Nachfeuern beiseite. Mit einem heißen Hauch von Magie entzündete er das Trockenholz. Er blieb vor dem Feuer sitzen, stellte sein Bündel und die Tasche neben sich und starrte abwesend in die Flammen. Da sie keine Hilfe beim Zeltaufbau von ihm bekam, versuchte sie sich selbst daran und stellte anschließend ihr Gepäck hinein. Sie nahm dem Elfen die Proviantasche ab, zog ein dickes Laib Weißbrot heraus und legte die Tasche ebenfalls in den Unterschlupf. Mit dem alten Messer, welches Maël ihr geschenkt hatte, schnitt sie großzügige Scheiben ab. Für Maël bereitete sie zwei Brotscheiben vor, damit er bald munterer war. Sie selbst gab sich mit einer zufrieden. Lorea reichte ihm seinen fülligeren Anteil, den er erstaunlicherweise ohne Widerworte entgegennahm. Normalerweise pochte er darauf, dass sie beide vom Proviant gleiche Anteile erhielten, selbst wenn sein Magen manchmal nach dem Essen noch knurrte.

Lorea setzte sich neben ihn. Sie hielt ihre Brotscheibe über das knisternde Feuer und wartete, bis sie geröstet war. Als sie einen Blick in das Gesicht ihres Gefährten erhaschte, sah sie, wie er langsam aus seinen Gedanken gezogen wurde. Seine grauen Augen richteten sich auf sie. Weil sich ihre Blicke trafen, wandte Lorea sich von ihm ab und ihrer kahlen Mahlzeit zu. Maël erweckte den Eindruck, als wolle er ihr etwas sagen, doch kein einziges Wort kroch aus seiner Kehle. Er legte die beiden Brotscheiben auf seinem Knie ab und schien keinen Hunger zu haben.

»Der Grund«, murmelte er plötzlich.

Lorea sah auf und lauschte.

»Du solltest ihn kennen.«

Ihr Gesicht verzog sich zu einer ungewissen Miene. »Was meinst du?«

»Den Grund«, wiederholte er, aber sie hatte nicht den leisesten Schimmer, von was er redete. »Den Grund, warum …« Er holte tief Luft und starrte in die Flammen. »… warum ich dich mitgenommen habe.«

Für einen Moment stand die Zeit still. Lorea starrte ihren Gefährten an. Es gab einen Grund, warum er sie gerettet hatte? Sie sperrte die Ohren auf und neigte den Kopf zu ihm hinüber. Jetzt würde er ihr ein Stückchen Wahrheit erzählen. Da fragte sie sich, warum er nicht eher damit herausgerückt war. Sie waren seit Monaten zusammen unterwegs, aber erst jetzt wollte er ihr den Grund verraten, warum er auf sie Obacht gab?

Die Worte fielen ihm schwer, das erkannte sie, bevor er überhaupt weitersprach. »Du solltest es wissen, ehe wir elfisches Land betreten. Vielleicht wirst du es nicht verstehen, aber ich werde es dir trotzdem erklären.« Er holte abermals bestärkend Luft. »Ich habe dir von den Göttern bei uns erzählt, richtig?«

»Ja«, antwortete sie gedehnt und wunderte sich, warum er damit anfing.

»Wir glauben, dass jeder Gott einen Sterblichen auf Erden wählt, den er zu seinem Kind macht. Diese Gotteskinder nennen wir Trajas. Jedes ist von Geburt an das Kind seiner sterblichen Eltern, egal ob Elfen oder Menschen, aber auch gleichzeitig das Kind des jeweiligen Gottes.« Er trommelte angespannt mit den Fingern auf sein freies Knie. Sie hatte ihn noch nie so aufgeregt gesehen. »Wir sehen diese Kinder als ein Zeichen der Hoffnung, dass uns die Herren dieser Welt nicht vergessen haben. Früher überbrachten sie angeblich die Nachricht der Götter. Die Trajas sind uns sehr wichtig. Um sie zu schützen, suchen wir sie und bringen sie zu uns auf die Insel. Aber diese Suche ist schwierig, denn die Trajas können überall auf der ganzen Welt sein.« Er gönnte ihr eine lange Pause und schien zu warten, damit sie alles verstand. Es klang wie eine Geschichte ihres Vaters. Als Maël ihr missmutige Blicke zuwarf, wurde sie ungeduldig. »Diese Gotteskinder haben nur eine einzige Besonderheit, nach der wir unsere Suche ausrichten. Man erkennt sie nur an ihren Augen. Sie haben die Augen ihres dritten Elters, des Gottes, der sie auserwählt hat.« Abermals holte er tief Luft. Seine grauen Augen weilten auf ihr. »Du bist so ein Kind.«

In ihr stürzten Mauern ein. *Das stimmt doch nicht*, redete sie sich ein. *Nein, das kann nicht sein. Das ist doch Unsinn, was er da sagt. Ich das Kind eines Gottes?* Sie schmunzelte spottend, spürte aber einen Ansturm von Verzweiflung, der sich in ihrem Kopf ausbreitete. *Er scherzt nur. Er muss scherzen.*

Lorea beobachtete den Elfen mit einem merkwürdigen Entsetzen, doch er blickte ernst drein. Er erzählte keine Witze. Das hatte ihn den ganzen Tag beschäftigt. Sprach er die Wahrheit darüber, warum sie schwarze Augen hatte? Sie verstand kein Wort mehr. Die Barrikade ihrer menschlichen Auffassungsgabe stellte sich zwischen sie und den Elfen.

Nach kurzer Bedenkzeit erklärte Maël weiter. »Deshalb hat der Falke dich ohne Weiteres in Ruhe gelassen. Hätte er dich als Gotteskind getötet, wäre dies noch schlimmer als mit dem Mord an einem Elfen gleichzusetzen. Und sein Orden meidet solche Zwischenfälle.«

Sie saß mit erstarrtem, ungläubigem Gesicht am Feuer, blieb aber so klar, dass sie durch den Nebel in ihrem Kopf nach einem sinnvollen Gedankenfaden greifen konnte. »Von wem wäre ich denn das Kind?« Die Frage kam ihr albern vor.

»Du hast selbst nach deiner zweiten Mutter gefragt, das hat mich ehrlich gesagt überrascht«, meinte Maël. Die während des gesamten Tages angesammelte Anspannung schien mit seinen schwergefallenen Worten von ihm abgefallen zu sein. Während er erleichtert und wieder mit einem Schmunzeln neben ihr saß, war Lorea diejenige, die es vor Unbehagen kaum aushielt.

»Nexa?«, fragte sie und erinnerte sich an ihr Gespräch über den Glauben der Elfen. »War das diese Herrin der Schatten?«

Maël nickte ihr aufmunternd zu.

Sie stand auf, weil ihre Gliedmaßen unangenehm kribbelten. Um Abstand von Maël und seinen Worten zu nehmen, entfernte sie sich einige Schritte vom Feuer. Sie brauchte einen Moment für sich.

Hinter ihrem Rücken hörte sie, wie Maël die Luft einsog, und in der abendlichen Luft spürte sie seine Befürchtung. »Keine Sorge, ich laufe nicht weg«, knurrte sie. Die Situation überforderte sie. Missgelaunt sah sie zu ihrem Gefährten zurück. »Warum machst du dir eigentlich immer Gedanken, dass ich dich verlasse? Du kannst doch auch ohne mich nach Hause gehen.«

Seine Mundwinkel senkten sich, ebenso sein Blick.

Loreas Augen bildeten Schlitze. »Kannst du nicht?«

Er öffnete den Mund, doch er brachte keine Silbe hervor.

Unbeholfen zog sie den Kopf zurück. Er brauchte sie, um heimzukehren? War sie für ihn eine Art Trophäe, weil sie ein Gotteskind war? Der Gedanke klang abstoßend. Doch auch der Falke hatte sie als Maëls Beute bezeichnet.

Aufgewühlt stürmte sie zurück zum Feuer und kniete sich neben Maël. »Warum kannst du ohne mich nicht zurück?«

Seine grauen Augen sprangen umher, doch sie mieden ihren Blickkontakt. Zähneknirschend zeigte er ein Kopfschütteln.

Verärgert schlug ihre Hand neben ihm aufs Gras. »Verdammt, Maël! Sag mir, was los ist! Wovor hast du Angst? Was passiert denn, wenn wir deine Heimat erreichen?«

Er presste die Augen zusammen, als würden ihre Worte in seinem Gehör dröhnen. »Ich weiß es nicht!«

Weil sie bisher nur ein einziges Mal die Wut ihres Gefährten zu spüren bekommen hatte, zuckte sie zurück. Sein Atem ging aufgebracht, weil sie ihn bedrängt hatte. Er zügelte seine Rage. »Ich weiß selbst nicht, was geschieht, wenn ich zurückkomme.«

Mit einem entrüsteten Seufzen sank sie am Feuer zusammen. Lauerte eine Gefahr auf sie? War die Überfahrt gefährlich oder würde ein Unheil auf der Elfeninsel auf sie lauern? Warum aber führte Maël sie als verehrtes Gotteskind dorthin, wenn ihnen dort eine Gefahr drohte?

»Gibt es auf der Insel denn auch diese Trajas?«, wollte sie von ihm wissen. Sie hoffte, dass sie nicht die Einzige war, die mit einem solchen Namen auf dem Rücken durch die Straßen der angeblich riesigen Stadt der Elfen laufen musste.

»Eines gibt es dort noch. Ein anderes wird bald dorthin zurückkehren.«

Wieder sah Lorea, die den letzten sinnvollen Gedanken verlor, mit unwissendem Blick zu ihm auf. »Wer, ich?«

»Doch nicht du. Du bist doch noch gar nicht dort gewesen, wie sollst du dann dorthin zurückkehren?«

»Woher willst du denn wissen, dass eines bald zurück auf die Insel kommt?«

Der Elf schmunzelte sie schief an. »Ich weiß doch hoffentlich, wohin ich gehe.«

Loreas Gesicht glich dem einer erschrockenen Ziege. Das konnte nicht sein Ernst sein. Er etwa auch? »Du machst Witze.«

»Ich habe nicht die Absicht. Aber ich hätte ohnehin nicht erwartet, dass du mir Glauben schenken würdest. Ich kann verstehen, wenn du skeptisch darüber denkst.«

Bei den streunenden Gassenkötern, sie konnte es nicht fassen. Erst hatte sie nicht einmal wahrgenommen, dass ein Spitzohr über Wochen neben ihr hergelaufen war, und nun das? Sie starrte abwesend in die Flammen und zwang sich, ihre Gedanken zu sammeln. Sie war die Tochter eines Kartenmalers und einer Bäuerin, aber doch nicht die einer Göttin. In ihrem Durcheinander redete sie sich ein, dass all dies elfischer Aberglaube war. Aber etwas daran trug einen Funken Wahrheit. Ihre Augen. Der Ursprung ihrer schwarzen Augen war ihr schon zu Kindertagen ein Rätsel gewesen, welches soeben gelüftet worden war.

»Von wem bist du das Kind?«, traute sie sich zu fragen. Sie musterte seine Augen. Seine Iris war tiefgrau wie dunkle Regenwolken. Oder ein Stein. Der Stahl eines Schwertes war ebenso grau, andererseits trugen alte Leute gleichermaßen farbenes Haar.

»Von Dorian und Cécile Meunier.«

Lorea sah ihn verdattert an, ehe sie erkannte, dass er von seinen elfischen Eltern sprach. Er hatte ihre Frage zwar beantwortet, aber nicht auf jene Art, die sie erwartet hatte. Als er ihres komischen Gesichtes wegen kicherte, senkte sie die Brauen.

»Njek«, gab er zu. Maël legte eine Hand neben sich auf eine kalte felsige Stelle, wo kein Gras und Moos wuchs. »Ecash ist mein zweiter Vater.«

Lorea blickte hinauf zu dem Felsüberhang, der ihren Lagerplatz wie ein Dach schützte. Ecash war der Herr über Fels und Stein.

Wenn er das Kind einer elfischen Gottheit war, sollte er doch zuhause willkommengeheißen werden? Warum ängstigte ihn aber die Rückkehr? Warum konnte er nur mit ihrer Hilfe seine Heimat betreten?

Kaum merklich schüttelte Lorea den Kopf. Alles wirbelte durcheinander. Ins eine Ohr fegten Maëls Worte herein und durchs andere flogen sämtliche ihrer Gedanken hinaus.

Der Elf seufzte erleichtert und zeigte ihr, dass sie das Schwierigste überstanden hatte. Er klatschte in die Hände, als hätte er eigenhändig ein ganzes Feld gepflügt. »Hätten wir das also hinter uns.«

Maël gab ihr eine seiner Brotscheiben zurück und war offenbar zufrieden mit dem, was für ihn übrig blieb. Lorea stierte das Brotstück in ihrer Hand gedankenverloren an. Es dauerte lange, ehe sie das Gesagte des Elfen verkraftet hatte. Mit jedem Knacken, welches das Feuer von sich gab, kam sie langsam zur Besinnung. Maël ließ sie in Ruhe, weil er wahrscheinlich wusste, dass sie durcheinander war. Lorea war jeglicher Appetit vergangen. Nachdem sie das Gefühl hatte, sein Gerede weitestgehend verstanden zu haben, und ihre Stimme zu ihr zurückfand, wagte sie es, ihn weiter mit Fragen zu bewerfen. »Wie viele gibt es denn von uns?«

Maël schmunzelte, denn er schien froh, dass sie so schnell dazulernte. Auch wenn sie sein Gerede absurd fand. »Ebenso viele, wie es Götter gibt. Fünfzehn.«

»Und ich soll die Tochter der Schatten sein? Kann ich deshalb so gut im Dunkeln sehen?«

»Ich vermute es.«

Sie legte ihren Kopf schief. »Kannst du auch etwas mit Steinen anstellen?«

»Was denkst du, wie wir in Dover so schnell an Goldsteinchen gekommen sind?«

Erstaunt weitete sie die Augen. »Du kannst Gold zaubern?«

»Mitunter. Ich kann Gesteine verändern.« Wegen ihres verdutzten Gesichtsausdruckes breitete sich ein Lächeln in seinem Gesicht aus. Er besah seine Hand und streichelte darüber, als versteckte er ein kleines Geschöpf auf der Handfläche. »Man sagt, dass uns Trajas ein Band verbindet.«

»Was denn für ein Band?«

»Nun, es ist wie … es ist schwer zu erklären. Es ist etwas, das unsere Seelen aneinanderknüpft. Wie bei Geschwistern, verstehst du?«

Sie starrte nachdenklich in die anbrechende Nacht. Als sie Maël ansah, bemerkte sie den zärtlichen Ausdruck in seinem Gesicht, der sie vermuten ließ, dass wahrlich etwas auf seiner Hand saß. Lorea reckte den Kopf, um das, was Maël vor ihr verbarg, zu erspähen. »Was hast du da?«

Seine Hand schnappte zu, als wolle er seinen Schatz verstecken. »Nichts.« Er setzte sich aufrecht hin und tat, als hätte er wie ein unschuldiges Kind nichts getan.

Zu Loreas Schadenfreude hatte er zu spät bemerkt, dass sie ihn beobachtete. Ihre Augen musterten seine rechte Hand, die er schützend zur Faust formte. »Du hast doch da etwas.«

»Nein, siehst du?« Der Elf streckte die Finger aus, hielt sie allerdings so, dass sie seine Handfläche nicht sah. Sie rutschte zu ihm und packte ihn flink am Handgelenk, dass er nicht die Gelegenheit hatte, es wegzuziehen. Sie hielt seine Hand ins Licht der Flammen, um sie zu besehen. Eine Narbe zog sich als schmaler, heller Streifen über seine Handfläche. Diese wirkte aber weniger gefährlich als die auf seinem Rücken. Maël wandte sich von ihr ab, denn es schien ihm unangenehm.

»Ich mache mir immer mehr Sorgen um dich«, gestand sie, denn jedes neue Wundmal erschreckte sie aufs Neue.

Er warf ihr einen flüchtigen Blick zu und bemerkte ihr vor Unbehagen zermürbtes Gesicht. »Die Narbe ist Absicht«, murmelte er stockend. Allein an seinem Atem merkte sie, dass er aufgeregt war. Doch er zog die Hand nicht weg, was sie verwunderte.

»Wer sollte denn deine Hand absichtlich aufschlitzen?«

»Kann ich dir nicht sagen.« Seit Wochen hatte sie diesen Satz vermisst. Um ehrlich zu sein, hatte sie gehofft, ihn nie wieder hören zu müssen. Sie bekam das Gefühl nicht los, dass seine Narben in Verbindung mit seiner Heimat standen.

Lorea entließ Maëls Hand aus ihrem Griff und zog sich zurück zu ihrem Platz. Es störte sie, dass er ihr nicht erzählen durfte, was sie zu wissen verlangte. Für den Abend hatte er allerdings mehr als genug von seinem Wissen mit ihr geteilt. Ob dieses glaubwürdig war, war eine andere Frage.

Maël erhob sich und ging zum Abhang hinüber. Seine grauen Augen spähten ins Tal. »Kein Bär zu sehen.« Er schlenderte zurück zum Feuer und hockte sich vor das Zelt. »Ich habe gehört, die haben Angst vor Feuer. Er sollte sich also nicht mehr hierher trauen. Ich verabschiede mich.« Er gähnte und streckte sich. Wahrscheinlich hatte er eher die Absicht, sich des unguten Gesprächs zu entziehen. »Gute Nacht.«

»Schlaf gut«, wünschte sie ihm, bevor er hinter dem Zeltvorhang verschwand. Ihre Bange wuchs, denn sie vermutete, dass ihm auch heute Nacht kein ruhiger Schlaf vergönnt war.

Nach Rascheln und Schütteln von Decken wurde es still um sie herum. Heute schien der Wind in den Bergen außergewöhnlich ruhig, als wartete er gespannt auf ein Ereignis.

Ihre Hand fuhr um das Armband ihrer Familie. Ihre Eltern, ihre Geschwister, sie hatten es nicht einmal gewusst. Die Wölfe sollten sie holen, nicht einmal sie selbst hatte etwas geahnt. Was noch für Fähigkeiten in ihr verborgen waren? Was erwartete das Elfenvolk von einem Gotteskind wie ihr?

Lorea hielt ihr Brot über die Flammen und überdachte das Gerede des Elfen über diese Trajas. Das war der Grund gewesen, weshalb er sie die ganze Zeit über beschützt hatte, weshalb er sich von Anfang an um sie gekümmert und sie vor den Räubern und Árfenlíth gerettet hatte. Weil sie ein eigenartiges Kind war. Weil sie sich in ihrer eigenen Haut furchtbar unwohl fühlte, schaute sie auf ihre Hand. Etwas widerte sie an, als ob ein fremdes Wesen in ihr lebte, das sie selbst nicht kannte.

Die Suche, von der er einst an einem Strand gesprochen hatte, musste dieselbe sein, die er eben erwähnt hatte. Er hatte nach einem dieser Trajas gesucht. Er hatte nach *ihr* gesucht. Und er hatte sie gefunden. Alles schien allmählich einen Sinn zu ergeben. Grusel schlich durch ihre Glieder, als sie sich vor Augen führte, dass er nur ihretwegen durch die Lande gestreift war.

Ihre Gedanken verloren sich, und sie vergaß die Welt um sich herum. Als ihr ein verbrannter Geruch in die Nase stieg und sie sah, wie ihre Weißbrotscheibe schwarz gebrannt war und nach lautem Zischeln in Flammen aufging, ließ sie sie vor Schreck ins Feuer fallen. Enttäuscht beobachtete sie die Feuerzungen dabei, wie sie das für Lorea bestimmte

Abendbrot auffraßen. Der trockene Geruch von angebranntem Essen kratzte in ihrer Nase. Um den Gestank wegzuscheuchen, wedelte sie mit der Hand vor ihrem Gesicht.

Plötzlich hörte sie, wie sich jemand unter seiner Decke wälzte. Maël konnte sicher wegen des harten Bodens nicht einschlafen, dachte sie, um ihre Sinne zu beruhigen. Sie würde heute Nacht ebenfalls nicht gut schlafen können, weil Maëls Erklärungen unaufhörlich durch ihren Kopf sirrten.

Als jemand im Zelt ängstlich nach Luft schnappte, blickte sie sich um. Der Elf schlief, aber ihr Wunsch, er solle einen guten Schlaf genießen, schien nicht in Erfüllung gegangen zu sein. Lorea kroch auf allen vieren zum Zelt und steckte den Kopf hinein. Maël lag zusammengekrümmt da wie ein verwahrloster Junge. Sein Gesicht war perlweiß und verzerrte sich angsterfüllt, als erlebte er die Schrecken seines Lebens. Er kniff die Augen zusammen und machte den beunruhigenden Anschein, Schmerzen zu haben. Seine Finger krallten sich in seine Decke, als fürchtete er, er würde sonst fallen.

»Maël?«, fragte sie ihn leise, um ihn auf sanfte Weise zu wecken. Doch er irrte weiter durch seinen schlechten Traum. Als ob sie ihm keine Worte zugeflüstert, sondern ihn mit einem Messer gestochen hätte, zuckte er zusammen und gab einen gemarterten Laut von sich.

»Nein«, murmelte er im Schlaf in seiner Sprache. *»Das ist nicht wahr.«* Sie verstand dank der Lehrstunden mit dem Elfen seine undeutlichen Worte. Von was er nur träumte, dass er so verängstigt war?

Sie krabbelte ins Zelt und wollte ihm eine Hand auf die Schulter legen, da drehte er sich ruckartig von ihr weg. Er stieß ein gequältes Stöhnen aus. Ihre Sorge zerfraß sie, doch sie nahm sich zusammen. Ihre Hand griff nach seinem Arm und rüttelte ihn, damit er endlich wach wurde. »Maël, wach auf!«

Als er die Augen aufriss, schwirrte er erschrocken hoch und gab ein entsetztes Geräusch von sich. Er hechelte und hatte solch eine Angst bekommen, dass er zitterte. Wie die vergangenen Nächte erkannte sie trotz der herrschenden Dunkelheit kaltes Entsetzen in seinen Gesichtszügen. Maël wandte sich um. Anscheinend vergewisserte er sich, wo er war. Als er merkte, dass er sich nicht am selben Ort wie in seinem

Albtraum aufhielt, sank er in sich zusammen. Er legte das Gesicht verzweifelt in die Hände.

Ach, Maël, dachte sie wehmütig. Obwohl sie seinen Angsttraum nicht kannte, tat er ihr leid. Sie streichelte besorgt über seinen Rücken, um ihn zu trösten. »Ist schon gut.«

Lorea zog sich das Bündel des Elfen heran. Ein Schluck Wasser würde ihn sicher beruhigen, somit reichte sie ihm seinen Trinkschlauch. Wie ein Wachhund blieb sie an seiner Seite. Er hatte bisher nie so zermürbt ausgesehen, nicht einmal als er nach der Flucht vor den Räubern verwundet am Baum gelehnt hatte. Selbst damals nicht, als sie ihn nach seiner Familie gefragt hatte.

Nach einigen Schlucken gab er ihr den Trinkschlauch zurück. »Danke«, sagte er, doch nur ein Hauchen huschte aus seiner Kehle. Sein Traum hatte ihm die Stimme geraubt.

Sie legte den Schlauch zurück in sein Bündel. Als sie nochmals in das angstverzerrte Gesicht ihres Gefährten blickte, sagte ihr etwas, dass es besser war, bei ihm zu bleiben. Somit warf sie sich ihre eigene Decke über und legte sich hin. Das Feuer draußen knisterte, doch es waren nur noch kleine Flämmchen, die zwischen den heißen Kohlen aufzüngelten. Auch Maël legte sich nieder, mit beruhigtem Atem und Händen, die nicht mehr zitterten. Besorgt musterte Lorea ihn. Sorgen hinderten sie daran, ein Auge zuzumachen. Ihre Gedanken sprangen von Maëls Erklärungen zu seinen Narben und Angstträumen. Eine Vorahnung bedrückte sie, dass all das mit der Elfeninsel in Verbindung stand. Plötzlich wurde ihre Begeisterung, mit Maël in den geheimnisvollen Westen zu reisen, von Ängsten gebremst.

Von den Elfen

»Bist du sicher, dass hier ein Weg langgeht?« Lorea hatte das Gefühl, sie hätten jegliche Orientierung verloren. Beide stiefelten durch einen Wald, mitten durchs Gesträuch. Kein Pfad führte sie. Maël schien sich auf seinen Instinkt zu verlassen. Und einen Bussard. Nochmals ahmte ihr Begleiter den herrlichen Ruf des Vogels nach und bekam Antwort. Der anmutige Bussard flog über die Spitzen der Baumkronen und lockte sie durchs Gebüsch. Lorea schob Zweige beiseite, unter denen Maël durchschlüpfte.

»Ja, da bin ich mir sicher. Bleib dicht bei mir, sonst verirrst du dich.«

Da sie ohnehin eine Spezialistin im Verlaufen war, blieb sie nicht einmal zwei Schritte von ihm entfernt. Lorea drehte sich von einer Seite des dichten Waldes zur anderen, in der Hoffnung, bald das Ende ihres unsichtbaren Weges zu sehen. Allerdings entdeckte sie nichts.

Der Elf machte Halt, als der Bussard über ihnen in den Bäumen verschwand und in seinen Horst zurückkehrte. Maël schien sich plötzlich ungewiss, wo sie langgehen sollten. Sein Blick richtete sich nach unten und begutachtete die Füße der Bäume. Lorea folgte seinen Augen, um etwas von ihm zu lernen. Er lief auf einen Baumstumpf zu und klopfte mit seinem Wanderstab zweimal dagegen.

»Njek.« Offensichtlich war er auf der Suche nach etwas. Nochmals sah er sich um, bis er einen anderen Baumstumpf erhaschte. Gegen diesen

schlug er ebenfalls, sodass ein helles Geräusch erklang. Sein Blick zog eine Linie durch den Wald, und mit dem Stabende strich er lange Grashalme von einem Stein. Ein graziöser Pfeil zeigte sich auf dem Stein. Bestimmt lag der weiterführende Weg dort, wo die Verzierung hin wies.

»Hier entlang«, sagte ihr Gefährte, lief aber in eine andere Richtung, als der Pfeil auf dem Stein ihnen wies.

»Aber der Pfeil zeigt doch dort lang.«

»Nein, der zeigt auf den Baum dort. Siehst du die Zeichen oben an der Rinde?« Sein Finger richtete sich auf einen Stamm, und sie kam zu Maël, um zu sehen, auf was er deutete. Zwischen hoch gewachsenen Ästen erkannte sie Kringel und Striche, die vor langer Zeit in den Baum geritzt worden waren. Das war Elfisch.

»Da steht: links«, übersetzte er für sie. Er wandte sich um und marschierte durch Sträucher, zwischen Bäumen durchs tiefe Grün. Mit ungewissem Gefühl folgte sie ihm. Als sie sich durch ein weiteres Gebüsch schlugen und dessen Blättern entkamen, gelangten sie an den Rand des Waldes. Die Luft war heiß und roch nach Staub und Salz. Sie mussten bald in der Nähe des Meeres sein. Die offenen Ländereien vor ihnen wirkten kahl, die Gräser waren vertrocknet, wenn sie nicht unter dem Schutz eines Schatten spendenden Baumes wuchsen.

Sie folgten dem Waldrand, bis sie einen unauffälligen Pfad betraten. Loreas gesenkte Augen entdeckten die Narbe auf Maëls Handfläche, und sie erinnerte sich an seine Erklärungen. Sie hatte diese Geschichte mit den Trajas verstanden, doch was ihr weiterhin Probleme bereitete, war ihr angebliches Dasein als Gotteskind. »Kennst du das Traja, das auf eurer Insel lebt?«

Er nickte munter. »Sie heißt Ejlke. Ursprünglich kommt sie aus Schweden, hoch im Norden. Man brachte sie zur Insel, noch bevor ich geboren wurde. Sie ist schon ein bisschen betagter, für einen Menschen jedenfalls.«

Dass die Dame auch ein Mensch war, beruhigte Lorea. Dann war sie nicht allein.

»Hat Ejlke auch so viele Narben wie du?«

»*Njek*, sie ist seltener als ich auf Reisen gewesen. Nur diese Narbe hat sie auch.« Er sah auf seine rechte Handfläche hinab. Als er zu bemerken schien, dass er ihr diese Kleinigkeit hätte vorenthalten sollen, starrte er auf den Boden und kaute auf seiner Unterlippe.

»Sie hat dieselbe Narbe wie du?«

»Aber die sind zufällig entstanden!«, stammelte er plötzlich. »Ich hab meine von einer Schwertkampfübung und sie ihre von Hechelarbeiten auf dem Feld.«

Skeptisch senkten sich Loreas Brauen. Sie traute ihm nicht. Ihr Blick rutschte auf ihre eigene Handfläche, auf welcher kein Mal gezeichnet war. Wenn die anderen Trajas dort eine Narbe trugen, würde man ihr dann auch die Hand aufschlitzen? Sie erschauderte. Ihre Begeisterung, die Elfeninsel zu erreichen, war ebenso groß wie ihre Furcht, was ihr dort zustoßen könnte. Dabei klang ihr Name *Flores*, wie ihr Begleiter sie bezeichnete, viel verlockender. Angeblich würde sie voller Blumenpracht erstrahlen. Oder sollte der Schein nur trügen?

»Hat die Stadt auch einen Namen?« Je weiter sie in den Westen reisten, desto mehr durstete Lorea nach Wissen über Maëls Volk. Doch ihre Ungeduld, die geheimnisvolle Hafenstadt an der Küste zu erreichen, wurde durch ihre Sorgen gebremst.

»Sie heißt *Dragothair.* Die Drachenstadt.«

»Lebt dort etwa ein Drache?«

»Ach, nein, bei Ashas Gnade!« Maël lachte. »Nein, die Stadt hat ihren Namen wegen einer alten Legende. Es heißt, dass vor langer Zeit, als noch kein Elf die Insel betreten hatte, eine Drachendame dort lebte, wo sich nun die Stadt befindet. Erinnerst du dich an den großen, alten Baum, von dem ich dir erzählt habe?«

»Der im Herzen der Stadt liegt?«

»Genau. Die Legende besagt, dass die Drachendame, wenn sie sich zur Ruhe legte, ihren langen Schuppenschwanz stets um diesen Baum legte und ihn behütete. Sie hatte einst viele Kinder, die aber alle in jungem Alter starben. Weil die Drachendame glaubte, dass ihre Kinder unter der Rinde des Baumes weiterlebten, beschützte sie den Baum. Es heißt, dass er dadurch ein Herz bekommen hat.

Als Elfen auf die Insel gelangten und die Drachendame sehr alt wurde, tat das Ungeheuer den Elfen nichts, solange sie dem Baum nicht zu nahe traten. Somit erbaute man eine Festung und eine

Kathedrale ganz in der Nähe des Baumes, welche somit im Schutz der Drachendame lagen. Als die Zeit kam und die Drachendame starb, konnten die Bewohner des Schlosses angeblich sehen, wie ihre Seele mit dem Baum verschmolz. Seither ehrt man diesen Baum. Man errichtete die Stadt um ihn, welche man nach dem legendären Drachen benannte. Weil wir Elfen glauben, dass die Seelen aller Kinder, die jung versterben, in diesem Baum weiterleben und ihm Kraft schenken, nennen wir ihn den Baum der Kinder.«

Lorea lauschte ihm wie ein kleines Mädchen. Sogar als er seine Erzählung vollendete, lief sie mit abwesendem Blick neben ihm und erwartete, mehr von dieser Legende zu erfahren. »Es gibt bestimmt viele Geschichten und Legenden bei dir zuhause.«

»Sehr viele, allerdings. Über uns Trajas gibt es auch welche.«

»Was erwartet dein Volk eigentlich, wenn es uns auf eurer Insel beschützt?«

»Durch den Krieg, der Elfen und Menschen verfeindete, verschwanden die Götter, zu denen ursprünglich eine enge Bindung geknüpft war. Wir hoffen, dass die Götter durch unser Beisammensein wieder zu uns zurückfinden und uns stärken.«

Loreas Blick senkte sich. Das klang nach dem verzweifelten Versuch eines Volkes, zu seinen Ursprüngen zurückzufinden.

»Über Flavia gibt es auch eine Geschichte.«

Sie sah Maël erwartungsvoll an. Eine Geschichte über seine Liebste?

»Aber sie ist sehr tragisch.«

Ihre Erwartung verpuffte und hinterließ Besorgnis. Eine traurige Geschichte über seine Liebste zu erzählen, würde ihm keine große Freude bereiten.

»Willst du sie trotzdem hören?«

Sie überlegte einen Augenblick. »Aber nur, wenn du sie erzählen willst.«

»Alle Elfen in *Dragothair* kennen sie, da solltest du sie auch erfahren.« Er holte tief Luft und erzählte. »Als Flavia noch klein war, gerademal sieben Sommer, flüchteten ihre Eltern mit ihr und einigen anderen Elfen vor Menschen, weil man sie aus ihrem Dorf verjagt hatte. Sie alle reisten gen Westen zum Hafen, um sich in Sicherheit zu bringen. Doch nahe der kastilischen Westküste entdeckte man sie.« Er senkte den Kopf und zeigte ein betrübtes Gesicht. Lorea wusste, dass der traurige Teil der Geschichte bevorstand. »Flavia konnte sich als Einzige rechtzeitig verstecken. Alle anderen ihrer Gruppe wurden umgebracht. Somit folgte sie dem letzten Wunsch ihrer Mutter, folgte der Sonne und kam ganz allein in das Hafendorf.«

Entsetzt blieb Lorea stehen und verzerrte das Gesicht. Das arme Mädchen. Es musste schrecklich für sie gewesen sein, bei einem solchen Massaker zuzusehen. Loreas Mitgefühl und Trauer drückten ihre Stimmung. Sie wusste, wie es war, jemanden zu verlieren. Und auch Maël kannte es. Dass Menschen zu Derartigem imstande waren, jagte ihr Angst ein.

»Sie hat mir gesagt, dass sie kaum noch etwas davon weiß«, erklärte Maël, als er ihren Blick auffing. Vermutlich versuchte er, sie wenigstens ein bisschen zu beruhigen.

»Wie alt ist sie denn jetzt?«

»Ein Jahr älter als du.«

Ein unangenehmer Gedanke kroch in ihren Kopf. Zweifelsohne hielten Elfen nicht viel von unwissenden Menschen, die aus sinnlosen Gründen Jagd auf sie machten und nicht einmal etwas von Magie oder Drachen verstanden.

»Du musst uns Menschen wahrlich hassen«, dachte sie laut und schlug die Augen nieder. Sie schämte sich auf einmal, ein Mensch zu sein, denn ihresgleichen war für den Tod Tausender Unschuldiger verantwortlich.

»Wieso sollte ich denn alle hassen?«

»Weil sie die Familie deiner Liebsten ausgelöscht haben.« Und seine eigene Familie hatten sie gewiss auch getötet, denn er hatte ihr erzählt, dass es in Elfenlanden keine Räuber gab.

Er schüttelte den Kopf. »Aber das waren doch nicht alle Menschen. Denk doch mal an Douglas oder Joel. Oder an dich.« Maël sah sie mit ermunterndem Gesicht an. »Wie könnte ich euch denn alle hassen, wenn ihr so hilfsbereit und nett seid? Ich habe schon viele Menschen getroffen, die freundlich waren. Auch welche, die nichts gegen unsere spitzen Ohren hatten. Ich halte nur nicht viel von denen, die uns Elfen tot sehen wollen.«

Dennoch glaubte sie, dass Spitzohren der Auffassung sein mussten, die Menschen seien dumm, blind und unwissend. »Aber wir haben wesentlich weniger Ahnung, was in der Welt geschieht, als ihr.«

Maëls Gesicht glich dem eines besonnenen Gelehrten. »Es gibt Dinge, von denen wir Elfen wissen, aber ihr Menschen nicht. Es gibt aber auch Dinge, von denen ihr Menschen wisst, aber wir Elfen nicht.«

Für einen Moment überlegte sie, ob seine Worte Wahrheit trugen.

»Ich hoffe, in deiner Familie gibt es nicht solche tragischen Vorfälle«, meinte er, um zurück zu Flavias Geschichte zu kommen.

Lorea wich seinem Blick aus. »Nichts annähernd so Grausames wie das, was Flavia widerfahren ist. Abgesehen von dem Hausbrand und den Jägern.«

»Verzeih«, warf er plötzlich ein. »Und deine Mutter, wie konnte ich das vergessen.« Er schüttelte den Kopf, als sei er über sich selbst verärgert.

»Das macht doch nichts«, beruhigte Lorea ihn. Schließlich schien in seinem Kopf eine Menge vorzugehen. »Über meine Base Shia kann ich auch eine kleine Geschichte erzählen.« Maël sah auf. »Sie lebte mit meiner Tante und meinem Vetter zusammen in einer nahen Stadt, eine Tagesreise von unserem Heim entfernt. Zu dieser Zeit herrschte eine Hungersnot im Norden. Eines Tages ging Shia zu einem nahen Bauernhof, um einen Freund zu besuchen und auszuhelfen. Doch sie kam nicht zurück. Niemand hat sie seit jenem Tag mehr gesehen. Bis heute wurde sie nicht gefunden, weder lebendig noch tot. Manche sagen, jemand hätte meine Base geschnappt und sie wegen des herrschenden Hungers gegessen. Andere behaupten, einen merkwürdigen alten Mann an jenem Tag gesehen zu haben, der sie geraubt habe. Aber an das Gerede glaube ich nicht.«

»Dann hatte deine Familie ja nicht gerade ein normales Leben. Vor allem wegen dem Geläster mit den Hexen. Vielleicht hat sie deswegen jemand entführt.«

»Oder sie hat sich nur verlaufen«, entgegnete Lorea. Die ungute Erinnerung stieg in ihrem Kopf auf, als sie und ihre Mutter von Hexenjägern verfolgt worden waren. Ein unwohles Gefühl durchfuhr sie.

»Aber dann hätte man sie doch gewiss gefunden«, entgegnete der Elf. Bevor das Gespräch furchteinflößender werden konnte, beendete Lorea ihre Unterhaltung mit einem besorgten Schulterzucken. Ihr Gefährte bemerkte ihre Scheu.

»Was heißt auf Elfisch«, warf er ein, um sie von schöneren Dingen zu begeistern, und dachte über ein Wort nach. »Mensch?«

»*Daoman.*« Sie war froh, dass er wusste, wann Worte für sie unangenehm wurden.

»Drache?«

Während sie den langen Pfad entlangliefen, gab Maël ihr immerzu Wörter vor, zu deren Übersetzung er sie aufforderte. Mit Sätzen versuchte er ab und zu, etwas Brauchbares aus Loreas Wissen zu kitzeln. Ihre Zunge verknotete sich mit jeder Übung seltener. An einem Abend hatten sie sich ans Feuer gesetzt und sich weitestgehend nur auf einfachem Elfisch unterhalten, was ein komisches Gefühl in ihr hinterlassen hatte. Einerseits war sie glücklich, dass sie die Sprache so schnell verstand, andererseits war sie sich nicht sicher, ob ihre Kenntnisse im Hafendorf der Elfen von Nutzen waren. Maël redete langsam und deutlich, damit sie ihn verstand, doch die anderen Spitzohren machten es ihr sicher nicht so leicht. Im schlimmsten Fall würde sich ein murmelnder Akzent in deren Mundart verkriechen, und Lorea würde kein Wort verstehen.

Nachdem sie sich Stunden in Maëls Sprache unterhalten hatten, bemerkten sie, dass der Tag bald dunkel werden würde. Die Sonne schwebte einen Fingerbreit über dem Horizont, als sie sich entschieden, das Lager an einem kleinen Wald aufzuschlagen. Zu ihrem Verblüffen nahm Maël sich beim Zeltaufbau nie Magie zu Hilfe. Als das Zelt errichtet war und Lorea Stöcke und Zweige gesammelt und zu einem Haufen in ihrem Steinkreis gelegt hatte, kam er zu ihr. Er richtete die ausgestreckte Hand auf das Holz und entzündete ein Feuer. Weil das Gras um sie herum ausgetrocknet war, gaben sie Acht, dass die

Flammen nicht nach einem Grashalm schnappten. Ansonsten würde ihr Lager unangenehm heiß werden.

Maël sah sich nach dem unweiten Wald um, der keine zwei Schritte von ihnen entfernt lag. Offenbar hielt er nach etwas Ausschau. »Willst du dir einen eigenen Wanderstock aussuchen?«

Sie musterte ihn verwirrt. Wofür brauchte sie denn einen Wanderstock? Er wäre nur eine Last für sie. Da kam ihr ein anderer Gedanke. »Ist dein Stab etwas Besonderes?«

Sein Blick ruhte auf dem fein verzierten Stab, den er neben sein Bündel gelegt hatte. »Du meinst ein Zauberstab? Unter anderem.«

Ihre Augen weiteten sich. Das war ein Magiestab? Als sie sich verdeutlichte, dass sie etwas Magisches berührt hatte, war sie sich unschlüssig, ob sie darüber glücklich oder eher besorgt sein sollte. Der Gedanke daran war ihr nicht geheuer. »Soll mein Stock dann so einer werden wie deiner?«

»Vielleicht.«

Bei ihm war das höchstwahrscheinlich ein *Ja*.

Lorea richtete sich auf und wandte sich ebenfalls dem Wald zu. »Kannst du mir nicht einen Stock machen? Deiner sieht ohnehin viel hübscher aus, so gut schnitzen kann ich nicht.«

»Es ist besser, wenn du deinen Stab selbst machst.«

»Kannst du mir wenigstens helfen, einen auszusuchen?«

Er warf ihr ein Schmunzeln zu, als ob er ihre Bitte wie die einer Schwester auffasste. Seine Hand streckte sich nach seinem entfernten Stab aus, und mit der Magie des Windes zog er ihn zu sich heran. Der Stab fuhr schnurgerade durch die Luft und wurde von Maëls Hand aufgefangen. Während er in den Wald stiefelte, machte er eine schlenkernde Handbewegung und erschuf eine hellblau leuchtende Kugel. Er setzte sie auf seinen Stab und streifte die Hand an dem oberen Holzende ab. Als er die Finger herunternahm, verharrte die helle Kugel auf dem Stock wie ein leuchtender Stern. Zuvor hatte er noch nie vor Loreas Augen etwas Magisches mit seinem Stab angestellt. Sie musterte verblüfft die Leuchtkugel, die Maël zu Boden richtete und wie eine Laterne an einem langen Stiel benutzte. Er drehte den Kopf zurück und sah nach, ob das Feuer innerhalb des kleinen steinernen Walls züngelte.

Gemeinsam suchten sie die Äste im dunklen Wald mit seinem Leuchtstab ab. Lorea blieb dicht bei ihm, um zu sehen, welche er für tüchtig hielt. Er schubste einen Ast mit seinem Stock an und hob ihn anschließend auf. »Hier.«

Sie nahm ihm den Ast ab. Teile der Rinde waren abgefallen, das Holz darunter war aber trotz des trockenen Wetters noch feucht.

Die Stabsuche wurde fortgesetzt, bis Maël ihr einen zweiten und dritten Stock überreichte und zufrieden mit seinen Funden schien. Sie kehrten zurück ans Feuer, das nach der kurzen Zeit ihres Suchens geschrumpft war. Mit einer Handbewegung löschte Maël die leuchtende Kugel auf seinem Stab. Er legte Feuerholz nach, und die Flammen bedankten sich mit einer warmen Brise.

Lorea legte die drei Äste vor sich nieder und setzte sich. Fürsorglich inspizierte sie die gesammelten Stöcke.

Neben ihr nahm Maël Platz, und seine Finger fuhren über das Holz des einzigen, noch mit Feuchte vollgesogenen Stabes. »Das ist wunderbares Eschenholz«, meinte er. Dann betastete er den nächsten Ast. Weil er ihn offenbar nicht zuordnen konnte, nahm er ihn zu sich heran und musterte die Maserung. »Das sieht aus wie von einem Olivenbaum.« Er blickte zurück in den Wald, als ob er erstaunt darüber wäre, eine solche Pflanze hier zu finden. Als er sich dem letzten Stab widmete, schien es ihm leichter zu fallen, den Baum, von dem der robuste Ast stammte, zu deuten. »Und das da ist Ahorn.«

»Aus was ist dein Stab?«

Er nahm sich seinen hellen Stock zur Hand und hielt ihn in den Schein des Feuers. »Das ist altes Haselnussholz.« Behutsam strichen seine Finger über die feinen Verzierungen. »Der Stab gehörte mal meinem Großvater.«

Lorea sah ihn erstaunt an. »Dann hat er bestimmt schon viel erlebt.«

»Ja. Ein bisschen brüchig ist er auch schon.« Er fuhr mit dem Fingernagel in einen Holzspalt. »Aber das kommt durch die Magie.«

»Wieso denn durch die Magie?«

»Mit jedem Zauber, der mit einem Stab gewirkt wird, nimmt der Stab selbst ein kleines bisschen Magie auf. Wenn zu viel Magie in ihm steckt, berstet der Stab. Aber meiner hat noch eine Weile Zeit, bis das passiert«, fügte er schmunzelnd hinzu. »Deshalb benutze ich ihn lieber zum Wandern.«

Nach einem Augenblick des Staunens wandte sich Lorea wieder ihrer Wahl zu. Der Eschenast war zwar nicht gänzlich gerade, aber brauchbar. Sie nahm ihn in die Hand, wurde aber von dem feuchten Holz abgeschreckt.

Maël schien ihre Zweifel zu erahnen. »Wenn er trocken ist, ist er leichter. Willst du den haben?«

Sie brummte zustimmend und grinste. Plötzlich fiel ihr etwas ein. Lorea pflückte die Rinde von ihrem Stock ab, doch Maël hielt sie mit einer Hand auf. »Warte, bis er trocken ist, dann machst du dir die Hände nicht so schmutzig.«

Somit legte sie den Eschenstock vor sich nieder und die anderen beiden Äste beiseite, damit sie sie nicht versehentlich vertauschte. Maël nahm sich ihre Provianttasche und zog zwei fruchtige Orangen hervor. Lorea hatte diese Früchte zuvor nicht gekannt und sich anfangs zurückgehalten, sie zu kosten. Aber jetzt standen statt der sonst gewohnten Äpfel und Mehlsuppe saftige Orangen auf ihrem Speiseplan. Sie hatten während ihrer Wanderung riesige Felder gesehen, wo Bauern Bäume mit Zitronen und Orangen zu Hunderten anbauten. An einem der Orangenfelder waren sie sich einig gewesen, dass es nicht schadete, sich ein paar Früchte zu stibitzen.

Maël warf die dicke Schale, die er von der Orange abzog, in die Flammen. Während er die Frucht aß, spuckte er einen Kern ins Feuer, das daraufhin leise zischte. Lorea machte es ihm nach und schoss den Kern im hohen Bogen in die Flammen. Maël veranstaltete einen Wettbewerb, stellte einen Becher ins Gras und versuchte, Orangenkernen hineinzuspucken.

»Aber ohne Magie«, ermahnte Lorea ihn.

»Natürlich nicht, das wäre doch unhöflich, Werteste«, zischelte er, denn er hatte den nächsten Kern zwischen die Zähne geschoben.

Lorea trat im Wettstreit gegen ihn an. Ihr gelang sogar ein Treffer. Als der Elf den nächsten Kern spuckte, sah sie diesen weder im Gras noch im Holzbecher landen. Doch etwas Kleines und Hartes flog gegen ihr Bein. »Hey!«, rief sie ihm heiter empört zu.

»Oh, Verzeihung!«

Ihr reichte seine Entschuldigung nicht. Sie aß einen Bissen von ihrer Orange, ertastete in aller Eile den Kern und spuckte ihn an Maëls Arm.

Er verschränkte die Arme vor sich, um sich vor ihrem Beschuss zu schützen. »Das war doch nur ein Versehen!« Er lachte auf. Noch ein Kern schoss in seine Richtung. »Das kriegst du zurück!« Orangenkerne flogen unter ihrem Gelächter durch die Luft, trafen Maël an Schulter und Stirn, während einige in Loreas Haar hängen blieben. Ihr lautes Lachen verklang abrupt, als ein harter Kern an ihre Wange klatschte. Weil sie keine Kerne mehr im Fruchtfleisch ihres letzten Orangenstücks fand, bewarf sie Maël mit der übrigen Schale. Er hatte die Hülle seiner Orange ins Feuer geworfen und konnte nichts zurückwerfen, als ihm ebenfalls die Kerngeschosse ausgingen. Mit großen Schritten kam er auf sie zu und breitete die Arme aus, als wolle er sie fangen. Lorea holte aus und warf gezielt auf seinen Kopf. Plötzlich verharrte die Orangenschale mitten in der Luft. Maël hielt still. Er hatte den kleinen Fetzen Obsthaut mit seiner Hand und Magie aufgehalten und ließ ihn in der Luft schweben.

»Ich sagte, keine Magie!«

»Ich dachte, das galt nur für den Becher?«

Lorea warf ihre letzten zwei Schalen auf ihn, damit er abgelenkt war, und rannte auf ihn zu. Ein kräftiger Schubs brachte ihn zum Stolpern, doch als er hinfiel, schnappten seine Finger nach ihrem Handgelenk. Beide plumpsten rücklings ins Gras und landeten sanft. Ihr Lachen erfüllte den Wald. Lorea kniff die Augen zusammen, weil ihr die Tränen kamen. Sie benahmen sich wie kleine Kinder. Als sie die Lider wieder aufschlug, bemerkte sie, wie der wolkenlose Himmel weiß besprenkelt wurde. Ihr Blick glitt zu ihrem Begleiter, der kichernd neben ihr lag und sich vor Lachen den Bauch hielt. Eine Orangenschale lag nahe ihres Kopfes. Sie grinste, als sie daran dachte, dass hier bald ein kleines Orangenfeld wachsen würde, weil sie alles um sich geworfen hatten.

»Auf dass die Bäume wachsen mögen.«

Maël lachte umso lauter auf. »Darauf sollten wir anstoßen, meinst du nicht?«

»Ich hab mein Ale zuhaus' vergessen.«

Erneut rief ihr Lachen ein Echo in den Wald. Nachdem sich ihr Gelächter beruhigt hatte, setzte Lorea sich auf. Maël tat es ihr nach. Er seufzte munter. »Dann bleiben wir noch eine Weile hier und können im nächsten Jahr unsere eigenen Orangen verkaufen.«

»Bist du sicher, dass du es so lange mit mir aushältst?«

»Nun, die letzten paar Wochen haben wir auch durchgehalten.« Er verzog ein komisches Gesicht, als würde ihm an seinem Gerede etwas auffallen. »Bitte versteh das jetzt nicht falsch.«

Sie wandte mädchenhaft kichernd das Gesicht von ihm ab und schüttelte den Kopf. »Das würde deiner Flavia gar nicht gefallen, wenn du sie noch länger warten ließest.«

»Stimmt. Also packen wir zusammen und laufen die Nächte durch?«

Mit ihren Knöcheln holte sie aus und schlug sanft auf seine Schädeldecke, sodass er zusammenzuckte. »Du bist ein Dummschwätzer.«

Mit einer Hand fuhr er durch sein zerzaustes Haar und über jene Stelle, an welcher sie angeklopft hatte. Lorea sah sich zum Feuer um. Sie sollte für Maël noch einen Beruhigungstee aus Lavendel und Kamille zubereiten. Der hatte seine Angstträume in den vergangenen Nächten vertrieben.

Das offene Bündel des Elfen fiel in ihren Blick. Die lange graue Feder, die er darin aufbewahrte, schimmerte im Flammenlicht. Sie überlegte, ob jetzt der richtige Augenblick war, um ihm heimlich etwas von seinem Wissen zu entlocken. »Du kannst mir bestimmt immer noch nicht sagen, von welchem Prachttier die Feder da ist, oder?« Sie setzte ein spöttisches Gesicht auf. Wenn die Großmeister es ihm untersagten, würde er kein voreiliges Wort aussprechen.

»Nein, leider nicht. Du würdest es mir eh nicht glauben.«

»Fremdlingen darfst du es ja nicht sagen«, wiederholte sie seine Worte von der englischen Küste.

»Aber du bist doch kein Fremdling für mich.«

»Gibt es zu der Feder auch eine Legende?«

»Ja, viele sogar, aber –«

»Ich weiß schon. Dann warte ich eben noch.« Sie ließ sich zurück ins Gras fallen.

»Willst du wissen, wie jenes Wesen aussieht, dem diese Feder gehört?«

Erwartungsvoll reckte Lorea das Kinn. Maëls Blick ließ sie ablesen, dass er vor Erzähllust bald überschäumte. Sie grinste breit und zeigte, dass er weitersprechen sollte.

»Die Leute sagen, es sei eine Bestie, die wie ein Wolf aussehe. Sie trüge eine Mähne aus Federn und sei so groß wie ein Bär.«

Ihre Augen wanderten zu den Sternen hinauf und fanden den Großen Bären. Sie stellte sich die seltsame Gestalt des Mischwesens aus Wolf, Bär und Vogel vor. Das Biest schien der Farbe der Feder nach gräuliches Fell zu tragen. »Du hast Recht. Ich glaube dir nicht.« Nicht einmal in den fantasiereichsten Geschichten gab es solch ein seltsames Fabelwesen. Was sie nicht aus altbekannten Erzählungen kannte, wollte sie nicht wahrhaben.

Unerwartete Rückkehr

Die Klippen der Westküste lagen hundert Schritte von ihnen entfernt. Maël hatte ihr versprochen, dass sie in wenigen Stunden einen ganz bestimmten Hafen erreichten, wenn es nicht nur noch Augenblicke waren. Dort lebten angeblich zahlreiche Elfen. Bisher war Maël der einzige Elf gewesen, den Lorea gesehen hatte, doch das würde sich heute ändern. Sie war aufgeregt, wie die anderen mit spitzen Ohren sich verhielten, ob sie nett oder eher griesgrämig waren. Oder aber wie sie darauf reagierten, wenn Maël ihnen sagte, dass Lorea auch so ein Traja war. Wegen ihrer Sorgen bezüglich ihrer Ankunft und ihrer Aufregung war ihr mulmig zumute.

Maël lief vor ihr, weil der Weg zu schmal für sie war, um ihn nebeneinander zu beschreiten. Er hatte seinen Wanderstock an sein Bündel geknotet und seit ihrem Aufbruch am Morgen kein einziges klopfendes Geräusch damit erzeugt. Lorea hatte gleicherweise ihren Stab weggesteckt. Bisher hatte sie ihn nicht zum Wandern benutzt, weil sie es nicht gewohnt war, beim Laufen etwas in der Hand zu halten. Während ihrer letzten Lagerungen hatte sie sich ans Feuer gesetzt und die alte Rinde vom Ast geschält, sodass die hölzerne Haut darunter sich offenbarte. An manchen Stellen spähte helles Innenholz hervor, weil Lorea zu tief mit ihrem Messer angesetzt hatte.

»Du müsstest schon einiges von dem verstehen, was wir erzählen. Für einen Anfänger machst du dich recht gut.« Ihr Gefährte lächelte sie an. Sie hatten wieder über die elfische Sprache geredet, nachdem er ihr neue Worte erklärt hatte. Jeden Tag lehrte er sie ein wenig mehr, und Lorea war so wissbegierig, dass sie bisher selten ein Wort vergessen hatte. Bei dem Glücksgefühl, dass sie die erste, ihr fremde Sprache so schnell lernte, bäumte sich Stolz in ihr auf.

»Wann sind wir da?«

»Bald. Am Ende des Pfades liegt das Hafendorf *Líthacér*.«

Lorea machte hinter seinem Rücken eine aufgeregte Bewegung mit den Armen. Hätte Maël sie mit ihrer zähnezusammenbeißenden Grimasse und ihren hibbeligen Schritten gesehen, hätte er sie für ein aufgescheuchtes Huhn gehalten.

»Wie lange ist es her, dass du von zuhause fort bist?«

»Fünf Jahre.«

Sie war außerstande, sich vorzustellen, wie sich eine derart lange Zeit fort von daheim anfühlte. Lorea selbst streifte erst einige Monate heimatlos durch die Lande, dennoch hatten sich diese so lang angefühlt wie ihr ganzes Leben. Die Leute in Maëls Heimat würden sich gewiss freuen, ihn endlich wiederzusehen.

Ihr Gefährte stimmte ein Lied an. Es war jenes über den Wind, welches er unzählige Male während ihrer Reise gesungen hatte. Bestimmt erinnerte es ihn an sein Zuhause, an die Insel der Blumen.

Wegen ihrer Kenntnisse über die elfische Sprache verstand sie, was Maël über den Wind in seinem Singsang erzählte.

»Höre den Wind,
Folge seinen Spuren.
Lass dich von ihm
Auf eine Reise führen.«

Damals in Dover hätte er seine Singkünste anbieten können, als sie in Douglas' Alehaus übernachtet hatten. Bestimmt hätten die Stadtbewohner ihm aufmerksam zugehört.

»Er zeigt dir den Weg,
Bleibt stets an deiner Seite,
Lässt dich nie allein,
Egal wie dunkel der Tag wird.«

Das Lied war so bezaubernd, dass es nur eine Strophe benötigte. Lorea konnte ihrem Begleiter stundenlang dabei zuhören, wie er diese Melodie sang.

Auf einmal blieb Maël stehen, sodass sie beinahe gegen ihn prallte. Sein Lied verklang abrupt.

»Was ist denn?« Sonnte sich wieder eine Schlange auf dem Weg? Ihre Augen spähten an Maël vorbei. Doch sie sah nichts, nur Bäume, Gras und einen erdigen Pfad. Bevor sie zu Maël aufsah, ging er ruckartig weiter. Doch er lief einen Bogen um den Abschnitt des Pfades, vor welchem er stehen geblieben war. Er verhielt sich, als würde dort wahrlich etwas liegen. Ohne anderweitig zu fragen, folgte sie ihm und stiefelte ebenfalls ein Stück auf dem Gras entlang. Vielleicht hatte sie nicht genau hingeschaut und übersehen, was dort lag. Um sich zu vergewissern, drehte sie sich um, aber was Maël gesehen hatte, schien unsichtbar zu sein.

Die beiden liefen den Weg weiter. Maël blieb offenbar seiner inneren Unruhe wegen stumm. Allmählich hörte Lorea, wie das Rauschen der Meereswellen lauter wurde. Als der Pfad sich verbreiterte, eilte sie an Maëls Seite und sah zu ihm auf, als wäre er ihr großer Bruder. Sein ernstes Gesicht ließ sie die Aufregung erahnen, welche ihn bedrückte. Ängstlichkeit und Neugierde stritten sich in ihr.

Nur kurz warf er ihr einen Blick zu, als er zu bemerken schien, dass sie ihn beobachtete. »Die Leute im Dorf werden dich wahrscheinlich anstarren, weil du ein Traja bist. Deine Augen sind ungewöhnlich, das wird ihnen schnell auffallen.«

Langsam begriff sie, dass sein Gerede über die merkwürdigen Gotteskinder alles andere als ein Scherz war. Dennoch war das kleine bisschen Hoffnung, sie wäre ein normaler Mensch und der Elf würde falsche Vermutungen anstellen, nicht gänzlich erloschen.

Sie nahm ihre Kraft zusammen und hoffte, dass sie nicht wegen der interessierten Augenpaare in Ohnmacht fiel. Zwar war sie derartiges Anstieren schon von daheim gewohnt gewesen, doch beäugte man sie damals nicht mit Erstaunen, sondern mit Ekel.

Mit jedem Schritt näherten sie sich dem Rande des Waldes, und mit klopfendem Herzen entdeckte sie die ersten Hausfassaden des Dorfes. Beide blieben am äußersten Baum des Waldes stehen und betrachteten, was unweit vor ihnen lag. In einer Bucht nahe dem Meerwasser lag eine kleine Siedlung. Die Häuser waren unten herum aus Stein gebaut, um vor dem Eindringen von Wasser zu schützen, und oben mit Holz und schmalen Flächen aus einem gräulichen Lehmgemisch verkleidet. An der breiten Straße waren nur auf einer Seite Häuser errichtet, sodass auf der anderen ein freier Blick auf den Ozean gewährt wurde. Ein Hafen wachte am Rande des Wassers. Durch unbekannte Verzierungen an jedem Gebäude, in denen Lorea Schutzzauber deutete, trug das Dorf etwas Fremdartiges an sich.

An den Stegen im Hafen schwankten nur wenige Boote auf den Wellen. Ein großes Schiff, welches als einziges anlag, fiel in Loreas Blick. Das Segelschiff ähnelte der Allison von Elmo. Große Möwen zogen ungeduldig Kreise über den Masten des Handelsschiffes und warteten auf einen günstigen Moment, etwas Essbares zu stehlen.

Überall huschten Gestalten umher. Auf den Schiffen hantierten Männer. Einige trugen und rollten Fässer vom Schiff hinüber zu den Häusern. Eine Frau, die Lorea etwas älter als ihre eigene Mutter schätzte, kam mit einem schweren Eimer voll Wasser in den Händen vom Hafen. Eine hellblaue Schürze wehte im Küstenwind um ihre Taille und fegte beinahe ein um ihr Kinn gebundenes Kopftuch von ihrem Haar. Ausgeblichene braune Strähnen rutschten an ihrer Schläfe aus der Kopfbedeckung.

»Willkommen bei den Elfen«, sagte Maël und ließ Loreas Fingerspitzen vor Aufregung kribbeln. Seine steife Miene war verschwunden, stattdessen warf er ihr ein bekanntes, warmes Lächeln zu. Mit einem Ruck setzten sie sich in Bewegung, und Lorea tat die ersten Schritte auf elfischen Boden. Anfangs bemerkte niemand, dass Besucher eintrafen. Die Frau mit dem Wassereimer sah zu ihnen auf. Als sie Maël erkannte, entglitten ihr vor Staunen sämtliche Gesichtszüge. Der Eimer in ihren Händen rutschte aus ihrem Griff und prallte mit dumpfem Geräusch auf den Boden. Ein Mann, der ein Fass vor sich her schob, warf der unbekannten Frau einen Blick zu und murmelte etwas, das Lorea aus ihrer Entfernung nicht verstand. Er verfolgte die Blickrichtung der Frau und entdeckte ebenfalls die beiden Wanderer. Plötzlich hatte Lorea das Gefühl, jemand hätte eine Glocke geläutet und jeden, der auf der Straße war, auf sie und Maël aufmerksam gemacht. Alle Köpfe drehten sich zu ihnen um und beobachteten sie ungläubig. Selbst die Männer an den Webleinen des im Hafen liegenden Schiffes sahen sie an.

Verunsichert beobachtete Lorea die fremden Gesichter und blieb neben Maël. Es war ihr unangenehm, von so vielen Leuten auf diese seltsame Weise angeschaut zu werden.

Maël schritt zu der Frau, die den Eimer hatte fallen lassen und verblüfft auf der Straße stand. Ein Seitenblick zu ihm verriet Lorea, dass er die Frau kannte, denn er schmunzelte sie immer breiter an. Vor ihr blieb er stehen, die Augen auf die Unbekannte hinab gerichtet. Die Frau schien kurz davor, voller Freude in Tränen auszubrechen. Sie schlang die Arme um Maël und drückte ihn wie einen Sohn an sich. Er beugte sich hinab, damit die Frau ihre Arme um seinen Hals legen konnte. Lorea freute sich für die beiden.

»Malei«, hörte sie Maël, womit er die Frau grüßte.

Die Unbekannte zog sich zurück und legte die Hände auf seine Schultern. Ihr überraschtes Gesicht musterte ihn. *»Du sprichst ja, mein Junge.«*

Was Lorea verstand, stach den lieblichen Moment mit einer hauchfeinen Nadel. Natürlich sprach er, er war ein regelrechter Alleinunterhalter.

Maël lächelte breit auf die Feststellung der Frau hin. *»Bist du kleiner geworden?«*

»Njek, aber du bist gewachsen, mein Lieber«, gab die Frau zurück und klopfte auf seine Schulter. Beide Wanderer kicherten, was die Frau dazu brachte, Lorea in Augenschein zu nehmen. Erst jetzt bemerkte Lorea, dass der Frau spitze Ohren wuchsen. Ihr Herz sprang aufgeregt, doch sie wusste nicht, ob es aus Freude oder aus Schüchternheit war.

»Versteht sie uns?«, wollte die Frau scheu von Maël erfahren. Sie sah nach Loreas Ohren. Als sie bemerkte, dass sie nicht spitz waren, fielen ihr vor Verblüffung beinahe die Augen aus den Höhlen.

Ehe er etwas sagen konnte, ergriff Lorea selbst das Wort. *»Djeth, ein wenig. Maël lehrt mich Elfisch.«*

Er schien stolz darauf, dass ihr gemeinsamer Unterricht Erfolg zeigte und sich als nützlich erwies. Die Unbekannte schwirrte von ihrem Gefährten zu ihr, aufgewühlt und ein wenig ängstlich. Sie holte Luft, um wohl eine Frage zu stellen, doch dann weilte ihr Blick nochmals auf ihr. Er kratzte in Loreas Augen, und sie rüstete sich für das, wovor ihr Gefährte sie gewarnt hatte.

»Sie ist ein Traja«, stammelte die Frau und schien vor freudiger Fassungslosigkeit jeden Moment in Ohnmacht zu fallen. Sie versteckte ihren Mund hinter den Händen und wirkte überglücklich. *»Du hast sie gefunden?«*

Als Maël nickte, brach die Unbekannte in Tränen aus. In ihrer Glückseligkeit schien sich gleichzeitig ein Hauch von Trauer zu verstecken. Sie wischte sich eilends das Wasser aus den Augen, schniefte und zwang sich offenbar, nicht die Nerven zu verlieren. *»Sara«*, entschuldigte sie sich, obwohl Lorea meinte, dass die Frau allen Grund hatte, vor Freude weinend vor ihnen zu stehen.

»Magda«, stellte Maël sie einander vor, *»diese junge Frau heißt Lorea. Lorea, das ist Magda.«*

Förmlich schüttelten die beiden Frauen einander die Hand. *»Es ist mir eine Ehre«*, schmeichelte Magda ihr und verneigte sich leicht. Vor Staunen wusste Lorea nicht, was sie sagen sollte.

Nachdem alle bemerkten, dass ein Elf nach Langem zurückgekehrt war, brachen die meisten zurück zur Arbeit auf. Als sich Magda nach ihrem Wassereimer bückte, kam Maël ihr zuvor. Er nahm das schwer gefüllte Gefäß und schleppte es, nachdem er die Frau etwas für Lorea Unverständliches fragte, zu einem Haus. »Komm mit«, lockte Maël sie heller Laune. Beide liefen an Leuten vorbei, die sie unentwegt während ihrer Arbeiten beobachteten. Wo mehrere Fremde in Grüppchen standen oder liefen, tuschelte man über sie.

Ihre schwarzen Augen sahen sich nach den Dorfbewohnern um und erhaschten einige Spitzohren. Auch Menschen deutete sie.

Ihr Gefährte führte sie zu einem Haus, welches dem Hafen gegenüber lag. Er öffnete mit der freien Hand die Tür und trat ein. Mit lautem Quietschen verschloss Lorea den Eingang des Hauses hinter sich und schaute umher. Die Hütte war klein und barg nur einen einzigen Raum, der genug Platz für eine Kleinfamilie bot. In einer Ecke stand ein Tisch, an dem ein Mann mit glatten Wangen saß und Zeichen in Holzplatten ritzte.

»Malei, Magda«, brummte der Elf, ohne nach seinen Besuchern zu sehen. Offenbar dachte er, seine Ehefrau sei heimgekehrt.

»Wir sind zwar nicht Magda«, klärte Maël halb lachend auf und stellte den Eimer in eine Ecke der Hütte, *»aber ich wünsche dir trotzdem einen guten Tag.«*

Der Mann wandte sich um. Er sah Lorea mit großen Augen an, als wäre sie in sein Haus eingebrochen. Als er ihren Begleiter entdeckte, stand er auf und zeigte dasselbe überraschte Gesicht wie die Bewohner draußen vor der Tür. Die Leute schienen ganz aus dem Häuschen zu sein, dass ihr Gefährte nach vielen Jahren zurückgekommen war.

»Maël?«, fragte der Mann verblüfft und lief mit großen Schritten und ausgebreiteten Armen auf ihn zu. Er umarmte Maël kräftig und brummte einen freundlichen Gruß. Seine Pranke klopfte so hart auf Maëls Rücken, dass Lorea fürchtete, ihrem Gefährten würde die Luft wegbleiben. Als er von ihm abließ und Lorea besah, unterhielten die beiden Elfen sich knapp. Maël gab ein munteres Nicken zur Antwort. Der Mann trat vor Lorea und nahm ihre Hand. Er beugte sich nach vorn, um ihre merkwürdigen Augen zu mustern, und setzte ein bewunderndes Lächeln auf. *»Romano ist mein Name, wertes Fräulein.«* Als er eine tiefe Verbeugung vor ihr vollführte, küsste er ihre Hand. *»Ich hätte nicht gedacht, noch ein Traja in meinem Leben kennenlernen zu dürfen.«*

Vor Scham erwärmten sich ihre Wangen, denn niemand hatte sich bisher vor ihr so ehrwürdig verneigt. »Lorea. Ist mir ein Vergnügen«, entgegnete sie scheu in ihrer eigenen Sprache, sodass der Mann sie nicht verstand. Sie wusste nicht, wie man Höflichkeiten auf Elfisch ausdrückte, doch Maël half ihr und übersetzte dem Mann. Romano warf Maël diesen traurigen und dennoch glücklichen Blick zu, den auch Magda auf der Straße aufgesetzt hatte. Weshalb sie frohgemut waren, glaubte Lorea zu wissen, aber warum zeigten sie im gleichen Moment solch traurige Gesichter?

»Wo kommt sie denn her?«, fragte Romano, um von der seltsamen Stimmung im Raum abzuweichen. Ehe sie den Mund aufmachen konnte, wurde sie von Maëls erhobener Hand zurückgehalten.

»Das wollen heute Abend sicherlich noch einige wissen«, meinte er in weiser Voraussicht und trug ihr auf, ihre Herkunft vorerst als kleines Geheimnis zu bewahren.

Maël unterhielt sich einen Augenblick mit dem Mann und wandte sich dann ihr zu. »Du kannst dein Bündel dort hinstellen.« Sein ausgestreckter Finger wies in die Ecke, wo er den Eimer abgestellt hatte. Er legte sein eigenes Bündel neben dem ihrigen ab. Anschließend schlüpften sie zusammen wieder hinaus an die frische Meeresluft und ließen Romano in Ruhe weiter an seinen Schnitzereien arbeiten.

»Wo gehen wir hin?«, fragte sie ihren Gefährten. Als sie bemerkte, dass sie sich dem Hafen näherten, wurde ihr klar, was Maël vorhatte.

»Wir gehen zu einem Schiffsmaster und fragen, wann das nächste Schiff ablegt.«

Auf einmal schoss ihr der Gedanke an ihre Wertsachen zum Eintauschen in den Kopf. Sie hatten fast nichts von den Knöpfen und Münzen aus England übrig. Es würde nicht einmal reichen, die Kosten für eine Überfahrt für ihr Bündel aufzubringen.

»Wir haben kaum noch Geld!«

Er warf ihr einen belustigten Blick zu. »Wir brauchen kein Geld. Die Schifffahrt kostet nichts.«

Vor Verblüffen lief sie langsamer und starrte abwesend auf den Hafen. Man fuhr doch nicht nach Lust und Laune ohne zu bezahlen mit einem Schiff, weil man den Elfen einen Besuch abstatten wollte. Oder doch? Andererseits wusste kaum jemand, dass es Gestalten mit spitzen Ohren gab. Von der Insel, die mitten im Ozean lag, hatte fast keine Menschenseele eine Ahnung.

»Warum kostet die denn nichts?«

»Weil nur diejenigen hier herkommen, welche auch zu uns Elfen wollen. Das Dorf ist abgelegen und auf keiner Karte zu finden. Es führen nur zwei Wege hierher, einmal der Pfad, den wir langgelaufen sind, und eine Straße auf der anderen Seite. Beide Wege sind versteckt und nur schwer zu finden. Nur Abenteurer verlaufen sich hierher, aber man schickt sie fort, wenn sie nichtwissend sind.«

Ihr kam der Wald in den Sinn, durch dessen Gesträuch sie sich geschlagen hatten, ohne auf einem vorgegebenen Weg zu laufen. Die versteckte Abzweigung hatten sie vor mehr als zwei Tagen passiert. Wenn sich Wanderer hierher verirrten, waren sie recht waghalsig.

Als sie den Steg des Hafens betraten, blickte Maël sich zu allen Seiten um. Er schien ein bekanntes Gesicht zu entdecken und stiefelte zu dem großen Schiff, welches weit hinten auf dem Meer lag. Vom Deck kamen Männer, die Kisten und Fässer an Land schleppten. Jeder, der an ihnen vorbeiging, warf ihnen einen ungewohnt verehrenden Blick mit einem Nicken zu.

Ein Mann mit auffälligem Hut stand an der Zugangsbrücke, die zum Deck führte, und kommandierte seine Männer barsch herum. Mit jedem Schritt, den sie dem Mann näher kamen, wurde Maël nervöser. Seine Finger griffen einen Moment nach den Haarbüscheln an seiner Schläfe, doch als der Master zu ihnen hinüber lugte, nahm er die Hand eilig herunter und zwang sich ein Lächeln auf. Der Mann vor der Zugangsbrücke verzog ein finsteres Gesicht. Maël grüßte den Master mit einem zögerlichen Handschlag und redete mit ihm. Währenddessen blieb Lorea in seinem Schatten. Aus dem, was sie verstand, reimte sie sich zusammen, dass die beiden über die Überfahrt sprachen. Der Master des Schiffes war offenbar nicht einverstanden mit etwas.

»Nein, Meunier, auf keinen Fall«, murrte der Mann in einem kaum für sie zu verstehenden Akzent. Er schüttelte den Kopf. *»Das mache ich nicht, sonst hängt der mich auch noch.«*

»Aber –« Maël wandte sich zu ihr um, um sich zu vergewissern, dass Lorea noch bei ihm war. Dann neigte er sich zum Master und wisperte ihm ins Ohr. Sie hob den Kopf, um zu lauschen, da entfernte sich Maël schon vom Ohr des Mannes.

»Dann nehmen wir nur sie allein mit, aber dich schiffe ich nicht zur Insel!«

Warum weigert er sich, ihn mitzunehmen? Sie dachte, die Elfen freuten sich, Maël wiederzusehen. Sicherlich warteten einige schon darauf, dass sie beide als zwei dieser Trajas in der Stadt der Elfen eintrafen. Eingeschüchtert wie ein Welpe verzog sie sich wieder hinter Maël. Sie wollte nicht allein auf einem Schiff sein, ohne jemanden, den sie kannte, ohne jemanden, der ihre Laune mit Wasserspielen aufmunterte und ihr das Wetter vorhersagte.

Maël bemerkte ihre Scheu und redete auf den Master ein. Es hörte sich an, als ob er ihn nicht bat, sondern anflehte. Der Master verschränkte nach einigem Gerede die Arme und schien mit düsterer Miene zu überlegen. Es musste wichtig sein, welche Entscheidung er fällte, sonst hätte er längst eine Antwort gegeben. Plötzlich brüllte er einen der Seemänner auf dem Schiff an, welcher sogleich zu einem der Wanten rannte und es fester zog. Hinter Maëls Rücken sank Lorea in sich zusammen.

»Ausnahmsweise«, knurrte der Master nach einem beunruhigenden Zögern.

Lorea senkte erhaben die Schultern, denn sie hatte gedacht, er würde kein Erbarmen zeigen. Bei Maëls Silberzunge wunderte es sie nicht, dass er nachgab. *»Aber wir brechen erst in zwei Tagen auf.«*

Erstaunlicherweise schien der Aberglaube, dass ein Freitag wie heute ein schlechter Tag und Sonntag ein geeigneter Tag zum Segeln war, nicht nur an der englischen Küste verbreitet zu sein.

Maël pustete erleichtert die Luft aus und verneigte sich vor ihm. *»Adeo grathia, Gareth«*, bedankte er sich. Schnellen Fußes schritt er mit Lorea zurück zum Festland, so eilig, dass sie wegen seiner langen Beine zum Rennen gezwungen war, um mitzuhalten. Als sie weit genug vom Schiffsmaster und der Schiffsbesatzung entfernt waren, war sie sich gewiss, dass sie ihrem Gefährten ihre berechtigte Frage stellen durfte. »Warum wollte er dich nicht aufs Schiff lassen?«

»Lange Geschichte.« Sein Blick fuhr durch den Hafen, weit weg von ihr.

Sie hatte auf eine etwas ausführlichere Antwort gehofft. »Wir haben viel Zeit, dann kannst du sie mir ja erzählen.«

Er blieb schlagartig stehen, als hätte sie etwas Schreckliches zu ihm gesagt. Eine Erinnerung schien ihn festzuhalten, denn für den Moment eines Augenschlags blickte er sie abwesend an. »Du willst die Geschichte bestimmt nicht hören«, entgegnete er, doch was sie hörte, klang nach einer Ausrede.

»Darfst du es mir wieder nicht sagen?«

»Nein, das ist es nicht, aber –« Ihm schien es unangenehm zu sein, dass sie neugierig auf seine Erinnerung war. Als würde jede ihrer Fragen einen hauchfeinen Kratzer in ihm hinterlassen. »Ich will nicht darüber reden.« Er sah bekümmert aus, trotzdem schien er sich zu zwingen, sein Lächeln zu behalten.

Sie brummte missgelaunt. Was hatte er verbrochen, dass ihm eine Heimreise beinahe verwehrt wurde? Hatte er jemanden ermordet? Einen Verrat begangen? Lorea geriet ins Wanken, als sie über Maëls verschleierte Vergangenheit grübelte. Sie wusste, dass weitere Fragen seinen sturen Kopf nicht knacken, sondern das Geheimnis darin vielmehr schützen würden.

Sie kehrten zurück zu dem Haus, in dem sie ihr Gepäck abgestellt hatten. Als sie eintraten, war neben Romano, der weiter an seinem Tisch Holzplatten schnitzte, auch Magda anwesend. Obwohl sie sich bereits gesehen hatten, vollführte Magda einen kurzen Knicks vor ihr. Es war merkwürdig, wie höflich Lorea behandelt wurde. Ihr war es unangenehm, denn sie mochte es nicht, wenn sich jemand verhielt, als sei sie eines höheren Standes. Da sie aus einer Bauernfamilie stammte, die zudem einen beschmutzten Ruf besaß, war ihr Platz stets unter den meisten Leuten gewesen und nicht über ihnen.

Lorea setzte sich auf einen Stuhl und kramte aus Langeweile ihr Geldbeutelchen aus ihrem Bündel, während ihr Gefährte sich mit dem Pärchen unverständlich unterhielt. Ein Blick in ihren kleinen Beutel verriet ihr, dass sie sich keinesfalls eine Schiffsüberfahrt hätten leisten können, wäre der Preis dafür ebenso hoch wie in Dover gewesen.

Nach dem kurzen Gespräch kam Maël zu ihr. »Wir übernachten heute und morgen hier. Aber wir schlafen auf dem Boden.«

Sie senkte die Augen auf das Holz. Der Schlafplatz der nächsten Nächte fiel härter aus als sonst. Es stand nur ein Ehebett in dem einzigen Zimmer des Hauses, darin schliefen bevorzugt die Hausbesitzer selbst.

»Ich hoffe, es macht Euch nichts, Herrin«, entschuldigte Magda sich.

Lorea warf ihr einen freundlichen Blick zu. *»Nein, keineswegs«*, entgegnete sie und wedelte gutgemeint mit der Hand. Ihr sprang Farbe ins Gesicht, als Magda sie so edel ansprach. *»Ihr könnt mich Lorea nennen.«*

Die beiden Elfen sahen sie beeindruckt an. Dann blickten sie zu Maël. *»Eine nette, junge Frau hast du da gefunden.«* Romano schmunzelte. Maël nickte munter.

»Sind sie Bekannte von dir?«, wagte Lorea sich zu fragen, denn Maël hatte ihr von niemandem aus dem Hafendorf erzählt. Wie die drei miteinander umgingen, verhielten sie sich wie enge Verwandte. Allerdings hatte Maël ihr gesagt, er habe keine Familie mehr.

Maël musterte das Ehepaar wertschätzend. »Die beiden sind für mich wie Oheim und Muhme. Sie haben mich immer zu sich genommen, wenn ich von einer meiner Reisen hierher zurückgekehrt bin.« Etwas verwischte plötzlich sein Schmunzeln. Sein Blick ruhte auf Magda. »Als ich das letzte Mal hier war, ging es mir sehr schlecht. Romano und besonders Magda haben sich um mich gekümmert, bis ich wieder zu Kräften kam.«

Magda lächelte traurig und schien zu wissen, von was Maël sprach, obwohl sie kein einziges englisches Wort verstand.

Loreas Sorge blitzte wieder in ihr auf. Ihm war es beim letzten Mal schlecht ergangen? Hoffentlich hatte er nichts Ernstes gehabt. Seine Worte klangen allerdings, als ob ihm damals etwas Gefährliches zugestoßen wäre.

Magda trat vor sie und streichelte sanft über Loreas Schulter. *»Du kannst dir gar nicht vorstellen, was für ein Glück ihr beide hattet. Welch ein Zufall, dass gerade Maël dich gefunden hat. Wir dachten schon, er würde sich gar nicht mehr zurück trauen.«*

Aus Loreas ursprünglichem Lächeln formte sich ein zunehmend fragendes Gesicht. Er würde sich nicht zurück trauen? Womöglich hatte sie die Frau nur falsch verstanden. Aber als sie zu ihrem Begleiter hinüber sah, entdeckte sie sein angespanntes Gesicht. Ihre ungute Ahnung, welche sie vor einigen Tagen im Gebirge gewittert hatte, bestätigte sich. *»Warum denn das?«*

Verwundert schaute Magda sich zu Maël um. Er flüsterte ihr heimlich ins Ohr. Dann ging er zu Romano, der dem Geschehen zugeschaut hatte, und zeigte mit einem Handwedeln und einer flüsternden Aufforderung, dass er ihm folgen sollte. Alle drei Elfen sahen Lorea an, das Ehepaar erschrocken, Maël hingegen besorgt.

»Wir reden nur kurz draußen, in Ordnung?«, meinte Maël, als er die beiden anderen zur Tür geleitete. Lorea blieb stumm und sah ihnen ratlos nach. Alle drei verschwanden hinaus, und ihr Begleiter schloss leise klackend die Tür. Sie wartete einsam in der Hütte, vorahnend und nachdenklich.

Nein, es war nichts in Ordnung. Sie schien die Einzige im Dorf zu sein, die nicht wusste, was sich abspielte. Von was redete Magda denn, er würde sich nicht zurück trauen? Hier war doch sein Zuhause, hier lebten Elfen, die schon auf ihn gewartet hatten, warum sollte er sich denn nicht heim wagen? Warum waren alle so merkwürdig gelaunt? Möglicherweise hing es mit dem zusammen, worüber Maël nicht sprechen wollte. Oder mit dem, weshalb es ihm beim letzten Besuch so schlecht ergangen war. Allein der Schiffsmaster war der Einzige, der bisher nicht erfreut gewesen war, Maël zu sehen. Hängen würde man ihn, hatte er gesagt. Und hatte ihren Gefährten damit zum Flehen gebracht. Sie fuhr sich mit dem Finger am Kinn entlang. Ihr kam es vor, als würde sie versuchen, eine zersplitterte Scheibe wieder zusammenzulegen. Doch es fehlten zu viele Teile, um das Ganze deutlich zu sehen. Allmählich war sie verunsichert, ob sie Maël tatsächlich übers Meer begleiten sollte. Welche Gefahr würde sie auf der Insel erwarten?

Um sich zu beschäftigen, steckte sie den Geldbeutel ein. Sie befreite ihren Stock von seinen Fesseln und legte ihn auf den Boden, damit er sie beim Kramen nicht störte. Nach kurzem Suchen zog sie den Lederhandschuh ihrer Mutter hervor. Was Maia wohl zu alledem gesagt hätte?

Von draußen her hörte sie die dumpfen Stimmen der drei, die das Haus verlassen hatten. Durch ein Fenster spähte Lorea hinaus auf den Hafen und entdeckte Maël. Er senkte den Blick zu Magda und trug eine so tiefe Trauer in seinen Augen, dass sie glaubte, dort stünde jemand anderes. Kein Albtraum hatte ihn dazu getrieben, so verletzt dreinzublicken.

Lorea legte den Handschuh auf ihr Bündel und stand auf. Sie schlich zur Tür, um die dumpfen Worte besser zu belauschen.

»Du riskierst deinen Kopf!«, bibberte Magda. *»Und sie weiß nichts davon?«*

»Ich kann es ihr noch nicht sagen.«

Die drei senkten ihre Stimmen. Um das Gespräch weiter zu verfolgen, zog Lorea die Tür heimlich einen Spalt breit auf und erhaschte einen Blick auf die Elfen.

»Aber er wird dich töten, Junge«, warf Romano ein. *»Er hat es schon einmal versucht. Gibt ihm nicht noch eine Gelegenheit.«*

Die Tür öffnete sich mit einem Knarzen, sodass Maël zu ihr aufsah. Sein Kiefer verkrampfte sich, als er den Mund schloss. Ahnungslos senkten sich Loreas Brauen. »Wer will dich töten?«

Scheu wandte sich Maël dem Boden zu. Weil sie nicht zu wissen schienen, ob sie sich einmischen sollten, hielten sich Magda und Romano zurück.

Lorea trat nach draußen, der Blick auf ihren Gefährten schärfte sich. »Was geht hier vor?«

Ohne sie anzusehen, holte er tief Luft. Die Worte schienen in seiner Kehle hängen zu bleiben.

»Maël«, drängte Magda ihn.

Sein Atem ging ungestüm und begann zu zittern. Anscheinend ängstigte ihn eine Erinnerung, die er verheimlichte. Mit einem Kopfschütteln schien er zu hoffen, Loreas Neugierde zu unterbinden.

Wütend stürmte sie an ihm vorbei und rempelte ihn absichtlich mit einer Schulter an. Sie ging zum Strand nahe am Hafen. Um ihre Gedanken zu sammeln, brauchte sie einen Moment für sich.

»Sag ihr wenigstens ein wenig, damit sie sich beruhigt«, schwebten Magdas besorgte Worte in ihre Ohren.

Noch vor dem Salzwasser, welches sich rhythmisch in die Bucht warf und wieder zurückzog, blieb sie stehen. Sie verschränkte die Arme und sah zum Horizont. Wer wollte Maël töten? Und warum? Ihre Intuition brüllte sie wie ein Bär an, dass sie sich beide von der Elfeninsel fernhalten sollten.

Nach einem Zögern vernahm sie das Knirschen anderer Schuhe. Aus dem Augenwinkel erkannte sie Maëls Gestalt. Sie sah zu ihm auf. »Warum bei den Wölfen sollte dich jemand umbringen wollen?«

Er kaute auf der Unterlippe, schien sich ungewiss, ob er ihr die Wahrheit verraten sollte.

»Wenn du es mir nicht sofort sagst, bleibe ich hier und segle nicht übers Meer.«

Weil er über ihre Entscheidung erschrocken schien, sah er ihr endlich ins Gesicht. Ein Schnaufen stieß durch seine Nase. »Versprichst du mir, dass du mitkommst, wenn ich dir eine Antwort darauf gebe?«

Anscheinend wollte er damit jeder weiterer Frage aus dem Weg gehen. »Versprochen.« Begierig beobachtete Lorea ihn. Als er schwer schluckte, ahnte sie, welche Überwindung es ihn kostete.

»Als ich die Insel das letzte Mal verließ, ging ich als Verbannter.«

Lorea senkte ihre verschränkten Arme. Schreckliche Gedanken schossen ihr durch den Kopf. »Du als ein Traja? Was hast du denn angestellt? Hast du jemanden umgebracht?«

Ein Kopfschütteln scheuchte diesen Gedanken fort. Sein tiefer Atem, seine glasigen Augen und zusammengepressten Lippen ließen sie ablesen, dass er Tränen unterband.

»Aber wenn du verbannt wurdest, ist die Strafe für deine Rückkehr –«

»– der Tod.«

Lorea weitete die Augen. Er schien sich der Konsequenz durchaus bewusst. Deshalb waren die Dorfbewohner alle so erstaunt, ihn wiederzusehen.

»Warum riskierst du das?«

»Solange ich Flavia noch einmal sehen kann, ist es mir gleich, was mich erwartet.«

Lorea grübelte. »Aber warum wurdest du als eines der Gotteskinder verbannt?«

»Ich kann dir nicht mehr erzählen, es würde dich nur beängstigen.« Entmutigt seufzte er. »Eigentlich hatte ich gehofft, dich von meinem Volk begeistern zu können. Doch stattdessen schüren meine Worte gewiss nur deine Zweifel.«

»Wenn ich ehrlich bin, brenne ich nicht darauf, Dragothair zu betreten.«

»Aber die mögliche Gefahr, die uns dort begegnen könnte, erwartet nur mich. Dir passiert nichts.«

»Soll das meine Sorge mildern?« Skeptisch hob sie eine Braue. Sie nahm sich vor, ab dem ersten Schritt auf der Elfeninsel ihr Messer griffbereit zu haben, um ihren Gefährten im Notfall zu beschützen. Immerhin verdankte sie ihm inzwischen mehrmals ihr Leben.

Er antwortete mit einem Schweigen. Sein Blick fuhr durch das Dorf. »Willst du die Elfen mal von einer heiteren Seite kennenlernen?«

Weil sie nicht wusste, auf was er hinauswollte, legte sie den Kopf schief.

»Folg mir. Wir statten der Taverne mal einen Besuch ab.«

»Eine Taverne? Dann können wir doch auch dort übernachten, oder nicht?«

»Nein, dort gibt es keine Kammern. Das dient zur Abschreckung von Fremden, sonst würden die sich hier noch niederlassen, ohne zu wissen, dass sie von Elfen umgeben sind.«

Als sie sich wieder den Häusern näherten, zog der Geruch von Schafsfell in Loreas Nase. In Kisten, welche die Seemänner vom Hafen zu zwei Pferdewagen hievten, lagen Unmengen an Wolle. Männer schleppten feine Tücher und Stoffe ins Dorf, welche sie über ihre Schulter geworfen hatten. Aufwendige Kleider trugen manche in den Armen. Die Waren legten sie auf die Ladefläche der wartenden Karren. Sie schienen von der Elfeninsel zu stammen.

So viele Augenpaare starrten sie schon wieder an. Es geschah gewiss nicht jeden Tag, dass jemand einen Menschen oder ein fremdes Traja im Schlepptau hierher führte. Ein eigenartiges Gefühl stieg in ihr auf, denn sie stellte fest, dass sie und Maël eine Gemeinsamkeit hatten. Als ob ein Band sie beide verknüpfte. Die Narbe auf seiner Hand kam ihr wieder in den Sinn. Die Vorstellung eines Blutrituals gruselte sie. »Hat die Narbe an deiner Hand etwas mit den Trajas zu tun?«

Sein Atem stockte kurz. Anscheinend hatte sie richtig geraten. »Nicht direkt.«

Lorea glaubte ihm nicht. Seitdem der Schwarze Falke sie als Beute bezeichnet hatte, zweifelte sie an Maëls Worten. Doch sie wusste nicht, ob er sie anlog, um sie zu locken oder um sie zu schützen.

Ihre Augen schwirrten abermals zum tiefblauen Ozean. Am Horizont entdeckte Lorea kein Land. Das riesige Meer vor ihnen schien unfassbar weit.

»Wie lange dauert die Schiffsreise?«, wollte sie wissen. Womöglich hatte sie genug Bedenkzeit, um abzuwägen, ob sie einen Fuß auf die Elfeninsel setzen oder lieber an Bord des Schiffes bleiben sollte. Weder wollte sie Maëls Kopf noch eine Verletzung an ihrer Hand riskieren.

»Wenn wir schnell segeln, eine Woche. Es kann aber auch länger dauern. Es kommt ganz darauf an, ob ein Sturm aufzieht, ob Wind und Strömung günstig stehen, ob man die Sonne am Himmel sehen kann und ob der Kompass den richtigen Weg weist.«

»Was ist denn ein Kompass?«

»Das ist eine kleine Büchse, in der eine Metallnadel liegt. Hält man die Büchse gerade, dann zeigt die Nadel stets nach Norden.« Dank der Formen und Gesten, die ihr Begleiter bei seinen Erklärungen liebend gern nachahmte, konnte sie sich vorstellen, wie ein Kompass aussah. Wie er funktionierte, erahnte sie nur.

»Zeigt die Nadel durch Magie nach Norden?«

Maël schnaufte amüsiert. »Nein, dieses Wunder ist Ecash allein zu verdanken. Die Menschen nutzen Kompasse auch, also glaube ich nicht, dass diese Nadeln mit Magie belegt sind.« Als er den Namen desjenigen aussprach, von dem er angeblich seine Augen geerbt hatte, war es, als ob etwas in ihren Ohren klingelte. Es war bestimmt merkwürdig, wenn man seinen zweiten Vater als Grund für dieses Phänomen nannte.

Verwundert neigte Maël den Kopf. »Hatte dein Vater keinen Kompass?«

»Nein, er hat sich bei Nacht immer am Nordstern orientiert.«

Beide blieben vor der Tür eines auffälligen Hauses stehen, und Lorea fragte sich, wie um alles in der Welt sie dieses Haus übersehen hatte. Es war das Größte im Hafendorf. Ein geräumiger Speicher schien sich unter dem geschwungenen spitzen Dach zu verstecken, an dessen Giebel ein Flaschenzug angebracht war.

Maël ließ sie ein und schloss die schwere Tür mit lautem Geräusch hinter seinem Rücken. Die Gaststube erinnerte sie an die in Dover, in der Douglas sie hatte ausharren lassen. Doch die Taverne im Dorf war um einiges kleiner. Drei Seemänner saßen an einem Tisch und unterhielten sich murmelnd. Getrocknete Algen und gesammelte Muschelschalen hingen zu Mustern arrangiert an den Wänden. Zwei geschnitzte Kronleuchter, an welchen Lorea Fischfiguren und ein Geschöpf mit mehreren Fangarmen erkannte, spendeten bei Einbruch der Nacht reichlich Kerzenlicht.

Ein schmaler Mann, der sich die schmutzigen Finger an einer Schürze abwischte, huschte aus einer Seitentür. Er schien gehört zu haben, dass neuer Besuch eingetroffen war. Als er nach seinen Gästen Ausschau hielt, verzog er ein ungläubiges Gesicht. *»Meunier?«* Der Wirt blickte zu ihnen hinüber, als könne er sie beide nur verschwommen sehen. Als er den jungen Mann neben Lorea deutlich erkannte, erhellte sich seine Miene. *»Meunier!«* Der Mann breitete die Arme aus und erinnerte sie trotz seiner schlanken Figur an einen Bären, der sein Junges wiedergefunden hatte. Er drückte Maël kräftig und fuhr mit einer Hand über dessen ohnehin zerzaustes, welliges Haar. Anschließend reichte er Lorea die Hand. *»Malei, Valens mein Name«*, begrüßte er sie warmherzig. Er behielt ihre Finger für einen Moment in seinem Griff. Merkwürdig war es, dass ihr alle in die Augen starrten. Der Wirt ließ sie los, ging zu einem kleinen Tisch an der Wand und drehte ihnen zwei Stühle zu. *»Kommt, kommt, setzt euch!«*

Zögerlichen Schrittes folgte sie Maël zum Tisch, an dem der schlanke, beschürzte Mann auf sie wartete. Sie ließen sich nieder, und der Wirt fragte sie etwas. Maël übersetzte für sie. »Willst du was trinken?«

»Gibt es hier Tee?«

»Hoé!« Der Wirt lachte laut. Als er schwungvoll verschwand, sah Lorea sich um. Eine Frau, allem Anschein nach die des Wirts, schrubbte

einen Tisch sauber und warf ihnen flüchtige Blicke zu. Sie hatte Maël ebenfalls mit Verwunderung erhascht, schien aber Abstand zu halten.

Die Tür zur Gaststube öffnete sich nochmals laut, und Lorea schwirrte mit dem Kopf herum. Ein Mann lugte durch den schmalen Spalt an der Tür in die Stube und schien von jemandem hinter ihm gedrängelt zu werden. Stimmengewirr drang von draußen herein. *»Ist er hier drin?«*, fragte eine Stimme. Als der Hereinspähende nickte, wurde er beinahe zu Boden geschubst. Die Tür sprang auf. Dutzende Leute stürmten herein, als hätte man ihnen gesagt, es gäbe ein kostenloses Festmahl. Auch Magda und Romano erkannte Lorea unter den vielen Gesichtern. Das ganze Dorf schien anwesend.

Die meisten huschten zu den Tischen, nahmen sich Stühle heran und stellten sie in einem Halbkreis um sie und Maël. Andere setzten sich vor ihnen auf den Boden, die übrigen nahmen auf den nahen Tischen Platz. Lorea sah ihren Begleiter ahnungslos an, denn ein flaues Gefühl breitete sich in ihrem Magen aus. Jetzt hatten sie keinen Fluchtweg, um der Menge zu entkommen. Nachdem der letzte seinen Stuhl zurechtgeschoben hatte, wurde alles mäuschenstill. Die vielen hundert Augen starrten sie wissbegierig an, doch Lorea wusste nicht, was sie von ihnen verlangten. Eine bedrückende Stille zog umher, bis einer der Seemänner etwas in die Runde warf. *»Dann legt mal los!«*

Nochmals starrte sie mit fragendem Blick Maël an. Er grinste breit, aber sie hatte nicht den Hauch einer Ahnung, warum.

»Was sollen wir denn machen?«, flüsterte sie. Es war ihr unangenehm, dass sie die Einzige in der Gaststube war, die nicht wusste, was die Gäste von ihnen erwarteten.

Maël lachte erfrischend auf. »Wir sollen ihnen von unserer Reise erzählen.«

Loreas Brauen hoben sich vor Erstaunen. Die Leute waren alle gekommen, um ihre Geschichte zu hören?

»Wo kommt sie her?«, fragte eine Frau von weit hinten. Jetzt verstand Lorea, was Maël Romano gegenüber gemeint hatte.

Lorea gab selbst ohne Zurückhaltung Antwort. *»Ich komme aus England.«*

»Oh, so weit her?« Gemurmel summte reihum, und einige zeigten beeindruckte Gesichter. Es freute sie, dass sie mit dem bisschen Elfisch, das Maël ihr beigebracht hatte, rege Aufregung in den Zuhörern weckte.

Doch dann wurde wieder alles still. Jemand drängelte sich durch die Menge und war offensichtlich überrascht, dass sich die Stube innerhalb kürzester Zeit gefüllt hatte und alle Stühle besetzt waren. Es war der Wirt, der zwei bis oben hin gefüllte Tontassen mit warmem Tee brachte. Er stellte die Getränke auf ihren Tisch und fragte: *»Hast du ihr schon von Tao erzählt?«*

Wieder lächelte Maël, gab aber ein Kopfschütteln als Antwort. *»Njek.«*

»Na dann erzähl ihr mal«, ermutigte der Wirt ihn und gesellte sich zu einigen, die auf einem Tisch saßen.

Maël beugte sich zu ihr. »Tao ist sein Bruder«, erklärte er und nickte in die Richtung des Wirts. »Ihm gehört auch eine Taverne, die größte, die es in Dragothair gibt. Tao war ein guter Freund meiner Eltern. Er und seine Frau nehmen die Waisen auf, die auf die Insel kommen. Bei ihm wohnen auch Flavia und Verrity.«

»Weiß sie denn, wer die beiden sind?«, drang eine Stimme durch die lauschende Meute.

Die zwei Wanderer blickten auf. Als Maël ein kurzes *»Djeth«* zur Antwort gab, fuhr eine Welle des Verblüffens durch den Raum. Einige musterten Maël lieblich, was sicher bei Flavia seinen Grund fand. Als Lorea entdeckte, dass seine Wangen sich färbten, konnte sie ihr mädchenhaftes Lachen nicht zurückhalten. Es sah lustig aus, wie der sonst so offenkundige und unterhaltsame Maël liebestrunken und scheinbar schüchtern auf seinem Stuhl saß.

»Jetzt erzählt endlich eure Geschichte«, drängelte jemand.

Somit begann Maël in seiner Sprache bei dem Beginn seiner Reise. Ebenso gespannt wie alle anderen hörte Lorea ihm zu, denn er hatte ihr nur wenig über die Zeit erzählt, nachdem er die Insel vor fünf Jahren verlassen hatte. Er sprach von Kastilien, wo er einige Zeit bei einer Familie geblieben war, von Frankreich, wo seine Klinge zersplitterte. Und von seiner Flucht nach Britannien. Als er zu ihrem unvorhersehbaren

Zusammentreffen kam, spürte Lorea, wie alle Zuhörer aufmerksam wie kleine Kinder jedem seiner Worte lauschten. Zwischendurch erklärte Maël ihr ab und zu, wovon er erzählte. Sobald sie bemerkte, dass er etwas in seiner Geschichte vergaß, unterbrach sie ihn und erinnerte ihn daran, was hier und dort passiert war. Jeder Einzelne in der Gaststube hörte Maël zu und ließ sich von seiner mit Händen und Gesichtszügen erzählten Geschichte hinfort reißen, nach England, nach Frankreich und in den Norden Kastiliens.

Die Wellen des Ozeans

Maël rüttelte sie an der Schulter. »Los, wach auf.« Wie ein faules Schaf kuschelte sie sich in ihre Decke und blieb liegen. Sie war so müde wegen der gestrigen Anstrengungen. Den ganzen Tag hatten sie beim Umlagern von Kisten und Fässern geholfen. Stoffe, Kleider und Gebräu, das angeblich von der Insel und aus Taos Taverne stammte, hatten sie auf einige Wagen verteilt und dafür Unmengen an Essensvorräten unter Deck in einen großen Lagerraum des Schiffes getragen. Maël hatte ihr gesagt, dass die Lebensmittel mit Bannen belegt wurden, damit sie über die Schifffahrt haltbar blieben. Gestern hatte er wieder die Finger verdreht und gekreuzt und nebenbei mystische Worte gesprochen.

Es war erstaunlich, wie viel Stauraum das Schiff barg. Sie hatte befürchtet, dass es sank, weil seine Fracht so schwer wog. Nach dem vielen Tragen und Hieven fühlte sie sich schlapp wie ein toter Fisch.

»Los, komm«, mahnte Maël sie leise, »sonst segeln die noch ohne uns los.«

Obwohl sie schwören konnte, dass keine Magie in seinen Worten steckte, richtete sie sich kerzengerade auf. Nicht einmal eine Schale kaltes Wasser hatte er ihr ins Gesicht werfen müssen, damit sie wach wurde. Heute war ein ausgezeichneter Tag, um in See zu stechen.

Magda und Romano erwachten, obwohl Maël flüsterte. Romano sah kurz auf, ließ den Kopf aber wieder zurück ins Kissen fallen, als er bemerkte, dass nichts Besonderes passiert war. Seine Frau stand auf und gähnte sie mit weit aufgerissenem Mund an. *»Geht ihr schon?«*

»Djeth, das Schiff wird bald den Hafen verlassen.«

»Was, wirklich?« Magda war ebenfalls so schnell wach geworden wie Lorea. Sie eilte zu einem Schrank und stöberte darin.

Ihr Gefährte wandte sich Lorea zu. »Draußen im Hof ist ein Eimer mit sauberem Wasser, da kannst du dich frisch machen.«

Somit schlich sie aus der Hütte und hinter das kleine Haus. Der Tag war noch jung, denn die Sonne war nicht einmal in voller Pracht aufgegangen. Lorea hockte sich neben den besagten Eimer, der mit kaltem Wasser gefüllt war. Er musste schon die ganze Nacht über draußen gestanden haben, denn das Wasser war eisig. Nach ihrer kurzen Erfrischung war sie so wach wie seit Dover nicht mehr. Als sie die Hände senkte, besann sie sich auf ihr Ziel. Das Messer an ihrer Hüfte trug sie noch immer, denn seitdem Maël ihr seine Verbannung gebeichtet hatte, war sie auf der Hut. Es war gut möglich, dass ihn deshalb jemand attackierte, zumal der Schiffsmaster sich geweigert hatte, ihn überhaupt an Bord zu lassen.

Zurück in der Hütte erhaschte sie einen Blick auf das, was Maël in der Provianttasche verstaut hatte. Magda hatte ihm Karotten, ein halbes Laib Brot und ein Säckchen getrocknete Bohnen für die Überfahrt überlassen. Sie räumten ihre Sachen zusammen und bereiteten sich vor, das Dorf zu verlassen. Als sie hinaus an die Morgenluft traten, sah Lorea durch den sich schließenden Türspalt, wie Magda ihren Mann weckte. Indem Maël die Tür zuzog, stahl er ihr die Sicht.

»Verabschieden wir uns nicht von den beiden?«

»Doch, sie kommen gleich nach.«

Deshalb hatte Magda wohl an ihrem Mann herumgezerrt, damit er endlich aufstand.

Aus einem Fenster der Taverne lugte der Wirt und winkte ihnen zu. *»Tschüss! Viel Glück!«* Nachdem sie sich ebenfalls mit einem Handwedeln von ihm verabschiedet hatten, verschwand er.

Eines der Schiffssegel war bereits gesetzt, als sie den Hafen erreichten. Sicher würde das Schiff bald ohne sie in See stechen, wenn sie sich nicht beeilten. Die Sonne gähnte durch einen Nebelschleier, der über dem Wasser hing. Das Handelsschiff schien nicht auf dem Ozean, sondern einem Nebelmeer zu schwimmen.

Sie beschleunigten ihre Schritte, um das Deck rechtzeitig zu erreichen, bevor die Zugangsbrücke weggezogen wurde. Beide trampelten den Steg entlang und zum Deck hinauf und blieben schlitternd vor dem auf sie wartenden Master stehen.

»Wird ja Zeit«, brummte er. *»Ihr könnt eure Sachen in meine Kajüte stellen.«* Mit einem Kopfnicken wies er auf die Masterkabine, welche sich unter dem Achterdeck und dem Steuerrad befand.

Die beiden stiefelten zu jener Tür und warfen einen vorsichtigen Blick hinein. Weil Lorea bisher nur eine Schifffahrt erlebt hatte, bot sich ihr zuvor nie die Gelegenheit, die Kabine eines Masters zu besuchen. Nicht einmal eine Kombüse hatte sie gesehen, wo der Smutje das Essen zubereitete.

Die Kammer war fein ausgestattet mit einem Bett, zwei gepolsterten Sitzbänken und einem dazwischen stehenden niedrigen Tisch. Auf diesem war eine Karte ausgebreitet, auf welcher Schreibgeräte und eine seltsame Holzbüchse lagen. In die Holzschachtel war ein Kreis geschnitzt. Eine Nadel wackelte durch die schwankende Bewegung des Schiffs innerhalb des Kreises und zeigte zittrig auf ein verziertes N. So ähnlich hatte Lorea sich den von ihrem Gefährten beschriebenen Kompass vorgestellt.

Sie sah sofort, dass dies einzig und allein die Kammer des Masters war. Während dieser in seinem gemütlichen Zimmer in einem weichen Bett schlafen durfte, hatte der Rest der Besatzung im Quartier in Hängematten und unter stickigen Bedingungen zu übernachten.

Ihre Bündel und die Ledertasche schob Maël unter eine der Bänke. Die Wellen des Ozeans waren gewiss mächtiger als die des schmalen Meeres. Damit ihr Gepäck nicht durch die Kabine geworfen wurde, war der sichernde Platz unter der festgenagelten Bank am geeignetsten.

Als sie sich zurück an Deck begaben, warteten Magda und Romano auf dem Steg an der Zugangsbrücke auf sie. Offensichtlich waren Magdas Versuche, ihren Gatten zu wecken, nicht hoffnungslos gewesen.

Der Master warf Lorea und ihrem Begleiter einen ernsten Blick zu. Mit einem Augenrollen erlaubte er ihnen, sich von den beiden auf dem Steg zu verabschieden, ehe das Schiff in See stach. Maël eilte hinunter zu Magda und Romano. Er schenkte beiden eine dankende Umarmung. Lorea hingegen reichte ihnen nur eine freundlich ausgestreckte Hand.

»*Viel Glück euch beiden*«, wünschte Magda ihnen. Sie nahm Maëls Hand und gab ihnen einen Gruß auf die Reise mit, den nur er verstand. Während die Elfin unentwegt einen langen Spruch aufsagte, entdeckte Lorea Bewohner, die aus ihren Fenstern zu ihnen spähten. Auch vom Ufer aus wurden sie beobachtet.

Magda hörte gar nicht mehr auf, Maël Wünsche mit auf die Reise zu geben. Als er ihre Hand umschloss, verklang ihre Stimme. »*Keine Sorge*«, beruhigte Maël sie, denn sie schien voller Kummer und Bange. »*Es wird schon alles gut werden.*«

Die Elfin umarmte ihn nochmals, als würde sie ihn zum letzten Mal sehen. Ebenso beunruhigt legte Romano eine Hand auf Maëls Schulter. Um den dreien einen Moment zu geben, den sie für sich hatten, kehrte Lorea wortlos zurück aufs Schiff.

»*Das stimmt nicht*«, hörte sie Magda hinter ihrem Rücken sagen, woraufhin sich ihre Schritte auf der Zugangsbrücke verlangsamten. Sie lauschte Maëls Worten, die der Wind zu ihr wehte. »*Ich weiß.*«

Sie wartete an der Reling auf ihn und sah den drei Elfen zu, wie sie wie eine kleine Familie zusammenstanden, einer den anderen aufmunternd. Loreas unangenehme Vorahnung bäumte sich zu einem Schatten auf. Maël schien in weitaus größerer Gefahr zu schweben als sie.

Als sie einen Blick um sich warf, bemerkte sie, dass alle Seemänner, einschließlich eines Jungen, der auf dem Deck Kreise lief, spitze Ohren hatten. Die nächsten Tage, die sie auf See verbrachten, würden sich als merkwürdig gestalten, denn dann war sie ausschließlich von Elfen und keinem einzigen Menschen geschweige denn einer Frau umgeben.

Maël kam nach einem Moment des Abschieds zu ihr hinauf. Anschließend gab der Master zwei Männern am Steg Bescheid, die Zugangsbrücke wegzunehmen. Er rief wie eine bellende Dogge unverständliche Befehle über das Schiff. Die übrigen Segel wurden entfesselt und breiteten sich mit lautem Schlagen im Wind aus. Der Boden unter ihren Füßen bewegte sich mit den Wellen. Auf dem Schiff herrschten Hektik und Durcheinander. An den Masten und Webleinen kletterten Männer, andere liefen zu den Wanten und zogen an ihnen, die nächsten knoteten sie fester. Auf dem Vordeck zerrte ein Dutzend der Mannschaft den Anker an einem Drehkreuz hoch. Neben ihnen fing der Schiffsjunge ein Tau auf, welches ihm Romano vom Steg aus zuwarf.

Lorea winkte Magda und Romano zu, die sich mit derselben Geste verabschiedeten. Maël schlug sich sanft eine Faust auf die Brust und hob sie gen Himmel. Romano ahmte dieselbe Verabschiedung nach, Magda aber schien sich nicht zu trauen.

Das Schiff verließ den Hafen, und als der Steuermann das Rad einschlug, schaukelte der Steg außerhalb ihrer Sichtweite. Die äußersten Klippen schwebten an ihnen vorbei. Sie wurden den Mächten des unendlich weiten Meeres überlassen. Das Gefühl, das Hafendorf zu verlassen, war Lorea fremd. Es war anders als in Dover, denn sie reisten ins Ungewisse, in ein Land, das kein Mensch kannte, zu einer Insel, von deren Existenz kaum jemand wusste. Und auf welcher Gefahren auf sie lauerten, welche Lorea nicht einzuschätzen vermochte.

Der Master lehnte sich mit einer ungewohnten Leichtigkeit, das Gleichgewicht zu behalten, an den großen Hauptmast. Er schien sich auf den Wellen wohler zu fühlen als auf dem Festland.

Maël stieg die Stufen zum Achterdeck hinauf und setzte sich auf die oberste dicht neben dem Steuerrad. Lorea stiefelte ihm hinterher und kauerte sich an seine Seite, sodass neben ihnen jemand die Treppe beschreiten konnte. Von ihrem erhöhten Sitzplatz aus wirkte der Ozean unendlich. Für sie war es unvorstellbar, wie weit entfernt das nächste Land war.

Als ihm der Wind die Haare von den Ohren fegte, wollte sie ihn darauf hinweisen, dass seine Tarnung weggeweht wurde. Da fiel ihr ein, dass sie von Elfen umgeben waren.

»Ich muss dir noch einige Dinge beibringen«, meinte er. »Wir müssen bestimmt mithelfen, das Schiff im Zaum zu halten, dann wird dir der gute Mann sicherlich gewogen sein.« Eine nickende Bewegung zu dem Master am Mast war ausreichend, damit sie wusste, auf was er hinauswollte.

Er erklärte ihr einige Wörter und übersetzte, was die Seemänner redeten oder der Master befahl. Damit sie wusste, welchen Aufgaben sie nachzugehen hatte, wenn der Master sich mit brüllender Stimme ihr zuwandte, klärte Maël sie über Taue, Segel, von Heck bis Bug, vom Kiel über die Reling und die Masten bis zur Stenge auf. Die Worte waren schwierig, und Lorea fragte einige Male nach, weil sie sie vergessen hatte. Das Wasser, Fische und Wellen wiederholten sie, damit sie über alles, was auf See geschehen konnte, Bescheid wusste. Es wäre nicht allzu berauschend, wenn jemand davon sprach, dass das Schiff unterging, ohne dass sie etwas bemerkte. Somit erzählte Maël eine Weile über Schiffswunden.

Nachdem sie ihre Schiffskunde vorerst beendet hatten, warf sie einen Blick über die Reling und suchte hinter dem Heck des Schiffes nach der kastilischen Küste. Doch sie entdeckte nichts. Überall um sie herum breitete sich tiefblaues Wasser aus. Sie schienen schon lange unterwegs zu sein.

Ihre Augen glitten hinab auf die Wasseroberfläche, und sie beobachtete, wie das Schiff Wellen aufschob, die sich hinter ihnen wie zu einem großen Pfeil im Wasser formten. Immer weiter segelten sie auf den Ozean hinaus, dem Horizont entgegen, dorthin, wo die Sonne jeden Abend unterging.

Verunsichert sah sie zu Maël auf. »Was wird uns erwarten?«

Er zuckte mit den Schultern. Auch sein Blick hing am westlichen Horizont. »Vielleicht hoffnungsvolle Gesichter? Vielleicht verhasste Blicke? Große Erwartungen oder Enttäuschungen? Ich weiß es nicht.«

In den Sturm

Sie hatten sich in die Quartiere geflüchtet, weil es draußen unangenehm windete. Lorea lag in ihrem Hängebett und versuchte, sich mit dem heftigen Schwanken des Schiffs abzustimmen. Da der Tag sich erst dem frühen Nachmittag zuneigte, arbeiteten die meisten Mannschaftsmitglieder an Deck. Zum Glück, denn die Luft unter Deck war verbraucht und stickig. Sie sah sich nach ihrem Gefährten um, der auf gleicher Höhe in einem schaukelnden Bett neben ihr lag und mit verschränkten Armen hinter dem Kopf die Holzlatten über sich anstarrte. Maël hatte sogar ohne einen beruhigenden Tee auf dem Meer friedlicher geschlafen als die letzten Wochen auf dem Land. Anscheinend lullte ihn die See in den Schlaf.

Ihr Blick schweifte durch das Quartier. An jeder erdenklich freien Stelle hing eine Hängematte neben der anderen, meistens zwei, wenn genug Platz war drei übereinander. In manchen schliefen Männer, die Nachtwache geschoben hatten. In einer Ecke vertrieben sich andere die Zeit mit Kartenspielen.

Es waren einige Tage vergangen, seit sie das letzte Mal die Küste gesehen hatten. Der Wind kam während der langen Fahrt manchmal ungelegen und hatte ihnen die Reise erschwert. Auf der Insel würden sie heil ankommen, versicherte Lorea sich. Bei dem Master, der an

Bord kommandierte, machte sie sich darüber keine Sorgen. Was sie auf der Insel erwartete, beängstigte sie vielmehr.

»Du hast doch schon mal mit euren Großmeistern gesprochen, oder?«

Maël sah zu ihr hinüber. »Ich habe schon einige Male von Angesicht zu Angesicht mit ihnen geredet.«

Verblüfft schreckte sie zurück. Wenn diese Großmeister mit Königen vergleichbar waren, hatte er im übertragenen Sinne mit drei Königshoheiten persönlich gesprochen. »Sind sie nett?« Bei dem Gedanken, welche Freundlichkeit Lord Edmund von Langley ausgestrahlt hatte, war sie gespannt, ob Maël dergleichen von seinen Landesherren behauptete.

»Der Älteste ist Großmeister Elric. Er ist manchmal schweigsam wie ein Stein und hält sich aus wichtigen Angelegenheiten heraus. Bedacht wie eine Eule handelt er. Geduldig wie ein Lehrmeister ist er und fügig wie ein Grashalm im Wind. Er kümmert sich um den Handel außerhalb der Insel, damit alle genug Essen bekommen. Deshalb nennt man ihn den Großmeister des Hungers. Er ist eigentlich sehr nett. Großmeisterin Lemaya ist die Begabteste von allen.«

Eine Frau? Die Elfen hatten eine Frau als Königin? Sie hielt ihre Frage zurück und ließ Maël in der Hängematte neben ihr ausreden. »Sie ist weise wie eine Seherin, weitsichtig wie ein Adler und stolz wie ein Drache. Dem Volk ist sie so nahe wie das Pferd dem Bauern. Auch bei Festen tritt sie gern auf. Sie trägt den Namen der Großmeisterin des Volkes. Wahrscheinlich ist sie die freundlichste aller Großmeister.« Ein Schmunzeln spielte auf seinen schmalen Lippen. »Ejlke ist ihre engste Beraterin. Die beiden kleben meistens aneinander wie Harz an einem Baum.« Auf einmal verschwand die Freude aus seinem Gesicht. »Und dann gibt es noch Großmeister Belial.«

Als er den Namen dieser Majestät aussprach, drehten sich einige Seeleute im Quartier zu ihnen um. Maëls Erzählung fand ein jähes Ende, und er schloss den Mund. Er legte sich hin und starrte wieder das Holz über seinem Kopf an.

»Was macht Großmeister Belial denn?«, fragte sie nach und war ungewiss, ob Maël bereit war, darüber zu reden.

Nach einem langen Atemzug erzählte er über den dritten Herrscher. »Er ist der jüngste Großmeister und der einzige, der seinen Thron geerbt hat. Die anderen beiden Großmeister wurden von wichtigen Leuten und dem Volk ausgewählt und gelangten somit an Thron, Macht und Namen. Großmeister Belial ist mächtig wie ein Ozeansturm und töricht wie jemand, der zu viel vom Wein des Stolzes geschmeckt hat. Er nimmt seinen Namen als Großmeister der Ordnung sehr ernst und streng. Er ist dafür zuständig, Gerechtigkeit und Ruhe im Land zu wahren.«

»Geht er dem auch nach?«

Er blickte sie mit einem ungewohnt gereizten Gesicht an, doch ihre Frage war nicht der Grund für seine Miene. »Manchmal bezweifle ich das. Wenn wir in Dragothair eintreffen und zu den Großmeistern gehen, solltest du bei Belial besonders vorsichtig sein.«

Maël flößte ihr Angst vor diesem Großmeister ein. War er womöglich derjenige, der Maël verbannt hatte? *Moment mal*, bemerkte sie plötzlich und schreckte zusammen. Sie fuhr vor Entsetzen hoch und stieß sich den Kopf um Haaresbreite an den niedrigen Holzbalken. Gammelfleisch und Ratten, sie konnten doch nicht einfach bei diesen drei königlichen Hoheiten vorbeispazieren! »Wir gehen doch nicht zu den Großmeistern, oder?«

»Doch, dazu bin ich ihnen verpflichtet.«

»Aber sie haben dich doch verbannt, oder? Wäre es nicht klüger, sich von ihnen fernzuhalten?«

»*Njek*, Großmeisterin Lemaya stimmte damals gegen meine Verbannung. Außerdem werden sie dich kennenlernen wollen. Wir werden zur Festung der Oberstadt gehen, welche am Ende der weißen Treppe liegt. Dort regieren sie auf ihren Thronen.«

»Und auf unserem Weg dorthin werden wir bestimmt Wafai, Verrity und Flavia sehen«, dachte sie laut und stellte sich diese ihr unbekannten Gesichter vor. Sie fragte sich, was Maël unternehmen würde, wenn er seine Liebste nach fünf Jahren wiedersah. Immerhin, rechnete er mit einer harten Strafe, doch das schien seine Sehnsucht nicht zu bremsen.

»Vielleicht.« Er drehte sich zur Seite und sprang aus seinem Hängebett. Das Schiff schwankte so stark, dass er einen Moment brauchte, um sicher auf beiden Beinen zu stehen. Lorea begab sich ebenfalls aus ihrer Hängematte und taumelte mit Maël zusammen zur Tür, welche hinaus auf das Deck führte. Der Ozean tobte unter dem brausenden Wind. Der Wellengang war gewaltig. Jedes Mal, wenn der Bug mit ohrenbetäubendem Rauschen gegen eine neue Welle schlug, spritzte das Wasser über die Reling am Vordeck und rauschte über das Schiff. Der Himmel ergraute und versteckte die Sonne.

Sie lief Maël hinterher, der hinauf zum Achterdeck stolperte, wo der Master mit dem Steuermann diskutierte.

»Das ist doch Wahnsinn!«, rief der Steuermann dem Kommandeur des Schiffs neben ihm zu, weil ihnen der Wind laut um die Ohren brauste.

»Was ist denn los, Gareth?«, wollte Maël wissen und beugte sich zum Master hinüber.

»Für dich Master Gareth«, korrigierte der Mann mit dem auffälligen Hut.

»Ein Sturm«, erklärte der Steuermann und wies auf das, worauf sie zusegelten. Lorea richtete die Augen auf den Horizont. Unweit vor ihnen verdunkelten sich die Wolken über dem Ozean. Sie zog ein entgeistertes Gesicht, als führen sie in die Verderbnis. Dort goss das Wasser wie aus Fässern. Ein grauer Schleier aus Regen verdeckte ihnen die Sicht in die Ferne. Maël musterte den nahen Sturm, beobachtete die Wolken über ihren Köpfen und suchte den Wind nach Hinweisen ab.

»Wir müssen da durch«, brüllte der Master dem Steuermann zu. *»Wir verirren uns, wenn wir drum rum segeln.«*

»Aber das ist doch Selbstmord!«

»Den Meunier hier mitzunehmen, ist Selbstmord!«, brüllte Master Gareth zurück. Maël schien den bissigen Kommentar des Masters nicht gehört zu haben, weil er in sein Wolkenlesen vertieft war. Als ihm der Himmel genug gezeigt hatte, wandte er sich den beiden Männern zu, die sonst so lange um die Fahrtrichtung stritten, bis sie die Sturmwand erreichten.

»Es gewittert nicht«, schätzte Maël, *»da ist es nicht allzu gefährlich. Aber das Schiff müsste trotzdem alles Glück der Welt an Bord haben, um dort vollkommen unbeschadet durchzukommen.«*

»Ich frag mich, welcher thatra hier den Sturm herangepfiffen hat«, meckerte der Master, dessen Hut durch den Wind wegzufliegen drohte. Die große Hand des Masters griff bei der nächsten Windböe nach seiner Kopfbedeckung.

»Was heißt denn *thatra?*«, bat Lorea Maël um eine Übersetzung, woraufhin alle drei Männer sie mit verblüfften Mienen ansahen und die Diskussion für einen Moment in völlige Vergessenheit geriet. Als Maël den anderen beiden Herren einen Blick zuwarf, brach er in halblautes Gelächter aus. Er führte sie am Arm zur Reling, weg von den beiden Streithähnen, und neigte den Kopf dicht an ihr Ohr, damit er nicht gezwungen war, jedes Wort durch den Wind zu brüllen. »*Thatra* ist ein ziemlich übles Schimpfwort. Es gibt bei uns den *dámi*, so etwas wie das Dummerchen, den *pedámi*, den Dummkopf, und den *thatra*.«

»Das Arschloch.«

»Ja, so ungefähr.«

Beide grinsten das Wasser an. Das war ein übles Schimpfwort. Wenn es tatsächlich jemand an Bord gewagt hatte, den Sturm vor ihnen durch sein Pfeifen heraufzubeschwören, wäre derjenige sicher nicht erfreut darüber, wie ihn der Master genannt hatte.

»Meunier, sag den anderen Bescheid!«, trug ihm Master Gareth grölend auf. Maël lief die Treppe hinunter und stolperte zu den Quartieren zurück, wo sie hergekommen waren. Hinter der Tür verschwand er. Unterdessen wartete Lorea an der Reling und bestaunte den herannahenden Sturm. Die Wellen wurden mit jedem heftigen Windstoß höher, und sie fürchtete, das Schiff könne jederzeit durch die Kraft des Ozeans kentern. Die wenigen Männer, die in den Webleinen hingen, kletterten hinunter an Deck, um nicht vom aufkommenden Sturm über Bord gerissen zu werden.

Als Maël mit den restlichen Männern aus dem Quartier an Deck hastete, brüllte der Master einen Befehl über das Schiff. Einige fuhren mit den Köpfen herum und starrten zu ihm hinauf. Viele schienen nicht begeistert von der Entscheidung, durch den Sturm zu segeln. Ein paar widersprachen und versuchten dieselbe Ausrede wie der Steuermann. Nachdem der Master aber ein lautes *»Ruhe!«* geplärrt hatte, rannte die Mannschaft wie befohlen zu den Stagen und Wanten und zerrte daran.

Einige Männer verschwanden durch eine Luke in den Frachtraum, um die Kisten und Fässer dort zu sichern. Der Schiffsjunge blieb am Vordermast stehen und hielt Ausschau.

Maël kehrte zu ihr zurück und beobachtete ebenfalls den Wellengang. Die Wassermassen bäumten sich auf, sodass sie höher waren als das Schiff von Heck bis Bug maß. Plötzlich prasselte Wasser vom Himmel auf sie nieder. Die pechschwarzen Wolken über ihnen schienen das halbe Meer aufgesaugt zu haben, um es über ihnen fallen zu lassen. Der unzähmbare Wind verwandelte jeden Wassertropfen in eine kleine Peitsche. Selbst Maël schien diesen Regen nicht zu genießen. Die Segel hatten zu kämpfen, das Schiff trotz des Windes und des erschwerenden Wassers anzutreiben.

»*Welle!*«, rief der Junge vom Mast her. Ihr Gefährte packte sie an einem Arm und verstärkte seinen Griff um die Reling. Auch die anderen an Bord krallten sich an allem fest, was sich in ihrer Reichweite befand.

»Gut festhalten!«

Lorea grub die Finger aufgeregt in das Holz und blickte auf den Ozean vor dem Bug. Ihre Glieder versteiften sich, als sie sah, wie sich eine riesige Welle vor dem Schiff aufbäumte. Ihre Finger verkrampften sich, sodass sie befürchtete, ihre Fingernägel würden Einkerbungen im Holz hinterlassen. Maël neben ihr nahm eine schützende Haltung ein, um nicht von den Füßen gerissen zu werden. Lorea schrumpfte ebenfalls. Mit einem gewaltigen Ruck prallte der vordere Rumpf des Schiffs gegen die Welle. Beinahe wäre Lorea gestürzt, aber Maëls Hand hielt sie fest und sicher. Einer der Männer wurde durch den Stoß nach hinten geworfen und fiel, doch ein anderer packte ihn rechtzeitig am Kragen. Salzwasser schwappte über die Reling am Bug und raste wie ein reißender Fluss über das Deck. Ein anderer Seemann rutschte im Wasser aus, hielt sich aber an einem Tau fest. Der Bugspriet fuhr in die Höhe, als das Schiff die Welle hinauffuhr. Der Untergrund kam ihr plötzlich bedrohlich steil vor. Das Wasser unter dem Rumpf lärmte in Loreas Ohren. Sie musste aufpassen, nicht durch die Schiffsneigung waagerecht in der Luft an der Reling zu hängen. Als sie die Spitze des Wasserbergs erklommen, dachte Lorea, dass der Moment des Schreckens vorüber wäre. Doch dann beugte sich das Schiff mit lautem

Knarzen nach vorn. Sie rauschten die riesige Welle hinab, die sie hinaufgesegelt waren. Der Bug neigte sich in das tiefe Tal zwischen den Wellenbergen vor ihnen. Für einen Augenblick fuhren sie schneller, als das Schiff zuvor überhaupt gesegelt war. Ein unwohles Kribbeln durchfuhr Lorea. Sie bekam Angst, sie würde ins Wasser stürzen, weil die Reling so nass und rutschig und die Fahrt des Schiffes rasend war. Als sie endlich die Riesenwelle überstanden hatten, beruhigte sich das Schwanken des Schiffes. Zwar waren die Wellen hoch, aber nicht so gefährlich, dass die halbe Mannschaft drohte, von Bord gerissen zu werden. Die Leute auf dem Deck zogen die Wanten straff, die sich durch den Hieb gelockert hatten. Der Master, der sich während des heiklen Manövers ebenfalls an einem Tau festgehalten hatte, meckerte den Steuermann an, er solle das Rad richtig packen und den Kurs beibehalten.

Als sie davon gesprochen hatten, in einen Sturm zu segeln, hatte Lorea zwar an Wind und prasselnden Regen gedacht, aber niemals an solche Wellen. Deshalb hatte Maël gesagt, dass sie großes Glück bräuchten, um heil durch den Ozeansturm zu schiffen.

Ihr Begleiter führte sie am Arm die Stufen zum Deck hinab und wollte sie offenbar zu einem sichereren Ort bringen. »Halt dich am Geländer fest!«, riet er ihr, als sie an Deck ankamen und sich unterhalb der Treppe entlang schleppten, um sich der Masterkajüte zu nähern. Ihre zittrige Hand griff nach neuem Halt, und sie zog sich an den Holzstreben unter den Stufen entlang. Sie und Maël waren durchnässt, nicht nur vom Regenguss, sondern gleichzeitig vom Salzwasser, das über das Schiff schwappte.

»Welle!«

Lorea hielt sich rechtzeitig an einem Balken fest, aber Maël war nicht schnell genug und wurde von einem neuen, kräftigen Hieb gegen die Wand unweit der Kajütentür geworfen. Das Deck bebte für einen Moment durch die Kraft des Ozeans. Einer der Mannschaft fiel hin und rutschte in Loreas Richtung, als der Bug in die Höhe schoss. Bevor er auf sie und Maël neben ihr stürzte, griffen seine Hände nach der letzten Geländersprosse der Treppe. Der Seemann spähte zu ihnen hinüber und zwinkerte Lorea mit einem Auge zu, was sie äußerst unpassend für diesen Moment fand. Er lief zum nächsten Seil und erweckte den Eindruck, an die groben Manieren des Ozeans gewöhnt zu sein. Das Schiff kippte erneut hinab ins Wellental und hatte einen solchen Schwung, dass Maël neben ihr den Halt verlor. Er schlitterte auf dem glitschigen Holz und drohte, über das Deck zu straucheln. Ehe es dazu kommen konnte, griff Lorea nach seiner Hand. Mit dem bisschen Kraft, welches in ihren Armen steckte, führte sie ihn an die grobe Holzverkleidung, die zum Achterdeck hinauf geleitete. *Das war aber knapp*, schnaufte sie in Gedanken. Maëls erschrockenes Gesicht sagte ihr, dass er genau das Gleiche dachte.

»Danke«, murmelte er. »Das ist anscheinend wirklich Selbstmord, was wir hier machen.« Obwohl seine Feststellung weniger optimistisch war, grinste er sie an. An ihrem Ausdruck erkannte er gewiss, dass er ihren letzten Hauch von Mut weggepustet hatte. »Ach was, das überleben wir schon.« Er klopfte ermunternd auf ihren Arm, hielt sich mit der anderen Hand aber diesmal fest.

Die Luke zum Frachtraum sprang auf und scheuchte eine kleine Welle über das Deck. Einer derjenigen, die den Lagerraum absicherten, steckte den Kopf hinaus. *»Wir haben ein Leck!«*

Der Master lehnte sich über ihren Köpfen über das Geländer vor dem Steuerrad. *»Was?!«*

»Wir haben ein Leck im Frachtraum! Nicht groß, aber trotzdem kommt jede Menge Wasser rein!«

Maël warf ihr einen verbissenen Blick zu. Was hatte er eben gesagt, von wegen, dass sie die Schifffahrt überlebten?

»Athao«, fluchte er leise.

»Meunier!«, rief der Master über ihren Köpfen. *»Hol alles aus meiner Kajüte, mit dem du Wasser schöpfen kannst!«* Dann wandte er sich dem Rest der Mannschaft zu und brüllte etwas für Lorea Unverständliches übers Deck. Maël hangelte sich zur Zimmertür der Masterkajüte. Die anderen, denen der Kommandeur des Schiffs zugerufen hatte, eilten in das Quartier. Loreas Gefährte tastete sich durch die Kajüte und suchte nach großen Schalen und Eimern. Als er alles zusammengekramt hatte, kam er ihr taumelnd entgegen und reichte ihr einen der Eimer, in den er zwei Schüsseln gelegt hatte. Beide brachen mit vorsichtigen, aber

flinken Schritten zur Luke auf. Sie übergaben dem Mann, der auf den Stufen zum Frachtraum wartete, alle Schöpfgegenstände. Ein flüchtiger Blick ins Schiffsinnere zeigte Lorea, dass das Wasser dort bis zu den Schienbeinen reichte. Sie hörte ein dumpfes Klopfen. Drei Männer bemühten sich, mit Brettern, Nägeln und einem Hammer die erwähnte Schiffswunde zu schließen. Durch die Wellen schoss unentwegt Wasser durch den Spalt.

Die anderen, die ebenfalls mit allen möglichen Gefäßen in den Händen herbeieilten, übergaben Lorea Eimer und Nachttöpfe, die sie hinunter in den Lagerraum weiterreichte. Das Wasser musste eilends aus dem Schiff geschöpft werden, da waren offenbar alle möglichen Gegenstände erwünscht, die sie an Bord fanden. Selbst der Smutje, dem Lorea bisher das ein oder andere Mal bei der Essenszubereitung geholfen hatte, eilte mit Kochtöpfen herbei.

Sie klemmte die Füße zwischen zwei Stufen, um sicher auf der Treppe zum Frachtraum zu stehen. Die Eimer gab sie an den Mann unter Deck weiter, während sich auf dem Schiff eine Schlange aus Leuten bildete. Der Mann im Lagerraum schöpfte mit dem Eimer das Wasser und reichte ihn zurück. Lorea gab den Kübel weiter und nahm dafür den nächsten von unten entgegen. Jedes Gefäß wurde reihum gereicht, die lange Schlange aus Seemännern entlang, bis ein älterer Herr das Wasser über die Reling ins Meer kippte und das Behältnis den anderen Männern wieder zurückgab. Nach einigen Eimern, die bis zum Rand mit Salzwasser gefüllt waren, hörte sie jemanden in ihrer Nähe rufen: *»Leck ist zu!«* Die Meldung wurde weitergerufen, damit der Master wusste, dass sein Schiff nicht länger dem Untergang geweiht war. Einen kurzen Moment später drang ein wenig erfreulicher Ruf durch Regen und Sturm. *»Welle!«*

Alle hielten sich an einem stabilen Teil des Schiffes fest, die einen an den Wanten, andere am Mast oder am Schiffsgeländer, Lorea an den schmalen Treppenstufen. Einer der Männer trug ungünstigerweise gleich zwei Eimer in beiden Händen. Er setzte sich den geleerten auf, um wenigstens mit einer Hand nach Halt zu suchen.

Der Aufprall auf die nächste große Welle ließ einen ihrer Füße abrutschen. Wasser rauschte über das Deck und lief geradewegs auf die

Frachtraumluke zu. Um ihre Augen vor dem salzigen Wasser zu schützen, drehte sie sich weg, und sie spähte nochmals in das Innere des Schiffs. Durch die steile Schiffsneigung hatte sich das eingedrungene Wasser in einer Ecke des Raumes angestaut und war allem Anschein nach so tief, dass man darin hätte ertrinken können. Das eisige Meereswasser, das durch die Luke strömte und an ihren Hinterkopf geworfen wurde, verwischte ihr die Sicht und raubte ihr vor Kälte den Atem. Ihre Haare verklebten durch das Salzwasser, ihre Kleidung sog sich voll und wurde schwer. Als das Schiff bergab fuhr, setzte sie sich auf die Stufen und genoss den kurzen Augenblick, in dem sie das Gefühl hatte, entspannt in einem Bett zu liegen. Nachdem der Spaß vorüber war, hatten sie weiter damit zu tun, das neu eingelaufene Wasser dorthin zu schütten, wo es herkam.

»Ist das Leck immer noch zu?«, fragte jemand aus der Reihe, woraufhin Gelächter ertönte.

»Schnauze da oben! Weiterarbeiten!«, brüllte eine laute Stimme aus dem Frachtraum. Das umherschweifende Lachen stellte sich zu Loreas Belustigung augenblicklich ein, und alle folgten dem Befehl. Offenbar pflegten alle Seeleute eine forsche Sprache. Ein kurzer Blick zu dem vernagelten Riss in der Schiffshaut schenkte ihr Sicherheit. Es drang kein einziger Tropfen mehr durch die Holzlatten.

Lorea übergab und nahm unzählige Gefäße, Schüsseln, Eimer, kleine Fässer, Becher, Krüge, Nachttöpfe, die Kochtöpfe des Smutjes. Mit jeder Armbewegung wurde sie träger und müder. Ihre Gliedmaßen kamen ihr nach etlichem Hieven so schwer wie die großen Mehlsäcke vor, die im Frachtraum lagerten. Bei jedem Warnruf begab sie sich wie alle anderen in Deckung und verschnaufte für den Moment, den sie über einen Wellenberg segelten. Die Wassermassen, die ihr bei der Auffahrt ins Gesicht spritzten, schienen mit jeder Welle kälter. Das Wasser unter Deck wurde dafür mit jedem Eimer weniger. Mit einem Mal hörte der Regen auf, und der Himmel zeigte sich gnädig. Alle Köpfe schwirrten hinauf zu den Wolken, die sich weiß färbten. Durch einige Löcher in der wolkigen Decke drangen Sonnenstrahlen. Lorea spürte, wie die Mannschaft aufatmete. Kein dröhnendes Heulen war mehr zu hören, sondern nur das Rauschen des

Rumpfes, der sich durch die Wassermassen schob. Als einer der Seemänner freudig in die Hände klatschte, brach eine kleine Jubelwelle aus.

Der Mann, der ihr stets die gefüllten Gefäße von unten überreicht hatte, klopfte mit seiner Pranke auf Loreas Stiefel. *»Glückwunsch zum ersten Sturm«*, sagte er mit einem Grinsen im Gesicht, welches so breit war, dass es von einem Ohr zum anderen reichte. Lorea kicherte geschmeichelt. Sie hatten den Ozean bezwungen und weitestgehend unbeschadet einen Meeressturm überstanden. Ein Schimmer Übermut blitzte in ihr auf.

Sie sah sich nach ihrem Gefährten um und erhaschte ihn unweit von ihr entfernt. Er musterte mit wachsamen Augen den Horizont und hielt offensichtlich Ausschau nach Land.

An den Toren der Stadt

Da es früh am Morgen war, wehte die Luft auf See angenehm frisch. Lorea hatte sich ihren roten Umhang umgeworfen und stieß bei jedem Atemzug kleine Nebel in die Luft. Der kühle Wind war erträglicher als die pralle Hitze, die sie die letzten Tage zu spüren bekommen hatte. Er reichte aus, um den Segeln genug Kraft zu geben, damit sie das Schiff antrieben.

Sie saß allein auf der Treppe zum Achterdeck und bewunderte den ruhigen Ozean. Allmählich kam es ihr vor, als rauschten die Wellen des weiten Meeres nicht, sondern sängen. Es klang wie ein Lied, ein Spiel von Wind und Wasser. Womöglich war das der Grund, weshalb sie dem Ozean stundenlang zuhören konnte.

Der Tee in dem Becher, den sie in beiden Händen hielt, wärmte ihre Finger. Qualm stieg von dem heißen Tee auf, welchen Lorea auskühlen ließ. Der Smutje hatte ihr freundlicherweise ein Getränk für den Morgen zubereitet.

Die meisten Seemänner schliefen noch in ihren Hängematten. Nur diejenigen, welche Nachtwache schoben, liefen auf dem Schiff umher. Auch Maël war bereits wach und stand auf der anderen Seite des Decks an der Reling. Ihm war es anscheinend ebenfalls zu frisch, denn sein grauer Umhang bedeckte seine Schultern und wehte im seichten Wind. Er musterte verträumt das Wasser und weilte sicher in Gedanken bei seiner Heimat. Weit und breit war abgesehen von der flimmernden Wasseroberfläche und den morgendlichen Sonnenstrahlen nichts zu sehen.

Die letzten Nächte hatte Lorea aufgewühlt geschlafen, denn der Master hatte ihr versichert, dass sie bald die Insel erreichen würden. Ihr Kopf war durcheinander vor Aufregung. Ihre Ohren lauschten, ob der Maat im Krähennest am Hauptmast Land entdeckte und der Mannschaft Bescheid gab. Maël erging es mit Gewissheit ebenso.

Am Morgen war die Ruhe an Bord entspannend. Niemand hechtete zu den Wanten, keiner trug Kisten umher, Master Gareth hetzte niemanden.

Je höher die Sonne am Horizont emporstieg, desto kleiner wurde der Schatten des Schiffes, welcher auf der Wasseroberfläche tänzelte. Sie beobachtete die flatternden Segel dabei, wie sie sich im Wind ausbreiteten und klapperten, wenn der Steuermann nicht aufpasste und der Wind ungünstig wehte.

Als kein Rauch mehr aus ihrem Becher aufstieg, probierte sie einen Schluck. Ein Kratzen hing in ihrer Kehle, und sie hüstelte, weil der Smutje mit der Würze großzügig gewesen war. Für ihre feine Zunge war das Gebräu etwas bitter, aber weil sie die Gutherzigkeit des Smutjes schätzte und nicht unhöflich sein wollte, trank sie einen großen Schluck.

Nachdem die Sonne ihre strahlende Pracht über den Horizont des Ozeans gehoben hatte, zeigten sich einige Männer aus dem Quartier, die mit einer Brotscheibe zum Morgenmahl in der Hand die Nachtwächter ablösten. Sobald einer der Leute sich einem Want näherte, brüllte der Master wieder seine groben Befehle über das Deck und brach die friedliche Stille. Man hätte denken können, dass der mürrische Gareth den Kopf in das eisige Meereswasser getaucht hatte, so energisch klang er.

Als einer der verschlafenen Männer gähnte, stimmte Lorea ihm mit aufgerissenem Mund und einem müden Ton zu. Ihre Arme streckten sich in der Meeresluft, bedacht, ihren halbvollen Becher nicht auszukippen. Sie hoffte, durch die letzten gewürzten Schlucke vom abgekühlten Tee genauso hellwach zu werden wie der Master. Die Krümel, die nach ihrem Nippen am Becher von Kräutern und Gewürzen übrig waren, schüttete sie über Bord und gab sie den Fischen des Ozeans zum Fraß. Sie taumelte hinunter in die Kombüse, wo der Smutje des Schiffs Lauch zurechtschnitt. Die beiden Wanderer hatten ihm den Proviant, den Magda ihnen mitgegeben hatte, überlassen, damit er und Lorea daraus etwas Schmackhaftes für die Schiffsbesatzung zubereiten konnten. Die Mahlzeiten an Bord waren karg, denn ein Großteil der Hülsenfrüchte, des Obstes, Gemüses und des Getreides aus dem Lagerraum sollte dem Volk auf der Insel geliefert werden. An einem Abend hatte die halbe Mannschaft geangelt und war so erfolgreich dabei gewesen, dass es eine knappe Woche für Fischsuppe reichte. Das Witzigste an diesem Spektakel war Loreas Glück beim Angeln gewesen. Einmal hatte ein dicker Barsch bei ihr angebissen, was viele der Männer an Bord schwer beeindruckte. Sie war froh, vom alten Joel unterrichtet worden zu sein.

Den Becher stellte sie auf einen Tisch und schlich sich unbemerkt hinaus. Mit dem Erwachen der Sonne nahmen Wind und Wellengang zu. Lorea lief zu ihrem Begleiter, stets mit Bedacht, sich mit dem Schwanken des Schiffes zu bewegen. Maël blickte auf die Weiten des Ozeans, als suchte er etwas darin.

Mit einem letzten Schritt erreichte sie das Schiffsgeländer neben ihm und ließ sich mit dem Schaukeln des Decks dagegen fallen. Um sich Maël anzuschließen, musterte sie ebenfalls die dunkelblaue Oberfläche des Wassers. Dort lungerten sicher viele Geheimnisse. Bei dem Gedanken an versunkene Schiffwracks, an denen glitschige grüne Algen wuchsen, durchfuhr sie ein Schauer.

»Muss wirklich tief sein«, murmelte sie. Ihre Redseligkeit schien mit dem letzten bisschen vom überwürzten Tee des Smutjes geweckt worden zu sein.

Maëls trüber Blick verriet ihr, dass sie ihn aus einem Traum gerissen hatte. Er setzte eilig ein verschlafenes Lächeln auf. Dann wandte er sich wieder dem Wasser zu. »Ja, und kalt und dunkel«, fügte er hinzu. Als ob er in Gedanken zurück in seinen Tagtraum schweben wollte, kauerte er sich auf die Reling und beäugte den Horizont. Hinter ihnen lief ein Mann zum Master, um mit ihm einen Witz zu teilen. Doch Lorea hatte das Gefühl, dass es nicht wegen des Witzes selbst war, warum der Mann mit ihm redete. Genauso wenig glaubte sie, dass Maël etwas in den Tiefen des Ozeans suchte. Sie alle warteten auf den Moment, in dem der Maat im Krähennest zwischen den Stagen und Masten ihnen zurief. Sie schien nicht die Einzige zu sein, die ungeduldig auf diesen Moment wartete. Sonst hatte immer irgendjemand Lieder über die See gesungen, aber heute schwieg ein jeder. Seit gestern war die Stimmung aufgeregt.

Sie verließ Maël und taumelte ziellos auf dem Deck umher. Zur Unterhaltung probierte sie, ohne Stütze und mit ausgestreckten Armen beim Gehen auf dem schwankenden Untergrund das Gleichgewicht zu behalten. Gewiss sah sie dabei wie ein Kleinkind aus, welches das erste Mal zu laufen versuchte. Sie stolperte zur anderen Seite des Decks an die Reling, genau ihrem träumenden Gefährten gegenüber. Als ihre Augen hinauf in den Himmel fuhren, entdeckte sie von der gelb strahlenden Sonne beschienene Wolken. Flügel versperrten gelegentlich ihre Sicht. Über ihrem Schiff flatterte eine kleine Schar von Vögeln, die am Bauch weiß wie Schnee und auf dem Rücken grau wie Fels gefärbt waren. Eines der Federtiere traute sich im Tiefflug an sie heran, streckte den Kopf weit nach unten und verschwand, als es mit einem Satz ins Wasser eintauchte. Die nervigen Töne, welche die beflügelten Küstenbewohner von sich gaben, hatte Lorea schon vermisst. Seit bald zwei Wochen hatte sie kein einziges Tier mit Federn gesehen. Als die Vögel sie laut grüßten, brach einen Moment später über ihnen ein ohrenbetäubendes Stimmengewirr aus. Die Flügeltiere brachten merkwürdige Geräusche hervor, die nur mit einer Menge Vorstellungsvermögen denen einer Möwe glichen. Plötzlich bemerkte Lorea etwas. Wenn hier Vögel waren, dann musste in der Nähe …

»Land in Sicht!«, rief der Maat aus dem Krähennest ihnen zu.

Lorea hielt sich mit einer Hand an einem nahen Unterwant fest und lehnte sich weit über die Reling. Mit aufgebracht pochendem Herzen entdeckte sie etwas am Horizont. Am anderen Ende des Ozeans, meilenweit von ihnen entfernt, tauchte eine Insel aus dem Wasser auf.

Aufregung beschleunigte ihren Atem. Sie hätte nie gedacht, dass sie es so weit bringen würden. Gewiss wären ihre Eltern stolz auf sie.

Ihr Blick suchte nach ihrem Begleiter, fand ihn aber nicht mehr auf der anderen Deckseite. Er war zum Vordeck gelaufen und hing an der Reling unweit des Bugspriets. Sein Gesicht erweckte einen sehnsüchtigen Eindruck, als wolle er ins Wasser springen und schneller an Land schwimmen, als das Schiff segeln konnte. Ein unwohles Gefühl kribbelte in Loreas Fingern. Sie wusste noch weniger als Maël, was sie auf der Insel erwartete. Sowohl in ihr als auch in ihrem Gefährten schienen sich Furcht und Erwartung zu streiten.

Sie stiefelte zu ihm hinauf und blickte auf das unebene Land, welches von ihnen aus nicht größer als ein Marienkäfer war. »Ist das die Insel?« Ihre Frage schien überflüssig, aber sie wollte sich gewiss sein, dass das Land ihr Ziel war. Das Ende ihrer Reise.

»*Djeth*, Flores.« Sein Selbstbewusstsein schien mit etwas anderem zu kämpfen, denn er sah zwar mutig, aber im selben Moment verunsichert aus. Als ob er nicht wusste, ob das, was er tat, das Richtige war. Auch Lorea war unschlüssig, ob sie sich vor der Insel fürchten oder auf sie freuen sollte. Die Narben ihres Gefährten, die Angst vor seiner Rückkehr und die Warnung vor Großmeister Belial zerrten an ihr. Sie bedachte das Messer an ihrem Gürtel. Egal, was passieren würde, sie würde sich selbst und ihren Gefährten beschützen.

Mit jeder Welle, die gegen den Rumpf des Schiffes schlug, jedem Windstoß, der die Segel flattern ließ und sie antrieb, näherten sie sich der Insel. Die beiden blieben gespannt auf dem Vorschiff stehen und bestaunten das Land, als ob es ein riesiges Wunder der Welt wäre. Als sie nahe genug waren, dass Lorea mehr als eine dunkle Silhouette auf dem Ozean zu deuten vermochte, weiteten sich ihre Augen vor Erstaunen. An der Küste stürzten steile Klippen in die Tiefe, die von den obersten Wipfeln bis hinab zur Brandung grün bewuchert waren. Die Insel selbst schien vor all dem Grün schier zu strahlen. Über den linken Teil des Festlandes, der dem Süden näher war, erhoben sich Berge, die denen ähnelten, die sie in Frankreich gesehen hatten. Erkaltete Vulkane hatte Maël sie genannt. Die Natur eroberte die Berge mit ihren grünen

Mächten zurück, während die Klippen der Insel schwarz verkohlt schienen.

Ihre Füße zuckten ungewollt, weil sie sich trotz ihrer Befürchtungen danach sehnte, einen ersten Schritt auf die Elfeninsel zu setzen. »Wo liegt die Drachenstadt?« Abgesehen von einer kleinen Häusergruppe an einer Klippe, auf die sie zusegelten und welche zu einem Hafen gehörte, entdeckte sie nichts.

Maël streckte einen Arm aus und wies auf den rechts gelegenen nördlichen Teil der Insel. »Dort drüben an einem Berg tief in diesem Wald.«

Vermutlich würden sie eine Weile laufen, um die Stadt zu erreichen. Lorea schloss die Augen und stellte sich die Mauern und Häuser in ihrem Kopf vor, die Maël ihr einst an einer anderen Küste beschrieben hatte. Von der rothaarigen Verrity malte sie sich ein Bild. Die auffälligen Haare von Maëls Freundin ließen ihr Lächeln wachsen. Sicher würde sie Verrity schnell erkennen, wie Maël ihr prophezeit hatte. Plötzlich wurde ihre Vorfreude erstickt. Würde man Maël als Verbannten überhaupt in die Stadt lassen?

Der Master stampfte zum Quartier, riss die Tür auf und trötete lauthals einen Morgengruß hinein. Kurz darauf kamen die übrigen Männer, die sich ins Schiffsinnere verzogen hatten, an Deck.

Je näher sie zum Festland segelten, umso mehr der schnatternden weißgrauen Vögel flogen um die Masten des Schiffes oder stachen neben ihnen mit geschreckten Hälsen ins Wasser. Tauchende Federtiere hatte Lorea selten gesehen.

Als sie in den Hafen einfuhren, befahl der Master seiner Mannschaft, die Segel einzuholen und die Taue vorzubereiten. Ihr Herz hüpfte und fächerte ihrer Aufregung warmen Wind zu. Das Schiff bremste seine Fahrt und näherte sich einem breiten Steg, auf dem ein Wagen mit einem herrlichen Rappen im Gespann wartete. Von der leeren Ladefläche sprangen zwei junge Männer ab und sahen zum Vordeck auf. Als sie Lorea und ihren Gefährten entdeckten, warfen sich beide verwirrte Blicke zu. Gewiss waren sie überrascht, dass Maël nach all den Jahren zurückkehrte.

Maël nickte den beiden grüßend zu, und sie erwiderten seine Geste.

Das Wasser war tief genug, sodass das Schiff in den Hafen einlaufen und an den äußersten Steg treiben konnte, um dort anzulegen. Der Anker wurde neben ihnen ins Wasser gelassen, und sie schaukelten über die letzten Wellen in den Hafen. Ein Durcheinander brach aus, als einige über das Deck rannten, andere die Webleinen zu den Segeln hinauf kletterten und die nächsten in den Lagerraum verschwanden. Maël eilte hinunter auf das Deck und zur Masterkajüte. Lorea rannte ihm hinterher, weil sein zügiger Gang wie gewohnt zu schnell für ihre kürzeren Beine war. In der Kabine des Masters angekommen griff er nach ihren Bündeln und der Tasche, welche die ganze Zeit über sicher unter der Bank verstaut gewesen waren, und reichte Lorea ihr Gepäck. Aufgewühlt schwang sie ihr Bündel auf und richtete ihren Umhang. Der gewohnte Ruck, mit welchem sich der Anker in den Sand am Grund grub und das Schiff zum Stehen brachte, riss sie beinahe von den Füßen, aber sie hielt sich im letzten Moment am Türrahmen fest. Nach dem kurzen Schreck ging sie an Deck. Ihr Gefährte eilte aus der Kajüte und blieb vor Lorea stehen. Er sagte nichts, sondern musterte sie so stolz, dass sie befürchtete, er würde sie mit beiden Armen hochheben wie eine Braut. Doch sein edler Charakter schien ihn zu zügeln, sich vor so vielen Leuten tölpelhaft zu benehmen.

Gemeinsam liefen sie zu der Gruppe von Seeleuten, welche die Zugangsbrücke klar machten und zwei Taue auf die Stegseite warfen, damit sie an den Klampen festgezurrt wurden. Die beiden Kutscher auf dem Steg rückten die Brücke zurecht, sodass sie nicht beim Betreten abrutschte und ins Wasser klatschte. Als Lorea und Maël die Männer erreichten, luden diese sie mit ausgestreckten Armen ein, als Erste das Holzbrett zur Elfeninsel zu überqueren. Bevor sie einen weiteren Schritt setzte, drehte Lorea sich um und winkte Master Gareth zum Abschied, was Maël in seiner Aufregung vergaß. Der Herr mit Hut klopfte mit der Faust auf seine Brust und hob die geballte Hand in die Höhe, um sie zu verabschieden.

Lorea lief ihrem Gefährten hinterher und betrat elfisches Land, vorerst allerdings nur den Steg. Ein wundersames Gefühl durchfuhr sie, etwas Mystisches wie eine Brise frisch blühender herrlicher Blumen.

Die Männer, die von der Kutsche gesprungen waren, blickten ungewiss von ihrem Gefährten zu ihr. Plötzlich weiteten sich die Augen der beiden, denn sie schienen Loreas schwarze Augenfarbe erkannt zu haben. Die Elfen wandten sich Maël zu. *»Hab Ihr etwa –?«*

Die freudige Stimmung in Maël schien seine Unsicherheit übertrumpft zu haben, denn das alles sagende Schmunzeln, welches er ihnen zuwarf, sah zufrieden aus. Die Männer richteten die Köpfe zu Boden und fielen zu Loreas breitem Erstaunen vor ihnen auf ein Knie. Sie legten die Rechte wie zu einem königlichen Gruß auf ihre Brust und verschlugen Lorea mit dieser untertänigen Geste die Sprache. Die zwei behandelten sie wie Hoheiten, was ihr unangenehm war.

»Willkommen, Trajas«, grüßten die beiden sie im Chor und weilten kniend vor ihnen. Ihrem Gefährten schien die unterwürfige Haltung, ebenso wie ihr, nicht zu gefallen. Er zog einen der beiden am Arm aufrecht. *»Steht auf, das müsst ihr doch nicht machen.«*

Der zweite richtete sich ebenfalls auf und schien Maël zu bewundern. Er streckte ihnen eine hilfsbereite Hand entgegen. *»Ihr könnt uns Eure Bündel geben, wir bringen sie zu Tao.«*

Tao, grübelte sie. Das war der Besitzer der größten Taverne der Stadt, den ihr Gefährte schon mehrmals erwähnt hatte. Bei den Hühnern, als der Mann vor ihnen den Namen aussprach, wurde Lorea erst klar, wie nahe sie Dragothair waren.

Nach einem zustimmenden Blick von Maël übergaben sie ihre schweren Bündel und die Tasche den zwei Männern, welche die Gepäckstücke auf die Ladefläche schoben. Auch ihre Umhänge übergaben sie den beiden.

Hinter ihnen polterten Seeleute mit Fässern und Kisten in den Armen die Zugangsbrücke hinab. Somit machten sie Platz und gingen ein paar Schritte Richtung Festland zu dem Rappen, der im Geschirr vor dem Wagen darauf wartete, dass die Ladefläche gefüllt wurde. Zwei Männer aus dem Hafendorf kamen ihnen entgegen und verbeugten sich förmlich vor ihnen. Auch deren Ohren hatten spitze Enden, und ihre Gesichter waren mit Erstaunen erfüllt.

Neugierige Bewohner verließen ihre Häuser, um nachzusehen, wer für den kleinen Tumult am Steg sorgte. Eine Frau hielt ihren Sohn an der Schulter zurück, als sie Maël erspähte. Sie flüsterte dem Jungen etwas ins Ohr und gab ihm einen sanften Schubs. Der Junge sah sich zu seiner Mutter um, rannte los und verschwand in einem nahen Wald der Insel. Sicher sollte er die Kunde schnell verbreiten, dass Maël wieder da war.

Ihr Begleiter trat an den Rappen heran und streichelte dem Tier über die Nüstern. Er schien den Augenblick hinauszuzögern, ehe sie aufbrachen und sich in den Wald begaben, in dem die Drachenstadt verborgen lag.

Sie wusste, dass etwas auf sie lauerte. Doch nun gab es kein Zurück mehr. Dem Schicksal auszuweichen war unmöglich. »Lass und gehen«, bestärkte Lorea ihn sanft.

Maël wandte sich vom Pferd ab und stiefelte den Steg entlang. Lorea blieb dicht an seiner Seite. Das Holz unter ihren Füßen knarzte lauter als das des Schiffes. Um sich an die fremde Landschaft zu gewöhnen, beäugte Lorea jeden Winkel. Da bemerkte sie den ungewöhnlichen Sand, der unterhalb der schwarzen Klippen lag. Er war grau, nicht so hell, wie sie ihn von den anderen Küstenstreifen kannte. Vielleicht war er wegen der erloschenen Feuerberge verfärbt.

Ohne es zu merken, betrat Lorea das Land der Elfeninsel. Aber Maël blieb einen Fingerbreit vor dem mit dunklem Sand und strahlendem Gras bewachsenen Boden stehen. Sein ungewisser Blick erinnerte sie an sich selbst, denn genauso hatte sie gezögert, einen ersten Fuß auf Frankreich zu setzen. Erst nach einem kräftigen Atemzug traute er sich, den nächsten Schritt zu tun.

»Es ist bestimmt komisch, nach so langer Zeit wieder daheim zu sein.«

Er sah zu ihr auf. »Du kannst dir gar nicht vorstellen, wie sehr.«

»Ich hoffe, du darfst bleiben.«

Nur ein verkrampftes Lächeln zeigte er ihr. Der Gedanke, man könnte ihn für seine Rückkehr töten, ängstigte sie.

Sie brachen auf und zogen an den wenigen Häusern am Hafen vorbei. Tuscheln drang in Loreas Ohren, weil alle wegen ihrer Ankunft aufgeregt schienen. Nicht selten hörte sie zwischen den wispernden Worten den Namen ihres Gefährten.

Ein sonderbar leichtes Gefühl lag auf ihrem Rücken, denn wenn sie durch die Lande gewandert waren, hatten sie stets ihre Bündel getragen. Das Klopfen von Maëls Wanderstock fehlte ebenso.

Hinter den Häusern führte eine breite Straße auf die Insel. An einer nahen Gabelung drehte Lorea sich um, damit sie einen letzten Blick auf den dunklen Strand und das Schiff erhaschte, mit dem sie die vergangenen Tage gesegelt waren. Als sie sah, dass sich die Kutsche mit der inzwischen mit Bergen aus Kisten und Fässern beladenen Ladefläche in Bewegung setzte, lief sie ihrem Begleiter hinterher. Der eine Weg der Gabelung führte zu weit offenen Feldern. Sogar einer der erloschenen Feuerberge lugte hinter den Äckern und Weiden hervor. Sie beide schlugen den anderen Weg rechter Hand ein, welchen der Junge vor ihnen entlanggerannt war. Die Bäume waren hoch gewachsen und so dicht, dass kein einziger Sonnenstrahl durch ihr Blätterdach drang. Viele Pflanzen wuchsen knorrig und schienen uralt zu sein. Manche lehnten sich weit über den breiten Weg und streckten die Arme in der frischen Luft aus. An jedem Stamm krochen Moos und blättrige, blühende Rankenpflanzen hinauf und ließen den Wald bunt leuchten. Wo kein Weg zwischen dem Gesträuch hindurchführte, bedeckten Farne und kräftige Wurzeln den Waldboden. An Sträuchern öffneten sich im späten Morgen große Blüten, die von dunklem Blau bis hellem Rosa strahlten. Alles wirkte wild und unberührt, als ob sie eine andere Welt betraten.

Ein Vögelchen mit braunem Gefieder und schwarzen Flügelspitzen saß an einer Strauchblüte und beobachtete die Eindringlinge des Waldes. Als der Vogel sich dabei gewiss war, dass sie ihm nicht näher kamen, stöberte er weiter mit seinem kurzen Schnabel in einer großen lila Blüte. Der Kleine war vorsichtig und starrte bei jedem knackenden Ast, auf den sie traten, wieder zu ihnen hinüber.

»Es ist herrlich hier«, staunte Lorea und bewunderte das viele Bunt, das sich vom Waldboden bis in die Baumkronen ausbreitete. Auf ihre beeindruckte Bemerkung hin lächelte Maël. Zwei strahlend blaue Schmetterlinge flatterten vor ihnen über den Weg, verschwanden zwischen den Farnen und ließen Lorea wegen ihrer leuchtenden Farben mit umso größerem Erstaunen zurück.

»Ich hoffe nur, der Schein trügt nicht«, bemerkte sie bedrückt.

Der Blick ihres Gefährten senkte sich. Weil er wohl wusste, dass ihre Vermutung der Wahrheit entsprach, schwieg er.

Lorea sah sich um. »Wo ist denn die Kutsche hin?« Zwar hatte sie gesehen, wie das Pferd den schweren Wagen hinter sich her gezogen hatte, und auch die Hufe und das Kratzen der Räder hatte sie für einen kurzen Moment vernommen. Aber die Frachtkutsche hatte sie nicht eingeholt. Ihr Geräusch war verklungen.

»Sie fährt noch über die Dörfer. Die liegen weiter im Süden, deshalb ist sie den anderen Weg langgefahren und muss einen Umweg machen.«

Sie waren allein? Zur Vorsicht sah Lorea sich um, weil sie eine peinliche Frage plagte. Ein mulmiges Gefühl huschte durch ihre Gliedmaßen. »Bist du sicher, dass ich wirklich eines dieser Trajas bin?«

Sein beruhigtes Gesicht verriet ihr so viel, dass er nichts weiter hätte sagen müssen. »Natürlich, deine Augen sind unverwechselbar. Aber ich hatte dir schon gesagt, dass ich nicht erwarte, dass du mir das alles glaubst.« Er drehte den Finger in seinen Haaren und überlegte offenbar. »Das haben sie doch nicht nur vor mir gemacht. Selbst wenn du ein Verbannter bist, bleibst du auch ein Traja.«

Ihr Gefährte verblieb kurze Zeit stumm und schien mit den Gedanken weit entfernt von ihr. »Vielleicht.«

Das unheimliche Sirren in ihrem Kopf, das wegen der vielen für ihren Menschenverstand unbegreifbaren Dinge aufgekommen war, bereitete ihr Bange. Wenn die beiden Kutscher sie so willkommen geheißen hatten, war sie nicht begierig zu erfahren, wie man sie in der Stadt begrüßte. Ebenso machte sie sich wegen Maëls Zukunft Sorgen. Noch immer enthielt er ihr vor, was der Grund für seine Verbannung gewesen war. Als sie sich daran erinnerte, wie er am kastilischen Hafen Tränen unterbunden hatte, weil sie ihn danach gefragt hatte, ahnte sie Schlimmes. Doch noch immer konnte sie sich keinen Reim auf all dies machen.

Maël spähte in den Wald. »Es muss schwierig für dich sein, das alles zu verstehen. Ich bin damit aufgewachsen, aber du? Du musstest das innerhalb einiger Tage einfach so hinnehmen.«

Nein, leicht war all das ganz und gar nicht für sie. Allein das Gerede über Elfen, Magie und Drachen zu verkraften, hatte sie eine Menge Überwindung gekostet. Jedoch glaubte sie, dass ihr Verstand allmählich auch die Trajageschichten begriff.

»Wusstest du als Kind auch schon, dass du so ein Traja bist?«

»Nein. Man verschwieg es mir aus gewissen Gründen. Aber als ich es dann erfahren habe, habe ich es auch nicht ganz verstanden.« Er sah hinab auf seine Handfläche und streichelte mit den Fingern über die Narbe darauf.

Lorea fiel auf, dass er stets seine Handnarbe berührte, sobald ihr Gespräch über den Trajas kreiste. Sie bekam das Gefühl nicht los, dass auch sie sehr bald das gleiche Mal tragen würde. »Ich weiß nicht, ob wir die Stadt wirklich betreten sollten.«

»Fürchtest du, dass uns etwas zustoßen könnte?«

»Schließlich bist du ein Verbannter und ich eine Menschin.«

»Aber wir sind beide Trajas. Vielmehr wird uns die Stadt willkommen heißen als uns zu steinigen. Wenn dir jemand zu nahe kommen sollte, werde ich auf dich Acht geben.«

»Und wenn wir bei den Großmeistern eintreffen, werde ich wohl auf dich aufpassen müssen.« Loreas Hand tastete unauffällig nach dem Messergriff, welcher an ihrem Gürtel hing. Sie nahm sich vor, den Mut zu fassen und sich vor Maël zu stellen, sollte ihm Gefahr drohen.

Die Zeit verstrich, und Lorea meinte, schon so lange gelaufen zu sein, dass die Sonne ihren höchsten Punkt am Himmel erreicht hatte. Ihre aufgewühlten Gedanken sprangen von einer Auffälligkeit der vergangenen Tage zur nächsten, blieben immer wieder an Maëls schweigenden Lippen, seiner Verbannung und Magdas Bemerkungen über seinen Aufbruch und seine unerwartete Rückkehr hängen. An seiner Narbe und dem bedrückenden Gefühl, dass er ihr eine Bedrohung verheimlichte.

Mit jedem Schritt, den sie tiefer in den Wald und einen Hügel hinauf setzten, wurden sie von zahlreicheren Augenpaaren beäugt. Weder von elfischen noch von menschlichen. Auf den Ästen, Zweigen und in den Büschen sprangen die kleinen braunschwarzen Vögel umher und musterten sie forschend. Einige der Federtiere neigten die Köpfchen zur

Seite, weil sie die beiden Gestalten, die durch ihren beheimateten Wald liefen, nicht kannten.

Maël geleitete sie über Hügel, die sich zu Bergen aufrichteten, über eine steinerne Brücke, unter der ein Fluss hindurchströmte, den sich schlängelnden Weg durch den Wald entlang. Ihre Füße stachen, weil sie das lange Laufen nach der letzten Schifffahrt nicht mehr gewohnt waren. Nach einiger Zeit des Wanderns nahmen die Bäume Abstand voneinander, und Sonnenstrahlen blinzelten die tiefen Farne am Waldboden an. Niemand von ihnen sagte etwas, weil sie beide von ihrer ungewissen Zukunft geplagt wurden.

Ein erschöpftes Brummen entschwand ihrer Kehle. »Wann sind wir denn da?«

Maël schien so angespannt, dass er trotz ihres mürrischen Tons gar nicht mit ihr schäkerte. Überhaupt hatte er sein sonst gewohntes Necken seit dem Eintreffen im kastilischen Elfendorf eingestellt.

»Bald«, versuchte er sie ruhig zu stellen. Mit wachsamen Augen spähte er in das leuchtende Grün, was sie als eine Ablenkung von ihrer Neugierde deutete und dazu unhöflich fand. Plötzlich streckte er einen Arm aus. »Siehst du das dort?«

Nun beobachtete auch sie die knorrigen Bäume und atmete vor freudigem Schreck auf. Ihr Herz machte einen aufgeregten Hüpfer, als sie einen riesigen Wall im Dickicht entdeckte, der höher als die größten Bäume war. Er zog sich grau und mächtig durch den Wald. Gegen diese riesige Mauer waren die Stadtmauern Londons winzig. Der Schutzwall aus Stein und Fels ragte in ihrer Nähe mitten im Wald in die Höhe und zeichnete die Grenze zwischen Natur und dem, was die Mauern bargen. Auf dem hohen Wall patrouillierten Männer in silbern schimmernden Rüstungen, die von ihnen aus gesehen nicht größer als Ameisen wirkten. Sicher waren das Wachen.

»Die Mauer ist ja riesig!«, staunte Lorea und musterte den gigantischen Schutzwall mit vor Verblüffung geöffnetem Mund. Selbst ein Riese hätte Schwierigkeiten, die Mauer zu überwinden.

»Man nennt sie zu Recht die Drachenstadt.« Maël schmunzelte, ohne seine Augen von den Mauern abzuwenden.

»So groß und mächtig wie sie ist. Den Namen hat sie sich verdient.«

Seine grauen Augen huschten zu ihr, richteten sich dann aber auf einen Abschnitt des Weges, auf den sie zu liefen. Sie folgte seinem Blick und entdeckte einen weiteren Schlängel der Straße, der zu den Mauern der Elfenstadt führte.

Durch ihre Unruhe wusste sie nicht, ob sie gespannt auf den Weg oder die Mauern im Wald schauen sollte, und warf beidem abwechselnd hektische Blicke zu. Bevor sie die letzte Windung der Straße erreichten, neigte Maël den Kopf zu ihr und trieb ihre Anspannung mit seinen Worten an.

»Jetzt kommst du in meine Welt.«

Als der Weg sie um einige Bäume führte und sein Ziel offenbarte, blieb Lorea vor verblüfftem Erstaunen stehen. Unweit vor ihnen verschmolz ein Tor mit den Mauern der Stadt, welches nahezu genauso groß wie der Wall und wie zehn aufeinander stehende Männer war. Zu beiden Seiten wachten große versteinerte Gestalten über den Zugang der Stadt. Es waren riesige Geschöpfe mit langen Hälsen, einer Haut aus Schuppenpanzer und gesenkten Köpfen, die Lorea klein wie ein Grashalm vor einem mächtigen Baum erscheinen ließen. Am Hinterkopf ragten je eine Handvoll graue Hörner hervor. Den Statuen wuchsen kräftige Arme, mit Krallen bestückte Klauen und gewaltige Schwingen. Beide Drachenstatuen spannten je einen ihrer weiten steinernen Flügel über das Tor und schienen mit ihren schlitzförmigen Augen jeden Nahetretenden zu würdigen.

Sie hatten Dragothair erreicht.

Aussprache

seadh	-	ʃɛç
dearbadan-dé	-	djarbadandje
Maël	-	ma’ɛl
Meunier	-	mønje
Dreag	-	dreˈag
Dryadal	-	driaˈdal
grathia	-	graθia
Dragothair	-	dragoθa'ir
Monsieur	-	məsjø
athao	-	aθao
thatra	-	θatra

Glossar

Schottisch

Chan eil	-	nein
meirleach	-	Räuber
uisge	-	Wasser
each	-	Pferd
seadh	-	ja

Französisch

Meunier	-	Müller
Pardon, Monsieur!	-	Entschuldigt, Herr!
Bonjour.	-	Guten Tag.
Merci	-	Danke
Si tu la veux, tu dois d'abord passer devant moi!	-	Wenn du sie willst, musst du erst an mir vorbei!

Elfisch

magika cligandra	-	magischer Wald
Dryada (Dryadaí)	-	Elf (Elfen)
Daoman (Daomaní)	-	Mensch (Menschen)
ferana	-	Wildnis/die Wilde
Vira	-	Wasser
árfenlíth	-	Abtrünniger (wörtlich: „Der vom Licht Abgewandte“)

Pele	-	Feuer
Líth	-	Licht
Nexa	-	Schatten
Ecash	-	Fels
mui	-	wer
medé	-	wo/woher
mea	-	ich
tea	-	du
Mea setri	-	Ich bin …
Mea nom setri	-	Mein Name ist/Ich heiße
malei	-	Hallo
mimai	-	Tschüss
grathia	-	danke
jurum	-	bitte
sara	-	Entschuldigung
djeth	-	ja
njek	-	nein
Athao!	-	Scheiße!/Mist!/Verdammt!
flore	-	Blume
Dragocuthair	-	Drachenstadt
drago	-	Drache
Líthacér	-	Lichtanker (Hafendorf)
Hoé!	-	zustimmender Ruf
dámi	-	erste Form eines Schimpfwortes für eine Person (Dummerchen/ Narr/Holzkopf)
pedámi	-	gesteigerte Form eines Schimpfwortes für eine Person (Dummkopf/Tölpel)
thatra	-	zweite und höchste gesteigerte Form eines Schimpfwortes für eine Person (Arschloch/Trottel/ Idiot)

Sonstiges

Milord	-	Mylord/gnädiger Herr (vom Altenglischen)
Milady	-	gnädige Dame (vom Altenglischen)
Dréag	-	Untoter (auch Draugr)
Traja	-	ein Gotteskind

Lieder

Ringlein um die Röschen

Das Lied des Windes

Der Schlaf der Seele

Mortais Strophe

Was machen wir mit 'nem 'trunknen Seemann

freie Übersetzung aus dem englischen Original

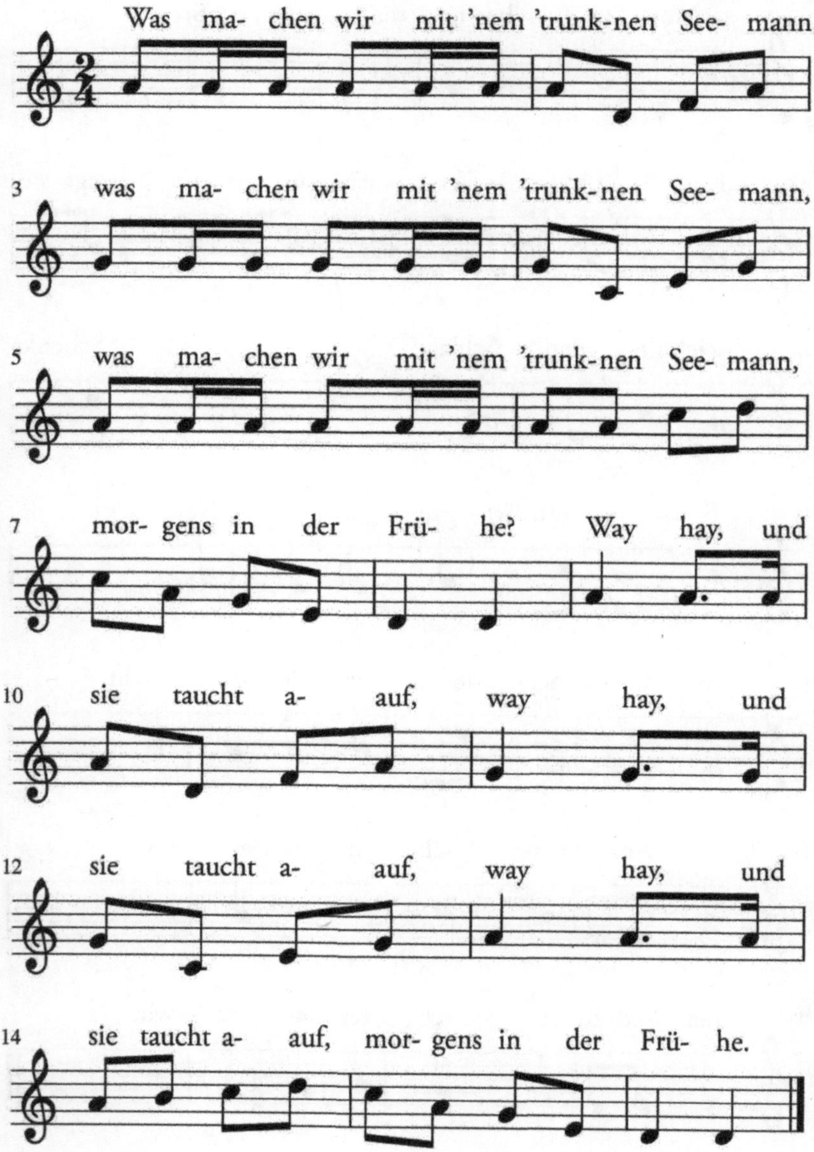

Danksagung

Ich möchte all meinen Freunden und Familienmitgliedern danken, die stets zu mir gehalten haben und mir durch ihre Unterstützung immerzu eine ganz besondere Kraft geschenkt haben. Vor allem meinem waghalsigen Team aus Testlesern:

Jessica, die für Sorgen stets ein offenes Ohr hatte.

Jojo, der Spaßvogel, der geholfen hat, aus dem Anfang einen Lesefluss zu zaubern.

Jessi und Mary Ann, die beim Lesen während meiner Schreibanfänge teils schneller waren, als ich tippen und korrigieren konnte.

Falk, einer meiner engsten Freunde, welcher mit als erstes gelesen hat und dem ich mein halbes Testleser-Team zu verdanken habe.

Lea und Marcel, durch deren Einfälle der Findling Glenna einen zweiten Auftritt bekam.

Fred, der mich mit seinen wissbegierigen Worten angesporrnt hat, und mir Hinweise zur Liebe zum Detail gegeben hat.

Christiane, die Pferdeflüsterin.

Bärbel, in deren Haus sich Lesemäuse geradezu tummeln.

Kerstin, meine heimliche Schiffsgehilfin.

Uta, die empathievoll und beeindruckt von Beginn an mitfiebert.

Romy, die selbst gern schreibt.

Elen, die Aufmerksame, die mit hellen Augen so einiges entdeckte, was mir an Fehlern durch die Finger gerutscht war.

Ossi, Linda und die kreative Kirstin, meine treuen Bogenschützen.

Simone und Martina, die beide ebenfalls vom Lesefieber angesteckt wurden und höchst gespannt waren, wie die Geschichte weitergeht.

Soso, das lebhafteste Wesen, das ich je getroffen habe und welches eifrig jedes Kapitel verschlang. Und mir mein erstes Fan-Geschenk in Form von wundervoll beschrifteten Kerzen vermachte.

Dana, die stille Lesemaus.

Meine liebe Schwester Sophie, die so von der Handlung mitgerissen wurde, als ich ihr zu Anfangszeiten ein wenig erzählte, dass sie schließlich auch Teil meiner Leserschaft wurde.

Meinem Liebsten Sven, der nicht nur Hingabe, sondern auch Zeit und Geduld in großem Maße aufopferte, und dem wohl die kleinsten Unstimmigkeiten auffielen, die sonst niemand sah – und das, obwohl er den Text in Kurrentschrift gelesen hat.

Sie alle haben sich ihre wertvolle Zeit genommen und ihre Mühen geteilt, um mir beim Schreiben und Veröffentlichen meines Erstlings zu helfen. Durch sie alle haben das Mädchen mit den schwarzen Locken und der Blondschopf durch die dunkelste Finsternis und die schrecklichsten Geschehen immer ein Licht gesehen, Mut geschöpft und einen Weg gefunden.

Meine lieben Leser, durch eure ehrliche und reichliche Kritik habt ihr die Blumenfelder aus Ideen nicht niedergetrampelt, sondern ihnen Wasser und Licht gegeben, sodass sie sich in ihren prächtigsten Farben entfalten und blühen konnten. Egal was von euch bemängelt wurde, es hat mir umso mehr Kraft gegeben, einen Schritt weiter zu kommen. Ihr seid die Besten!

Auch möchte ich ein Danke an all die Kreativen aussprechen, die mit ihren eindrucksvollen Fähigkeiten dem Buch Leben eingehaucht haben:

Lisa für das wunderbare, ehrliche, aufschlussreiche und informative Lektorat und ein unglaublich motivierendes Gespräch bei einem persönlichen Treffen. Durch sie bekam ich ein indirektes Schulterklopfen, dass ich auf dem richtigen Weg bin. Außerdem bekam der Text durch ihre Hinweise einen komplett neuen Anstrich.

Rino für die zauberhaften Kapitelbilder und zahlreichen fantasievollen Einfälle. Gegenseitig haben wir uns mit Begeisterung kreativ angesteckt.

Mary für die liebe Unterstützung und das wunderschöne Cover, welches seit Jahren in meinem Kopf umherflog, um schlussendlich von ihr bildlich festgehalten zu werden.

Felix und Jela J für ihre mitreißenden Stimmen, welche den Buchliedern Klang verliehen.

Sven Hansemann, der am liebsten nicht nur den Buchtrailer, sondern das gesamte Buch verfilmt hätte.

Natürlich möchte ich auch meinen Eltern dafür danken, dass sie mir in jeder erdenklichen Lage Ratschläge und Unterstützung geschenkt haben. Vor allem meine Mutti half mir nicht nur bei komplizierten grammatikalischen Fragen, sondern auch bei Anschreiben und anderen Dingen, die sehr oft mit Papier und Buchstaben zu tun hatten.

Zum Schluss möchte ich ganz besonders meiner Oma Inge danken, die trotz ihrer ewigen Abwesenheit etwas Unvorstellbares in meinem Herzen hinterlassen hat. Durch ihre Liebe und Zuneigung gab sie nicht nur gute Erinnerungen an mich weiter, sondern entflammte auch ein gewaltiges, buntes Feuer, das nun vor gar so vielen Ideen in allen Farben züngelt und sprießt und für immer seine bezaubernden Spuren hinterlassen wird. Nicht als Narben, nicht als Last, sondern als ein warmes Kribbeln, das mich bei jedem Gedanken heimsucht, den ich mich diesem Wunder hingebe, und das mir jederzeit ein Lächeln ins Gesicht malt.

Die Liste würde wohl einen ebenso großen Umfang wie das Buch selbst fassen, wenn ich all die, die mich unterstützt haben, erwähnen würde. Ich bin all denen zu größtem Dank verpflichtet, die mir auch nur in kleinster Weise dabei geholfen haben, einen Anfang zu setzen, eine Welt zu erschaffen, die so nah und doch so unglaublich weit entfernt ist. Eine Welt, in der sich meine Gedanken austoben und wohl fühlen können und die auch andere mit ihrer Vorstellungsgabe erschaffen, betreten, sehen und fühlen sollen.

K. Stayn

Sven Hansemann, der am liebsten nicht nur den Buchtrailer, sondern das gesamte Buch verfilmt hätte.

Natürlich möchte ich auch meinen Eltern dafür danken, dass sie mir in jeder erdenklichen Lage Ratschläge und Unterstützung geschenkt haben. Vor allem meine Mutti half mir nicht nur bei komplizierten grammatikalischen Fragen, sondern auch bei Anschreiben und anderen Dingen, die sehr oft mit Papier und Buchstaben zu tun hatten.

Zum Schluss möchte ich ganz besonders meiner Oma Inge danken, die trotz ihrer ewigen Abwesenheit etwas Unvorstellbares in meinem Herzen hinterlassen hat. Durch ihre Liebe und Zuneigung gab sie nicht nur gute Erinnerungen an mich weiter, sondern entflammte auch ein gewaltiges, buntes Feuer, das nun vor gar so vielen Ideen in allen Farben züngelt und sprießt und für immer seine bezaubernden Spuren hinterlassen wird. Nicht als Narben, nicht als Last, sondern als ein warmes Kribbeln, das mich bei jedem Gedanken heimsucht, den ich mich diesem Wunder hingebe, und das mir jederzeit ein Lächeln ins Gesicht malt.

Die Liste würde wohl einen ebenso großen Umfang wie das Buch selbst fassen, wenn ich all die, die mich unterstützt haben, erwähnen würde. Ich bin all denen zu größtem Dank verpflichtet, die mir auch nur in kleinster Weise dabei geholfen haben, einen Anfang zu setzen, eine Welt zu erschaffen, die so nah und doch so unglaublich weit entfernt ist. Eine Welt, in der sich meine Gedanken austoben und wohl fühlen können und die auch andere mit ihrer Vorstellungsgabe erschaffen, betreten, sehen und fühlen sollen.

K. Stayn

Über die Autorin

K Stayn, Jahrgang 1994, wurde im kleinstädtischen Zittau in der Oberlausitz als kreativer Kopf geboren. Nach dem Abitur und zwei sozialen Berufsausbildungen arbeitet sie inzwischen als Erzieherin in ihrer Heimat. Neben dem Buchschreiben ist sie begeisterte Mittelalternärrin, Zeichnerin und zielsichere Bogenschützin. Durch ihre teils ausgefallenen Leidenschaften, angefangen vom Nähen bis zur naturliebenden Wanderlust, hat sie den Ruf, „im falschen Jahrhundert" geboren zu sein. Sie taucht nicht nur liebend gern in fantastische Welten ein, sondern kreiert diese auch mit Leib, Seele, Tinte und Buchstaben.

Du möchtest die Autorin unterstützen?

Dann stehen dir viele Möglichkeiten offen:

- Empfehle das Buch gern Freunden und Bekannten weiter.
- Schreibe eine Rezension auf einer oder mehreren dir bekannten Plattformen wie Amazon oder Lovelybooks und hinterlasse gern eine Bewertung.
- Motiviere die Autorin mit deinem Besuch bei einer ihrer Lesungen oder einem ihrer Messestände.
- Packe dein Bündel auf der Shopseite der Autorin.
- Unterstütze die Autorin direkt über Patreon.

Vielen Dank

Westküste Europas
N
W
E
S
ATLANTI
Lithacér
KÖNIGREICH KASTIL